U0105007

古典文獻研究輯刊

七 編

潘美月・杜潔祥 主編

第13冊

王安石《字說》之研究

黃 復 山 著

國家圖書館出版品預行編目資料

王安石《字說》之研究／黃復山著 -- 初版 -- 台北縣永和市：
花木蘭文化出版社，2008〔民97〕

序2+目2+318面；19×26公分
（古典文獻研究輯刊 七編；第13冊）

ISBN：978-986-6657-63-4（精裝）
1.（宋）王安石 2.中國文字 3.文字學

802.2 97012748

ISBN - 978-986-6657-63-4

古典文獻研究輯刊
七 編 第十三冊 ISBN：978-986-6657-63-4

王安石《字說》之研究

作　　者 黃復山
主　　編 潘美月 杜潔祥
總 編 輯 杜潔祥
企劃出版 北京大學文化資源研究中心
出　　版 花木蘭文化出版社
發 行 所 花木蘭文化出版社
發 行 人 高小娟
聯絡地址 台北縣永和市中正路五九五號七樓之三
電話：02-2923-1455／傳真：02-2923-1452
電子信箱 sut81518@ms59.hinet.net
初　　版 2008年9月
定　　價 七編20冊（精裝）新台幣31,000元

王安石《字說》之研究

黃復山　著

作者簡介

輔仁大學文學博士，淡江大學中文系教授。著有《王安石《字說》之研究》、《漢代《尚書》讖緯學述》、《東漢讖緯學新探》等書，以及論文〈王安石三不足說考辨〉、〈讖緯文獻學方法論〉、〈《尚書》嵎夷今古文考釋〉等數十篇。近年來專力於古代預言書與漢代讖緯學之探討，並於淡江中文研究所開設「古代預言書專題研究」「讖緯研究」課程 陸續主持國科會個人研究計畫「漢代河圖、洛書研究」、「漢定型圖讖考釋」、中央研究院「經典與文化形成之研究」計畫之「儒家經典與讖緯」等案。

提　　要

《字說》二十四卷，為宋儒王安石晚年之字學專著，書出即為新法黨人奉為圭臬，竟以作舉子應試之定本，使之專行科場，前後長達三十六載，影響可謂深遠且鉅矣。

《字說》以說解物性本始，及文字形義為主。惟王氏於說解之際，多附會五行，雜引道釋；又妄析字形結構，以明其尊君盡職之為政觀念；穿鑿過甚，故頗受學者詬詈。

然吾人亦可由該書說解中，析編王氏之經學、哲學思想，及其經世致用理念，並窺其中年以迄晁年思想之轉變。實為探究公新學及宋代科舉，最信實之材料。

惜《字說》自南宋亡佚以來，七百餘年不見是書流傳。故本文之撰作，廣蒐宋明清各朝學者之筆記、著作，以及近世學者之論述，凡言及王氏新學及《字說》佚文者，彙抄整理，分為五章，詳為考論。文凡三十萬字。

一章言宋初字學風氣，以明《字說》撰作時之環境背景。

二章考述《字說》之歷史，以編年方式，分為七節，詳論其撰作，流傳及亡佚之始末。

三章討論輯佚之依據，並說明《字說》編排之體例，以證佚文之可言。

四章為《字說》佚文之蒐輯與考釋，冀由此以重顯《字說》說解之原貌。

五章論《字說》說解之得失，以見後人評議之是非。

書末附以《字說》輯佚之白文，及王安石之手跡，或可由此一窺《字說》之斑豹，想見王氏之個性。

目次

序言

北宋大儒王安石所撰之《字說》，堪稱爲中國文字學史上罕見之奇書。惜自南宋亡佚以來，七百餘年未見是書之流傳。

考究是書說解文字之觀念，與一般字書迥異，如「水皮爲波」、「水共曰洪」、「雲消之處爲霄」、「爲人所令曰伶」之類，皆乖戾字理，穿鑿無據。然以書成之時，值新黨擅政，執政皆王氏之門生、舊僚，故科場舉試，盡依之程試諸生；不依循其說解應試之舉子，有司多不錄用。是以諸生應舉，不得不熟讀是書，以冀得售。爲此，學者乃大加詬病；或譏其不明字理，自創臆說；或詬其假公濟私，淆亂正學。其人，宋儒目爲禍國姦臣；其書，亦遭有識學者抵拒，終至與宋偕亡。

後人不見《字說》，輒引宋儒譏毀之言，以說是書缺失。今《字說》已佚，不得見其原本，是書果如宋人所貶，抑或稍有可取？本文就現有之文獻，彙鈔整理後，分爲五章論述之。

第一章言宋初之字學風尚，以明《字說》之時代背景。

第二章考述《字說》，以編年方式，分爲七節：一述作者生平，二言作者之字學涵養，三論《字說》撰作之始末，四至七節則考述《字說》之流傳、亡佚與近世研究之概況。冀由本章之考述，而對《字說》之源流、價値，得一概括之了解。

第三章討論《字說》輯佚之依據，一則分述佚文之來源，再則尋繹《字說》編排之體例，三則歸納佚文說解之條例。於佚文之來源一節，著重於考究與《字說》關係密切之書籍，以證明該等書中說解字義之文句，是否即屬《字說》佚文。三三兩節，蠡測《字說》之編排體例與說解條例，以作爲考論佚文之依據，使不致模稜兩可，依違難定。

第四章即《字說》佚文之蒐輯與考證。彙鈔王安石三經新義中，說解字形字義之文句，及宋明學者著作中，所引用之《字說》佚文，依據上章蠡測之體例，分條彙集，編列成帙。每條佚文下，附加「按語」及「釋義」，以考證佚文與《字說》之關係，及佚文說解之意義。

第五章爲《字說》之評議。以言詞上之褒貶，皆已分見一至四章各節中，故本章乃取《字說》之說解實例，以列舉其書臆解之處，以及說解有所依據之文字，觀者或可由之以論其優劣得失。

書末附以《字說》輯佚之白文與王安石手跡，由前者或可一窺《字說》原書之斑豹，後者或亦可因此想見王氏之性格。

本書之撰作，多徵引宋明學者之著作，列陳其資料，以作比勘，惟以才智駑鈍，疏漏難免，尚祈博雅君子辱教是幸！

第一章　宋初之小學

自東漢許愼《說文解字》問世後，學者研究文字，多以許書爲準。其間雖有武后臆造新字，作《字海》百卷；李陽冰竄亂《說文》，自爲新解；其餘字書，實多因循《說文》。〔註1〕唐末五代，文籍散佚，字學更乏人探究。

趙宋諸帝重視文學，太宗亦嘗詔令刊正歷代字書。影響所及，除詩文有多所表現外，於文字研討，著爲字書者，亦日漸眾多。然而諸多述作，多遵循許氏《說文》，專事文字之搜輯，少有字形之解析。

宋初字學大家宋祁（景文公）即嘗慨歎：「文字之學，今世罕傳。」「諸儒不知字學，江南惟徐鉉、徐鍇，中朝郭忠恕先，此三人信其博也。鍇爲《說文繫傳》，恕先作《汗簡》、《佩觿》，時蜀有林氏，作《小說》，然狹於徐、郭。」所作皆拘於《說文》，餘復甚稀。〔註2〕

玆述宋初以迄《字說》成書之百二十年間之小學概況於后。

南唐集賢殿學士徐鍇（楚金），少精小學，讎書尤爲精審，「以許氏學廢，推源析流，演究其文，作四十篇」，是爲《說文繫傳》。書分〈通釋〉三十篇、〈部敘〉二篇、〈通論〉三篇、〈袪妄〉、〈類聚〉、〈錯綜〉、〈疑義〉、〈系述〉各一篇。其書援引精，小學家未有能及之者。書出而一時稱之，甚至「比於邱明之爲春秋作傳」。鍇卒於太祖開寶七年（974）七月金陵圍城中。〔註3〕

太宗即位之初（976），詔郭忠恕刊定歷代字書。忠恕字恕先，深研書法，素有文才，兼通小學，最工篆籀。初爲後周國子書學博士，入宋後，館於太學。既

〔註1〕謝啓昆《小學考》頁843、560、570，胡樸安《中國文字學史》頁105〈李陽冰之擅改〉。

〔註2〕《宋景文公筆記》卷中頁8，《皇朝類苑》卷五九頁2，《說文繫傳》卷四十頁2蘇頌〈題序〉。

〔註3〕謝啓昆《小學考》頁594～623，方以智《通雅》卷二頁25。

奉詔刊定歷代字書，以爲「古人製字，良各有說，特後世莫知其故，傳之久而復久，不免有舛謬，竟失本眞」，乃徵引古文七十一家，「以《尚書》爲始，石經、《說文》次之，後人綴輯者殿末」，依許氏之部類，撰爲《汗簡》六卷。書成而後世著述者多所援引。忠恕又「取字文相類者，別其所從，以檢訛舛」，作《佩觿》三卷：上卷備論形聲訛變之由，中下二卷則取字畫疑似者，以四聲分爲十段。忠恕因洞解六書，故所言頗中條理。《汗簡》、《佩觿》二書，以是正文字爲主，而未詳言製字之緣由〔註 4〕。

太宗雍熙三年（986），徐鉉奉詔校定《說文》，成書三十卷進呈。鉉字鼎臣，徐鍇之兄。「鉉精小學，好李斯小篆，臻其妙，隸書亦工」。入宋後，太宗以「許慎《說文》起於東漢，歷代傳寫，譌謬實多，六書之蹤，無所取法，若不加刊定，漸恐失其原流」，乃命鉉與句中正、王惟恭等，「取許慎《說文解字》，精加詳校」，鉉等因取「羣臣家藏者，備加詳考。有許慎注義序例中所載，而諸部不見者，審知漏落，悉從補錄。復有經典相承傳寫，及時俗要用，而《說文》不載者，承詔皆附益之，以廣篆籀之路；亦皆形聲相從，不違六書之義。」其書十四篇，並序目一篇，以篇帙繁重，每篇各分上下，共三十卷，於雍熙三年十一月進呈。〔註 5〕

惟「鉉等雖工篆書，至於形聲相從之例，不能悉通，妄以意說」，故清人錢大昕乃謂：「古音相通之例，徐亦未之知也；其他增入會意之訓，大半穿鑿附會，王荆公《字說》蓋濫觴於此。夫徐氏於此書，用心勤矣，然猶未能悉通叔重之義例，後人學益陋，心益麤，又好不知而妄作，毋惑乎小學之日廢也。」〔註 6〕

至若先賢書帖之訪求，亦爲朝廷所重者，欲由其點畫結體，以正俗字之訛舛。先是太宗「太平興國元年（976）十月，詔諸州搜訪先賢筆迹圖書」，得張芝草書、唐明皇御筆（976）及王羲之、獻之（978）、鍾繇（981）、褚遂良、歐陽詢（985）諸家墨寶，而於「淳化四年（993）四月，詔以先賢墨迹爲《法帖》十卷，勒於石，賜近臣各一部」。

時有學者黃伯思，「好古文奇字，洛下公卿家，商周秦漢彝器款識，研究字畫體製，悉能辨正是非，道其本末，遂以古文名家，凡字書討論備盡」。及《法帖》出，「伯思病其乖僞龐雜，考引載籍，咸有根據，作《刊誤》二卷」。以此而論，則先儒書體，亦不可盡信矣。〔註 7〕

〔註 4〕《宋史》卷四四二〈郭忠恕傳〉。謝啓昆《小學考》頁 881～916。
〔註 5〕《宋史》卷四四一〈徐鉉傳〉。謝啓昆《小學考》頁 567～594。
〔註 6〕謝啓昆《小學考》頁 583、588。
〔註 7〕王應麟《玉海》卷四五頁 25，《宋史》卷四四三〈文苑五・黃伯思傳〉。

與字書關係深切之韻書，亦爲宋人撰作最勤者。

如「吳鉉重定《切韻》，興國八年（983）殿試，捧以獻，七月五日戊午，令入史館校定字書」。

端拱二年（989），句中正、吳鉉、楊文舉等，考古今同異，究篆隸根原，補闕刊謬，爲《新定雍熙廣韻》一百卷，於六月丁巳上之。〔註 8〕

又有釋夢瑛，依《說文》部首撰《偏旁字原》五百三十九字，於咸平二年（999）篆書立碑於長安太學中。然書多謬體，音切失正。〔註 9〕

眞宗「景德四年（1007）十一月戊寅，詔頒行《新定韻略》」。同月日，「崇文院上，校定《切韻》五卷，依九經例頒行。祥符元年（1008）六月五日，改爲《大宋重修廣韻》，三年五月庚子，賜輔臣人一部」。

《重修廣韻》爲陳彭年等人所修，其「取《說文》、《字林》、《玉篇》所有之字而畢載之，且增益其未備，釐正其字體」，於說解則「凡經、史、子、志、九流、百家、僻書、隱籍，無不摭采。一『公』字而載人姓名至千餘言」。然以「多用舊文，繁略失當」，故仁宗又詔丁度等重撰《集韻》。〔註 10〕

景祐四年（1034。一云元年三月），翰林學士丁度等，奉詔重編韻書，「凡字訓悉本許愼《說文》，愼所不載，則引他書爲解，凡古文見經史諸書，可辨識者取之，不然則否。字五萬二千五百二十五，新增二萬七千三百三十一字，分十卷」。寶元二年（1039）九月書成上之，詔名曰《集韻》。慶曆六年（1046）八月十七日，《集韻》雕印成，乃頒行天下。〔註 11〕

其時又有史官夏竦，以祥符中（1008～1016）郡國所上古器，多有科斗文，懼不識其文而爲忝職，乃「師資先達，博訪遺逸，斷碑蠹簡，搜求殆遍」，以此乃多識古文。夏氏「學奇字，至夜以指畫膚，是於大小篆功力獨深」，遂以「所獲古體文字，準唐《切韻》分爲四類，庶今後學，易於討閱」。於慶曆四年（1044）二月二十四日，書成五卷而進奏，名曰《古文四聲韻》。〔註 12〕

初，《集韻》修成，「添字既多，與顧野王《玉篇》不相參協」，故又詔刪其字之後出無據者，而「將新韻添入，別爲《類篇》，與《集韻》相副施行」。由司馬光董

〔註 8〕《切韻》、《雍熙廣韻》二事，皆見《玉海》卷四五頁 24。

〔註 9〕謝啓昆《小學考》頁 665～667。

〔註 10〕王應麟《玉海》卷四五頁 24、25，潘耒《重刊古本廣韻序》（附於藝文版《重刊宋本廣韻》中）。「公」字見《廣韻》上平聲一東韻。又見謝啓昆《小學考》頁 1570。同書頁 1523，引何琇《樵香小記》說《廣韻》「東」「刀」二字注解之繁瑣。

〔註 11〕《玉海》卷四五頁 29，謝啓昆《小學考》頁 1570、1574。

〔註 12〕《玉海》卷四五頁 30，謝啓昆《小學考》頁 956～958。

其事，於治平四年（1067）繕畢上呈。其書「雖不及《說文》、《玉篇》之謹嚴，然字者孳也，輾轉相生，有非九千舊數所能盡者」，是以收字雖多，乃因「時會所趨，久則爲律，有不知其然而然者，固難以一格拘矣」。

司馬光又見兩漢以來，儒者說字，「旁貫曲取，紆辭蔓說，至有依聲襲韻，強爲立理」者，故「觀經傳諸書有可以正名者，因記之」，並「以《集韻》本爲正，先以平上去入眾韻正其聲，次以《說文解字》正其形，次以訓詁同異辨其理，次以經傳諸書之言證其實，命曰《名苑》」。〔註 13〕

熙寧二年（1069），歐陽修採摭「三代至唐彝鼎器銘、石刻碑碣，四百二十四件」，由摯友劉敞（原甫）與太常博士楊南仲釋其銘文，「積至千卷，撮其大要而爲之說」，成《集古錄跋尾》十卷。是爲宋代金石學之始。〔註 14〕

同年十二月十五日，蘇頌（子容）、王子韶（聖美）等，重刻小徐《說文繫傳》四十卷，然已缺二十五、三十等二卷矣。〔註 15〕

熙寧三年（1070），鄞縣布衣「王珣，上《篆書正宗要略》三卷」。李行中亦於同年制《字源》若干卷，二書皆不傳。〔註 16〕

元豐五年（1082）六月九日，王子韶、陸佃上《重修說文》，其書未行於世。

同年八、九月之際，王安石撰成《字說》二十四卷，其附會穿鑿處，多與前人迥異，然有司用之以取士，遂得獨擅於科場三十餘載。〔註 17〕

《字說》既出，鄭惇方（希道）欲鍼其病，乃「作《篆髓》六卷，《字義》一篇，凡古今《字說》，班揚賈許、二李二徐之學，其精者皆在。間有未盡，傅以新意，然皆有所考，本不用意斷曲說，其疑者蓋闕焉」。其書撰成，蘇軾且爲之序曰：「余愛鄭君之學簡而通，故私附其後。」〔註 18〕

同時，又有字學家張有（謙仲），憾王安石說字之易而違戾先儒說解，乃窮二十九年心力，「校正俗書與古文字戾者，采摭經傳，日考月校」，「凡集三千餘字」，於徽宗大觀四年（1110）十一月成書刊行，名曰《復古編》。〔註 19〕

由上所述二十二書觀之，可知宋初字學承襲《說文》與傳統詁訓，多爲文字之搜輯而少論字形之結構、意義。偶或有零星之字學論說，亦祇見於筆記小說中，僅

〔註 13〕謝啓昆《小學考》頁 918～930。
〔註 14〕陳俊成《宋代金石學》頁 1；《歐陽修全集》卷五《集古錄跋尾》。
〔註 15〕《說文繫傳》卷四十頁 2 蘇頌〈題序〉。
〔註 16〕《宋會要輯稿・崇儒五》頁 2259。方以智《通雅》卷二頁 25。
〔註 17〕《重修說文》及修撰《字說》事，詳見下章第三節〈字說之修撰〉所考述。
〔註 18〕《蘇東坡全集・前集》卷二三頁 305〈書篆髓後一首〉，謝啓昆《小學考》頁 973。
〔註 19〕《硯北雜志》卷下頁 9、《春渚記聞》卷五頁 3。《復古編》陳瓘〈序〉，程俱〈後序〉。

一鱗半爪而已，且於字學多不足道。

如石介不善書法，點畫曲直皆少留意，歐陽修見其「書字之怪，譏其欲爲異以自高」，介答書云：「書乃六藝之一，雖善如鍾王虞柳，不過一藝而已。吾之所學，堯舜周孔之道，不必善書也。」修駁之曰：「《周禮》六藝，有六書之學，其點畫曲直，皆有其說，今以其直者爲斜，方者爲圓，而曰：我第行堯舜周孔之道。此甚不可也！」

書家米芾殊不以文字形畫爲重，其詩曰：「何必識難字，辛苦笑揚雄。自古寫字人，用字或不通。要之皆一戲，不當問拙工。意足我自足，放筆一戲空。」譃哉斯言！〔註 20〕

其時若有好古文字者，旁人亦多以爲怪。如字學大家宋祁，有友人「楊備，得古文《尚書》釋文，讀之大喜，於是書訊刺字，皆用古文。僚友不之識，指爲怪文」。宋祁又欲請熟識古文之句中正，「刻篆楷二體九經於國學」，其友高敏之竟笑之，且以爲無益。

又有學士韓縝（玉汝），初求字號於歐陽修，修書「玉女」二字答之，蓋取《詩・大雅》「王欲玉女」爲說，「女」爲「汝」之本字也。縝大不樂，明日相見，猶有愠容。修答之：「出處無點水，今何怪也？」言雖有據，縝爲免於世俗誤解，仍改「玉女」爲「玉汝」。〔註 21〕

宋將韓琦守淮南時，王安石適舉進士，乃居其幕下爲判官。其後，介甫以琦不識己才，乃於秩滿後離去。會有上琦書者，多用古字，琦不能識，持識羣僚，亦不識，琦乃曰：「惜王廷評（王安石職稱）不在此，其人頗識難字。」則時人不識古文，可知矣。〔註 22〕

宋初，「儒學盛行，獨於字學忽廢，幾於中絕」，「學者不讀《說文》」〔註 23〕，說字解義之際，多拾人牙慧，重覆爲言。如歐陽修首言「打」字音義，其後葉夢得《避暑錄話》、吳曾《能改齋漫錄》、劉昌詩《蘆蒲筆記》等，皆沿用其說而不取《說文》。〔註 24〕又如劉貢父釋「牙人」之「牙」，爲「互」字之譌，互人主互市事，唐人書「互」爲「[illegible]」，因訛爲「牙」；於是孔平仲《談苑》、周密《齊東野語》、王讜

〔註 20〕石介事見《南窗紀談》頁 1。米芾事見《書史》頁 25。

〔註 21〕宋祁事見《宋景文公筆記》卷上頁 4，卷中頁 8。韓縝事見韓元吉《桐陰舊話》頁 6。

〔註 22〕邵伯溫《邵氏聞見錄》卷九，司馬光《涑水記聞・補遺》頁 3。

〔註 23〕《歐陽修全集》卷六頁 70 郭忠恕〈小字說文字原〉；《宋景文公筆記》卷中頁 8。

〔註 24〕「打」字見《說文詁林》頁 5515（「朾」字見二六一八）。各書引文，分見：《歐陽修全集》卷五頁 104，《避暑錄話》卷下頁 47，《能改齋漫錄》卷四頁 9，《蘆浦筆記》卷三頁 3。

《唐語林》、洪邁《容齋四筆》，皆取其言以說「牙人」之意。〔註25〕

其偶或以己意解字，亦多望文生訓，附會字形。如蘇軾釋天字曰：「天形倚一笠。」又戲解文字，用「毳飯」待客，而並不設食，解云：「蘿蔔、湯、飯俱毛也。」「毛、無」古音近，是謂「三毛（無）飯」也。〔註26〕

吳興張有，嘗窮二十九年之心力，作《復古編》以正字形之訛，然其欲辨《字說》「心從倒勹」之誤時，乃以五行說釋之曰：「心字於篆文，只是一倒火耳。蓋心，火也，不欲炎上。」

同時又有畢少董者，妙於鼎篆，亦多見周秦間盤銘，於釋水（）字則曰：「中間一豎，更不須曲，只是畫一坎卦也。蓋坎爲水。」說雖不經，而信之者亦不乏其人。〔註27〕

由上述可知，宋初字學不昌，好言文字者，亦各樹標幟，以己意爲是。王安石生逢此際，砥礪好學，「自百家諸子之書，至於《難經》、《素問》、《本草》、諸小說，無所不讀，農夫、女工無所不問」，又嘗深擘許愼《說文》，頗知古文字形，故於文字訓詁，時有所悟，因窮六載歲月，撰成《字說》二十四卷，以說解名物，並是正《說文》之謁舛。王安石雖用己意析解文字形義，然以其附會之巧，人亦信而用之，實爲北宋字學空泛之際，少數潛心創說之鉅著。〔註28〕

《字說》穿鑿臆解之處，實與周伯琦《六書正譌》、楊桓《六書統》、戴侗《六書故》等書相類，本亦屬無可厚非者；奈何以愜於諸帝之意，遂挾政治勢力而專擅科場，形勢上雖佔盡利便，影響科場、學風甚鉅，評議上亦因此更受詬詈。〔註29〕

因欲詳論《字說》之撰作動機與內容曲直，故先述宋初之字學風尚，以明其時代趨勢。

〔註25〕劉攽《貢父詩話》頁9，《談苑》卷四頁6，《齊東野語》卷十頁8，《唐語林》卷八頁2，《容齋四筆》卷十二頁1。

〔註26〕《猗覺寮雜記》卷上頁34，曾慥《高齋漫錄》頁2。

〔註27〕《春渚記聞》卷五頁3，《寓簡》卷七頁4，《硯北雜記》卷下頁9，《升庵外集》卷九一頁3418《字說》。

〔註28〕詳見本書下章之考述。

〔註29〕胡樸安《中國文字學史》頁322引桂馥論唐宋以來，私逞臆說之字書作者王安石等人。

第二章　《字說》考述

第一節　作者小傳

孟子曰：「頌其詩，讀其書，不知其人可乎？」研究《字說》，當略識作者之行誼與思想，始能詳究其書精義，故列作者王安石小傳於「考述」之首。所作參考王安石年譜、年表及傳記彙考等多種〔註 1〕，並證以王安石之詩文及《續資治通鑑長編》與宋人筆記小說，略諸政事而詳其文章學術及晚年撰作《字說》之概況。於諸家所未及處，或略有證補之功。

王安石，字介甫，宋撫州臨川（江西臨川）人，生於眞宗天禧五年，卒於哲宗元祐元年（1021～1086），享年六十六。或謂介甫生於十一月十二日辰時，傳聞云：當其生也，有貛入室中，俄而失所在，故小字貛郎。及其爲相也，拗直不能屈，後人以此譏之「拗相公」。五十六歲二度罷相後，居金陵之半山，故時人稱其半山老人或王金陵。後二年，封舒國公，以介甫嘗爲舒判故也。越明年，改封荆國公。及其卒，謚曰「文」，追封舒王。故後人除稱其本名、字號外，又以「舒公」「舒王」「荆公」「王文公」等封謚之號稱之。〔註 2〕

介甫父益，字損之，子女十人，遊宦不定，官僅至都官員外郎，家累甚重，初不及營半椽，故介甫幼年家道清苦，隨父飄泊，無可記聞之事。遲至十二歲（仁宗

〔註 1〕諸家所作者，年譜如：宋詹大和，清顧棟高、蔡上翔、楊希閔，民國柯敦伯、柯昌頤、于大成，日本麓保孝等；年表如：民國李燕新、林敬文、夏長樸，日本清水茂、佐伯富、東一夫等；彙考傳記者，如：民國丁傳靖、林瑞翰、吳甦……等。

〔註 2〕吳曾《能改齋漫錄》卷九頁 7：「王介甫辛酉（眞宗天禧五年辛酉）十一月十二日辰時生。」小字貛郎事見邵博《聞見後錄》卷三十頁 8。餘見諸家譜傳及後文所述。

明道元年，1032），父益知韶州之三年，方始爲學。蓋益初知韶州，嘗延鄉儒譚昉教其子弟，介甫後亦與二兄共學其門。介甫熙寧中執政，譚昉尙過訪道舊，介甫「竊有感惻，因成小詩」，曰：「當我垂髫初識字，看君揮毫獨驚人。……握手更誰知往事，同時諸彥略成塵。」

介甫天資聰慧，雖曰晚學，而「讀書一過目，終生不忘」，故於學亦時有所得。明年（1033），益丁父憂，解官攜眷歸臨川，介甫乃得長居故里，靜讀三年。蓋介甫以居無常所，交無定友，心志難安，嘗自覺「材性生古人下，學又不能力，又不得友以相鐫切，以入於道德」，自憂或將「歸於塗人而已」。〔註3〕

景祐三年（1036），介甫十六歲，父益除喪服，赴京求闕，介甫隨侍其側，乃得初見汴京之大；但覺車馬熙攘，塵坌污衣，並無適志之意。明年，父通判江寧，介甫隨之家居苦學。以年歲稍長，頗知自處，一日「端居感慨忽自悟」，以爲「男兒少壯不樹立，挾此窮志將安歸」？始有師法孔孟，經略天下，而「與稷契遐相希」之志。〔註4〕

寶元二年（1039），介甫年十九，父益卒，葬於江寧牛首山，遂舉家居金陵。介甫「從二兄入學，爲諸生。常感古人汲汲於友，以相鐫切，以入於道德」。因刻意擇交。初得李不疑（通叔），因其「色睟然類君子」，言談亦合聖道，遂定交焉。未四年而不疑竟以溺死，介甫「悲天之不予相也」，乃作哀辭哭之。〔註5〕

慶曆元年（1041），介甫適弱冠，方除父服，因「聞降詔起羣彥，遂自下國趨王畿」。在京師，初識曾鞏，數語相知，互訝奇才，乃結爲至交。明年三月，介甫舉進士。鞏愛其才，嘗上書歐陽修爲之延譽。事未果而介甫亦簽書淮南判官，居韓琦幕下。

介甫初及第，每讀書達旦，略假寢而日已高，乃急上府，不及盥洗。琦以其年少，疑夜飲放逸，誡之曰：「君年少無廢書，不可自棄。」介甫退而以爲琦非知己者，及五年秩滿，乃解官飄然離去。〔註6〕年二十三（1043），介甫「通乎晝夜、陰陽所不能測而入於神，初作《雜說》數萬言。世謂其言與孟軻相上下，於是天下之士，始原道德之意，窺性命之端」。〔註7〕由是可知，介甫早年嘗著意於義理之學，中年

〔註3〕《王安石文集》卷四五頁159、160有〈先大夫述〉、〈先大夫集序〉二文，記載父益之事。其餘載事，參見：《文集》卷三三頁49〈與祖擇之書〉：「某生十二年而學，學十四年矣。」《王安石詩集》卷十九頁121〈貴州虞部使君訪及道舊〉。《宋史》卷三二七〈王安石傳〉。《詩集》卷四八頁13〈李通叔哀辭序〉。

〔註4〕《王安石詩集》卷十四頁82〈憶昨詩示諸弟〉。

〔註5〕《王安石詩集》卷四八頁43〈李通叔哀辭序〉。《文集》卷四五頁160〈先大夫述〉。

〔註6〕邵伯溫《邵氏聞見錄》卷九。

〔註7〕晁公武《郡齋讀書志》卷十二頁8〈王氏雜說〉，錢穆《中國近三百年學術史》頁4。

後始傾力於報國實用之策也。《雜說》即《王氏淮南雜說》，陰山陸佃即以羨佩此文，乃拜介甫門下；元至元間，劉惟永撰《道德眞經集義》尙引用其言，劉書今存見於《正統道藏洞神部・洞神部・玉訣類・染字號》中。

慶曆七年（1047），介甫得明州鄞縣宰。介甫乃抱地勢，「起堤堰，決陂塘，爲水陸之利，貸穀與民，立息以償，俾新陳相易。邑人便之」。日後介甫新政之青苗法，實本此爲之也。〔註8〕

皇祐元年（1049），介甫鄞縣秩滿，明年調舒州通判。文彥博薦其恬退自守，乞不次進甫，以激奔競之風。尋召試館職，以家貧親老，辭不赴。此時介甫之「才性賢明，篤於古學、文辭、政事，已著聞於時」矣！〔註9〕

至和元年（1054），介甫年三十四，除集賢院校理，仍以「營私家之急，擇利害而行」爲說，四度上書請辭〔註10〕。上聽其奏，遂歸臨川。三十七歲始知常州。仁宗嘉祐二年（1058），移提點江東刑獄；使還報命，介甫乃上仁宗皇帝言事書萬言，亟論當世之務，倡議高奇，果於自用，慨然已見矯世變俗之志。其後介甫新政，亦多依循此書所論，然此際仁宗竟不之用。

嘉祐四年（1059），介甫三十九歲，館閣之命屢下，詔直集賢院，而介甫四辭乃受；士大夫謂其無意於仕進，恨不識其面。六年（1061），除知制誥，糾察在京刑獄。介甫性執拗，嘗治獄忤府司，大理審刑以介甫有罪，當詣閤門謝，介甫以己爲是，固不肯。未幾，丁母憂，遂辭官扶櫬而歸金陵。及喪滿，朝廷屢召不赴。蓋介甫以爲「君子有窮苦顚駭，不肯一失詘己以從時者，不以時勝道也；故其得志於君，則變時而之道，若反手然」，「而古之君子，辭受取舍之方不一，彼皆內得於己，……豈以夫世之毀譽者概其心哉」？況且「學足乎己，則不有知於上，必有知於下；不有傳於今，必有傳於後；不幸而不見知於上下，而不傳於今，又不傳於後，古之人蓋猶不憾也」。〔註11〕故其志切於國家之盛衰，至若一己之榮辱成敗，向未計諸心懷。此後介甫行事，蓋準此原則而不變也。

治平四年（1067）正月，英宗崩，神宗即位。神宗夙聞介甫賢能，乃詔知江寧府，旋授翰林學士；明年四月，詔其越次入對。介甫說以堯舜之道，又上〈本朝百

〔註 8〕《宋史》卷三二七〈王安石傳〉、蔡上翔《年譜考略》頁 59、顧棟高《年譜》慶曆七年條、樓鑰《攻媿集》卷五五〈鄞縣經綸閣記〉。

〔註 9〕陳襄《古靈集》卷七〈與兩浙安撫陳舍人薦士書〉。《歐陽修全集》卷四〈薦王安石劄子〉亦有此意。

〔註10〕《王安石文集》卷二頁 15〈乞免就試狀〉。

〔註11〕《王安石文集》卷二五頁 154〈送孫正之序〉；卷二九頁 10〈答李資深書〉；卷三一頁 36〈答史諷書〉。

年無事劄子〉，略言先帝功業，與末俗頹弊所當興革之處，神宗深契心意，乃令其詳陳設施之方。次年（1069）二月初三日，介甫四十九歲，拜參知政事，新法遂得漸次推行，時號爲「新政」。舊臣多不適新政之銳變，求去者眾。介甫僚屬又多迫害不附新法之朝臣，未幾，朝廷乃盡爲新法黨人之天下矣。新黨多爲輕俊浮薄而又短視近利之青年，日久遂生大弊。介甫之長子雱（時年二十四），亦其一也。

雱生於仁宗慶曆四年而卒於神宗熙寧九年（1044～1076），幼即黠慧，「數歲時，客有以一麞一鹿同籠，以問雱：『何者是麞？何者是鹿？』雱實未識，良久對曰：『麞邊是鹿，鹿邊是麞。』客大奇之」。

及長，才氣豪傑，超絕羣類。「年十三，得秦卒言洮河事，歎曰：『此可撫而有也。使西夏得之，則吾敵強而邊患博矣。』」後人謂：介甫爲執政，以邊將王韶「開河湟，復故土，斷匈奴右臂」，實從王雱議也。

雱又長於談辯，每令人折服。方介甫未貴，輒與弟平甫窮經，「夙夜講論琢磨，雱從旁剽聞習熟，而下筆貫穿，未弱冠，已著書數十萬言」；所注《爾雅》，「比物引類之博，分析章句之工」，人或讚賞不已。

治平四年（1067），雱舉進士第，授旌德尉，以官卑無以展其才，因不赴。作策二十餘篇，極論天下事，介甫新政亦多取以施行。

熙寧三年（1070）雱又撰成《老子注》，其說高妙，超軼介甫早年之《老子注》；其書佚文，已由嚴靈峯先生自《正統道藏》中輯出，由其中可知，雱之所見，確非掇拾介甫之餘者。

雱長神宗四歲，神宗蚤知其才，既以介甫輔政，乃除雱崇政殿說書。方熙寧六年（1073），「雱病足瘍、下漏，徧用京師醫不效」，九月十二日，神宗久不得雱講經，竟於夜夢中與之長談，翌日早朝後，乃諭介甫曰：「卿子文學過人，昨夕嘗夢與朕言久之，今得稍安，良慰朕懷也。」雱之聰明可見。宋史謂：介甫更張政事，雱實導之。雖不能據以論定介甫新政多出於雱意，然嘗受雱之影響，當無庸置疑也。〔註12〕

介甫更新政制，意在爲民生財；變易貢舉舊制，實欲「變學究爲秀才」，使士子皆能通達識體，能爲國用；故新政多以淺易新奇爲準，而作爲取士標的之《三經新義》與《字說》，亦準新奇淺易之原則撰述。

〔註12〕高安《墨客揮犀》卷六頁3，沈括《夢溪筆談》卷十三頁2，顧棟高《王安石年譜》熙寧九年條，邵伯溫《邵氏聞見錄》卷十三頁3。陸佃《陶山集》卷十三頁22〈祭王元澤待制墓文〉。《續資治通鑑長編》卷二二六頁7、卷二四七頁6。馬端臨《文獻通考》卷一九〇頁1614項安世〈跋王元澤爾雅〉。《宋史》卷三二七〈附王雱傳〉，《郡齋讀書志》卷五頁23「《元澤先生文集》三十六卷」條。《臨川先生文集》卷四三頁1〈辭男雱說書劄子〉，李昌齡《樂善錄》卷下頁15。

熙寧六年（1073），介甫以更改科舉制度及學校升貢法，當先統一經義，乃奏請設立經義局，編修《周禮》、《詩》、《書》等三經之經義；介甫親撰《周禮義》，雱董理《書經》義，而《詩經》義則成於呂惠卿等人之手。八年六月，《三經新義》成，乃進奏於神宗而刊行於太學。《三經新義》名爲官修，實乃介甫一家之學，影響宋代科舉甚鉅，後世論之者亦眾。〔註 13〕

熙寧七年（1074）春，天下久旱，饑民流離，神宗憂形於色。憶及去年歲暮，安上門監者鄭俠所上《流民圖》之慘狀，神宗臨朝每作嗟歎，欲罷新法之不善者；介甫屢諫不從，知事不可爲，乃數請求去。神宗初尚挽留，以太后流涕告曰：「安石亂天下。」遂於四月從介甫之奏，罷爲觀文殿大學士，知江寧府，使續修《周禮》、《詩經》二義。逾半載，神宗以呂惠卿姦邪不可託事，乃召介甫復相。介甫受命，雖欲重振，然以年老衰茶，雱又病危旦夕，呂惠卿等叛離不可與事，重以舊黨日加抵拒，介甫進退狼狽，因歎曰：「上聰明日躋，然流俗險膚，未有已時，亦安能久自困於此？」是以「日有東歸之思」。

熙寧九年（1076）六月，雱病卒，年僅三十三。逾四月，介甫乃再度罷相，以集禧觀使身分歸隱金陵。

介甫晚年居金陵，築第於南門外七里，宅第去蔣山（即鍾山）亦七里，人以其居所位於鍾山之半途，因稱之曰「半山老人」。「所居之地，四無人家，其宅僅蔽風雨，又不設垣牆，望之若逆旅之舍」。

此時，介甫除作《字說》外，即取藏經讀之，無復他學。蓋神宗嘗念字學缺廢，詔羣臣探討外，亦屬意介甫撰作字書。介甫因窮六年之力，終成《字說》二十四卷以上呈神宗。其後，《字說》竟得與熙寧所修之《三經新義》，擅行於科場三十餘年，凡欲仕進者，莫不專誦。其影響可謂深遠，而介甫所以遭謗者，亦以是書爲夥。〔註 14〕佛書亦爲介甫晚年所致力者。早在介甫任昭文館大學士時，已兼「譯經潤文使」，既居鍾山，「好觀佛書，每以故金漆版書藏經名，遣人就蔣山寺取之」。耽於佛經既久，於佛理亦深有領悟，乃自注《金剛般若》與《維摩詰》二經；神宗聞之，且敕令許以投進。〔註 15〕

既了澈佛理，發之詩作，則趨於精警深婉，「造語用字，間不容髮，然意與言

〔註 13〕詳見程師元敏《三經新義與《字說》科場顯微錄》、《三經新義修撰通考》、《三經新義修撰人通考》。

〔註 14〕魏泰《東軒筆錄》卷十二頁 3。張邦基《墨莊漫錄》卷四頁 5。

〔註 15〕葉夢得《巖下放言》卷上頁 13。《雲麓漫鈔》卷三頁 4。陸游《老學庵筆記》卷三頁 12。

會，言隨意遣，渾然天成」。如東坡等人，亦讚介甫「暮年作詩始有合處，五言最勝」，「雅麗精絕，脫去流俗」，「格高而體下」，而其「超然絕倫處」，可「直追李杜陶謝」。〔註 16〕其澈悟之性，發乎情而益見淳樸無華、閒適平淡。閒暇時，「多騎驢遊肆山水間，賓客至者，亦給一驢」，「欲入城，則乘小舫，泛潮溝以行」。每食罷，輒「至鍾山，縱步山間，倦則即定林而睡，往往日昃乃歸」。其〈吾心〉詩所云：「吾心童稚時，不見一物好……；初聞守善死，頗復吝肝腦；中稍歷艱危，悟身非所保……；晚知童穉心，自足可忘老。」可謂介甫一生四段寫照。而其晚年之「自足」「無心」，更隨處可見：「雲從無心來，還向無心去；無心無處尋，莫覓無心處。」朱熹亦偏愛介甫「豈無他憂能老我，付與天地從今始」詩句，每喜誦之。〔註 17〕

介甫既以「無心」處世，則日常行止，渾然一忘機村夫耳。時有老翁張姓，與介甫最稔熟，介甫每步至其門即呼「張公」，張應聲呼「相公」。一日，介甫忽大咍：「我作宰相許時，止與汝一字不同耳。」其無執而參悟「山猶昔」之性，可知矣。

又一日，介甫「幅巾杖履，獨遊山寺，遇數客盛談文史，詞辨紛然。介甫坐其下，人莫之顧。有一客徐問曰：『亦知書否？』介甫唯唯而已。復問何姓，介甫拱手答曰：『安石姓王。』眾人惶恐，慚俯而去」。其率眞乃若此。黃山谷嘗評介甫云：「眞視富貴如浮雲，不溺於財氣酒色，誠一世之偉人也！」〔註 18〕黃山谷亦嘗從介甫游於鍾山，時值春日，山野多小花（木犀花），木高數尺，極香，土人號爲「鄭花」，介甫嘗求而栽之，本欲作詩以誌其事，因陋其名，山谷乃請名爲「山礬」，蓋謂其葉不待用礬而可染黃也，介甫欣然從之。〔註 19〕

介甫善書法，其字「清勁峭拔，飄飄不凡，世謂之『橫風疾雨』」。「評者謂其作字似忙，世間那得許多忙事」。宋代書法大家米芾嘗謂：介甫學楊凝式（景度）之「天眞爛漫」筆意，而人不知也。介甫亦愛米芾詩筆，礙於政務繁瑣，總不可相見，直至退隱金陵，始相識於鍾山。米芾言其事曰：「元豐六年（1087），余始識荊公於鍾山，語及此（學楊氏筆意之事），公大賞歎，曰：『無人知之。』其後與余書簡（二

〔註 16〕葉夢得《石林詩話》卷上頁 2，陳師道《後山詩話》頁 4，《山谷題跋》卷六頁 58：李燕新《王荊公詩探究》第二章第六節，言之甚詳。餘如：趙令畤《侯鯖錄》卷七頁五，《許彥周詩話》頁 6。

〔註 17〕呂希哲《呂氏雜記》卷下頁 12。《東軒筆錄》卷十二頁 3。葉夢得《避暑錄話》卷上頁 4。《王安石詩集》卷三頁 17〈吾心〉、頁 14〈即事〉。《鶴林玉露》卷十二頁 7。

〔註 18〕朱彧《萍洲可談》卷三頁 3。劉斧《青瑣高議後集》卷二頁 109。《山谷題跋》卷六頁 58。

〔註 19〕《黃山谷詩注》卷十九頁七〈山礬花〉二首。

十餘篇），皆此等字。」〔註 20〕

介甫晚年雖力求平淡，然以病軀苶然，槁骸殘息，常蒙神宗寵賜湯藥；家中庶事，亦不順遂，輒懼身後蕭條，無可託囑。先是弟安上（純甫）坐與太常少卿孫珪交訟不實，於元豐三年（1080）九月七日，各追兩官勒停，介甫無力挽回。又有次子旁不惠，與妻龐氏不睦，日相鬥鬩；介甫憐其婦無辜，遂擇壻而嫁之。待欲爲旁新娶，卻「未有可求昏處」，乃廢然歎曰：「純甫事失於不忍小忿，又未嘗與人謀，故至此；事已無可奈何，徒能爲之憂煎耳。旁每荷念恤，然此須藥肯，乃可以謀；一切委之命，不能復計較也。」窮途老嬾之心緒，瀰漫紙間，頹然不復當年豪氣矣。〔註 21〕

此後，由介甫之燕居詩作、書啓章奏中觀之，其晚年多在衰苶瞢耗、抱疴負憂下渡過。雖得時遊山水，耽情佛經；復得完成《字說》，釋一重負；然時不我予之歎，索寞孤寂之情，實難追挽。

元豐七年（1084），介甫弟安禮（和甫）爲尚書左丞，又因瑣事而與侍御史張汝賢互訟，七月貶官知江寧府。而是年春夏之交，介甫嘗病至數日不能言語，已託諸後事；五月二十二日，神宗亦准介甫壻蔡卞一月之長假，令其歸省金陵，以備所需。然六月中旬，介甫竟病瘳，乃喜而捨半山舊宅爲報甯禪院，以積功德。此後，介甫竟稅屋居城中，不復造宅。東坡適於此時由黃移汝，七月過金陵，八月乃數會介甫，與之留連燕語，劇談累日不倦，此際當爲介甫歸隱以來，最快樂之時也；且二人暢談之餘，已抒除舊日瓜葛，至約卜鄰以終老焉！東坡時未首肯，其後介甫卒，乃爲詩悼之曰：「勸我試求數畝宅，從公已覺十年遲。」亦可歎惋也！〔註 22〕

越明年（元祐元年，1086）四月六日癸巳，介甫以疾逝於金陵，享年六十六。訃聞傳至京師，帝爲之輟朝；弟純甫亦自京師來哭弔。門生陸佃時爲禮部侍郎，居

〔註 20〕倪濤《六藝之一錄》卷三四〇頁 6 引《墨莊漫錄》，《山谷題跋》卷七頁 62〈論書〉。米芾《書史》頁 17，李之儀《姑溪居士前集》卷三九頁 8，許景衡《橫塘集》卷二十頁 13，曾敏行《獨醒雜志》卷五頁 5。

〔註 21〕王闢之《澠水燕談錄》卷十頁 1，《王安石文集拾遺》頁 163〈與耿天騭書〉。《東軒筆錄》卷七頁 1，《墨客揮犀》卷三頁 3，孔平仲《談苑》卷一頁 5。

〔註 22〕此節文字雖短，參考書籍頗多，如：《續通鑑長編》卷三四五頁 15、卷三四六頁 11、卷三五〇頁 8、卷三四七頁 4，《王安石文集》卷十一頁 96〈給蔡卞假傳宣撫問謝表〉，朱弁《曲洧舊聞》卷五頁 2，趙令畤《侯鯖錄》卷八頁 2，呂希哲《呂氏雜記》卷下頁 12，李壁《王荊公詩注》頁 553〈晝寢〉注，邵博《聞見後錄》卷二一頁 10，邵伯溫《邵氏聞見錄》卷十二頁 5，卞永譽《書畫彙考》卷十頁 86，《渭南文集》頁 29，《王安石文集》卷二九頁 15〈回蘇子瞻簡〉，《蘇東坡全集・前集》卷十四頁 197〈哭兒詩〉、頁 198〈同王勝之遊蔣山〉。

京師，竟「聞訃失聲，形留神往」，乃率諸生哭而祭之，挽詞曰：「遙瞻舊館知難報，綘帳橫經二十秋。」太學錄朱朝偉以佛語作薦文唁之，因介甫好佛書也。未幾，於「蔣山東三里，與其子雱，分昭穆而葬」，終北宋之際，每值節序，皆有士子前往致奠者。〔註 23〕

第二節　《字說》之濫觴

介甫年十二而學（1032），「自百家諸子之書，至於《難經》、《素問》、《本草》、諸小說，無所不讀」。既潛心聖人經世之文，復致力文字形義之學，嘗深究於許慎之《說文》古字，因於字義時有所悟，遂以識字見知於友朋。〔註 24〕

年二十二（1042）舉進士，簽書淮南判官，居韓琦幕下。經常夜讀達旦，淬力不懈；及秩滿離去，會有上琦書者，多用古字，琦不能識，持示羣僚，亦不識，琦笑曰：「惜王廷評不在此，其人頗識難字。」〔註 25〕

至和元年（1054），介甫年三十四，以舒州通判解官歸臨川；道經蕪江而初識詩人梅堯臣，梅氏雖境遇不達，然以詩名著聞於時，所交往亦皆才俊名士，介甫因之遂得結識劉敞（原甫）、劉攽（貢甫）、歐陽修、吳奎（長文）諸人。

貢甫詼諧不羈，識奇字，介甫與之最善，且欲直追其後，嘗謂：「能言奇字世已少，終欲追攀豈辭劇？《枕中鴻寶》舊所傳，飲我寧辭酒或索？」

貢甫之兄原甫，乃宋初字學大家，嗜古篆奇字，歐陽修所集之鼎彝碑刻銘文，多由原甫釋之（1069）；介甫得其薰陶，當亦匪淺。原甫嘗於慶曆間作《七經小傳》，異乎當時學者注重章句注疏之學，爲宋儒以己意發揮經義之始。介甫執政後，亦編撰《三經新義》，學者多謂其實由原甫發之。

長文雅好金石，亦偶爲歐陽修之《集古錄》考釋文字；嘗得顏魯公斷碑，知介甫善篆籀，乃銘寄之，介甫因作七古一首，志其慨云：「六書篆籀數變改，訓詁後世多失眞；誰初妄鑿妍與美，坐使學士勞筋骨？」於時人之不治字學，誤解經義訓詁，頗多感慨。

〔註 23〕周煇《清波別志》卷七頁 6，張舜民《畫墁集》卷四頁 3，陸佃《陶山集》卷十三頁 18〈祭丞相荊公文〉、卷三頁 13〈丞相荊公挽詞〉，《宋史》卷三四三〈陸佃傳〉。

〔註 24〕《臨川先生文集》卷二九頁 17〈答曾子固書〉，卷三三頁 49〈與祖擇之書〉、同卷頁 47〈上人書〉，卷四三頁 3〈進字說劄子〉，卷二頁 5〈再用前韻寄蔡天啓啓〉，卷八四頁 4〈熙寧字說〉。

〔註 25〕司馬光《涑水記聞・補遺》頁 3，李壁《注王荊公詩》頁 451〈平甫歸飲〉夾注。

蓋至和元年介甫初歸臨川，七月遊褒禪山華陽洞時，即感慨世人不學，謬音「花山」爲「華山」，致使後世將「花山」誤傳爲「華山」。士子爲舉業，亦如是口耳相傳，彊記博誦，志力未盡，求思不深，稍學詩賦，略通文章者，雖不識經術時務，亦可入選公卿，參與國事，而「大不足以用天下，小不足以爲國家天下用」，乃慨然有革弊之志。〔註 26〕

嘉祐二年（1057），介甫年三十七，知常州。明年，以歐陽修之薦，始與呂惠卿相識，修謂介甫云：「呂惠卿者，學者罕能及，更與之切磨之，無所不至也。」治平四年（1067）七月，惠卿以介甫之力薦，入集賢院爲書籍編校；其後介甫執政，推行新法，編修經義，得惠卿之輔助爲最大。

嘉祐四年（1059），介甫入爲三司度支判官，尋直集賢院，校書天祿閣，因得一展識字之長，而「擁書天祿閣，奇字校偏旁」，且頗以自慰。於寄弟平甫詩中，自況「有如揚子雲，歲晚天祿閣；但無載酒人，識字眞未博」。得意之餘，尚知自謙也。

此時，介甫得觀館藏之許慎《說文》善本，就中尋繹古字，深析形義，欲由此探究古今文字之衍變，惜未得明師益友之磋磨，終至罔然而廢，然亦深植熙寧中編撰《字說》之基礎；解《周官》經義所用之析字方法，即肇基此際也！〔註 27〕

神宗熙寧元年（1068）四月初四，介甫以江寧大學士奉召入對，因上問，乃奏〈本朝百年無事劄子〉，謂：國家「以詩賦、記誦求天下之士，而無學校養成之法」，實爲宋興以來之失政。至此，改制之意益堅。〔註 28〕

熙寧二年，介甫年四十九，三月初三日，遂以諫議大夫參知政事，得寖假行

〔註 26〕自「初識梅堯臣」以下，各節參考書籍爲：劉守宜《梅堯臣詩之研究及其年譜》頁 170、342，蔡上翔《考略》慶曆七年（頁 56）、嘉祐二年（頁 83）。《石林詩話》卷上頁 1。《王安石詩集》頁 42、56、136、151、237，凡收介甫與貢甫詩五首，可參照；本文所引詩句見頁 56〈過劉貢甫〉。《郡齋讀書志》卷四頁 6、《續通鑑》卷六十六熙寧元年、《能改齋漫錄》卷一頁 15、《讀書敏求記校正》卷一上頁 38，皆謂介甫之《三經新義》源自劉敞；而《曲洧舊聞》則謂：「介甫經術，實（貫）文元發之，而世莫有知者。」（卷二頁 4）衛湜編《禮記集解》，更於序言中曰：「（延平周諝，字）希聖，又嘗著《周禮解》，擢熙寧進士，第入仕，値新法行，不忍詭隨，賦詩去官。今王文公《新傳》，多採其說而沒其名，豈忌其人之有傳邪？」則貫文元、周諝亦對介甫之書有所啓發歟？《王安石詩集》卷九頁 52〈吳長文新得顏公壞碑〉，《文集》卷二七頁 164〈游褒禪山記〉，卷一頁 1〈上仁宗皇帝言事書〉。

〔註 27〕《歐陽修全集》卷六頁 92 嘉祐三年〈與王介甫書〉，《宋人軼事彙編》頁 546 引《水東日記》。《續通鑑》卷六五頁 1603 英宗治平四年七月載事。李壁《注王荆公詩》頁 450〈平甫歸飲（時在館中作）〉，《王安石詩集》卷五頁 54。《臨川先生集》卷四三頁 3〈進字說劄子〉。

〔註 28〕《續長編拾補》卷三上頁 5。《王安石文集》卷三頁 33，程師元敏《三經新義修撰通考》。

其養士之策矣。介甫蚤知章句記誦之學，不足爲天下國家用；人才建國，當以明經義，識時務爲本，而當時科舉題試，皆以詩賦及先儒經傳注疏爲主，甚難測出舉子之識略，故介甫及欲改科舉策題爲試經文大義，以見諸生是否通曉義理。惟明經之要，首在識字，故經文大義，當以字學蘊育其中。於是由此逐步建立其「字學寓於經義，明經以識字始」之王氏家學矣。〔註 29〕熙寧四年（1071），介甫乞改科舉法，不務記誦而試以經文大義，以取經世之才，上〈乞改科條制劄子〉，略謂：古之美士，出於太學，所學一律，故「道德一於上，而習俗成於下」，後世學校之法式微，雖有美材，不得師友教養，亦不能發揮；重以制舉又用詩賦、注疏爲準，是以屬文者但博覽辭章，致力華藻，無與於政事之學；守經者但誦讀注疏，專事訓詁，無關於義理之知；相率爲浮艷膚淺之學。若不幸而使其「擢之職位，歷之仕途，一旦國家有大議論，立辟雍、明堂，損益禮制，更著律令，決讞疑獄，彼惡能以詳乎政體，緣飾治道，以古今參之，以經術斷之哉」？故乞先除聲病對偶之文，再興學校師友之制，「然後講求三代以教育選舉之法，施於天下」，始可儲備美材，以爲國用也。

其說條理分明，層層推闡，深中時弊，意亦激切，由此可見介甫爲國養育人才之用心；是以朝廷從其意，乃頒布科舉新法。因勢所趨，「舉子對策，多欲朝廷早修經義，使義理歸一」，因有熙寧經義局之設置；介甫之字學，亦藉此而知著於世矣。〔註 30〕

熙寧六年（1073）三月庚戌（初七日），神宗詔允設立經義局，編修《周禮》、《詩》、《書》三經經義。呂惠卿與介甫子王雱董理《詩》、《書》二經大義；至於《周禮》，因「其法能施於後」，「其書理財者居半」，其義能符介甫自創之新法，杜塞異議者之口實，故介甫乃自釋其文。〔註 31〕

介甫注釋《周禮新經義》，多以解析字形之方式而發揮經義。如釋「諸矦」字，以「外厂（掩）人，內受矢」爲「矦」字本義，而「諸矦厂人，爲王受難」，故又借爲封建屏藩之「諸矦」字。又釋「士工才」三字，謂三字「皆從二從丨」，然「才無所不達，故達其上下；工具人器而已，故上下皆弗達；士非成才，則官亦皆弗達，然志於道者，故達其上也。」是以學問通達者爲「才」，達其一端者稱「士」，不學

〔註 29〕《王安石文集》卷九頁 74〈除參知政事謝表〉，《續長編拾補》卷四頁 3。

〔註 30〕《王安石文集》卷四頁 37，卷四四頁 151，畢仲游《西臺集》卷五頁 2。《續長編》卷二四三頁 6「熙寧六年三月己酉」載事。

〔註 31〕晁公武《郡齋讀書志》卷二頁 10《新經周禮義》條，《王安石文集》卷二九頁 12〈答曾公立書〉、《臨川先生文集》卷八四頁 2〈周禮義序〉。《三經新義》之修撰，程師元敏有數篇專文詳論其事，可參看。

不達者，祇能爲人作「工」而已。〔註32〕

介甫依己意解釋字義，雖未建立明顯之系統理論，然吾人觀有清碩儒戴東原「明經以識字始」一說，實與介甫意見甚爲相符。戴氏〈與是仲明論學書〉謂：「經之至者，道也；所以明道者，其詞也；所以成詞者，字也。由字以通其詞，由詞以通其道，必有漸。求所謂字，考諸篆書，得許氏《說文解字》，三年知其節目，漸覩聖人制作本始，又疑許氏於故訓未能盡。」介甫則曰：「得許氏《說文》古字，妄嘗覃思究釋其義」，「讀許愼《說文》，而於書之意，時有所悟，……惜乎先王之文，缺已久，愼所記不具，又多舛，而以余之淺陋考之，且有所不合。」又謂：「道有升降，文物隨之；時變事異，書名或改，原出要歸，亦無二焉。」二人觀點雖或不同，而其文意則若合符節也。〔註33〕由此可知，介甫於字學用心素深；其所以用心深，乃知學問根本之故；而持之不懈，或受劉敞兄弟等學者之砥礪；至於見諸文字，實自編修經義始；其編修經義，又以獨力董事之「《新經周禮義》」爲主；介甫之政治理想，字學體認，乃盡萃於斯，而《字說》之撰作，實亦肇端此際也。

深究介甫倡言字學之目的，實欲使士子知理義、識經略，成爲國家棟梁之材，以達其富民強國之政治理想。蓋欲培育人才，則當以「明經義、識時務」爲要；欲明經識體，則宜強固士子之根本；根本者，識字也。欲識字，則字學不可不講，字形不可不析，字義不可不審；因以經學爲體而字學爲用，冀達爲國育材之終極標的。其志可謂善矣！理想可謂高矣！

第三節　《字說》之修撰

介甫寓字學於經義中，前人說之者眾，考之《周官新義》，亦得其徵；其事付諸實行之初，則當推本至熙寧四年（1071）二月丁巳（初一日）。時神宗從介甫之意，詔定貢舉新制，介甫乃變易太學體制，立三舍；並選用學官，夜聚府齋中受口義，且至太學講授。學官中，沈季長爲其妹壻，葉濤爲姪壻，陸佃、黎宗孟則親炙於介甫；其中，陸佃之《詩》學，於嘉祐間已負盛名，至此，介甫更令季長與之共撰《詩》義，且每與二人諮商。〔註34〕

〔註32〕鄭宗顏《考工記解》頁16，王昭禹《周禮詳解》卷三八頁17。王安石《周官新義》卷一頁2。

〔註33〕《戴震文集》卷九頁139。《臨川先生文集》卷四三頁3、卷八四頁4、卷五六頁7。

〔註34〕《續長編》卷二二〇頁1。呂中《宋大事記講義》卷十六頁14。陸佃《埤雅》卷首陸宰〈序〉。

明年（1072）正月戊戌（十八日），神宗欲統一經義，令介甫進所著文字，諭之曰：「經術今人乖異，何以『一道德』？卿有所著，可以頒行，令學者定於一。」介甫對曰：「《詩》已令陸佃、沈季長作義。」未幾，又奏請神宗「假以歷時之淹，使更討論，粗如成就，然後上塵於聰覽，且復取決於聖裁，庶收寸長，稍副時用」。〔註 35〕

熙寧六年（1073）三月庚戌（初七日），神宗親策進士，深感學校法制終需改革，乃歸其責於介甫。介甫以爲學校教育乃是百年大計，宜立新法施行，遂奏請神宗設局置官；未幾，詔允設立經義局，並以介甫爲提舉，呂惠卿司國子監經義修撰，王雱爲同修撰，該局專司修撰經義之事。四月壬辰（十九日），新進士余中、邵剛等六人，並充「國子監修撰經義所」檢討，共修經義。〔註 36〕

《周官新義》爲介甫獨力修撰，自熙寧六年三月設局始修，至八年六月竣稿奏進，都二十有八月，原稿亦悉爲介甫清勁峭拔，猶如斜風細雨之手跡也。細讀此書，其訓詁說字，與日後《字說》之訓詁釋義，頗爲相近，如：

《天官・祀五帝》：「祀大神，示亦如之」，介甫釋其義曰：「天，從一從大；示，從二從小。」楊時《字說辨》所引之《字說》亦謂：「一而大者，天也；二而小者，地也。」

《天官・司裘》：「設其鵠」，介甫釋其義曰：「設其鵠者，鵠棲侯中，以爲的者也。鵠之爲物，遠舉而難中，射以及遠、中難爲善，故的謂之鵠也。」陸佃《埤雅》所引之《字說》亦謂：「鵠，遠舉而難中，中之則可以告；故射侯棲鵠，中則告勝焉。」

《天官・太宰之職》：「掌建邦之六典」，介甫釋「典」字而兼及「則」字，曰：「則之字，從貝從刀；從貝者利也，從刀者制也。」鄭宗顏釋《考工記・㮚氏》「茲器惟則」，所引《字說》「則」字說解亦曰：「若貝之爲利，……若刀之爲制也。」〔註 37〕

由此可證，《字說》取自《周官新義》之訓詁者，當在不少，而《周官新義》實亦可謂《字說》修撰之肇端也。

《三經新義》除《周官新義》爲介甫親撰外，《詩》、《書》二義大抵以諸學官授經講義爲本，由經義局汰冗取精，重定訓釋，再送介甫勘詳大義，一一合度，始奏

〔註 35〕《續長編》卷二二九頁 5。《王安石文集》卷八頁 67〈詔進所著文字謝表〉。

〔註 36〕《續長編》卷二四三頁 6、卷二四四頁 8。

〔註 37〕蔡絛《鐵圍山叢談》卷三頁 22。「天、鵠、則」三字，詳見第四章《字說輯佚》之該條。

進朝廷。是以今日所見《詩》、《書》二經義之佚文，其訓詁簡易明淺，殆以取自注疏、《說文》者爲多，附會介甫字學之處者少故也。如「苹」字釋云：「苹，水草也。」「崇墉仡仡」釋云：「仡仡，壯也。」皆與《說文》同義。〔註38〕

熙寧七年（1074）四月丙戌（十九日），介甫以鄭俠所上《流民圖》事，引咎而辭相位，六月十五日到江寧任所，續修經義。未十月（八年二月十一日），而神宗詔之復相。八年六月丁未（十七日），《三經新義》乃奏進於朝廷，隨即刻本刊行，以爲天下學子準式。

是年（1075）黃庭堅三十一歲，爲國子監教授，詩文皆超軼絕塵，獨不善字學，見《三經新義》頒爲準式，字學份量轉重，乃爲學子喟然而歎曰：「諸生厭晚成，躐學要儈駔。摹書說偏旁，破義析名象。……有路即歸田，君其信非誑。」〔註39〕

六年後（元豐四年，1081），太學生陳瓘（瑩中）以說字解經，宗法王氏學，舉進士甲科第二名；蘇轍即謂：「陳瑩中，英俊人也，但好《字說》。」日後陳瑩中自言此事，亦曰：「當是之時，臣以答義應舉，析字談經。患人事之難究，棄而不習；悅莊周之寓言，躋爲聖典。凡安石之身教，王雱之口學，臣皆以爲是也。」蓋言：自《三經新義》頒行後，科舉程試偏重字形之分析與字義之說解，非此則不愜考官之意。〔註40〕

與陳瓘同時之朝臣畢仲游，亦謂此時之舉子，「分析章句，旁引曲取，以求合於有司」。由此觀之，謂介甫《字說》之學肇端於此際，實不爲誤也。〔註41〕

熙寧八年（1075）二月，介甫雖受命復相，意圖重振，然舊日之親信僚屬略盡，呂惠卿又叛離不可信任，子雱更自去年六月病重以來，迄今不能與謀，兼之新法推行不盡如意，舊黨朝臣又日加排擠，遂生辭相東歸，安享餘歲之念。

是年冬，介甫於致妹壻沈季長之書中，略抒其意云：「又復冬至投老，觸緒多感，但日有東歸之思耳！上聰明日躋，然流俗險膚，未有已時，亦安能久自困苦於此？北山松柏，聞修雅說，已極茂長，一兩日令俞遜往北山，因欲漸治垣屋矣。」北山即鍾山，介甫去年罷相，嘗貸屋居此，因有「漸治垣屋」之語。俞遜乃介甫家僕，或於此時趁隙侵盜財物，故介甫歸金陵後，嘗訴請江寧府判根治其事；惟逾年之後，

〔註38〕「苹、仡」二則，見呂祖謙《呂氏家塾讀詩記》卷二三頁16、卷二五頁49。程師元敏撰有《詩》、《書》《新義》輯考彙評多篇，刊載於各類學報、期刊中，詳見本書所附參考書目，《詩》、《書》二義修撰大概，見程師元敏《三經新義修撰人考》五之七。

〔註39〕《宋史》卷四四四〈黃庭堅傳〉，《山谷詩外集》卷十頁4〈送吳彥歸番陽（熙寧八年在北京）〉，《山谷題跋》卷二頁13。

〔註40〕陳瓘《尊堯集》卷四頁29，邵博《聞見後錄》卷二三，蘇轍《欒城集》頁6。

〔註41〕畢仲游《西臺集》卷一頁3〈理會科場奏狀〉。

終以不追其罪而結此案。〔註42〕

此時介甫雖復相，卻無法銳治，遂有閒暇，時與賓朋討論學問，並檢選前時編修經義時所作之字義訓解，以與《說文》詳加比較，論其譌舛，復「序錄其說爲二十卷，以與門人所推經義附之」，此即熙寧年間首度問世之二十卷本《字說》也，亦即元豐五年奏進朝廷之二十四卷本《字說》之前身！此事由介甫書函及《熙寧字說》序文中可知。

介甫於又函妹壻沈季長書云：「近因歙州葉戶曹至此，論及《說文》，因更思索鳥獸草木之名，頗爲解釋。」蓋《周官新義》中，偏重析解字形，以說經義，於《毛詩》名物之闡釋，無法納入，此時乃有「論及《說文》」之外，更加「思索鳥獸草木之名，頗爲解釋」，以作補充之必要。

惟熙寧中所刊行之二十卷本《字說》，其內容仍以經義及字形之分析爲主，介甫於《熙寧字說》之序文中，開宗明義即闡述其對文字形構之體認，謂：文字之聲、形、義，「皆本於自然，非人私智所能爲也」。文後乃惋惜《說文》之失，因欲正其形畫，其言曰：「余讀許慎《說文》，而於書之意，時有所悟，因序錄其說爲二十卷，以與門人所推經義附之。惜乎先王之文，缺已久，慎所記不具，又多舛，而以余之淺陋考之，且有所不合。雖然，庸詎非天之將興斯文也，而以余贊其始？」既以《說文》爲考論對象，其書偏重於小篆字形之刪易，當無可疑矣。今所輯得《字說》佚文中，說解小篆者甚多，而其字形異於《說文》者亦夥，如：燕字作[illegible]，量字作[illegible]，爵字作[illegible]，皆屬此類。〔註43〕

熙寧九年（1076）六月己酉（二十五日），王雱卒，逾四月，介甫乃再度罷相，歸隱金陵，享其「只將鳧鴈同爲侶，不與龜魚作主人」之閒逸晚年矣！〔註44〕其後以神宗之諭，始專力於元豐《字說》之撰作。

神宗明睿好學，頗善文章，亦擅於解《字說》文；當「熙寧末年（1077），旱，詔議改元，執政（時爲吳充、王珪）初擬『大成』，神宗曰：『不可！成字于文，一

〔註42〕魏泰《東軒筆錄》卷五頁4，《王安石文集》卷三一頁31〈與沈道原舍人書〉一。《臨川先生集》卷四三頁2〈辭男雱授龍圖箚子〉。《續長編》卷二九三頁1、卷二九三頁5、卷二九四頁1。

〔註43〕《王安石文集》卷三一頁31〈與沈道原舍人書〉二，《臨川先生集》卷八四頁3〈熙寧字說〉。

〔註44〕《續長編》卷二七六頁12、卷二七七頁2、卷二七八頁9。王雱卒月，說者不一，蔡上翔《年譜考略・附》頁453，程師元敏《三經新義修撰人考》〔註16〕，皆有討論。其餘祭悼王雱之詩文：陸佃《陶山集》卷十三頁22〈祭王元澤待制墓文〉，《王安石詩集》卷十四頁83〈題雱祠堂〉，卷二九頁189〈題永慶壁有雱遺墨數行〉，邵博《聞見後錄》卷二十頁7，《玉壺清話》卷五頁6。

人負戈。』繼又擬『豐亨』，復曰：『不可！亨字為子不成！惟豐字可用。』改『元豐』」。亦因此事，神宗深憂字學廢缺，乃詔儒臣探討，而於元豐元年（1078）三月庚辰（初六日），差王子韶修定《說文》，蓋子韶（聖美）為字學大家，當十年前（熙寧二年，1069）即已為小徐《繫傳》之重刻本摹篆，於《說文》本篆及說解之正誤，當較他人為明晰故也。惟此事非一人可任，故於五月庚寅（十七日），復詔光祿寺丞陸佃助修。

此事之前，當介甫尚在朝廷，神宗已垂詢有關字學之事，介甫退而「黽勉討論」，終以事大功緩，未能即刻上進。再度罷相，退隱金陵後，神宗聞其困蹇、衰苶，乃命中使甘師顏賜銀二百兩及湯藥若干，且復申前諭，令錄文字以進；介甫乃用力忘疾，博釋所疑，欲早成專著，以「上塵聰覽」。於是介甫修撰《字說》，與王、陸修定《說文》，乃分二地同時進行矣。〔註 45〕

介甫再罷相，居金陵，乃放情山水間，每食罷，輒跨一蹇驢，四下縱游，倦則即山寺小憩，往往日昃乃歸，率以為常；賓朋至者，亦給一驢；蘇東坡所謂：「騎驢渺渺入荒陂」是也。不游，則以續修《字說》為事，且時取蔣山寺佛經讀之，遂於佛理深有所悟。嘗自注《金剛般若》、《維摩詰》二經，進奏神宗，自言其事云：「臣蒙恩，免於事累，因得以疾病之餘日，覃思內典，切觀《金剛般若》、《維摩詰》所說經，……輒以己見，為之訓釋。不圖上徹天聽，許以投進。」影響所及，《字說》之說解，亦多寓言佛理，甚且改易熙寧《字說》之說解，以牽合佛語。如《字說》「空」字，初解作：「工能穴土，則實者空矣。故空從穴從工。」至是乃用佛語改云：「無土以為穴，則空無相；無工以穴之，則空無作；無相無作，則空名不立。」義蓋取自《維摩詰》、《法華》二經。《維摩詰經》云：「空即無相，無相即無作，無相無作，即心意識。」《法華經》亦云：「但念空無作。」此類說解，辭簡意賅，難於猝解，是以後人不得已而有《字說》注解之類書作矣。〔註 46〕

〔註 45〕《朱子語類》卷一二七頁 4。葉夢得《石林燕語》卷一頁 3，王明清《揮麈錄》卷上頁 1。按：《燕語》所引之「一人負戈」，實為「戊」字，《揮麈錄》改「大成」作「美成」，云：「羊大帶戈」，較合字義。《說文繫傳》卷四十頁 2，《續長編拾補》卷十頁 10。《續長編》卷二八九頁 16。《宋史．選舉志》：「初，神宗念字學廢缺，詔儒臣探討，而王安石乃進其《字說》，學者習焉。」《臨川先生文集》卷四三頁 3〈進字說劄子〉，卷五六頁 7〈進字說表〉。邵博《聞見後錄》卷二四頁 4、《石林燕語》卷十頁 1、趙德麟《侯鯖錄》卷三頁 5、《王安石文集》卷十一頁 96〈甘師顏傳宣撫問謝表〉。

〔註 46〕陸佃《陶山集》卷十一頁 7、葉夢得《避暑錄話》卷上頁 4、邵伯溫《邵氏聞見錄》卷十一頁 5、陳方叔《潁川小語》卷下頁 21。呂希哲《呂氏雜記》卷下頁 12。《蘇東坡全集》卷十四頁 197〈次荊公韻四絕〉。葉夢得《巖下放言》卷上頁 13。《王安今觀介甫說解字義處，輒有臆度穿鑿，甚至荒誕可笑之說；然方其撰作之時，用心之深，運思之苦，卻非常人輕易可及。生於熙寧末年之葉夢得，日後引述其所親聞，嘗謂：介甫「作《字說》時，用意良苦，嘗置石蓮百許枚几案上，咀嚼以運其思；遇盡未及益，即囓其指，至流血不覺」。

朱熹亦謂：介甫有外甥某，居書院而嬾學，恐介甫常入書院督促，乃多方討求新文字送予介甫，介甫「得之，祇顧看新文字，不暇入書院矣」。而其「每得新文字，窮日夜閱之；喜食羊頭籤，家人供至，或値看文字，信手撮入口，不暇用筯，過食亦不覺，至於生患」。又云：介甫在禪寺中作《字說》，「禪牀前置筆硯，掩一龕燈，人有書翰來者，拆封皮埋放一邊，就倒禪牀上睡，少時又忽然起來，寫一兩字，看來都不曾眠」。其用意之專，至於渾然忘我，亦可知矣！〔註47〕

介甫解字，不欲落前人窠臼，每字務求創說，「又要照顧得前後要相貫通」，又要說解牽合神宗之意，故雖覃思精釋，廢寢致疾，依舊苦於慮窮，難竣其事。是以非但擷取昔日之析字《字說》，參詳斠改，更時常與親友賓朋，諮諏討論，以定說解。如：

介甫解「飛」字不得而躊躇徘徊，子婦適侍見，探知其故，以「飛」字小篆作「飛」形，乃為之作解曰：「鳥反爪而升也。」介甫甚以為是。〔註48〕

又傳：介甫方撰《字說》時，「劉貢父曰：『《易》之〈觀〉卦，即是老鸛；《詩》之《小雅》，即是老鴉。』荊公不覺欣然。」〔註49〕

介甫又嘗問東坡：「鳩字何以從九？」東坡戲曰：「《詩》曰：『鳲鳩在桑，其子七兮』，和爹和娘，恰是九個。」〔註50〕

《鶴林玉露》則載：「荊公解『蔗』字，不得其義；一日行圃，見畦丁蒔蔗種瘞之，曰：『他時節節背生。』公悟曰：『蔗，切之夜庶生是也。』」〔註51〕

石文集・拾遺》頁140〈進二經劄子〉。陳善《捫蝨新話》卷三頁6。

〔註47〕《巖下放言》卷中頁12，《蒙齋筆談》卷下頁5。《朱子語類》卷一三〇頁5、頁6。

〔註48〕《朱子語類》卷一三〇頁5。《臨川先生文集》卷五六頁7〈進字說表〉，卷八四頁4〈熙寧字說〉。依李壁《注王荊公詩》卷四三頁2〈成《字說》後〉所作詩有云：「據梧枝策事如毛」，典出《莊子・齊物論》：「師曠之枝策也，惠子之據梧也」，言其知盡慮窮，形勞神倦，而《字說》撰作之時，費心討論之情狀，恰似其言所云。「飛」字見曾敏行《獨醒雜志》卷四頁4。

〔註49〕楊慎《丹鉛續錄》卷十頁2，《升庵外集》卷九十〈字說〉部頁5；又邵博《聞見後錄》卷二十頁10，則以此為介甫所自言者。惟《王安石文集》卷二八頁1〈答韓求仁書〉，論及《大小雅》名義，與此不同。

〔註50〕《丹鉛續錄》、《升庵外集》卷次同上；餘又見：曾慥《高齋漫錄》頁3，徐慥《漫笑錄》頁3。

〔註51〕羅大經《鶴林玉露》卷十三頁6。

姑且不論以上諸事之眞僞，然而介甫爲解文字而博問方家，必勤謹不怠，《字說》頗有彙眾智而成之處，亦可知矣！

參與編修《字說》至於書成，其姓名可稽考者，得二人，即丹陽蔡肇與曲江譚掞。

蔡肇，字天啓，丹陽（江蘇南京）人。仁宗嘉祐三年（1058）生（？），徽宗宣和元年（1119）卒，年約六十。《宋史》卷四四四〈文苑六〉有傳。〔註 52〕肇天機卓越，學體謙恭，方寸之心，博納百兩之書；豪勇之氣，冠蓋五陵游俠。州縣欲納爲迓吏，父甚惜之，誡曰：「以汝之才，宜力于學，而早汨沒于州縣！」肇乃辭迓吏，從介甫讀書於鍾山；蓋因父淵亦在治平元年（1064），從介甫學於金陵，遂兼通諸經，而登熙寧六年（1073）進士第。

肇初從介甫時，年約十九，值介甫再罷相而居金陵；介甫見之，殊不悅，但曰：「後生何不出仕，卻來此寂寞之濱？」居數日，稍與之語，知其聰敏過人，遂常與之推究佛理，議論學術。

時介甫方勤力於《字說》，天啓因從受篆隸，摹畫字形，未幾，深得精髓，遂助介甫修撰。介甫本値老嬾退怯之際，思路輒窮，惟恐書成無日，既得此雋秀少年，且喜且慰，因歎曰：「昔功恐唐捐，異味今得饁。」肇登元豐二年（1079）進士乙科，或從介甫學之故歟？

肇第進士後，授明州（浙江鄞縣）司戶參軍，介甫尚以長詩相送，殷殷致意，勉其「長驅勿驕矜，小涴亦勿慄」，詩末且盼其「附書勿辭頻，隔歲期滿篋」。是可謂忘年之交矣。

惟肇日後又從蘇軾遊，歷刪定官、太學博士。元祐中，通判常州（江蘇武進）。紹聖中，章惇爲相（1094），以肇爲介甫門下士，除衞尉寺丞。徽宗即位（1101）召入爲吏部員外郎，兼國史編修。大觀四年（1110），張商英爲相，召爲起居郎。宣和元年（1119），與父淵同卒於是年；淵享壽八十六，卒於家。〔註 53〕

譚掞，字文初，曲江（廣東曲江）人。生於仁宗慶曆末（1048？），卒年不詳，

〔註 52〕據《京口耆舊傳》卷四頁 6 所載，肇父淵生於仁宗景祐元年（1034），若以淵年二十三婚娶，則肇或生於嘉祐三年（1058）前後，熙寧末（1077）從學於介甫，學三年而舉進士（1079），約二十二歲，似爲合理。

〔註 53〕本節參考：《京口耆舊傳》卷四頁 6、7，《宋史》卷四四四〈文苑六・蔡肇傳〉，《宋史新編》卷一七一〈列傳〉一一三，《文集》三頁 10，《東都事略》頁 1081，《史質》頁 225，《王安石文集》卷二九頁 16〈答蔡天啓〉，李壁《注王荊公詩》卷二頁 8〈遊土山示蔡天啓〉、卷三頁 1〈再用前韻寄蔡天啓〉，《王安石詩集》卷三六頁 242，卷二九頁 187。

當高宗紹興九年（1139）仍在世。享壽約九十。〔註 54〕

掞父昉，嘗爲介甫幼年時之師執。蓋天聖八年（1030），介甫父益初守韶州（曲江），延昉爲西席以教子弟，其時介甫長兄常甫年十六，次勤甫年十二，介甫則髫齡十歲，故介甫有詩云：「當我垂髫初識字，看君揮毫獨驚人。」昉於康定二年（即慶曆元年，1041）知海豐縣，皇祐五年（1053）特進鄉貢；熙寧初（1068？）掛冠里居，即未再仕。約卒於元豐初（1079？），年或七十許。掞爲其中年所得之子。

掞之爲人，耿介尚志，事父母至孝。初娶同鄉富人某氏之女，新婦以資槀自負，頗不知訓言，致使舅姑有所不悅，掞因出妻而不顧。適有謝某，官於是鄉，聞掞之事而奇之，曰：「此乃吾壻也！」遂以女妻之。時爲熙寧元年（1068），謝女年纔十九。

謝氏事奉翁姑甚爲恭順，未幾而昉妻卒，內外廩餼庶務，惟賴謝氏是出，平日於譚氏家屬，無論上下，皆無一言之間隔，故昉嘗歎曰：「吾子能爲人，是以有婦若此。」

熙寧八年（1075）五月七日，安上門監者鄭俠，以上《流民圖》事，貶英州（曲江）；時掞爲郡民掾，二人乃得相識，俠年三十五，而掞未三十，故掞以兄事之。十年（1077），掞改英州參軍。元豐元年（1078）六月，掞罷歸省親故里；九月，妻謝氏亦歸寧凌江。掞適於此時得疾，書遽至凌江，謝氏匆促間泛小舟，冒溽暑，歷江之險，一夕而至，由是亦病；九月十九日，竟以病卒，年纔二十九。昉失孝媳，大慟，旋亦臥病，未幾而卒。明年（1079），掞得鄉貢，惟以至親皆亡，乃離鄉而依歸介甫。介甫知昉卒，爲作挽辭一首，追悼兒時景況。

《廣東通志．譚掞傳》謂：「安石後爲《字說》，先生入局爲郎官，不苟從。累遷廣文館學士，副廣東漕移東路憲，知南恩州。」譚掞助修《字說》事，介甫於詩中亦言及，詩見於李壁《注荊公詩》卷四三頁二〈成字說後與曲江譚掞丹陽蔡肇同遊齊安院〉：「據梧枝策事如毛，久苦諸君共此勞；遙望南山堪散釋，故尋西路一登高。」既曰「久苦諸君共此勞」，則二人親與其事，無疑矣！〔註 55〕

〔註 54〕據鄭俠《西塘集》卷四頁 4〈謝夫人墓表〉所言，謝氏生於皇祐二年（1049），年十九而歸掞，時掞亦年少，則或長於謝氏數歲；又鄭俠生於慶曆元年（1041），而掞視其猶兄，是必生於其後，故繫於慶曆末（1048？），長謝氏一歲。即使如此之晚生，依《廣東通志》所載，高宗紹興九年（1139）時，譚掞「特奏知南恩縣」，亦年九十矣。事見《廣東通志》第二冊卷六六〈選舉表〉卷四頁 26（總頁 1118）〈特奏名〉欄紹興九年條下：「譚掞，曲江人，昉子，元豐二年鄉貢，今特奏知南恩州。」

〔註 55〕本節參考：鄭俠《西塘集》卷二頁 15〈譚文初字序〉，卷四頁 4〈謝夫人墓表〉，《韶州府志》卷三頁 15、卷七頁 7、卷七頁 9，《廣東通志》總頁第 287、288、290、1111、1118、3958、4765，《宋元學案補遺》卷九八頁 76，《宋人傳記資料索引》頁 4259 譚掞條下，李壁《注王荊公詩》卷五十頁 3，《王安石詩集》卷十九頁 121。

《字說》之修撰，於介甫而言，實爲大事。蓋自罷相家居以來，介甫於坐臥肆游之間，無時不念念此書之成，嘗自歎：「據梧枝策事如毛」；蓋下筆定稿前，一字一句，反覆推敲，甚或躬履察驗，冀得物性眞實，以符說解；其繁瑣耗神處，實非揮麈清談之餘，千言立就之華辭麗藻所可比擬。介甫此時之心情，眞可謂「放歸就食情雖適，絡首猶存亦可哀」也！是以《字說》將成，介甫雀躍欣喜，躊躇志滿之情，不可言喻。其過訪友人劉全美居宅時，亦不免喜形於色而作詩傲之曰：「數能過我論奇字，當復令公見異書！」〔註 56〕

元豐五年六月己未（初九日），「給事中陸佃、禮部員外郎王子韶，上《重修說文》」，各賜銀絹五十匹兩，而書不行。李燾嘗訝異其書不能通行之故，謂：「其書不行，當考。」實則重修之《說文》所以不行，乃因《字說》亦於稍後奏上之故也。〔註 57〕

《玉海》載：「元豐五年，王安石表上《字說》二十四卷。」其確切之時日，已不可考。今據介甫致呂惠卿之書函中，推究其文意，則略可得其梗概。

當元豐三年（1080）五月，呂惠卿丁母憂，罷延州經略，而居喪揚州故里後，即偶或與退隱金陵之介甫書信往還。

五年（1082）八月，惠卿除母喪時，嘗函告介甫兼欲略釋前嫌。介甫覆函，言辭頗爲寬厚，先謝曰：「與公同心，以至異意，皆緣國事；同朝紛紛，公獨助我，則我何憾於公？」末復慰之：「想趣召在朝夕，惟良食，爲時自愛。」

同（八）月十三日壬戌，朝廷即詔命惠卿加官太原知府。介甫聞訊，乃致函賀之：「承誨示勤勤，豈勝感愧！聞有太原新除，不知果成行否？想遂治裝而西也。」函末則躊躇志滿、興奮莫名告以：「向著《字說》，粗已成就，恨未得致左右。」既曰「粗已成就」，則《字說》此時當已完稿。

觀史書所載，惠卿太原之除，實未成行。蓋十月初一戊申，惠卿入見神宗，帝將改授以鄜延，且諭令總四路守備。所以如此，則因惠卿守母喪前，衛鄜延頗有績效故也。是時陝中邊患未息，惠卿手疏以爲：「陝西之師，非唯不可以攻，亦不可以守。」帝怒曰：「如惠卿之言，是陝西可棄也。豈宜委以邊事？」乃於十月二十六日癸酉，數其輕躁矯誣之罪，斥知單州。

〔註 56〕《王安石詩集》卷二九頁 187、卷二九頁 187、李壁《注王荊公詩》卷四三頁 2。又：「絡首猶存」一詩，見李《注》卷四三頁 3〈經局感言〉，原題下自注：「罷相出守江寧，仍領經局。」當爲熙寧七年所作，借用於此處，以言介甫之心情，亦頗契合。

〔註 57〕《續長編》卷三二七頁 10、《陶山集》卷四頁 9〈辭免資善堂修定說文成書賜銀絹狀〉、《通雅》卷二頁 25。「賜銀絹」，《續長編》謂：「各賜銀絹百」，《通雅》謂：「錫銀幣百」，今依《陶山集》作「賜銀絹五十匹兩」。

就此論之，介甫之覆函，當在惠卿受命受而貶官前，若定於八九月之交，亦頗合理。由此言之，《字說》之完成，或即在元豐（1082）八月中旬之後。〔註 58〕

介甫甚重《字說》，自謂「天之將興斯文也，而以余贊其始」，更信此書將盛傳京師，而「教學者必自此始」。其言豪壯，絲毫不減當年推行新法之意氣！〔註 59〕

《字說》之編排，雖如許慎《說文》，以小篆爲字首，其下附以說解，然又有類聚彙解之例，以字義相近，物性相類者，彙爲一條，併爲說解，若「蜘蛛」「鸚鵡」「松柏樅檜」「葱薇薑芥」……諸條；更有三十字合爲一條，總爲訓義者，如「車轉軌……軹輮較」。至於《字說》之部次序列，或爲以韻統字，略定先後，然亦未能貫徹統一也。此類編排方式，前無所本，亦不見後人沿用，是《字說》甚爲奇特之處。

《字說》雖名爲介甫所撰，然細究其說解，有與介甫早年之字學觀念相異者。蓋介甫親撰《周官新義》，寓字學於其中，其說解字義，雖有附會牽合其政治理想處，而荒誕悠謬之說尚寡。至鄭宗顏作《考工記解》所引之《字說》，始多附會五行，臆改字體，以說文字者；而《字說》闡釋《爾雅》名物，望文生訓處，於介甫早年字學中，更未見端倪。〔註 60〕

介甫之於字學，並非全無基礎，其早年說字，乖戾傳統舊說之處，尚可自圓其理，何乃晚年潛心研討，解說草木鳥獸名物時，反多矇憧可笑之臆斷？且介甫熙寧間已有《字說》二十卷行世，既歸隱金陵，安享晚年，既無從政之念，亦無顯達之心，何須殫精竭慮，費時六載，成此備受詬詈之《字說》？其所以如此，疑或另有隱情。以現有資料，已無從查證，但依介甫〈進字說表〉文句與神宗好學之載事推敲，其事或與神宗不無關係。

神宗好學，亦嘗解說文字，深念當時字學廢缺，乃詔儒臣探討。介甫〈進字說表〉言此事曰：「陛下體玄用妙，該極象數，稽古㓨法，紹天覺民。乃惟茲（字）學隕缺弗嗣，因任眾智，微明顯隱，將以祈合乎神恉者，布之海內。」意謂神宗先已諭介甫撰字書，又詔王子韶、陸佃重修《說文》，欲擇二者之合乎字學者，使布之天

〔註 58〕《玉海》卷四三頁 21。《王安石文集》卷二九頁 13〈答呂吉甫書〉、《拾遺》頁 164〈與呂參政書〉、〈再答呂惠卿書〉。《續長編》卷三二九頁 7、卷三三〇頁 1、頁 13～15，畢沅《續資治通鑑》卷七七頁 1933。《清波別志》卷中頁 8、《東軒筆錄》卷十四頁 1。

〔註 59〕《臨川先生文集》卷八四頁 4〈熙寧字說〉。李壁《注王荊公詩》卷四四頁 8〈成字說後〉，詩中有「漫將糟粕污脩門」之語，糟粕，謙稱《字說》也；脩門，京師之門。

〔註 60〕牽合政治理想者，如：天、夫、士、工、才、卿、矦、匪、頒……等字。鄭宗顏所引附會五行者，如：梓、杍、燕、梟、桃……等字。說《爾雅》名物者，如：鵖鴔、鸚鴟、駮……。

下，以供學者傳習。而介甫爲相之日，嘗與神宗討論文字，「親承訓敕」，故退而依其意以說解字義。〈進字說表〉明言：「臣頃御燕間，博進所疑，冀或消塵有助深崇。」其〈進字說劄子〉亦云：「頃蒙聖問俯及，退復黽勉討論，賴恩寬養，外假歲月，而桑榆憊眊，久不見功。」可知撰《字說》之苦，甚於撰《周官新義》若以介甫識字之深，何須如此？或介甫欲報答知遇，成就神宗「同道德，一名法」之意，始牽合神宗之恉，而撰此《字說》以爲教本之用。〔註 61〕

且神宗即位之初，年僅二十，血氣方盛，心志亦雄，正思積極銳進，以求速成而顯揚德政於天下。介甫之新法，所以能獨行不畏，此實爲主因也。

惟神宗非僅好政而已，其於學問之道，亦甚用心。若更易舉制，設立經局，統一教本講義，自行選用侍講官員，且於聽受之際，輒發議論，切中義理；在在可見神宗之識略卓爾，甚具主見，絕非慵懦無行或剛愎自用之昏君。〔註 62〕

神宗之喜研字學，亦有史載可見。如周邦彥於「神宗元豐初，北遊京師，就讀太學；獻〈汴都賦〉萬餘言，多古文奇字。神宗異之，由太學諸生擢爲太學正」。可知神宗以邦彥賦中「多古文奇字」，竟超擢其職爲太學正。其餘神宗言及字學之載記，如：

熙寧中，呂惠卿爲侍講，神宗嘗問之曰：「何草不庶出，而獨於蔗曰庶出，何也？」呂對曰：「凡草植之則正生，此嫡出也；甘蔗以斜生，所謂庶出也。」神宗頗是其言。〔註 63〕

又如熙寧末年，議改年號以祓旱魃。或書以「美成」二字，神宗以「美成」乃「羊大帶戈」，爲事不吉，不用；又進以「豐亨」二字，更以「亨」字「爲子不成」，亦不可用；其終乃用「元豐」爲號。

其以蔗爲「庶出草」，亨字乃「爲子不成」，美成則「羊大帶戈」，與《字說》所解：蜘蛛能「知誅義」，蝽蜢則「窘而猛」，蟋蟀能「率陰陽之悉」，伶則「爲人所令」，空則「工能穴土」，戍則「（人）執戈」，鼐則「鼎之有才者」……等諸條，文例皆相同。

元豐五年，陸佃上重修《說文》時，神宗與之言及《毛詩》名物，佃乃上舊作〈說魚〉、〈說木〉二篇；佃之該文，最多淺易附會之處，如解鰌魚曰：「鰌性酋健」，魦乃「吹沙小魚」，鮫則「卵生眉交，故謂之鮫」，若橙則「可登而成之」，柚乃「視

〔註 61〕《臨川先生文集》卷四三頁 3、卷五六頁 7。

〔註 62〕選用侍講，見《續長編》卷二五三頁 9 熙寧七年五月丙辰事。發抒議論事，除見上引外，又見《高齋漫錄》頁 4，《經埤》卷九頁 12。其餘設立經局諸事，皆於前文詳之。

〔註 63〕《山堂肆考・羽集》卷十六頁 6，《本草綱目》卷三三頁 7，劉銘恕〈王安石字說源流考〉頁 91。

其外油然者」；然而此類說解，竟深契神宗之意，佃乃退而益加筆削，成《物性門類》八卷，欲期上塵帝覽。惟其書將竟，而神宗先已崩殂。今觀其書說解，亦如〈魚〉〈木〉二篇，最多望文生訓，附會名物處；其書既附和神宗之偏愛而作，則神宗喜好此類說義文字，殆無可疑矣。〔註 64〕

由以上諸事觀之，神宗頗好說解字義名物，而於解說之際，多以淺易明顯之理爲之，或欲由此而使學子深記不忘，因之旁通經義，終而達其一道德，爲天下準式之理想！

今觀《字說》說解《爾雅》名物者，若蜘蛛、駮、貂……之類，與菅茅、螟蛉……之屬，文體迥異，程度深淺，似非一人所作。其中有介甫「思索鳥獸草木之名，頗爲解釋」者，有介甫「與門人所推經義附之」者，有博問親友、方家、農夫、女工，而用其說義者，甚至雜有神宗解字之意者，亦不無可能。不然，神宗既詔陸、王重修《說文》，何以書成而不用，必待後成之《字說》出，而使之行於學校科場？

《字說》進奏朝廷時，執政王珪、蔡確，皆新法黨人，自然視之爲典要，乃令刻板刊行。宋人刊書，多付名家書字，再雕板印行，如徐鍇之《說文繫傳》，即嘗請王子韶摹篆。《字說》既以小篆爲字首，當亦交書家摹寫。有司初聞祖無擇之孫有王壽卿者，「善篆隸，乃召至京師，使篆《字說》；辭以與王氏之學異」，有司乃另付李孝揚寫刻，而壽卿坐此，以致終身布衣。〔註 65〕

太學原本通行《三經新義》，著重析字解經之學，僅未有字學專書而已；是以《字說》雕板刊行後，執政準之取士，學子乃不能不爭相傳習。自是，果如介甫所言，成書之後，即「漫將糟粕污脩門」矣！

第四節　《字說》之流傳

《字說》進奏於元豐五年（1082）八月中旬以後，時新黨勢力極盛。執政王珪、蔡確二人，皆爲新黨，蔡確實專大政，護新法不遺餘力；朝廷大臣，亦多介甫之親友弟子，如：弟王安禮爲尚書右丞，壻蔡卞與門人陸佃，皆兼經筵講書……〔註 66〕；故介甫雖山居金陵，其政令未熄，學脈未斷，今又完成新學精萃之《字

〔註 64〕詳見第三章第二節第四目《埤雅》考述中。

〔註 65〕《說文繫傳》卷四十頁 2〈題跋〉所引。王壽卿事，見陸友仁《硯北雜志》（《四庫本》見卷下頁 39，《筆記小說大觀》本見卷下頁 17）、陶宗儀《書史會要》卷六頁 14。按：陸書二本皆作「李孝拘」，今依陶書「李孝揚」爲準。

〔註 66〕《宋史》卷四七一〈蔡確傳〉。《續長編》卷三二五頁 12。

說》，焉能不爲其黨人視若拱璧，急思刊刻而徧布天下！神宗又未使重修之《說文》行世，故自是以迄徽宗宣和七年（1125），《字說》專行於學校、科場，四十四載之間，僅於元祐中詔禁八年而已（1086～1093）。其流傳盛衰之史，可由宋代史籍與學者之筆記著作中，窺見蛛迹。今彙考其事，略述於後。

《字說》進於朝廷，「當時未及頒行，而學者亦已見之」，主司用以取士，學子遂爭相傳習，士大夫爲保利祿，故亦皆師之，不敢誰何。〔註67〕介甫居金陵，亦輒以其書示於他人，日久而致時人說字成俗，其地則以江東爲最。

《字說》既成，介甫了結心事，又得肆意山水間。平日讀佛經外，則與人討論《字說》，無復他學。陸佃謂：介甫「騎驢遊鍾山，每令一人提經，一僕抱《字說》」，日後（元祐四年六月六日，1090），畫家李伯時（龍眠），且繪此景爲《王荊公游鍾山圖》，傳之後世。逾百有五十載，學者許棐尙及見此圖，而作〈題舒王游半山圖詩〉，云：「驢載新詩僕抱書，松聲禽語當傳呼。」「書」，蓋謂《字說》也。〔註68〕

黃庭堅〈書王荊公騎驢圖〉亦謂：「金華俞紫琳清老〔註69〕，嘗冠禿巾，衣掃塔服，抱《字說》，追逐荊公之驢，往來法雲、定林，過八功德水，逍遙洊亭之上。」又謂：介甫於《字說》，「常自以爲平生精力盡於此書。好學者從之請問，口講手畫，終席或至千餘言。」〔註70〕事皆相類。

影響所及，遂使介甫居里之「金陵人喜解字，習以爲俗。曰：同田爲富，分貝爲貧，大坐爲奎（音穩）」，又呼「蜉蠑」爲「蚱蜢」，「謂其瘦長善跳，窄而猛也。」〔註71〕

〔註67〕《續長編拾補》卷十頁11、《宋元學案補遺》卷九八頁55引鄧肅《書字學》、程師元敏《三經新義與字說科場顯微錄》第一章。

〔註68〕陸佃《陶山集》卷十一頁7，許棐《梅屋集》卷二頁1。

〔註69〕據《山谷題跋》卷一頁10所載，俞澹字子中，幼與黃庭堅同學於淮南（1059）；元豐七年（1084），介甫捨宅爲半山寺（即報甯禪院），以澹爲住持，且予之法號曰「紫琳」，字「清老」。元祐四年（1089）十一月十一日，黃庭堅歸自門下省，與清老重會於廣陵。介甫嘗致函清老曰：「歲盡當營理報甯庵舍，以佇遊憩，餘非面敘不悉。」見《王文公文集》卷三四頁63。其餘介甫與之酬答文字，見《詩集》頁13、21、107、178、186、190、191。清老事雜見宋人筆記中，如：《侯鯖錄》卷八頁4、《石林詩話》卷中頁12、《避暑錄話》卷上頁64、《老學庵筆記》卷七頁13、《許彥周詩話》頁21、《敬鄉集》卷二頁9、《道鄉集》卷十一頁7、《姑溪居士後集》卷十三頁4、卷十七頁3、《姑溪居士前集》卷十二頁7、《山谷詩注》卷十頁5、《山谷題跋》卷二頁21。

〔註70〕《山谷題跋》卷三頁27。

〔註71〕陳師道《後山談叢》卷二頁2。李時珍《本草綱目》卷四一頁16。

時有蘇州人李璋字子璋，才氣過人而放誕浮薄，好爲口舌談辯之事，雖舉進士而終止於小官。介甫退居金陵後，嘗與之相酬。一日，子章「詣富人曹監博家，曹方剖嘉魚，聞其來，遽匿魚出，子章已入耳目。既坐，曹與論文，不及他事，冀其速去。談及介甫《字說》，子章因言：『世訛謬用字，如本鄉蘇字，篆書魚在禾右，隸書魚在禾左，不知何等小子，遠移過此魚？』曹遂與扶掌共七箸。」〔註72〕可見一時風起，說字之盛。

然而宋初說字解義之學者，非僅介甫一人，《字說》既出，欲其專行於天下，乃不可不極力摒斥他人所作矣。早在熙寧年間，《三經新義》刊行時，介甫欲以一家之學，掩蓋先儒，「使天下學者，皆吾之從」，已嘗「令天下學官講解及科場程試，同己者取，異己者黜」；此時爲推行《字說》，遂重施故技，抑制其他類書。

《欒城遺言》載：「呂吉甫、王子韶皆解三經并『字說』，兩人所作，皆廢弗用。」

呂惠卿（吉甫）嘗與神宗答對字學。野史載：神宗嘗問惠卿：「蔗字何以從庶？」惠卿對曰：「凡草植之則正生，此嫡出也。甘蔗以斜生，所謂庶出也。」此解較之《字說》「切之夜庶生」之說，自有其趣。且惠卿侍講經筵，又爲經義局修撰，於解說字義處，當亦有其所見也。〔註73〕

王子韶（聖美）爲宋初字學大家，於熙寧二年（1069）時，即已爲《說文繫傳》摹寫篆字，元豐初（1078），又奉詔與陸佃重修《說文》。沈括亦謂：「王聖美治字學，演其義以爲右文。」後人據此，皆以宋代「右文說」創始於子韶。其有字書專著，而未刊行，宋人亦有說者，如米芾嘗言：「方安石以《字書》行於天下，而子韶亦作《字解》二十卷，大抵與安石之書相違背，故其解藏於家而不傳。」迨其卒，陸佃亦惜其書之不傳，因於挽詞中云：「聞說異書奇字在，不妨分付與諸郎。」則子韶之精於字學且著爲字書，當有其實矣。〔註74〕

惟王、呂二人，皆汲營於仕進，尾驥介甫，屈附新黨，遂乃委曲求全，致令己說淹沒無傳，反不若張有之《復古編》，終能刊行於當世也。

由此觀之，推行《字說》而壓抑他人之論作者，爲不可避免之事實也。然值此

〔註72〕《王安石詩集》卷二一頁130〈送李璋〉，卷二二頁139〈李璋下第〉。朱彧《萍洲可談》卷三頁250。

〔註73〕李冶《敬齋古今黈》卷八頁20，《續長編》卷三七一頁6。《欒城遺言》頁5。「蔗」字解說見〔註63〕。

〔註74〕徐鍇《說文繫傳》卷四十頁2〈題跋〉。沈括《夢溪筆談》卷十四頁2，陳繼儒《珍珠船》卷一頁2。米芾《書史》卷六頁10，《宣和書譜》卷六頁157。陸佃《陶山集》卷三頁15〈王聖美學士挽歌詞〉。

際，仍有不畏權勢，譏諷《字說》而與之抗衡者。

如興化人陳次升，「入太學，時學官始得王安石《字說》，招諸生訓之；次升作而曰：『丞相豈秦學邪？美商鞅之能行仁政，而爲李斯解事，非秦學而何？』坐屏斥」。

又有關西僧法秀，亦不奉承《字說》。蓋介甫嘗自言：「《字說》深處，多出於佛書。」一日，用《字說》解佛經三昧之語，示法秀，秀以此乃梵語，而介甫「用華語解之，誤也」，介甫倖然。若梵語「揭帝」，乃「護法猛神」之稱，或譯作「羯諦」，介甫則解云：「揭其所以爲帝者」，或即此類。秀乃介甫晚年交游，李伯時且繪入《荆公游鍾山圖》者，二人友誼當非泛泛，而秀不稍假顏色若此。

甚且幼童亦有嘲《字說》者，此童乃蔡京之長子攸。京爲介甫壻蔡卞（元度）之兄，一日，卞攜此姪謁介甫，時介甫方與客論及《字說》，「攸立其膝下，回首問曰：『不知相公所解之字，是解倉頡字？是解李斯字？』荆公不能答，拊攸項曰：『你無良，你無良。』」〔註 75〕

其餘譏嘲《字說》者，如劉攽（貢甫），「每見介甫道《字說》，便待打諢」，見《字說》有「三牛爲犇（奔）字，三鹿爲麤（粗）字」，因謂：「牛粗大而行緩，非善奔者；鹿善奔而體瘦，非粗大者。欲以二字相易，庶各會其意。」聞者大笑。東坡聞字說新成，亦嘗戲曰：「以竹鞭馬爲篤，以竹鞭犬，有何可笑？」考宋世「笑」字，從竹從犬作「笑」，即東坡戲語之所據也。介甫又自言：「波者，水之皮。」東坡笑曰：「然則滑是水之骨也？」此類事，雖不用信爲必有，然而《字說》刊行後，受士子學者之重視，常加以討論，則殆有其實矣。〔註 76〕

介甫於學問本無專斷一隅之見，自論爲學之道亦云：「讀經而已，則不足以知經。故某自百家、諸子之書，至於《難經》、《素問》、《本草》、諸小說，無所不讀，農夫、

〔註 75〕《宋史》卷三四六〈陳次升傳〉。《巖下放言》卷上頁 13，《欒城遺言》頁 9，《朱子語類》卷 130 頁 5、卷四五頁 6，《陶山集》卷十一頁 7。《宋人軼事彙編》頁 729。

〔註 76〕孫暐《道山清話》頁 27。王闢之《澠水燕談錄》卷十頁 3，《皇朝類苑》卷六七頁 3，岳珂《桯史》卷二二頁 1，陳師道《後山談叢》卷三頁 3，邵博《聞見後錄》卷三十頁 9。徐慥《漫笑錄》頁 2，曾慥《高齋漫錄》頁 2。《調謔編》頁 7，楊愼《丹鉛續錄》卷十頁 2，《鶴林玉露》卷十三頁 6。
劉蘇二人嘲介甫事，細究二人行蹤，可知皆無由與介甫會於京師。蓋介甫於熙寧九年罷相歸隱以來，即未再離開金陵。東坡於元豐二年八月下臺獄，十二月十六日庚戌貶黃州，明年二月一日到任，直至七年移汝州，始於是年七月過江寧時，與介甫會晤，且二人暢談甚樂。劉貢甫則於元豐中追貶衡州監鹽稅，至哲宗元祐初，始復官還朝廷，其間亦無由與介甫閑游。《調謔篇》乃後人假東坡之名所作，楊愼之說又本之而來，是二人之事，或爲宋人好奇而附會者。

女工，無所不問，然後於經爲能知其大體而無疑。」又曰：「於墨晏鄒莊申韓，亦何所不讀？彼致其知而後讀，以有所去取，故異學不能亂也。惟其不能亂，故能有所去取者，所以明吾道而已。」是以其教學子，亦欲使之通達識體，能任國家棟梁之材而已。

方其編修《三經新義》時，即不拘成心，輒因形勢而改易說辭，是以「《三經新義》頒於學官，數年之後，又自列其非是者，奏請易去」，宋人以此譏其「學務鑿，無定論」，然亦正可見介甫之不執著也。蓋介甫以爲學問不應執著，爲政治理天下則須有定見，不可朝令夕改。故其編撰經義定本，爲學子準式，自然應順其是非而改作。其後更將此意施於《字說》中，故於《字說》之說解，亦有輒加改定處。〔註 77〕

如覇字，客問何以「從西」？「荊公以西在方域主殺伐，累言數百不休。或曰：『覇字從雨不從西。』荊公隨輒曰：『如時雨之化耳。』」

又如空字，初解作：「工能穴土，則實者空矣。故空從穴從土。」後乃用佛語改云：「無土以爲穴，則空無相；無工以穴之，則空無作；無相無作，則空名不立。」

與介甫同時之黃庭堅嘗謂：「荊公晚年刪定《字說》，出入百家，語簡而意深。」蓋謂此類刪易之說解也。〔註 78〕

然以《字說》作爲科舉程試之定本，卻數度刪改，必不適於舉子傳習，故朝臣畢仲游奏言：「熙寧之初，患詩賦聲病偶儷，爲學破碎乎道也，故以經術取士，使人治一經而立其說，庶幾有補於道；而十餘年間，道之破碎益甚。治經者不問經旨之何如，而先爲附會之巧，一章之中有十意，一意之中有十說，至掇昔人之語言，以經相配，取其諧而不問其理義，反甚于聲病偶儷之文。」又謂：「熙寧、元豐之進士，今年治經，明年則用以應舉，謂傳注之學不足決得失，則益以新說，新說不足以決得失，則益以佛老之書，至於分章析字，旁徵曲引，以求合於有司。聖人之經術，但爲卜利祿之具，則是欲尊經術而反卑之。」〔註 79〕

由此可知，上有好者，下必甚焉；介甫本欲使學子不拘執一隅，而臻通達識體境地，學子乃捨繁樂簡，取其口給之辯而博求仕進，去介甫之本意益遠矣。亦因此而使《字說》遭致禁用之結果。

元豐八年（1085）三月初五日戊戌，神宗駕崩，哲宗即位；以年幼，遂由太皇太后高氏聽政，漸次擢用舊黨。

〔註 77〕《臨川先生文集》卷七三頁 10〈答曾子固書〉，邵博《聞見後錄》卷二十頁 6，《臨川集》卷四三頁 3～6。

〔註 78〕《聞見後錄》卷二十頁 6，《捫蝨新話》卷三卷六，《山谷題跋》卷三頁 27。

〔註 79〕畢仲游《西臺集》卷五頁 2，卷一頁 3。

明年（1086）改元元祐，閏二月初二日庚寅，司馬光拜相；同日，侍御史劉摯上言，請罷《字說》及釋典，說云：「今之治經，以應科舉，……專誦熙寧所頒新經、《字說》，而佐以莊列佛氏之書，不可究詰之論，爭相夸尚，……苟不合於所謂新經、《字說》之學者，一切在所棄而已。……經義之題，於所治一經；一經之中，可爲題者，舉子皆能類聚裒括其數，豫爲義說，左右逢之，才十餘年，數牓之間，所在義題，往往相犯，……臣愚欲乞試法復詩賦，與經義兼用之。……其解經義，仍許通用先儒傳注，或己之說，而禁不得引《字解》及釋典，庶可救文章之弊而適乎用，革貢舉之弊而得其人。」

右司諫蘇轍亦奏言：乞明年科場，經義「兼取注疏及諸家議論，或出己見，不專用王氏之學。」

越十日，詔准二人所奏，因而「太學生改業者十四五」。至是，王氏學乃不得專行於科場矣。〔註 80〕

同年三月初五日壬戌，宰臣司馬光奏言：「王安石不當以一家私學，欲掩蓋先儒，令天下學官講解及科場程試，同己者取，異己者黜」，請改「依先朝成法，合明經、進士爲一科，立《周易》、《尚書》、《詩》、《周禮》、《儀禮》、《禮記》、《春秋》、《孝經》、《論語》爲九經，令天下學官依注疏講說，學者博觀諸家，自擇短長，各從所好。」

曾慥《高齋漫錄》亦載曰：「元祐初，溫公拜相，更易熙、豐政事及科場舉制，不用《三經新義》及《字說》。其時，荊公在鍾山，親舊恐傷其意，不敢告語。有舉子自京師歸，公問有何新事？對曰：『近有指揮，不得看《字說》。』公曰：『法度可改，文字亦不得作乎？』」

是舊黨諸臣於元祐初年，已有禁用《字說》之意，僅未得朝廷詔令而已。〔註 81〕

四月初六日癸巳，介甫卒於江寧；適十日壬寅（十五日），呂公著加右僕射兼中書侍郎，與司馬光共輔大政。六月十二日戊戌，遂從林旦之言，下詔：「自今科場程試，毋得引用《字說》。」《字說》乃首度遭受禁用之命運！〔註 82〕

《字說》與釋典被禁，而《三經新義》「蓋與先儒之說並行而兼存，未嘗禁也」。是以監察御史上官均亦言：「朝廷昨來指揮，止禁學者不得援引《字說》，其於《三

〔註 80〕《續長編》卷三五三頁 2、368 頁 5、368 頁 9、374 頁 7，《宋會要輯稿》頁 4272。

〔註 81〕《續長編》卷三七一頁 5、6。《高齋漫錄》頁 6。程師元敏有《三經新義與字說科場顯微錄》一文，言此事甚詳，可參照。

〔註 82〕《宋史》卷二一二〈宰輔表〉三元祐元年載事，卷三三六〈呂公著傳〉。畢沅《續通鑑》卷七九頁 2001。

經新義》，實許與注疏並行。」《字說》與《新義》所以有此差別，乃因「王安石訓經旨，視諸儒義說，得聖人之意爲多，故先帝以其書立之於學，以啓迪多士；而安石晚年溺於《字說》、釋典，是以近制禁學者毋習」。

然而介甫實寓經義於字學中，既禁《字說》，則經義若《周官新義》中，析字偏旁之學，當亦不可用以應試，故楊時（龜山）於是年答門生吳國華書，亦謂：「王氏之學，其精微要妙之義，多在《字說》，既已禁之，則名雖未廢，而實已廢之矣。」〔註 83〕

元祐二年（1087）正月十五日戊辰，朝廷又下詔令：「自今舉子程試，並許用古今諸儒之說，或出己見，勿引申韓釋氏之書。考試官於經義策論通定去留，毋於老列莊子出題。」此詔一下，遂使《字說》之生機盡絕。蓋「《字說》雜有陰陽、性命、莊列佛老之說」，宋人論之者眾，以今日所輯得《字說》佚文觀之，亦有其實。前雖禁用其書，士子尚可沿用老莊之說；今於策試題目中，根絕其書之本源，習讀其書因無助於仕進，利祿所趨，舉子乃不讀《字說》矣。蘇軾亦於元祐三年十二月奏曰：「至於學校貢舉，亦已罷斥佛老，禁止字學，大議已定，行之數年。」

自此以終元祐之世（八年改元），《字說》於科場仕途，概見摒棄。重以舊黨得勢，詆誹王氏新政新學，學子遂多變其所學，至有著書以詆介甫新學者，又諱稱爲介甫門生；張舜民所謂：「去來夫子本無情，奇字新經志不成；今日江湖從學者，人人諱道是門生。」即指此而言。〔註 84〕

王氏學於此逆境中，僅有介甫之姪壻葉濤（致遠），廣結黨朋，而於元祐五年（1090）「頗造議論，思欲反復王氏學及熙、豐政事」，惜其事未就，已遭呂大防、劉摯等人扼止；十二月十八日戊申，呂大防又陳言：「濤輩持異學以教導，恐惑學者，不可不出。」乃貶濤爲「校勘黃本書籍」，濤志乃中絕未竟。

元祐八年（1093），中書言：「士子多已改習詩賦，太學生員總二千一百餘人，而不兼詩賦者，纔八十二人」。可知此時士子改學詩賦，而《三經新義》幾無習者，《字說》亦全無立足之處矣！〔註 85〕

八年九月，太皇太后高氏崩，哲宗親政，明年（1094）四月十二日癸丑，改元紹聖，《字說》與《三經新義》始重現生機。

〔註 83〕《續長編》卷三九○頁 19、22。《楊龜山先生集》卷十七頁 5〈答吳國華書〉。

〔註 84〕《續長編》卷三九四頁 7。程師元敏《三經新義與字說科場顯微錄》第二章《元祐之定議》，論述《字說》採用陰陽、老莊之意，其說甚詳；程師又欲撰《字說》用老學之論說，迨其出，則此事更爲明晰矣。張舜民所言，見《畫墁集》卷四頁 3，《澠水燕談錄》卷十頁 3、《清波雜志》卷三頁 2、《皇朝類苑》卷六三頁 1。

〔註 85〕《續長編》卷四五三頁 7。《宋史》卷一五五選舉志一。

蓋哲宗自幼孺慕神宗，及親政，「有復熙寧、元豐之意」，故改元紹聖，以示決心；又重用新法黨人，於四月二十一日壬戌，以資政殿學士章惇爲相，「於是專以紹述爲國事，凡元祐所革，一切復之」。自是，王氏之學乃得逐步復甦。〔註86〕

紹聖元年（1094）六月十四日癸未，太學博士詹文奏言：王安石《字說》「於性命道德之理，則思過半矣，……乞除去《字說》之禁。」帝從其意，遂於次日「甲申，除進士引用《字說》之禁」。至此，元祐元年禁用《字說》以來，歷時八載，遂又詔令除禁矣；此後，王學氣燄益盛，獨擅於科場幾三十載，至徽宗宣和三年（1121）二月，罷三舍，行科舉後，王學始寖衰微。

介甫之門生龔原，見《字說》開禁，乃二度請頒於太學。一在元年（1094）十月十九日丁亥，「國子司業龔原奏：『贈太傅王安石在先朝時，嘗進所撰《字說》二十二卷，其書發明至理。欲乞人就王安石家，繕寫定本，降付國子雕印，以便學者傳習。』」詔允其奏。二在明年十一月初八日庚子，龔原以介甫家人雖已鈔繕進呈，尚未刻本刊行，乃奏請將「王安石家取所進《字說》副本，下國子監校定雕刻，以便學者傳習」。詔從其意，遂付有司成事。〔註87〕

三年（1096）十一月十一日丁酉，侍御史蔡蹈言：「近朝廷取太傅王安石所進《字說》，付國子監雕板，以便學者傳習；又以池州石諫、（遂州）劉發，嘗受安石學，時令校正。乃有太學錄葉承，輒肆論列，自論親聞安石訓釋，令校對疑誤，請同看詳。」於是，《字說》又得以修定新板之面貌，與《三經新義》重行擅於科場近三十載而不衰矣。〔註88〕

是時學子文章，多用《字說》語，如太學博士林自，上丞相章惇書，即以《字說》空字「無相無作」之語諛惇曰：「伏惟門下相公，有猷有爲，無相無作。」竟得惇之異待。〔註89〕

元符三年（1100）正月十二日己卯，哲宗崩殂，無子，皇太后諭宰臣立哲宗之異母弟端王，是爲徽宗。徽宗亦「務述熙、豐政事」，遂使新法黨人之氣燄更烈。〔註90〕

〔註86〕《宋史》卷四一一〈章惇傳〉，卷二一二〈宰輔表〉三紹聖六年載事。

〔註87〕《續長編．拾補》卷十頁11、卷十一頁6，周煇《清波雜志》卷十頁1。《拾補》卷十二頁19，《宋會要輯稿》第四十六冊〈崇儒〉五之二七頁2260。

〔註88〕劉發，四川遂寧人，元豐八年（1085）進士，元祐中爲華亭主簿，史籍無傳；見《四川遂寧縣志》卷三〈選舉〉頁2，《宋人傳記資料索引》頁3878。石諫，史籍無傳。蔡蹈之奏言，見《續長編．拾補》卷十三頁3。《清波雜志》卷十頁1亦載：「章子厚在相位，一日國子長貳堂白：『三經義已鏤板頒行，王荊公《字說》亦合頒行。合取相公鈞旨。』」

〔註89〕陸游《老學庵筆記》卷一頁9。

〔註90〕《續長編》卷五二〇頁3，《宋史》卷十九〈徽宗本紀〉一。鄭俠《忠惠集》《附》頁

徽宗即位之三年（1102），改元崇寧。崇寧元年七月初五日戊子，尙書左丞蔡京進相位。京，介甫壻蔡卞之兄也，舉熙寧三年（1070）進士，最附於新法。擅政後，乃力崇新法，排斥元祐羣臣。元祐黨碑案，即京所爲者。

崇寧元年（1102）九月十三日乙未，蔡京籍元符（哲宗末年）臣僚之姓名，分別正、邪，各爲三等；十七日己亥，請御書刻邪臣姓名於端禮門，謂之姦黨。

明年九月二十五日辛丑，臣僚以姦黨「姓名雖普行天下，至於御筆刻石，則未盡知」，乞「外路州軍，於監司長吏廳立石刊記，以示萬姓」。詔命從之。

三年（1104）六月十七日戊午，詔「重定元祐、元符黨人及上書邪等者，合爲一籍，通爲三百九人，刻石朝堂，餘並出籍」。〔註91〕

三度黨籍之罪，遂使舊黨羣臣，貶竄徙死略盡，王氏之學阻力盡消，由是以迄欽宗之朝，凡二十餘載，概爲王氏學之天下，《字說》亦因之而爲士子學者奉行不輟矣！

崇寧三年（1104）六月十一日壬子，都省言：「書之用於世久矣，先王爲之立學以教之，設官以達之，置使以諭之，蓋一道德，謹家法，以同天下之習。世衰道微，官失學廢，人自爲學，習尙非一，體畫各異。殆非所謂『書同文』之意」，請立「書學」以一之。詔命曰可，因下細目：「書學：習篆、隸、草三體，明《說文》、《字說》（原註：「即王安石《字說》。」）、《爾雅》、《方言》。其《說文》則令書篆字，著音訓，餘書皆設問答，以所解義，觀其能通書意與否。」篆體雖以《說文》與《字說》並列，然「草上之風必偃」，有司既用《字說》，學子安敢不從所好？書學之詔既出，《字說》由是盛於《說文》，乃無庸置疑也！

同年十一月十七日丁亥，又詔：「天下取士，悉由學校升貢，其州郡發解及試禮部法並罷。自此歲試上舍，悉差知舉，如禮部試。」取士以學校爲主，學校所授又以《三經新義》爲主，《新義》又寓介甫之字學於其中，故「崇寧後，王氏《字說》盛行學校，經義策論悉用《字說》」。〔註92〕

時有太學上舍生胡汝霖，〈答用武策〉而用《字說》「止戈爲武」之義，謂：「周王伐商，一戎衣而天下大定，歸馬放牛，偃文修武，是識武字者也。秦皇、漢武，既得天下而窮兵黷武不已，是不識武字者也。」有司以其「用《字說》而有理」，「榜

3〈翟公巽埋銘〉，程師元敏《三經新義與字說科場顯微錄》之四。

〔註91〕《宋史》卷二一二〈宰輔表〉三，《續長編・拾補》卷二十頁2。畢沅《續通鑑》卷八八頁2243、2260、2271。

〔註92〕《續長編拾補》卷二四頁6。永城《御批歷代通鑑集覽》卷八頁1、《續文獻通考》卷一八四頁31。畢沅《續通鑑》卷八九頁2278、《宋史》卷一五五〈選舉志〉一。《高齋漫錄》頁12。

出，遂爲第一」。

大觀二年（1108），又有太學生吳敏（元中），「在辟雍試經義五篇，盡用《字說》，援據精博；蔡京爲進呈，特免省赴廷試，以爲學《字說》之勸」。

大觀四年正月九日，長沙縣丞朱克明言：「許氏《說文》，其間字畫形聲，多與王文公《字說》相戾，輒取於許氏《說文》部中，撮其尤乖義理者凡四百餘字，名《字括》。」《字括》既上，朝廷乃詔克明爲書學諭。〔註93〕

王楚亦於大觀、政和間（1110？），作《宣和博古圖》二十卷。其考釋銘文，雖引用《說文》，而用《字說》者亦夥。如秉字，《說文》曰：「秉，从又从禾。」楚則曰：「按王安石《字說》：秉字作秉，从又从禾。」又如旅字，《字說》說解與《說文》無異，楚必曰：「按王安石《字說》：眾曰旅。」是以朱熹譏之：「自古解作『眾』，他卻要恁地說時，是說王氏較香得些子；這是要取奉那王氏，但恁地也取奉得來不好。」〔註94〕

可知《字說》已成學子士人阿媚權貴，進爵取祿之資器矣。士子學風，頹弊至此，即連俳優亦取之爲笑談。當時傳言：「京師優人有致語云：『伏惟體天法道皇帝，趨時立本相公，惟其所以秀才；和同天人之際，而使之無間者，樂人也。』于時觀者，莫不絕倒，蓋數語皆當時之文弊也。」〔註95〕

然當此王氏學獨斷天下時，仍有不附其學而陰詆之者，如吳興人張有（謙仲），素善古篆，時人謂其深於字學，未嘗妄下一筆。介甫嘗聞其名而致之，以所論不契，終不爲所用。及《字說》出（1082），張有憾介甫說字之易而違戾先儒說解，乃窮二十九年心力，「校正俗書與古文字戾者，采摭經傳，日考月校」，「凡集三千餘字」，而於大觀四年（1110）十一月成書刊行，名曰《復古編》。晁公武謂：「有自幼喜小篆，年六十成此書三千言，據古《說文》以爲正，其點畫之微，轉側縱橫，高下曲直，毫髮有差，則形聲頓異。」張有亦自云：「專取會意者，不可以了六書；離析偏旁，不可以見全字。」又謂：「取一全體，鑿爲多字，情生之說，可說可玩，而不足以消人之意。」所言皆爲《字說》之缺弊而發也。〔註96〕

〔註93〕《高齋漫錄》頁12。《老學庵筆記》卷二頁12，《宋史》卷三五二〈吳敏傳〉。《宋會要輯稿》第五十六冊〈崇儒〉五之二八頁2260，《玉海》卷四五頁28。

〔註94〕《宣和博古圖》卷一頁30，《永樂大典》卷一一九五七頁2。《博古圖》卷十頁38，《朱子語類》卷一三〇頁6。按：王應麟《玉海》卷四五頁30載：「政和中，王楚所傳（鐘鼎古篆）不過數千字。」《容齋隨筆》卷十四頁3亦言：「政和、宣和間，朝廷置書局以數十計，其荒陋而可笑者，莫若《博古圖》。」則《博古圖》當成於大觀、政和間。

〔註95〕《捫蝨新話》卷三頁9。

〔註96〕《硯北雜志》卷下頁9，《春渚記聞》卷五頁3。《復古篇》卷首陳瓘〈序〉，卷末程

又有宰臣張商英，於政和元年（1111）正月及五月兩下詔令，取陳瓘之《尊堯集》送編修政典局刻本刊行；蓋以《尊堯集》譏評介甫也。

初，陳瓘以宗法王氏學，舉元豐四年（1081）進士甲科，年纔二十五。紹聖初（1094），執政章惇薦其爲太常博士。後瓘乃悔其早年所學，並自誓：「昔以答義應舉，析字談經，方務趨時，何敢立異？改過自新，請自今始！」於是取介甫之《神宗日錄》，類日錄中詆訕宗廟之文字，得六十五段，分爲八門，以上章臺。然瓘亦因此坐貶廉州。其後，蔡卞重修實錄，瓘又著《合浦尊堯集》，歸罪蔡卞；尋又撰《四明尊堯集》，痛詆《日錄》、《三經新義》及《字說》；爲王氏學極盛時，唯一撰文排擊者。張宰刊之，或欲藉以削弱王氏學氣燄？未料，八月二十六日丁巳，張宰爲臺臣劾以「傾邪貪冒」之罪，黜知河南府；《尊堯集》未及刊行，而於九月二十一日辛巳，詔其書「語言無緒，並係詆誣，合行毀棄」。王氏學乃未受絲毫挫抑。〔註 97〕

政和二年（1112），方愨（性夫）撰《禮記解》二十卷進呈，自序云：「王氏父子獨無（《禮記》）解義，乃取其所撰《三經新義》及《字說》，申而明之，著爲此解。」由是得上舍出身，而頒其書於天下。〔註 98〕

三年（1113），介甫居鍾山時之門客薛昂（肇明），以蔡京之力，得遷門下侍郎；於是昂「作詩、奏御，亦用《字說》中語」。〔註 99〕

此時王氏學獨尊，「內外校官，非《三經新義》、《字說》不登几案」，不爲王氏學者，唯有絕意仕進一途。

時有胡安國者（1074～1138），紹聖中（1094～1097）赴廷試，「考官初欲以魁多士，繼以其引經皆古義，不用王氏，降爲第三人」。胡氏遂留意《正蒙》之書，與河南程頤、上蔡謝良佐、龜山楊時諸人，相與講學。至南宋高宗朝，禁王氏學後，胡安國始除中書舍人兼侍講。

其子胡寅嘗云：「某年十六、七（當政和三、四年，1113～4），見先君書案上有《河南語錄》、上蔡謝公、龜山楊公《論語解》，間竊窺之，乃異乎塾之業。一日，請問塾師曰：『河南、楊、謝所說，與王氏父子誰賢？』塾師曰：『彼不利於應科舉爾。將趨舍選，則當遵王氏。』」

俱〈後序〉。《郡齋讀書志》卷四頁 11。

〔註 97〕《續長編・拾補》卷三頁 1、頁 5，卷三十頁 9、頁 10，頁 11 夾註，程師元敏《三經新義與字說科場顯微錄》五之一。

〔註 98〕《直齋書錄解題》卷二頁 24〈禮記解〉條，朱彝尊《經義考》卷一四一頁 4。《宋元學案補遺》卷九八頁 132 起，有《禮記解》佚文，惟解析字形之文句，均爲刪除矣。

〔註 99〕《老學庵筆記》卷二頁 13，《宋史》卷三五二〈薛昂傳〉，《宋人軼事彙編》頁 719 引《容齋三筆》之語。《王安石詩集》卷二八頁 182、183、184 有與薛昂酬答詩四首。

又有太學生王居正，嗜學工文辭；「時習新經者，主司輒置高選」，居正「非之，不肯作新進士語，流落者十餘年」，至宣和三年（1121）罷三舍，行科舉後，始登第。

餘如慈谿人蔣璯（季莊），「當宣和間，鄙王氏之學，不事科舉，閉門窮經，不妄與人接」。而彭城人魏衍（世昌），「從無己（陳師道）游最久，蓋高弟也；以學行見重於鄉里，自以不能爲王氏學，因不事舉業」。

由此可知，徽宗崇、觀、政和年間，王氏學獨尊於天下，氣燄之盛，莫之可逆。〔註 100〕

政和七年（1117），邛州知府唐耜上《字說集解》三十冊，凡一百二十卷，頗注《字說》說解所據之書，一時稱便。二月十一日己巳，詔下謂其書「極有功力，有助學者，與知州差遣其《字說集解》，令國子監傳示學生」。

又有太學博士韓兼，作《字說解義》十卷；太學諸生作《字說音訓》十卷；而介甫撰《字說》時，嘗與討論奇字之劉全美，亦作《字說偏旁音釋》、《字說疊解備檢》各一卷，又以類相從，作《字會》二十卷。可見一時《字說》學風氣之盛也。〔註 101〕

學子所以習《字說》，僅爲應試求祿，故多誦其文義而略諸字形，是以從俗就簡，漸失本眞。成都府路學事翟棲筠，乃於重和元年（1118）十一月二十八日丙子奏言：「王安石參酌古今篆隸，而爲《字說》，此造道之指南而窮經之要術也。然字形書畫，纖悉委曲，咸有不易之體，……幼學之士，終年誦讀，徒識字之近似，而不知字之正形，甚可歎也云云。願詔儒臣重加修定，去其訛謬，存其至當，一以王安石《字說》爲正，分次部類，號爲『新定五經字樣』，頒之庠序。」詔從之，令太學官集眾修定。由是可知，《字說》之篆體，竟已取代《說文》本篆矣。

宣和二年（1120）六月初九日戊寅，姦相蔡京致仕，十一月初二日己亥，余深亦罷相知福州，朝政惟王黼獨攬。黼多智善佞，早欲樹立黨翼，既專大政，乃悉反蔡京行事。

明年（1121）二月二十日乙酉，「罷天下三舍及宗學、辟雍、諸路提舉學事官」，復科舉取士法，奏請徽宗於「三月丁未（十二日）御集英殿策進士」。專行於學校十

〔註 100〕《宋史》卷四三五〈胡安國傳〉，呂祖謙《東萊集》卷九頁 1〈王居正行狀〉。胡寅《斐然集》卷十九頁 23〈魯語詳說序〉。《容齋三筆》卷六頁 49。《卻掃編》卷中頁 10。《宋史》卷三八一〈王居正傳〉。

〔註 101〕《郡齋讀書志》卷四頁 11〈唐氏字說解〉條、《老學庵筆記》卷二頁 13，《宋會要輯稿》第五十六冊〈崇儒〉五之二八頁 2260，《玉海》卷四三頁 22，《靖康緗素雜記》卷八頁 2。

八載之升貢法一旦廢用，藉其法以獨擅天下之王氏學，亦自是而寖衰矣。〔註 102〕

宣和七年（1125）十二月二十三日庚申，徽宗以國事日頹，乃禪位於皇太子，明年改元靖康，旋以外患之故而詔禁《字說》。由是，自哲宗紹聖以來，擅行科場三十載之《字說》，再度詔令廢用，其後乃更乏人傳習矣。究其所以見禁之近因，則靖康之圍故也。

靖康元年（1126）正月初七日癸酉，金人圍汴京，宰臣李邦彥無計解危，竟奏請多給歲幣，以求和議；逾三十日，終賴尚書右丞李綱力守，又得康王親赴敵營媾和，金人始於二月初十己巳退兵。一時輿論譁然，以邦彥起自上舍及第，尾附蔡京；二人皆新法黨人，而誤國至此；究其禍根，實主王氏學之故也。是以眾情所怨，亟復元祐舊制，以圖振作。《字說》學遂又遭排抑。〔註 103〕

元年四月二十三日己未，臣僚上言：「熙寧間王安石執政，改更祖宗之法，附會經典，號為新政，……以至為士者，非性命之說不談，非老莊之書不讀，……流弊至今，為害日久，……今之策士，盡成虛無不根之言，欲士詳於古今治亂，不可得已。」乞曰：「王安石解經，有不負聖人之旨者，亦許收用，至於老莊、《字說》，並行禁止。」詔可，遂「復以詩賦取士，禁用老莊及王安石《字說》」。於是王氏經學與先儒注疏並行，而《字說》、老莊則概在禁用之列，悉如元祐成憲矣。〔註 104〕

《字說》自元豐五年奏進朝廷，至靖康元年禁用，凡四十四載，其間僅元祐詔禁八載，而其餘專行學校場屋者，竟得三十有六載；其學實已深植人心，故雖一旦廢用，學者日常行止間，仍然好談不厭。如陸游（放翁）之同宗伯父陸彥遠，取《字說》「霄」字：「凡氣升此而消焉」之意，扣詩句：「雖貧未肯氣如霄」。又有胡浚明者，於沐浴中頓悟《字說》「在隱可使十目視」之「直」字文義，一旦而解三十年之惑！〔註 105〕

《字說》既禁之次（五）月初三日戊辰，楊時（龜山）乃奏劾介甫、蔡京，並成《字說辨》一卷，闢《字說》之說解曲附處。然楊時多取《字說》訓詁字義者為辨，無與於制字之源，此類義理論說，本乏中肯客觀之繩墨，多任意氣而是其所是，

〔註 102〕《通鑑長編紀事本末》卷一二〇頁 3，《續長編・拾補》卷三八頁 9。《宋史》卷二一〇〈宰輔表〉三宣和二年載事，卷四七〇〈王黼傳〉，卷二二〈徽宗本紀〉四。

〔註 103〕《續長編・拾補》卷五一頁 13、27，卷五三頁 8～11，《宋史》卷二三〈欽宗本紀〉。

〔註 104〕《靖康要錄》卷二頁 103。《宋史》卷二三〈欽宗本紀〉。程師元敏《三經新義與字說科場顯微錄》五《靖康變革》，《王安石雱父子享祀廟庭考》五，言其事甚詳。

〔註 105〕《老學庵筆記》卷二頁 13。陸游於是則筆記中云：「予少時見族伯父彥遠」，又云：「鄉中前輩胡浚明」，陸游生於宣和七年（1125），「少年」正當建炎、紹興（1131）之際，《字說》已禁用數載矣，可知其時《字說》之學實未根除。

非其所非，於字學上之價值較微，故其辨說當時未見流傳。當時學者陳善即稱：「楊龜山立著三經義辨，以譏正王氏，當矣。然不作可也。」

楊時張皇二程洛學，人號之「還魂」，謂還程頤伊川之魂也。其後「伊川三魂」之「尊魂（趙鼎）」「強魂（王居正）」繼出，其勢益盛，王氏學因之而益微矣。其間雖有秦檜陰祐新學，擯斥程學，迨紹興二十五年（1155）秦檜卒後，科場仍以二程、王學兼用，而洛學更有凌駕之勢矣！〔註 106〕

孝宗乾道元年（1165），《字說》禁用已四十載，李燾撰成《五音韻譜》，〈序〉云：「今國家既不以此（《字說》）試士，爲士者可以自學矣，乃未嘗過而問焉。」

其後又十三年，當淳熙五年（1178）六月，《中興館閣書目》成，於《字說》僅錄「《字說》二十卷」一種，而未收他人所作之《字說》類書。

淳熙十六年（1189），《遂初堂書目》出，收有「王氏《引經字說》，《字說解》，《字說分門》」三種。《引經字說》或即介甫作於《熙寧》末之《字說》，其中最多「與門人所推之經義」；《字說解》，或即唐耜等人所作《字說集解》之類注疏；《字說分門》，或即「以類相從」之《字會》。由此觀之，此時已無專力研討《字說》之學者矣。〔註 107〕

亦於此時前後，陸游嘗見《字說重廣本》，乃作跋曰：「《字說》凡有數本，蓋先後之異，此猶非定本也。」似謂《字說》自紹聖三年（1096）重雕頒行以來，板本數有更遞，且已失介甫當初「一道德」「成習俗」之原義矣，其書漸趨沒落，實亦不可避免也。

陸游乃陸佃之孫，佃書《埤雅》，引用《字說》之處不少，而陸游乃從未論及《字說》之說解，僅於偶然間道及《字說》之流傳，亦可見《字說》學此際之衰微也。陸游曰：「近時此（《字說》）學既廢，予平生惟見王瞻叔參政篤好不衰，每相見，必談《字說》，至暮不離他語；雖病，亦擁被指畫論說，不少輟。其次，晁子止侍郎亦好之。」〔註 108〕

除王、晁二人喜道《字說》外，李霖撰《道德眞經取善集》（乾道八年，1172），羅願撰《爾雅翼》（淳熙元年，1174），亦偶取《字說》之說解，以釋字義名物。

寧宗慶元年間（1195～1200），韓侂胄漸次用事，大興僞學之禁；自此，王、程

〔註 106〕《靖康要錄》卷六頁 115，《楊龜山先生集》卷七〈王氏字說辨〉，《捫蝨新話》卷一頁 2。此節詳見程師元敏《三經新義與字說科場顯微錄》之六。

〔註 107〕魏了翁《鶴山渠陽經外雜鈔》卷一頁 15。《中興館閣書目》卷一頁 33。《遂初堂書目》頁 5。

〔註 108〕《渭南文集》頁 31〈跋重廣字說〉。《老學庵筆記》卷二頁 12。

二學之爭，遂易爲道學眞僞之辨，《字說》之利害關係既失，乃更乏人談論矣。

嘉定七年（1214），李壁注《王荆公詩》五十卷，頗注介甫詩句所出處，偶或引用《說文》，而於《字說》卻全未引用。

十三年（1220），李從周著《字通》三卷，魏鶴山序之曰：「以會意一體，通貫六書，王文公亦自謂有得於今文矣。迨其所行，俱不若未嘗知書者，遂使世以爲書不足學」，李從周爲革此弊，乃「取俗之所以易諭而不察焉者，以點畫偏旁，粹類爲目，而質以古文，名曰《字通》」。《字通》亦本《說文》而作，書中說解未道及《字說》。

理宗朝，又有「新刊《荆公字說》二十四卷」問世（1240 之前），然而「前無序引，後無題跋，獨雷抗爲之注」。時人謝采伯論之曰：「此許愼之《說文解字》也，雷抗即徐鍇之傳釋也，但以之解六經，導後學，則穿鑿之論蠭起，豈大儒之所爲也？」由此謝氏並推論云：「天下公論」不重《字說》，「昭然明矣」！〔註 109〕

其後《字說》漸至於無人談論，竟不知亡佚於何時。

第五節　《字說》之亡佚

《字說》再度詔禁以來（1126），舉子不得準以應試，利害既失，遂漸式微。宋室南渡，百餘年間，論者益寡；雖有好奇之士，偶或取爲談助，已難挽其頹勢。至理宗淳祐末，陳振孫之《書錄解題》出（1250？）〔註 110〕，收書五萬一千一百八十餘卷，竟無《字說》矣。檢閱此時前後之宋人筆記小說多種，亦無引用《字說》之說解者，與前期重於《字說》而略於《說文》之風，不可以道里計。如：

吳氏《荆溪林下偶談》四卷，序於理宗紹定末（1233），有關介甫者，僅轉引《能改齋漫錄》之「王介甫初字介卿」一條。

史繩祖《學齋佔畢》四卷，自序於淳祐庚戌（1250），頗言字義、字音，而有關介甫者，僅引「孔子不徹薑食」一條，實亦出自《聞見後錄》、《東坡志林》者。

趙彥衛《雲麓漫抄》十五卷，自序於景定元年（1260），言及金石篆隸及俗字者十餘條，有關介甫者，僅錄「王荆公嘗譯佛經」一事。〔註 111〕

〔註 109〕《字通》魏了翁〈序〉。謝采伯《密齋筆記》卷一頁 16，謝書自序於理宗淳祐元年（1241）。

〔註 110〕姚名達《中國目錄學年表》頁 80：淳祐九年（1249），陳振孫以户部郎致仕，後撰有《直齋書錄解題》二十二卷。

〔註 111〕《聞見後錄》卷三十頁 11，《東坡志林》卷五頁 4，《學齋佔畢》卷三頁 7。《雲麓漫抄》卷三頁 4。

王應麟《困學紀聞》二十卷，書成於度宗咸淳間（1265？），言及《說文》、《六書略》及金石文字者甚多，卷八有《小學》一卷，專論字學發展，卻全然不見道及《字說》處。

黃震《黃氏日抄》九十七卷，沈逵序於德祐元年（1275）。其書卷六三、六四，言及介甫之詩文，而不及《字說》。

以上所檢諸書，實爲宋末較通俗者，其不引《字說》以釋字義，當與元祐舊臣抵拒者不同，《字說》此時或已不傳於世？

及至明成祖永樂初，開局修纂《永樂大典》（1403～08），收錄繁富，成書二萬二千八百七十七卷，裝成一萬一千九十五冊，卻無《字說》踪影。

《永樂大典》之編纂，以《洪武正韻》爲綱，而「以韻統字，以字繫事」〔註 112〕，每字之下，首引字書之說解，以釋其字義，若《說文詁林》然。如卷四八九《東韻》「終」字下，所收說解之字書有：《洪武正韻》、許慎《說文》、《爾雅》、劉熙《釋文》（釋名）、顧野王《玉篇》、陸法言《廣韻》、《宋重修廣韻》、丁度《集韻》、吳棫《韻補》、戴侗《六書故》、李肩吾《字通》、釋行均《龍龕手鑑》、韓道昭《五音類聚》、楊桓《六書統》、熊忠《韻會舉要》、周伯琦《六書正譌》、趙謙《聲音文字通》，共十七種；卷一九七八三「伏」字下，所收字書有：《洪武正韻》、許慎《說文》、徐鍇《通釋》、劉熙《釋名》、顧野王《玉篇》、陸法言《廣韻》、《宋重修廣韻》、司馬光《類篇》、鄭樵《六書略》、吳棫《韻補》、戴侗《六書故》、歐陽德隆《押韻釋疑》、韓道昭《五音類聚》、楊桓《六書統》、熊忠《韻會舉要》、趙謙《聲音文字通》、《韻會定正》，亦爲十七種。

其餘韻字，如；卷四九○頁十七「畚」字、卷五四一「庸」字、卷五四○一「頌」字、卷六六一一「雝」字、卷一五○七三「誠」字、二○四七八「職」字、卷二○三一○「疾」字，所引用之字書，類不出上述範圍，而絕無引錄《字說》之目者。

英宗正統六年（1441），楊士奇編撰《文淵閣書目》，以《永樂大典》編撰所據之書，分廚裝置，編爲書目；收有「《周禮》王荆公《解義》一部三冊」「《周禮》鄭宗顏《講義》一部一冊」（卷五頁三十），亦無《字說》之目。是以乾隆三十八年（1773）開四庫館，館臣就大典輯佚書，止得《周官新義》與《考工記解》，而無《字說》。

自南宋理宗淳祐末，《直齋書錄解題》出（1250？），以迄明英宗正統六年（1441），《文淵閣書目》編成，二百年間，概無《字說》之踪影。其間，元至正

〔註 112〕蘇振申《永樂大典年表初稿》。

十五年（1278），王應麟《玉海》輯史書佚文，其中載《字說》事跡數則；〔註113〕元仁宗延祐六年（1319），馬端臨輯前人書目而成《文獻通考・經籍志》，於卷一九〇引晁公武《郡齋讀書志》之《字說》書目三則；元順帝元統二年（1334），陸友仁撰成《硯北雜志》，引喻子才說介甫解「心」字佚文一則；餘皆未見論及。明憲宗成化年間（1470？），《菉竹堂書目》出，所收與《文淵閣書目》相似，亦無《字說》之目。

其後百餘年，至神宗萬曆甲午（二十二年，1594），焦竑《國史經籍志》出，《四庫提要存目》謂：焦書「叢抄舊目，無所考核，不論存亡」，亦無《字說》書名。稍後，《內閣藏書目錄》，由張萱於萬曆三十三年（1605）撰成，「自正統六年楊士奇輩《文淵閣書目》後，僅見此目，足以考見明代中藏書存亡之情形」。所收書目中，有：荊公《周禮解義》，《周禮詳解》……，亦無《字說》之目。陳繼儒（1558～1639）於《太平清話》中則明言：「王荊公《字說》覓之不得」，可見者「載在《楊龜山集》中第七卷，僅二、三十則。」〔註114〕

由以上諸事推論，《字說》當亡佚於南宋末年《直齋書錄解題》出書前後（1250），而元、明二朝已無其書踪跡。至若明李時珍撰《本草綱目》（1590），引用書籍多達八百餘種，中有「介甫《字說》」一目，檢閱全書，亦得《字說》引文二十二則。取以與宋陸佃之《埤雅》、羅願之《爾雅翼》等書細加比勘，可知《本草綱目》所錄，殆鈔自《埤雅》等書，時珍實未見《字說》原書也。〔註115〕

第六節　清代與近世之研究

《字說》於今得以略見梗概，當歸功於清初大儒全祖望之輯《周官新義》。全氏述其事云：「雍正乙卯（1735），予於《永樂大典》中得之，亟喜而鈔焉。會修《三禮》（乾隆元年，1736），予因語局中諸公（方苞等人），令鈔《大典》所有經解，而荊公書尤爲眉目。惜其《地》、《夏》兩官已佚，終不得其足本也。」是即《永樂大典》本之《周官新義》。其後，嘉興錢儀吉又「參考諸家傳義有引王氏說而此本不及者」，「凡得百三十餘條，悉注於下，稍爲增多矣」；此增輯本刻入《經苑》中，即今日所通行之《周官新義》也。

全、錢二氏輯佚書，僅爲存錄經義，其於介甫解字訓詁之說，則不以爲然。全

〔註113〕如：卷四五頁28，卷四三頁21、22，卷三九頁38等。

〔註114〕《國史經籍志敘錄》頁7。《太平清話》卷下頁30。

〔註115〕詳見本書第三章第一節第五目《本草綱目》條所考。

氏謂：《周官新義》「言簡意核，惟其牽纏於《字說》者，不無穿鑿；是固荊公一生學術之秘，不自知其爲累也。」且謂：「然則去其《字說》之支離而存其菁華，所謂六藝不朽之妙，良不可雷同而詆也。」錢氏亦謂：「《字說》久佚不傳，獨見於此注中，其於六書之義，違戾已甚，輒依許氏書正之，庶幾學者不爲所誤爾。」

今《永樂大典》載錄《周官新義》之卷冊，已不知亡於何時，非全、錢二氏，《字說》將更難鉤沈矣！是二氏雖無意於《字說》，其功則匪淺也。〔註 116〕

全氏鈔輯《周官新義》之同時，顧棟高亦撰成《王安石年譜》三卷（一七三五年九月），並輯《王安石遺事》一卷。《遺事》凡一百一則，其中言及《字說》者十三則，皆見於今傳之宋人筆記小說中，顧氏雖非專力於斯，其所爲亦稍有助於《字說》之考述。〔註 117〕

嘉慶三年（1798），謝啓昆撰成《小學考》五十卷，於卷十八收有「王氏安石《字說》」「唐氏耜《字說解》」「楊氏時《字說辨》」「無名氏《字說偏旁音釋》」「無名氏《字說疊解備檢》」等五目；於「王氏安石《字說》」目下，錄《字說序》及宋明人論《字說》之筆記十九則，亦皆見於今傳諸書中。

民國十二年，丁福保《說文詁林》出，於《自序》中論及介甫《字說》，引《四庫全書》之〈周禮詳解提要〉及宋人譏評之言，謂：《字說》「復雖禁絕，而流弊無窮矣。」惟其說實屬人云亦云之語，並無己見可言。

民國十三年（日大正十三年）九月，日人池田四郎次郎撰《王安石字說談略》，爲近世討論《字說》之第一篇學術著作。文長萬言，略分八節：

一、前言及《字說》之成書與前人之褒貶。

二、《字說》之版本及傳承。

三、《字說》撰寫之緣由。

四、《字說》類書及《字說》佚文。

五、宋人筆記中對《字說》之褒貶。

六、析評《字說》之說解。

〔註 116〕《永樂大典》卷一〇四六〇－一四六三，凡載《周禮》四卷；又：程師元敏考知，卷四四九九收有《周禮新義》「天官一」之文，另有「《大典》散篇」引文，計約三萬八千字。今所見《大典》殘卷，已全無《周官新義》引文。全、錢二氏之言，見：全祖望《結埼亭集外編》卷二三頁 966〈荊公周禮新義題詞〉，《粵雅堂叢書》第十六集《周官新義》錢儀吉〈序〉。程師《三經新義板本與流傳》頁 33～44，於此書輯本有詳考。

〔註 117〕見《王安石文集》卷前所附：《王安石年譜》、《王安石遺事》。顧氏自序於「雍正乙卯」（1735）。

七、張有之字學。

八、《字說》之評議。

原文各節並無標目，細讀其文，材料雖多而未予整理，故一義前後復見，體例亦不明晰。然池田氏結語所云：「金文、甲骨文出土以來，許氏之《說文》已難令人信服，若今日仍據《說文》以定《字說》之是非，必將失之武斷。」則頗爲知言也。

民國十九年十月，柯敦伯著《王安石》一書，由商務印書館出版。其書中第九及十八兩章之第三節，皆有論《字說》之處。第十八章中，以「李時珍撰《本草綱目》偶援其說」，遂誤以爲：《字說》於「明季尚有傳本」。其後劉銘恕撰〈王安石字說源流考〉，於討論《字說》亡佚年代時，亦取此說爲證。

柯氏於書中，取介甫〈字說序〉與宋人筆記數則，以略述《字說》得失，並謂《字說》之說解，雖取材博洽，終覺失之穿鑿，如以佛書解「空」字，「我國造字之時，佛教尚未興，何論東來？則空字之義，必非據佛經」。其說雖是，終不出宋人之義。〔註118〕

民國二十年一月，劉盼遂有〈由埤雅右文證叚借古義〉短文一篇，以沈括《夢溪筆談》言及王子韶說「右文」事，劉氏疑其非子韶首創，乃「考此事，則始發明於王荆公」。並評議介甫字學曰：「能因聲說義，故說正字或多得之；其說叚字，則幾乎扣槃捫燭之可笑。蓋正坐其不知形聲之聲，亦有正有叚故也。」則頗得其實。

文中錄《埤雅》之「以聲訓解字」者，百餘字，然其中如：貂、鸓、痽瘧、鳶、鴯、鸚鵡、蟋蟀……等，陸佃皆明言「《字說》曰」，劉氏則悉歸諸《埤雅》之文，或偶失察耳。〔註119〕

其弟銘恕謂：「家兄盼遂先生，早擬爲此書（《字說》）輯佚，大辭典編纂處亦擬參取以備一說，惟尚未告就。」迄今仍未聞「《字說》輯佚」之出，則其事或終於未成也。〔註120〕

民國二十一年一月，柯昌頤撰《王安石評傳》，亦由商務印書館出版。其書第十七章專論介甫之《字說》。文分三節：一曰《字說》之撰著，二曰《字說》內容之一斑，三曰《字說》之評價。然此三節文字，實乃擴充柯敦伯之文而成，字句多仍之不易。

其文第二節「《字說》內容之一斑」，引楊時《字說辨》、李時珍《本草綱目》、謝啓昆《小學考》等《字說》例字，都五十一字，爲輯佚《字說》最多者。然柯氏

〔註118〕柯敦伯《王安石》頁238、242。

〔註119〕《學文》第一卷第二期頁6、頁10。

〔註120〕劉銘恕〈王安石字說源流考〉頁86。

引《字說辨》而將「金銅」「天示」「羲和」「懿徽」「紅紫」等彙解名詞，皆以單字形式分別訓解，則不知《字說》體例故也。

民國二十一年十一月，劉銘恕撰成〈王安石字說源流考〉，凡二萬五千言，文分上、下兩篇。

上篇：a. 王氏對文字之根本態度及其所受之影響。b. 《字說》開始時及中斷。c. 撰述同人及其材料。d. 撰《字說》時期的生活。e. 時人對於《字說》的旨趣。

下篇：a. 續撰及完成。b. 篇卷部類版本及篆寫人。c. 《字說》在當時的地位。d. 《字說》的廢禁及復興。e. 亡佚的時代。

該文取材豐富，條理明晰，於介甫之字學體認，《字說》之時代背景，及《字說》之撰寫、流傳與亡佚，皆爲之考述，實爲第一篇有系統之《字說》專論。至於引馬國翰之言，謂《字說》藍本於楊承慶之《字統》，則頗有可商。實則《宋史・藝文志》已不著《字統》之目，《永樂大典》亦不見收錄，今所輯得之《字統》佚文，幾乎皆出自宋以前之佛經音義等書，可知其書宋時已佚，介甫當未及見，更無由承續其解字方法。其文末段以《本草綱目》嘗引《字說》，謂《字說》於「明神宗時代，猶見存世」，則未詳考《本草綱目》之引書例而致誤說也。〔註 121〕

民國二十五年，胡樸安撰《中國文字學史》，其書第二篇《文字學前期時代》，有〈王荊公之新說〉一節六百字，除引宋人筆記以作評議外，胡氏說介甫字學之失曰：「以自己之意思，當古人製造文字之意思而爲之說，自來研究文字學者，每患此病，王荊公尤其甚者也。」又謂：「近代四川、雲南等省，尚未能脫此私意說解之習。」實乃洞悉字學之弊。〔註 122〕

民國二十六年三至六月，張壽撰《字說輯佚》四篇，分載於《河北第一博物院畫刊》第一三三、一三五、一三七、一三九等四期中，惜未尋獲原文。〔註 123〕

民國五十四年六月，黃永武先生撰成《形聲字多兼會意考》，其書第一章「形聲多兼會意說史略」，謂：「音同之字，每每義近」，後世右文之說，實由「音訓導其濫觴」；王安石之「以會意說形聲」，「望形生訓，取零星之形聲字，概以會意說之」，是強「合二文說之以會意」，而不知「字意以右文爲重」，其「漠視聲符之存在」，致

〔註 121〕見上引劉文頁 87、88、99，龍璋《小學蒐佚》頁 103《字統》。

〔註 122〕胡樸安《中國文字學史》第二篇頁 148、106。

〔註 123〕篇目見於《中國史學論文索引》。按：民國 31 年夏冬之間，浙江圖書館館長張宗祥，因工作之便，輯王安石《字統》六百餘字，原書手稿未見刊行。2005 年 1 月始由福建人民出版社以繁體字印刷發行。又按：筆者撰述此節〈字說考述〉在 1982 年，當時未能寓目，謹此略作補闕。

令鑿說橫流。所言甚是。至若以《三經新義》爲宋仁宗慶曆八年進呈，則或一時錯記年代之故。

民國五十六年（日昭和四十二年）三月，日人麓保存著《北宋儒學發展史》，第七章第二節專論介甫之生平，其中引宋人筆記小說言及《字說》者十八條，並未加以論說。

民國五十七年十月，龍宇純出版《中國文字學》，於第四章「中國文字學簡史」中論及《字說》，略謂：「王安石作《字說》二十四卷，不問篆法如何，一切依會意說解之。如以『同田爲富』，詩爲『寺人之言』，坡爲『土之皮』，波爲『水之皮』，自全不足道。……但因其地位崇高之故，當時此書頗流行，主司用以取士，學子無不習誦；影響所及，先儒經注亦廢棄不觀，而依字形索解。」又云：「與王安石同時，王聖美爲右文之說，謂形聲字以聲符爲義，聲符同者，其義恆相關。……王安石曾引聖美入條例司，並擢爲監察御史裏行，《字說》蓋又深受右文說之影響。但右文說是就已知事實論諸字間關係，其說可取。《字說》則唐突古人，厚誣來學。」

民國五十九年五月，商務印書館出版禚夢庵先生《宋代人物與風氣》一書，第八章《從詩文及著作中看王安石》之第三節，言及《字說》，所取材類似柯昌頤之《王安石評傳》。

民國六十一年九月，于大成先生撰《王安石三經新義》，文末言《字說》云：「我曾就《周官新義》，陸佃《埤雅》，楊時《字說辨》，以及宋元人筆記，下迄李時珍《本草綱目》諸書所引，加以裒輯，編爲一本，以存其書梗概。」惜未見其書刊行。

民國六十三年六月，施人豪先生撰成《鄭樵文字說之商榷》。其書第三章第三節有「王安石《字說》考述」一文，略述《字說》成書之時代、始末，並舉字例以爲說明。然其文殆襲取日人池田氏之作，而沿誤未改。如「唐耜」誤作「唐耟」，承池田氏之訛；謂《字說》之「王」「國」二字，出自《龜山集》中，則未察《字說辨》原文也；又於「國」字下按云：「《說文》無『國』字。」是未檢《說文》而言也。所引之《字說》佚文，亦多沿用池田氏原文，就中「星」字之引文百字，自注出於朱翌《猗覺寮雜記》，然徧查朱書，未見所引，而施君引文，實與張衡《靈憲圖》相似，不知所據者何？

施君又據《中興館閣書目》之言，謂：鄭樵「《六書略》之取材亦原於王安石《字說》也。」所持理，則以「鄭君於《六書略》中，凡有所引，於前人典籍必曰『某某』，引通人說者，必曰『某某曰』，然徧觀全書，竟無一次言及『《字說》』或『王安石曰』者」，因考據《六書略》引典籍與通人說之次數，得結論曰：《六書略》二萬四千二百三十五「字」中，說解明引出處者，僅得一千一百五十二「次」，「是知

《六書略》中，十九必另有所據」，「則其書泰半取於安石《字說》可信矣。」

然鄭樵明言：「臣《六書證篇》，實本《說文》而作，凡許氏是者從之，非者違之。」是《六書略》蓋本《說文》而作者。施者考核《六書略》引《說文》次數時，若細察《說文》之說解，當知鄭樵未明言「《說文》曰」而實取自《說文》者，比比皆是，若「羹」「犇」「別」「初」……等字，不勝枚舉。汪應辰《薦鄭樵狀》亦謂：鄭樵「著《六書本義》，明古人制字之意，皆有證援，疑者缺之，不爲彊說，足以辨近世儒者私意穿鑿之失。」所言當爲糾字《字說》缺失而發者。以《字說》輯文與《六書略》所引之說解相斠，尚無《六書略》異於《說文》而合於《字說》之例；則施君之說，仍待商榷。〔註 124〕

民國六十五年，蘇尚耀之《中國文字學叢談》問世，其中收有《王安石的字說》一文，亦取宋人筆記，略談《字說》大要。文末云：「《字說》的路，顯然走不通，但是現代人以爲國字一點一畫都有深意，不可以移易的觀念，從字書所載的字體遞更，字形嬗變的事實看來，也有討論的餘地。」蘇君又以爲今日形聲字雖發達，惜因「構造既太繁複，表音又欠規律，因此容易產生如《字說》之類的謬誤，也使一般人在認字讀書上，增加許多的困擾。」亦可謂知言。〔註 125〕

民國六十七年五月，嚴靈峰先生輯校之《老子崇寧五注》出版。其中有王安石《老子注》一部，乃擷取彭耜《道德眞經集註》、劉惟永《道德眞經集義》、李霖《道德眞經取善集》等三書所引王安石《老子注》而成者。其中，《集義》、《取善集》凡引《字說》十則。經文「故致數輿無輿」下，嚴先生引文作：「《集義》引王元澤曰：數字作入聲，輿字爲譽。《字說》曰：知一者以賤爲本而內韜至貴；故世不得而貴，亦不得而賤；苟爲己而數致稱譽，豈眞譽乎？按：《字說》爲王安石所著，元澤引其父說爲之耳。」元澤爲介甫長子雱之字，卒於熙寧九年六月；嘗注《老子》，於熙寧三年七月刊行。依嚴先生言，則《字說》於熙寧三年已成書矣。然檢閱原文，實爲嚴先生斷句致誤耳。原文出自李霖《取善集》卷六頁十，於「王元澤曰」引文之前，又引「唐明皇曰：數字作上聲輿字作譽字。說曰：數輿則無輿……。」依此，嚴先生引文之「《字說》曰」者，亦當於「字」字斷句，讀爲「輿字爲譽字。說曰：知一者……。」文例與「唐明皇曰」者相同。此事關係《字說》成書時日，不可不辨，故具說如上。〔註 126〕

〔註 124〕鄭樵《通志略》五〈六書略第五〉頁 47〈論一二之所生〉。汪應辰《文定集》卷六頁 3〈薦鄭樵狀〉。

〔註 125〕蘇尚耀《中國文字學叢談》頁 118。

〔註 126〕嚴靈峯《老子崇寧五注王安石注》頁 59。《正統道藏・洞神部・玉訣類・靡上・道民國六十七年六月，林義勝先生撰成《楊龜山學術思想研究》，於第五章第二節，有龜山「闢《字說》」一目，分《字說辨》所引之《字說》爲四類：一、以釋道訓詁者。二、以陰陽五行訓詁者。三、以儒學義理訓詁者。四、望文生訓者。所分誠是。然林君又以義理之說，取偏例糾駁《字說》之謬，以助龜山之言辨，則尚非眞知《字說》也。

民國六十七年十二月，程師元敏撰《三經新義與字說科場顯微錄》一文，搜羅詳密，考證精確，於《三經新義》與《字說》之修撰始末及流傳盛衰，皆一一列述；《字說》與《三經新義》相輔相成之關係，亦由此文而益見明晰。其中考論《字說》兩度禁用之原委，尤爲完密可信。

民國七十年十二月，程師又撰成《三經新義板本與流傳》，文分四節，於第三節《流傳》中，考述《周官新義》輯本種類最詳；本章考述中，亦多所引用。

《字說》亡佚已久，然其解字方法則每代有之。蓋以說字之易，人心同然，非介甫獨有也。今考述《字說》原委及近代研討概況如上，庶乎有志者略得裨益，實所至幸。

德眞經集註・序第五》王雱〈序〉。

第三章　《字說》輯佚之依據

《字說》原書已佚，僅能由佚文中窺其斑豹。然今日自宋明清諸家筆記、著作中，輯出標明爲《字說》之佚文凡二百七十餘則，綜爲《字說》原文，僅得一三○條七千餘言，於二十四卷之原書（十萬言？），實不足道。欲據此而評議是書，其亦難矣。

惟《字說》專擅於科場前後四十六載，學者奉爲圭臬。原書雖佚，而介甫之門生陸佃（著《埤雅》、《爾雅新義》）、女壻蔡卞（《毛詩名物解》）、私淑者王昭禹（《周禮詳解》）與鄭宗顏（《考工記解》），皆嘗引據其說，以解析字詞形義與《毛詩》名物；《字說》修撰所肇端之《周官新義》，亦於清初開四庫館時，自《永樂大典》中輯出，可由其中尋繹介甫說字之體例。

摛取上述六書中，析字形、說字義之文句，共得八百餘字，經刪汰整理後，得二三一條，凡二萬言，與已輯得之一三○條佚文綜合參照，總爲三六一條，可擬定一獨特而有系統之體例。諸書引文，雖或未明言出自《字說》，然吾人由彼作者之生平、撰書之動機，與夫說解之條例，以作推考，亦可證明該文與《字說》之關係深切，該書亦可作爲佚文之來源。

《字說》之輯佚，既以諸書及說解條例爲主要依據，乃當詳其細目，以明所準，因列是章於佚文考述之先，以昭憑信。

第一節　《字說》佚文之來源

標明爲《字說》之佚文者，除偶見於宋人筆記小說記載外（八八則），尚見於楊時《字說辨》（二九則）、王楚《宣和博古圖》（二九則）與羅願《爾雅翼》（十則）等書，其餘則以《周官新義》、《周禮詳解》、《考工記解》等書，與介甫門生所作之《詩》學講義爲主。至於明李時珍之《本草綱目》、清謝啓昆《小學考》之《字說》

目，與明清《詩》家所引之《字說》佚文（八五則），殆不出宋人《詩》學講義範圍。此外，尚有王雱、呂惠卿及國子監諸學官共撰，而由介甫勘詳大義之「《詩》、《書經新義》」，介甫〈字說序〉謂：《字說》附有門生說經義之文字。則二書與《字說》之關係，亦當深究。

故本節略分五目，先列《字說》佚文來源詳見表，標明三六一條佚文字碼，並於每條佚文之下，分列各則佚文出處，藉由表中縱橫錯綜之排列，推究諸書相互之關係，及該書與《字說》之淵源，當更有助於考證之確認。其後四目，則考述佚文來源之主要書籍，於其撰作始末及內容大要與相互之關聯，皆一一考校，以判明該書與《字說》之關係深淺，及佚文之可信與否。

壹、佚文來源一覽表

搜檢宋以來之文集著作，其中摘引《字說》文字者凡五十六種，分條列之於下。諸書次序，以介甫《周官新義》及解經諸書爲首，而其門生之《詩》學講義爲次，繼之以宋元著作及筆記小說等書，其後分列見於明清《詩》學著作等書者。諸書皆用簡稱，其原名如下：

新：《周官新義》。詳：《周禮詳解》。鄭：《考工記解》。埤：《埤雅》。爾：《爾雅新義》。蔡：《毛詩名物解》。辨：《字說辨》。博：《宣和博古圖》。翼：《爾雅翼》。草：《本草綱目》。傳：《詩傳名物集覽》。

宋元著作：緗：《靖康緗素雜記》。獨省：《獨省雜記》。澠：《澠水燕談錄》。桯：《桯史》。聞：《邵氏聞見錄》。後：《河南邵氏聞見後錄》。臨川：《臨川先生文集》。學林：《學林》。鶴林：《鶴林玉露》。甕牖：《甕牖閒評》。項氏：《項氏家說》。取善：《道德眞經取善集》。默堂：《默堂集》。訂義：《周禮訂義》。考古：《考古質疑》。朱子：《朱子語類》。高齋：《高齋漫錄》。楊公：《楊公筆錄》。嬾眞：《嬾眞子》。後山：《後山談叢》。姑溪：《姑溪居士集》。猗覺：《猗覺寮雜記》。硯北：《硯北雜志》。容齋：《容齋隨筆》。捫蝨：《捫蝨新話》。集義：《元道德眞經集義》。調謔：《調謔編》。老學：《老學庵筆記》。全解：《尙書全解》。李黃：《毛詩李黃解》。陶山：《陶山集》。識遺：《識遺》。呂氏：《呂氏雜記》。獸經：《獸經》。

明清著作：毛詩：《毛詩類釋》。四庫：《四庫全書》。詩識：《詩識名解》。六家：《六家詩名物疏》。太平：《太平清話》。升庵：《升庵外集》。丹鉛：《丹鉛續錄》。隨園：《隨園詩話》。續考：《續文獻通考》。永樂：《永樂大典》。

又，表列中書名簡稱後之阿拉伯數字（如「詳 3」），爲該書所引之《字說》該字佚文之次數。

	字說佚文	新	詳	鄭	埤	爾	蔡	辨	傅	翼	宋人	草	傳	明清人
1.	鳧			鄭			蔡							
2.	鳳				埤						臨川			
3.	鴉											草	傳	
4.	鴇											草	傳	
5.	鴟梟						蔡							
6.	鴟鴞						蔡							
7.	鴞						蔡							
8.	鳲鳩									翼	緗猗	草		
9.	鳶鴟隼……				埤									
10.	鴻雁							辨						
11.	鳦燕			鄭	埤	爾								
12.	鷙				埤	爾								
13.	鵲	新	詳 2	鄭	埤									
14.	鵙						蔡							
15.	鶻鳩					爾	蔡							
16.	雞鶡				埤									
17.	鷮				埤	爾	蔡						傳	詩經世本
18.	鸒鶋				埤					翼		草		
19.	隼						蔡						傳	
20.	雁鷹				埤									
21.	雗									翼				
22.	桑扈						蔡						傳	
23.	禽獸	新	詳 2			爾								
24.	飛										獨省			
25.	膏脂羸…			鄭										
26.	彪						蔡							
27.	狼						蔡							
28.	猱						蔡							
29.	豝									翼			傳	六家詩識
30.	豣						蔡							
31.	豵						蔡							
32.	豹				埤							草	傳	
33.	豺獺				埤							草 2		
34.	貂				埤									
35.	貒貉		詳		埤							草		
36.	貉						蔡				姑溪		傳	
37.	美				埤									
38.	羔				埤									

39.	羒羖牂羭									翼				
40.	羮				埤									
41.	鹿麢		詳		埤							草		獸經
42.	麂		詳		埤	爾				翼		草	傳	
43.	麞麋				埤						緗			
44.	犇麤										澠程後聞			
45.	駮				埤		蔡						傳	
46.	駰驪駽…				埤		蔡							
47.	象	新	詳		埤							草		
48.	兔										緗			
49.	熊羆				埤									六家
50.	蛇蝮				埤							草		
51.	蜉蝣						蔡						傳	
52.	蜮				埤								傳	
53.	蜻蜓蛉				埤									
54.	蜘蛛				埤	爾				翼		草		
55.	蜩蟬						蔡							
56.	易					爾								
57.	蝦蟆				埤	爾						草		
58.	蟦賊蝨螟				埤	爾								
59.	螟蛉		詳			爾	蔡						傳	
60.	蟋蟀				埤			辨					傳	
61.	蠹		詳											
62.	黽蠐螉	〔 〕	詳		埤	爾 2						草		
63.	鮑		詳											四庫
64.	鱐腒		詳 3											四庫
65.	鼉						蔡							
66.	艾				埤							草	傳	六家毛詩
67.	芼										學林			
68.	苴						蔡							
69.	苓						蔡							
70.	茈莀紫綟									翼				
71.	茹藘						蔡							
72.	菡萈蓫				埤									
73.	莪				埤		蔡						傳	
74.	荷藕茄…				埤	爾 2							傳 2	六家
75.	蓮				埤								傳	六家
76.	菅茅	新					蔡						傳	
77.	苣				埤							草		

78.	萊荎藸							辨						
79.	萎餘				埤	爾								詩識
80.	葵				埤								傳	六家詩識
81.	葱薇薑芥				埤					翼		草 3		
82.	葑菲						蔡							
83.	蔗										鶴林			續考
84.	蒹葭荻…		詳 2		埤 2	爾 4	蔡						傳 3	六家 2 詩識
85.	蘩						蔡							
86.	禾粟						蔡							
87.	黍						蔡						（傳）	
88.	稻稌						蔡							
89.	稗穡稺…						蔡						（傳）	
90.	穜										甕牖			
91.	麥						蔡							
92.	米	新	詳											
93.	粱					爾	蔡							
94.	糧								博					
95.	瓠						蔡							
96.	木								博					
97.	朱非		詳 2	鄭							項氏			
98.	杜棠				埤								傳	六家
99.	松柏檜樅				埤			辨		翼		草 3	傳 2	毛詩 2 六家詩識
100.	柳						蔡							
101.	柞			鄭										
102.	梓李楸			鄭										
103.	梮樻						蔡						傳	
104.	椅椷					爾 2	蔡							
105.	榆荎枌				埤		蔡					草	傳	
106.	桌桃李杏			鄭										
107.	楪										甕牖			
108.	棘槐	新	詳 2		埤 2	爾						草		
109.	樫									翼				
110.	樱栲				埤									
111.	我					爾			博					
112.	公		詳	鄭				辨						
113.	卿	新 2	詳 3											
114.	王	〔〕	詳 2								取善默堂			四庫
115.	矦		詳 2	鄭		爾								
116.	冢宰	新	詳 2								訂義			

117.	史	新	詳 2											
118.	吏	新 2	詳 3											
119.	司后		詳 3											四庫
120.	嬪婦	新 2	詳 4											
121.	賓客		詳 2											
122.	師儒	新	詳 3											
123.	士工才	新	詳 6	鄭										
124.	巫覡	新	詳 2											
125.	夫	新	詳 6	鄭										
126.	童							辨						
127.	豎		詳											
128.	匠		詳											
129.	商賈		詳 2	鄭										
130.	奚	新												
131.	伶										甕牖			
132.	兵		詳											
133.	刀刃	新		鄭 2										
134.	劒		詳	鄭										
135.	箙		詳											
136.	創愴			鄭										
137.	弓矢矛…	〔〕	詳 2			爾 2			博 3		訂義			
138.	弧		詳	鄭										
139.	弩		詳											
140.	柄柲	新	詳 3			爾								
141.	旐旟旗旂		詳 2	鄭										
142.	旜物	新	詳 2											
143.	旌旞	新	詳 3											
144.	鐘鼓	〔〕		鄭					博					
145.	錞鐲鐃鐸	新 2	詳						博 2					
146.	攻			鄭										
147.	鼗	〔〕									考古			
148.	鼙		詳											
149.	鼖		詳											
150.	旅	新	詳 6						博		朱子			
151.	戍役										甕牖			
152.	武		詳								高齋			
153.	徒	新												
154.	什伍	新	詳								考古			
155.	韗鞾		詳	鄭										

156.	盟	〔〕	詳 2								考古			
157.	斝								博					
158.	尊	新	詳						博 2					
159.	爵雀		詳 4	鄭					博					
160.	觚觶		詳 2	鄭										
161.	觳			鄭										
162.	盉盅盈…								博					
163.	簋簠		詳 2	鄭										
164.	釜鬴			鄭										
165.	鼎鬲	〔〕		鄭					博 3					
166.	甗	〔〕	詳	鄭					博 2					
167.	鼒								博					
168.	瑟		詳											
169.	籥	新	詳											
170.	柷栒虡鐻			鄭										
171.	欒	〔〕		鄭							訂義			
172.	弁		詳 2											
173.	冕	新	詳 5											
174.	車轉軋…	〔〕	詳 11	鄭							訂義			
175.	中		（詳）					辨	博					
176.	之							辨						
177.	占卜	新	詳 3											
178.	仔										學井			
179.	令	新		（鄭）										
180.	仞			鄭										
181.	佐佑	新 2	詳 3											
182.	位	〔〕	詳 2								考古			
183.	任		詳 3											
184.	佃		詳											
185.	倥侗							辨						
186.	傀		詳											
187.	僞	〔〕									考古			
188.	典則灋	新	詳	鄭										
189.	冶		詳	鄭										
190.	冬							辨						
191.	凋彫			鄭										
192.	凝凌	新	詳	鄭										
193.	刑	新	詳 3											
194.	勢			鄭										

195.	勑										甕牖			
196.	匪頒		詳 2											四庫
197.	壓里		詳 4											
198.	同							辨						
199.	吅嚻		詳			爾			博					
200.	喪	新	詳 3											
201.	倉檗		詳 2											
202.	對										揚公			
203.	園圃		詳 2											四庫
204.	圜圓			鄭										
205.	均		詳 5											
206.	壐璽		詳 2											
207.	壇亶		詳 2											
208.	夕					爾								
209.	夢		詳											
210.	妙										嬾眞			
211.	媒		詳											
212.	嬍		詳 3											
213.	官職		詳 3	鄭										
214.	富貧	〔〕									考古後山			
215.	寺		詳 2								姑溪			
216.	居倨琚		詳											
217.	崇高							辨						
218.	巧述		詳	鄭										
219.	功		詳											
220.	巳										緗			
221.	巾	新	詳 4											
222.	布敷施		詳											
223.	帟	新	詳 3											
224.	慌		詳											
225.	平		評											
226.	年		詳								猗覺			
227.	幾	新 2	詳 3											
228.	庖		詳											
229.	府	新 2												
230.	廣		詳											
231.	廞		詳 2			爾								
232.	廟		詳											
233.	廬		詳	鄭										

234.	式		詳											
235.	心										硯北			
236.	思							辨						
237.	忠恕	〔〕						辨			考古			
238.	懿徽					爾		辨						
239.	成		詳 4											
240.	歲										容齋			
241.	戲							辨	博					太平
242.	掌		詳 2											
243.	擘		詳 2	鄭										
244.	搔										捫蝨			
245.	舉								博 2					
246.	撢		詳											
247.	无		詳								集義鶴林			
248.	時旹			鄭										
249.	星										猗覺			
250.	旱暵		詳 4											
251.	染		詳	鄭										
252.	案		詳											
253.	桎梏拲	新	詳											
254.	梁										取善			
255.	梐枑		詳											
256.	極	新	詳											
257.	椽桷榱橑			鄭										
258.	稾	新	詳 2											
259.	楅荎					爾	蔡							
260.	欲										集義			
261.	气氣			鄭										
262.	沖										集義			
263.	波										調謔鶴林			續通升庵
264.	洪							辨						
265.	渙										取善			
266.	滌濯		詳 2											
267.	無										集義			
268.	牂柯					爾					捫蝨			
269.	牟										學林			
270.	犧牷		詳 4					辨			臨川學林			
271.	玄		詳								集義			
272.	璧琮圭…	新 3	詳 3											

273.	旐		詳	鄭										
274.	甸	新	詳 3											
275.	痎瘧		詳											
276.	痟痛	新												
277.	瘍疕		詳											
278.	療		詳											
279.	皋			鄭										
280.	直										老學			
281.	眼		詳											
282.	知			鄭										
283.	礦										學林			
284.	祖										緗			
285.	祝		詳 3											
286.	神示天	新 2	詳 2					辨			猗覺鶴林			丹鉛
287.	祠禴嘗烝	新	詳 2											
288.	禁	新												
289.	祼		詳 3											
290.	福禍										臨川			
291.	禬禳	新 2	詳 2											
292.	禮	新 2	詳											
293.	私										集義			
294.	秉								博					
295.	空							辨			捫蝨老學			
296.	穹			鄭										
297.	立		詳 2											
298.	篤籠				埤			辨			臨川高齋調謔			
299.	籞		詳 2	鄭										
300.	紅紫							辨						
301.	糾	新	詳 4											
302.	素			鄭										
303.	終							辨						永樂
304.	絜		詳											
305.	絲痲	〔〕	詳	鄭							訂義			
306.	緬纁絰緇	新	詳 3	鄭										
307.	縣	新	詳											
308.	置罷							辨						
309.	義和							辨			全解			
310.	臺潫醻譸			鄭										
311.	耒		詳	鄭										

312.	耜		詳								訂義			
313.	聊										李黃		傳	
314.	聰							辨						
315.	胥	新	詳 5											
316.	春		詳											
317.	舞		詳											
318.	荒	新	詳 2											
319.	藉籍										緗			
320.	虧壞					爾 2								
321.	血	新 2	詳											
322.	襲										陶山			四庫
323.	規榘		詳	鄭										
324.	訟		詳 3								考古			
325.	誅殺	新	詳											
326.	詩										識遺姑溪呂氏			隨園
327.	謠					爾 3								
328.	謝					爾								
329.	警戒	新	詳											
330.	䜌變戀			鄭										
331.	豐							辨	博					
332.	貢賦征…	新 2	詳 11	鄭		爾			博					
333.	皐										揚公			
334.	軒渠		詳								緗			
335.	農濃醲襛			鄭										
336.	逆迎		詳											
337.	追		詳								捫蝨			
338.	遂溝洫…		詳 3	鄭							訂義			
339.	邈					爾								
340.	邑郊	新	詳 2			爾					考古			
341.	邦國	新 2	詳 2											四庫
342.	都	新 2	詳											
343.	醫		詳											
344.	量			鄭										
345.	金銅					爾		辨						
346.	鑠焮			鄭		爾								
347.	門	〔〕									考古			
348.	閑					爾								
349.	闔	〔〕	詳								訂義 2			
350.	除		詳					辨						

351.	陶		詳	鄭										
352.	霄										老學			
353.	霍					爾								
354.	青白赤…	新 2	詳 2	鄭 2										
355.	革			鄭										
356.	鞭		詳											
357.	飭			鄭										
358.	饁		詳 2											
359.	饎饎		詳											
360.	鹽	新												
361.	黼黻	新	詳 2	鄭										

按：〔　〕表示雖未見於今本《周官新義》中，然由其他書籍引文明言，必屬介甫說經義之文字。

貳、《周官新義》、《考工記解》與《周禮詳解》

一、《周官新義》

《周官新義》，王安石撰，凡二十二卷，十餘萬言。〔註 1〕

宋神宗爲統一經義，使天下學子有所依準，乃於熙寧六年三月詔設「國子監修撰經義所」（簡稱「經義局」），命介甫爲經局提舉，主持編修《詩》、《書》、《周禮》三經之大義。介甫以爲周代官制及政事，惟《周禮》所載最詳，而其內容以理財者居半，正爲新政所亟須者；其法制又可施行於後世，以符新法所推行之政治理想，故親自爲之編修大義。越明年而於熙寧八年六月成書奏上。介甫之政治理想，固多寓於是書，而其字學觀念，亦因此書之撰作，始見諸文字。其後介甫撰寫《字說》，亦多取是書之訓詁而稍加修改者，如：鵠、旅、示神天、典則灋……等字均是。

介甫早期說字，以解析小篆，牽合其政治體認爲主，如欲使學子通達事理，以爲國用，故以學成而通達上下者爲「才」；達其一端者爲「士」；不學不達，僅能以勞力爲人做工者爲「工」字。又以諸矦、公卿、小胥之職，皆須事上而下養百姓；故以內受矢，外厂人，爲王受難者，爲諸矦之「矦」字；以知進止之節（卩卪），又能養人而上達者（皀），爲公卿之「卿」字；以在下奔走而亦能養人之小吏，爲吏胥之「胥」字。餘如：宰冢、史、徒、嬪婦、財賄……等字，皆此類。

明成祖修《永樂大典》時（1405），嘗以《周官新義》全書抄入；惜至清初，《大典》殘缺，介甫之《新義》亦亡佚久矣，世人莫見書。幸有清初大儒全祖望，於乾隆元年（1736）纂修《三禮》時，請總裁方苞等人撮鈔其書復原，始得今傳之《周

〔註 1〕《臨川先生文集》卷八四頁 2〈周禮義序〉。

官新義》輯本。惜其《地》、《夏》兩官已佚，終不得補足。其後，嘉興人錢儀吉，自諸家傳義中復輯出百三十餘條補入，是爲今所通行之輯本，然而殘缺仍夥。以河洛出版社之標點本爲例：全書九萬五千餘字，刪減《周禮》白文四萬五千八百字，僅得五萬言，尙不及原書之半。

由各卷觀之，全書分爲十六卷，以卷一之 18 頁半爲最多，卷六之 15 頁次之，其餘卷四至十二與十四、十五，皆在 10 頁上下，二、三、十三、十六等四卷，且僅 7、8 頁而已，所缺不惟《地》、《夏》二官矣。

《新義》又多引經籍文字，以證《周禮》經義，以河洛本考之，其中引《詩》十四則，《書》十九則，《易》五則，《禮記》十八則，《儀禮》九則，《周禮》二則，《考工記》三則，《春秋》十五則，孔子語八則，孟子語五則，其餘曾子、言偃、《荀子》、《列子》、《孫武》、《國語》、《爾雅》、許愼所言，各一則，鄭玄《注》三十則。各卷所見則數：《天官》二十六則，《鄭注》十則；《地官》三則，無《鄭注》；《春官》二十七則，《鄭注》九則；《夏官》九則，《鄭注》二則；《秋官》二十五則，《鄭注》九則。由此可見《地》、《夏》兩官殘缺之甚。

更以《新義》析字說義之文觀之，《天官》五卷，得二十五則四十五字：卷一：極、宰冢、佐佑（以上第一頁，下仿此）、國邦、卿、夫天、士工才、旅、府、史、胥、徒（2）、奚（4）、嬪婦（6）、典則灋（7）、吏（9）、誅殺（11）、貢賦財賄貨、郊、縣（13）、示神天（17）、卷三：戒令糾禁（27）、禽獸（31）、卷四：鹽、巾（43）。《地官》二卷，得五則七字：卷五：貨賄（45）、血（47）、鵠（49）、黑纁（54）、卷七：帟（71）。《春官》四卷，得十二則三十一字：卷八：卜、巫覡（83）、祠禴嘗蒸、喪荒（85）、璧琮圭璋琥璜（87）、尊（89）、卷九：冕、米、黻黼（97）、卷十：籥（107）、卷十一：旱暵（115）、旗旜物旐旟旌旞旌（121）。《夏官》二卷，僅依鄭鍔及王與之所補，得三則：右（124）、槀（126）、鼓鐃（128）。《秋官》三卷，得三則六字：卷十四：鼎（152）、卷十五：棘槐（157）、梏桎拲（162）。共計四十五則八十九字。其中半數見於《天官》，而《天官》所載，又半數見於卷一之第一、二兩頁中，可見今之輯本殘缺之甚。

今本《周官新義》雖然不全，而宋人王昭禹嘗據介甫《新義》以解《周禮》，名曰《周禮詳解》，書中摘引介甫之言甚多，正可爲今本補敓，惜前人皆未細究此事；近歲，程師元敏致力於《三經新義》之輯考，始於此耗思深矣！迨程師「《周官新義》輯考」書成，介甫之《新義》必可更近原書面貌矣，《字說》之輯佚亦將因此可再作補充。

《新義》說字之文，如旅、天、示、鵠、弓、矢、矛、殳等八字，已由旁書證明爲介甫取之爲《字說》者無疑；其餘：卿、士工才、尊、刀、財賄、冢宰、冕……等字，亦由旁證可信介甫取其義以爲《字說》之說解；又有今本闕漏而見於他書摘引之解經文字，亦可證明爲《字說》說解之依據者，如：鼎鬲、甗、欒、軹、王、忠恕……等字。由此可證，介甫撰《字說》而取早年說經義之文字爲之，實屬可信。

二、《考工記解》

《考工記解》二卷，宋鄭宗顏撰。宗顏之生平、里籍皆不詳，其書乃輯介甫《字說》而成者。

宋晁公武《郡齋讀書志》（1151），陳振孫《直齋書錄解題》（1249？）皆謂介甫解《周禮》，「止於《秋官》，不及《考工記》」，然亦未見「《考工記解》」之書目。元托克托編《宋史》（1345），於〈藝文志〉中仍衹載「王安石《新經周禮義》二十二卷」一目。明正統六年（1441）楊士奇編《文淵閣書目》，始載此書之名曰：「《周禮》鄭宗顏《講義》一部一冊」；稍後，葉盛編《菉竹堂書目》（1465？）亦收「《周禮》鄭宗顏《講義》一冊」。至萬曆三十三年（1605），張萱編《內閣書目》，始言之較詳，曰：「《周禮講義》一冊，全。宋王安石及鄭宗顏注《冬官考工記》鈔本。」以此可知，「鄭宗顏《講義》」實即今本《考工記解》。迨清四庫開館（1773），館臣自《永樂大典》中輯出是書與《周官新義》，始以之附於《新義》後；錢儀吉又取宋人王與之《周禮訂義》（1232）所引介甫之《考工記》說解十二條附，並爲序曰：「《考工記注》二卷，爲鄭宗顏輯，前人言之致（至）確，而舊本猶署安石名，豈以中用《字說》尤多，固爲王氏一家之學邪？」〔註2〕

《考工記解》不知作於何時，然以常理推之，當作於王學盛行時。蓋徽宗崇、觀、政和之際，王氏學極盛：崇寧三年（1104）罷科舉法，改由學校升貢，又立書畫算學，《字說》爲書學之範本，諸生因此多習《字說》；大觀二年（1108）太學生吳敏試辟雍，程文盡用《字說》，特免省赴廷試，以爲學《字說》之勸；亦在此時，王楚作《宣和博古圖》，釋銘多用《字說》之義，即連與《說文》無異之旅、秉等字，楚亦取《字說》解之，是以朱熹嘲之曰：「這是要取奉那王氏，但恁地也取奉得來不好。」四年（1110）長沙縣丞朱克明取《說文》小篆之異於《字說》者四百字，編爲《字括》，詔命刊行，則篆體以《字說》爲準矣。政和二年（1112）方慤取《三經新義》與《字說》，作成《禮記解》二十卷；七年（1117）卭州知府唐耜上《字說集

〔註2〕以上所引，分見各書：《郡齋讀書志》卷二頁10，《直齋書錄解題》卷二頁21，《文淵閣書目》卷二頁30，《菉竹堂書目》卷一頁13，《內閣書目》卷二頁17，《粵雅堂叢書》第十六集《周官新義》錢儀吉〈序〉。又：程師元敏《三經新義板本與流傳》頁29至44，詳考此事。

解》三十冊一二〇卷，詔其書有功，傳示諸生；重和元年（1118）詔令重修《字說》；其後宋室南遷，《字說》明令禁用（1126），其書遂漸式微。由此推論，《考工記解》當成於徽宗崇、觀至政和之十五年間，其動機殆與方慤撰《禮記解》相似，乃為便於習經義、《字說》及求取功令而作者，若在晚期，《字說》已不通行，何須費心綴輯而成書？〔註3〕

前人多謂介甫解《周禮》，止於《秋官》而不及《考工記》；獨程師元敏詳覈其事，於所撰《三經新義板本與流傳》第三節第二目〈周禮新義之流傳〉中，考論介甫本有《考工記》說解，惟不知何以亡佚。今本鄭氏《考工記解》亦雜有十二則錢儀吉引自《周禮訂義》之介甫說經文字，然《訂義》尚有十三則屬於介甫解《考工》之文字，為錢氏所未及者，依次為：卷七三頁3，錄鄭鍔所引「王安石云」解經文字一則。卷七八頁2，錄趙氏所引「王解云」一則；同卷頁3，錄陳用之所引「《字說》曰」一則；以上二則皆與鄭氏《考工記解》頁7之義相同，為《字說》「弓矢矛殳戈戟」之說解。卷七八頁17，錄「陳用之曰：『闈則旁出之小門。』」一則，說義與介甫所言實為相同（見《字說》輯佚之探討第三四九條）。卷七九頁1，錄「陳用之曰」一則，說「溝遂洫澮」之義，實與《考工記解》、《周禮詳解》之說義相同（見三三八條）。卷七九頁10，錄「陳用之曰」說「耜」字一則，正可闡明《周禮詳解》引文之義（見三一二條）。卷八十頁15，錄趙氏所引「王解曰：『各有所抵。』」一則。卷八十頁23，錄「王氏曰」說句弓、侯弓之經文一則。

此外，由下文《周禮詳解》考述中，更可證明《詳解》卷三五至四十《考工記》部分，凡六卷，摘引《周官考工記新義》之處甚多；是則介甫解《考工記》為有其實矣，其說解亦多取入《字說》中，故鄭氏解《考工記》，所取用之《字說》，亦有十七則與《詳解》所引之《考工記》經義相同。

為說明鄭氏解文之來源本自《字說》，以下將鄭氏說解全文，依內容分為八十條，並一一尋繹其淵源，以為下章探討所輯《字說》佚文之依據。其中錢氏據《訂義》所增補之十二則引文，實屬介甫說經文字，並非鄭氏所輯，故略而不論。各條標目之下之數字，乃《字說》佚文之條號，標示其碼，以便於索檢。

1. 職（213）：「有職者當聽上……則傷之者眾矣。」（頁1）說「職」字从耳以聽，从音以為言，若不聽君上之言，則失職而傷矣，故从戈。甚合《字說》文例，又與《詳解》所言同義，信為《字說》。
2. 工（123）：「工興事造業，不能上達，故不出上一……則謂之百工。」（頁1）

〔註3〕本節文字之依據，見本書第二章第四節中。

說「工」字，與《新義》、《詳解》之文字相同，必非鄭氏個人之發明。

3.「民器各有宜，不可以不辨。」（頁 1）爲錢氏據《訂義》所增補之介甫說經文字。

4. 公（112）「韓非曰……公雖尊人，亦事人，亦事事。」（頁 1）末三句與楊時《字說辨》相同，《詳解》卷三九亦有此意；首句「韓非曰」云云，與「私」（293）、「王」（114）相同，可信取自《字說》。

5. 勢（194）「《易》曰……以力爲勢，斯事下。」（頁 1）析「埶」字字形，與「壇」（208）字文例相似，引《易》之例，與「鴻鴈」「凌」「圜圓」「幾」相類；鄭氏以之釋經文「審曲面勢」之勢字，而說解以「埶」爲本字，以「勢」爲又訓，說義又與經義無涉，參照該條按語，可信必屬《字說》無疑。

6. 商（129）「从辛者商……商爲臣，如斯而已。」（頁 1）說商「以遷有資無爲利」，文字與《詳解》相同；分析商字之小篆字形，又以「商賈、商度、宮商」爲又訓，皆合《字說》條例。

7. 飭（357）「於食能力者，飭也。」（頁 1）僅此一句，文例與逐、荒、直、搔、空、置、罷等字，亦皆相類；鄭氏以此七字釋經文「飭力以長地財，謂之農夫。」說義實與經義無涉。

8. 農（335）「農，致其爪掌……禯，衣厚。」（頁 1）說農夫之農字，而申言右文之義，及於「濃醲禯」三字，文例與「居倨琚」「辜滜醇諄」「緣變戀」相類，當爲摘自《字說》者。

9. 絲麻（305）「朩，上土屮……凡从糸，不必絲也。」（頁 2）說義與《詳解》相類，參看該條按語，可知亦合《字說》條例。惟文中雜入《訂義》所引介甫之語，當置於句首或刪除，文意始完。

10.「治絲爲帛，治麻爲布。」（頁 2）爲錢氏摘自《訂義》卷七十頁 4「王氏曰」之言。

11. 知（282）「知如矢直……智者，北方之性也。」（頁 2）參看該條按語，可知說解頗合《字說》條例。且鄭氏解經文「知者創物，巧者述之」，其說解文字可分爲三段：一說「知」字，一說「創」字，一說「巧述」二字；三段文字之上下文意全然無關，若爲鄭氏獨自發明之義理，何致若此？其說多與《字說》之獨特條例相合，而與《考工記》經義了然無涉，是可信爲摘自《字說》者。

12. 創愴（136）「刀用於當歛之時……愴，重陰。」（頁 2）參照該條按語，多與《字說》之說解相合。且「創愴」合釋，與經義無涉，適與《字說》右文彙解例如農、居、緣、滜等條相合。

13. 巧述（218）「創物，工則欲巧……是唯人爲，道實無作。」（頁 2）文中「分辨而宜審」，與《詳解》引文相同；末句「凡作無常，一有一亡，是唯人爲，道實無作」，與荷字「實一而已，根則無量，一與無量，互相生起」，輪字「一畐一虛，一有一無」，則字「是非人爲也，……是則人爲也」，文例相類，再參照該條按語，與上二則考證，此條亦爲取自《字說》者。
14. 鑠𤍠（346）「金性悲，悲故慘聚……𤍠之而爲欣。」（頁 2）鄭氏說解「鑠金以爲刄，凝土以爲器」之文字，可分爲三段：一說「鑠」字，一說「刄」字，一說「凝」字；三段文意皆了不相屬，各有其旨，去經義亦遠。此條說鑠字而曰「火爍之而爲樂，𤍠之而爲欣」，是說「爍𤍠」二字而非鑠字者明矣。
15. 刀刄（133）「刀，制也……又戾左焉，刄矣。」（頁 2）參照該條按語，可信爲《字說》無疑。
16. 凝（192）「重陰則凝……陰始凝也。」（頁 2）說「凝土以爲器」之凝，而以冰霜凝結之義說之，必非鄭氏獨自發明而以解經大義者。
17. 時（248）「時以爲節……故曰時無止。」（頁 3）解經文「天有時」，而謂時乃人所爲而有之者，實與經義相悖；參看該條按語，可知說解亦合《字說》條例，可信乃摘自《字說》者。
18. 气氣（261）「有陰气焉，有陽气焉……氣若此，斯爲下。」（頁 3）說經義之「地有氣」，而以气爲本字，氣爲重文，又訓氣爲食餼之餼，皆與經義無涉。再參照該條按語，可信出自《字說》。
19. 攻（146）「攻从工者，若所謂『攻金之工』『攻木之工』是也；从攴者，若所謂『鳴鼓而攻之』是也。」（頁 3）解《考工記》「凡攻木之工七，攻金之工六，攻皮之工五」之攻字，而用《考工記》該節之經文，若爲鄭氏所撰，寧有是理？且此條文例與藉字：「從草，若『藉用白茅』是也；……從耒、從借，若『藉而不稅』是也。」全然相同，可信必爲摘自《字說》者。
20. 陶（351）「依阜爲之，勹缶屬焉……皆謂之陶。」（頁 3）釋陶字與《詳解》卷三十八之義相同，可知絕非鄭氏之發明；再參照該條按語，可信此條亦屬《字說》文字。
21. 車轉軋……（174）「車从三，象三才……故君子倚焉。」（頁 3～頁 4）此條文字彙解車名三十字，說解與《新義》及《詳解》頗有文字句義雷同處，細加考校，必屬《字說》無疑。文中所說「車」之義，與《詳解》卷三五頁 10 相同；說「軫」字，與《詳解》卷三六頁 4、頁 11 文字全同；說「輈」字，與《詳解》卷三六頁 6 文字全同；說「輪輻」二字，與《詳解》卷三五頁 14 文字全同；

說「軐」字，與《訂義》卷七一頁 7 所引「王氏曰」相同；全文可細分爲十三段，前後文意相貫，思慮深遠，甚合介甫之政治理念。若鄭氏能自創此文，則其識深見明，絕不致埋沒於當時，致令生平無傳者。參照該條按語、釋義所言，此文必屬《字說》無疑。唯文中雜入《訂義》所引「王氏曰：五兵之用……」等七四字，實當補入頁 7「弓矢」條中。

22.「五兵之用……乘車之人佩之。」（頁 4）此文引自《訂義》卷七○頁 18，而《詳解》卷三五頁 11 亦全文照錄，惟未言出處。

23. 仞（180）「度士高深用刃，人以度之，刃以志之；《考工記》曰：『人長八尺，登下以爲節。』」（頁 4）鄭氏以此文，解〈察車之道〉:「人長八尺，登下以爲節」之經義，經文並無仞字，必鄭氏見《字說》仞字條引《考工記》此節文字，因以之附於此處。

24.「桲其漆內……防者，三分之一也。」（頁 5）此文引自《訂義》卷七一頁 6「王氏曰」之言，原文並無「防者三分之一也」七字，不知錢氏何以增入。

25.「謂之軐者……有宜只之意。」（頁 5）此文引自《訂義》卷七一頁 7，而《詳解》卷三五頁 17 說「軐」之文，與之僅數字之異。鄭氏說軐與此同義，已見前引。

26. 規榘（323）「規成圜，圓，天道也……榘與規異。」（頁 6）鄭氏以此文釋「可規、可萬、可水……謂之國工。」說解於榘字最詳，而經文原無榘字；文中「一曲一直」之語，與《字說》「軒渠」說解相同；參照該條按語，可信必屬《字說》文字。

27. 穹（296）「穴有穹者，陶穴是也；弓有穹者，蓋弓是也。」（頁 7）解車具之「蓋弓二十有八」，而以陶穴、蓋弓說之，可見必非釋經義者；此說「穹」字，而上言穴，下言弓，合之以爲穹字，爲《字說》常用之文例，如「熊羆」「置罷」等字屬之。

28. 椽桷榱橑（257）「椽，緣也……蓋弓如之，故亦曰橑。」（頁 7）此文與上則引文，皆爲釋經文「蓋弓二十有八」者，而二者之文意，一說高而隆起之「穹」，一說架瓦承屋之「椽」，前後說義，如方鑿圓枘，了不相關；且以本文之四字以說蓋弓之經義，實難牽合，可知必爲鄭氏見《字說》「椽」字條末句有「蓋弓」二字，乃取之以置此處。

29. 旐旟旗旂（141）「龍旂九斿，以象大火……故宜以義辨爲言。」（頁 7）此文句首三十二字，與所釋經文完全相同；其下說解，與《詳解》卷 24 頁十二之引文，前後次雖異，而說解文字大致相同；《詳解》同頁又有解經文字與《新義》

頁 121 相同者，可知《詳解》該頁說解，實合《新義》及《考工記解》二者之文意而成；《詳解》與《考工記解》並非互相抄襲而成書者，可知二書同義之文字，必有相同之來源，其源即介甫之經義也。介甫撰《字說》時，取該段文字編入書中，故鄭氏乃得摘出以釋此節文字，且連經文之三十二字，亦一併引用。

30. 鼎（165）「鼎以木巽火……所謂鼎鼎者，其重如此。」（頁 7）以此文釋〈攻金之工〉之「鍾鼎之齊」，而言鼎之用與鼎之別義，顯然與經義無涉。且此節文字，與下節釋兵器之文意，毫無牽連，且皆與經義無關，可信必摘自《字說》無疑。

31. 弓矢矛殳戈戟（137）「凡伍用兵，遠則弓矢者射之……戟，戈類兵之健者。」（頁 7～頁 8）此文前段總言五兵之用，文字、句意與《詳解》卷二七頁 6、卷二八頁 2、卷三五頁 11、卷三九頁 1、《訂義》卷七十頁 18 等四則引文，或全同，或相近；《訂義》卷七八頁 3，陳用之引相同文字，更標明「《字說》曰」三字，可信此條爲鄭氏摘自《字說》者無疑。其下解析字形之文句，「从一不得已而用欲一而止」，與《宣和博古圖》所引「王安石《字書》云」者相同；「激而後發，一往不反如此」「用矢則陳焉」，與《爾雅新義》說解相同，《爾雅新義》多引《字說》文句而不言，此處亦如之。「兵至於用戈爲取小矣」，與《博古圖》所引「王安石《字說》謂」者相同。由此可知，鄭氏此節文字必摘自《字說》無疑。

32. 築（299）「工丮木，築有節；又作篫，以亯土焉。」（頁 8）說解與《詳解》卷三六頁 13 相同，又引重文而說又訓，合於《字說》文例，可信爲摘自《字說》者。

33. 冶（189）「金以陰凝……若金之冶。」（頁 8）文中「使唯我所爲」，與《字說》罷字「使無妄作，惟我所爲而已」，句義相同；「所謂『冶容』」之文例，與攻、藉、皋等字相同。又以五行陰陽之義說字，可信爲《字說》無疑。《詳解》卷三六頁 14：「金以陰凝，冶以陽釋之；使惟我所爲，以成物者也。」即其字義也。

34. 劔（134）「劔者歛其刃焉，服者又欲歛而不用。」（頁 8）《詳解》卷三六頁 16 引此文作：「鍛者歛其刃焉，服者又從歛而不用。」可知鄭氏所解，必非其獨自之發明，鄭氏又未抄引《詳解》，可知此文必引自介甫之《字說》無疑。

35. 「鍾上羽，其聲從紐……尖細故曰欒。」（頁 8）此文引自《訂義》卷七三頁 10「王氏曰」者，錢氏附之於「鳧氏爲鍾，兩欒謂之銑」之下。

36. 鳧（1）「鳧有不可畜者，能反人也，爲得己焉；有可畜者，不能乙也，爲戾右焉。」（頁 9）蔡卞《毛詩名物解》引文與此相同，惟文字略有訛舛：「鳧有不可畜者，能及人也，爲得己焉；有可畜者，能及人而止，爲居石焉。」《名物解》爲國子監之《詩》學講義，《字說》多取其文字爲之，可信此處鄭氏引文亦必摘取自《字說》，否則，以此文釋「鳧氏爲鍾」之鳧字，實無涉於經義。
37. 鍾鼓（144）「鍾，金爲之……而鼓有承之者。」（頁 9）經文詳言「鍾鼓」之製法，鄭氏則解以鍾鼓之體用，且雜以陰陽之異說，與經義截然無關，其非解經之文，明矣。參照該條按語，可信其出自《字說》無疑。
38. 柞（101）「柞氏，攻木者也……《春秋外傳》曰：『革木一聲』。」（頁 9）參照該條按語釋義，可知此文與經義無涉，又引「《春秋外傳》曰」之例，與《字說》椐字：「《春秋傳》曰：『弱足者居』。」遂字：「《春秋傳》曰：『自參以上稱澮。』」文例相同，可信爲摘自《字說》者。
39. 「內方而外圜……陰陽奇耦之義。」（頁 9）此文引自《訂義》卷七四頁 2，爲介甫解經文字。
40. 桌桃李杏（106）「从木者，陰所能桌……故桃，木在左。」（頁 9 頁 10）鄭氏以此四木解經文「桌氏」，「桃李杏」三字皆爲經文所無，且「桌氏」在此不作木名解，則鄭氏所引此文，非解經義者明矣；參照該條按語，可信此文出自《字說》無疑。
41. 「木巽曲直，木之巽以行權，權上下觀以知輕重。水平平準，致一可準。」「重一均，均輕重之鈞，均遠近多少之鈞。」（頁 10）此二段文字，釋「權、準、鈞」三字，經文作「不秏然後權之，權之然後準之，準之然後量之。」「重一鈞，其聲中黃鍾之宮。」以八卦之意說權字，其意簡而難明，或以〈巽卦〉屬木，木在五行曰「曲直」，木之曲直以爲權衡之標準，文意與「規榘」字頗爲相近，而經文之「權之」，絕無以木之曲直爲準之意，可知必非說經之文。說鈞字「均多少遠近之鈞」，與下文第七九條「多寡輕重等，而後可以謂之均」，及《詳解》四則引文：「遠近多寡而適於勻」（205）相似，且經文之「鈞」，乃三十斤爲一鈞之鈞，鄭氏所解，實與經義無涉，可信其自有來源。惟乏確證，難以論定該文是否《字說》「權」「準」「鈞」三字之佚文。
42. 釜鬴（164）「釜有承之者……爲有父用焉。」（頁 10）以此釋「其實一鬴」之鬴字，經文並無釜字，說鬴之用又與經義無涉，參照該條按語所考，可信之爲《字說》文字。
43. 擥（243）「量所槩，水所溉，盡而有繼；手所擥，亦盡而有繼。」（頁 10）以

「槩溉擊」三字彙解，與「緜」「濝」「農」「居」等條相似；鄭氏以此解「槩而不稅」，與經義無涉，參照該條釋義，可信此文乃取自《字說》者。

44. 稅（332）「稅有程也，有稱也；悅然後取，則民得說焉，故又通於駕說。」（頁10）以此解「槩而不稅」之稅字，經義實作「脫」字解，而鄭氏竟以「稅賦」說之，於經義何有？且此條文意與《詳解》卷一頁 22：「以悅取之則曰稅」相類，《詳解》同節之征字：「以正行之則曰征」，又得《博古圖》證明爲《字說》文字，則《字說》稅字必與鄭氏所引者相同矣。

45. 量（344）「量字从日，日可量也……不可□而量者。」（頁 10）析量字之小篆爲「日土凵冂□十」六形，而說意又精詳如此，似燕、夢、爵、盧等字，甚合《字說》體例，可信爲《字說》。

46. 則（188）「《詩》曰：『天生蒸民，有物有則。』……皆有則也。」（頁 10）說經文鬴「茲器維則」之則字，而旁及重文字形及則字別義，與經義顯然無關；參照該條按語，可信爲《字說》。

47. 革（355）「三十年爲一世……故爪掌焉。」（頁 10）以此文釋「凡爲甲，必先爲容，然後制革」之革字，顯然非解經之文，參照是條之按語、釋義，可信必屬《字說》文字者。

48. 韗（155）「韗人所治，以軍爲末；謂之韗人，舉末以該之。或作鞾，亦是意。」（頁 11）攻皮製鼓之工曰韗人。從事者以動兵戈爲末道，故攻皮革以製軍用之鼓，爲革工之末道；字或作鞾，則韋、革之意相同故也。鄭氏以此解「韗人爲臯陶」，而說解合於《字說》「重文說又訓例」；下文又以「皋」字解「臯陶」之臯字，與此文說「韗人」者，了不相涉，則二文皆非鄭氏解經文字者可知矣。

49. 皋（279）「人各致功，不可齊也……皋則皋緩。」（頁 11）鄭氏以「進趨、遲緩、水澤邊地」等皋字諸義，釋《考工記》六尺六寸長之「臯陶」（大鼓），顯然與經義無涉，參照該條按語，可信此文必取自《字說》。

50. 畫繡繪「畫，隨其分，謂之畫，所謂『今女畫者』……繪，會五采焉。」（頁11）畫小篆作，田外二直者「八」也，《字說》以「八」有分別意，故曰：「隨其分，謂之畫」；其餘以繡有「肅心」，繪「會五采」說字義，亦合《字說》「形聲字說爲會意例」。

51. 青白赤黑黃（354）「青，東方也……故火上炎爲黑。」「地道得中而芡……芡期其極。」（頁 11～頁 12）二段文字合爲一條，文意始完，蓋後段之末節，總言「黑赤青白黃」五色，正可爲前段作結。參照該條按語及釋義，可信此文必摘自《字說》。

52. 黼黻（361）「天謂之玄……而以丿爲守。」（頁 12）參照該條考證，可信此文取自《字說》。

53. 䜌變戀（330）「或䜌於言，凡有名者，皆言類……《易》曰：『乾爲圜』。」（頁 12）以䜌有「紛亂」意；支䜌者，欲借外力治其亂，使趨條理井然，故有「變化」之意；心䜌者，心亂也，乃其留戀難捨之故也。鄭氏以此義解《考工記》「天時變」，顯然與經義無關，由該條按語考之，此文必出自《字說》無疑。

54. 素（302）「素，糸其本也……又爲素隱之素。」（頁 12）參照該條說解，可信此文摘自《字說》。

55. 染（251）「水始事。木生色……而九在木上。」（頁 12）以五行說字，以字形位置說字義，皆合《字說》條例，又得《詳解》卷八頁 25 同義之引文爲證，其非鄭氏獨自發明者確矣。參照該條考證，可知此文乃引自《字說》無疑。

56. 緅纁緇緇（306）「火災之，木赤黃色也……田之所以爲黃者廢。」（頁 12）《詳解》卷三七頁 15 之說解，與此條半數文字相同，可知必非鄭氏發明以解經之文字，依該條按語所考，此文爲《字說》文字無疑。

57. 臺㶇醇譶（310）「臺，孰也，羊孰乃可亯……譶，孰言之。」（頁 13）釋〈㡛氏〉「湅帛，以欄爲灰，渥㶇其帛。」而於說解中又曰：「所謂『以欄爲灰，渥㶇其帛』」，引同節經文以爲說解，例同前引攻、攺二字，當非解經文字；由該條按語考知，此文屬於《字說》無疑。

58.「天子平旦而櫛冠……執此以爲之戒。」（頁 13）此文乃介甫說經之言，見《訂義》卷七六頁 5。

59.「以穀不失性，生生而不窮，故天子以納徵。」（頁 13）此文引自《訂義》卷七六頁 10「王氏曰」者。

60.「有德此有土……守在四鄰，比土也。」（頁 14）此條尚未察知出處，疑與下頁第七六條同例，該條釋「面朝後市」之義，說解實與《詳解》卷三九引文相同，詳見該條考辨。

61. 甗（166）「鬲獻其氣，甗能受焉。」（頁 14）與《博古圖》二引「王安石」言相同，《詳解》說甗亦與此文字相同，可信必爲鄭氏取自《字說》者。

62. 旊（273）「旊人爲瓦，瓦成有方也。」（頁 15）《詳解》卷三八解旊人曰：「旊人爲瓦，瓦成而有方者也。」與鄭氏引文僅數字之異，可知必非鄭氏自作之解經文字，由鄭氏所解其他例證觀之，此條亦必引自《字說》。

63. 觳（161）「觳，窮也；殼窮而通，角窮而已，斯爲下。」（頁 15）以《爾雅》：「觳，盡也」之義，釋《考工記》：「旊人爲簋，實一觳」之觳字，二義如南轅北轍，了不相屬；參照該節按語所考，可信必屬《字說》文字。

64. 簠簋（163）「《周官》掌客諸侯之禮……皆以虛受物。」（頁 15）以此文說「旊人爲簋」之義，而經文原無簠字，《詳解》卷十六、卷十八，皆有說解文字與之相同，可知非鄭氏自撰之說解；考之該條按語，可信此文引自《字說》。

65. 柷柎虡鏤（170）「柷，木爲之……而樂作於下。」「鏤所任，金爲重……虡在右，能勝也。」（頁 15 頁 16）由該條按語、釋義考之，合此二則爲一條，實即《字說》「柷柎虡鏤」之說解，鄭氏引之解《考工記》:「梓人爲筍虡」，經文本無「柷鏤」二字，讀其說解，亦與經義無涉，當爲鄭氏取自《字說》者。

66. 膏脂羽贏鱗（25）「膏在肉上，故膏……舛乎下，鱗故也。」（頁 15）《訂義》卷七十七引文與此相同。依該條按語、釋義所考，此文亦爲《字說》文字。其中，釋贏之意，全與經義短脰之贏屬無關。

67. 凋彫（191）「凋草木……彫刻制焉陰物之事。」（頁 16）彫凋右文相同而作彙解，與「農、辜、居、繇」等條同例；鄭氏引此文以釋「小蟲之屬，以爲雕琢」，經文原無凋字；參照該條按語，可知此文實爲《字說》文字。

68. 爵雀（159）「爵从尸，賓祭用焉……爲所爵者宜如此。」（頁 16）鄭氏以說「爵雀」之文，解〈梓人爲飲器〉之「爵一升」，說解之詳盡深刻，全與經義無涉；參照該條按語所考，可知必爲引自《字說》者。

69. 觚觶（160）「觚言交物無……《詩》曰：『既醉而出，並受其福。』」（頁 16）《詳解》卷十八、卷三八，釋觚觶之文字，與此相同，可知必非鄭氏所自撰者；依該條按語所考，實屬《字說》。

70. 梓李楸（102）「梓榮於丙，至辛而落……正秋之所勝也。」（頁 16）以李楸爲梓樹之別名，以五行生剋釋其得名之故；鄭氏引此文以釋「梓人爲侯」之梓字，二者之間，全無關聯，由該條按語考之，必屬《字說》無疑。

71. 矦（115）「矦，內受矢，外厂人……故矦爲指詞。」（頁 16）《詳解》卷三八頁 17、19，二引矦字說解，一與之文字相同，一與之文意相同，可知二書此條說解必有相同來源；鄭氏所據者，即介甫收入《字說》中之解經文字也。

72. 鵠（13）「鵠，遠舉難中，中之則以告，故射侯棲鵠，中則告勝焉。」（頁 16）此文與《新義》、《詳解》之說解相同，並由《埤雅》證明爲《字說》無誤，絕非鄭氏之解經文字。

73. 鳦燕（11）「鳦不木處，安矣……若是者可以燕矣。」（頁 16）鄭氏以此文解〈梓人爲侯〉之「王以息燕」，鳦字實與經義無涉，燕字說解精詳，亦深合《字說》條例；《埤雅》卷八引「鳦」字說解，文字與之僅數字之異；依該條按語所考，此文必爲《字說》無疑。

74. 廬（233）「水始一勺，總合而爲川……故广從之爲廬。」（頁 17）此文以「川田虛皿广」五者總合，而爲屋廬之廬，鄭氏以之解「廬人爲廬器」，二者毫無相通處明矣。查《詳解》卷三九頁 1，引相同之文字，僅有些微之異；由考證可知，鄭氏此文，必出自《字說》。

75.「門阿，長十五丈……內外高下之異制。」（頁 17）此爲介甫說經之文，引自《訂義》卷七八頁 19。

76.「工欲善其事，必先利其器……市朝一夫，蓋取諸此。」此爲解「面朝後市」之經義文字，雖非引自《周禮訂義》，其文字卻與《詳解》卷三九頁 3 解「面朝後市」之文字相同，僅說解次序略有更動。《經埤》「前朝後市」條引《石林燕語》之文曰：「神宗嘗問經筵官：《周禮》『前朝後市』何義？黃右丞履時爲侍講，以王氏新說對，言：『朝，陽事，故在前；市，陰事，故在後。』」鄭氏所引說解，與之相類；可知此文必非鄭氏獨自發明者。《詳解》卷八頁 8、卷十四頁 8、卷三九頁 5，皆有「面朝後市」之說解，可參看。

77. 遂溝洫……（338）「豕八而辵則遂……凡漱如之。」（頁 18）依該條按語及釋義所考，此文亦爲介甫取經義編入《字說》者，鄭氏又從《字說》中摘出以釋此節經義。

78. 耒（311）「草無實用，於土猶丰，耒而除之，乃達嘉穀。揉木爲耒，用此故也。」（頁 19），耕器也，用以除無用之雜草，乃利稻粱之生長，故《易》曰：「揉木爲耒，耒耨之利，以教天下。」此亦說字之文，鄭氏以之釋「車人爲耒」，雖未得旁例以證其必屬《字說》，然就其引《易》而不言觀之，與《字說》「蓍、神、畀」等字相同，《字說》多引《易經》之言，如：鴻、茹、淩、勢、幾、圜圓等字皆是。

79.「多寡輕重等……謂之九和。」（頁 20）此爲介甫說「九和之弓」之文字，見於《訂義》卷八十頁 16「王氏曰」條下。

80. 弧（138）「睽而孤也，乃用弧焉……則王以威天下爲義，至盡善也。」（頁 3）以弧弓釋〈九和之弓〉「王弓之屬」，經文有「危弓、安弓、句弓、侯弓、深弓」，而絕無「弧弓」，說解置於此處，實與經義無涉。弧弓見於《夏官・司弓矢》：「王弓弧弓，以射甲革椹質者。」又：鄭氏之說解文字：「《周官》六弓有弧弓焉，以授射甲革椹質者，睽孤所利，勝堅而已。」上句引自《夏官》，下句與《詳解》卷二八頁 23：「睽孤所利，以勝堅爲事」說解相近。由該條按語、釋義觀之，此文實亦出自《字說》。文末「至盡善也」，見於《訂義》卷八十頁 22，錢氏移附此文之後者。

以上八十條，爲鄭氏《考工記解》全文，除見於《訂義》之介甫說經文字外，仍有六十八條爲鄭氏原有；其中第四十一條，難以斷定是否屬於《字說》，然亦可信其與經義無涉。其餘六十七條中，僅有六十、七六兩條，爲解經文字，而後者已證明其文字與《詳解》之引文相同，二者當有相同之來源，必非鄭氏自撰者可信矣。其餘逐條考校，與《詳解》相同或義近者最多，亦有與《字說辨》相同者（公），有與《博古圖》相同者（甗、雀），有與《埤雅》相同者（鵠、鴳），有與《毛詩名物解相同者（梟），有與陳用之所引《字說》相同者（弓矢……）；皆可確信其摘自《字說》而附於經文下，故於經義乃時有方鑿圓枘戛然難合之感。

由此觀之，鄭氏輯《字說》而解《考工記》，其事信而有徵；於下節釐定《字說》之說解條例時，更可證明鄭氏說解之文例與之契合無間。

三、《周禮詳解》

《周禮詳解》四十卷，宋王昭禹撰。昭禹字光遠，史籍無傳。當於仁宗慶曆（1045？）至徽宗政和（1116？）年間在世，年壽亦永。

蓋宋人王與之，嘗采舊說五十一家，編爲《周禮訂義》八十卷（理宗紹定五年，1232），書前依各家年代先後，次其姓名；於宋朝諸家，依次爲「劉敞（1019～1068）、王安石（1021～1086）、劉攽（1023～1089）、程顥（1032～1085）、程頤（1033～1107）、張載（1020～1077）、楊時（1053～1135）、王昭禹、陸佃（1042～1102）、李覯（1009～1059）……方慤……」以此而論，昭禹與楊時、陸佃生年應相近；復依《周禮詳解》一書推究，該書當作於徽宗崇、觀、政和年間，王氏學最盛之時，撰作動機亦與鄭宗顏《考工記解》、方慤《禮記解》相似。方慤取《字說》及《三經新義》以解《禮記》，獲賜上舍出身時（政和二年，1112），楊時年適六十，陸佃則卒逾十載。今以《詳解》內容觀之，其書說解周詳而義理圓融，層層推闡，條理清楚，下筆屬句亦明暢穩重，謂昭禹年逾六十而作此書，亦頗合宜。

昭禹取《周官新義》而作《詳解》，以二書參校，說義相同之處，不勝枚舉；然昭禹亦未盡依介甫之說，其發明義旨處，有發先人所未發者，故宋人釋《周禮》，若王與之《訂義》，林之奇《講義》，多引其說；清四庫開館，亦收入《四庫全書・經部・禮類》中。〔註 4〕

昭禹非當時聞人，亦非字學家者流，其書中字義訓詁之條例明晰，前後貫串，頗合介甫說字格局，故《四庫提要》亦謂：其書訓詁字義處，如：王、國、匪、頒、

〔註 4〕陳振孫《直齋書錄解題》卷二頁 42（商務版）、《四庫提要》卷十九《周禮詳解》條。

園、圃……等字，「附會穿鑿，皆遵王氏《字說》。」今詳考其事，附會穿鑿之字義詁訓甚多，然可信其說必本自《新義》，而非《字說》。蓋昭禹引用《新義》說解處，非若鄭宗顏之抄掇數條文字，合爲一段，不論上下文意銜接與否；而是熟讀《新義》之說解，了澈於心後，始用己意撰寫說解，將《新義》之文句，化入己文之中，務求上下文意之通貫契合。持二書比勘，處處可見此類說解；如卷二七頁 15，與《新義》頁 97 釋「冕」之文字；卷十七頁 16，與《新義》頁 87 釋「璧琮圭璋琥璜」之文字；其中以卷二四頁 11、12，與《新義》頁 121，說「司常掌九旗之物名」一節，最屬典型。

《新義》該節說解三百十字，《詳解》則增爲四八七字，二書相同文句，得百六十字。而《詳解》此則引文，又有與鄭氏《考工記解》文字相同，而爲《新義》所缺者，凡一二七字；則《詳解》與《新義》說解同一節經義之文字，各爲三六○字與三一○字，其中文句完全相同者，僅一六○字。可見昭禹取用《新義》說解，而改字之繁！

《新義》之說解，依該節經文之性質而分爲兩段，前段說明九旗之物屬象徵，後段則說明各掌旗者之職稱權責；《詳解》乃合二段爲一節，總爲闡釋，條理亦更加明晰。其詳如下：

《新義》:「日月爲常……；交龍爲旂……；通帛爲旜……；雜帛爲物……；熊虎爲旗……；鳥隼爲旟……；龜蛇爲旐……；全羽爲旞……；析羽爲旌……。」「王建大常……；諸侯建旂……；孤卿建旜……；士建物……；師都建旗……；州里建旟……；縣鄙建旐……；……軍旅之事，如斯而已。」

《詳解》:「日月爲常……，王建大常……。交龍爲旂……，諸侯建之……。通帛爲旜……，孤卿建旜……。雜帛爲物……，蓋其所建……。熊虎西方之物……，師都建旜……。鳥隼南方之物……，州里建旟……。龜蛇北方之物……，旐，卑者所建……。全羽爲旞……。析羽爲旌……。」

昭禹除化《新義》之說解入己文之外，尙有節錄《新義》文字而加以標明者，如：

卷十九頁 5，釋〈天府〉「凡吉凶之事」，曰:「《新經》云:『民也，穀也，……。』」

卷二六頁 17，釋〈射鳥氏〉，曰:「《新經》云云:『掌畜供膳之鳥……。』」

卷二七頁 14，釋〈御僕〉，曰:「《新經》云云:『《記》曰:「誠信之謂信。」……。』」

卷二七頁 6，釋〈司弓矢〉，曰:「……『蓋凡五兵之用……。』《新經》云云。」

卷三二頁 15，釋〈蟈氏〉，曰:「《新經》云云:『鼃音哇，其鳴若哇也……。』」

餘如：卷二七頁 8 釋〈服節氏〉、同卷頁 10 釋祭祀賓客、卷二八頁 10 釋〈大馭〉、卷二九頁 2 釋〈廋人〉、卷三十頁 7 釋〈諸侯之獄訟〉、同頁釋〈大祭祀〉……，皆可補今本《新義》之不足。

略檢《詳解》引文曰「《新經》云云」「以下見《新經》」「餘見《新傳》」「並見《新傳》」之類按語，得五十六則，分別見於：卷十一（一則）、十六（三則）、十九（四則）、二一（三則）、二二（一則）、二三（二則）、二四（四則）、二五（六則）、二六（四則）、二七（七則）、二八（二則）、二九（四則）、三十（八則）、三一（一則）、三二（二則）、三三（四則），因未予細查，遺珠難免。惟亦可由此想見《詳解》引用《新義》之頻繁。

除整段文字標明出自《新義》者外，尚有說解字義之零散短句，雖未明言出處，卻與《新義》之文句相同或義近者；又有雖不見於今本《新義》中，卻得他書證實，與介甫說經文義相同者，亦或可補《新義》之闕文。分別條列於下：（括弧內數字，爲本書《字說》佚文之編號）

1. 《詳解》文字與《新義》完全相同者：（13）鵠、（23）禽獸、（118）吏、（158）尊、（193）刑、（223）帟、（258）稟、（287）祠禴嘗烝、（332）貢賦財賄貨。
2. 《詳解》文字少於《新義》者：（92）米、（113）卿、（116）冢宰、（123）工、（125）夫、（142）旜物、（150）旅、（181）佐佑、（188）典、（286）神示天、（318）荒。
3. 《詳解》文字多於《新義》者：（47）象、（108）棘槐、（117）史、（120）嬪婦、（122）師儒、（124）巫覡、（140）柄、（143）旌旞、（169）籥、（173）冕、（177）占卜、（200）喪、（301）糾、（307）縣、（321）血。
4. 由他書證實爲出自介甫經義者：（145）錞、（166）甗、（332）征（以上見《宣和博古圖》）；（156）盟、（182）位、（324）訟（以上見《考古質疑》）；（174）軹、（349）闈、（137）弓矢殳矛戈戟（以上見《周禮訂義》）；（35）貉、（41）鹿、（84）葦（以上見《埤雅》）；（112）公、（270）犧牷（以上見《字說辨》）；（114）王（《默堂集》）、（152）武（《高齋漫錄》）、（271）玄、（337）追（《捫蝨新話》）、（334）軒渠（《靖康緗素雜記》）。

此外，與《考工記解》比較，二書說解文字大致相同者，有：（134）劍、（166）甗、（223）廬、（251）染、（273）旗、（299）築、（351）陶。部分文字相同或說解之文義相近者：（112）公、（115）矦、（129）商、（134）弓矢矛殳戈戟、（160）觚觶、（163）簠簋、（170）栒、（174）車軫輈輪、（189）冶、（305）絲麻、（323）椝、（332）稅、（338）溝、（354）青黃、（361）췚。由上目《考工記解》之考證，可信此類說解，皆源自介甫之經義。

《詳解》與他書相同之說解，皆屬解經文字。今以《新義》或《考工記解》所引之解經《字說》相較，尚有文字全同或大致相同者；至若與其他《字說》佚文參較，則差別明顯，甚易辨識。

如貉字，《字說》原文百許字，《詳解》僅曰：「貉，言其辨而各。」葦字，《字說》曰：「葦可緯，以爲薄席；萑亦可緯，唯完而用，不如蘆之或析也，故音完。」《詳解》則曰：「莞，蒲之細者，完而用之。」又《字說》解軒渠之義爲：「軒上渠下，一直一曲，受眾小水，將達而不購也。」《詳解》祇言渠字：「蓋渠，一直一曲，受眾小水。」

至於鹿字，則更爲明證。《詳解》解云：「蓋鹿羣居則環其角以外向，食則鳴呼其羣。」與《字說》：「鹿比其類，居則環其角外嚮以自防。」文意相類；實則《詳解》此文與《埤雅》之說辭相同。《埤雅》卷三頁 51 釋「鹿」字曰：「蓋鹿萃（羣居）善走者，分背而食，食則相呼，羣居則環其角外嚮，以防物之害己。」《詳解》說辭所以與《埤雅》相同者，實因介甫《新義》說解亦如是故也。檢閱《埤雅》書中之說解，如：麂（42）、鼻（46）、蟋蟀（60）、棘槐（108）、篙籠（298）等字，皆未標明出處，依該書文例，當屬陸佃自撰之說解，然其文意多與《字說》相似。由下文陸佃《埤雅》、蔡卞《毛詩名物解》之考論可知，此類說解，實爲介甫提舉經義局前，令陸佃、蔡卞等人所作之《詩》學講義也。其後既編修《三經新義》，介甫乃或取之以說經義；晚年，更加以刪易而錄入《字說》中。介甫解經義而用他人說解者，亦有之，衛湜《禮記集解序》即云：「（周）希聖又嘗著《周禮解》，擢熙寧進士。第入仕，値行新法行，不忍詭隨，賦詩去官。今王文公《新傳》多採其說，而沒其姓名，豈忌其人之有傳邪？」

由此而論，《詳解》與《字說》說解相近之數條，及此「鹿」字文句，實爲介甫早期之經義說解，《詳解》書中附會王氏學之處，亦僅依據介甫《新義》而已，並未抄用《字說》。

《詳解》既多取介甫《新義》爲說，則《新義》分析字形之處，當亦多所取用；惟今本之《周官新義》，字義訓詁者有之，而析字精詳者，幾無蹤影矣。僅「卿」字分爲三形，曰：从㱿，奏也；从卩，止也；知進止之意。从皀，皀有養人之道而能上達。卿有進止之節，又能養人而上達，故其制字如此。說「士工才」三字从二从丨之故，以所學通達不通達，爲制字名分之區分。除此二則說解較精詳外，其餘多以己意附會字形雙合之義，可令人深思處亦少。未知是否明世編輯《永樂大典》，於抄錄此書時，即已刪除書中解析字形之文句；抑是清初輯之於《大典》中，析字之文句，已爲抄胥刪減之故？

清儒全祖望欲自《永樂大典》中輯出此書時，亦嘗慨歎曰：「然去其《字說》之支離，而存其菁華，所謂六藝不朽之妙，良不可雷同而詆也。」〔註 5〕全氏雖未親與鈔輯之事，而館臣抄錄之時，是否如其言而自行刪減，亦未可知。否則《新義》解析字形之文句，何以半數皆見於該書卷一第一、二兩頁中？

介甫多寓字學觀念於《新義》中，惟後人不喜《字說》，因於引用新經義文句時，往往刪除書中析解字之文句。如方愨之《禮記解》，見錄於《宋元學案補遺》卷九八頁 132 以下，已全無《字說》痕跡矣。又如《周禮訂義》所引介甫《新義》及昭禹《詳解》之文句，幾全屬說解經義之文字。於《新義》之引文，絕少說字文句，而《詳解・冬官》部分，說字形者如：廬、陶、矦、匠、築……等十字，見諸《訂義・冬官》所引之一四二則中者，亦僅柲、㡆二字，而築字說解雖亦摘錄，卻刪除文中析字形之字句；〔註 6〕可見後人對新經義析字部分之排斥。

觀宋人所引之《字說》，其解析字形者，如「之」字分爲三形，說以：「(㞢) 有所之者，皆出乎一；或反隱以之顯，或戾靜以之動；中而丨者，所以之正也。」戲字解云：「交則用豆，辨則用戈，慮而後動，不可戲也。」即「同」字、「直」字，亦析爲「冂一口」「十目乚」三形，則《字說》析字之處多矣。其說解之法，亦隨心所欲，毫無拘礙。

以《詳解》與《考工記解》相同者觀之，染字、陶字，各分爲「水九木」「𠂤勹缶」三形；築字分爲「工丮木竹」四形；廬字更分爲「川田虛皿广」五形。各形皆附會深切，說解精詳，直若該字稍缺一形，則制字絕不完整，眞所謂：「其形之衡從曲直、邪正上下、內外左右，皆有義，皆本於自然」者也。〔註 7〕

以此推論，《詳解》說字形之文句，雖或不見於今本《新義》中，而可與他書所引相證，或析字文例合於《字說》條例者，當亦可信其說本自新經義矣。

《詳解》析字精切者，如：119 后、121 賓、128 匠、130 兵、140 柲、168 瑟、169 籥、201 倉、206 壐、207 壇、209 夢、225 平、233 廬、234 式、251 染、299 築、316 舂、317 舞、343 醫、351 陶、337 追等字，經逐條推考，可信其與《字說》關係深切。蓋《詳解》該文取自《新義》，介甫於晚年又取《新義》之文句編入《字說》中，因有此類相似之情況產生。此事對於下章探討《字說》佚文時，影響甚大，故於此詳致其意。

〔註 5〕全祖望《鮚埼亭集・外編》卷二三頁 699〈荊公周禮新義題詞〉。

〔註 6〕《詳解》卷三五至四十，凡六卷，爲《冬官・考工記》部分，其中析字精詳者，有：115 矦、128 匠、140 柲、233 廬、299 築、306 緇、312 帬、351 陶、354 青、224 㡆。《訂義》所引者，卷七三頁 3「築」字，卷七五頁 14「㡆」字，卷七八頁 1「柲」字。

〔註 7〕王安石《臨川集》卷八四頁 3〈熙寧字說〉。

參、《書經新義》與《詩經新義》

《三經新義》皆於熙寧六年三月，設置經義局後，正式修撰。《周官新義》由介甫親撰，而《書》、《詩》二經《新義》，則雜出經局眾學官之手。介甫之長子雱，嘗侍講於崇政殿經筵說《尚書》，故《尚書新義》由其主撰，而於熙寧七年四月，最先竣稿進呈。《詩經新義》在未設經局之前，已有介甫之門生陸佃、妹婿沈季長二人，先爲草撰大義；此時陸佃出爲鄆州（山東東平）教授，乃別付經局修撰呂惠卿董事，內容大抵以學官之講義爲藍本，經由經義局汰冗取精，重定訓釋後，與《周官新義》皆於八年六月撰畢進呈。

《三經新義》自元明亡佚以來，論之者寡，三書修撰之始末，世人亦莫知詳。端賴程師元敏稽覈考實，分條別類，撰爲「《三經新義》修撰通考」、「《三經新義》與《字說》科場顯微錄」、「《三經新義》板本與流傳」等文，始重顯三書與《字說》在當時之重要地位，《字說》與新經義之深切關係，亦藉此而大明。

程師又蒐檢宋元明清有關者作約五百種，輯得《詩經新義》佚文千有二十六條及評論二五四條，《尚書新義》佚文五百五十八條及評論二八一條，撰成「《詩》《書》經《新義》輯考彙評」多篇。工夫深淺，視四庫館臣之輯《周官新義》僅限於《永樂大典》之《周禮》部分數十卷定本之中，自不相同。而《詩》《書》二經《新義》之大要，亦因此略見於世矣。〔註 8〕

本論文之初作，嘗自《三經新義》中檢輯訓詁文，以供比勘校核；其中，《周官新義》得三二二字，《考工記解》得一六五字；而程師所輯之《詩》、《書》新義佚文中，僅得百許字，且多偏重於簡明之字義訓詁，而不若前二書之側重字形分析與位置筆畫之經營。

訓詁文字，《書義》如：「乂，治也。」「衷，中也。」「蘖，萌也。」「枲，麻也。」「纊，綿也。」「絺，細葛也。」「黑錫曰鉛。」「木幹曰條，枝曰枚。」「上曰衣，下曰裳。」《詩義》如：「緝，續（績）也。」「劉，殺也。」「夷，平也。」「靖，靜也。」「止，息也。」「伉，壯也。」「仡仡，壯也。」「价人，善人也。」「烈烈，業也。」「猗，不正也。」「苹，水草也。」皆與漢、唐傳疏或《說文》相同。考察其故，或以二書之文辭，藍本自眾學官之講義，上承先儒之說解，下附學官之己見，介甫僅略勘義理之當否，故未能寓其獨特之字學觀念於其中。

然二書佚文中，亦偶見解說名物之文句：

《詩義》如：「載獫猲驕」，彼將短喙犬之專名「猲驕」改作「歇驕」，爲之新解

〔註 8〕詳見本書參考書目所附，及《三經新義板本與流傳》「四、結論」。

云：「字不從犬也。田畢而遊園，載獫於輶車，以歇其驕逸。」（《秦風・駟驖》）。釋「有杕之杜」曰：「杜之實不足食，而又特生，然其葉湑湑然，則亦能庇其本根。」（《魏風・杕杜》）。釋《邶風・旄丘》之「狐裘蒙戎」曰：「言狐裘以居而息民；蓋狐疑而不果之物，其義利以止，不利以有爲。」

《書義》如：「象者，垂以示人之謂，若《周官》『垂治象、刑象之法于象魏』是也。」（〈舜典〉「刑象以典」。）「以龜占象之謂卜，以火灼龜，其象可占之謂占。」（〈洪範〉卜筮人）

此類說解頗富《字說》意味，惟僅輯得數則，文義又與《字說》相異。

二書佚文可與《字說》參證者，僅得三則，一見於《唐風・椒聊》：「（聊）薄略之辭。」（313 聊）再見於《虞書・堯典》：「散義氣以爲羲，歛仁氣以爲和。日出之氣爲羲，羲者，陽也；利物之謂和，和者，陰也。」（309 羲和）三見於介甫〈乞改尚書義劄子〉：「〈微子〉：純而不雜故謂之犧，犧當作牷。完而無傷故謂之牷，牷當作犧。」（270 犧牷）

除此之外，二書尚未見析字形、說會意之詁訓。是則二書與《周官新義》體製不同，燦然可見。惟介甫〈字說序〉嘗云：「（《字說》）二十卷，以與門人所推之經義附之。」則《字說》必有取門生之經義訓詁文字以充實者，考究其實，實爲取自國子監經學講義，如陸佃之《埤雅》者。下文即就此事詳言之。

肆、《埤雅》、《毛詩名物解》與《爾雅新義》

一、《埤雅》

《埤雅》二十卷，宋陸佃撰。佃字農師，越州山陰人，仁宗慶曆二年生，徽宗崇寧元年卒（1042～1102），年六十一。有《陶山集》行世，傳見《宋史》卷三四三。

佃四歲時（1045），祖軫守明州鄞縣，明年，介甫亦遷鄞縣宰，因與軫相識。〔註9〕嘉祐中（1062？），陸軫知江寧上元縣，佃始弱冠，學於淮南，始識介甫之名。自謂：其時「學士大夫宗安定先生之學，予獨疑焉。及得荊公《淮南雜說》及《洪範傳》，心獨謂然，於是願掃臨川先生之門。」〔註10〕

嘉祐八年（1063），介甫爲知制誥，糾察在京刑獄，以治獄忤府司，固不肯謝罪，遽以八月丁母憂時，辭官扶櫬而歸金陵故里。介甫此時年四十三，學問才德皆著聞一時，故學子如鄭俠（治平二年，二五歲）、蔡淵（治平元年，三一歲）皆負笈從之

〔註9〕《寧波府志》卷十六頁940，《宋史》卷三二七〈王安石傳〉。

〔註10〕《陶山集》卷十四頁4，卷十五頁4。

游。其後，鄭俠（二七歲）與介甫長子王雱（二二歲），同登治平四年（1067）進士甲科。蔡淵則中熙寧六年（1073）進士乙科。淵子肇，於元豐初，助介甫編撰《字說》，厥功匪淺。

陸佃此時爲諸生（二四歲？），亦在江寧，聞介甫歸居故里，乃「過金陵，受經於王安石」，〔註11〕「驟見稱獎，語器言道，朝虛而往，暮實而歸，覺平日就師十年，不如從公之一日也」。日後且記此事曰：「某始以諸生，得依門牆；一見如素，許以升堂。」佃返家後，以此行語同里之硯席摯友傅明儒，傅乃驚曰：「自今事兄矣！豈友之云乎？」佃亦不自讓，竟憩其館累月。〔註12〕

熙寧三年，介甫當政，始以經術革詞賦，佃（二九歲）入京與試。三月於殿試時，「方廷試賦，遽發策題，士皆愕然，佃從容條對，擢甲科」。〔註13〕佃早年以精於《詩》學聞名一時，既舉第，介甫遂命佃與沈季長著手《詩》學講義之編撰。以是佃之《詩》學講義，乃「盛行於時，學校爭相筆受，如恐不及」。〔註14〕

惟陸佃本性質實，頗不以新法爲是，故介甫不咨以政事而專任之經術，後更選之爲鄆州（山東東平）州學教授。時陸佃年三十一，已有當世之名，故魯之諸生，如黃彥、朱戫、韓羽等，皆裹糧走汶上，從其學，後並登科。〔註15〕

元豐元年（1087）春三月，神宗憂字學之廢缺，乃詔儒臣探討，先以王子韶修定《說文》，後更詔佃入京助修。佃（三七歲）乃於五月十七日受命與修。

明年正月，「入見，神宗問大裘襲袞，佃考禮以對。神宗悅，（初六日）用爲詳定郊廟禮文官」。六月十六日，神宗稱其「資性明敏，學術贍博」，加官集賢校理。八月二十二日，進爲太子中允、崇政殿說書，「進講《周官》，神宗稱善，始命先一夕進稿。」蓋「古之講經者，執卷而口說，未嘗有講義也。陸農師在經筵，始進講義」。以此可知神宗器重之深。〔註16〕

元豐五年（1082）六月九日，修定《說文》，書成上進，神宗「特降獎諭，賜銀絹五十匹兩」。佃子陸宰謂：佃「因進書，獲對神考（神宗），縱言至於物性，先公（佃）敷奏，德音稱善，且恨古未有著爲書者。先公又奏：『臣嘗試爲之，未成，未敢進也。』天意欣然，便欲見之。因進〈說魚〉、〈說木〉二篇。自是益加筆削，號

〔註11〕《宋史》卷三四三〈陸佃傳〉。

〔註12〕《陶山集》卷十五頁4，卷十三頁17，《宋元學案補遺》卷九八頁146。

〔註13〕同註11。陸佃廷試答卷，載於《陶山集》卷九頁4。

〔註14〕《埤雅》卷首陸宰〈序〉。《續長編》卷二二九頁5。

〔註15〕《宋史》卷三四三〈陸佃傳〉，《宋元學案補遺》卷九八頁153。

〔註16〕《宋史》陸佃本傳。《陶山集》卷十三頁17，卷四頁9，《續長編》卷二九六頁1、298頁15、299頁20，《宋元學案補遺》卷九八頁109。

《物性門類》。」陳振孫謂：「《詩物性門類》八卷，不著名氏，多取《說文》。今考之，蓋陸農師所作《埤雅》藁也。」〔註 17〕

據陳氏之言，可知《物性門類》即《埤雅》之前身，陸宰亦謂：「《埤雅》比之《物性門類》，蓋愈精詳，文亦簡要。」試以陸佃所上之〈說魚〉、〈說木〉二篇觀之，今存於《埤雅》卷一、二及十三、十四等四卷中，於說解名物之際，最多望文生訓之辭，如說魚名者：「魦鮀，今吹沙小魚也。」「以相即也謂之鯽，以相附也謂之鮒。」「鱅，庸魚也，故其字从庸，蓋魚之不美者。」「鰌性酋健，……制字从酋，豈爲是乎？」「卵生眉交，故謂之蛟。」說木之名，如：「橙，可登而成之。柚，視其外油然者也。」「椿从春，楸从秋，榎从夏，所謂木名三時。」「桂猶圭也。」「（楓）木，厚葉、弱枝、善搖，故字从風。」是皆不足深究。

然而其書引用龐雜，自經傳諸子，以至小說稗史、醫經相法、俚語俗諺，無所不包。如卷一蛟目，引：《述異記》、《相書》、《禮記》、《鄭注》、俗說、《星禽衍法》；卷二龜目，引：《韓子》、相法、《莊子》、俗語、《易》、《白虎通》、《說文》、《玉藻》、《洛誥》、孔《傳》、《書》、《詩》、《化書》、《史氏龜經》；鼉目引：《夏小正》、里俗、《詩》、《晉安海物記》、舊云、《趙辟公雜說》、《續博物志》；卷十一鼠目，引：《說文》、《詩》、《毛傳》、《召南》、《廣雅》、《兵法》、《春秋》、《博物志》、《莊子》、《易》、《詩序》、《燕山錄》、東方朔、《爾雅》、《禽經》、《荀子》、馬融、《韓子》、杜甫詩。

是以《四庫提要》評之曰：「其說諸物，大抵略於形狀而詳於名義，尋究偏旁，比附形聲，務求其得名之所以然。又推而通貫諸經，曲證旁稽，假物理以明其義。……然其詮釋諸經，頗據古義，其所援引，多今所未見之書。其推闡名理，亦往往精鑿。謂之駁雜則可，要不能不謂之博奧也。」

或以其引書博雜，說解淺易，乃獲神宗偏愛，始欲見其續編。惜其書編纂將竟，而神宗於元豐八年（1085）三月一日崩逝。三月二十一日，佃與修《神宗實錄》，後竟以此而致貶官外遷。

蓋哲宗即位時，年僅十一（1086），由太皇太后高氏聽政。高氏用舊黨而「更先朝法度，去安石之黨。士多諱變所從」，而佃迄不爲變。四月六日，介甫卒於金陵，「佃率諸生供佛，哭而祭之」。未幾，以修撰《神宗實錄》，徙禮部；禮部尚書鄭雍等，謂其錄中大要，多是安石而爲之隱晦，乃「論其穿鑿附會，改龍圖閣待制，徙潁州」。佃不以爲意，反喜而作詩曰：「十年騎馬困京屋，乞得州來守潁濱。」遂於

〔註 17〕《陶山集》卷四頁 9，《埤雅》卷首陸宰〈序〉，《直齋書錄解題》卷二頁 14。

元祐二年（1087）八月二十四日到任，時年四十六。〔註18〕

佃既守潁州，「所至以平易臨民，故其事簡政清，因得專意論譔」。七年（1092），改知江寧府，於春夏之交到任，至則先爲文祭於介甫之墓，追念當年「絳帳橫經二十秋」之恩德。紹聖二年（1095）夏，以修《實錄》罪，再遷海陵。元符二年（1099）二月，改之蔡州；五月，撰成《爾雅新義》二十卷，年始五十八。佃甚重是書，自謂此書既出，「雖使璞擁篲清道，跂望塵躅，可也！」〔註19〕

元符三年（1100）二月，召還，進爲禮部侍郎，命修《哲宗實錄》；遷吏部尚書，報聘於遼。遼使欲譏其失禮，以應對得宜，遼使反自受辱。

崇寧元年（1102），以名在元祐黨籍中，罷爲中大夫；五月，知亳州，數月而卒。

佃於禮家名數之說尤精，今有《埤雅》、《爾雅新義》、《鶡冠子注》、《陶山集》等書傳世。〔註20〕

《埤雅》二十卷，爲陸佃畢生學力所萃。其子宰曰：「先公作此書，自初迨終，僅四十年。不獨博極羣書，而嚴父、牧夫、百工、技藝，下至輿臺、皁隸，莫不諏詢；苟有所聞，必加試驗，然後紀錄。則其深微淵懿，宜窮天下之理矣。」〔註21〕蓋佃自爲諸生時，即從介甫受經學，精於《詩》義。舉進士後（二九歲），介甫且令之與沈季長共撰《詩》義。其《詩》學講義，當時亦盛行於學校，學子爭相筆受，惟恐不及。是佃於《詩》學名物，亦當有深悟特識矣。

元豐元年（1078），佃三十七歲，受詔助王子韶修定《說文》。至五年三月九日，書成進奏。因進書而獲神宗垂詢，言及《毛詩》名物，乃上原已撰成之〈說魚〉、〈說木〉二篇，深得神宗愛賞，是以退而黽勉，益加筆削，成《物性門類》八卷。書將成而神宗崩殂，事乃中輟。元祐二年（1087），佃謫官外放，所至事簡政清，乃取舊作，擴充爲二十卷，名曰《埤雅》。

今本《埤雅》二十卷，分爲：〈釋魚〉二卷、〈釋獸〉三卷、〈釋鳥〉四卷、〈釋蟲〉二卷、〈釋馬〉一卷、〈釋木〉二卷、〈釋草〉四卷、〈釋天〉二卷，凡八類。其中〈釋魚〉、〈釋木〉二篇之撰寫，早於介甫之《字說》。蓋《字說》於元豐五年（1082）

〔註18〕《宋史》陸佃本傳，《埤雅》陸宰〈序〉，《陶山集》卷二頁6，卷十三頁4，卷十三頁18，卷三頁13。

〔註19〕《埤雅》陸宰〈序〉，《陶山集》卷十三頁6、頁17，卷三頁13，卷十五頁4，卷十一頁5，卷一頁17，卷八頁2。

〔註20〕《宋史》陸佃本傳，《陶山集》卷八頁16，卷三頁11，卷四頁5、頁7，《四庫提要》卷四十頁228。《宋史・宰輔表》三崇寧元年載事：「六月丙申，陸佃自尚書左丞依前太中大夫出知亳州。」

〔註21〕《埤雅》陸宰〈序〉。

八月後進奏，佃已先於是年六月九日稍後，進此二篇於神宗。故《埤雅》所存〈釋魚〉二卷，都三十目，僅於「蟾蜍」目下引《字說》二則，且置於該目末段，可知必爲《字說》書成之後，始據以補入者。〈釋木〉二卷，今存三十一目，亦祇引《字說》三則（杜棠、櫻栲、榆荎枌），另有「松柏樅檜」一條，以《字說辨》證之，必屬《字說》無疑，佃乃稱介甫之諡，作「王文公曰」，可知亦爲元祐之後，擴充《物性門類》時所增入者。

陸佃增修《物性門類》時，介甫《字說》已出，且行於科場，爲士子準式，故佃亦偶取其書說解爲證。惟佃書草稿大致完成，故祇能取置於各目之末段。以今本《埤雅》觀之，凡引《字說》三十六則，其中二十二則置於文末，九則雖置文末，其後尚引《禽經》或《造化權輿》等書一句數字；僅象、杜、葵、蠠、鷸等五則，置於該目之中段，或爲較晚撰成之說解。〔註 22〕

《埤雅》又引「王文公曰」者四則；其中「鳳」與「松柏」二則，已知爲《字說》無疑；「蓮」字說解與《字說》「荷」字條相似，推考結果，亦可信爲《字說》；「萎餘」條與《爾雅新義》說解相同，亦可確信無疑。此四則所以稱介甫之諡，當作於介甫卒後，而陸佃遷官穎州之時。或以此時《字說》正值首度禁用，故稱其諡而不言書名。

《埤雅》又有：蟋蟀、篤籠、棘槐、麂、駮、�、畀等七則，雖爲佃自撰之說解，然與《字說》佚文相較，可知介甫《字說》於此類說解，實乃取佃文而爲者，是當即介甫〈字說序〉所云：「以與門人所推經義附之」之例也。

今自《埤雅》中，輯出《字說》佚文凡四十七條，實爲今存明引《字說》最多者，明清《詩》家闡釋《毛詩》名物時，所引用之《字說》，亦多出於是書。

佃雖撰成此書，而未及刊行，遲至宣和七年（1125）六月，其子陸宰始序以傳之。然次年元月，金人圍汴京，國遭慘變，徽、欽蒙塵而高宗南遷，其書遂未見流行。遲至佃之五世孫壑（1260？），「由秘閣脩撰來知贛州，再用刻于郡庠」。此後，由宋迄元，「歷世既久，悉燬於兵燹，間有遺編，多爲世俗秘而藏之，人罕得聞」。

至明太祖洪武年間，閩人林瑜（子潤，1356～1423）巡按贛上，始訪得此書於耆民黃維得處，遂於洪武二十三年（1390），交太守陳大本鳩工刻板，重刊於世。八月中秋，由張存（性中）序其書之流傳始末於卷首，曰：「是書已經殘毀之餘，而所

〔註 22〕置於各目末段者：蝦蟆、黽、豺獺、熊羆、美、羔、羹、貅貉、貂、鹿、鸜鵒、鵲、蜘蛛、蟦螟蟊賊、櫻栲、榆荎枌、莒、蒹葭、荷蕅、莪、茵莧蓫、薇，二十二條。文末尚引他書一、二句者：豹、鶩、鷹、隼、鷗、虺、蜮、蜻蜓、艾。置該目第二句者：鷸。

存僅若是，其中缺簡甚多，（林瑜）公欲求別本補成全書，而徧歷部中，卒無得者。」〔註 23〕可知其時所得，亦非原書面貌矣。然清初納蘭成德刻《通志堂經解》，收有《毛詩名物解》一書，與《埤雅》頗有雷同而可相互參補之處。

二、《毛詩名物解》

《毛詩名物解》二十卷，宋蔡卞撰。卞字元度，興化仙遊人，其生卒約當仁宗皇祐初至徽宗政和末（1049？～1117？），享年約六十九。《宋史》卷四七二有傳。〔註 24〕

卞爲蔡京之弟，二人與陸佃同登熙寧三年（1070）進士榜；時卞始弱冠，「介甫妻以女，因從之學」。熙寧中，歷仕數官，而「居職不久，皆以王安石執政親嫌辭」。迨介甫二度罷相後，始於元豐二年（1079）十二月六日，以江陰縣主簿召爲國子監直講。〔註 25〕明年五月二十一日，進爲國史館編修官；八月十日知諫院兼管勾國子監。

元豐四年（1081）十月二日，爲崇政殿說書。五年六月四日，兩朝正史修成，賜銀絹若干。六年四月二十七日，講《周禮》，至〈司市〉「面朝後市」處，說以：「先王建國，面朝而後市；朝以治君子，市以治小人；不可略也。」頗洽神宗之意。

七年（1084）春夏之交，介甫病重，竟至不能言語，神宗乃於五月二十二日，給卞一月長假，令往金陵省視介甫。六月中旬，介甫病瘳，乃於二十日捨半山屋宅爲僧寺，御賜額報甯禪院。蘇軾此時由黃移汝，亦於七八月間留連金陵，且於此時數見介甫於蔣山。卞或亦與其游，故八月三日，神宗嘗御批催其赴闕。

八年三月，神宗崩殂。十月二十二日，卞與陸佃同時罷經筵講席；十二月十四日，佃徙禮部侍郎而卞改吏部侍郎。明年改元元祐（1086），舊黨得勢，新黨遭黜。二年，佃出爲潁州太守，卞亦外遷粵州。元祐四年（1090）仍在任所。七年，子仍生。

迨哲宗親政，改元紹聖（1094），卞始復中書舍人兼修國史。四年，改尚書右丞。

徽宗立，貶江寧，改池州，明年再徙揚州。是年改元崇寧（1102），兄蔡京爲相，

〔註 23〕《埤雅》卷首張存〈重刊《埤雅》序〉，序末所題日期爲「天運庚午八月中秋日」。

〔註 24〕《宋人軼事彙編》頁 709，引《曲洧舊聞》：「（蔡準）慶曆四年（1044）生京，……又二年（1046）生卞。」同頁又引京子蔡絛《鐵圍山叢談》曰：「先魯公（蔡京）生慶曆之丁亥（七年，1047），……大觀改歲，復值丁亥（1107）。」依蔡絛言，蔡卞或生於皇祐元年（1049）？同書頁 719 引《容齋三筆》：「政和間，蔡京以太師領三省事，得治事於家，弟卞以開府在經筵，嘗挾所親將仕郎吳說往見。」則卞於政和間（1111～1117），仍然在世。《宋史》謂其「政和末，謁歸上冢，道死。」則享壽或六十九。

〔註 25〕《宋史》卷四七二〈蔡卞傳〉，《續長編》元豐二年十二月六日載事。以下年月日皆見《續長編》該日所錄。其餘尚見畢沅《續資治通鑑》，《宋史・宰輔表》三，李壁等《箋注王荊文公詩》頁 175〈示元度〉。

始於十月二十七日入朝，知樞密院兼侍讀。其後以面責兄京引用童貫事，爲京力詆於帝前，乃於四年（1105）正月二十七日出知河南府，年近六十矣。晚年或如《宋史》本傳所載：「政和末（1117？），謁歸上冢，道死。」

卞之著作，今唯《毛詩名物解》二十卷傳世。其書「貫穿經義，會通物理，頗有思致」，然「其學一以王氏爲宗」，「故多用《字說》」。南宋陳振孫收其書目，名之曰「《詩學名物解》」，謂其內容「大略似《爾雅》而瑣碎穿鑿，於經典無補也」。〔註26〕《宋史・藝文志》始以今名稱之。然其書流傳不廣，宋人鮮有道及。

《宋志》（1345）以後，迄於清乾隆三十二年（1767）納蘭成德刻《通志堂經解》收之，三百餘年間，僅明以後三見於書錄。一則焦竑之《國史經籍志》（1594），再則陳第《世善堂書目》（1616），三則錢曾《述古堂藏書目》（1669）。清莫友芝謂：「此書至首至尾，並鈔陸佃《埤雅》之文，未曾自下一字，不知刊經者何以收編？《四庫》又何以入錄？」〔註27〕是以爲蔡卞鈔陸佃文章據作己有，乃其書罕傳之故。惟實情並非如此，以下即就此事，依次論究。

《毛詩名物解》今有通志堂本（1767）及《四庫》本（1773）二種。書中分類十一，乃〈釋天〉二卷、〈釋百穀〉一卷、〈釋草〉一卷、〈釋木〉一卷、〈釋鳥〉三卷、〈釋獸〉二卷、〈釋蟲〉二卷、〈釋魚〉一卷、〈釋馬〉一卷、〈雜釋〉一卷、〈雜解〉五卷；殘缺之處甚多，文字譌誤亦夥。以之與《埤雅》詳斠，可知確有與《埤雅》相同者，然亦有與《埤雅》相異或《埤雅》所無者。爲詳《字說》輯佚之依據，筆者嘗探究明清《毛詩》名物類書所引《字說》之本原，考知與此二書關係密切，故下文先詳論二書之關係。

《名物解》卷十五至二十，爲〈雜解〉、〈雜釋〉二類，乃「草木總解」「美刺總解」「鳥獸總解」「十五《國風》次序」「《詩序》統解」……之類，與《字說》、《埤雅》皆無關，無庸置論。其書卷一至十四諸篇，頗有與《埤雅》文字雷同，甚且二書之篇目次序亦皆相同者。如：

1. 《名物解》卷一「月星雹斗漢」，卷二「虹霧露霜冰」等十目，各目多則六百餘字，少亦三百許字，以之與《埤雅》卷二十「雹月星斗漢虹」等六目之文字參斠，除偶或刪易數字外，文句幾乎相同。《埤雅》該卷至「虹」目而止，其下原註「後缺」二字，而《名物解》「虹」後尚有「霧露霜冰」四目，其文當可爲之補敓。

2. 《名物解・釋鳥》三卷，卷六目次與《埤雅》不同，卷七之目次爲：「鷄、

〔註26〕《毛詩名物解》納蘭成德〈序〉，《直齋書錄解題》卷二頁14，顧棟高《毛詩類釋》卷十四頁9，《四庫總目》卷十五頁91《毛詩名物解》條。

〔註27〕莫友芝《郘亭知見傳本書錄》卷二頁2。

鵲、鸛、鵝、雉、鷂雉、鳶（缺）」，卷八爲：「烏、鸜、鵰、鴈、鷹、鵁鶄、鶴、鸕鷀、鳧、鷸」，共十七目。《埤雅》卷六《釋鳥》之目次爲：「鵲、鷄、鸛、鷺、雉、鷂雉、鳶、烏、鸜、鵰、鴈、鷹、鵁鶄、鶴、鷀」，共十五目。

略觀二書目次，可知《埤雅》卷八實合《名物解》七、八兩卷而成。再細究二書說解內容，則《名物解》字數略少於《埤雅》。今即以《名物解》爲準，詳考其書與《埤雅》之異同。

「鷄」《名物解》少末段「月滿則夜見……」五十字，其餘祇字詞偶或相異。

「鵲」《名物解》之中段「《周官》……則金舄」說「舄制」之二百二十字，爲《埤雅》所無；末段《名物解》少《相感志》、《主物簿》等書之引文五十字。其餘文句，僅少數字詞略異。

「鸛」文中少數字詞相異，《名物解》末段少《拾遺記》引文二十字。

「鵝」文中數字略異，《名物解》末段缺百有十字，包括《字說》與《禽經》之引文。

「雉」後段有四十字說解，二書互異，《名物解》末段缺《禽經》引文十八字。

「鷂雉」，《埤雅》三百八十字，《名物解》祇引六十字。惟《名物解》此條置於該卷之末，而卷前總目中，其下本有「鳶」目，已註「缺」字；則「鳶」與此條之後段三百二十字，皆同時殘毀矣。鳶字說解，見《埤雅》卷六頁 145，文長二百六十字，當可爲之補闕。

「烏」文幾乎全同，惟《名物解》末段少「俗語」引文三十字。

「鸜」惟文中少數字詞相異。

「鵰」目中段「決起而飛……皆言翰」等四十六字，二書說解互異。《名物解》缺末段「《相感志》、《禽經》」之引文六十字。

「鴈」文中字句略異，末段「制字从江……鴻大鳥也」二十三字，二書說解互異。

「鷹」，《名物解》首句少陶弘景引文十六字，末缺《月令》、《夏小正》、《字說》等引文一百二十字。

「鵁鶄」僅少數文字相異。

「鷀」文數字略異，《名物解》末缺《夔州圖經》、杜甫詩等引文四十七字。

「鳧」「鷸」二目《名物解》僅十數字，與上列諸目迥異，由旁書證明爲《字說》無疑。

由上文所考，可知二書相異之處，幾乎全屬《埤雅》末段所多出之：《字說》、《禽經》、《相感志》……等書引文，可信必屬《字說》撰成後，陸佃擴充《物性門類》時所補入者。

3. 《名物解》卷九〈釋獸〉之目次爲：「麐、兔、鹿、麢、犀、麈、虎、猱、麅、狼、狐、猲驕、駮、獵」，卷十為：「麢、兕、豺、獺、熊、豹、羊、牛、貉、豣、貆」，共二十五目。將各卷之前半相合，即為《埤雅》卷三〈釋獸〉之目次，其先後作：「麐、兔、鹿、麝、犀、麈、虎、麢、兕、豺、獺、熊、豹、羊、牛」，少於《名物解》十目。

詳考二書之說解，其異同亦如〈釋鳥〉之十五目。

「麐」，首段《感物志》缺引文二節，共四十二字，餘則惟字詞略異。

「兔」，除文字略為不同外，《感物志》僅缺文末《左傳》引文十一字。

「鹿」，首句「《字統》」《感物志》引文誤作《字說》，其餘文字略異，文末缺「舊說」等引文六十七字。

「麝」文中數字略異，《感物志》文末缺「《趙辟公雜說》」等引文三十二字。

「犀」《感物志》前段缺《異物志》引文一百七十字，中段多「舊說」百五十字，餘僅文字略異。

「麈」僅四字偏旁互異。

「虎」《感物志》末段「《吳越春秋》曰……。」八十字，《埤雅》易為「《禮》曰……《易》曰……楊子曰……梁鴦曰……俗云……今虎所在，麂必鳴以告。」三百字。其末句實為《字說》「麂」字說解。

「虎」以下《感物志》有「猱、麅、狼、狐、猲驕、駮、獵」七目，駮字說解，與《埤雅》卷十二駮目末段所引《字說》相同，其餘皆為《埤雅》所無，然一一考論後，亦合《字說》文例。其說於下章詳之。

「麢」《感物志》缺中段「或曰……《字說》曰……」引文六十六字，餘則數字略異。

「兕」《感物志》缺文末「道家云……」十二字。

「豺」《感物志》與《埤雅》說解僅數字之異。

「獺」目《感物志》末段「又曰」等十五字，《埤雅》改為：唐李商隱事及《字說》引文等六十字。

「熊」《感物志》中段缺《考工記》引文三百二十字，文末缺《字說》引文二十八字。

「豹」《感物志》缺文末「一曰……《字說》曰……《博物志》……《淮南子》……」引文八十字。

「羊」《感物志》缺文末「《山海經》曰……《易林》曰……《字說》曰……」引文八十五字。

「牛」《感物志》缺文末《列子》、《易林》……等引文共二百六十字。

《感物志》「牛」以下「貉、豣、貆」三目，為《埤雅》所無者。「貉」目說解，經他書標明為《字說》無疑，豣貆之說解，亦頗合《字說》文例。

以此可知，二書異同之處，亦如〈釋鳥〉諸目所考；《埤雅》所增補之文字，當屬日後續修時，蒐檢小說、雜著而作充實者。

4. 《名物解》卷十一：「蟻、蠅、蠨蛸、蠋、蜂、螽斯、螣蛇、蛇、虺、蚺蛇、蝍蛆」，卷十二：「螢、蟋蟀、蛣蜣、阜螽、蟦螬、蛾、蠁、蝶、莎雞、蜩、螟蛉、蜴、蝤蠐、熠燿、蜉蝣」，共二十六目。《埤雅》卷十〈釋蟲〉二十目，與此二卷前後目次元全相同，惟缺「蜩」以下六目。經各目一一詳校後，所得結果與上文〈釋鳥〉、〈釋獸〉所考相同，《名物解》所缺，均屬末段之引文，偶或中段略有刪節、文字互有增減而已。

以上所引《毛詩名物解》八卷七十八目，「鳶」目原缺，「霧露霜冰」四目爲《埤雅》所缺，「猱豝……」等十八目爲《埤雅》所無，尙有與《埤雅》相同者五十五目，字數已逾十四卷之二一。一書之中，半數與他人著作相同，無乃爲人所怪矣。

然而《名物解》尙有六卷爲《埤雅》所無，或雖有而說解相異者，前述八卷中所舉之「猱豝……」十八目亦如此。以此類說解文例，與前述五十五目內容相校，可察知二者區別明顯。前述五十五目之說解，皆引書龐雜，如：《說文》、《爾雅》、《淮南子》、《造化權輿》、《列女傳》、《鶡冠子》、《禽經》、《交州記》……，無慮數十種；而後者則絕無如此情形，多屬闡釋《詩》義或說解名物之短篇，文意亦較完整，通篇一貫，其中且有十二目，由他書之引文標明爲《字說》無疑。

如《名物解》卷四「菅茅」，說菅與茅得名之由與用途之異，並舉〈白華〉詩以說二者之別；此條爲《埤雅》所無，而由《詩傳名物集覽》標明爲《字說》文字。又如卷六「鴞」目，說鴞得名之由，再引〈墓門〉、〈泮水〉之詩句，以說二詩言鴞鳥之比興；此目亦爲《埤雅》所無而見於《詩傳》所引《字說》引文之下。

至若卷四之蒹葭、莪，卷五之楡荎枌，卷九之駮，則見於《埤雅》該目文末所引之《字說》中，可信爲佃晚年刪定時據以增補者。餘如卷五之椐樻，卷六之桑扈、隼，卷八之鷊，卷十之貉，卷十二之螟蛉、蜉蝣，皆與《詩傳》所引之《字說》相同。

又有卷五之樞荎、椅楰，與《爾雅新義》說解相同；卷八之鳧，與《考工記解》文字相同；卷四之茹藘，與《爾雅翼》所引《字說》「茈莀」文義相近；卷十四「畀」字，與《埤雅》說義相似；皆由考證知其必屬《字說》無疑。

以上各類，共得十八條；而其餘與之性質近似者，析其文例及說解方式、字詞用法，皆合於《字說》說解條例。以此觀之，《名物解》此十四卷中，文字說解，當有二類來源矣。

然則何以如此？則可由蔡、陸二人之宦海浮沈以作推究。

蓋陸佃早年精於《詩》學，熙寧三年三月舉進士後，介甫令其與沈季長共編《詩》學講義，爲學校學子爭相傳受，前文已詳言其事。次年二月，詔定貢舉新制，由學校升貢；學官講授乃益爲重要。介甫欲培育學子爲新法助力，因選用親故門生多人，夜聚府齋中受口義，且至太學講授。講義中之《詩》義，必與陸、沈所編修者相近，或即取之以代，則佃之《詩》講義，已爲學校共用之讀本矣。

熙寧五年，佃出爲鄆州教授，其《詩》講義當仍留於學校，廣爲學官講授、學子應試所用。逾六載至元豐元年，佃始以助修《說文》事，復還京師，明年八月爲崇政殿說書；同年十二月六日，蔡卞亦以江陰主簿召返爲國子監直講。四年十月二日，進崇政殿說書，直至八年十月二十二日，與佃同日罷講。其間卞爲學官二載，爲侍講四載。

蔡卞於講授《詩》義時，當亦引用學校通行而原爲陸、沈所編之講義；又或因蔡卞偶有所得而作增損，或爲諸學官先已改易陸佃之講義部分說解，乃有二書大同小異之處。此即前文所述二書相同之五十五目說解文字。

又熙寧中，介甫已考校小篆之訛舛，編有《字說》二十卷，且以「與門人所推經義附之」，是爲元豐《字說》之前身。介甫「與門人所推經義」甚多，此處《字說》當爲選取適合者附之，不合者置之。卞既講授《詩》學，亦或於往昔「所推經義」中，擇其要而編入講義中，故此類文字，或與《字說》相同，或與《字說》不同，然而皆與《埤雅》之說解相異矣。且蔡卞書原名《詩學名物解》，本亦祗爲講授《詩》學而作者，實無發明經義之用心。此類說解，非陸佃所自撰，故佃書中不錄。

元祐元年，太皇太后高氏聽政，舊黨權勢漸盛。介甫卒後一年，陸佃貶官潁州，蔡卞亦謫遷粵州。惟佃仍致力其書之修撰，卞於教學時所用之講義，則束之高閣，故二書乃有不同之境遇矣。

三、《爾雅新義》

《爾雅新義》二十卷，亦陸佃所作。

元符二年（1099）二月，佃自海陵改遷蔡州，五月撰成此書，年已五十八。

其時《字說》刊行已十八載，說字風俗益趨流行，故此書之釋物名處，頗有捨《字說》而自創說辭之趨勢。即《爾雅》之書名，亦於開宗明義之序文中，以會意之法釋曰：「萬物汝固有之，是書能爲爾正，非能與爾以其所無也。名之《爾雅》，以此。」佃甚重《爾雅新義》，自謂此書之作，實得之天意：「雖其（《爾雅》）微言奧旨，有不能盡，然不得謂不知也；豈天之將興是書，以予贊其始。」並以爲此書一成，「雖使璞擁篲清道，跂望塵躅，可也」。甚且欲使之媲美介甫《三經新義》：「他

時若綴三經後，五色雲中有紫霓。」〔註 28〕

惟此書亡佚甚早，清初四庫館廣收善本時，「《爾雅新義》僅散見《永樂大典》中，文句譌闕，亦不能排纂成帙」。全祖望曰：「僕曾見之，惜未鈔，今旁求不可得矣。」明葉盛《菉竹堂書目》（1470？）謂是書凡五冊，迄至清咸豐三年（1853），南海伍崇曜收之入《粵雅堂叢書》中，書敘乃曰：「今獲一完冊，不啻奇珍，亟當登之棗梨，以紹絕學。」可知其書殘缺甚矣。〔註 29〕

由今之輯本觀之，其釋《爾雅》物名之曲附處，比比皆是。如：「妯，女所由。」「（姪，）女子以爲至；姪，至也，入人之至以爲至。」「（饉，）僅可食而已。」「磨之字，从麻从石。麻者，道也；石者，道也。」「蠍雖螫，有時而歇。」「鶩不能有我，俄而死矣。鷗不能無受爾汝之實，有沈而已。」又其釋「恫，痛也」曰：「心於所同則痛矣。」釋「逭，逃也」曰：「見兆而去，有官守者當如此。」釋「鯊鮀」曰：「魚也，而吹沙有它者。」乍讀之似有其理，實不足深究。

是書既擅於以會意附會物名，故引用《字說》文句之處亦夥，惟多不言《字說》名稱。如：

卷一：「用矢則陳焉。」（矢）；卷三：「誓，激而後發，一往不反如矢。」（矢）；卷四：「能揆日嚮焉。」（葵）；卷十二：「接余，能妾其餘者。」「函若窨，隨昏昕闔闢焉。」（菡蘭）；卷十三：「萑，完而用之。」（萑），「惟其強也，乃能爲亂。」（亂）；卷十四：「有刺有俞，知闔闢者也。」（樞茎），「棗甘而樲酸，棗屬而貳者也。」「今俗呼軟棗謂之遵，不貳者也。」（椅樲）；卷十五：「設一面之羅，物觸而後誅之。」（蜘蛛）；「蝦蟆，雖致之遐，常慕而返。」（蝦蟆）卷十七：「鵝，飛能俄而已，……一名鳴，若鵝可也。」（鵝）卷十八：「鷸，走且鳴。」（鷸）「譽鳴喚有旨，鹿屬憑而安焉。」（麃）

此外，尚有引「王文公曰」者八則，如：「邈有辵之貌而無其事，雖近邈也。」「謝事而去，如射之行矣。」「雨零也，隹集也，霍如也。」皆合《字說》文例，而爲《埤雅》所未引用者。由此觀之，《爾雅新義》實乃陸佃習介甫字學而成之精萃也，《字說》鑿附之例，於是書說解中歷歷可見。

由上所述，《埤雅》始作於元豐初，適四十載至宣和七年，始由佃子陸宰刊行於世，書中引《字說》之處不少。《毛詩名物解》則蔡卞於元豐中爲國子監學官時，取《詩》學講義及《字說》而成者，南宋後即罕傳於世。《爾雅新義》乃元符二年，陸

〔註 28〕《陶山集》卷十一頁 5〈爾雅新義・序〉、卷一頁 17〈《爾雅新義》成查許國以詩見惠依韻答之〉二首。

〔註 29〕粵雅堂本《爾雅新義》宋大樽〈敘錄〉頁 4、《四庫總目》卷四十頁 228《埤雅》條下。

佃法《字說》解名物之體例而自爲新解之作。

《字說》說解名物之佚文，由以上三書中輯得者最多，而其時《字說》刊行未久，文字修改不多，故可由之以見《字說》說解之原文矣。

伍、《本草綱目》與兩種明清《毛詩》名物疏

介甫早年於「《難經》、《素問》、《本草》、諸小說，無所不讀，農夫、女工無所不問」，晚年更「思索鳥獸草木之名，頗爲解釋」，寫成《字說》二十四卷，是以《字說》中甚多說解物性，尋究物名者。後世《詩》家撰作《毛詩》名物類書，亦多採用其說。然而《字說》亡於宋末，明清《詩》家實未及見，彼其引用之《字說》文字，實據宋人之書而來。今檢《本草綱目》、《六家詩名物疏》、《詩傳名物集覽》等書爲例，述其所據。

一、《本草綱目》

《本草綱目》五十二卷，明李時珍撰。時珍字東璧，蘄州（湖北蘄春）人，明武宗正德十三年生，神宗萬曆二十一年卒（1518～1593），享壽七十六。《明史》卷二九九有傳。

時珍「幼多羸疾，質成鈍椎；長耽典籍，若啖蔗飴；遂漁獵羣書，搜羅百氏，凡子史、經傳、聲韻、農圃、醫卜、星相、樂府諸家，稍有得處，輒著數言」。念醫家「《本草》一書，關係頗重，註解羣氏，謬誤亦多。行年三十，力肆校讎，歷歲七旬，功始成就」。「書考八百餘家，稿凡三易，複者芟之，闕者緝之，譌者繩之；舊本一千五百一十八種，今增藥三百七十四種，分爲一十六部，著成五十二卷」。是即《本草綱目》也。

《綱目》既成，時珍因請名儒王世貞爲之序，時爲萬曆十八年（1590）春上元日。書未刊行而時珍已卒，遺囑命其子建元代獻此書於朝廷，建元乃於萬曆二十四年（1596）十一月初撰表以進。又七載（1603）而江西巡撫夏良心乃刻板刊行於世。〔註30〕

據時珍自撰之《序例》中所載之「引用書目」觀之，引書凡八百六十八種，其種類之龐雜，實爲罕見。其中，引小學類諸書，有《說文》、《玉篇》、《字林》、王安石《字說》……等目，檢閱全書，亦得《字說》引文二十二則。依此推論，則《字說》於明萬曆年間尚存於世矣。然詳考其事，實非如此。此事關係《字說》之亡佚

〔註30〕《本草綱目》王世貞〈序〉、李建元〈進本草綱目．疏〉、夏刻〈本草綱目．自序〉（皆見該書卷首）。

與板本更易，故詳述於下。

明人好引他人文章以爲己作，前人已有論說。《本草綱目》所引「《字說》曰」之文字，如：莨、艾、薇、芥、薑、蜘蛛、蝦蟆、鳲鳩、鸕鶿、豺獺等字，其實皆取自《埤雅》；又其引文所稱「某書曰」者，其實未見該書，而爲鈔自後人著作中之引文者，不在少數；且其引用某書說解而擅改文句者，爲數亦夥，例如：

1.「艾」字條：《埤雅》原文作：「《博物志》曰……。《字說》曰……。醫用艾灸……。」李時珍《綱目》則更易先後秩序作：「《字說》曰……。《博物志》曰……。醫用艾灸……。」雖不言《埤雅》之名，然亦可知時珍未見《字說》與《博物志》。

2.「蝦蟆」條：《埤雅》原文作：「俗說蝦蟆懷土……。《字說》云……。」《綱目》則將「《字說》曰」提置句首，改爲：「《字說》曰：『俗言蝦蟆懷土……。』」可知《綱目》臆增《字說》之說解。

3.「蓍」字條：《埤雅》原文作：「从耆，草之壽者也……《博物志》曰：『以老故知吉凶，生千歲，三百莖同本，其上常有黃雲覆之。』」《綱目》乃顛倒文句作：「《埤雅》云：『草之多壽者，故字从耆。』《博物志》言：『耆千歲而三百莖，其本已老，故知吉凶。』」可知《綱目》擅改《埤雅》文句。

4.「蕨」字條：《埤雅》原文作：「《爾雅》曰：蕨，虌，初生無葉，可食，狀如大雀拳足，又如其足之蹶也，故謂之蕨。」《綱目》乃刪節作：「《埤雅》云：『蕨初生無葉，狀如雀足之拳，又如人足之蹶，故謂之蕨。』」〔註31〕

由上四則可知《綱目》引文不忠於原作，而其所引之二十二則《字說》，皆見於《埤雅》及其他書籍所載，雖其文字與原書引文略異，亦無足怪矣。且其所引之各條《字說》，原文本無「故從某」「故謂之某」之例，《綱目》必增「故謂之蝮」「故名蝦蟆」「（豺有才）故字從才」等語，可知當爲李時珍爲求文氣順暢而自作增補者。

《綱目》所附「引據書目」之失實，除《字說》外，當亦有之。如《造化權輿》六卷，乃陸佃作《埤雅》所常引用者，其孫陸游嘗謂：「先楚公著《埤雅》，多引是書，然未之見也。」「淳熙壬寅（1182）得之故第廢紙中。」〔註32〕其後之公私藏書著錄，亦無《造化權輿》之目，《綱目》乃數引其書，引文又不出《埤雅》所引之中，當亦與引《字說》者一例也。餘如《字統》之引文者亦如是。

由上述例證可知，《綱目》所引之《字說》，實取自《埤雅》等書，李時珍實未見《字說》原書也。

〔註31〕「艾」「蝦蟆」見《字說》輯佚該條所引。「蓍」「蕨」各見《埤雅》卷十六頁415、卷十八頁455，《本草綱目》卷十五頁5、卷二七頁15。

〔註32〕《陸放翁全集》上，頁154、162。

二、《六家詩名物疏》

《六家詩名物疏》五十五卷，明馮應京撰。應京字慕岡，安徽盱眙人，明世宗嘉靖三十四年生，神宗萬曆三十四年卒（1555～1606），年五十二。《明史》卷二三七有傳。

應京幼習《詩經》，「久而有得，取《疏》略而廣之，綴輯昔聞，參以新義」，將見於經文之名物，一一疏之，列爲三十二門，凡五十五卷，書成於萬曆三十三年（1605）。〔註33〕

《四庫總目提要》謂：「是書因宋蔡元度《詩名物疏》而廣之」，則未考其實情也。蓋《六家詩名物疏》出後七十年，《毛詩名物解》始由納蘭成德刻入《通志堂經解》中，此前罕見流傳。查馮書所引《字說》「荷」「蘆」等字，皆同於《埤雅》之引文而異於《名物解》，且馮書之引據書目亦未列《名物解》之名，以此可知《四庫提要》誤也。

檢是書引用書目中，有「楊承慶《字統》」與「王安石《字說》」二目，究其實，亦如《本草綱目》引書例，實未見此二書也。《字統》亡於宋代，於上章第六節中已言其事，今就是書所引《字說》者，一一查檢於后：

是書引《字說》說解者，有：「杜、蘆、豝、檜、艾、荷、葵、熊」等八則，除「豝、檜」二則引自羅願《爾雅翼》，其餘皆取自《埤雅》。如：

1. 「蘆」：蔡卞《毛詩名物解》引文完整，而馮書與《埤雅》引文相同，皆缺「蒹、葭、萑、蘆、葦」等字說解。
2. 「荷」：馮書所引之「《字說》曰」「王文公曰」者，皆與《埤雅》同。
3. 「熊」：《埤雅》原文作：「熊似豕，堅中……。鬼谷子曰……先伏而後動。《字說》曰……。」馮書則引作：「○《埤雅》云：熊似豕，堅中……。鬼谷子曰……先伏而後動。○《字說》曰……。」僅以「○」號，分「《字號》曰」爲他段文字。
4. 「檜」：羅願《爾雅翼》之原文作：「《禹貢》云……。《爾雅》云……。（羅願自作之說解）……。《字說》云……。」馮書則引作：「《爾雅》云……。○《禹貢》云……。○《字說》云……。○《雅翼》云……。」

由此可證，馮書所引《字說》之說解，實皆來自《埤雅》、《爾雅翼》，馮氏實未見《字說》原書也。

三、《詩傳名物集覽》

《詩傳名物集覽》十二卷，清陳大章撰。大章字仲夔，號雨山，粵黃岡人，舉

〔註33〕《六家詩名物疏》焦竑〈序〉。

康熙二十七年（1688）進士。史籍無傳。

雨山先生於課其子弟門人外，「凡六經諸史、諸子百家，以及山經海志、稗官小說之書，莫不目給口吟，焚膏繼晷，鉤章摘句，條析縷分」，而於《毛詩》學用力最深，作《集覽》百卷，「閱十餘年，凡三易稿而後成之」。「四方學者，欽其博雅，踵門希得一觀，先生退然不勝，未嘗輕以示人」。時人丘良驤有舅氏某，名子京者，「自粵西赴都，歸里門，請於先生，得鳥獸魚蟲草木十二卷」，攜歸閩中而刊行之，良驤乃為之序，時為「癸辰（1713）孟冬望日」。書中於各家之說，採集尤夥，每條首錄朱熹《詩集傳》之大意，次列各家之說。其書今有四庫本及商務印書館《叢書集成初編》本。〔註34〕

《詩傳》亦引《字說》二十八則，合為二十四條，其來源實亦取自《埤雅》、《毛詩名物解》及《六家詩名物疏》……等書。如：

1. 卷三「肅肅兔罝」所引之：《爾雅》、《廣志》、《禮記》、《周禮》、《典略》……《主物簿》等書文字，完全鈔自《六家詩名物疏》卷三〈兔罝篇〉「兔」字說解，文句及引書順序皆一字未改。
2. 卷三「壹發五豝」所引之：《爾雅》、《小爾雅》、《說文》、《古今注》、《字說》、《爾雅翼》等書，鈔自《六家詩名物疏》卷八〈騶虞篇〉「豝」字說解，且馮氏按語亦併鈔錄不遺。
3. 卷四「羔裘豹飾」所引之「《埤雅》」至「《博物志》：豹死守窟。」等二百六十餘字，中有《字說》「豹」字說解，皆出自《埤雅》，原文次序亦未更動。
4. 卷四「皇駁其馬」所引之「《埤雅》」至「則駮非此駮也」等百四十餘字，中有《字說》「駮」字說解，亦皆出自《埤雅》，文字次序未加更動。

由上所述，可知《集覽》所引「《字說》曰」者，實多出自《埤雅》，雨山先生並未見及《字說》也。

據以上伍目考述，可知《字說》佚文，除輯自新經義類書之說解外，主要來自陸佃《埤雅》、蔡卞《毛詩名物解》等書，後人引用，殆不出是書之範圍。

第二節　《字說》編排之體例

上節已詳論輯佚所依據之書籍，於論定《字說》佚文時，或以引文明言「《字說》曰」而信之，或雖未引《字說》二字，而作者與《字說》之關係密切，又得旁例為

〔註34〕《四庫提要》卷十六《詩類・詩傳名物集覽》條下；《詩傳名物集覽》卷首丘良驤〈序〉。

證，則亦可信。今更以明引「《字說》曰」之一三〇條爲準，比勘分析其說解文句，予以條理歸納後，得一初步體例；再摘引《考工記解》、《周禮詳解》、《毛詩名物解》等書解說字義之文句，與之參照，進而擬定更明確而有系統之條例，以之回證《字說》佚文，務求更爲完密；然後按此條例，逐條稽考所輯得之佚文。

如此，據可靠之諸書，配合可信之條例，輯出說解方式相類之佚文二三一條，凡二萬言，與明引《字說》之佚文，共二萬四千餘言，三六一條，六四二字，雖不得《字說》原貌，然已可信其必爲《字說》之精華矣！否則後人豈肯輕易摘取該文以說解字詞名物之義乎？

本節先說明《字說》編排之方式，下節即深入蠡測《字說》釋字之條例。

壹、以小篆爲字首

介甫早年嘗鑽研字學，年始弱冠，舉進士後，居韓琦幕下，琦嘗謂眾僚屬曰：介甫「頗識難字。」介甫〈進字說劄子〉亦云：「臣在先帝時，得許愼《說文》古字，妄嘗覃思究釋其意，冀因自竭，得見涯略。」與〈熙寧字說序〉所言：「余讀許愼《說文》，而於書之意，時有所悟。」語意相符，故宋人李燾謂：介甫「初是《說文》，覃思頗有所悟。」〔註35〕可知介甫於《說文》之小篆及古文皆有研究。故其撰《字說》，亦法《說文》，先列小篆爲字首，再作說解，間復增列古文異體於說解文句之中，並非如後人所謂：以楷書說字形也。〔註36〕

今觀《字說》之說解，甚多分析小篆之例，王楚《宣和博古圖》即引「王安石《字說》，秉作秉，從又從禾。」是爲明證。餘如：

「之」字，楊時《字說辨》引《字說》曰：「有所之者，皆出乎一；或反隱以之顯，或戾靜以之動，中而丨者，所以之正也。」若執楷體「之」字爲說，實難明了說解之意，若依小篆「㞢」字觀之，則知「反隱以之顯」乃左引之「乚」，「戾靜以之動」，乃右引之「亅」，「中而丨者，所以之正」，則中通上達之「丨」也；三形皆由下橫之「一」而出，故曰：「有所之者，皆出乎一。」

「無」字，《道德眞經集義》引文曰：「無，從大Ｑ、從亡。蓋大Ｑ者，有之極也。」以楷書觀之，實不見說解與「無」字之關係；查《說文》有「𣞤」字，說曰：「𣞤，豐也。」乃知「大Ｑ」者，乃「𣞤」之譌體，「有之極」，乃「豐」意也。無

〔註35〕司馬光《涑水記聞補遺》頁3、李壁《注王荊公詩》頁451〈平甫歸飲〉夾注，《臨川先生文集》卷四三頁3〈進字說劄子〉、卷八四頁4〈熙寧字說序〉、《鶴山渠陽經外雜鈔》卷一頁15。

〔註36〕柯昌頤《王安石評傳》頁247〈字說之評價〉、于大成〈王安石著述考〉《字說》條，皆有此意。

字小篆作「[篆形]」實乃「從[篆形]、從亼」而成者。

「玄」字，《字說》謂：「幺而覆入者，玄也。」知小篆「玄」字，從「入幺」作「[篆形]」，則不疑「覆入」之意矣。

「量」字，《字說》析爲『日土凵冂□十』六形，與楷體从『曰一里』者，相去絕遠。然以小篆「[篆形]」字說之，則由上至下，亦可分作六形：『日凵□十冂土』，雖乖戾造字本義，卻與《字說》云云者，相合無間矣。

宋徽宗時，長沙縣丞朱克明嘗奏言：「許氏《說文》，其間字畫形聲，多與王文公《字說》相戾。」《說文》以小篆列爲字首，其字畫形聲若「多」與《字說》相戾，則《字說》以小篆爲字首，乃無庸置疑矣。故其書將刻板刊行之時，嘗欲召使善於篆體之王壽卿，篆書《字說》。

本章下節第三目，有「分析小篆例」，專論此事，言之當更詳細。

貳、字詞彙解例

歷來字書解字，多依《說文》次字方式，一字一訓，即使專名如：蜻蜓、蟋蟀、鸜鵒、蜘蛛等，亦分列於二目而說解之。《字說》則異於是，頗多類聚相關字詞而作彙解之條目。如：「天示」「倥侗」「崇高」「置罷」「榆莛枌」「蒢莛蕏」「松柏樅檜」「葱薇薑芥」「鳶鴟隼鷙鴿鵲鵰」「荷蕅茄蓮菡藺蕸蔤」，甚至有聚三十字爲一條而作彙解者，如：「車轉軋轂……軹輮較」。〔註37〕

《宣和博古圖》即明言：「王安石以鼎鬲字爲一類，釋之以謂：『鼎取其鼎盛，而鬲取其常飪。』」鼎鬲二物，部首既異，音形亦別，介甫以其物性相近，用途相似，乃聚爲一條而彙解之。

此種編排方式，異於字書、韻書，而頗似《爾雅》、《毛詩》名物類書；取《爾雅》之形式而用《說文》之內容，一條之中，彙聚不同字詞，既得《說文》說解之利，又有《爾雅》檢閱之便，實爲介甫自創之體例也。

亦因《字說》有字詞彙解之法，非熟知作者編排觀念者，乃不易知曉單一字詞之卷次，因而後世不得不有《字說疊解備檢》及以類相從之《字會》等書之作矣。

《字說》所以有字詞彙解之緣故，大致可分五種原因，述之如下：

〔註37〕依本書所輯之佚文觀之，單字爲一條者，有二一三條；其餘彙解之例，二字爲一條者，有一〇八條；三字者十三條；四字者十四條；五字者，有（25）、（162）、（354）三條；六字者，有（137）、（272）二條；七字者，有（9）、（332）、（338）三條；八字者，有（74）、（84）二條；九字者，有（89）一條；十五字者，有（46）一條；最多者爲三十字，即（174）釋「車」之說。

一、專名彙解例

鳥類：鴝鵒，《字說》以爲其字從句、從欲省，因此鳥「多欲，尾而足句焉」，故謂之「鴝鵒」。

桑扈，《字說》以爲桑扈之爲鳥，「性好集桑」，「又善自閉守」，故有是名。

餘如：鸚鴞、鶺鴒亦同。

蟲類：蜘蛛，《字說》以爲其字從知、從誅省，謂之「蜘蛛」，乃因此蟲「知誅義者也」。

蝦蟆，《字說》以爲其字從遐省、從慕省，謂之「蝦蟆」，以其「雖或遐之，常慕而返」。

螟蛉，《字說》以爲其字從冥、從令，其得名之由，乃因「冥者無知，令者有以從」。

餘如：蟋蟀、蜻蜓、蚱蜢、蜉蝣等，皆是。

草類：萎餘，《字說》以爲字從妄、從餘，名之「萎餘」，乃因此草之大德，「可以妄餘草」故也。

蒃荎藸，《字說》以爲此草將五味聚於一體，一即五，五即一，故有「味」且「諸」多，是爲「至」善也，因名曰：「蒃荎藸」。

其他：牂柯，木樁也，有以枘入鑿孔之意，故曰：「能入爲牂，所入爲柯」。

軒渠，「軒上渠下，受眾小水，將達而不購也。」

二、物性相類彙解例

鳥類：鷄鶡、鴻鴈、鳦燕、鳶鴟隼鸒鴿鵲鷗。

獸類：熊羆、豺獺、鹿麢、麞麋、貎貉、駰驪騆駓……。

蟲類：蛇蝮、蟦賊蟊螟。

草類：茈莀、菅茅、菌莧蓤、葱薇薑芥、荷蕅茄蓮……、蒹葭荻葦……。

木類：櫻栲、楡荎枌、桌桃李杏、松柏樅檜。

器用：簠簋、鬲鼎、釜鬴、爵雀、觚觶、車轉軋輟……。

兵器：柄柲、鐘鼓、錞鐸鐃鐲、旐旟旗旂、弓矢殳矛戈戟。

其他：金銅、絲麻、紅紫，倉廩、園圃、巫覡、司后。

三、字義相近彙解例

以字義相近者，類聚而彙解之，如：

崇高：「高言事，崇指物陰陽。」

倥侗：「（倥，）中無所有耳。……（侗，）不能爲異耳。」

戍役：「戍則（人）操戈，役則（人）執殳。」
置罷：「直者可置，使無貳適，……能者可罷，使無妄作。」
犧牷：「色之純謂之牷，牲之完謂之犧。」
餘如：藉籍、懿徽、忠恕、冢宰、士工才、圜圓等，皆屬之。

四、右文相同彙解例

俗以宋代「右文說」肇始於王子韶，實則介甫之《字說》，亦有「左文主形，右文主義」之意，且彙聚右文相同之字爲一條，共爲解說。如：

享淳醇諄：介甫以爲「享，孰（熟）也」，有「厚」義；「淳（淳）」者，「享物以水爲節，則洎厚」；「醇（醇）」者，「酒厚也，酒生則清，孰則醇」；「諄（諄）」者，「孰（厚）言之」；凡從「享」之字，皆有「厚」「孰（熟）」之義。

農濃醲襛：介甫以爲：「農者，本也，故又訓厚」，是以從農之字，皆有「厚」義，如：「濃，水厚；醲，酒厚；襛，衣厚。」

居倨琚：介甫以爲：居之安，則不移動位置，故「居」有安定不移之意。「倨」則「遇人而居，不爲變動」，「琚」則「以其居佩之，無所移易。」

䜌變戀：䜌，亂也；以攴治䜌，則可化䜌爲條理分明，是有變化之道，故從攴爲變。心䜌（亂）則留連難捨，是爲戀矣。

餘如：槩溉擊、創愴、凋彫，皆屬此類。

五、一物異名彙解例

一物之名，常因地域、古今，而有方言、雅俗之異；亦有因形勢變遷，性質稍異，故生別名者；《字說》皆類聚而彙解之。

1. 因地域不同而異名：如「羒羖牂羭」，《字說》曰：「夷羊謂之羒，而夏羊謂之羖……夷羊謂之牂，而夏羊謂之羭。」以夷羊之牝者爲羒，謂夷族質而無文，其道有分而已，故其羊名亦從分爲義。夏羊之牡者曰羭，俞則有美善之意。是以《字說》合之以作彙解。
2. 因性質稍異而異名：如「楡莖枌」，楡爲嘉木，其用甚廣；白楡謂之枌，刺楡謂之莖，《字說》以三者雖異而實同，乃合而彙解之。又如「杜棠」，杜之白而甘者曰杜，赤而澀者曰棠，實則杜棠一類也，《字說》以甘棠爲杜，而赤棠爲棠，以別二者之性質。
3. 因形勢變遷而異名：如「蘆葭萑」「荻蒹葦菼薍」，《字說》曰：「蘆謂之葭，其小曰萑；荻謂之蒹，其小曰葦，其始生曰菼，又謂之薍。」以爲蘆荻之始生、成長，各具異名，故類聚其名而作彙解。又如「梓李楸」，《字說》以此木「至辛而落」，故從辛；辛於五行屬金，「金，木子也」，故又從子；此木榮於夏，「正秋之所勝也」，故又從秋；此乃一木而有三名，故《字說》類聚而彙解之。

餘如：蟬蜩、梏桎拲、椽桷榱橑等皆是。

4. 一物二名：如《說文》曰：「樻，椐也。」「椐，樻也。」《字說》遂聚二字彙解之曰：「椐又樻也，材適可杖，木之貴也。」又如蜻蜓，別名蜻蛉，《字說》以「動止常廷」為本名之義，又以「令出於廷者也」，釋其別名之義。此則一物本有二名，《字說》乃類聚而為之彙解。

參、分韻以部次

《字說》既有字詞彙解之編排方式，則部次其條目之先後，戛然其難矣。蓋因彙解體例紛雜，有因偏旁相同彙為一條者，如：松柏樅檜、羒羖羘羭、荷藕茄蓮；有因聲符相同，彙為一條者，如：農濃襛醲、辜濠醇譚、居倨琚；又有字義相近而作彙解者，如：崇高、天示、戍役、懿微；或以物性相類，亦予彙解者，如：鬲鼎、鐘鼓、鴳燕、豺獺、倉廩、絲麻。是以無論採用何種部次方式，皆難適應不同之需要。

介甫於此困境中，竟依個人之習慣，創出四聲分韻部次法，仿《廣韻》二百六韻，分為若干韻部，各韻之中，又依韻目之先後為序，次列各條《字說》。是以近人劉銘恕考究《字說》編排體例時，即謂：《字說》「部次非《說文》之舊，乃如徐（鍇）、李（燾）二家之韻譜，以四聲為分者也。……以《廣韻》四聲為分，而兼採用《說文》之部首，《爾雅》之釋字方式。」〔註38〕

介甫晚年居金陵時之友人劉全美，於徽宗時（1115？），嘗更易《字說》原書之部次，改為「以類相從，作《字會》二十卷」，以便學者檢索，後人或名其書曰「《字說分門》」。可知《字說》雖如《爾雅》，有彙聚相關數字為一條之實，卻未以「類」或《說文》部首為部次之方式。此事可由下列「表一」觀之，該卷聚合「鳥、蟲、草、木、人、事、字義」諸類而作說解，是無所謂《爾雅》之「類」者。

與劉全美同時之學者袁文，於其所著《甕牖閒評》中，即明言：「《字說》於『種』字韻中，入『穜』字。」〔註39〕「種」字於《廣韻》屬「腫」「用」二韻，「穜」則屬「東」「鐘」二韻；介甫乃別立一「種」韻，是其自創者可知矣。袁文自序其書於徽宗宣和元年（1119），上距介甫之卒，僅二十六載，《字說》僅官定修改一次，當仍保留原貌，則袁氏之言可信也。

〔註38〕劉銘恕〈王安石字說源流考〉頁93、94。

〔註39〕《甕牖閒評》卷四頁6。

今檢楊時《字說辨》(1126?)所引之二十九條《字說》條目，細加尋繹，亦隱約可見《字說》「以韻部次」之意。〔註40〕

〔表一〕(阿拉伯數字爲《字說辨》29條之號次，數字下之偏右小字爲該條之韻屬)

1 東空	2 東倥侗東	3 東同	4 東金銅
5 東童	6 東中	7 東忠恕御	8 東洪
9 東鴻鴈諫	10 東公	11 鐘松柏陌	12 東籠
13 冬冬	14(支)東示支至	15 支羲和戈過	16 支犧牲庚
17 支戲模寘	18(支)置罷支蟹紙	19 東終	20 東聰
21 之思	22(魚)莍未荎脂藸魚	23 之之	24(微)懿至徽微
25 魚除虞	26 櫛質蟋蟀質	27 東紅紫紙	28 東豐
29 東崇高豪			

〔表二〕(「2同…27怱」爲《廣韻・東韻》之韻目次序;圈中之阿拉伯數字爲《字說辨》29條之號次)

2 同	③同④金銅⑤童	3 中	⑥中⑦忠恕
5 終	⑲終	7 崇	㉙崇高
17 豐	㉘豐	20 空	①空②倥侗
21 公	⑩公(⑪松柏)	23 洪	⑧洪⑨鴻鴈㉗紅紫
27 怱	⑳聰		

由表一所列各條觀之，凡有彙解者，大體取該條上字爲韻，偶因慣用語之故，改取下字爲韻。一一標示韻目後，可見二十八條全在《廣韻》上平聲「東冬鐘支之微魚」七韻之中，僅「蟋蟀」屬〈質韻〉，疑其「蟋」字音讀近似「羲犧戲」而誤入〈支韻〉中?

二十九條引文，又有一十六條屬於〈東韻〉，於條目中已逾半數，其事當非楊時刻意於《字說》各卷中，揀選〈東韻〉字，集中以爲辨說者，而應在同卷之中，擇其數字，略爲辨正。以人情之常推論，始作時熱衷，必甚用心，時久而怠忘，用心

〔註40〕《楊龜山先生集》卷七〈王氏字說辨〉。

乃疏，《字說辨》祇取上平聲者爲說，其中又以〈東韻〉字獨多，殆此故歟？

由表二觀之，〈東韻〉中所屬各條引文，有依《廣韻》韻母下各韻目附字之先後而爲次序者。如《廣韻》「銅」字，次於「同」目「同」字之下，「童」亦屬「同」目，又次於「銅」字之後，《字說辨》亦如之。再者，「中」目在「同」目之後，故「童」字後即次以「中」字；「忠」字屬「中」目，故次於「中」字條後。其他如：空、倥侗，公、松柏（松屬〈鐘韻〉，或介甫以松字从公，故次於公字後），羲和、犧牲、戲，蓋皆此類。謂之巧合，實難置信。

由各種跡象顯示，《字說》之部次方式，乃「以韻統字」，若遇彙解之處，則以該條中慣用字爲準而入其韻部；如「松柏」歸諸松字〈東韻〉，「天示」歸諸示字〈支韻〉，「羲和」歸諸羲字〈支韻〉；而每韻之中，又依《廣韻》韻目之先後，爲其先後；每目下之屬字，亦依此爲序。此即爲《字說》「分韻以部次」之大要也。

然此法介甫自身似亦未能貫澈，並無定準。

肆、複見字

《字說》編排最特異之現象，乃一字複見之體例。以字書收字體例言之，實不應有此重複收字之現象發生；《說文》雖嘗偶見，亦非有意爲之者；〔註 41〕而《字說》或因集眾人之智，乃不免有複見之例；如：

1. 紫。（300）「紅紫。紫以赤入黑也……。」（《字說辨》）（70）「茈薂紫綟。……紫，或染或不，故系在下。」（《爾雅翼》）二則《字說》引文皆有「紫」字。
2. 螟。（59）「螟蛉。螟蛉者，蟲之感氣而化者也。」（《詩傳》）（58）「蟘賊蟊螟。……蟊食根，如句所植；螟食心，不可見。」（《埤雅》）二則《字說》引文，一爲「螟蛉」，一爲「螟蟲」。
3. 隼。（19）「隼。隼之擊物而必中者也，必至謂之隼。」（《詩傳》）（9）「鳶鵰隼鸒鴿鶻鷗。……隼，致一。……」（《埤雅》）二則《字說》引文，皆說相同之鳥名。
4. 羒。（39）「羒羖羒羭。……夷羊謂之羒而夏羊謂之羭。」（《爾雅翼》）（268）「牂柯。以能入爲柯，所入爲牂。」（《捫蝨新話》）二則《字說》引文，一爲獸名，一爲木器。
5. 莖。（78）「蒢莖藸。……即一即五，非一非五，故謂之莖。」（《字說辨》）（105）

〔註 41〕《說文》十四上頁 54：「輟，車小缺復合者也，从車叕聲。」七下頁 42：「罬，捕鳥覆車也，从网叕聲。輟，罬或从車作。」

「榆莖枌。莖，俞而有刺，所以爲至。」（《埤雅》）（259）「樞莖。莖謂之樞，有俞有制，知闔闢也。」（《蔡解》）三則《字說》引文，一爲草名，一爲木名，一與門戶之樞機彙解，實亦爲木名之莖。

餘如：（90）穜與（89）秷穜，（6）鵃鶡與（7）鶡，（5）鵃梟與（6）鵃鶡，（35）豻貉與（36）貉，皆屬此例。

第三節　《字說》釋字之條例

《字說》之說解，雖多荒謬附會之辭，然其文字之運用，思想之表達，卻隱合一完整而有系統之觀念，此亦介甫於字學上，自有其獨特之體認故也。

今爲所輯之《字說》佚文，擬出完備而有系統之條例，實乃確認佚文可信與否之要件，故於條例之分析、蠡測上，最須精詳。

條例之蠡測，先以明言「《字說》曰」之一三一條佚文爲準，析其說解之慣例，再據之對照佚文來源之諸書中所引說字文句，以增補該慣例爲完整之條例，並擿列《字說》所用之特殊字詞，以爲輔證。如此，自可靠之諸書中，輯得合乎條例之說字文句，句中又使用《字說》獨具之字詞，於考述諸佚文與《字說》之關係時，將有更明確之論斷。

壹、字義訓詁例

與介甫同時之學者黃庭堅嘗謂：介甫「常自以爲平生精力，盡於此書（《字說》），好學者從之請問，口講手畫，終席或至千餘言。」〔註42〕蓋即介甫說字義之事者。此類說解，只訓字義而少言字形，亦可由之以見介甫之哲學思想。如：

除，《字說》曰：「有陰有陽，新故相除者，天也；有處有辨，新故相除者，人也。」以「除」爲天與人所當行之事。天除陰陽，則四時順行，人除行辨，則君子自強。除，相易之謂也。止說字義而不言字形。

象，《字說》曰：「象齒感雷，莫之爲而文生；天象亦感雷，莫之爲而文生。」以象齒末稍尖銳，閃電起雷之際，易聚電受擊而生紋裂，其紋裂非象有意致之者，故曰「莫之爲而文生」。天合陰陽之氣，而生雨霧雲霞等自然之文，此等天象亦非上天有意爲之者，故亦曰：「莫之爲而文生」。僅釋字義而不分析字形。

〔註42〕《山谷題跋》卷三頁27。

終，《字說》曰：「無時也，無物也，則無終始。天行也，時物由是有焉。」以爲「終始」乃因「有」而生。天道運行，萬物孳始，故有物也；日月運行，故有時也。有時有物，終始生焉。衹言字義而不及字形。

冬，《字說》曰：「春徂夏，爲天出而之人；秋徂冬，爲人反而之天。」以春則萬物驚蟄而出，秋則尋穴而冬眠，故曰：之人、之天。亦僅言字義而不析字形。

聰，《字說》曰：「於事則聽思聰，於道則聰忽矣。」謂以耳目聽其事，則可聞可見者皆無所遁隱，是則聰矣。若道者，形於無形，不可聽聞，惟能意會，故聰無以得之。

餘如：崇高、羲和、晃、柳、苓、梟、槐、冶……等字皆是。

貳、字音訓詁例

聲訓自古即有，或以同音爲訓，如：「咸，感也」「夬，決也」「兌，說也」「政者正也」「晉，進也」「離，麗也」；或以音近爲訓，如：「乾，健也；坤，順也」「庠者養也，校者教也」「天，顛也」。《字說》亦有此類聲訓之例，惟說形聲字者亦私心自用而說成聲訓，則昧於此道矣。《字說》之聲訓例字如下：

天，「天之爲言塡也。」（《猗覺寮雜記》）天讀「他前切」，透紐，塡讀「徒前切」，定紐，皆屬《廣韻》下平聲一〈先韻〉。

檉，「音赬，則赤之貞也。」（《爾雅翼》）檉與赬皆讀「丑貞切」，屬下平十四〈清韻〉，徹紐。

萑，「萑亦可緯，唯完而用，不如蘆之或析也，故音完。」（《埤雅》）萑與完皆讀「胡官切」，同屬上聲二六〈桓韻〉，匣紐。

貂，「貂或凋之，毛自召也。」（《埤雅》）貂與凋皆讀「都聊切」，屬下平聲三〈蕭韻〉，端紐。

麂，「亦其聲几几然。」（《爾雅翼》）麂與几皆讀「居履切」，屬上聲五〈旨韻〉，見紐。

柲，「柲言其事而且有慎意，故音毖。」（《詳解》）柲與毖皆讀「兵媚切」，屬入六〈至韻〉，幫紐。

梓，「梓音子，亦爲是故也。」（考工記解）梓與子皆讀「即里切」，屬上聲六〈止韻〉，精紐。

弧，「睽而孤也，乃用弧焉。音胡，疑辭也。」（考工記解）弧與胡皆讀「戶吳切」，屬上聲十一〈模韻〉，匣紐。

蠿，「蠿之字從蚤而音從戚，有憂患，所以爲戒也。」（《詳解》）蠿與戚皆讀「倉歷切」，屬入聲二十三〈錫韻〉，清紐。

參、分析小篆例

《字說》最多解說小篆字形之例，蓋熙寧中，介甫「讀許慎《說文》，而於書之意，時有所悟」，又惋惜「先王久文缺已久，慎所記不具，又多舛；而以余之淺陋考之，且有所不合。」乃取其所疑之小篆，自為分析字形點畫，盡以會意說之，以證其字學理論所言：「其形之衡從、曲直、邪正、上下、內外、左右，皆有義，皆本於自然，非人私智所能為也。」此類說解，介甫或逞其口舌之能，故往往前後異義；如霸字，客問何以「从西」，「荊公以西在方域主殺伐，累言數百不休。或曰：『霸字从雨不从西。』荊公隨輒曰：『如時雨之化耳。』」

正以介甫說字，不拘成法，於字形之分析，亦輒以己意改定，故黃山谷謂：「荊公晚年刪定《字說》，出入百家，言簡而意深。」〔註 43〕今試以《字說》中分析字形之佚文觀之，亦頗得「言簡而意深」，令人難於猝解之例，然通諸小篆，則豁然明矣，姑且名之曰「分析小篆例」，此類以短文方式析解字形之文例，與《說文》等字書之說解方式不同，後亦無人使用，是《字說》所獨有之體例也。

1. 之㞢「有所之者，皆出乎一；或反隱以之顯，或戾靜以之動；中而丨者，所以之正也。」析「之」字為『乚亅丨』三形。
2. 戍役 [小篆]「戍則（人）操戈，役則（人）執殳。」析二字為「人戈」及「人殳」四形。
3. 朱非 [小篆]「于文合一為朱，析而二則為朱。」以小篆之「[小篆]」字，中著一橫為「[小篆]」字，從中剖為兩爿為「[小篆]」字。
4. 無 [小篆]「無，從[小篆]、從亡；蓋[小篆]者有之極也，有極則復此於無者也。」析為「[小篆]、亡」二形。
5. 直直「在隱可使十目視。」析「直」為「乚十目」三形。
6. 矦 [小篆]「矦，內受矢，外厂人。」析「矦」為「[小篆]」三形。
7. 玄 [小篆]「幺而覆入者，玄也；故玄從入。」析「玄」字為「[小篆]」二形。
8. 卿 [小篆]「卿之字从卯，卯，奏也；从卩，卩，止也；左从卯，右从卩，知進止之意。从皀，黍稷之氣也……其皀能上達。」析「卿」字為「卯卩[小篆]」三形。
9. 平 [小篆]「平之字，从八、从一、从丂，丂而別之，使一也。」析「平」字為「八

〔註 43〕《臨川集》卷八四頁 3〈熙寧字說〉，《山谷題跋》卷三頁 27〈書王荊公騎驢圖〉，邵博《聞見後錄》卷二十頁 6，《履齋示兒編》卷二二頁 231。

一丂」三形。

10. 柲「左右戾而爲取小，則謂之柲。」析「柲」所从之「必」爲「丿乀七」三形。

11. 㯻「从□、从亼，陰疑陽也。从一、从丨，陽戰而丨也，丨則勝陰，故一上右。」析「㯻」字上所从之「卤」爲「□亼丨一」四形。

12. 殳「殳，右擊人，求己勝也，然人亦丿焉。」析「殳」字爲「乙又丿」三形。

13. 燕「燕嗛土，避戊己，戊己二土也，故廿在口上。謂之玄鳥……玄，北方色也，故從北。襲諸人間，故從人。春則戾陰而出，秋則戾陽而蟄，故從八。」析爲「廿口北人八」五形。

14. 爵「爵，从尸，賓祭用焉；从罒，以養陽氣也；从凵，所以盛也；从又，所以持也；从尒，資于尊，所入小也。」析「爵」字爲「尸罒凵又亼小」六形。

15. 矛「矛，句而冖焉，必或ㄕ之；右持而句，左亦戾焉。」析「矛」爲「冖ノㄕ」三形。

16. 矢「矢從八，從睽而通也；從入，欲覆入之；從一，與弓同意。」析爲「八丨亼一」四形。

17. 兵「兵之字从斤、从廾，斤勝木而器之意。」析「兵」爲「斤廾」二形。

18. 量「量之字从日，日可量也；从土，土可量也；从凵，凵而出，乃可量；从冂，冂而隱，亦可量也；从□从十，可□而量，以有數也。」析「量」字爲「日土凵冂□十」六形。

19. 舂「舂之字，從廾從午從臼，杵臼上舂穀以爲米也。」析「舂」爲「廾午臼」三形。

20. 倉「倉之字，從亼從□從彐從丿。蓋倉雖亼之，圍之，掌之，然卒乎散者，必始乎斂。」析「倉」字爲「亼□彐丿」四形。

餘如：年、戈、旅、武、秉、追、邑、令、皃、羆、鐘鼓、占卜、刀刃、則劓劓、勢、商、喪、夢、廬、弓、素、羸、舞、車、革葦、士工才、築、陶……皆屬此例。

肆、《字說》又訓例

一、一字異形生異義

1. 依據《說文》說又訓例（以《說文》之重文爲又訓）

鼓，《字說》：「鼓又作瞽，瞽者，作也。」《說文》：「鼓，郭也，从壴从支。鼓，籀文。」

矦，《字說》：「矦，內受矢，外厂人；或作𥎦，亦是意。」《說文》：「矦，……从人，厂象張布，矢在其下。……𥎦，古文。」

則，《字說》：「又作⿰鼎刂，鼎者，器也，有制焉；刀者，制也，作則焉。又作⿰⿱天人刂，天也，人也，皆有則也。」《說文》：「則，等畫物也……⿰⿱天人刂，古文則。⿰鼎刂，籀文則从鼎。」

璽，《字說》：「璽之字，從爾從土。……或從玉者，以玉爲之故也。」《說文》：「壐，王者之印也，吕主土。从土爾聲。璽，籀文从玉。」

時，《字說》：「時以日爲節，度數所自出。……又作旹，……曰：『時無止。』」《說文》：「時，四時也，从日寺聲。旹，古文時，从日㞢作。」

築，《字說》：「又作⿱⺮⿱畐土，竹畐土焉。」《說文》：「築，所吕擣也。……⿱⺮⿱畐土，古文。」

簠簋，《字說》：「簠又作⿷匚夫，簋從焉，夫道也。……簋又作匭，日已焉，主飽飢而已。」《說文》：「簋，黍稷圜器也……，古文。」「⿷匚夫，黍稷方器也……簋，古文。匭，古文。」

贏，《字說》：「果贏，於實成矣無所蔽……裸者如之，故又訓裸。」《說文》：「𧟨，但也，从衣𣎆聲。裸，或从。」

觶，《字說》：「觶又作⿰角辰，於作也窮，於止也時。」《說文》：「觶，鄉飲酒觶……⿰角辰，或从。」

赤，《字說》：「字從大火爲赤，……又作烾，炎也，土也，要其末也。」《說文》：「赤，南方火也，从大火……烾，古文。」

輈，《字說》：「又作⿰⿱車車⿱戈戈，兩車也，兩戈也，兵車於是爲連也。」《說文》：「輈，轅也，从車舟聲。⿰⿱車車⿱戈戈，籀文。」

革，《字說》：「又作𠦶，𠦶，有爲也，故爪掌焉。」《說文》：「革，象古文革之形……𠦶古文革，从廾……臼聲。」

黃，《字說》：「又作𡕛也，盛矣，而不可有以行也。」《說文》：「黃，地之色也，从田炗聲，炗，古文光。……𡕛，古文黃。」

2. **其他**（以《説文》之本篆爲又訓）

澮，《字說》：「澮又作巜，巜會以爲川。水有屈，屈其流也，集眾流爲川。」《說文》：「澮，澮水出河東彘霍山。」「巜，水流澮澮也。」「巛，田穿通流水也。」

韗，《字說》：「韗人所治，以軍爲末……或作韗，亦是意。」《說文》：「韗，攻皮治鼓工也。从革軍聲，讀若運。韗，或作。」

⿰食熙，「⿰食熙之字，從食從熙；或又從喜，則陰以陽熙而爲喜也。」《說文》：「饎，酒食也。从食喜聲。𩟈，或从。糦，或从。」

勢，《字說》：「得埶而弗失者，善其丮故也。又或从力，以力爲勢，斯下矣。」《說文》：「埶，穜也，从丮坴。」《說文詁林》頁六二三六：「勢，盛力權也，从力執聲。」

夢，《字說》：「夢之字，從瞢從夕……又或從夢、從爿、從宀、從一。」《說文》：「夢，不明也，从夕瞢省聲。」「㝱，寐而覺者也。从宀、爿、夢聲。」

气，《字說》：「气又从米，米，食氣也。」《說文》：「气，雲气也，象形。」「氣，饋客之芻米也，从米气聲。槩，或从既。餼，或从食。」

洫，《字說》：「洫中五溝，如血脈焉。洫又作淢，成有一甸，淢，□一之。」《說文》：「洫，十里爲成，成間廣八尺、深八尺，謂之洫。」「淢，疾流也。」

貈，《字說》：「舟在右，能生者也。又作貉，貉之爲道，宜辨而各。」《說文》：「貈，似狐，善睡獸也。」「貉，北方貉，豸穜也。」

餘如：鐘、鏕、无、役、轉、蝥、釜等，皆似此例。

二、一字多義

公：「公又訓事，公雖尊位，亦事人，亦事事。」

戲：「戲非正事，故又爲於戲、傾戲之字。」

葵：「能揆日向焉，故又訓揆。」

鴻：「鴻從水言智，工言業，故又訓大。」

麋：「麋不可畜，又不健走，故又訓縛。」

士：「志於道者，故達其上也，故士又訓事。」

矢：「誓謂之矢，激而後發，一往不反如此。矢又陳也，用矢則陳焉。」

茹：「（烹煮或生食，）皆度所宜以之而已，故又訓度。」

輿：「君子所乘，烝徒從焉，故又訓眾；作車者，自輿始，故輿又訓始。」

軫：「與車相收也，故軫訓收。」

農：「農者，本也，故又訓厚。」

餘如：胥、藉、象、追、商、黽、冢宰、則、創、埶、皋、知、气、觚、荷、贏、矦等字，亦皆如是。

三、一物多名

鴟：「鴟……塞而不通，故謂之強茅。從大而不能有爲，故謂之鴟。」

鶪：「鵙（鶪）鳴同萬物而勞者也，故謂之百勞。」

鶅鴝：「親則有雝雝之能和，從則有渠渠之能容，故謂之雝渠。」

蜻蜓：「蛉，蜻蜓也，動止常廷故。又謂之蛉，令出於廷者也。」

蒺：「（蒺）其行無辨矣，而又強焉，故又謂之薊。」

梓：「（梓）又謂之杍，金，木子也，正子之所勝也。……又謂之楸，其榮獨夏，正秋之所勝也。」

椐：「椐又樻也，材適可杖，木之貴也。」

椽：「椽，緣也；相抵如角，故又謂之桷；自極衰之，故又謂之榱；聯屬上比，爲上庇下，下有僚之義，故又謂之橑。」

伍、右文說

「右文說」肇端於宋，學者以爲字者多形在左而義在右，其右文亦多爲該字之聲符；故凡右文相同之諸字，多有相同之義，如王聖美（《夢溪筆談》卷十四），王觀國（《學林》卷五），張世南（《遊宦紀聞》卷九）等人，皆曾道及，惟零金碎玉，不成系統。介甫之《字說》中亦有此意，惟介甫不以其右文爲聲符，而盡說以會意。姑不論其正確與否，亦可由其中略窺《字說》於「右文說」之主張。

1. 𦎫（享）：凡从𦎫之字，多有「熟」「厚」之義，故：「淳，洎（肉汁）厚也……醇，酒厚也……諄，孰（熟）言之。」四字合於一條而作說解。
2. 農：凡从農之字，多有「厚」意，故：「濃，水厚；醲，酒厚；襛，衣厚。」
3. 居：凡从居之字，多有「安定不移」之意，故：「倨則以其遇人而居，不爲變動也；若琚，則以其居佩之，無所移易也。」「椐適可杖，居者之所材也。」
4. 寺：凡从寺之字，多有「法度、度數」之意，是以：「度數所自出而求度數者之處，謂之寺。」（寺）「以日爲節，度數所自出」者，謂之「時」。有法度之言，謂之「詩」。
5. 工：凡从工之字，多有「勞力者食人」「爲人作事」，地位較爲卑下之意。如：工人者，「具人器而已，故上下皆弗達。」式字从工，「工者，具人器而已。」巫字「从工者，通上下也。」功字从工，「工，興事造業而不能上達。」空字从工，「無工以空之，則空無作。」鴻字从工，「工言業。」餘如：紅、築、巧等字皆有此意。
6. 八：凡从八之字，多有「分別」「違戾」之義。如：燕字从八，「八，陰陽之所分也。」痲字之木从八，「上土屮，極矣則別（八）而落。」遂字从八，「豕八而辵則遂。」矢字「从八，从睽而通也。」平（𠀭）字从八，「丂而別（八）之，使一也。」
7. 俞：凡从俞之字，多有「美善」之義。如：楡木，「瀋滑，故謂之俞。」羭羊，

「非特承上以爲道，有可否之義。」運輸之義，乃車輛「於所俞則輸。」又曰：「物俞乃可搖，俞甚可也。」（謠）「有俞有制，知闔闢焉。」（樞茎）皆說「俞」有「美善」之義者。

餘如：䜌（㘘變戀）、令（令、伶、軨、蜻蛉、螟蛉、鶺鴒）、童（童、穜、鐘）、嬰（櫻、鸚鴟）、各（貉、駱雒）、既（槩溉㩊）、周（凋彫），皆有「右文相同則義同」之意。

陸、形聲字說爲會意例

六書之形聲字，《字說》以其聲符有義，而說爲會意者最多，幾佔所輯佚文之七八，此亦即《字說》最爲人詬病處。其將「形聲字說爲會意」者，如：

鳥屬：鵧、鶩、鵠、鵙、鷸、鴿、鵲、鷴、鶺鴒、鸚䳇……。
獸屬：猱、豝、豹、豺、貂、貉、貐、羖、羒、駮、駰、馰……。
蟲屬：蝮、蜮、蜻蜓蛉、蜘蛛、蝦蟆、蟋蟀、螟蛉、螳蜢……。
草屬：茈莀、葵、荷、藹、茄、蓮、蒹、葭、蘆、薍……。
木屬：松、柏、樅、檜、樫、桃、李、杏、梓李楸、榆、枌……。
軍屬：劍、弩、柄柲、旌旞、鼙、盟、鞞、攻、旗、旟……。
器用：鼒、觚、簠、簋、轉、輞、軌、輻、轄、輗……。
其他：倥侗、伶、幌、庖、搔、舉、時、詩、璧琮、終、紅、紫……。

柒、合數文見義例

凡合數文而成之，各文自有其本義，合之而可見新義者屬之。

一、合二文見義例

戍役，《字說》曰：「戍則操戈，役則執殳。」以人操戈爲「戍」字，人執殳爲「役（伇）」字，合二文而有新義。

熊羆，《字說》曰：「熊，強毅有所堪能，而可以其物火之。羆亦熊類而又強焉，然可网也。」合「能、火」而成獸名；合「熊、网」而又見新義。

空，《字說》曰：「無土以爲穴，則空無相；無工以穴之，則空無作。」以作工於土而成穴，則穴有空之實。是合二文而成新義者。

餘如：無、妙、美、貧、天示、置罷……等字，均屬此類。

二、合三文見義例

戲，《字說》曰：「交則用豆，辨則用戈，慮而後動，不可戲也。」合「豆戈慮」三者而成嬉戲之「戲」字。

車，《字說》曰：「車从三，象三材；从□，利轉；从丨，通上下。」合「三□丨」三文而成器用之車名。

同，《字說》曰：「冂一口，則是非同矣。」合「冂一口」三形而成「萬物畢同」之同字。

餘如：卿、商、椞、矢、后、染、矦、直、陶、之……皆屬是例。

三、合四文見義例

籥，《字說》曰：「籥，以竹爲之，故字從竹，籥三孔……，故從三口；……冊，所書集于此；籥所不能述，冊亦不能記也，故從亼、從冊。」合「竹吅亼冊」而成樂器之名。

築，《字說》曰：「工丮木，竹有節。」合「工丮木竹」四形而成建築之「築」字。

倉，《字說》曰：「倉之字，從亼從□從ヨ從丿。」合「亼□ヨ丿」成穀倉之「倉」字。

四、合五文見義例

㮚，《字說》曰：「从木者，陰所能㮚，以陽而已；从□从亼，陰疑陽也；从一从丨，陽戰而丨也，丨則勝陰，故一上右。」合「木□亼一中」五形而成㮚（栗）木之「㮚」字。

廬：《字說》曰：「水始一勺，總合而爲川；土始一塊，總合而爲田；虛，總合眾實而授之者也；皿，總合眾有而盛之者也。……廬者，總合之言，故广從之爲廬。」合「川田虛皿广」五形而成屋舍之「廬」字。

五、合六文見義例

爵，《字說》曰：「爵，从尸，賓祭用焉；从罒，以養陽氣也；从凵，所以盛也；从又，所以持也；从尒，資于尊，所入小也。」合「尸罒凵又𠆢小」六形而成酒器之「爵」。

量，《字說》曰：「量之字从日，日可量也；从土，土可量也；从凵，凵而出，乃可量；从冂，冂而隱，亦可量也；从□从十，可□而量，以有數也。」合「日土凵冂□十」六形而成測量之「量」字。

捌、字形位置示義例

介甫以爲字形之「上下內外，初終前後，中偏左右，自然之位也」，故「其形之衡從曲直、邪正上下、內外左右，皆有義」，是以「制字或以上下言之，或以南北言之，或以左右言之，或以先後言之」；〔註 44〕例如俗以上及右爲尊位，故居右、居上之文，皆有尊意；見諸字形，可望形知意，此即以「字形位置示義」之說也。

今自《字說》佚文說解中，析出言及字形位置「上下、左右、中內」諸義者，列之於下：

一、字形在右

貈，《字說》以爲貈善睡，不可以涉難，然而「舟在右，能生者也。」

綟，《字說》以爲：綟乃莀草汁液所染成之紫色帛，其染事以莀草爲主，而素帛爲輔，故「戾」居右，「糸」居左，明其主從也。

鑢，《字說》以爲：「鑢所任，金爲重，慮屬於任重宜者也。慮在右，能勝也。」

佑，《字說》以爲：「地道尊右，而左手足不如右彊，則佐之爲助，不如右之力也。」

梟，《字說》以爲：梟字「从一从丨，陽戰而丨也，丨則勝陰，故一上右。」

刄，《字說》以爲：刀爲凶器，「以用刄爲不得已，欲戾右也。」

鳧，《字說》以爲：鳧之可畜者爲鵝，鵝不能飛，乃有戾右（乖離善地）之禍。

二、字形在左右

羽：「羽左右翼，乃得已焉。」兵：「兵以左右比而已。」柲：「左右戾而爲取小，則謂之柲。」气：「卬左低右，屈而不直，則气以陽爲主，有變動故也。」卿：「左从㐆，右从卩，知進止之意。」傀：「從人在左，從鬼在右，鬼勝人也。」眼：「眼之字，左從目，言其用之作也；右從艮，言其體之止也。」桃：「西，木配也，故桃，木在左。」

三、字形在上

紫：「（紫，）道所貴，故（此）在糸上。」染：「變至於九，九而無變。於文從木，而九在上。」李杏：「東南木盛，故李杏，木在上。」天夫：「天大而無上，故一在大之上；夫雖一而大，然不如天之無，上故一不得在大上。」斧：「凡斫木者，先斧而斤繼事，故斧在上。」膏：「膏在肉上，故膏。」士：「志於道者，故達其上也。」

四、字形在下

羔：「羔，火在下，若火始然，可以進而大也。」紫：「紫或染或不，故糸在下。」勢：「（埶）或又从力，以力爲勢，斯下矣。」觳：「觳窮而通，角窮而已，斯爲下。」

〔註 44〕《臨川集》卷八四頁 3、卷五六頁 7，《道德眞經集義》卷一頁 18。

氣：「米殘生傷性，不善自養，而又養人爲事，氣若此，斯爲下。」史：「史（㕜）則所執在下，助之而已。」矢：「睽而不能通，斯爲下。」釜：「尙其道，故金在下。」

五、字形在上（下）

中：「通上下，得中則制命焉。」巫：「从工者，通上下。」車：「从丨，通上下。」篹：「常以食，則有通上下。」巾：「用以冪物，通上下而有之者，巾也。」才工：「才無所不達，故達其上下。工具人器而已，故上下皆弗達。」素：「素（𦃃），糸其本也，故糸在下；𠂢爲衣裳，其末也，故𠂢在上。」縣：「從倒首以言所首在下，從系以言所係在所上。」舞：「舞之爲言豐也，故上從𣞤。蹈厲有節，而舛斯爲下矣，故下從舛。」輿：「有臼之乎上，有廾之乎下，君子所乘，烝徒從焉。」夢：「又或從夢、從𤕫、從宀、從一；宀之下，𤕫之上，若反一也。」羽鱗：「羽，炎亢乎上，故飛而不能潛；鱗，炎舛乎下，故潛而不能飛。」

六、字形在內（中）

思：「出思不思，則思出於不思。若是者，其心未嘗動出也，故心在內。」

變：「或䜌（亂）於言……或䜌於絲……變，支此；支此者，藏於密，故支在內。」

之：「有所之（㞢）者，皆出乎一；……中而丨者，所以之正也。」

東：「从一从丨，陽戰而丨也，丨則勝陰。」

玖、附會五行例

東漢讖緯學大興，以陰陽五行之義，說解制字本始者益多，如《春秋說題辭》，說干支、四時之義，盡以五行解之。宋初，五行說仍深中人心，介甫亦不能免，早年撰《洪範傳》八千餘言，多寓闡述五行大義者；其後撰《周官新義》，亦多以五行觀念解說經義；而《字說》中附會五行之處，更爲精詳。此固爲《字說》之弊，實亦宋人之通病也。如與介甫同時之字學家張有，嘗作《復古編》以駁《字說》之謬，於釋心字時，亦以「心爲倒火」，謂：心屬南方，於五行爲火故也。〔註 45〕

今試製五行方位配合表於下，以便於了解《字說》之「附會五行例」諸說。

〔註 45〕《春秋說題辭》，《黃氏逸書考》有收。《洪範傳》見《王安石文集》卷四十頁 107 至 118。《周官新義》以五行觀念附會經義者，如頁 30（河洛本）庖人用禽獻；頁 35 食醫之職；頁 118〈王之五路〉。張有之言，見《硯北雜記》卷下頁 9，《春渚記聞》卷五頁 3，《升庵外集》卷九一《字說》條。

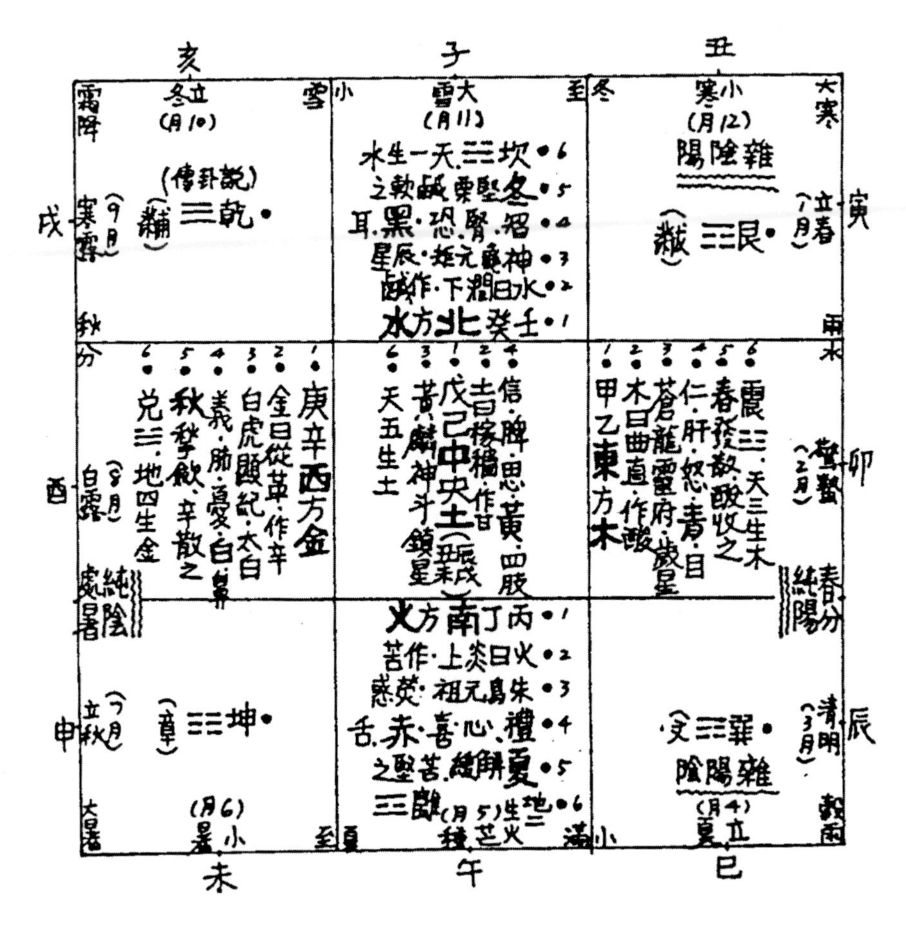

一、五行（金木水土火）

1. 金。紅：「紅，以白入赤也，火革金以工，器成焉。」杍：「（梓）又謂之杍，金，木子也，正子之所勝也。」銅：「銅，赤金也，爲火所勝而不自守，反同乎土。」芑：「芑受成於，金故其色白。」鑠：「金悲，悲故慘聚；得火而樂，樂故融釋。」金：「金，正西，土終於此，水始於此。」
2. 木。木：「王安石以木爲仁類，則木者仁也。」樫：「木性雖仁聖矣，猶未離夫木也。小木既聖矣，仁不足以名之。」童：「方起而穉，仁端見矣。」染：「水始事，木生色，每入必變。」禁：「示之知阻，以仁芘焉之意。」
3. 水。沖：「沖氣以天一爲主，故从水。」洪：「洪則水共而大。……五行也，亦共而大。」鴻：「鴻從水，言智。」粱：「天以始至甘香者也。」
4. 火。鴰：「舌所以通語言，無舌則無所告訴矣。」藼：「藼生於心，色赤，南方也。」縻：「（縻）受成於火，故其色赤。」
5. 土。兔：「脾屬土，土主信，故《詩》以〈兔爰〉制桓王之失信。」璽：「其字從土，於五常主信。」燕：「燕嗛土，避戊己；戊己，二土也，故廿在口上。」

童：「始生而蒙，信本立矣。」

二、陰陽（白赤）

1. 陽。巳：「巳，正陽也，無陰焉。」爵：「（爵）从鬯，以養陽氣。」誅：「從朱者，朱含陽，爲德，聖人敷陽德而爲赦，則含陽德所以爲誅。」赤：「坎爲赤，內陽也；乾爲大赤，內外皆陽也。字從大火爲赤，外陽也。」
2. 陰。凝：「重陰則凝，凝則疑。」愴：「愴，心若創焉；愴，重陰。」皋：「皋，大者得眾、進趨，陰雖乘焉，不能止也。」黑：「至陰之色，乃出於至陽。」醫：「醫之字從酉，酉，陰中也，動與疾遇，所以醫能已。」駰：「駰，陰白也；馬，火畜也，陰白蒙之，有因之義。」
3. 陰陽。崇高：「高言事，崇指物陰陽。」蟋蟀：「陰陽率萬物以出入，至於悉率……蟋蟀，能率陰陽之悉者也。」物：「雜帛爲物，則兼赤白焉，陰陽之意也。」璋璜圭琥：「陽生於子而終於巳，陰生於午而終於亥，則南北爲陰陽之雜，故赤璋、玄璜皆雜陰陽焉。陽中於卯，陰中於酉，則東西爲陰陽之純，故青圭則成象焉，白琥則效法焉。」气：「有陰气焉，有陽气焉，有沖气焉，故从乙……天地陰陽沖氣，與萬物有气之道，又爲气索之气。」羲和：「斂仁氣以爲和，散義氣以爲羲，……羲者，陽也；……和者，陰也。」除：「有陰有陽，新故相除者，天也。」佐佑：「右，陰也，地道之所尊，……左，陽也，人道之所嚮。」梟：「从木者，陰所能梟，以陽而已。从□从亼，陰疑陽也。」燕：「春則戾陰而出，秋則戾陽而蟄，故八；八，陰陽之所分也。」

三、四時（春夏秋冬）

冬：「春徂夏，爲天出而之人；秋徂冬，爲人反而之天。」鐘鼓：「穜以秋成，支以春始。支作而散，無本不立；穜止而聚，乃終於播而後生焉。」倉廩：「廩所以藏，倉所以散……卒乎散者，必始乎斂。」「天道之運，散於春，藏於冬，故春之色蒼而冬之氣則凜。凜與廩同義，所以藏也。倉與蒼同義，所以散也。」則：「陰夷物，以及未申爲則，至酉告酷焉。」梓：「梓榮於丙，至辛而落，正辛之所勝也。……又謂之楸，其榮獨夏，正秋之所勝也。」鶪：「鶪（鵙）見於萬物開闔之時，夏至而鳴，冬至而止。天地不勞，萬物以生，萬物以死；夏至則生者勞物，冬至則死者定物，鶪鳴同萬物而勞者也。」

五行四時之說，以春爲發散之時，秋爲收斂之時，夏爲見萬物之時，冬爲別萬物之時。介甫說「萬物相見」「生成萬物」之處最多，蓋欲以此牽合其政治理想故也。除上引數條外，復見於下列各文中：

「乾位西北，萬物於是乎資始，方其有始也，則無而已。」「蓋東南爲春夏，陽之伸也，故萬物敷榮；西北爲秋冬，陽之屈也，故萬物老死，老死時無矣。此《字說》之有意味者也。」「天道伸於東南而屈於西北，其出有方，以仁而致其柔，所以生萬物也。其入無方，以義而致其剛，所以成萬物也。」（三則皆見《字說》輯佚（247）无字條下）

「（气）起於西北，則無動而生之者也。」（260）气

「紫，以赤入黑也，赤與萬物相見，黑復辨於物，爲此而已。」（300）紫

「蘼生於心，色赤，南方也，萬物相見之染如此，安能無慮？」（71）蘼

「（冕）仰而玄者，升而辨於物，玄者北方之色，與物辨之時也。俛而朱者，降與萬物相見，朱，南方之色，與萬物相見之時也。名之曰冕，以與萬物相見之名也。」（173）冕

「大神者，昊天也，夏曰昊天，則與萬物相見之時。」（《周官新義》頁 17）

「冬辨物之時，而以冬祫者，唯辨於物，然後與其合故也。」（《周官新義》頁 85）

「圜丘，正東方之律；帝與萬物相見，於是乎出，……黃鐘，正北方之律也，萬物於是藏焉，死者之所首也。」（《周官新義》頁 103）

四、方位・八卦

青白：「青，東也，物生可見焉，故言生、言色。白，西方也，物成可數焉，故言入言數。」蘼：「蘼生於心，色赤，南方也。」柏：「柏之指西，猶磁之指南。」金：「金，正西也，土終於此，水始於此。」桌桃李杏：「桌，北方果……。木兆於西方，故桃从兆；至東方生子，故李从子；至南方子成適口，故杏从口。北方本實，故桌木在下；東南木盛，故李杏木在上。」知：「智者，北方之性也。」燕：「謂之玄鳥，鳥莫知焉。知，北方性也；玄，北方色也；故從北。」天：「〈乾〉位西北，萬物於是乎資始。」鱋：「西北爲鱋，鱋在〈乾〉位。」畀：「畀，後左足白也；左，〈震〉也，〈震〉爲作足，又爲畀足。……當〈震〉之時，陰不違陽，故二焉，與白同意。」赤：「〈坎〉爲赤，內陽也；〈乾〉爲大赤，內外皆陽也。」眼：「右從〈艮〉，言其體之止也。」璧：「（璧）形圜，則取其爲圜之〈乾〉。」

拾、特殊用字用詞例

一、戾（戾左、戾右）

《字說》之說解，言及「戾左（右）」者甚多，此語不見於他書，當爲介甫所獨

創者。查《說文》犬部：「戾，曲也，從犬出戶下；戾者，身曲戾也。」是則介甫以爲字形左右曲戾，亦自有其特殊意義。《字說》言及「戾」字者，多有「違背、乖戾、離別、曲戾」之義。

皃（）：「（皃）有可畜者，不能乙也，爲戾右焉。」殳（）：「殳，右擊人，求己勝也，然人亦丿焉。」矛（）：「矛，句而乛焉，必或ア之；右持而句，左亦戾矣。」之（㞢）：「有所之者，皆出乎一；或反隱以之顯，或戾靜以之動。」刀刃（）：「刀以用刃爲不得已，欲戾右也。於用刃也，乃爲戾左。刃，刀之用；刃又戾左焉，刃矣。」柲（）：「左右戾而爲取小，則謂之柲。」黻（）：「黻，兩己相弗而以，（戾右）爲守。」綟：「綟，人染也，其爲此也，有戾焉；或不，則無戾也。……莨言所染，所染，戾彼而此者也。」燕：「春則戾陰而出，秋則戾陽而蟄，故从八；八，陰陽之所分也。」

二、辨・各・八

「辨、各、八」皆有分別清楚之意，分別則各自爲政，不相團結，是以略具凶險之兆。

戲：「自人道言之，交則用豆，辨則用戈，慮而後動。」璽：「無以辨物，欺之生也。……從爾，則爲辨物之我，不能辨物則爲爾。以其不能辨物，而慮其爲欺，故以璽驗而信之。」述：「述者，分辨而宜審，辨矣，然後從辵以述之。」薍：「其行無辨矣，而又強焉，故又謂之薍。薍之始生，常以無辨，唯其強也，乃能爲亂。」紫：「紫以赤入黑……黑復而辨於物，爲此而已。」除：「有處有辨，新故相除者，人也。」冕：「仰而玄者，升而辨於物。」旂：「旂，人君所建以帥眾，則宜有義辨焉。」雀：「雀，春夏集於人上，……則集用義，則與人辨，下順上逆，難進者也。」知：「知从矢，亦用於辨物。智者，北方之性也。」涂：「（涂）有舍有辨者依此，故从余。」《爾雅新義》：「余，辨物之身。」（卷一頁 13）客：「辨各則爲客，故客有敵主之意。」我：「我之字從戈者，言其敵物之我也。」貉：「貉之爲道，宜辨而各，……貉辨而各，故少乎（文明禮制）。」駱雒：「駱，白馬黑鬣也，爲子勝母；雒，黑馬白鬣也，爲母勝子；乖異之道，故皆從各。」平（）：「平之字，从八从一从丂，丂而別（八）之，使一也。」矢（）：「矢从八，從睽而通也。」燕：「春則戾陰而出，秋則戾陽而蟄，故从八；八，陰陽之所分也。」麻：「𣎳，上土屮，極矣，則別（八）而落……。治麻爲𣎳，其𣎳不一，卒於披而別之。」遂：「豕八而辵，則遂。」

三、事（事人、人事、兵事……）

公：「公又訓事，公雖尊位，亦事人，亦事事。」士：「士又訓事，事人則未能以智帥人，非人之所事也。」婦：「女之執箕箒以事人者，謂之婦。」松：「（松）華以春，非公所以事上之道也。」物：「士尚志以事上也。……王所事者道，士所事者事。」年：「年以禾爲節，人事也。」典：「从冊，則載人事故也。」崇高：「高言事，崇指物陰陽。」戲：「戲非正事，故又爲於戲、傾戲之字。」冕：「自道出而之事。」邈：「有從之貌而無其事。」吏：「治以致其事，吏也。」司：「（司）以君之爵爲執事之臣而已。」輮：「束在外，所以待事也。」氣：「（米）又以養人爲事。」鞭：「革人而使便其事。」聰：「於事則聽思聰，於道則聰忽矣。」軫：「軫之方以象地，方，地事也。」旐：「旐，卑者所建，兵事兆於此。」染：「水始事，木生色，每入必變。」

以上所言：「事上」「事人」「人事」「地事」「兵事」「執事」「正事」「其事」等，或爲動詞「營治、侍奉」之意，或爲名詞「事業、職務」之意。

四、道（人道、天道、父道……）

1. 人道天道地道。營：「不以貴廢賤，人道也。……不以菅害茅，天道也。」冬：「春徂夏，爲天出而之人；秋徂冬，爲人反而之天。」則：「又作劓，天也，人也，皆有則也。」除：「有陰有陽，新故相除者，天也；有處有辨，新故相除者，人也。」戲：「自人道言之，交則用豆，辨則用戈……。自天道言之，無人焉用豆，無我焉用戈。」檉：「知雨而應，與於天道。」農：「欲無失時，故从辰，辰，地道也。」
2. 父道子道夫道妻道。菅：「大德足以事鬼神者，妻道也。……小惠足以尸鄙事者，妾道也。」簠簋：「簠又作医，簋從焉，夫道也。夫外方，所以正也；內圜，所以應也；父道也，夫道也。內方，所以守也；外圜，所以從也；子道也，妻道也。」釜：「釜有承之者，無事於是，父道也。」黼：「斧於斤有父道焉。……黼在〈乾〉位，則斧有父體矣。」規：「規成圜。圓，天道也，夫道也；規，形而下者，於天道爲不居。」
3. 其他。羖羭：「中國之道無分也，處之有宜而已。……中國之道非特承上以爲道，有可否之義焉。」貉：「貉之爲道，宜辨而各。……無諸侯、幣帛（文明禮制），以爲貉道也。」美：「美成矣，則羊有死之道。」松：「（松）華以春，非公所以事上之道也。」物：「物物者，上之道也；物於物者，下之道也。王所事者道，士所事者事。」載：「其載，臣道也。」枌：「很如羒，俞如枌，皆分之道。」爵：「爲人所爵，小者之道。」苴：「道者而已，非所以爲存，所謂土苴者。」螟蛉：「苟有道以得之，孰不爲化哉？」卿：「黍稷地產，有養人之道，其皀能上達。卿雖有養人之道而上達，然地類也。」輻：「輻，畐者也，實輪而湊轂，致福之道也。」

五、體、用

眼:「目者，眼之用；眼者，目之體。……左從目，言其用之作也；右從艮，言其體之止也。」鍾:「於鍾，從金從重，則皆其體也。止爲體，作爲用。」觶:「觶又作觗，於作也窮，於止也時。」冕:「後方者，不變之體；前圓者，無方之用。」都:「以眾邑爲體，又物所會之地也。」布敷:「制字于布則從父，以布有父之體也。於敷則從甫，甫從父從用，則敷有父之用也。」黼:「斧有父體焉，黼有用而已。」簠:「簠又內圜，有父之用。」

六、取大、取小

戈:「戈，兵至於用戈，爲取小矣。」我:「至於用戈，爲取小矣。其取爲小，故當節飲食。」柲:「左右戾而爲取小，則謂之柲。」式:「弋者，所以取小物也。工爲取之小，則用式。」緅:「緅，舍纁取玄，可謂知取矣。」灋:「(灋)從去，則將以有所取也。」豹:「虎豹貍皆能勺物而取焉。大者猶勺而取，不足爲大也；小者雖勺而取，所取小矣，不足言也；故於豹言勺。」隼:「隼之擊物而必中者也，必至謂之隼。……必至者或有所過取。」鴟:「鴟，氏取。」撢:「撢之爲言取也。」

七、制

刀:「刀，制也。能制者，刀也；所制者，非刀也。」創:「倉言發，刀言制。」則:「則之字，從貝從刀，從貝者，利也；從刀者，制也。」「(則)又作鼎，鼎者，器也，有制焉；刀者，制也，作則焉。」中:「通上下，得中則制命焉。」樞莖:「有俞有制，知闔闢也。」璧:「天有辟之道，而萬物所由以制者也。」米:「養人而已，而無斷以制之，非所謂知剛柔者。」和:「殘而殺之，和所以制物。」禽:「六禽，可擒而制者也。」菅:「菅，物之柔韌者，制而用之，故謂之菅。」王:「背私則爲公，盡制則爲王。」隼:「作《詩》者以(隼)喻不制之諸侯。」桎梏:「桎在足，制之使用其至也；梏在手共焉，制之使致其恭焉。」

八、養人之道

卿:「黍稷地產，有養人之道，其皀能上達。卿雖有養人之道而上達，然地類也。」爵:「(爵)从鬯，以養陽氣也。」米:「米，養人也……養人而已，而無斷以制之。」胥:「(字从)肉，則以其亦能養人也。其養人也，相之而已。」氣:「从米，米，食氣也。……米殘生傷性，不善自養，而又養人爲事，氣若此，斯爲下。」稌:「稌所以養人。……交鬼神、養人之物備矣。」麥:「陰陽不相勝，然後能善養人者也。」禾：「方其以養生言之，則謂之禾。」稗：「美穀可以養人，嘉穀不可以爲食之常。」

九、隱 顯

之（㞢）：「有所之，皆出乎一；或反隱以之顯，或戾靜以之動。」直（[illegible]）：「在隱可使十目視。」賓（[illegible]）：「正趣隱以適己，則利上。」羸：「乚，不足於亡者，於果爲羸矣。」黼：「始乎出而顯，卒乎入而隱。入在下，則文在地事也。」量（[illegible]）：「从冂，冂而隱，亦可量也。」緇：「緇則水之所以爲赤者隱。」

由上述二、三兩節之分析，可知《字說》於形式之編排、內容之說解上，除承襲前人舊法外，並自創新例，以爲補助。新法多發前人之所未發，姑不論其法之是非，實亦有賴介甫廣博深厚之學識，始能創出也。其中如：

一、字詞彙解例：以字義相近、物性相類或事物有專名者，皆類聚相關諸字至數十字而作彙解。此法用於當時，可謂甚便學子之研讀，最具今日所謂之「速檢、速學」效果者。

二、字形位置示義例：以爲古人製字時，其字形之左右、上下，各有其義，若能通曉其理，則雖乍見偏旁位置之經營，亦可察知其所欲表達之義矣。此法簡而易學，最易蠱惑初學者；依其法而說解字義，亦最爲便捷。

三、附會五行例：《字說》中，附會五行之處，不勝枚舉。介甫頗將此類觀念，融入字形說解中，雖爲強說，而竟至天衣無縫，直似製字本始，即當如此，若缺一筆，則形義頓失。此類說解，當屬介甫用心最深、創意最奇者，卻亦屬宋人訾議最多之處。持平論之，此法實屬宋人通病，惟介甫用之於字學中最爲稔熟而已。

四、特殊用字例：於《周官新義》及《字說》中，皆可見介甫所用之獨特字詞，如「戾」有「分別、乖戾」之義；「辨、八、各」有「分異、凶咎」之義；而「養人之道」「事人、人事」「夫妻、父子之道」諸詞中，皆可見介甫理想政治之分野；至若「取用之多少」「宰制之能力」「物性之隱顯」諸例，則可見介甫對人事之體認。

此類皆屬《字說》中最爲獨特，且爲他人罕用之處；其法雖頗可議，然介甫特立獨行，務與前人立異之心，則昭然若揭矣！蓋介甫《字說》之作，實承神宗意旨，神宗偏好新奇簡易之法，介甫乃不得不字字務求創新，諸法但求立異耳！

第四章　《字說》輯佚之探討

上章既已詳論佚文之來源與《字說》之說解條例，今即據以探討所輯得佚文三六一條之大概。其編排方式，已無原書可供依循，為便於檢索，略依《爾雅》體例，列物性相近之一七四條為九類，尚餘一八七條，各以該條首字為主，準字典二一四部首次其先後，每部之中，各以首字之筆畫多寡為序。編次如下：

一、鳥屬，二、獸屬（犬豕豸羊鹿馬象兔熊），三、蟲屬，四、魚屬，五、草屬（草花禾麥米），六、木屬，七、人之稱謂，八、兵屬（兵器旗幟鐘鼓），九、器物（酒器食器樂器服飾車類），十六、其他（部首筆畫為序）。

每條引文之後，並附加按語，逐一辨明文字之訛舛及其與《字說》之關係。若有文意難解者，於按語之後略作「釋義」，以利解讀。若《字說》言及小篆字形者，則增列小篆於各條標目之下；若無必要，於原文鈔胥之誤則仍之不辨亦不作改正，以存其真。

每則引文之下，皆注明原書頁碼，引據最繁之九書，所用之簡稱如下：

《新義》：王安石《周官新義》　《詳解》：王昭禹《周禮詳解》　《鄭解》：鄭宗顏《考工記解》　《蔡解》：蔡卞《毛詩名物解》　《博古》：王楚《宣和博古圖》　《緗素》：黃朝英《靖康緗素雜記》　《本草》：李時珍《本草綱目》　《詩傳》：陳大章《詩傳名物集覽》　〈字說辨〉：《楊龜山先生集》卷七〈王氏字說辨〉

※《字說》佚文細目

〔壹、鳥屬〕

1 鳧／2 鳳／3 鴉／4 鴇／5 鴟梟／6 鴟鴞／7 鴞／8 鳲鳩／9 鳶鴟隼鸒鴿鵲鷴／10 鴻鴈／11 鳦燕／12 鶩／13 鵠／14 鵙／15 鶻鳩／16 鷄鷗／17 鷸／18 鸚䳇／19 隼／20 雁應／21 雗／22 桑扈／23 禽獸／24 飛／25 膏脂臝羽鱗／

〔貳、獸屬〕

26 豝／27 狼獾／28 猱／29 豝／30 豜／31 豵／32 豹／33 豺獺／34 貂／35 貐貉／36 貉／37 美／38 羔／39 羒羖羘羭／40 羹／41 鹿麢／42 麑／43 麞麋／44 犇麤／45 駮／46 駰驪駽駓驔驒騏驄騢駒騮驕駱雒騄／47 象／48 兔／49 熊羆／

〔參、蟲屬〕

50 蛇蝮／51 蜉蝣／52 蜮／53 蜻蜓蛉／54 蜘蛛／55 蜩蟬／56 易／57 蝦蟆／58 蟦賊蟊螟／59 螟蛉／60 蟋蟀／61 蠹／62 黽蟾蜢／

〔肆、魚屬〕

63 鮑／64 鱅腒／65 鼉／

〔伍、草屬〕

66 艾／67 芼／68 苴／69 苓／70 茈薂紫綟／71 茹藘／72 菌莧蓫／73 莪／74 荷蕅茄蓮菡藺蕸蔤／75 蓮／76 菅茅／77 莒／78 莯荎藸／79 蔞餘／80 葵／81 葱薇薑芥／82 葑菲／83 蔗／84 蒹葭荻葦萑蘆菼薍／85 蘩／86 禾粟／87 黍／88 稻稌／89 稗稙稺稑穜秬秠穈芑／90 穜／91 麥／92 米／93 粱／94 糧／95 瓠／

〔陸、木屬〕

96 木／97 朱非／98 杜棠／99 松柏檜樅／100 柳／101 柞／102 梓李楸／103 椐樻／104 椅檥／105 榆荎枌／106 椝桃李杏／107 楪／108 棘槐／109 樫／110 櫻栲／

〔柒、人屬稱謂〕

111 我／112 公／113 卿／114 王／115 矦／116 冢宰／117 史／118 吏／119 司后／120 嬪婦／121 賓客／122 師儒／123 士工才／124 巫覡／125 夫／126 童／127 豎／128 匠／129 商／130 奚／131 伶／

〔捌、軍屬〕

132 兵／133 刀刃／134 劒／135 箙／136 創愴／137 弓矢矛殳戈戟／138 弧／139 弩／140 柄柲／141 旐旟旗旂／142 旜物／143 旌旞／144 鐘鼓／145 錞鐸鐃鐲／146 攻／147 戔／148 鼙／149 鼛／150 旅／151 戍役／152 武／153 徒／154 什伍／155 鞴鞲／156 盟／

〔玖、器用〕

157 罤／158 尊／159 爵雀／160 觚觶／161 觳／162 盉盅盈盥盒／163 簠簋／164 釜鬴／165 鼎鬲／166 甗／167 鼒／168 瑟／169 籥／170 柷栒虡鐻／171 欒／172 弁／173 冕／174 車轉軋輟輸載�輹轐軨軫軾軓轎輈軌輿轛輪輻軸轄轂軏輗棨輢軹輮較／

〔拾、部首筆畫〕

〔01〕175 中／176 之／

〔02〕177 占卜／178 仔／179 令／180 伋／181 佐佑／182 位／183 任／184 佃／185 倥侗／186 傀／187 僞／188 典則灋／189 冶／190 冬／191 凋彫／192 凝淩／193 刑／194 勢／195 勑／196 匪頒／197 壓里／

〔03〕198 同／199 吅噩／200 喪／201 倉廩／202 對／203 園圃／204 圜圓／205 均／206 壐璽／207 壇亶／208 夕／209 夢／210 妙／211 媒／212 孅／213 官職／214 富貧／215 寺／216 居倨踞／217 崇高／218 巧述／219 功／220 巳／221 巾／222 布敷施／223 帑／224 幠／225 平／226 年／227 幾／228 庖／229 府／230 廣／231 廞／232 廟／233 廬／234 式／

〔04〕235 心／236 思／237 忠恕／238 懿徽／239 成／240 歲／241 戲／242 掌／243 擊／244 搔／245 擧／246 撢／247 无／248 時旨／249 星／250 早暵／251 染／252 案／253 桎梏拲／254 梁／255 榩柜／256 極／257 椽桷榱橑／258 稟／259 樞莖／260 欲／261 气氣／262 沖／263 波／264 洪／265 渙／266 滌濯／267 無／268 牂柯／269 牟／270 犧牷／

〔05〕271 玄／272 璧琮圭璋琥璜／273 旒／274 甸／275 痎瘧／276 痟痛／277 瘍疕／278 瘵／279 皐／280 直／281 眼／282 知／283 礦／284 祖／285 祝／286 神示天／287 祠禴嘗烝／288 禁／289 祼／290 福禍／291 禬禳／292 禮／293 私／294 秉／295 空／296 穹／297 立／

〔06〕298 篤籠／299 築／300 紅紫／301 糾／302 素／303 終／304 絜／305 緜麻／306 緅纁緇緇／307 縣／308 罝罷／309 羲和／310 辜潒醇諄／311 耒／312 耜／313 聊／314 聰／315 胥／316 春／317 舞／318 荒／319 藉籍／320 虧壞／321 血／322 襲／

〔07〕323 規榘／324 訟／325 誅殺／326 詩／327 謠／328 謝／329 警戒／330 絲變戀／331 豐／332 貢賦征稅財賄貨／333 臯／334 軒渠／335 農濃醲襛／336 逆迎／337 追／338 遂溝洫減澮涂潄／339 邈／340 邑郊／341 邦國／342 都／343 醫／344 量／

〔08〕345 金銅／346 鑠炊／347 門／348 閑／349 闈／350 除／351 陶／352 霄／353 霍／354 青白赤黑黃／

〔09〕355 革／356 鞭／357 飭／358 饁／359 饎饎／

〔11〕360 鹽／

〔12〕361 黼黻／

※《字說》佚文筆畫檢字表

部首筆畫總檢（每字上之數字為該條佚文號次。若諸字同屬一條，不另立號次。）

皋／162 盉盅盈盥盒／280 直／281 眼／137 矢／115 矦／282 知／283 礦／284 祖／285 祝／286 神示／287 祠禴／288 禁／289 祼／290 福禍／291 禬禳／292 禮／23 禽／137 矛／354 白／86 禾／309 和／293 私／89 秠秬／332 稅／294 秉／88 稌／89 稙稗稑穲穈／88 稻／89,90 穜／166 甗／295 空／296 穹／297 立／126 童／127 豎／

〔06〕298 篤籠／299 築／135 箙／163 簋簠／169 籥／319 籍／92 米／86 粟／93 粱／94 糧／261 氣／300 紅／301 糾／70,300 紫／70 綟／302 素／303 終／304 絜／305 絲／307 縣／306 緅纁經緇／308 置罷／49 羆／37 美／38 羔／39 羒羖羭／40 羹／309 羲／310 䍧／25 羽／311 耒／312 耜／313 聊／314 聰／213 職／64 腒／315 胥／25 膏脂羸／316 舂／317 舞／66 艾／89 芭／67 芼／81 芥／68 苴／69 苓／74 茄／76 茅／70 茈／71 茹／78,105,259 荎／70 莀／72 菡莧蓤／73 莪／74 荷／76 菅／77 莔／78 菋／79 萎／82 菲／84 菼萑荻／80 葵／81 葱／82 葑／84 葦葭／74 菡萏／84 蒹／83 蔗／74,75 蓮／74 藕蕸／81 薑薇／71 蘆／74 藺／78 藷／84 蘆／319 藉／85 蘩／84 蔵／318 荒／170 虡／320 虧／321 血／156 盟／335 襛／322 虁／50 蛇／5359 蛉／54 蛛／53 蜓／51 蜉／53 蜻／52 蜮／54 蜘／55 蜩／62 蜢／50 蝮／51 蝣／58,59 螟／57 蝦／62 蟅／57 螟／58 蠙蠡／60 蟋蟀／55 蟬／61 蠹／

〔07〕323 規／124 覡／160 觚觶／161 觳／324 訟／325 誅／326 詩／327 謠／328 謝／329 警／330 戀／310 譚／331 豐／47 象／29 豝／30 豣／31 豵／32 豹／33 豺／34 貂／35 貀／27 貛／3536 貉／214 貧／129 賈／58 賊／332 貢賦財賄貨／354 赤／306 赬／333 皋／335 農／218 述／336 逆迎／337 追／338 遂／339 邈／340 邑郊／341 邦／342 都／310 醰／335 醲／343 醫／197 里／344 量／174 車轉軋輟輸載輞輹轐軨軫軾軓轛軥軌輿轛輪輻軸轄轂軏輗軹輮較輢／334 軒／

〔08〕345 金銅／144 鐘／164 釜／145 錞鐸鐃鐲／170 鐻／346 鑠／347 門／348 閑／349 闈／350 除／351 陶／919 隼／21 韓／46 雒／159 雀／352 霄／353 霍／354 青／

〔09〕155 鞞鞸／196 頒／24 飛／355 革／356 鞭／357 飭／358 饁／359 饎饎／79 餘／

〔10〕46 駒駻駤騆駱／45 駮／46 駽騏驄騢騮驒驕驔驪／165 鬲／164 鬴／217 高／

〔11〕63 鮑／64 鱐／25 鱗／43 麞麋／42 麃／41 鹿麗／44 麤／1 鳧／5 梟／2 鳳／3 鴉／4 鴇／10 鴈／18 鶚／15 鵠／569 鴟／67 鴞／8 鳴／9 鳶／10 鴻／9 鴿／11 鴳／12 鷙／13 鵲／8 鵒／9 鵲／15 鵬／16 鶡／14 鶪／16 鷄／17 鷸／9 鷳鷺／18 鸚／360 鹽／91 麥／305 麻／

〔12〕354 黃黑／87 黍／361 黼黻／

〔13〕65 黿／62 黽／165 鼎／167 鼐／144 鼓／147 鼗／148 鼙／149 鼛／

《字說》佚文筆畫檢字表

〔02〕133 刀／177 卜／

〔03〕133 刃／137 弓／123 士／123 工／208 夕／220 巳／221 巾／123 才／

〔04〕175 中／176 之／154 什／112 公／125 夫／286 天／235 心／137 戈／247 无／096 木／137 殳／261 气／114 王／

〔05〕178 仔／178 令／180 仞／190 冬／177 占／117 史／219 功／222 布／225 平／172 弁／271 玄／137 矢／286 示／137 矛／354 白／086 禾／297 立／

〔06〕154 伍／183 任／193 刑／128 匠／198 同／199 皿／119 司／119 后／118 吏／272 圭／218 巧／226 年／124 式／151 戍／097 朱／269 牟／272 圭／092 米／025 羽／311 耒／066 艾／321 血／

〔07〕131 佮／181 佐／181 佑／182 位／184 佃／132 兵／205 均／210 妙／215 寺／124 巫／151 役／239 成／111 我／329 戒／146 攻／250 旱／098 杜／102 杍／106 李／106 杏／262 沖／274 甸／277 疕／293 私／098 芑／354 赤／340 邑／341 邦／197 里／174 車／

〔08〕185 侗／188 典／213 官／216 君／228 庖／229 府／138 弧／139 弩／332 征／270 忠／152 武／248 旨／056 易／099 松／105 枌／255 枉／263 波／142 物／280 直／282 知／309 和／294 秉／295 空／296 穹／301 糾／310 享／067 芼／081 芥／336 迎／354 青／174 軋／345 金／347 門／

〔09〕048 兔／188 則／026 厖／130 奚／121 客／223 帟／236 思／222 施／249 星／140 柄／140 柲／170 柷／099 柏／101 柞／268 柯／264 洪／338 洫／162 盅／115 侯／300 紅／037 美／315 胥／025 脂／068 苴／069 苓／074 茄／076 茅／071 茹／218 述／340 郊／174 軌／024 飛／355 革／

〔10〕185 倥／216 倨／116 冢／191 凋／192 凌／196 匪／201 倉／203 圃／116 宰／217 崇／122 師／153 徒／270 恕／253 拳／141 旂／150 旅／170 栒／252 案／106 桃／253 桎／022 桑／110 栲／338 涂／287 烝／039 牂／268 牂／270 牷／027 狼／279 皋／162 盉／162 盈／284 祖／285 祝／286

神／287 祠／089 秠／089 秬／261 氣／302 素／038 羔／039 羒／039 羖／070 茈／078 荎／105 荎／259 荎／318 荒／032 豹／033 豺／332 貢／332 財／336 逆／337 追／174 軓／174 軏／334 軒／164 釜／350 除／009 隼／019 隼／165 鬲／217 高／

〔11〕129 商／120 婦／191 彫／022 扈／143 旌／248 時／100 柳／102 梓／253 梏／255 梐／254 梁／257 桷／334 渠／260 欲／325 殺／338 淢／310 淳／346 焮／095 瓠／273 瓬／275 痎／162 盒／281 眼／303 終／312 耜／313 聊／316 舂／072 菡／072 莧／073 莪／074 荷／077 莔／084 荻／050 蛇／053 蛉／059 蛉／323 規／124 覡／324 訟／209 豝／030 豣／332 貨／343 都／351 陶／159 雀／041 鹿／005 梟／091 麥／305 麻／

〔12〕186 傀／173 冕／136 創／194 勢／195 勑／113 卿／200 喪／315 國／211 媒／214 富／158 尊／227 幾／137 戟／242 掌／157 罤／141 旐／098 棠／103 椐／104 椅／108 棘／265 渙／267 無／044 犇／028 猱／216 琚／272 琮／272 琥／276 痟／276 痛／332 稅／088 稌／126 童／086 粟／070 紫／300 紫／304 絜／305 絲／064 腒／070 萸／076 菅／078 萂／079 萋／082 菲／084 菼／084 萑／054 蛛／160 觚／047 象／034 貂／214 貧／344 量／174 軨／174 軫／174 軸／174 軹／348 閑／354 黃／354 黑／087 黍／

〔13〕207 亶／203 園／204 圓／212 孅／224 �／240 歲／244 搔／105 榆／106 桌／256 極／102 楸／107 楳／174 椞／323 榘／257 椽／338 溝／136 愴／168 瑟／288 禁／289 裸／023 禽／089 稙／089 稗／089 稑／127 竪／093 粱／308 置／080 葵／081 葱／082 葑／084 葦／084 葭／053 蜓／051 蜉／325 誅／326 詩／035 貀／035 貉／036 貉／129 賈／058 賊／332 賄／333 辠／335 農／338 遂／174 載／174 軾／174 輈／174 較／196 頒／357 飭／046 馰／046 畀／042 麂／001 梟／062 黽／165 鼎／144 鼓／

〔14〕187 僞／199 嘂／209 夢／121 賓／141 旗／287 嘗／108 槐／257 榱／258 稟／266 滌／338 漱／049 熊／275 瘧／277 瘍／290 福／290 禍／135 箙／070 綟／306 緪／306 經／306 緇／025 膏／317 舞／072 蓤／074 菌／084 蒹／074 蓮／075 蓮／170 虡／156 盟／053 蜻／052 蜮／054 蜘／055 蜩／062 蜢／345 銅／046 雒／002 鳳／

〔15〕197 壓／230 廣／231 廞／232 廟／243 擊／246 撣／222 敷／250 暵／099 樅／257 橑／259 樞／335 濃／272 璋／020 瘫／088 稻／308 罷／039 羭

／074 蓉／083 蔗／050 蝮／051 蝣／057 蝦／310 諄／332 賦／352 霄／310 醇／174 輟／174 輞／174 輪／174 輗／174 輢／145 錞／349 闈／046 駓／063 鮑／043 麋／003 鴉／004 鴇／010 鴈／

〔16〕122 儒／134 劍／192 凝／202 對／204 圜／207 壇／201 廩／104 樲／103 樻／338 澮／011 燕／272 璝／162 盥／089 穈／298 篤／299 築／307 縣／309 羲／074 蕅／074 蘧／062 螃／058 蟥／353 霍／174 輸／174 輹／174 輻／174 輮／079 餘／046 駰／046 駱／045 駮／018 鴞／015 鴿／005 鴟／006 鴟／009 鴟／006 鴠／007 鴠／008 鴝／167 鼒／

〔17〕206 璽／120 嬪／238 徽／241 戲／109 檉／099 檜／266 濯／159 爵／278 療／089 穉／089 穜／090 穜／163 簋／314 聰／081 薑／081 薇／320 虧／057 螟／058 螽／060 蟋／060 蟀／161 豰／327 謠／328 謝／174 輿／174 轂／046 騆／164 鬴／009 鴦／010 鴻／009 鴿／361 黻／

〔18〕245 擧／143 旞／272 璧／291 襘／292 禮／163 簠／094 糧／213 職／319 藉／084 藯／335 襛／058 蟦／059 蟦／055 蟬／331 豐／031 豵／339 邈／155 韠／155 鞸／343 醫／174 轉／174 轊／021 鞥／356 鞭／046 騏／012 鵝／013 鵠／008 鵅／

〔19〕320 壞／233 廬／020 瀌／142 旝／188 瀵／023 獸／033 獺／206 璽／049 羆／040 羹／071 藘／078 藷／160 觶／330 緣／174 轐／358 饁／046 騘／046 騢／009 鵲／361 黼／147 鼗／

〔20〕141 旟／270 犧／283 礦／319 籍／306 纁／074 藺／084 蘆／329 警／335 醲／144 鐘／145 鐃／046 騮／014 鶪／015 鶂／016 鶡／

〔21〕110 櫻／166 甗／025 贏／085 蘩／174 轛／145 鐸／145 鐲／170 鐻／016 鶏／148 鼙／

〔22〕238 懿／330 變／287 櫑／291 襛／298 籠／061 蠹／359 饎／046 驒／046 驈／046 驔／043／065 鼉／

〔23〕330 戀／171 欒／169 籥／346 鑠／025 鱗／017 鷸／009 鷳／149 鼛／

〔24〕359 饜／

〔25〕064 鱅／009 鸒／360 鹽／

〔28〕174 轞／028 靈／018 鸚／

〔29〕046 驪／

〔33〕044 麤／

〔38〕322 龔／

〔壹・鳥屬〕

1. 鳧「鳧有不可畜者，能反人也，爲得己焉；有可畜者，不能乙也，爲戾右焉。」（《鄭解》頁 8）

   「鳧有不可畜者，能及人也，爲得己焉；有可畜者，能及人而止，爲居石焉。」（《蔡解》卷八頁 6）

   按：蔡《解》「鳧」目僅此一句，文意又與鄭《解》相同，可確信爲《字說》無疑。「不能乙也」當作「不能乞也」；《說文》十二上乙部：「乞，燕燕，乞鳥也。象形也。」段《注》：「乞篆象其于飛之形。」家鳧不能飛，故《字說》曰：「不能乞（飛）也。」又按：「及人」當爲「反人」之譌；「居石」爲「戾右」之譌。

   釋義：水鳥之處於野者，曰鴈、曰鳧；畜於家者，曰鵝、曰鶩。《字說》以爲在野之鳧，能翱遊天際，故能遠離人羣而適己意，可畜之鵝不能飛，則有戾右（乖離善地）之禍。

2. 鳳「《字說》：『鳳鳥文，河圖有畫，非人爲也。』」（《詩傳》卷二頁 49）

   「鳳鳥有文，河圖有畫，非人爲也。」（《臨川先生文集》卷五六頁 7）

   「王文公曰：『鳳鳥有文，河圖有畫，非人爲也。』」（《埤雅》卷八頁 212）

3. 鴉「《字說》：『（鴉）能效鷹鸇聲，性惡，類相値則博，俗名山鷓。』」（《詩傳》卷二頁 43）

   「《字說》云：『能效鷹顫之聲而性惡，其類相値則博者，皆指此也。』」（《本草》卷四九頁 8）

4. 鴇「《字說》云：……『舌所以通語言，無舌則無所告訴矣。故《詩》以〈鴇羽〉刺君子下從征役，不得養其父母。』」（《緗素》卷六頁 1）

   釋義：古諺云：麞無胆，兔無脾，鴇無舌。無舌則有口不能言也。《字說》以爲〈鴇羽〉之詩，藉無舌之鴇，喻征夫之無從洩其苦怨。

5. 鴟梟「鴟，暴而不剛，勇而無才，塞而不通，故謂之強茅。從大而不能有爲，故謂之鴟。哲婦之子乎內也，其爲物若梟，其陰伏若鴟，故曰：『懿哲厥婦，爲鴟爲梟。』」（《蔡解》卷六頁 5）

   「梟，類鴟而尤好陵物者也。有陵物之意，故當求之，端待發氣。果敢而發，必中聲□曉者。以其如此，非若強茅之陰伏也。」（《蔡解》卷六頁 5）

   按：以「強茅」「鴟」說鴟得名之故，合《字說》「一物異名說又訓例」；引《詩》句以證名物而非引名物以證《詩》義，亦爲《字說》常有，如鴇、薇、菅茅……等是。《埤雅》無「鴟」字，依上章考證，此類多半屬《字說》。「梟」字說解與「鴟」字說義暗合，似當合爲一條。第二條「中聲□曉」，《四庫全書》本作「中聲當曉」。

釋義：鴟，俗謂貓頭鷹，體大而無用，如五胡之氐族，壯勇而不文，故从氐作「鴟」，亦氐有低賤義也。又：鴟暴而不剛，勇而無才，若茅塞其心而不通，故謂之「強茅」。強茅暴而不敢陵物，是謂陰伏。褒姒之亂周室，殘厲似梟而陰伏似鴟，故《大雅》以〈瞻印〉刺之。梟類鴟，亦晝伏夜出，善捕鳥雀兔鼠等小物，非若鴟之僅食腐鼠，故謂之「好陵物」。

6. 鴟鴞「鴟鴞，性陰伏而好凌物者也。陰伏以時發者，必有以定之內；畜志以凌物者，必有以決乎外；故謂之鴟鴞。然其害物也，能竊伏而不著鷹隼之勢，故《鴟鴞》以喻管蔡之暴亂。」（《蔡解》卷六頁 4）

按：此條引自蔡《解》，雖未明言《字說》二字，然細考其文意，與上條多所契合；原文引自卷六，前後各目為：桑扈、鴞、鴟鴞、隼、鶺鴒，其中桑扈、鴞、隼，皆有他書明言為《字說》文字，鶺鴒亦經考定為《字說》無疑。此條文意頗似《字說》，又與《埤雅》卷七鴟鴞目全異，依上章考證，蔡《解》此類文字，多為摘自《字說》者，如椐樻、螟蛉……，此條亦當如是。

釋義：鴟鴞，惡鳥也，或謂之鸋鴂、鷦鷯，形如黃雀而小，愛子及室，適所以害之，故《詩》有云：「鴟鴞鴟鴞，既取我子，無毀我室。」是鳥也，平日陰伏，畜志以待時，時至則發而凌物，又無鷹隼之勢，故管、蔡結武庚為亂之事似之。

7. 鴞「《字說》：『鴞無爪牙羽翼之才，而以口向物；為物所惡，故常集于幽荒蒙薉之土，〈墓門〉之鴟是矣。〈泮水〉曰：「翩彼飛鴞，集于泮林。」言僖公有仁厚之德，故雖可惡之鳥，猶能去幽荒而集泮林，所以美之也。』」（《詩傳》卷一頁 26）

「鴞無爪牙羽翼之才，而以口向物，食所惡而已；亦以物惡，故常集於幽荒蒙薉之土也，『墓門有棘，有鴞萃止』是也。〈泮水〉曰：『翩彼飛鴞，集于泮林。』鴞，可惡之鳥；泮水，可欲之地；且鴞之惡，非翩然而集于木者，惟僖公有仁厚之德，故雖所惡之鳥，能集可欲之地；不庭之虜，猶之鴞去幽荒而集于泮林也。其來雖不足以為善，惟其不害於物，故能翩然集之而不為物逐也。」（《蔡解》卷六頁 3）

釋義：鴟、梟、鴟鴞、鴞，四鳥名相近而實相異。鴟體大而性懦，梟體大而猛厲，鴟鴞體小而陰猛，鴞又名鵩，狀如母雞，晝伏夜出，常入人家室中捕鼠食之，俗謂鵩鳥入室，主人當去，故為人所惡。《字說》以為鴞食人所惡之鼠，以口向物也，故从口；惡鳥也，故為人驅逐，棲集於幽僻荒地。魯僖公富仁德，修泮宮於水畔，不拒惡鳥之歸就，是以詩人作詩美之。

8. 鴝鵒「《字書》:『鴝从勾，鵒从欲』，解云:『鴝鵒多欲，尾而足勾焉。』」（《緗素》卷八頁2）

「《字書》之八云:『性好淫，其行欲則以足相勾，往往墮者，相連而下，故从句从欲。』《字說》云:『尾而足句焉』是也。」（《爾雅翼》卷十四頁4）

「王氏《字說》以爲其行欲也，尾而足勾，故曰鴝鵒。」（《本草》卷四九頁4）

「介甫《字說》……『鸜鵒，勾其足而欲。』」（《猗覺寮雜記》卷上頁2。）

釋義:《字說》以爲此鳥交尾行欲時，二鳥以足互相勾纏，故从勾从欲省。

9. 鳶鴟隼鷞鴿鵲鷳

「《字說》云:『鳶，逆上；鴟，氐取；隼，致一；鷞，與也；鴿，合也；鵲，黑白錯；鷳，黑白間。』」（《埤雅》卷八頁205）

釋義:《字說》以爲:鳶搏搖高飛，如矢直上，故从逆省。鴟取腐鼠而食，所取低賤，故从氐，氐者賤也。隼擊物必中，可謂準確。鴿合羣，故从合。鵲羽色黑白相雜錯，故从錯省。鷳羽色黑白相間，故从間。

10. 鴻鴈「大曰鴻，小曰鴈。所居未嘗有正，可謂反矣；然而大夫贄此者，以知去就爲義，小者隨時，如此而已。乃若大者隨時，則能以其知興事造業矣。鴻從水，言智；工，言業；故又訓大，《易》曰:『隨時之義大矣哉！』若大夫者，不能充也。」（〈字說辨〉頁3）

按:「所居……反矣」，當作「所居未嘗有止，可謂知反矣」。「工言業」當作「從工，言業」。

釋義:水鳥之小者曰鴈，陽鳥也，冬南翔而夏北往，趨利避害，未有常居，然頗知去就隨時之義。大夫爲官之小者，以知去就爲義，故執小鴈以爲贄。鴻則大於鴈，大而能如鴈之去就隨時，則智可知矣。智則可以如王侯之創立基業，非大夫之可比也。其字从水，水於五行爲智；从工，工乃實際從事之人也。

11. 鳷燕[illegible][illegible]「鳷不木處安矣，又不如燕之燕也。燕嗛土，避戊己；戊己，二土也，故廿在口上。謂之玄鳥，鳥莫知焉；知，北方性也；玄，北方色；故從北。襲諸人間，故從人。春則戾陰而出，秋則戾陽而蟄，故八；八，陰陽之所分也。故少昊氏紀司分用此。知辟、知襲、知出、知蟄，若是者可謂燕矣。」（《鄭解》頁16）

「鳷不木處安矣，故謂之鳷。然又不如燕之燕也。」（《埤雅》卷八頁202）

「鳷，今家雀也。不木止，又知襲焉，安矣。燕室處，尤安焉。」（《爾雅新義》卷十七頁3）

「時珍曰:鷃不木處，可謂安甯自如矣。」（《本草》卷四八頁18）

「燕之往來避社，而嗛土不避戊己。……畏人也而襲諸人間，此燕安之道也。故其字又爲燕安之燕。」（《埤雅》卷八頁 190）

按：鄭《解》以引文釋《考工記》「梓人爲侯」之「王以息燕」經文，鴳字無涉經義，《埤雅》、《爾雅新義》、《本草綱目》釋鴳又與之相同，當有同一來源。《爾雅新義》多引《字說》文句而不言者，如葵、茨、蜘蛛、蝦蟆……等，此條亦當如是。燕字說解用五行觀念而深刻若此，又合於《字說》「分析小篆例」及特殊用詞例（戾別），「襲諸人間」亦爲介甫慣用語，綜上述各證，可確信此條爲《字說》無疑。燕字：「故八」，當作「故從八」。

釋義：鴳雀小鳥也，《莊子・逍遙遊》：斥鴳笑鵬鳥曰：「我騰躍而上，不過數仞而下，翺翔蓬蒿之間，此亦飛之至也。」可知鴳喜騰躍翺翔，不木處而棲，故不受矢彈之害，可謂安矣，是以其字从安。若燕居人屋簷之下，更得安閑自如，故又有宴安、燕享之意。燕銜泥土爲巢穴，土於五行之日干屬戊己，故戊己二日燕不銜土；戊，土也；己，土也；燕以口銜之，故从二土在口上作「㞢」。燕羽黑，黑屬北方色；燕之智冠羣鳥，智屬北方性，故从「北」。燕營巢於屋宇之下，襲諸人間，故从「人」。春社來，秋社去，知分別陰陽也，故从「八（別）」。綜合諸形，知其字作「燕」，與小篆之燕異形。

12. 鶩「《字說》曰：『鶩，飛能俄而已，是以不免其身；若鳴鶩者，可也。鳴鶩者，鶩也，而非鶩。』」（《埤雅》卷六頁 140）

「鶩，飛而能俄而已，然襲諸人間，視鴈舒焉。所謂出如舒鴈，如此。一名鳴，若鵝可也。」（《爾雅新義》卷十七頁 1）

釋義：《字說》以爲鶩雖能飛，不久即墜，是以不免爲人所擒。鳴鶩（雁）則可高飛久遠而不致爲人所擒，故可稱道也。

13. 鵠「設其鵠者，棲鵠於侯中以爲的者也。……《字說》云：『鵠遠舉難中，中之則可以告，故射侯棲鵠，中則告勝焉。』」（《埤雅》卷九頁 226）

「鵠，遠舉難中，中之則以告，故射侯棲鵠，中則告勝焉。」（《鄭解》頁 16）

「設其鵠者，鵠棲侯中以爲的者也。鵠之爲物，遠舉而難中，射以及遠中難爲善，故的謂之鵠也。」（《新義》頁 49）

「必設其鵠，則鵠棲侯中以爲的也。鵠之爲物，遠舉而難中，射以及遠中難爲善，故的謂之鵠也。」（《詳解》卷八頁 3）

「鵠棲侯中以爲的者也。鵠之爲物，遠舉而難中，射以及遠中難爲善，中則告勝焉，故的謂之鵠。」（《詳解》卷三八頁 17）

按：引文中，「侯」字皆當改作「矦」字，「的」字皆當改作「旳」字。

釋義：鵠或謂之天鵝，其翺翔天際，極其高遠，射者最難中之，故以之爲的，中則爲勝而可以告人，故字从告。

14. 鶪「鶪見於萬物開闔之時，夏至而鳴，冬至而止，天地不勞，萬物以生，萬物以死。夏至則生者勞物，冬至則死者定物，鶪鳴同萬物而勞者也，故謂之百勞。鳴於二至之間，故伯趙爲司至。〈七月〉以鶪爲將續之候，觀天時而終人事，所以順萬物而作者也。」（《蔡解》卷六頁 5）

按：謂夏至則萬物開展，冬至則萬物闔止，與《字說》五行思想契合，如：「〈乾〉位西北，萬物於是滋始」（旡），「有極則復此於無者矣」（無），「降與萬物相見」（冕），「赤與萬物相見」（紅），「夏曰昊天，則帝與萬物相見之時」（《新義》頁 17、103）。以百勞、伯趙說鶪之別名，合於「又訓說異名例」。說解文例與「鵖」「鴞」「菅茅」相類，引文出自蔡《解》，又與《埤雅》卷九鶪目全異，可信爲《字說》佚文。又，「鶪」當爲「鶪」之譌。

釋義：鶪大如鳩而黑，以四月鳴，冬月止，爲月令候時之鳥；又名博勞、伯勞、伯鷯、伯趙，象其聲也。《字說》以爲夏至時，萬物生氣盎然，勞動不息，鶪適鳴於此時，與萬物同勞，故謂之百勞。又其鳴於二至之間，故左氏以爲「伯趙氏，司至者也。」（昭公十七年《傳》）鶪於秋日以所捕之蟲魚小雀等物，貫於小枝，儲作冬糧，故能「視天時而終人事」，「順萬物而作」矣。

15. 鵬鴒「鶺鴒者，有所就，有所招者也。彼可即而即之，則無不親；彼可令而令之，則無不從，如鶺鴒之尾應首也。親則有雝雝之能和，從則有渠渠之能容，故謂之雝渠。作詩者以喻兄弟之無不親，無不和也。兄弟之道，天性也，動其鶺脅而首尾應者，雖有強誠，亦自然而已，故字或以爲鶺鴒。」（《蔡解》卷六頁 4）

「脊令不能自捨，有即而令之者也。」（《爾雅新義》卷十七頁 4）

按：引文合於「專名彙解例」、「一物異名說又訓例」、「形聲字說爲會意例」（即令、脊脅），出自蔡《解》又與《埤雅》卷九〈脊令〉目全異，由上章考證可知，此類文字多屬《字說》原文；再以《爾雅新義》證之，蔡《解》引文實即《字說》佚文。首二行「鶺鴒」當作「鵬鴒」，末行「動其鶺脅」當作「動其脊脅」。

釋義：鵬鴒，雀屬，或名鶺鴒、精列、雝渠，尾翼均長，動其脊脅則首尾皆應，是自然之天性也。兄弟之親愛和睦，亦當如是。

16. 鷄鶡「《字說》曰：『奚也，曷也，皆無知也。鷄可畜焉，以放於死，奚物而無知者也；鶡善鬥焉，以放於死，曷物而無知者也。』」（《埤雅》卷七頁 184）

釋義：鷄可畜焉，爲人所係而終爲人所食，是不知其死也，故从奚。鶡似雉而大，善鬪，鬪則期於必死，是無知之至者也，故从曷（害）。二「放」字疑爲「致」之譌。

17. 鷮「《字說》曰：『从喬，尾長而走且鳴，則其首尾喬如也。』」（《埤雅》卷八頁 192）

「尾長而走且鳴，則其首尾鷮如也。」（《蔡解》卷八頁 6）

「鷮，走且鳴。」（《爾雅新義》卷十八頁 10）

「《字說》:『鷮從喬，尾長而走且鳴，則其首尾喬如也。』」（《詩傳》卷二頁 46）

「王安石云：『鷮字从喬，尾長而走且鳴，則其首尾喬如也。』」（《詩經世本古義》卷十八頁 38）

釋義：《字說》以爲鷮之尾長，又喜走且鳴，故必須趬尾昂首（發聲），始得前趨也。

18. 鸚䳇「《字說》曰：『嬰兒生，不能言，母教之，已而能言。』」（《爾雅翼》卷十四頁 11）

「《字說》曰：『嬰不能言，已而能言，母從人，而後能言。』」（《埤雅》卷九頁 231）

「《字說》云：『鸚䳇如嬰兒之學母語，故字從嬰母。』」（《本草》卷四九頁 9）

19. 隼「《字說》:『隼之擊物必中者，或有所過取，故《詩》以喻不制之諸候，而司寇之官則以鷞鳩名之。』」（《詩傳》卷二頁 37）

「隼之擊物而必中者也，必至謂之隼，物而迣謂之鷹。必至者或有所過取，故作《詩》者以隼喻不制之諸侯，而司寇之官則以鷞鳩名之。」（《蔡解》卷六頁 4）

釋義：隼，急疾之鳥，擊物則每發必中，於鳥獨爲準確，故名之曰隼。人若如此，或因貪欲而取之過當，失其節制，故以喻不制之諸侯。鷞鳩即鷹也，性猛厲，故藉爲司寇之官。

20. 㿿應「《字說》曰：『應，从心从㿿，心之應物，不疾而速，不行而至。㿿之應物，人或使能疾而已，不行不至。』」（《埤雅》卷六頁 157）

釋義：㿿，籀文从鳥作鷹，即今之鷹字。《字說》以爲㿿字从隹、从疾、从人，解云：㿿乃急疾之鳥，隨主人之使令而擊物。然㿿速雖疾，亦必藉行動始能到達其地。心則異於是，所謂「形在江海之上，心存魏闕之下」，故「不疾而速，不行而至」。

21. 鶾「《字說》曰：『善鬪謂之鶾，非不健也，然尾長，故飛不能遠，譬諸強學，

務本勝末，則其出入亦不能遠。』」（《爾雅翼》卷十五頁 7）

釋義：鵫鸒，山鵲也，又名乾鵲；乾，健也，故《字說》謂：「非不健也」；然鵫雖健而尾長，故飛不能遠，是其末（長尾）勝其本（飛遠之力）故也。爲學者如務末勝本，亦不能有成。

22. 桑扈「桑扈，竊脂也，性好集桑，故因以桑，則九扈之名也。戶所以閉，邑所以守，故謂之扈。羽領之間皆有文而又善自閉守，故名扈，而作詩者所以喻君公之禮文，少昊氏以九扈爲九農正，亦曰『扈民無淫者』。」（《蔡解》卷六頁 3）

「《字說》：『桑扈性好集桑，故名。戶所以閉，邑所以守。』」（《詩傳》卷二頁 42）

按：蔡《解》引文之首行「以桑，則九扈」，字有漏敚，當改作：「因以桑名，扈則九扈」。「喻君公之禮文」，《詩・小雅・桑扈序》云：「〈桑扈〉刺幽王也。君臣上下，動無禮文焉。」

釋義：扈類鴳雀，其種有九，集桑之扈謂之桑扈，又名竊脂。是鳥也，善自閉守，閉則以戶，守則以邑，故从戶从邑而謂之扈。少昊氏以鳥名官，若伯趙（伯勞）鳴於二至之間，乃以之司至；扈種有九，以其名立九農正，各司其職，以制止百姓縱逸敗德。

23. 禽獸「六獸，可狩而獲者也；六禽，可擒而制者也。」（《新義》頁 31；《詳解》卷四頁 12）

「獸，可狩而獲者，……禽，可擒而制者。」（《詳解》卷十八頁 7）

「禽可擒而得，獸不守不能獲。」（《爾雅新義》卷十八頁 3）

按：《詳解》二則引文與《新義》相同，《爾雅新義》說解又與之相近，《爾雅新義》多取《字說》而不言出處，前已言之，則此條說解，或與《字說》同義。

24. 飛飛「王荊公作《字說》，一日躊躇徘徊，若有所思而不得，子婦適侍見，因請其故，公曰：『解飛字未得。』婦曰：『鳥反爪而升也。』公以爲然。」（《獨省雜志》卷四頁 4）

按：《字說》有取時人及介甫門生弟子之說解爲助者，依小篆飛字「飛」，亦有鳥反爪而升之象，《字說》或即取此義爲之。

25. 膏脂羸羽鱗

「膏在肉上，故膏；脂肉雜生，故脂；羽左右翼乃得已焉，左右自飾也，亦以飾物。果羸，於實成矣，無所蔽；乚，不足於亡者，於果爲羸矣。裸者如之，故又訓裸。五蟲皆陽物也。羽，炎亢乎上，故飛而不能潛；鱗，炎舛乎下，故潛而不能飛。龍亦鱗物，然能飛能潛，則唯鱗屬爲炎舛乎下。舛乎下，鱗故也。」

（《鄭解》頁 15）

「雜肉而生謂之脂，生於肉中謂之膏，二者其味美而可以致其實而用之。」（《詳解》卷三八頁 15）

按：以物性相近而作彙解，以小篆釋字形；說羽屬可飛、鱗屬潛水、龍則可潛可飛，附會陰陽五行之義；說鱗屬不能飛，乃「炎舛乎下」之故；皆合於《字說》條例，《詳解》釋文與之相近，必爲同一來源，可信爲《字說》。原文於「又訓裸」之下，缺「鱗」字之字形說解。

釋義：《考工記》「梓人爲筍虡」，脂者、膏者以爲牲，羽屬、鱗屬以爲筍簴之飾物，各有其宜。《字說》以爲：膏在肉上，其位高也，故从高；脂與肉雜生，其味甘旨，故从旨；鳥以左右兩翼自飾，故繪成兩翼之形作羽；果蓏，天瓜也，或名栝樓。其實蔓生草葉下，故爲蓏屬，實成則葉不足以隱蔽之，而瓜果裸現，故曰：「乚，不足於亾者」；乚，隱也；亡，藏也。至若羽鱗之別，羽屬於五行爲南方火，「炎亢乎上」而能飛；鱗（鱗）屬爲北方水，故「炎舛乎下」而能潛；龍則爲東方木，介乎水火之間，故能潛能飛也。

〔貳・獸屬：犬豕豸羊鹿馬象兔熊〕

26. 㺇「㺇，金獸也。秋則得氣之正，故天子於秋食之。金爲剛，故字從阜，故畜之而能擾。成豪則剛果而善相慝，未能豪則能吠而已。能吠而大，故謂之㺇。犬以牙爲威者，長喙則所制者眾，故謂之獫；雖喙短，亦足以揚而肆其力。故謂之猲驕爾。」（《蔡解》卷九頁 6）

「犬短喙，曷以爲驕。」（《蔡解》卷九頁 7）

按：以五行說義，合《字說》「附會五行例」；以獫、猲驕爲㺇之異名，合「一物異名說又訓例」及「性質稍異生異名例」；引文出自蔡《解》，又爲《埤雅》所無者，可信爲《字說》文字。惟二則引文當合爲一條，文意始完全。文中「從阜」當改作「從厂」。

釋義：㺇爲總名，析而言之，長喙曰獫，短喙曰猲驕。犬虎屬西方金行，故曰「金獸」；字从厂，則金之剛強如厂（巖）也。㺇又訓大，犬能吠而大，故謂之㺇。長喙則所制者眾，僉有眾意，故从僉作獫。短喙者雖肆其力，亦曷以爲驕，故名猲驕。

27. 狼「狼，犬類而長者也。剛則強而樂取，故牝謂之獾。柔則剛而自守，故牡謂之狼。知進而不知退者也，獾。知剛知柔者，今狼也。《詩》曰：『狼跋其胡，載疐其尾』，言乎不逆而動也。夫胡跋則可上而不可退，退則觸尾；尾疐則可就而不可進，進則踴胡。能委順以解之，身逸而體全矣。故疐跋之難，而不能害之之謂狼；讒巧之敗而不能失之之謂聖。」（《蔡解》卷九頁6）

「陸農師又謂『狼從良』，此《字說》妄語。」（《詩識名解》卷六頁4）

「豺祭、狼卜，又善逐獸，皆獸之有才智者，故豺从才，狼从良也。」（《埤雅》卷四頁85）

按：《詩識名解》言「字說」者，或即「鑿附」之意，若後世用「吳均語」以代「無稽之言」。《字說》狼字當爲蔡《解》之引文。蓋引文以狼爲總名，貛、狼爲別名，合又訓說異名例；以貛从歡省，合「形聲字說爲會意例」；引《詩》以證名物而非引物以說《詩》義，亦爲《字說》常有；說解與《埤雅》卷四狼目全異，由考證可知，此類文字多爲《字說》。引文字句略有訛誤，剛強樂取爲陽，柔而自守爲陰，故「牝謂之貛」「牡謂之狼」，當改作「牡謂之貛」「牝謂之狼」，《爾雅》亦云：「狼：牡貛、牝狼。」又：疐字三見，皆當改作疐（疐），从叀冂止。

釋義：犬屬而體長者爲狼。狼之牡者陽剛，其性強而樂取，故謂之貛，从歡省；其牝者陰柔自守，才智良也，故謂之狼。貛勇於進取，故不知退；狼知剛知柔，能進能退，故雖疐跋亦不爲所害。推而之人，則周公攝政以佐成王，讒言巧佞不能敗之，可謂聖矣。所引《詩》句，出自《豳風・狼跋》。牛頸下贅肉曰胡，下垂如人之絡腮鬍，老狼亦有胡，進則躐其胡，故曰「跋其胡」；疐，礙不行也，狼行時垂尾，退則跲其尾，故曰「疐其尾」。

28. 猱「猱，體柔而善猜者也。猜者，犬之性，而猱善猜，故從犬。又猜以入人者，讒佞也，其狗、猱焉。〈角弓〉論幽王之好讒佞，則曰：『無教猱升木，如塗塗附。』」（《蔡解》卷九頁6）

按：以猱體柔故字從柔，合《字說》「形聲字說爲會意例」；引《詩》以說物性而非以物證《詩》義，爲《字說》常用；引文出自蔡《解》，又與《埤雅》卷四猱目全異，由考證知此類文字多屬《字說》。

釋義：猱乃長臂猿之一種，字从犬，謂其善猜人意，一如犬也；从柔，則其肢體柔軟，善攀援故也。犬猱皆以善猜人意而爲人所畜幸，幽王好讒佞，其嬖幸亦如犬猱猜其意而迎之，故《小雅・角弓》以此刺之。

29. 豝「《字說》：『豝所謂婁豬，巴猶婁也。』」（《爾雅翼》卷二三頁8）

「《字說》曰：『豝所謂婁豬，巴猶婁也。』」（《六家詩名物疏》卷八頁16）

「王安石謂：『巴猶婁也。』」（《詩傳名物集覽》卷三頁66）

釋義：牝豕曰豝、曰豭。《左傳》：「既定爾婁豬，盍歸我艾豭。」（定公十四年），

《注》:「婁豬，求子豬也。」是婁豬即豭也，與豝皆爲豕之牝而大者，故巴與婁偏旁同意。

30. 豜「豜，牡白麋，絕有力。豜者力足以發物而構獻之故也。字從开。〈七月〉詩云:『言私其豵，獻豜於公。』絕有力，猶能獲之以獻，況力弱者乎。豵小而豜大，大者公之，小者私之，豳民豈貪取而無厭哉!」(《蔡解》卷十頁 7)
按:文例如上條狼、猱等字，亦可信爲《字說》佚文。「字從开」當作「字從幵」。
釋義:《爾雅・釋獸》:「麔之絕有力，豜。」麔之牡而色白，其力絕大者，謂之豜，字从幵，乃幵爲羌之別種故也(《漢書・趙充國傳》顏師古註云)。三歲豕亦曰豜，則以其壯且碩大也;豕生三子曰豵，豵則小於豜。《豳風・七月》之詩云:留其小豵而獻大豜於公，由此可知豳民非貪取者也。

31. 豵「豕俯而聽，有職者如是。生一曰『特』，猶之正也;生二曰『師』，猶之師也;生三曰『豵』，猶之師帥而從之者也。」(《蔡解》卷九頁 7)
按:總言之曰豕，析言之曰特曰師曰豵，合「形勢變遷生異名例」;說其得名之故，合「形聲字說爲會意例」;引文出自蔡《解》，又爲《埤雅》所無，可信爲《字說》。
釋義:《本草》說麀:生一曰豯，，生二曰獅，生三曰豵。豕亦如之。曰特，則一而大也;曰師，則爲三之師也;曰豵，則從於師之後故也。

32. 豹「《字說》曰:『虎豹狸，皆能勺物而取焉。大者猶勺物而取，不足爲大也;小者雖勺而取，所取小矣，不足言也;故於豹言勺。』」(《埤雅》卷三頁 71)
「《字說》:『虎豹狸皆能勺物而取焉。』」(《詩傳》卷四頁 78)
「王氏《字說》云:『豹性勺物而取，程度而食，故字從勺，又名曰程。』」(《本草》卷五一頁 4)
釋義:勺，挹取也，虎豹狸皆以掌爪攫物而取焉;虎大、狸小，以掌爪取物皆失其分，唯豹大小適中，最宜勺而取也，故豹字从勺。

33. 豺獺「《字說》曰:『豺亦獸也，乃能獲獸，能勝其類，又以知時祭，可謂才矣。獺非能勝其類也，然亦知報本反始，非無賴者。』」(《埤雅》卷三頁 66)
「《字說》云:『豺能勝其類，又知祭獸，可謂才矣，故字從才。』」(《本草》卷五一頁 36)
「王氏《字說》云:『正月、十月，獺兩祭魚，知報本反始，獸之多賴者;其形似狗，故字從犬從賴。』」(《本草》卷五一頁 41)
按:依《埤雅》引文，可知《本草》二文當合爲一條;而《本草》釋獺之說，與《埤雅》引文略異，查《埤雅》「獺」字同頁又引《援神契》曰：「謂多賴，故不使超揚賴才也。」《本草》或取此意說獺。

釋義：豺，如狗似狼，猛而善攫獸，故曰「能勝其類」。俗云：豺既取獸，四面陳，之以祀其先世，故曰「知時祭」。字从才，以其能勝同類又知時祭故也。獺似狐而小，亦獸也，惟水居食魚不能攫獸，視豺爲不如。然獺取魚屬於水而四面陳之，謂之祭魚，其取於魚而又能祭魚，是「報本反始」，並非無賴者，故字从賴。

34. 貂「《字說》曰：『貂或凋之，毛自召也。』」（《埤雅》卷四頁 103）

釋義：匹夫無罪，懷璧其罪，貂以其毛故爲人所捕，若「虎豹之文來田」。貂从召，召禍也。

35. 貈貉「《字說》曰：『貈善睡，則於宜作而無作，於宜覺而無覺，不可以涉難矣。舟以涉難，利則涉，否則止；貈，舟在右，能生者也。又作貉，貉之爲道，宜辨而各，故孔子：「狐狢之厚以居」。貉辨而各，故少乎什一，謂之大貉、小貉，無諸侯、幣帛、饔食、百官、有司，以爲貉道也。』」（《埤雅》卷四頁 83）

「貉言其辨而各。」（《詳解》卷二九頁 4）

「《字說》云：『貉與貛同穴各處，故字從各。』」（《本草》卷五一頁 35）

釋義：《說文》：「貈似狐，善睡獸也」，「貉，北方貉，豸種也。」段《注》：凡「狐貉」連文者，實當作「狐貈」字，今皆假貉爲貈，造貊爲貉矣。可知貈、貉本二物，後乃混而爲一，《字說》亦如之。以爲貈善睡，本爲至險且害生之事者，然字从舟在右，以舟能濟難，右屬尊位，故能履險如夷，絕處逢生也。貈又作貉，以其與貛同穴而各處，有自求多福，各自爲政之意，故曰「辨而各」；辨，分別也；各，乖異也（見雒字說解）。貉既爲北方蠻夷，故助貢之稅法少於什一，又無諸侯、百官等文明禮制，故蠻夷之治謂之貉道。

36. 貉「《字說》：『貉爲居服，賤者之裘。曰「于貉」，非必得之辭；曰「取」，則得之矣。蓋志在于取狐狸，緩于賤而要于貴。』《埤雅》：『俗云：貛貉同穴而異處，貛之出入，以貉爲導。《詩》曰：「一之日于貉，取彼狐狸，爲公子裘。」言往祭表貉，因取狐狸之皮爲裘。』」（《詩傳》卷四頁 87。《埤雅》卷四頁 82）

「貉之性不與物□，不爲物宗，爲居服，爲賤者之裘。《詩》曰：『一之日于貉，取彼狐狸，爲公子裘。』言『于』，則有見於逞，非必得之辭，言『取』，則得之矣。其時則可以爲貉，其志則在于取狐狸而已，緩於賤而要於貴。」（《蔡解》卷十頁 7）

釋義：貉形如小狐，毛色黃褐而深厚溫滑，可爲裘服；然好睡而獨行，不爲物所宗，故爲賤者之裘；《詩》言取狐皮則志在取狐，志在貴者而賤者之貉可緩也。

37. 美「《字說》曰：『羊大則充實而美成；美成矣，則羊有死之道焉。老子曰：「天下皆知美之爲美，斯惡矣。」』」（《埤雅》卷三頁 75）

「荆公解美字從羊從大，謂羊之大者方美，……天下之美味不能過也。」（《姑溪居士文集》卷三九〈跋山谷晉州學銘〉）

釋義：羊大則肥而可食，故羊大美成則近於死。

38. 羔𦍌「《字說》曰：『羔从羊、从火。羊，火畜也；羔，火在下，若火始然，可以進而大也。』」（《埤雅》卷五頁 22）

釋義：羊於五行屬火，火形炎上，故火在羊下，示羊之成長，如星火始燃而漸趨焯烈燎原也。

39. 羒羖羘羭「《字說》曰：『夷羊謂之羒而夏羊謂之羖，則中國之道無分也，處之有宜而已。夷羊謂之羘而夏羊謂之羭，則中國之道非特承上以爲道，有可否之義焉。』」（《爾雅翼》卷二三頁 5）

釋義：《爾雅・釋獸》：「夏羊：牝羭、牡羖」，《字說》如之；又分夷羊爲牝羘、牡羒。其意以爲：中國華夏之道俞美，而夷狄異族之道殘狠，故夷族之牡羊爲羒，以其道乖戾分別而難融合也。華夏之牝羊爲羭，則因中國之道俞而美，上有所承且足以辨禮故也。

40. 羹「《字說》……又曰：『羹，从美从羔，羊大而美成，羔未成也。美成爲下，和羹是也；未成爲上，大羹是也。禮，豆先大羹。』」（《埤雅》卷五頁 112）

釋義：羹，濃湯也（湯之和以五味者），以大羊爲羹曰和羹，以羔羊爲羹曰大羹。蓋羊之已成爲下，未成爲上，故交際之禮，以大羹爲先。

41. 鹿麢「《字說》云：『鹿比其類，環其角外嚮以自防。麢獨棲其角木上，是所謂靁夫？其如此，亦以遠害其靁也，亦所以爲靈也。』」（《埤雅》卷五頁 112）

「《字說》云：『鹿比其類，環其角外嚮以自防。麢獨棲其角木上，是所謂靁夫？其如此，亦以遠害其靁也，亦所以爲靈也。』」（《獸經》，《夷門廣牘》卷二一頁 37）

「王安石《字說》云：『鹿則比類環角外嚮以自防。麢則獨棲，懸角木上以遠害，可謂靈也。故字從鹿從靈省文。後人作羚。』」（《本草》卷五一頁 15）

「用鹿皮爲之，則以知接其類爲義。」（《新義》頁 98）

「鹿之爲物，知接其類。」（《新義》頁 29）

「用鹿皮爲之，則以知接其類爲義。蓋鹿羣居則環其角以外向，食則鳴而呼其

羣。」（《詳解》卷十九頁 17）

「《字說》曰：『鹿性警防，相背而食，以備人物之害。』」（《蔡解》卷九頁 2）

「《字統》曰：『鹿性警防，相背而食，以備人物之害。』」（《埤雅》卷三頁 51）

按：後二則引文，蔡《解》作《字說》，《埤雅》則作「《字統》」。查蔡《解》全書，雖時用《字說》之文，而標《字說》之名者，僅此一處；復檢索清陳大章《詩傳名物集覽》（卷三頁 64），黃奭《黃氏逸書考》，收錄此條皆作「《字統》」；民國龍璋《小學蒐佚》上篇，據希麟《新譯十地經音義》，收《字統》「麤」字佚文曰：「鹿之性，相背而食，虞人獸害之，故從三鹿。」；《廣韻》上平模韻「麤」字下，所收「《字統》」逸文與之相同；以此可知，蔡《解》所引，實爲《字統》佚文。

釋義：䴇，細角大羊，亦作羚，夜則懸角木上以防患，所謂「羚羊掛角」是也；如此亦能避禍全生，故其字从霝。

42. 麂「《字說》曰：『麂，虎所在，必鳴以告，鹿屬馮而安者；亦其聲几几然。』」（《爾雅翼》卷三頁 63）

「今虎所在，麂必鳴以告。」（《埤雅》卷三頁 60）

「麐鳴喚有旨，鹿屬憑而安焉。」（《爾雅新義》卷十八頁 10）

「几，憑以安者。」（《詳解》卷十九頁 1）

「《字說》云：『山中有虎，麂必鳴以告，其聲几几然，故曰麂。』」（《本草》卷五一頁 26）

「俗云……虎所在，麂必鳴以告。」（《詩傳》卷三頁 69）

43. 麞麇「《字說》：『赤與白爲章，麞見章而惑者也。樂以道和，麇可以樂道而獲焉。麇不可畜，又不健走，可縛者也，故又訓縛。』」（《埤雅》卷三頁 62）

「《字說》云：『赤與白爲章，麞見章而惑。』」（《緗素》卷六頁 1）

釋義：麞似鹿而小，喜文彩，故獵戶或以彩服誘之；彩服文章也，故字从章。麇形如麞，喜音聲，故可以樂道獲之；樂以道和也，故从和省。

44. 犇麤「貢父曰：『《字書》有：三牛爲犇字，三鹿爲麤字。』」（《澠水燕談錄》卷十頁 3）

「王荆公在熙寧中，作《字說》，行之天下，東坡在館，……曰：『……有不勝其鑿者，姑以犇、麤二字言之：牛之體，壯於鹿；鹿之行，速於牛；今積三爲字，而其義皆反之，何也？』荆公無答，迄不爲變。」（《桯史》卷二頁 1）

「王荆公爲相，喜說字始，遂以成俗，劉貢父戲之曰：『三鹿爲麤，鹿不及牛；三牛爲犇，犇不及鹿。』」（《後山談叢》卷三頁 3）

「王荆公喜說字，至以成俗。劉貢父戲之曰：『三鹿爲麤，鹿不如牛；三牛爲犇，牛不如鹿。』」（《聞見後錄》卷三○頁 9）

按：《字說》以三牛爲奔字，三鹿爲粗字，當時學者多不以爲是，實則宋以前早已有此意矣。

45. 駮「《字說》曰：『駮，類馬，食虎，而虎食馬；凡類己也，而能除害己者，在所交也。』」（《埤雅》卷十二頁 301）

「駮，類馬，駮食虎，虎食馬；凡類己也，而能除害己者，在所交也。」（《蔡解》卷九頁 7）

「《字說》曰：『駮，類馬，食虎，而虎食馬；凡類己也，而能除害己者，在所交也。』」（《詩傳》卷四頁 89）

按：駮如馬，倨牙，食虎豹，能除害馬之獸，故《字說》以爲：馬應與之交遊以表謝忱。

46. 駰 1 驪 2 駽 3 駓 4 驔 5 驒 6 騏 7 驄 8 騢 9 馰 10 騮 11 驕 12 駱 13 雒 14 馵 15

「駰 1，陰白也；馬，火畜也，陰白蒙之，有因之義，因猶姻也。驪 2，黑也；馬，火畜也，麗乎黑也。駽 3，青驪也；馬，火畜也，以青爲所生，以黑爲所麗；既得所生，又得所麗，有旨之意。駓 4，黃白雜色也；靜而中者，黃之道；動而變者，王之事；雜故變，變故大；王者大也，皇所出也；不一而大爲丕，駓有雜意。驔 5，豪骭也，豪覃乎□。驒 6，青驪驎也；驒文若鼉，騏 7 若綦，驄 8 若蔥，騢 9 若霞，馰 10 若的。騮 11，赤馬黑鬣也；赤黑，偶也，以赤麗黑，爲得其匹，留而不行。驕 12，黑馬白胯也；白黑，母也，以白下黑，爲從其子，述而不作；胯，志在隨者。駱 13，白馬黑鬣也，爲子勝母；雒 14，黑馬白鬣也，爲母勝子；乖異之道，故皆從各；母，從子者也，勝爲上逆，故又從隹。馵，後足白也；右，震也，〈震〉爲作足，又爲馵足；其爲作足，陽也；其爲馵 15 足，陰也；陰不動，故爲後左。白者，陰也；二者，陽也；當〈震〉之時，陰不違陽也，故二焉，與白同意。」（《蔡解》卷十四頁 1）

「《爾雅》曰：『後右足白，驤；左白，馵。』《易》曰：『〈震〉爲馵足』，蓋取其躁，故二絆其足。作足言縱之而動也，馵足言制之而動也。」（《埤雅》卷十二頁 302）

按：以五行解字，意頗深刻；以物性相類而作彙解；以形聲字說爲會意；皆合《字說》條例。說駓字與秠字相似，說驔字與撢字相似，說雒爲「母從子者」，與鸚鴟條「母從人然後能言」相似，說从各有乖異之道，與狢字相似。說「驒騏驄騢馰」五字，文例與《字說》「鳶鴟隼鶤鴿鵲鷴」相似。引文出自蔡《解》，又與《埤雅》卷十二釋馬文意相異，細玩辭意，亦與車字條相類，合數段說解而成；故可信爲《字說》無疑。

文中略有訛舛：「豪覃乎□」，缺字爲「骭」；「馵，後足白也。右，震也。」當作「馵，後左足白也。左，震也。」「白黑，母也」，當刪作「黑，母也」。

全文可分爲四段：「駰，陰白也……豪覃乎□」，說「駰驪駽駓驔」五字；「驒，青驪驎也……馰若的」，說「驒騏驄騢馰」五字；「騮，赤馬黑鬣……故又從隹」，說「騮驈駱雒」四字；「馵，後左足白……與白同意」，說「馵」字。

釋義：駰 1，毛色淺黑而兼雜白毛。馬於五行屬南方火，陰白屬西方金，陰白蒙火，有相烟之意，故从因。驪 2，毛色深黑。火上炎爲黑（䵣），火炫而色黑，乃麗乎黑者也；故从麗，麗，附著也。駽 3，青驪也。青於五行爲東方木，木生火，而馬爲火畜，故曰「以青爲所生」。駓 4，黃白雜毛。黃爲中央土，帝王所居，靜以制動，不變而應萬變。黃白相雜則有變，變則不一而大，故从不一作丕，以示黃白相雜之意。驔 5，骭毛白。白毛覃乎骭（延及小腿），故从覃。驒 6，青驪而有白鱗文，其文如鼉魚，故从鼉省，騏 7，白馬而有青黑文，相雜似紅色（綦），故从綦省。驄 8，青白雜毛，色淺青，俗所謂葱白者，故从葱省。騢 9，赤白雜毛，色似彩霞，故从霞省。馰 10，馬白額，其白處如射侯之的，故从的省。騮 11，赤毛黑鬣。赤黑相偶，可貴之色，故留之而不用，待其匹配，是以从留。驈 12，黑馬白胯。黑，母也；白，子也。黑馬（母）之行，從胯（子）之所向，故曰「從其子」。駱 13，白馬黑鬣。黑，母也；白，子也；體色白多於鬣之黑，故爲「子勝母」。雒 14，黑馬白鬣，體色黑多於鬣之白，故爲「母勝子」。母子相勝，乖異倫常之道，故二字皆从各，各，乖戾不合也。馵 15，後左足白。左屬八卦之〈震〉位。〈說卦傳〉：〈震〉爲馵足，爲作足。馵足左白，白，陰也，故馵足陰滯而不動。作足躁動，躁動而欲靜之，則以「二」絆其足，二，陽也，故作足爲陽，亦其健走故也。「白」屬陰，爲靜滯不動；「二」欲絆之使靜；故曰「二與白同意」。

47. 象「《字說》曰：『象齒感雷，莫之爲而文生；天象亦感氣，莫之爲而文生。人於象齒，服而象焉；於天象也，服而象焉。像，象之也。』」（《埤雅》卷四頁80）

「王安石《字說》云：『象牙感雷而文生，天象感氣而文生，故天象亦用此字。』」（《本草》卷五一頁 6）

「以其懸灋示人，如天垂象，故謂之象。」（《新義》頁 15）

「所謂象物，則在天成象者也。」（《新義》頁 103）

「《易》曰：『在天垂象』，又曰：『見乃謂之象』。蓋象見於天，莫之為而文生焉。聖人懸法示人，如天垂象，故亦謂之象。蓋不事詔而天下治，其示人也，亦莫之為而文見焉，又烏知其在人者，庸詎而非天耶？」（《詳解》卷二頁11）

釋義：古語云：犀因望月紋生角，象為聞雷花發牙。《南越志》亦云：象聞雷聲則牙花暴出。蓋象齒甚長而末梢尖銳，閃電起雷之際，易聚電受熱而生紋裂，其紋裂非象有意致之者，故曰：「莫之為而文生」。天合陰陽二氣而生雨霧雲霞虹蜺等自然文彩，此等天象亦非上天有意為之者，故亦曰：「莫之為而文生」。人以象齒為寶，故用之焉。以天垂象，知吉凶，故亦服從而效法之。文中「像，象之也」，當作「象，像之也」。《易・繫辭》曰：「象也者，像此者也」，又曰：「象也者，像也」，可證。

48. 兔「《字說》云……『脾屬土，土主信，故《詩》以〈兔爰〉刺桓王之失信。』」（《緗素》卷六頁1）

釋義：五行大義，中央土主信，於五臟屬脾。俗云：轝無胆，兔無脾，鴉無舌。無脾則無信矣，故詩人以無脾（信）之兔，刺周桓王之失信，而作〈兔爰〉之詩。

49. 熊羆「《字說》云：『熊，強毅有所堪能，而可以其物火之。羆亦熊類而又強焉，然可网也。』」（《埤雅》卷三頁69）

「《字說》云：『熊，強毅有所堪能，而可以其物火之。羆亦熊類而又強焉，然可网也。』」（《六家詩名物疏》卷三七頁6）

釋義：《說文》：「能獸堅中，故質能而強壯，稱能傑也。」《字說》以為熊羆亦如是，故从能。然熊為蟄獸，欲狩之，則須以其所嗜者誘之，以火燠而出之，《周禮》曰：「穴氏掌攻蟄獸，各以其物火之。」故从火。羆似熊而體大，俗稱人熊，尤猛於熊，然可網也，故其字从网。

〔參・蟲屬〕

50. 蛇蝮「《字說》曰：『蛇螫人也，而亦逃人也，是為有它。蝮，觸之而復，其害人也，人亦復焉。』」（《埤雅》卷十頁250）

「王安石《字說》云：『蝮，觸之則復，其害人也，人亦復之，故謂之蝮。』」（《本草》卷四三頁20）

51. 蜉蝣「《字說》：『蜉蝣輕也，生于夏月，陰氣之卑溼而蜉蝣者，故其為物，不實而小，曹君無篤實之德，而從其小體，若此刺其甚矣。』」（《詩傳》卷五頁116）

「蜉蝣輕也，朝生而暮死，故謂之渠略。生於夏月，陰陽氣之卑濕而浮游者，故其爲物，不實而小。曹君無篤實之德，而從其小體，若此刺其甚矣。」（《蔡解》卷十二頁 5）

52. 蜮「《字說》曰：『蜮不可得也，故或之。今蛷螋溺人之影，亦是類爾。』」（《埤雅》卷十一頁 277）

「《字說》：『蜮不可得也，故或之。今蛷螋溺人之影，亦是類耳。』」（《詩傳》卷五頁 133）

釋義：蜮，短弧，似鼈三足，以氣射殺人，以其短而難見，故圍（域）之使人勿近也。蛷螋又名蓑衣蟲，溺人影，隨所著處生瘡。

53. 蜻蜓蛉「《字說》：『蛉，蜻蜓也，動止常廷故；又謂之蛉，令出於廷者也。』」（《埤雅》卷十一頁 282）

釋義：蜻蜓於飛於止，皆挺直不屈，故从廷。廷又爲朝廷字，詔令出自朝廷，故又从令。

54. 蜘蛛「《字說》曰：『設一面之網，物觸而後誅之，知誅義者也。』」（《埤雅》卷十一頁 266）

「設一面之羅，物觸而後誅之。」（《爾雅新義》卷十五頁 11）

「《字說》曰：『設一面之網，蟲至而獲焉，知誅義者也。』」（《爾雅翼》卷二五頁 8）

「王安石《字說》云：『設一面之網，物觸而後誅之，知乎誅義者也，故曰蜘蛛。』」（《本草》卷四〇頁 7）

55. 蜩蟬「蜩，蟬五月鳴蜺也，譁以無理，則用口而已，然其聲，調而如組，故謂之蜩。五月鳴謂之蜩，以其聲也；七月鳴謂之蟬，以其生之寡特、形之單微也。蟪蛄所化謂之蜩螗，蜩有文，故或謂之蜻螗；無文或謂之夷。《詩》曰：『如蜩如螗』，蜩大而螗小，蜩言其譁而無理，螗言其夷而無文。」（《蔡解》卷十二頁 4）

按：釋蜩而以五月鳴爲蜩，七月鳴爲蟬，有文曰蜻螗，無文曰夷，合《字說》「性質稍異生異名例」，說蜩蟬得名緣故，合「形聲字說爲會意例」，出自蔡《解》而爲《埤雅》所無（卷十一有寒蜩、蟪蛄、螗三目，亦與蔡《解》不同），依考據得知，此類多屬《字說》。

釋義：總言之曰蜩，析言之：五月鳴曰蜩，其音調如織布機之聲，故从調省。七月鳴曰蟬，其形單微，故从單。蟪蛄，夏蟬也，莊子謂其「不知春秋」，又名螗，《詩・大雅・蕩》：「如蜩如螗」，與蜩皆鳴於夏。

56. 易「王文公曰：『易不可勝巴，尙不爲知雄者。』」（《爾雅新義》卷一頁 6）
按：《爾雅新義》多引《字說》而不言，如葵、鵖、蜘蛛、蝦蟆……等，此條或亦如是。
釋義：蜥蜴，守宮也，俗名蛇醫，謂其能銜草傅蛇體之傷也。然其形體短小，因不能勝龐大之蟒蛇，故不能謂之知雄者。
57. 蝦蟆「俗說蝦蟆懷土，雖取以置遠郊，一夕復還其所。《字說》云：『雖或遐之，常慕而反。』」（《埤雅》卷二頁 34）
「蝦蟆，雖致之遐，常慕而返。」（《爾雅新義》卷十六頁 5）
「王荆公《字說》云：『俗言蝦蟆懷土，取置遠處，一夕復還其所。雖或遐之，常慕而返，故名蝦蟆。』」（《本草》卷四二頁 4）
按：《本草綱目》以《埤雅》俗說云云雜入《字說》中，當以《埤雅》引文爲是。
58. 蟘賊蟊螟「《字說》云：『蟘食苗葉，無傷於實，若蟘，可貸也；賊食苗節，賊苗；蟊食根，如句所植；螟食心，不可見。』」（《埤雅》卷十一頁 272）
「螟可赦；蟘可貸；賊，賊之可也；蟊則用兵矣。亦賊節，賊也，彼賊而我賊之。」（《爾雅新義》卷十五頁 15）
釋義：《爾雅・釋蟲》：「食苗心螟，食葉蟘，食節賊，食根蟊。」《字說》以爲：蟘食葉，無傷於實，故可寬貸之，其字从貸省。螟食禾心，自外不能見之，故从冥。食苗節者，賊害最大，其賊苗，人亦賊之，故名之曰賊。蟊食根，其害如以矛句其所生，故从矛。
59. 螟蛉「《字說》：『螟蛉者，蟲之感氣而化者也，然所化必以類，故惟桑蠕惟（按：當作「爲」）能取之以爲己子。君子之於民亦類也，苟有道以得之，孰不爲化哉？』」（《詩傳》卷五頁 131）
「螟蛉者，蟲之感氣而化者也，然所化必以類，故惟桑蠕爲能取之以爲己子。君子之於民亦類也，苟有道以得之，孰不爲化哉？《詩》曰：『螟蛉有子，果蠃負之』，則能以氣化其類者也，故譬則君。冥者無知，令者有以從；無知則有從，所以能化於物也，故譬則民。桑蠕之爲物，其氣腴白，螟蛉有以氣化，故其氣清。」（《蔡解》卷十二頁 4）
「有冥有令，亦於其冥可令。」（《爾雅新義》卷十五頁 13）
「冥然而無知，民也。」（《詳解》卷十二頁 1）
釋義：《爾雅・釋蟲》：「果蠃、蒲蘆、螟蛉，桑蟲。」蜂類之果蠃常取桑蟲螟蛉以飼其子，古人疑其養之以爲己子，故《小雅・小宛》曰：「螟蛉有子，果蠃負之；教誨爾子，式穀似之。」《字說》亦取是意而申言之曰：螟蛉、果蠃皆桑蟲，同類始能以氣相互感化。君之於民亦如是，果蠃以譬君，螟蛉以譬民；冥然無知者，民也，故化感於君；發號施令者君也，施令則使民有所從；故曰：「冥者無知，令者有以從。」

60. 蟋蟀「陰陽帥萬物以出入，至於蟋蟀。共蟀之爲悉；蟋蟀，能帥陰陽之悉者也，故《詩》每況焉。」（〈字說辨〉頁 8）

「陰陽率萬物以出入，至於悉�，帥之爲悉；蟋蠷，能帥陰陽之悉者也。」（《埤雅》卷十頁 254）

「王安石《字說》云：『蟋蟀，能率陰陽之悉者也。』楊龜山曰：『陰陽之氣豈蟋蟀所能率哉？』」（《詩傳》卷五頁 115）

按：〈字說辨〉文字略有訛舛，原文當作：「陰陽率萬物以出入，至於悉率。共率之爲悉，蟋蟀，能率陰陽之悉者也，故《詩》每況焉。」

釋義：蔡《解》說「蟋蟀」云：「語曰：『促織鳴，嬾婦驚』，有悉率之義，故曰蟋蟀之道也。……《詩曰》：『十月蟋蟀入我床下』，言蟀微物也，猶知隨時，可以人而不如乎？……《傳》云：『蟋蟀之蟲，隨陰迎陽。』」《字說》之意，與此相近。

61. 蠹「蠹物，蟲之穿食器物者。蠹之入物，雖盛以槖，猶不免焉；且槖而弗用，是以蠹，故其字從槖、從蟲。」（《詳解》卷三二頁 15）

按：合二文見新義，以小篆說字形，出自《詳解》，文意亦與《字說》相類。

釋義：《說文》：「螙，木中蟲。」或从木作蠹，今則寫作蠹。其性好蛀物，故又名蛀蟲，即令置之囊中，囊亦不免於蛀也。若以物置於囊中而弗用，日久必遭蟲蛀。囊，槖也；蛀，蟲也；故其字从槖从蟲。

62. 黽蟀蜢「《字說》……又云：『黽善怒，故音猛，而謂怒力爲黽，《詩》曰：「黽勉同心」。亦蛙善蛹，故謂之猛。今蚱蜢一名蟀蜢；蚱蜢長瘦善跳，言窄而猛也。』」（《埤雅》卷二頁 35）

「江東呼爲蚱蜢，謂其瘦長善跳，窄而猛也。」（《本草》卷四一頁 35）

「《新經》云云：『鼃音哇，其鳴若哇也。黽音猛，其鳴猛也。』」（《詳解》卷三二頁 15）

「（黽）雖假外水，然猶如此。音猛，則以其怒跳。」（《爾雅新義》卷十六頁 6）

「一名蚱蜢，一名蚝蜢，似蝗而小，怒跳，謂之蚱，謂之蜢，以此。」（《爾雅新義》卷十五頁 8）

釋義：黽，蛙也，後足長而善跳，鼓腹則怒，怒則猛，其踊亦猛，故音猛也。

蚱蜢長瘦善跳，長瘦則窄，故从窄省；善跳則猛，故从猛省。

〔肆・魚屬〕

63. 鮑「鮑則魚之鮮者，包以致之也。」（《詳解》卷六頁 13）
「（《詳解》）解鮑魚曰：『魚之鮮者，包以致之。』……遵王氏《字說》。」（《四庫提要》卷十九《周禮詳解》）
按：文例與《字說》「右文主義例」相同，如：「戶所以閉，邑所以守」（桑扈），「強毅有所堪能，而可以其物火之」（熊）。又出自《周禮詳解》，《字說》當與此相近。

64. 鱐腒「腒，鳥之乾者，其肉可久而居也。鱐，魚之乾者，其體肅而可藏也。」（《詳解》卷四頁 15）
「鱐則魚之乾者，肅以致之也。」（《詳解》卷六頁 13）
「鱐，魚之乾者也。」（《詳解》卷四頁 19）
「（《詳解》）解鱐曰：『魚之乾者，肅以致之。』……遵王氏《字說》。」（《四庫提要》卷十九周禮《詳解》）
按：與上條「鮑」字相同，《字說》或亦本此為說解。

65. 鼉「鼉從黽腹大之形。鼓腹大而鳴之而遠聞，故謂之鼉鼓。鼉，善鳴者也。」（《蔡解》卷十三頁 2）
按：出自蔡《解》，文例似《字說》，又與《埤雅》卷三「鼉」目相異，疑為《字說》。

〔伍・草屬：艸禾麥米〕

66. 艾「《字說》曰：『艾可以乂疾，久而彌善，故《爾雅》曰：「艾，長也」；「艾，歷也」。䒑以乂災為名，艾以乂疾為義，皆以所歷長、所閱眾故也。醫用艾灸，一灼謂之一壯者，以壯人為法，其言若干壯，謂壯人當依此數，老幼羸弱，量力減之。』」（《埤雅》卷十七頁 450）
「《字說》：『艾可乂疾，久而彌善，故《爾雅》云：「艾，長也」；「艾，歷也」。醫用艾灸，一灼謂之一壯者，以壯人為法，其言若干，謂壯人當依此數，老幼羸弱量減之。』」（《詩傳》卷八頁 206）
「《字說》曰：『艾可以乂疾，久而彌善，故《爾雅》云：「美，長也」；「艾，歷也。」』」（《六家詩名物疏》卷十九頁 10）
「王安石《字說》云：『艾可以乂疾，久而彌善，故字從乂。』」（《本草》卷十五頁 5）

「荆公《字說》云：『艾可乂疾，故字從乂。』」（《毛詩類釋》卷十四頁27）

釋義：艾草可以乂疾，故从乂；乂，治也。其治療效力以年歲愈久者愈佳，故似老叟之閱歷豐富而可使人未雨綢繆，消彌災患於無形。針灸時，以艾草置針尾灼之，使其氣透入穴道中。依壯年人狀況爲準，一灼謂之一壯，老少孱弱者，視其健康情形而遞減。

67. 芼「王荆公《字說》……芼字解云：『《爾雅》曰：「芼，擇也。」』」（《學林》卷七頁27）

68. 苴「苴，所謂『婦雀』。以苴之者，已則棄焉，所謂『苴履』者。安可長也，所謂『棲苴』者。道者而已，非所以爲字，所謂『土苴』者，此也。所謂『菽苴』者，其爲穀苴而已，故六穀弗數焉。」（《蔡解》卷三頁4）

按：以「婦雀」「棲苴」「土苴」「菽苴」，說苴字多義，與《字說》「藉」「則」「商」等字文例相同；說「苴履」之「安可長也」，與「枌」字：「安可長也」相同；出自蔡《解》，又爲《埤雅》所無，當爲《字說》佚文。惟文字似有訛舛。

釋義：苴，大麻之雌株，所謂麻母者，又名婦雀。析而言之：苴屐者，以苴草藉於履中，已則棄焉，《說文》「履中草」是也；棲苴者，水中浮草也，漂泊不定，不得長居，《大雅・召旻》云：「如彼棲苴」是也；土苴者，喻糟粕、瓦礫、糞草也，譬無用之廢物，惟道在於是，《莊子》曰：「道在瓦甓，在屎溺」是也，以土苴爲人偶而祭焉，祭畢則棄之，故曰「非所以爲存」也；菽苴者，麻之有子者，可供以爲食，故稱穀苴，《豳風・七月》：「九月叔苴」是也。

69. 苓「苓，大苦也，所以和百藥之性，使之相爲用者也，故苓從令。〈簡兮〉曰：『山有榛，隰有苓』，榛非宜山而不宜隰，苓非宜隰而不宜山，故榛有植於樊棘之內，苓或采於首陽之巔。榛也，苓也，其生不擇地而美者也，猶之賢者無所進而不自得焉。」（《蔡解》卷四頁3）

按：釋从令之意爲「令百藥之性相和而爲用」，與伶、鶺鴒、螟蛉、蜻蛉相似。「榛也，苓也……」文例與「葑菲」「菅茅」相似。說賢人從政之義，與介甫之政治思想相合。引文出自蔡《解》，又與《埤雅》卷十八苓目相異，當爲《字說》文字。

釋義：《北風・簡兮傳》：「下濕曰隰。苓，大苦也。」俗謂良藥苦口，大苦之味，則能和百藥之性，使不相犯而可用。苓與榛皆草木之良者，不擇地而生，賢者亦當如是，因勢就便，進退皆自得其性。

70. 茈䓣紫綟「《字說》曰：『綟，紫也。綟以莨染，故系在左；紫或染或不，故系在下。綟，人染也，其為此也，有戾焉；或不，則無戾也，此而已。莀可染紫；謂之茈莀，則茈言本紫，莀言所染。所染，戾彼而此者也。』」（《爾雅翼》卷四頁4）

按：系當作糸。

釋義：莀草，有黃色汁液，可為染料，帛以莀染則謂之綟；綟，黃色帛也。茈草，亦作紫草，一名茈莀，有紫色汁液，以之染帛，其色曰紫。《字說》不取莀黃染綟、茈草染紫之說，而以「茈草、紫草、茈莀」為茈草之異名，茈莀、紫草皆為紫色，而綟則為茈莀所染成之紫色帛。以為：綟（紫帛）之色為茈莀（紫色）汁液所染成，紫為茈莀之本色，故曰：綟（紫帛），紫色也。綟（紫帛）之色以茈莀之汁液染成，非綟（紫帛）生具有紫色，故不為可貴，其字糸在左，以示卑之也（右為尊位，左為卑位）。且綟（紫帛）之色，由人工所染，染素帛為紫帛，必乖戾其本性（白色）始能成之。茈草可染紫色，又名茈莀，則以茈之汁液本為紫色，故从紫省。莀之染綟（紫帛），必乖戾素帛之本色（戾彼），始得染成紫色（而此），故从戾。

71. 茹藘「茹草者，若亨若葅，若生食之，尤甚變焉，皆度所宜以之而已，故又訓度。《易》所謂『拔茹』，茹者，茆始生可茹者也。茹藘赤草，所染亦赤，如此之謂。若茈莀者能已之，已其能此乎？藘生於心，色赤，南方也，萬物相見之染如此，安能無慮？若茈莀者，何慮之有？」（《蔡解》卷四頁5）

按：以「茹藘」為一條，合「專名彙解例」；以「度」「食」為「茹」之異義，合「一字多義說又訓例」；釋「藘」字，合「形聲字說為會意例」；「萬物相見」為《字說》常用語，見「鶪」字按語；以南方色赤，於五臟屬心為說，合「附會五行例」；又引《字說》「茈莀」之意，且出自蔡《解》，與《埤雅》卷十七茹藘條全異，依上章所考，必為《字說》無疑。引文中，「拔茹」當作「拔茅茹」。

釋義：茹草，山菜之屬，汁可染絳，又名茹藘、茹蘆、茅蒐、茜草、蒨。茹草可生食、可烹食，亦可漬之為酸菜（葅），皆度所宜而食之，故又訓「度」。《易泰卦・初九》：「拔茅茹，以其彙。」《注》：茅之為物，拔其根而相牽引者。茹，牽引之貌，後人以喻賢人進位，牽引其類以治國事之義。茆者蓴菜，睡蓮科，盛產江南湖澤中，春夏嫩莖未葉者，肥美可口，晉張翰因秋風起所思吳中蓴羹鱸膾，即此也。茹藘可以染赤，藘之赤，生於心，心，南方臟也；赤，南方色也；南方於時屬夏，正為萬物勞動不休之時，故以茹藘染赤，不若茈莀之本為紫色而無慮也。

72. 茵莧蓫「《字說》曰：『茵除眩；莧除翳；遂逐水，亦逐蠱。』」（《埤雅》卷十七頁 442）

按：遂當作蓫。

釋義：茵，或作茼，茼麻也，又名白麻、䔲麻，可去目中翳膜，未見「除眩」之意。莧，一名馬齒莧，其實甘而性寒，主治青盲，可使目明。蓫，馬蹄草，又名當陸、蓫募（音竹湯），生北方山谷中，如人形者有神，味辛有毒，能逐蕩水氣，療胸中邪氣，除癰腫。李時珍曰：「商陸苦寒，沈也、降也、陰也，其性下行，專於行水。」故可用以療水腫。

73. 莪「《字說》曰：『莪以科生而俄。《詩》曰：「匪莪伊蒿」，「匪莪伊蔚」；莪俄而蒿直，蔚粗而莪細，育材之詩，正言莪者，以此。』」（《埤雅》卷十七頁 436）

「莪以科生而俄。《詩》曰：『匪莪伊蒿，伊蔚』；莪俄而蒿且（直），蔚青（粗）莪（細），育材之詩，正言莪者，以此。」（《蔡解》卷四頁 6）

「《字說》：『莪以科生而俄，《詩》曰：「匪莪伊蒿」，「匪莪伊蔚」；莪俄而蒿直，蔚麤而莪細，育材之詩，正言莪者，以此。』」（《詩傳》卷十頁 249）

74. 荷 1 蕅 2 茄 3 蓮 4 菡萏 5 蕸 6 蔤 7

「《字說》曰：『蕅 2 藏於水，其處自卑，無所加焉；其所與汙，潔白自若；中有空焉，不偶不生，若此可以偶物矣。茄 3 無枝附，泥不能汙，水不能沒，挺出而立，若此可以加物矣。蓮 4 既有以自白，又會而屬焉，若此可以連物矣。菡萏 5 實若臽，隨昏昕闔闢焉。蕸 6，假根以立，而不如蕅之有所偶；假莖以出，而不如茄之有所加；假華以生，而不如蓮之有所連，菡萏之有菡也；若此，可謂遐矣。夫凾物者，終於土；連物者，終於散；偶物者，或析之；加物亦不可爲常；故遐在此，不在彼。蔤 7，退藏於無用，而可用、可見者本焉，若此，可謂蔤矣。合此眾美，則可以何物，可以爲夫，可以爲渠，故曰：「荷 1，芙蕖也。」荷以何物爲義，故通於負荷之字。』」（《埤雅》卷十七頁 426）

「函實若窞，隨昏昕闔闢焉。」（《爾雅新義》卷十二頁 13）

「其本蔤，其莖雖加，其葉雖遐，可也。」（《爾雅新義》卷十二頁 13）

「《字說》曰：『菡萏，實若臽，隨昏昕開闔。』」（《六家詩名物疏》卷二七頁 16）

「《字說》：『菡萏，實若臽，隨昏昕開闔。』」（《詩傳》卷九頁 231）

「《埤雅》：『……菡萏，實若臽，隨昏昕闔闢焉。』」（《詩傳》卷八頁 209）

釋義：《爾雅・釋草》：「荷，芙蕖。其莖茄，其葉蕸，其本蔤，其華菡萏，其實蓮，其根藕，其中菂，菂中薏。」《字說》本此而釋曰：蕅 2，蓮之根藏於水中者，處卑下污泥之中而潔白不染，花葉由蕅根二節相接處生出，一莖爲花，一莖爲葉，必偶而生，故从偶省。茄 3，水上之莖，由蔤萌芽發出，中通外直，其德高潔，故可加於「蓮本」（蔤）之上，字从加，以此也。蓮 4 乃蓬斗子房也，皮青子白，子曰菂，菂聚房中，如蜂子在窠之狀，以房連眾菂於一處，故曰「可以連物矣」。菡萏 5 之狀若陷阱，故从陷省。蕸 6，荷葉也，藉根（蕅）始得出，於荷爲陪襯而無專責，可謂遐矣。蔤 7，蓮蕅之芽，穿泥長丈許，芽即蔤也，藉蔤以生蕅、茄、蕸、蓮，故蔤爲本也；無用而有用，故曰「退藏於密」。荷 1，芙蕖也。荷包容以上眾物，有所負荷，故曰「可以荷物」；有擔當者可以爲夫而護婦，故曰「可以爲夫」；若是之人，可謂大人，故曰「可以爲渠」，渠，大也。

75. 蓮「王文公曰：『蓮華有色有香，得日光乃開。敷生卑濕淤泥，不生高原陸地。雖生於水，水不能沒；雖在淤泥，泥不能汙；即華時有實，然華事始則實隱，華事已則實現；實始於黃，終於玄，而莖葉綠；葉始生，乃有微赤；實既能生根，根又能生實，實一而已，根則無量；一與無量，互相生起。其根曰蕅，常偶而生；其中爲本，華實所出；蕅白有空，食之心歡；本實有黑，然其生起爲綠、爲黃、爲玄、爲白、爲青、爲赤，而無有黑，無見無用而有見有用，皆因以出，其名曰蔤，退藏於密故也。』」（《埤雅》卷十七頁 428）

「王文公曰：『蓮花有色有香，得日光乃開，雖生於水，水不能沒；雖在汙泥，泥不能汙；即華時有實，然華事始則實隱，華事已則實現。』」（《六家詩名物疏》卷二一頁 6）

「王荆公云：『蓮花有色有香，得日光乃開，雖生于水，水不能沒；雖在汙泥，泥不能汙；即華時有實，然華事始則實隱，華事已則實現。』」（《詩傳》卷八頁 209）

按：以五行顏色說蓮花之開謝，合「附會五行例」；「實一而已，根則無量」，「無見無用而有見有用，皆因以出」，似《老》《莊》、佛經語氣，亦與「之」「蒁莖藸」文意相似；說「蕅」「蔤」與「荷」字條相似，《埤雅》引「王文公曰」者，如「鳳」「松柏樅檜」「萎餘」，實皆爲《字說》，此條亦當如是；且引文置於卷十七「菡萏」目之最末，依《埤雅》引《字說》之慣例稽考，此類文字皆爲《字說》佚文無疑。

釋義：蓮花出汙泥而不染，花與實同時而生，然六、七月花盛開時則實隱，八、九月花謝後實始現，「採蓮謠」詞中所採，即此蓮實也。蓮實曰菂，在蓮蓬斗子房中，如蜂子在窠之狀。六、七月嫩黃，曰黃蓮，八、九月房枯子黑，其堅如石，曰石蓮子，李時珍曰：「蓮菂則始而黃，黃而青，青而綠，綠而黑。」《字說》：「實始於黃，終於玄」，是之謂也。以蓮子種之，發芽穿泥，長者至丈餘，即蔤也，故曰：「實既能生根，根又能生實」，一實可生無數根。至於「蔤」「蕅」釋義，已見上條。

76. 菅茅「菅，物之柔忍者也，其理白，其形柔，故謂之茅；制而用之，故謂之菅。茅，自然之潔白，故以共祭祀；菅，漚蓄而柔忍，故以之爲索綯。祭祀，明德之事，大德足以事鬼神者，妻道也；索綯，賤用之物，小惠足以尸鄙事者，妾道也。幽王黜申后而立褒姒，下國化之，以妾爲妻，以孽代宗，而〈白華〉之詩，作而刺之曰：『白華菅兮，白茅束兮』。白華漚而爲菅，則菅者□使然之致用，而爲綯，則卑且勞矣，故以譬孽妾。茅，自然之正體，藉地以祭，則靜且安矣，故以譬宗嫡。不以賤妨貴，不以貴廢賤者，人道也；不以茅棄菅，不以菅害茅者，天道也。《詩》曰：『英英白雲，露彼菅茅』，露者，天之所以成物，菅之賤，茅之貴，二者皆有以成，況易其位哉！」（《蔡解》卷四頁 1）

「《字說》：『菅，物之柔韌者，制而用之，故謂之菅。茅，自然之潔白，故以供祭祀。菅，漚蓄而柔韌，故以爲索綯。幽王黜申后而立褒姒，以妾爲妻，以孽代宗，故詩人刺之曰：「白華菅兮，白茅束兮」。不以賤防貴，不以貴棄賤者，人道也，不以茅棄菅，不以菅害茅者，天道也。』」（《詩傳》卷九頁 228）

「必以茅，則其爲體順理直，柔而潔白，承祀之德當如此。」（《新義》頁 33）

按：漚，用水浸漬使靡爛之意。綯，絞繩索也。

釋義：茅有白茅、菅茅數種。白茅之夏花者曰茅，白花成穗，其莖甚長，白軟如筋而有節，可以苫蓋及供祭祀苞苴之用。白茅之秋花者曰菅，似茅而滑，無毛，柔韌宜製爲繩索，漚之則尤善。菅、茅二物，功用相近，名則不同，「白華菅兮，白茅束兮」是也。《字說》以爲茅可供祭祀而菅衹爲繩索，故茅貴而菅賤；妻爲貴，譬則茅也；妾爲賤，譬則菅也。菅雖賤，亦有所用，不可輕易棄之；妾雖賤，能分妻之勞，亦不可輕言廢也。然反賓爲主而以賤妨貴，亦期期乎不可也。

77. 茝「《字說》曰：『茝可以養鼻，又可以養體。𦣞者，養也。』」（《埤雅》卷十六頁 413）

「王安石《字說》曰：『茝，香可以養鼻，又可以養體，故茝字從𦣞；𦣞音怡，養也。』」（《本草》卷十四頁 9）

78. 菋荎藸「菋，一草而五味具焉。即一即五，非一非五，故謂之荎。眾出乎一，亦反乎一，故謂之藸。」（〈字說辨〉頁 7）

釋義：《爾雅・釋草》：「菋，荎藸」，《注》：五味也。菋草皮肉甘酸，核中辛苦，皆具鹹味，此則五味也。《字說》以爲是草也，其爲草則一而已，其味則有五，謂之一可也，實則非一；謂之五亦可也，實則亦非五，一與五互相生起，是之謂至極也。五味出乎一草，五味又聚於一草，故謂之諸。

79. 萎餘「王文公曰：『萎餘，《詩》雖以比淑女，然后妃所求，皆同德者；則萎餘，惟后妃可比焉，其大德如此，可以萎餘艸矣。』」（《埤雅》卷十五頁 379）

「接余，能妾其餘草者也。」（《爾雅新義》卷十二頁 6）

「陸農師本介甫鑿說，易『接余』作『萎餘』，以爲：萎餘『惟后妃可比，德行如此，可以妾餘草』，故名。」（《詩識名解》卷七頁 1）

按：釋萎餘曰：「可以妾餘草」，與「曷以爲驕」（虍），「知誅義者也」（蜘蛛），「言窄而猛也」（蚱蜢）……文例相同；《埤雅》引「王文公曰」者，實爲《字說》，「蓮」字條已詳言其故；《爾雅新義》多引《字說》而不注出處者，如葵、菡萏、藣、蜘蛛、蝦蟆……，此亦當如是。

釋義：《詩・周南・關雎》：「參差荇菜」，《集傳》：荇，接余也。又作莕、萎餘，根生水底，莖如釵股，葉圓徑寸，浮在水面。莕譬淑女，流水喻君子，淑女與后妃同德，則莕亦可爲草中之后妃矣，故曰：「可以妾餘草」。

80. 葵「《字說》曰：『草也，能揆日嚮焉，故又訓揆。』」（《埤雅》卷十七頁 432）

「《字說》曰：『草也，能揆日向焉，故又訓揆。』」（《六家詩名物疏》卷三十頁 6）

「《字說》：『草能揆日向焉，故又訓揆。』」（《詩傳》卷九頁 226）

「陸農師謂：因能揆日嚮，訓揆。」（《詩識名解》卷十一頁 13）

81. 葱薇薑芥「《字說》曰：『葱，疏關節，達氣液，忽也；所謂葱珩，其色如此，繱亦如此。薇，禮豕用焉，然微者所食，故《詩》以〈采薇〉言戍役之苦，而〈草蟲〉序於蕨後，喻求取之薄。薑，彊也，彊我者也，於毒邪、臭腥、寒熱皆足以禦之。芥，介也，界我者也，汗能發之，氣能散之。』」（《埤雅》卷十八頁 454）

「王文公曰：『薇，微者所食也。』」（《爾雅翼》卷四頁 9）

「王安石《字說》云：『微賤所食，因謂之微，故詩〈采薇〉賦戍役。』」（《本草》卷二七頁 16）

「王安石《字說》云：『薑能彊禦百邪，故謂之薑。』」（《本草》卷二六頁 26）

「王安石《字說》:『芥者，界也，發汗散氣，界我者也。』」(《本草》卷二六頁 18)

按:《埤雅》二「疆」字當爲「彊」之誤。

釋義:葱色青翠，葉中空成管狀，李時珍曰:「外直中空，有怱通之象」，味辛而甘平，能開骨節，出汗氣。葱珩，青色佩玉，珩，佩首橫玉也。繱，青色帛。葱珩與繱之色皆與葱色相同。薇，山菜也，俗謂野豌豆，《禮記》:「芼豕以薇」，此物也。《詩・小雅》以〈采薇〉之詩，言遣戍役至期仍不得歸者之苦。《召南・草蟲》之詩，則先言采蕨，後言采薇，則薇薄於蕨矣。薑，能散熱、去寒、驅毒、除臭腥，故能除體內穢氣而彊身。芥，莖葉種子皆有辛味，子磨成粉，可作香味佐料;其味辛，其氣散，故能利九竅，發汗散氣。

82. 葑菲「葑，蘆服也。苗及下體皆可食而無棄。葑者，封也。封之於土而後盛者也。菲，芴也。蔌必食苗，而葑也、菲也，以下體爲美，故以『采葑采菲，無以下體』。菲，薄也，物之體薄而可食者也。」(《蔡解》卷四頁 3)

按:釋葑字，合「形聲字說爲會意例」;葑菲同釋，合「物近相近彙解例」;葑菲「以下體爲美」，與「胥」字之爲物下體，可以養人，意相同。引文出自蔡《解》，又爲《埤雅》所無，當爲《字說》。

釋義:葑，蔓菁，根長而扁圓，今名大頭菜;菲，芴也，亦謂之土瓜。二者之葉及根莖皆可食用。一般蔬菜必食其葉，而葑菲則上下皆可食，然其根莖有成熟甜美之時，亦有青澀苦辣之時，故《詩・邶風・谷風》曰:無以根惡苦澀之時，并棄其葉也。葑，根莖封於土，故从封。菲，體之薄者，菲有薄意，故曰菲。

83. 蔗「荆公解蔗字，不得其義，一日行圃，見畦丁蒔蔗種瘞之，曰:『他時節節背生。』公悟曰:『蔗，切之夜庶生是也。』」(《鶴林玉露》卷十三頁 6)

「荆公解蔗字，不得其義，一日行圃，見畦丁蒔蔗種，橫瘞之曰:『他時節節皆生。』公悟曰:『蔗之夜切庶生是也。』」(《續文獻通考》卷一八四頁 32)

84. 蒹葭荻葦萑蘆菼薍

「《字說》曰:『蘆謂之葭，其小曰萑;荻謂之蒹，其小曰葦，其始生曰菼，又謂之薍。荻強而葭弱，荻高而葭下，故謂之荻。菼中赤，始生末黑，黑已而赤，故謂之菼。其根旁行，牽柔槃互，其行無辨矣，而又強焉，故又謂之薍。薍之始生，常以無辨，唯其強也，乃能爲亂。』」(《埤雅》卷十六頁 423)

「蘆謂之葭，其小曰萑;荻謂之蒹，其小曰蘿，其始生□□，又謂之薍。蒹，能兼地，於葭所生，能侵有之，然不如葭所生之遐，不宜下故也;萑則宜下矣。

葭能遐，假水焉。蒹又謂之兼，雖兼地，然惡下。荻強而葭弱，荻高而葭下，故謂之荻；荻猶逖也。蘆秀而蘆，葦可織，以為薄席；茨可織，雖完而用，不如蘆而或析也，故音完。菼中赤，始生末黑也而赤，故謂之菼。其根旁行，強揉槃互，其行無辨矣，而又強焉，故又謂之薍；薍之始生，常以無辨，惟其強也，乃能為亂。《詩》言：『毳衣如菼』，以其赤黑，毳玄如之。言『八月萑葦』，以其可辭，以其蠶士。言『蒹葭』，刺無以保國，以其兼地而遐。言『葭菼揭揭，庶妾上僭』，以其自下而亂始也。〈騶虞〉以所生乎下言葭，〈行葦〉以所生在行言葦，葦，小物也。」（《蔡解》卷四頁 5）

「《字說》云：『蘆謂之葭，其小曰萑；荻謂之蒹，其小曰葦，其始生曰菼，又謂之薍。荻彊而葭弱，荻高而葭下，故謂之荻。菼中赤，始生末黑，黑已而赤，故謂之菼。其根旁行，牽柔盤互，其行無辨矣，而又強焉，故又謂之薍；薍之始生，常以無辨，惟其強也，乃能為亂。』」（《六家詩名物疏》卷十六頁 25）

「《字說》：『蘆謂之葭，其小曰萑；荻謂之菼，其小曰葦，其始生曰菼，又謂之薍。荻強而葭弱，荻高而葭下，故謂之荻。菼中赤，始生末黑，黑已而赤，故謂之菼。其根旁行，牽柔盤互，其行無辨矣，而又彊焉，故謂之薍。薍之始生，常以無辨，惟其彊也，乃能為亂。』」（《詩傳》卷八頁 197）

「《字說》云：『蘆謂葭，其小曰萑；荻謂之蒹，其小曰葦。』」（《六家詩名物疏》卷八頁 16）

「《字說》：『蘆謂之葭，其小曰萑；荻謂之蒹，其小曰葦。』」（《詩傳》卷九頁 180）

「《字說》云：『荻彊而蒹弱，荻高而蒹下。』」（《詩傳》卷九頁 225）

「介甫《字說》，不惟混蒹菼為一物，並葭亦混為菼，尤為舛錯。」（《詩識名解》卷九頁 6）

「葦可緯，為薄席；萑亦可緯，唯完而用，不如蘆之或析也，故音完。」（《埤雅》卷十六頁 419）

「莞席者，以蒲之細者，完而用之以為席也。」（《詳解》卷十九頁 2）

「莞，蒲之細者，完而用之。」（《詳解》卷十九頁 1）

「莞之為物，叢生水中，則完而用之。」（《訂義》卷三十四頁 9）

「葭，叚而生之；葦，韋而制之。」（《爾雅新義》卷十三頁 13）

「萑，完而用之；葭，華而用之；蒹，兼而用之。」（《爾雅新義》卷十三頁 13）

「惟其強也，乃能為亂，亦其卒也，乃能成亂。」（《爾雅新義》卷十三頁 13）

「盧，黑也，黑已而赤，所謂『葭菼揭揭』，言始如此，卒亦如此。」（《爾雅新義》卷十三頁 13）

按：蔡《解》引文與《埤雅》者相同而更完備。「蒹能兼地……雖兼地，然惡下」，為釋「蒹葭萑」之文，正可補《埤雅》引文之闕。「荻猶逖也……故音完」，釋「蘆葦」，與《埤雅》卷十六「葦」字釋文同意。「《詩》言毳衣如菼……葦小物也」，為《埤雅》所無。增補三段，《字說》之說解乃全。其大要或為：「蒹1葭2荻3葦4萑5蘆6菼7薍8。蘆謂之葭，其小曰萑；荻謂之，其小曰葦，其始生曰菼，又謂之薍。蒹1，能兼地，於葭所生，能侵有之蒹，然不如葭所生之遐，不宜下故也；萑則宜下矣。葭2能遐，假水焉。蒹又謂之兼，雖兼地，然惡下。荻3強而葭弱，荻高而葭下，故謂之荻；荻猶逖也。葦4可緯，以為薄席；萑5亦可緯，唯完而用，不如蘆之或析也，故音完。蘆6，中赤，始生末黑，黑已而赤，故謂之菼7；其根旁行，牽揉盤互，其行無辨矣，而又強焉，故又謂之薍8；薍之始生，常以無辨，惟其強也，乃能為亂。《詩》言『毳衣如菼』，以其赤黑，毳玄如之。言『八月萑葦』，以其可辭，以其蠶士（事？）。言『蒹葭』，刺無以保國，以其兼地而遐。言『葭菼揭揭』，『庶妾上僭』，以其自下而亂始也。〈騶虞〉以所生乎下言葭，〈行葦〉以所生在行言葦，且葦，小物也。」說解可略分三段：（一）「蘆謂之葭……曰菼又謂之薍」，為總釋；（二）「蒹能兼地……乃能為亂」，分述八物得名之故；（三）「《詩》言毳衣如菼……葦小物也」，以《詩》句證物性。惟第三段文字殘缺，意多難解。「蠶士」疑作「蠶事」。《衛風・碩人》云：「鱣鮪發發，葭菼揭揭；庶姜孽孽，庶士有朅。」蔡《解》謂「庶妾上僭」，取義自《衛風・綠衣》。

釋義：《爾雅・釋草》：「葭，蘆」「葭，華」「蒹，蘼」「菼，薍」「葦醜，艻」「萑，蓷」。然《爾雅》之後，諸家言蘆荻之類，意多相別，莫衷一是，亦難論其是非，姑列各說如下：（每一家釋義皆有二段，前者說「蘆」屬，後者說「荻」屬）

《說文》（漢）：未秀曰蒹葭，已秀曰葦。
　　初生曰菼薍騅，已成曰萑。

《字說》（宋）：其小曰萑，大曰蘆、葭。
　　初生曰菼薍，小曰葦，成曰荻蒹。

《中文大辭典》：未秀曰蘆，已秀曰葦、葭。
　　初生曰菼薍蒹蘼，堅成曰萑。

（《本草綱目》）（明）：長丈許，中空皮薄色白者，曰葭蘆葦。短小於葦而中空皮厚色青蒼者，曰葭亂菼萑。最短小而中實者，曰蒹薕。

各　書	初生未秀	未　成	已秀堅成
《說文》	蒹、葭、菼、亂、騅		葦、萑
《字說》	菼、亂	萑葦	蘆、葭、荻、蒹
《中文大辭典》	蘆、菼、亂、蒹薕		葦、葭、萑
《本草綱目》	高：蘆、葦、葭 中：菼、亂、荻、萑 短：蒹薕		

《字說》釋葭等八字謂：葭，生於水澤地中，能遐也。蒹如葭生之眾，故曰兼地，然宜土不宜水。荻所生之地高於葭，遠離水澤低地，故曰逖（遠離）也。萑、葦、蘆，皆可編製草席，萑細故完而緯（編織）；蘆粗，故須析之。菼心色赤，始生時末梢微黑，長成則黑已而赤，赤，炎也，故字从炎。菼根盤行，強而亂，故曰亂。

85. 蘩「高青均葉，蘩，日而繇，又潔可以生蠶，母糸而草之者也。又蘩之醒爲蒿，皆高故也。」（《蔡解》卷四頁 6）

按：釋「蘩」字而曰：「母糸而艸之」，與「豕八而辵」爲逐，「川亡而草生」爲荒，「在隱可使十目視」爲直等文例相符，又出自蔡《解》而爲《埤雅》所無，當屬《字說》佚文，然文字或有訛舛，驟難通讀。「日而繇」疑作「白而繁」。「母系艸」合爲「蘩」字。

釋義：蘩，白蒿也，先諸草萌生，香美可食，生蒸皆宜。《詩》：「呦呦鹿鳴，食野之蒿」，蒿即蘩也。《豳風・七月》「采蘩祁祁」，《毛傳》：「蘩，白蒿也，所以生蠶。」

86. 禾粟「禾，粟之苗幹；粟，禾之穟實。春秋者，陰陽之中；粟，春生而秋熟。方其以養生言之，則謂之禾，『禾麻菽麥』，『禾役穟穟』是也；方其以所用言之，則謂之粟，『率場啄粟』，『握粟出卜』是也。」（《蔡解》卷三頁 2）

按：合於「性質稍異生異名例」；以陰陽春秋爲說，合「附會五行例」；「養生」「養人」「體用」，皆《字說》慣用語；引文出自蔡《解》，又爲《埤雅》所無，當爲《字說》佚文。

87. 黍「黍，丹穀也。仲夏乃登，故謂之黍，而聲與暑同。氣浮而味甘，馨香而滑齊，故宜釀。神，陽物也，非有馨香上達之氣，不足以降之。黍，陽物也，故用爲酒醴。凡言黍稷者，皆有冀祖考、懷祭祀、念父母之意。」（《蔡解》卷三頁 1）

「許叔重謂：黍，大暑而種，故稱黍。梁，性涼，故稱粱。其說迂曲可笑，此荆公《字說》所從來也。」（《詩傳》卷八頁 223）

按：以黍「聲與暑同」，合《字說》聲訓例；「馨香上達」，與卿字「皀能上達」同意，士工才等字亦言「上達」之詞；謂黍爲陽物故氣浮，同於麥字「陽多則浮，陰多則沈」，麻字亦云：「養人以虛浮爲下」；引文出自蔡《解》，又爲《埤雅》所無，當爲《字說》。

釋義：黍於仲夏暑氣最盛時長成，故氣浮而味甘，馨香足以上達，最宜釀酒以祀神。

88. 稻稌「稻，稌也。〈豐年〉曰：『豐年多黍多稌』，蓋黍所以交神，稌所以養人；先王之盛，時和而歲豐，交鬼神、養人之物備矣。」（《蔡解》卷三頁 1）

按：「交神」「養人」爲《字說》慣用語，如菅、壇、巫覡、米、卿、胥、氣等字皆是；引文出自蔡《解》，又爲《埤雅》所無，應屬《字說》佚文。

釋義：黍用以祀鬼神，稻用以爲三餐主食。周代文、武之際，王道降盛，黍稻皆豐收無缺，故《周頌》以〈豐年〉詩頌之。

89. 稗 1 稙 2 稺 3 稑 4 穜 5 秬 6 秠 7 穈 8 芑 9

「稗 1 可以食，而非凶荒則不食，宜小人而使之困也。先種謂之稙，後種謂之稺；先熟謂之之稑，後熟謂之穜；黑黍謂之秬，二米謂之秠，赤粱謂之穈，白粱謂之芑。稙 2，直達也，故爲先種；稺 3，有待也，故爲後種。稑 4，以言其和於土而苗遂之於蚤也，故爲先熟；穜 5，以言其晚成而多實也，故爲後熟。秬 6，齊正而有才者也，故麻之實，八角而純黑者謂之秬，度量衡以秬準之者，以其方正滑齊而可用也；秠 7，不一也，故爲一稃而二米；穈 8 者，良之又良者也，受成於火，故其色赤；芑 9 者，穀之至善者也，受成於金，故其色白。萬物豐於火，成於金，穈有豐實之性也，芑有成實之性。蓋稙稺以言其穀之備；穜稑以言其穀之美；秬秠穈芑以言其穀之嘉也。〈七月〉陳先公風化之所由，得土之盛，故曰穜稑。稙稺之種，因天時也，穜稑之實，得地氣也。〈閟宮〉備言后稷稼穡之道，故校四時者而言之，爲稼穡而因天時、得地氣，此所以降之百福也。美穀可以養人，嘉穀不可以爲食之常也，先王用之於祭祀而已，故〈生民〉言后稷之肇祀而曰：『誕降嘉穀，秬秠穈芑』。」（《蔡解》卷三頁 3）

「按：《詩》有三芑，一穀，一菜，一草也，……王氏合三者皆以爲穀，非是。」（《詩傳》卷十頁 263）

按：與《字說》「物性相類彙解例」相合，說解體例亦與「車」「駟」「蒹」「荷」等條相似；以火赤、金白之五行觀念說穈芑，合「附會五行例」；釋秬「滑齊」

與黍「滑齊」相同；「養人」「食之常」，爲《字說》慣用語；釋「稙直達」，稺有遲意，稑有和睦意（參見埶字），秬可準度量衡（與粲字同意），穈有良意（見麻字），皆合「形聲字說爲會意例」。見於蔡《解》，又爲《埤雅》所無，當屬《字說》佚文。文中稗爲總稱，析言之，則「稙稺」爲一組，「稑穜」爲一組，「秬秠穈芑」爲一組。

釋義：稗 1，卑者所食，凶荒時所食，故从卑。稙 2，長稼，直達也，故爲先熟而其字从直。稺 3，晚熟禾，遲也，故爲後種而字从遲省。稑 4，能和睦得土宜，故雖後種而能疾熟，字从睦省，以此故也。穜 5 後熟，故从童，童，稺也，遲也。秬 6，顆粒方正，可爲長度單位，度量衡所準者，有規矩意，故从矩省。秠 7，一稃中有二米，可謂大矣，丕者大也，故从丕。穈 8，赤苗嘉穀，赤，於五行屬火，故曰「受成於火」；麻，八穀之良者，故从麻。芑 9，白苗嘉穀，白，於五行屬金，故曰「受成於金」。

90. 穜「《字說》於『種』字韻中，入『穜』字，云：『物生必蒙，故從童。草木亦或種，然必穜而生之者，禾也，故從禾字。』王介甫亦以穜爲種字焉。」（《甕牖閒評》卷四頁 6）

釋義：童有所不明，如蒙其目，凡字有瞢懂之意者，皆从童。穜則植草木於土中；植入土中，如童之瞢懂而不見，故从童；草者禾也，故从禾。

91. 麥「麥之同乎陽者也，至子而苗，至午而成。陽多則浮，陰多則沈；陰陽不相勝，然後能善養人者也。故麥可以爲美，而不可爲加膳也。」（《蔡解》卷三頁 2）

按：以陰陽天干說物，合「附會五行例」；說陰沈陽浮，與「麻」「黍」相類；「加膳」「養人」與菽粱米氣卿胥等字說意相同，亦《字說》慣用字詞。引文出自蔡《解》，又爲《埤雅》所無，可信爲《字說》。

釋義：《本草綱目》：「大小麥，秋種、冬長、春秀、夏實，具四時中和之氣，故爲五穀之貴。」冬日萌芽，冬於地支爲子，故曰「至子而苗」；夏日實成，夏於地支爲午，故曰「至午而成」。麥生長於四季之中，具四時中和之氣，故「陰陽不相勝」，是以「能養人」；「爲五穀之貴」，故非如稻之僅爲三餐主食之「加膳」也。

92. 米「米，養人也，粉之然後爲利散而均焉。養人而已，而無斷以制之，非所謂知柔剛。」（《新義》頁 97）

「米能養人，粉之則利散而均。」（《詳解》卷十九頁 16）

「米是以養人，而爲粉，則其利散而均。」（《訂義》卷三六頁 3）

「粉其米，散利養人之義也。」（《禮書》卷二頁 9）

按：說解與氣字「米殘生傷性，不善自養」同意；「養人」「知柔剛」「斷以制之」，亦爲《字說》慣用語；末句與《字說》易字「尙不爲知雄者」，文例相同；又出自介甫《周官新義》，《字說》米字當本此爲說。

釋義：米於三餐爲主食，故以「養人」爲主。磨之而爲粉狀，則「利散而均焉」。米如此利人而不能自保，非所謂「知柔剛」者。

93. 粱「天以始至甘香者也。粱從米，所以濟人者也；從刃，所以利人者也。〈豐年〉言養人之物，而不言粱者，蓋稌加膳，於粱則爲嘗膳。」（《蔡解》卷三頁 2）

「若粱強矣，有時而取濟焉。」（《爾雅新義》卷十二頁 9）

按：說解與「米」「氣」意同，「从刃所以利人」，與「刃」字意同，「養人」「加膳」「常膳」爲《字說》多見，以天一說粱字从水之意，合「附會五行例」，出自蔡《解》，又爲《埤雅》所無，可信爲《字說》佚文。文中「嘗膳」或作「常膳」，平常所食也。

釋義：天一爲水，有水始能成實而甘香，故从水。粱以濟人，而米有濟人之用，故从米。粱以利人，字从刃者，刀以制人，刃者欲戾其右而利人故也。

94. 糧「王安石以謂『行食爲糧』。」（《博古》卷三頁 10）

按：《博古圖》多引《字說》，或明言「《字說》曰」，或僅言「王安石曰」，此條或亦如是。

95. 瓠「瓠，甘而可食，附物而生者也。以其可食而非養人之大者，況在下之賢人，無所附，則實不成。《詩》曰：『南有樛木，甘瓠纍之』，樛木之所以接下者，非始然也，故以況至誠之君子；甘瓠之所以纍上者，亦自然也，故以況在下之賢人。君子之接下，賢人之附上，豈有意於彼我之分，所能爲之哉？」（《蔡解》卷四頁 2）

按：「養人」爲《字說》常用詞；引《詩》句之樛木以況君子，甘瓠以況賢人，文例與菅茅、螟蛉、鴞、藉等字相同；引文出自蔡《解》，又與《埤雅》卷十六瓠目之說解全異，應屬《字說》佚文。

釋義：瓠非主食，又依附棚架始得生長，故以喻無官職之賢人，無所任用，則才能不顯。

〔陸・木屬〕

96. 木「王安石以爲木爲仁類，則木者仁也。」（《博古》卷十五頁 29）

按：《博古圖》多引《字說》，此文又與《字說》「樫」字：「木性雖仁聖矣，猶未離夫木也」文意相近，《字說》釋木字有此意，當爲可信。

97. 朱非 朱非「朱丞相名字，蓋用荆公《字說》。于文合一爲朱，析而二則爲非，故名勝非，而字藏一，皆說朱字也。」（《項氏家說》卷八頁 11）

「夫丹所受一，乃木所含而爲朱者也。」（《鄭解》頁 11）

「朱者，朱含陽，爲德。聖人敷陽德而爲赦，則含陽德所以爲誅。」（《詳解》卷一頁 16）

「朱者，含陽之色，陰雖以成陽功爲事，而實以陽爲主也。」（《詳解》卷三九頁 6）

釋義：依小篆觀之，木中藏一爲朱（朱）字，析木爲二則爲非（非）字。朱勝非，字藏一，徽宗崇寧二年（1103）上舍登第；高宗建炎二年（1128）除尚書右丞。《宋史》卷三六二有傳。其名勝非，則以其姓曰朱，朱之含陽德，勝於中析二分之非字也。

98. 杜棠「《字說》云：『《詩》言「蔽芾甘棠」，以杜之美；言「有杕之杜」，以棠之惡。說《詩》者以意逆志，乃能得之。』」（《埤雅》卷十三頁 320）

「《字說》云：『《詩》言「蔽芾甘棠」，以杜之美；言「有杕之杜」，以棠之惡。』」（《六家詩名物疏》卷六頁 9）

「《字說》：『《詩》言「蔽芾甘棠」，以杜之美；言「有杕之杜」，以棠之惡。』」（《詩傳》卷十一頁 277）

釋義：杜有二種，白而甘者曰甘棠，赤而澀者曰赤棠，《字說》以甘棠爲杜，以赤棠爲棠，故謂杜美棠惡。釋之曰：《召南・甘棠》以「蔽芾甘棠」喻杜（甘棠）之美，《唐風・杕杜》以「有杕之杜」喻國君不能親宗族，似棠（赤棠）之惡。讀《詩》者以此意尋繹，乃得其實。

99. 槐松柏檜樅「王文公曰：『槐，黃中其華，又黃懷其美，以時發者，故公位焉。松華猶槐也，而實亦玄，然華以春，非公所以事上之道。柏視松也，猶伯視公。伯用詘，所執躬圭者以此；公用直，所執桓圭者以此。檜，柏葉松身，則葉與身皆曲；樅，松葉柏身，則葉與身皆直；樅以直而從之，檜以曲而會之。世云：柏之指西，猶磁之指南也。』」（《埤雅》卷十四頁 353）

「松柏。松華猶槐也，而實亦元。然華以春，非公所以事上之道。栢視松也，猶伯視公。伯用詘，所執躬圭者以此；公用直，所執桓圭者以此。」（〈字說辨〉頁 4）

「王安石曰：『柏視松，猶伯視公。伯用詘，所執躬圭者以此；公用直，所執桓圭者以此。檜，柏葉松身，則葉與身皆曲；樅，松葉柏身，則葉與身皆直。樅以直而從之，檜以曲而會之。世云：柏之指西，猶鍼之指南也。』」（《毛詩類釋》卷十五頁 17）

「王安石《字說》云：『松柏爲百木之長。松猶公也，柏猶伯也；故松從公，柏從白。』《六書精蘊》曰：『萬木皆向陽，而柏獨西指，蓋陰木而有貞德者，故字從白，白者西方也。』」（《毛詩類釋》卷十五頁 17）

「王安石《字說》云：『松柏爲百木之長。松猶公也，柏猶伯也；故松從公，柏從白。』」（《本草》卷三四頁 4）

「陸佃《埤雅》云：『柏之指西，猶鍼之指南也。』」（《本草》卷三四頁 2）

「王安石釋云：『槐，黃中，懷其美，故三公位焉。』」（《本草》卷三五頁 18）

「《字說》云：『檜，柏葉松身，則葉與身皆曲；樅，松葉柏身，則葉與身皆直。樅以直而從之，檜以曲而會之。』」（《爾雅翼》卷九頁 2；《六家詩名物疏》卷十七頁 13）

「《字說》：『檜，柏葉松身，則葉與身皆曲；樅，松葉柏身，則葉與身皆直。樅以直而從之，檜以曲而會之。』」（《詩傳》卷十一頁 293）

「傳云：柏生指西，猶磁石之指南也。」（《詩傳》卷十一頁 282）

「何元之引《字說》『柏視松』之語。」（《詩識名解》卷十一頁 13）

按：上引十一則，以《埤雅》所錄「王文公曰」者爲最全，當即《字說》原文。

釋義：槐，花與紋理皆黃，初夏則槐花盛開，得其時也，故公位焉；音懷，懷來人於此，欲與之謀。松，與槐相似，然華以春，不如槐之夏時開花也。松樹幹曲葉直，故公執桓圭以直之；柏樹幹直葉曲，故伯執躬圭以曲之。檜，葉與幹皆曲，故「以曲而會之」；樅，葉與幹皆直，故「以直而從之」。萬木皆向陽，獨柏指西（陰），蓋陰木而有貞德者。

100. 柳「柳，柔木也，蕃所以禦寇，柔不足以濟難，故曰：『折柳樊圃，狂夫瞿瞿。』以柳爲樊而生之，不足以爲固，故折柳者，柔之至，猶之兔爲饔飧，體微不足以爲厚，而斯首則微之至也。〈小弁〉之詩曰：『菀彼柳斯，鳴蜩嘒嘒』，夫蜩鳴於菀然之柳，至眾之民而不能使其有所附焉，此〈小弁〉之所以由怨也。」（《蔡解》卷五頁 3）

按：體微養人之說，柔不足以濟難之義，與葑菲、粱、米、菅茅、桐、卿等字相通；引《詩》說字，文例與鴞、鶪、螟蛉等字相合；出自蔡《解》，又與《埤雅》卷十四〈柳〉目全異，當爲《字說》。

釋義：柳，楊樹之小莖小葉者，縱橫顛倒植之皆生。其生雖易，而枝莖則甚爲柔脆，折之以爲園圃之藩籬，則不足以禦寇之入，故《齊風・東方未明》曰：「折柳樊圃，狂夫瞿瞿」，《傳》，瞿瞿，無守之貌。柳雖柔脆不足以禦寇，然易生而蓊鬱，最宜鳴蟬之棲止，是亦柳之用也。周幽王爲天下至尊，反而不能紓解萬民之苦，故詩人作〈小弁〉之詩刺之。

101. 柞「柞氏，攻木者也。虞衡作之而有，柞氏攻之而亡。柞木有實而無華，有華而無實。柞又栩也；實染乃見，亦一有一亡也。所謂鐘侈則柞，乍作而止，聲一而已，柞也。《春秋外傳》曰：『革木一聲』。」（《鄭解》頁 9）

按：鄭《解》引上文釋《考工記・鳧氏爲鐘》之「侈則柞」三字，「柞氏」「虞衡」「柞木華實」之說，皆與經文無涉；「柞又栩也」，合「一物異名說又訓例」，與《字說》「椐又樻也」相同；《考工記解》引《字說》而成，此亦當爲《字說》佚文。

釋義：柞氏攻木，故伐之而使無；虞衡掌山林，故育之而使有。柞，又名栩、櫟，雌雄同株，故曰：「有實則無華，有華則無實」。栩皮可作染料，故曰：染之「亦一有一亡也」。柞，大聲也，一聲而止，故曰「乍作而止」。

102. 梓李楸「梓榮於丙，至辛而落，正辛之所勝也。又謂之杍，金，木子也，正子之所勝也；梓音子，亦爲是故也。又謂之楸，其榮獨夏，正秋之所勝也。」（《鄭解》頁 16）

按：以五行生剋，釋右文之義，以重文爲又訓，以一物異名爲說，以聲訓說字義，皆合《字說》文例，鄭氏以此釋「梓人爲侯」之梓字，實與經文無涉，當爲摘自《字說》者。

釋義：梓木高二丈許，花色淡黃，盛開於夏而謝於秋，五行配合，夏爲丙丁火，秋爲庚辛金，故曰「榮於丙，至辛而落」。《廣韻》：「杍或作梓」，从子，則辛屬西方金，正子之所勝也。赤梓曰楸，花色淡黃，約二月開，秋日凋謝，爲秋所勝，故从秋。

103. 椐樻「《字說》：『《春秋傳》曰：「弱足者居」，椐適可杖，居者之所材也。椐又樻也，材適可杖，木之貴也。』」（《詩傳》卷十二頁 324）

「《春秋傳》曰：『弱足者居』，椐適可杖，居者之所材也。椐又樻也，材適可杖，木之貴也。」（《蔡解》卷五頁 5）

釋義：《爾雅・釋木》、《詩・毛傳》皆云：「椐，樻也」，又名扶老、靈壽，幹節中腫，可以爲杖。

104. 椅檍「椅，梓實桐皮，非梓之正，非正而外若同焉，有椅之意。檍，若棗而小，非棗之正，棗甘而檍酸，棗屬而檍貳者也。羊棗謂之遵，則不貳者也。」（《蔡

解》卷五頁 6）

「棗甘而樲酸，棗屬而貳者也。亦貳之道宜如此。」（《爾雅新義》卷十四頁 8）

「含俗呼軟棗謂之遵，不樲者也。亦軟故有遵焉。」（《爾雅新義》卷十四頁 9）

按：引文合「物性相類彙解例」；以椅有奇意，樲有貳意，合「形聲字說爲會意例」；釋樲之文意，頗似《字說》鷙字；引文出自蔡《解》，又爲《埤雅》所無，由上章考證，應屬《字說》，而此條更得《爾雅新義》爲證，《爾雅新義》引《字說》而不言者眾，此亦當如是。文中「有椅之意」，椅當作奇。本末「棗屬而樲貳者」，衍一樲字，當刪。

釋義：《爾雅．釋木》：「椅，梓」，梓實桐皮曰椅；又曰：「樲，酸棗」「遵，羊棗」。《字說》以椅有梓桐之貌而無其實，得其一而未得其二，乃奇而不偶者，故从奇。樲則似棗而酸，乃棗之副貳者，故从貳。若羊棗甘甜者，則不爲貳而可以爲遵矣。

105. 榆荎枌「《字說》曰：『榆，瀋滑，故謂之俞；荎，俞而有刺，所以爲至；枌，俞而已，安可長也？以俞爲合，乃卒乎分。夫很如羒，俞如枌，皆分之道。』」（《埤雅》卷十四頁 367）

「榆，瀋滑，故謂之榆；荎，榆而有刺，所以爲主；枌，榆而已，安可長也？以俞爲合，乃卒乎分。夫根如羒，榆如枌，皆分之道。」（《蔡解》卷五頁 6）

「王安石《字說》云：『榆，瀋俞柔，若謂之榆。其枌則有分之之道，故謂之枌。其莢飄零，故曰零榆。』」（《本草》卷三五頁 38）

「《字說》曰：『榆，瀋滑，故謂之俞。至，俞而有刺，所以爲至。』」（《詩傳》卷十二頁 302）

按：蔡《解》引文必引自《字說》，然鈔胥誤字甚夥，當以《埤雅》引文爲準。

釋義：榆，幹高十丈，材質堅密，可製器用；莢實磨粉，可拌麵蒸食；皮色深褐，常爲鱗狀而剝落，刮去粗皮，中極滑白而多汁。榆之幹有刺者曰荎，皮色白者曰枌。《字說》以「俞」有美善之意，榆材美善，內皮多汁滑潤，故其字从俞。荎之材質亦美，然有刺於外，能自禦而不受外物之害，爲至善之道也，故从至。枌爲美材，爲人所用而不得久生，終至於分離見伐之道，故从分。蓋羊之狠者曰羒，材之美者曰枌，皆以其質之過惡與過美，而致分離之道，故莊子曰：「爲善無近名，無惡無近刑。」

106. 桌桃李杏𣓁「从木者，陰所能桌，以陽而已。从□从重人，陰疑陽也；从一、从丨，陽戰而丨也，丨則勝陰，故一上右。桌，北方果，縮而果者也。木兆於西方，故桃从兆；至東方生子，故李从子；至南方子成，適口，故杏从口。北

方本實，故㮚木在下；東南木盛，故李杏木在上；西，木配也，故桃木在左。」（《鄭解》頁 9）

按：以五行生剋爲說，合「附會五行例」；析解㮚字，合「分析小篆例」；說四字之偏旁位置，合「字形位置示義例」；鄭《解》以此釋「㮚氏」，經文與㮚桃李杏諸木無涉；此條可信爲《字說》佚文。

釋義：《字說》以爲：栗，北方果，於時屬冬，陰氣盛於陽氣，故陰氣圍冰（□仌）作「卤」形；此時陽氣漸滋，戰而進（丨），進則勝陰，故標「一」在「丨」右，作「卜」形，右方爲尊位故也。栗製字之義如此。至如桃李杏諸字，皆以五行方位致其形位，意亦了然。

107. 楳「《字說》云：『楳用作羹，和異味而合之，如媒也。』」（《甕牖閒評》卷四頁 3）

釋義：梅，酸果，或从某作楳。媒，謀也，謀合二姓爲婚者也。楳（梅）合眾味，若媒合二姓，故《尚書．說命》曰：「若作和羹，爾惟鹽梅。」

108. 棘槐「棘之爲木也，其華白，義行之發也；其實赤，事功之就也；朿在外，所以待事也。槐之爲木也，其華黃，中德之暢也；其實玄，至道之復也；文在中，含章之義也。」（《新義》頁 157）

「棘之爲木，其華白，義行之發也；其實赤，事功之就也；棘在外，所以待事也；孤卿、大夫、諸侯之象也。槐之爲木，其華黃，中德之暢也；其實玄，至道之復也；文在中，含章之義也；三公之象也，故其位以槐。」（《詳解》卷三一頁 6）

「棘之爲木，其華白，義行之發也；其實赤，事功之就也；朿（朿）在外，所以事上必致其義行，爲國必就其事功以待事。」（《詳解》卷七頁 3）

「蓋槐取黃中外懷，又其華黃，其成實玄故也。棘取赤中外刺，又其花白，其成實赤故也。」（《埤雅》卷十三頁 328）

「王文公曰：『槐，黃中其華，又黃懷其美，以時發者，故公位焉。』」（《埤雅》卷十四頁 353）

「（槐）葉大而黑，爲其有所懷也。」（《爾雅新義》卷十四頁 10）

「王安石釋云：『槐，黃中懷其美，故三公位焉。』」（《本草》卷三五頁 18）

按：以五行說字，合「附會五行例」；說解棘槐之字義，文例與冕、象、除……等字相似；出自《周官新義》，《詳解》二度引用，《埤雅》又有相同文意，且說槐與「松」字條前段說槐之意相似，可信《字說》棘槐二字，必依此意而作說解。

釋義：棘之花白，於五行之配合，屬西方金，於德爲義；實赤，屬南方火，事功之就也。槐之花黃，屬中央土；實玄，屬北方水，北，至道之復也。黃紋在幹理之中，故曰「含章之義」。

109. 檉「《字說》曰：『知雨而應，與於天道。木性雖仁聖矣，猶未離夫木也。小木既聖矣，仁不足以名之。音赬，則赤之貞也，神降而爲赤云。』」（《爾雅翼》卷九頁 5）

釋義：檉，河柳也，即今河旁之赤莖小楊也，葉細如絲。天之將雨，檉先知之，起霧氣以應，又負霜雪不凋，乃木之聖者，故从聖。音赬，則其莖赤色故也。赤於五行屬南方火，於時爲夏，夏則赤帝與萬物相見之時也，故曰：「神降而爲赤」。

110. 櫻栲「《字說》云：『櫻主實，么稺柔澤如嬰者；栲主材，成就堅久如考者。』」（《埤雅》卷十四頁 352）

釋義：栲類漆樹，木質堅硬，可製車軸，久而不朽。櫻桃甜美，實如彈丸，柔潤光澤，如嬰兒之肌膚。故《字說》有「如嬰」「如考」之語。

〔柒・人之稱謂〕

111. 我「王安石《字說》謂：『戈戟者，刺之兵。至於用戈，爲取小矣。其取爲小，故當節飲食；其用在刺，故必戒有害。雖然，戈所以敵物而勝之，故我之字从戈者，敵物之我也。非有勝物之智，則不能敵物；非有立我之智，則至於失我。古人託意，茲亦深矣。』」（《博古》卷九頁 21）

「余，辨物之身。」（《爾雅新義》卷一頁 10）

釋義：我，自稱之詞也，既有人我之異，則人與我或有所爭；我之字从戈者，乃欲強我之力以敵物而勝之，若不能敵物，則不能自立，終至於失我矣。

112. 公「韓非曰：『自營爲厶，背厶爲公。』王公之公，人臣尊位，故以自營爲戒。公又訓事，公雖尊人，亦事人，亦事事。」（〈字說辨〉頁 4）

「公。公雖尊位，亦事人，亦事事。」（《鄭解》頁 1）

「爵位盛大，以背公自營爲戒，則其德疑於王矣。然未免事人而事事者，則德不若王之純也。」（《詳解》卷三九頁 3）

按：鄭氏輯《字說》以解《考工記》，此條引文後段與〈字說辨〉同，全文又與《詳解》同意，可信爲《字說》。

釋義：公爲人臣之最尊者，攸關天下萬民至深，故以自營爲戒。其位雖尊，然上須事天子，下須治國事，故又訓事。

113. 卿 [小篆] 「卿之字從𠨍，𠨍，奏也；從卩，卩，止也；左從𠨍，右從卩，知進止之意。從皀，黍稷之氣也；黍稷地產，有養人之道，其皀能上達。卿雖有養人之道而上達，然地類也，故其字如此。」（《新義》頁 2）

「知進止之節，有養人之道而能上達者，卿也。」（《詳解》卷一頁 5）

「卿有養人之德，教官以善養人，非具卿之德，則不足為以智帥人之大者。」（《詳解》卷九頁 4）

「卿大夫以養人為事，養人則以除患害為先故也。」（《新義》頁 49）

「卿大夫以智帥人為主。」（《詳解》卷十二頁 1）

按：析字形為𠨍卩皀，合「分析小篆例」；「養人」「上達」亦《字說》慣用語；說解文意與胥米氣矦黍等字有相通處，《字說》當本經義文說卿字。

釋義：卿，小篆作 [小篆]，在 [小篆] 左，奏也，[小篆] 在右，止也，知進奏，知適止之意。从 [小篆]，香也，黍稷既實則可食，其香上達。卿之為職，亦事天子而養百姓，故舉黍稷以喻之。

114. 王「舒王曰：『背私則為公，盡制則為王。公者，德也；王者，業也。以德，則隱而內；以業，則顯而外。』」（《道德眞經取善集》卷三頁 12）

「《管子》曰：『擅殺生之謂王，能利害之謂王』。」（《詳解》卷一頁 15）

「荊公引『擅殺生之謂王，能利害之謂王』……以證經。」（《默堂集》卷二二頁 16）

「業格於上下謂之王，……王者，天下之利勢。」（《詳解》卷一頁 1）

「其書解『惟王建國』，云：『業格於上謂之王』……遵王氏《字說》。」（《四庫提要》卷十九《周禮詳解》）

按：有業之君、能利害、能利勢、能盡制，皆同義之詞也。「背私為公」，亦與《字說》「公」「私」字義相類。「盡制」與菅字「制而用之」，則字「鼎者器也有制焉」，刀字「刀者制也，能制者刀也」說意相似。「德隱於內，業顯於外」，與「反隱以之顯，戾靜以之動」（之），略為近似。《取善集》引《字說》數條，此或亦如之。

釋義：公事天子而治國家，故以自營為戒；王則君臨天下，宰制萬邦，故以業為主。

115. 矦 [小篆] 「矦，內受矢，外厂人；或作医，亦是意。諸矦厂人，為王受難如此。矦，矦也，所謂『矦禳』是也。矦，射者所指，故矦為指詞。」（《鄭解》頁 16）

「射矦，內受矢，外仄人。諸矦仄人，為王受難如此，故與射矦同字。」（《詳解》卷三八頁 17）

「夫矦，受內扞外，有諸矦之象。」（《詳解》卷三八頁 19）

按：合《字說》「分析小篆例」「以重文說又訓例」「一字多義說又訓例」，出自鄭《解》而有《詳解》引文爲證，可知鄭《解》引文，必爲《字說》佚文。

釋義：矦，習射所用之鵠的也，《說文》：「矦，从人，从厂象張布，矢在其下」，古文作矦。《字說》以「厂」爲遮掩蔽護之義，矦以受矢爲事，而「諸矦厂人，爲王受難」，其事亦如矦也，爲數又眾，故名之「諸矦」。矦以受矢爲事，而「諸矦厂人，爲王受難」，其事亦如矦也，爲數又眾，故名之「諸矦」。矦又有「等候」之意，如《周禮・春官》：小祝司「侯禳」之事。注：候迎善祥，禳卻凶咎是也。矦又爲射者所指向，故亦可作指詞用。

116. 冢宰冢宰「發露人罪而治之者，刑官之治也；宀覆人罪而治之者，治官之治也。治官尚未及教而況於刑乎？宰，治官之上也，故宰之字從宀、從辠省，宀覆人罪之意。宰以治割、調和爲事，故供刀必者謂之宰；宰於地特高，故宰謂之冢也。山頂曰冢，冢，大之上也。列職於王，則冢宰與六卿同謂之大；百官總焉，則大宰於六卿獨謂之冢。」（《新義》頁 1）

「王氏曰：『《爾雅》曰：「山頂曰冢」，冢於地特高。列職於王，則冢宰與六卿同謂之大；百官總焉，則太宰於六卿獨謂之冢。』」（《周禮訂義》卷一頁 1）

「出於一，則守以家；反於一，則包以冢；有形而累者皆然，故冢之字從豕、從勹。則封土爲壠，山頂之高，亦若冢然，故《爾雅》曰：『冢』，凡地類之高者，皆謂之冢。所謂冢君、冢宰、冢婦者，以其高故也。」（《詳解》卷二十頁 4）

「故共刀匕者亦謂之宰。《列子》曰：『望其壙宰如也。』《爾雅》曰：『山頂曰冢』，宰於地特高，冢於大爲上，故冢謂之宰也。」（《詳解》卷一頁 1）

按：謂「从宀从豕从一」之字，「一」在上則爲「家」，「一」在內則爲「冢」；而宰字「从宀从辠省」，皆合「分析小篆例」。說冢宰之別義，合「一字多義又訓例」。《字說》此二字必取新經義文而爲說。此條大要或爲：冢宰「冢宰。宰之字从宀从辠省，宀覆人辠之意。宰以制割、調和爲事，故供刀匕者謂之宰：《爾雅》曰：『山頂曰冢』，宰於地特高，冢於大爲上，故宰謂之冢也。出於一，則守以家；反於一，則包以冢；有形而累者皆然，故冢之字从豕从勹。則封土爲壠，山頂之高，亦若冢然。凡地類之高者，皆謂之冢，所謂冢君、冢宰、冢婦者，以其高故也。」

釋義：《說文》：「冢，高墳也，从勹豖聲。」「宰，辠人在屋下執事者。从宀从辛，辛，辠也。」膳夫亦謂之宰夫，《禮記・檀弓》：杜蕢曰：「蕢也，宰夫也，非刀匕是供，又敢與知防」，故介甫謂：「供刀匕者謂之宰」。冢，高墳、山頂也，有大意。介甫謂其字从冖从豕，與《說文》不同。有形而累積其體者，皆可見其高大，故封土爲壠，山頂之高謂之冢。

117. 史「史之字從中從又，設官分職，以爲民中，吏則所執在下，助之而已。」（《新義》頁 2）

「史也者，能文而不能實，可以贊治矣。故史之字從中從又，以先王設官分職，以爲民極，史所掌在下，以助之故也。」（《詳解》卷三頁 23）

「史掌宮書以助上之爲中者也。」（《詳解》卷八頁 18）

按：合《字說》「分析小篆例」，以字手（）在下，於職爲卑，故「助之而已」，合「字形位置示義例」，《字說》當本經義文而解史字。

釋義：右史記言，左史記事，《禮記．玉藻》「動則左史書之，言則右史書之。」二書皆爲君王之贊治，而不能掌政治國，故曰「所執在下」。

118. 吏「治以致其事，吏也。」（《新義》頁 9）

「治以致其事者，吏也」（《詳解》卷一頁 19）

「治以致其事謂之吏。」（《詳解》卷三頁 21）

「吏，則凡治民者皆是也。」（《新義》頁 15）

「凡治民者，皆謂之吏。」（《詳解》卷二頁 8）

按：「治民」有成，亦即「致事」也，《字說》或本此解「吏」字。

119. 司后「於文反后爲司。蓋后從一從口，則所以出命；司反之，則守令而已。從一，則所以一眾；司反之，則分眾以治之而已。從厂，則承上世之庇覆，以君天下也；司反之，則以君之爵爲執事之臣而已。」（《詳解》卷九頁 1）

「安石曰：『於文，反后爲司。后者，君道也；司者，臣道也。臣固宜稱司。』」（《通鑑長編拾補》卷六頁 1）

「（《周禮詳解》）解司徒云：『於文，反后爲司。（引文同上，從略）……以君之爵爲執事之法而已。』其附會穿鑿，皆遵王氏《字說》。」（《四庫提要》卷十九《周禮詳解》）

「於文，反后爲司，后以執要而致簡，則致詳而盡察者，有司之事。故司有察意。」（《詳解》卷三二頁 2）

「蓋反后爲司，司有察意。」（《詳解》卷八頁 4）

按：合「字義相近彙解例」與「分析小篆例」，說解文例與藉、鴻、染、巫、璽、梟等字相同，《字說》應與此相近。《詳解》卷九引文「后從一從口」，「從一」二字衍文，當刪。

釋義：后亦君也，以口發號施令，使萬民歸一，故从口从一；其所以能即帝位者，乃承上世之庇覆故也，是以其字从厂。司，主也，主管庶務，則受君賜爵而爲執事之臣也，故反后爲司。

120. 嬪婦「嬪字從賓，則有賓之義；婦字從帚，婦則卑於嬪矣。」（《新義》頁 6）
「嬪，有夫者也；婦，有姑者也。」（《新義》頁 12）
「女之賓從于主，謂之嬪。《書》于二女，言『嬪于虞』，以其順從于舜，猶之賓之于主也。九嬪以賓從于主，故亦謂之嬪。」（《詳解》卷八頁 14）
「執箕箒以事人者，謂之婦。《記》曰：『納女于天子，備灑掃。』言納女者，以卑自稱，猶婦人之于姑也。」（《詳解》卷八頁 16）
「儐，所以接賓客之人也。」（《詳解》卷十八頁 11）
「女之順化於人者，謂之嬪；嬪，有夫者也。女之執箕箒以事人，謂之婦；婦，有姑者也。《書》曰：『嬪於虞』，虞舜夫也，故稱嬪。《春秋書》：『伯姬來逆婦』，伯姬姑也，故稱婦。有夫有姑，則任之以職，然則嬪非婦，則無職矣。」（《詳解》卷一頁 21）
按：末則引文，文意較全，引《書》釋嬪，引《春秋》釋婦，體例似「藉」「則」「螟蛉」「菅茅」之說解；說嬪婦偏旁之意，合「右文主義例」；《字說》或本此作說解。

121. 賓客□□「賓之字從宀從與從貝。賓者，主所宀也；正趣隱以適己，則利上；趣明以與物，則害也。客之字從宀從各，客雖主所宀也，然不與之共休戚利害也。〈司儀〉曰：『凡諸公相爲賓，則諸侯之君，皆謂之賓也。』又曰：『諸公之臣，相爲國客，則諸侯之客，皆謂之客。』賓尊，嫌于王，欲其趣隱以事己，則不疑於亢。客勢卑，則屈而不與共休戚利害，故爲客。」（《詳解》卷三三頁 1）
「順服則爲賓，故賓有從主之意；辨各則爲客，故客有敵主之意。是以諸侯之君，則謂之賓，以其勢尊，則欲其從主故也；諸侯之臣謂之客，以其勢卑，則不嫌於敵主也。」（《詳解》卷二頁 2）
按：合《字說》「物性相類彙解例」與「分析小篆例」；「順服則爲賓」「賓有從主之意」，說與「嬪」字同；「辨各則爲客」，「辨各」乃《字說》特殊用語；「敵主」與「我」字「敵物勝之」意同；以「正趣隱以適己」，說「从丏」之意，與「之」字相類。引文之第二則文意與第一則後半相同，《字說》當取二則之義以說賓客二字。文中「從與」當爲「從丏」之誤；蓋「與」字古文作「□」，其「□」形與「丏」之半形「□」易相譌也。
釋義：賓者，處於主人之室中，主人所宀也，賓爲正，與主人共休戚利害，故以順服而隱（乚）爲德，字从宀从正从乚（丏），以此也。若不隱，則強橫而奪正害主矣。客雖宀於主人之室，惟卑於賓，而不與主人共休戚利害，字从各，則有各適其志之意。

122. 師儒「有德行以教人者也；儒，以道藝教人者也。」（《新義》頁 15）

「以德行教人者謂之師。」（《詳解》卷十三頁 11）

「眾附而下焉謂之師，人皆需之謂之儒。師，有德行以教人者，故其得民以賢；儒，有道藝以教人者，故其得民以道。」（《詳解》卷二頁 7）

「師以用眾而有治焉。從𠂤，則其眾足以爲物主矣。從帀，則其眾足以爲國敵矣。師，大眾也，六軍亦或謂之師，則軍亦大眾故也。」（《詳解》卷十一頁 3）

按：合第三、四則引文觀之，合於《字說》「字義相近彙解例」「分析小篆例」「一字多義說又訓例」，《字說》或本之以釋「師儒」字。

123. 士工才「士之字與才，皆從二從丨。才無所不達，故達其上下。工，具人器而已，故上下皆弗達。士，非成才，則官亦皆弗達，然志於道者，故達其上也，故士又訓事；事人則未能以智帥人，非人之所事也，故未娶謂之士。」（《新義》頁 2）

「工者，所以具人器也。」（《詳解》卷二頁 1）

「工，興事造業，不能上達，故不出上一。百官謂之百工者，以其如之故也。當其聯事合志，則謂之百僚；當其分職率屬，則謂之百官；當其興事造業，則謂之百工。」（《鄭解》頁 1）

「興事造業之謂工。」（《詳解》卷一頁 21）

「工者，興事造業以利其上者也。」（《詳解》卷十七頁 15）

「貢者，下以職供，而上得以興事造業也。」（《詳解》卷三三頁 8）

「大夫以智而帥人，士尚志以事上也。」（《詳解》卷二四頁 12）

「旅，眾也，事事而事人者士也，又卑於大夫矣。」（《詳解》卷二七頁 3）

按：《新義》說解，合於「字義相近彙解例」「分析小篆例」「字形位置分析例」「一字異義說又訓例」；「工具人器」「達其上下」「以智帥人」「士又訓事」等說，分別與巾、巫、式、紅、功、物等字說解，文意相類。《字說》當據經義文解「士工才」三字。

釋義：學識通達於上下者爲才；志於道，達其一端而能事人者爲士；不學又不達，惟具人器者，祇能爲他人作工而已，故稱工。王安石〈答聖問賡歌事〉云：「賢臣不心悅而服從，則不能興事造業而熙百工。」可知「興事造業」爲工字之義，確爲安石字學見解也。

124. 巫覡「巫之字從工從二人。從工者，通上下也；從二人者，人爲人交神也。覡之字從巫從見。女爲人交神，蓋以弗覿，其見也，巫而已。蓋神降之在男曰巫，在女曰覡；通而言之，皆巫矣。」（《詳解》卷二三頁 4）
「神降之後，在男曰巫，在女曰覡，故不預爲員數。」（《新義》頁 83）
「巫通上下，爲人交神者也。」（《詳解》卷二九頁 1）
按：《詳解》文字當引自《周官新義》，《字說》當本此而作說解。
釋義：巫，以舞降神者，古之民有疾灰災禍者，多求巫代其通神以祓災眚，其字从工，通人、神之際也；从二人，巫者爲人求神降也。合而言之曰巫，別而言之，男曰巫，女曰覡；或以神性屬陽，附於女覡身者，人亦弗見故也？

125. 夫「夫之字與天，皆從一、從大。夫者，妻之天故也。天大而無上，故一在大之上；夫雖一而大，然不如天之無上，故一不得在大上。夫，以智帥人者也；大夫，以智帥人之大者也。」（《新義》頁 2）
「大夫以智帥人，士尚志以事上也。」（《詳解》卷二四頁 12）
「夫者，以智帥人也。」（《鄭解》頁 18；《詳解》卷三九頁 3）
「大夫以智帥人而已。」（《詳解》卷二八頁 4）
「大夫以智帥人之大者。」（《詳解》卷二頁 13）
「卿之養人，士大夫之帥人。」（《詳解》卷十七頁 15）
「循道以進退，其智足以帥人而有大焉者，大夫也。」（《詳解》卷一頁 5）
按：此條文例與釋「工才士」相類，又與「天」字說解相關，《字說》當本之作說解。

126. 童「童。始生而蒙，信本立矣；方起而穉，仁端見矣。」（〈字說辨〉頁 2）
釋義：物之始生，蒙於土中，土於五常主信，故曰「信本立矣」。苗之長矣，終成大木，木於五行主仁，故曰「仁端見矣」。

127. 豎「童而有立，謂之豎。」（《詳解》卷八頁 14）
按：與「壹而恣之」「微而糾之」（懿徽）、「么而覆入」（玄）、「爲人所令」（伶）、「鼎之有才」（鼐）等字文例相類，又出自《詳解》，《字說》「童豎」字說解，疑與此相近。

128. 匠「必斤爲匠，以工欲善其事，必先利其器也。」（《詳解》卷三九頁 3）
按：與「水共爲洪」「羊大爲美」「中心爲忠」「正行爲征」文例相同，疑與《字說》相近。

129. 商「从辛者，商以遷有資無爲利，下道也，干上則爲辛焉；从內者，以入爲利；从口者，商其事。故爲商賈、商度、宮商之字。商爲臣，如斯而已。」（《鄭

解》頁 1）

「商者，懋遷有無以利其人者也。」（《詳解》卷十七頁 15）

「行曰商，坐曰賈。商，遷有以資無者也；賈，覆藏以待價者也。」（《詳解》卷十四頁 1）

按：合於「分析小篆例」「一字多義說又訓例」，說解文例與椉、爵、燕、桌、量等字相同，又出自鄭《解》，可信屬《字說》文字。

釋義：商小篆作[illegible]，《字說》析其形爲：「二[illegible][illegible][illegible]」四形。「二」者上也，「[illegible]」者干也，商人以和氣生財，若干犯上位者，則爲辛焉，辛者，辠也，干上爲辛字（[illegible]）（按：《說文》辛从一辛作[illegible]，辛，辠也。），故商字从辛。商之事，以入爲利，以口行之，故从內从口。

130. 奚[illegible]「奚之字從糸從大，蓋給使之賤，係於大者故也。」（《新義》頁 4）

按：合於「分析小篆例」與「合二文說會意例」，《字說》應本經義文說「奚」字。

131. 伶「王介甫解伶字，乃云：『伶，非能自樂也，非能與眾樂樂也，爲人所令而已。』」（《甕牖閒評》卷一頁 3）

〔捌・兵屬：兵器旗幟鐘鼓〕

132. 兵[illegible]「兵之字從斤、從廾，斤勝木而器之義也。兵以左右此而已。」（《詳解》卷二七頁 17）

按：合於「分析小篆例」，又出自《詳解》，疑與《字說》相近。文中「從廾」當作「從[illegible]」，「左右此」，應作「左右比」，或即左右手持斤，比武相對之意？

133. 刀刃[illegible][illegible]「刀者，制也。能制者，刀也；所制者，非刀也。刀以用刃爲不得已，欲戾右也；於用刃也，乃爲戾左。刃，刀之用刃，又戾左焉，刃矣。」（《鄭解》頁 2）

「刀者，制也。」（《新義》頁 7；《鄭解》頁 10）

按：言「戾左右」與鼍矛等字相似，爲《字說》獨特用語；言「以用刃爲不得已」，似弓字；言「制」，與菅茅、樞莖說解相同；說「能……所……」之文例與「牂柯」：「以能入入爲柯，所入爲牂」，「追」：「所追者止，能追者辵而從之」相同，爲《字說》用佛語例；釋刃字合於「分析小篆例」；又出自鄭《解》，可信爲《字說》。

釋義：刀能制物而勝之，然而刀爲體，刃爲用，故用刀則以鋒刃向物；用刃爲凶事，故戾左，左爲卑者、凶者所處。

134. 劍「劒之字從刄、從僉。鍛者歛其刄焉，服者又從歛而不用，與武欲止戈，弓象弛弓之形同意。惟先王之爲劒，欲其歛而不用。」（《詳解》卷三六頁 16）
「劒者，歛其刄焉，服者又欲歛而不用。」（《鄭解》頁 8）
按：鄭《解》所引與《詳解》相同，可信《字說》與此意相同。
釋義：劒，有匣，無事則歛鋒刄於匣中，故从歛省；劒匣又謂之箙，故曰：「服者欲歛而不用」。

135. 箙「箙雖一器之微，皆具陰陽之體；一物之成，皆有遲速之齊；仰必有以得天之時，俯必有以順物之理。失其時，則雖有美材巧工而不足以爲良；逆其理，則雖有規矩法度而不足以明義。聖作巧創，豈能違之乎？」（《詳解》卷二八頁 6）
按：說義與冕象槐棘等字文例相同，疑爲《字說》之所本者。
釋義：箙，盛矢器也，以獸皮或竹木爲之。下爲囊，囊口上仰；上爲蓋，蓋口下俯，故具陰陽俯仰之理。囊中盛矢，矢行迅速，囊則靜止不動，故有「遲速之齊」。

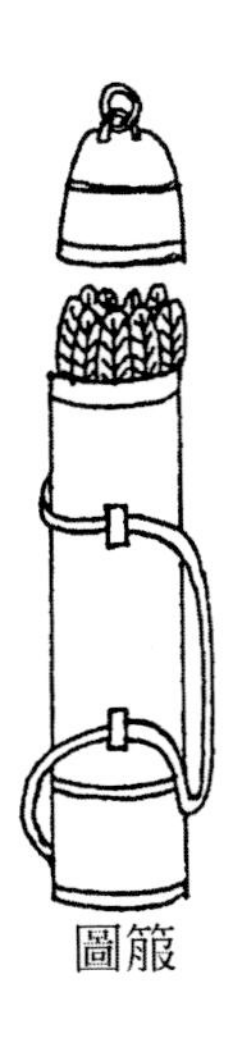
圖箙

136. 創愴「刀用於當斂之時，雖殺不過也；用於方發之時，則爲創焉。創則懲矣，故又爲『予創若時』之字。倉言發，刀言制，故又爲『創業垂統』之字。愴，心若創焉；愴，重陰。」（《鄭解》頁 2）
按：合「一字多義又訓例」。「倉言發，刀言制」，與倉則二字相同，鄭氏以此文解《考工記》「知者創物」之「創」字，並非適當，可信爲摘自《字說》者。
釋義：刀用於秋季肅殺之日，尚屬合宜，若用於春季萬物復甦發散之際，則爲創矣。創物則懲之，故又訓懲。字从倉，發散也（見倉字）；从刀，宰制也；

故又有「創造」之意。若愴字則心受創焉。

137. 弓1矢2矛3殳4戈5戟6

「凡伍用兵，遠則弓矢者射之，近則矛者句之；句之矣，然後殳者擊之，戈戟者刺之。弓1象弛弓之形，欲有武而不用。从一，不得已而用，欲一而止。矢2从八、从丨，從睽而通也；从入，欲覆入之；从一，與弓同意。覆入之爲上；睽而通，其次也；一而止，又其次也；睽而不能通，斯爲下。誓謂之矢，激而後發，一往不反如此。矢又陳也，用矢則陳焉。矛3，句而[illegible]焉，必或[illegible]之；右持而句，左亦戾矣。殳4，右擊人，求己勝也，然人亦丿焉。戈5，兵至於用戈，爲取小矣；從一與弓同意。戟6，戈類兵之健者。」（《鄭解》頁7）

「凡伍用兵，遠則弓矢者射之，近則矛者句之，然後令殳者擊之，戈戟者刺之。其總合而用之，可見矣。」（《詳解》卷三九頁1）

「陳用之曰：『……《字說》曰：「矛者句之，殳者擊之，戈戟者刺之。」』」（《周禮訂義》卷七八頁3）

「趙氏曰：『……王解云：「凡用兵器，遠則弓矢射之，近則矛勾之，勾之矣，然後殳者擊之，戈戟者刺之。」』」（《周禮訂義》卷七十頁18；卷七八頁2；《鄭解》頁4）

「凡五兵之用，遠則弓矢者射之，近則矛者句之，句之矣然後殳者擊之，戈戟者刺之，此司兵之掌五兵。」（《詳解》卷二八頁2；卷二七頁6；卷三五頁10）

「古之制弓字者，亦象弛弓之形，欲有武而不用也。」（《詳解》卷二八頁5）

「兵不可去，亦不可玩。玩兵者謂之好戰，好戰者雖治而必亡。去兵者謂之忘戰，忘戰者雖安必危。故古之制字者，於弓象弛弓之形，欲有武而不用之意也；從一，不得已而用，欲一而止之意也。」（《詳解》卷四〇頁1）

「弧矢之利，以威天下，則睽而通之也，故其字從八、從十；欲覆入之而不用也，故其字從入；不得已而用，欲一而止，故其字從一。」（《詳解》卷二頁6）

「用矢則陳焉。」（《爾雅新義》卷一頁7）

「誓，激而後發，一往不反如矢，且直，然後可誓。」（《爾雅新義》卷三頁15）

「王安石《字說》謂：『戈戟者，刺之兵。至於用戈，爲取小矣。』」（《博古》卷一頁43）

「戈戟皆刺兵。戈二刃，戟三刃，則戈爲小，戟爲大。故戈之字從一，則言其爲取小也；戟之字從乾，言其爲兵之健也。」（《詳解》卷三六頁15）

「陳用之曰：戈戟皆刺兵也，戈二刃，戟三刃。」（《訂義》卷七八頁1）

「王安石《字書》云：『戈從一，不得已而用，欲一而已。』」（《博古》卷九頁

21）

「王安石云：『戈從一，不得已而用，欲一而止。』」（《博古》卷六頁 18）

按：鄭《解》頁 7 引文為《字說》「弓矢矛殳戈戟」之原文無疑。

釋義：弓 1 [古文字]，弓於用時則緊弦而射矢，不用則鬆弛其弦，以避免弓體之彈性疲乏。上橫之「一」，乃簫（弓末）也，便於手持者，《字說》則以會意說之。矢 2 [古文字]，从八，羽括之象也；从丨，矢幹也；合之為「[古文字]」形，則為《字說》所謂「睽而通」者。从亼，鏑也，《字說》以為「入」字。兵為凶器，覆止而不用為上；用而成功，其次也；必用武以止之，又其次也；事相舛，用武又不能通之，斯為下。誓如射矢，一往不返，以重其諾，故矢又訓誓。用矢則陳之，故矢又訓陳。矛 3 [古文字]，句兵，右者勾（[古文字]），左者丿（[古文字]），中則ㄕ之（[古文字]）。殳 4 [古文字]，右手（[古文字]）擊人，人亦丿焉。戈 5 [古文字]，長柄兵器，所取為小，[古文字]（弋）者小也，故从弋；从一，欲止而不用，若弛弓然。戟 6 [古文字]，有枝之兵也，強健於戈，故从乾省，乾，健也。

138. 弧「睽而孤也，乃用弧焉。音胡，疑辭也。弧，弓也，然《周官》六弓有弧弓焉，『以授射甲革椹質者』，睽孤所利，勝堅而已。與王弓同，則王以威天下為義，至盡善也。」（《鄭解》頁 21）

「謂之弧，則睽弧所利，以勝堅為事故也。」（《詳解》卷二八頁 3）

按：合於《字說》「形聲字說為會意例」及「聲訓例」；「睽孤所利」，與矢字說解略同；引《周官》六弓之語，釋《考工記》「九和之弓」，與經文無涉。引文出自鄭《解》，《詳解》說義又與之相同，可信必為《字說》文字。

釋義：反目相對則用兵矣；弧者，弓也，音胡，疑辭也，疑於敵對者，故持弧弓以待之。

139. 弩「弓弩皆所以射，然用弓以手，用弩以足，則弓為貴而弩為賤。惟弓為貴，故凡為弓者，必因其君之躬志慮血氣。古之制弓字者，亦象弛弓之形，欲有武而不用也。惟弩為賤，故張弩必以足，而弩之字則以奴，以奴為可使而賤也。故凡言弓，必先弩。」（《詳解》卷二八頁 5）

按：合於「形聲字說為會意例」，又引《字說》弓字之義，且《詳解》說「繕人」而引《考工記》：「凡為弓，各因其君之躬志慮血氣」之經文，以說弓之貴；說「繕人」而著重於「弩」字；皆與經文無涉，疑此或與《字說》說解相類。

釋義：弓以手張之，故為貴；弩以足張之，故為賤；賤者奴也，故其字从奴。

140. 柄柲 [古文字]「戈矛戟之柄，謂之柲者，蓋操執之以為用，則謂之柄；左右戾而為最小，則謂之柲。柲言其事，而且有愼意，故音毖。」（《詳解》卷三九頁 1；《訂

義》卷七八頁 1）

「柄，操此而用諸彼。」（《新義》頁 11）

「柄者，操此而彼爲用也。」（《詳解》卷一頁 17）

「袐則宜慎，雖小猶慎也。」（《爾雅新義》卷三頁 1）

「長八尺，以八左右戾，則爲能有別故也。」（《詳解》卷三七頁 10）

按：合於「分析小篆例」，「聲訓例」；言「左右戾而爲取小」，亦《字說》特殊用語；以用戈爲取小，與戈字合；故可信此文與《字說》相近。

釋義：刺兵之柄謂之柲者，柄爲其體，方柄用事之時，宜慎重而所取爲小，故謂之柲。必 从弋从八，《字說》以爲：左右戾者，八也；取小者，弋也。

141. 旐 1 旟 2 旗 3 旂 4「旐 1，卑者所建，兵事兆於此；龜蛇，北方物所兆也。旟 2，所帥眾有與也；鳥隼，南方爲有與焉。旗 3，軍將所建，眾期焉；其得天數，乃可期物；熊虎，西方止而左右物所期也。旂 4，人君所建以帥眾，則宜有義辨焉。夫旗，熊虎也，故宜以知變爲義；夫旂，龍也，故宜以義辨爲言。」（《鄭解》頁 7）

「旂之字從斤，以人君所建，以帥眾，宜以義辨爲言也。……旗之字從其，天數也，得天數乃能知變，可期物使適己；熊虎，西方止而左右物所期也，故謂之旗焉。……旟以帥眾而有其與也，故其字從與；鳥隼，南方爲有與也，故謂之旟焉。……旐，卑者所建，兵事兆于此，而龜蛇，北方物所兆也，故其字從兆，而謂之旐焉。」（《詳解》卷二四頁 12）

「旗所以屬眾而物之，眾視而從之，故致民必以旗。」（《詳解》卷二五頁 9）

按：細考《詳解》卷二十四頁十一至十三「司常掌九旗」之說解，實取自介甫《新義》頁 121，《考工記解》引《字說》而成，說此四物又與《詳解》略同，可知《字說》此四字必取經義文而成。鄭《解》說解，合於「附會五行例」，「物性相類彙解例」，「形聲字說爲會意例」，當爲《字說》。

釋義：《周禮・司常掌九旗》：「交龍爲旂」，諸侯所建。「熊虎爲旗」，師都所建。「鳥隼爲旟」，州里所建。「龜蛇爲旐」，縣鄙所建。旐以龜蛇爲飾，龜蛇，北方物所兆也，故从兆。旟以鳥隼爲飾，鳥隼喜羣聚棲止，是有與（眾）也，故从與。旗以熊虎爲飾，爲師都所建而眾所期焉，故从期省。旂以交龍爲飾，宜有義辨焉，辨則以兵，斤者兵也，故从斤。

142. 旜物「通帛爲旜，純赤而已，赤之爲色，宜布著見于文，從亶，義可知也。『孤卿建旜』，以其近王，宜亶以事上也。雜帛爲物，則兼赤白焉，陰陽之義也。大夫以智而帥人，士尚志以事上也，然皆物其所屬，則一陰一陽曷可少哉。物物者，上之道也；物于物者，下之道也。王所事者道，士所事者事。士之賤也，嫌于不能物物，故取名于物；蓋其所建，亦使人無爲而已，此物之字所以從物者，乃其義歟？然物莫不貴陽賤陰，則帛之雜，不如通之貴矣。」（《詳解》卷二四頁12）

「通帛爲旜，純赤而已，赤之爲色，宣布著見於文，從亶，義可知矣。雜帛爲物，則兼赤白焉，陰陽之義也。……『孤卿建旜』，則亶以事上也。『士建物』，則士雖賤，亦物其所屬焉；物其所屬，則一陰一陽，曷可少哉？然物莫不貴陽而賤陰，則帛之襍，不如通之貴矣。」（《新義》頁121）

「載旜，取其亶以事上而已。」（《詳解》卷二五頁12）

按：合於「附會五行例」「形聲字說爲會意例」；說士大夫之義，與「士」「夫」二字相同；說「亶」與「壇」字相類；《詳類》引文出自《新義》，《字說》亦當本之經義而作說解。

釋義：《周禮．司常掌九旗》：「通帛爲旜，雜帛爲物」，「孤卿建旜，大夫士建物」。旜爲卿所建，卿坦誠以事上，故从亶（見壇字）。士建物，士所事者事也，物於物者，故从物。

143. 旌旞「全羽爲旞，以全而遂之爲義；析羽爲旌，以析而生之爲義。蓋道以全之爲遂，析之爲生故也。」（《詳解》卷二四頁12）

「全羽爲旞，以全而遂之爲義；析羽爲旌，以析而旌之爲義。」（《新義》頁121）

「析羽爲旌，以道析之則生故也。」（《詳解》卷二五頁15）

「旌以表其靜也，然雖靜而能應，必析而生之焉。」（《詳解》卷七頁3）

按：與《字說》犧牷條說解相似，可信《字說》必取經義說此二字。

144. 鐘鼓（鍾鼓鼛）「鐘，金爲之；鼓，壴則用焉。鼓從攴，鐘從穜者，穜以秋成，攴以春始。攴作而散，無本不立；穜止而聚，乃終於播而後生焉。鼓又從攴，攴，擊也；鐘又或從重，《國語》曰：『鍾尚羽』，樂器重者從細。鍾鼓皆壴而攴焉。於鼓，從壴、從攴，則鼓以作爲事；於鍾，從金、從重，則皆其體也。止爲體，作爲用；鼓以作，故凡作樂皆曰鼓；鍾訓聚，止而聚故也。鼓又作鼛，鼛者，作也；作已而鼓，有承之者。」（《鄭解》頁9）

「王安石以鍾字从金从重，以止爲體。」（《博古》卷十一頁34）

按：合於「以重文說又訓例」「一字多義說又訓例」「物性相類彙解例」「附會五行例」「分析小篆例」，出自鄭《解》，又得《博古圖》爲證，必爲《字說》無疑。原文略有誤字，今已正之。

釋義：鐘字从穜而鼓字从支者，以秋日萬物長成而所穜可獲矣。地支甲乙自東方春日起算，春之性爲發散，故曰「攴作而散」。穜之事，止於收成（聚）之時，故鐘又訓聚。鼓又从攴作鼓，壴，豎立於地之鼓也，以手持木而擊之，故从攴，攴，擊也。鐘又从重作鍾，樂器之重者，飾以細羽小物。鼛，籀文鼓，从古，則承鼓者也。

145. 錞鐸鐃鐲「陰與陽和而熟，故錞以和鼓，而其字從享。陰與陽通而明，故鐸以通鼓，而其字從睪。陽而陰下，陰不堯則無以勝陽而止之，故鐃以止鼓，而從堯。陽清而陰濁，陰不澤則無以承陽而節之，故鐲以節鼓，而從蜀。」（《詳解》卷十二頁 16）

「王安石釋《周官・鼓人》云：『以錞和鼓』。」（《博古》卷二六頁 27）

「王安石釋其字以謂：『錞者，陰與陽和而熟。』」（《博古》卷二六頁 13）

「軍以金止，既勝矣，欲戢兵之意。」（《新義》頁 107）

「鼓，陽也，尊者執之；金，陰也，卑者執之；鐃以止鼓，與陽更用事焉。」（《新義》頁 128；《訂義》卷四八頁 2）

按：合於「物性相類彙解例」「形聲字說爲會意例」與「附會五行例」；說从享之意，與淳享（滜𩫖）字相同；《博古圖》又引之以釋物義，《字說》或即本經義文說此四字。

釋義：錞，錞于也，古所以節樂，振而鳴之；形狀與鼓相似。鐸，大鈴也。文事用木鐸，木舌銅匡；武事用金鐸，銅舌銅匡。鐃，鐃鈸也，亦謂之銅盤，用之以節鼓。鐲，形如小鐘，軍行鳴之以爲鼓節。

146. 攻「攻从工者，若所謂『攻金之工』、『攻木之工』是也；从攴者，若所謂『鳴鼓而攻之』是也。」（《鄭解》頁 3）

按：文例與「藉籍」「鐘鼓」二條相類；引書釋又訓例，似「則」「鴻」等字；鄭氏以此文釋《考工記》「攻木之工七」，而引該節經文爲說，可知必爲摘自他文以釋「攻」字之意者，其來源信爲《字說》無疑。

147. 鞉「近世王文公，其說經亦多解字，如曰……『以兆鼓則曰鞉』。」（《考古質疑》卷三頁 16）

按：鞉，音陶，兩旁有耳，其下有柄而以手搖之小鼓。

148. 鼙「中軍以鼙令鼓者，旅帥執鼙，則鼙卑而有眾執者也。莊子曰：『卑而不可不因者，民也。』中軍所以將眾，以鼙令鼓，則明眾卑而不可不因也。」（《詳解》卷二五頁 4）

「故師帥執提鼙，卑者所執。旅帥所率者五，五人之眾，其眾少矣，非若師之爲大，故旅帥執鼙，以其卑故也。」（《詳解》卷二五頁 9）

按：文例與「旐旂」之類相似，亦合「形聲字說爲會意例」，《字說》當本此作說解。

釋義：鼙，小鼓，《周禮．大司馬》：「旅帥執鼙」，卑者所執，故从卑；鼙雖小而可以令眾。

149. 鼜「鼜之字從蚤，而音從戚，有憂患，所以爲戒也。蚤有早之義，所以儆旦也。以其爲夜戒，故軍旅夜鼓鼜。」（《詳解》卷十二頁 17）

按：合「聲訓例」「形聲字說爲會意例」，與鼖鼙錞鐸等字相似，《字說》或與此相似。

釋義：擊鼓行夜戒守曰鼜，从蚤，有早義，所以警旦也，音戚，鼜以防憂戚禍患故也。

150. 旅「旅之字，從㫃、從从，眾矣，則從旌旗指揮故也。從旌旗指揮則從人而不自用。下士爲旅，亦從人而不自用者也。」（《新義》頁 2）

「王安石《字說》：『眾曰旅』。」（《博古》卷十頁 38；《朱子語類》卷一三〇頁 6）

「旅之字從㫃，言有旌旗可以指撝也。」（《詳解》卷三四頁 12）

「下士獨謂之旅，則眾故也。眾則卑，惟上所使，從人而不自用，故曰『旅下士』。」（《詳解》卷一頁 5）

「旅之爲言眾也。」（《詳解》卷七頁 7）

「眾而有所從，謂之旅。」（《詳解》卷三頁 23）

「旅者，合眾人而祭之也。」（《詳解》卷十七頁 19）

「有故而祭謂之旅。……旅人爲言眾也，陳也；會眾神而陳其所遭之故焉。」（《詳解》卷七頁 5）

釋義：《字說》以爲：旅（）从二人在旗下，受其指揮；二人以言其眾也，故曰「眾曰旅」。

151. 戍役　「《字說》云：『戍則操戈，役則執殳。』」（《甕牖閒評》卷四頁 8）

釋義：从戈从人，故曰「人操戈」。古文从人作，故曰「人執殳」。

152. 武「崇寧以後，王氏《字說》盛行，……『止戈爲武……』……雖用《字說》而有理。」（《高齋漫錄》頁 13）

「武欲止戈，弓象弛弓之形，同意。」（《詳解》卷三六頁 16）

153. 徒「徒之字，從辵、從土，無車從也，其辵而走，則親土而已。故無車而行，謂之徒行。」（《新義》頁 2）

按：徒从從、从土，介甫以爲無車從者，行則觸土地而行，故从辵从土。《字說》當與此相近。

154. 什伍「近世王文公，其說經亦多解字，如曰……『五人爲伍，十人爲什』……之類。」（《考古質疑》卷三頁 16）

「五人爲伍，二五爲什。」（《詳解》卷四頁 3）

「會其人以爲伍，合其伍以爲什。」（《新義》頁 27）

155. 鞹鞾「鞹人所治，以軍爲末；謂之鞹人，舉末以該之。或作鞾，亦是意。」（《鄭解》頁 11）

「鞹之字，從韋、從軍，以韋包木而爲鼓也。」（《詳解》卷三七頁 10）

按：以重文說又訓，又出自鄭《解》，當爲《字說》之文。

156. 盟「近世王文公，其說經亦多解字，如曰……『歃血自明而爲盟』。」（《考古質疑》卷三頁 16）

「歃血自明以詔明神者，盟也。」（《詳解》卷二三頁 3；卷三一頁 12）

按：《說文》：，《周禮》曰：「國有疑則𥂬。从囧、皿聲。籀文从朙作，古文作。段《注》：「各本下从血，今正。」介甫以盟字从血作盟，《字說》或本之作解。

〔玖・器物：酒器食器樂器服飾車類〕

157. 斝「王安石釋之以謂：『斝，非禮之正，則所以飲之，無所不至。』」（《博古》卷十五頁 19）

按：《博古圖》多引《字說》文字，此亦或如之。

158. 𢍜（尊）「王安石云：『酒，尊居其所而爵者從之。』蓋制字之義，酋者在上，拱者在下。」（《博古》卷十四頁 37）

「王安石解六尊，所謂『尊居其所而爵從之。』」（《博古》卷十四頁 34）

「尊，酌酒以獻，居其所而爵者從之，故曰尊。」（《詳解》卷十八頁 17）

「尊酌以獻，居其所而爵者從之，故謂之尊。」（《新義》頁 89）

按：《說文》：，酒器也，从酋廾𠂤奉之。或从寸作。《字說》以小篆从廾者說之，故《博古圖》有「酋者在上，拱者在下」之語。《字說》當亦本此意解「尊」字。

159. 爵雀「爵，从尸，賓祭用焉；从鬯，以養陽氣也；从凵，所以盛也；从又，所以持也；从尒，資于尊，所入小也。又通於雀，雀，小隹；爲人所爵，小者之道。又：雀，春夏集於人上，人承焉，則以其類去，仁且有禮；則集用義，

則與人辨，下順上逆，難進者也。爲所爵者宜如此。」（《鄭解》頁 16）

「資于尊，所入小而人所奉者，爵也。」（《詳解》卷三三頁 4）

「資于尊而爲人所奉者，爵也。」（《詳解》卷一頁 14）

「爵言資于尊而所入者小矣。」（《詳解》卷三八頁 16）

「爵之字，通於雀，雀，小者之道。」（《博古》卷十四頁 4）

「以網係鳥謂羅，鳥以羣集，人所惡也，鳥以羣集，可取而備用。」（《詳解》卷二六頁 17）

按：合於「小篆分析例」「一字多義說又訓例」；「小者之道」，似鴻字說解；「集於人上」，與燕字相類；「辨」字亦爲《字說》特殊用字。引文出自鄭《解》，又得《博古圖》與《詳解》爲旁證，可信必屬《字說》佚文。

釋義：《說文》：「爵，禮器也。[illegible]象雀之形，中有鬯酒，又持之也。」《字說》則析之爲「尸鬯凵又尒」五形，作「爵」。从尸，祭祀所用，爵如尸主也；从鬯，爵中盛以酒，酒，秬鬯也；从凵，爵中空，能盛酒也；从又（手），以手持之也；又爵所盛之酒量較少，故从入小作尒。爵資於尊，所盛者少，小雀如之，故爵又謂之雀。亦雀從於人間而知集知散故。

160. 觚觶「觚，言交物無卩，其窮爲觚；觶，言用禮無度，其窮爲單。尊者舉觶，故於用禮戒焉。觚又爲操觚之字。觚，奇則孤，偶則角，所謂『譎觚』如此。觶又作觗，於作也窮，於止也時，《詩》曰：『既醉而出，並受其福。』」（《鄭解》頁 16）

「觚言交物無節，其窮爲孤；觶言用禮無度，其窮爲單。」（《詳解》卷十八頁 20）

「觚言交物而無節，而其窮爲孤也。」（《詳解》卷三八頁 16）

按：合於「物性相近彙解例」「形聲字說爲會意例」「一字多義說又訓例」「重文說又訓例」，引文出自鄭《解》，又有《詳解》相同文字爲證，可信爲《字說》無疑。文中「其窮爲觚」，觚當作孤。「奇則孤」，當作「奇則觚」。

釋義：舊說：飲酒之器，爵一升，觚二升，觶三升，角四升，散五升。《字說》則以爲：與人交往而無禮節，終必孤獨，故字从孤省。有禮而無節，亦終爲人所厭棄而致形單，故字从單。木簡亦謂之觚，操觚則書字於觚上也。觚二升，偶之則爲角，故觚爲奇數，而有奇詭不正之「譎觚」意。觶或从辰作觗，辰，時也，故曰「於止也時」。

161. 觳「觳，窮也，殼窮而通，角窮而已，斯爲下。」（《鄭解》頁 15）

按：合於「形聲字說爲會意例」「字形位置示義例」，又出自鄭《解》，當爲《字說》佚文。

釋義：觳，器名，受三斗之量；《爾雅・釋詁》：「觳，盡也。」《字說》則釋曰：觳从殼从角。穀實之外皮曰殼，去之則得穀之用，角若通之，則不能盛酒矣，故角位於殼之下。

162. 盉盅盈盥盒「王安石以謂：『和如禾』，則從禾者，蓋取和之意耳。……中而不盈則爲盅；及而多得則爲盈；合口而歛則爲盒；臼水以澡則爲盥。凡制字寓意如此，則盉之從禾，豈無意哉？」（《博古》卷十九頁 28）

按：引文節自《博古圖》卷十九「盒總說」章。《博古圖》釋文頗取《字說》爲證，且此段文例與《字說》「鳶鴟」「蟦賊」等條相似；而此種解字法，宋初唯介甫擅之，故或與《字說》說解相近。「合口而歛」當作「亼口而歛」。

163. 簠簋匧匭「《周官・掌客諸侯之禮》，用簠有差，唯簋皆十有二。又〈公食大夫之禮〉：稻粱用簠，則簋以食，日已焉。常以食，則有通上下。用簠則簋從之，用簋則簠不從也。簠又內圓，有父之用。簠、簋象龜，示食有節，故皆从竹。簠又作匧，簋從焉，夫道也。夫外方，所以正也；內圓，所以應也；父道也，夫道也。內方，所以守也；外圓，所以從也；子道也，妻道也。簋又作匭，日已焉，主飢飽而已。匧匭皆以虛受物。」（《鄭解》頁 15）

「內方曰簋，內圓曰簠。簠以實稻粱，簋以實黍稷。稷，食之常也，故用簠則簋從之。簋之字從皀，從皀則簋常以日供焉；內方，有常數也。稻粱，其加穀也，故用簋則簠不從之。簠之字從甫，甫言有父之用，又內圓，則非常以食也。」（《詳解》卷十六頁 18）

「說者謂：『簋以監稻粱，加膳也。簠尊而簋卑，用簠則簋從，用簋而簠或不預，故不言也。』」（《訂義》卷七七頁 7）

「簋以盛黍稷，簠以盛稻粱，嘉膳也，故用簠則簋從之，用簋則簠不從。」（《詳解》卷三八頁 13）

按：合於「物性相近彙解例」「形聲字說爲會意例」「重文說又訓例」「附會五行例」；「通上下」與中工巾等字相同；以「食有節」說从竹之故，似等字；說父道夫道、子道妻道，與斅黼說解相似，合《字說》特殊用字例；引文出自鄭《解》，當爲《字說》。

釋義：簠簋狀如下圖，簠以盛加膳之稻粱，簋以盛常食之黍稷，則簋卑於簠，故曰：「用簠則簋從之」。二器皆示食之有節，字从竹，乃竹有節故也。簠外方內圓，爲父道、夫道，故其字又或作匧。簋外圓內方，爲子道妻道，故其字又或作匭，循軌而事之意。

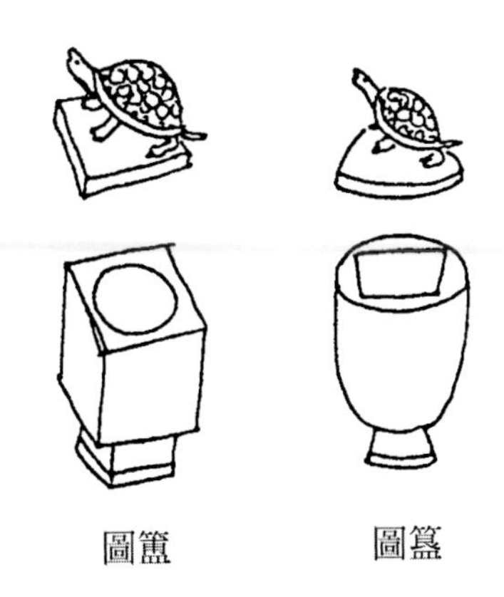

圖簠　　圖簋

164. 釜䰙 釜䰙「釜有承之者，無事於是，父道也；尙其道，故金在下。鬲有足，䰙有足，以鬲視䰙，爲有父用焉。」（《鄭解》頁 10）

按：合於「重文說又訓例」「字形位置示義例」，又出自鄭《解》，當爲《字說》文字。「䰙有足」當作「䰙無足」。

釋義：《說文》：「䰙，鍑屬也，从鬲甫聲。釜，或从金父聲。」烹飪之器，無足曰釜，大口之釜曰䰙，有三足曰鬲。《字說》以爲：有足則承物，承物者，父之道，父道爲尊，故金在下而父在上。鬲有足，視無足之䰙，爲有父用焉。

165. 鼎鬲「王安石以鼎鬲字爲一類，釋之以謂：『鼎取其鼎盛，而鬲取其常飪。』」（《博古》卷十九頁 4）

「王安石釋鬲字，以謂：『鬲空三足，氣自是通上下。』」（《博古》卷十九頁 21）

「王安石謂：『鬲空二（當爲三之誤）足，氣自是通上下。』」（《博古》卷十九頁 21）

「鼎以木巽火，臼二氣而飪之；所謂鼎盛者，以取新爲義。所謂鼎鼎者，其重如此。」（《鄭解》頁 7）

「臼以木爨火亨飪也。」（《新義》頁 152）

按：介甫既「以鼎鬲字爲一類」，上引說解者，當可互證。其大要或爲：「鼎鬲。鼎以木巽火，臼二氣而飪之；所謂鼎盛者，以取新爲義；所謂鼎鼎者，其重如此。鬲空三足，氣自是通上下。故鼎取其鼎盛，而鬲取其常飪。」然文意仍未完足。《周官新義》之「臼」字，當爲「鼎」字之誤。

166. 甗「王安石則曰：『從甗從瓦。鬲獻其氣，甗能受焉。』」（《博古》卷十八頁 32）

「王安石嘗釋其義，以爲：『鬲獻其氣，甗能受焉。』」（《博古》卷十八頁 32）

「鬲獻其氣，甗能受焉。」（《鄭解》頁 14；《詳解》卷三八頁 13）

按：鄭《解》輯《字說》而成，《博古圖》亦多用《字說》之文，本條當亦如是。

167. 鼒「王安石《字說》謂：『鼒，鼎之有才者。』」（《博古》卷五頁 47）

168. 瑟「（瑟）雖琴之類，而絃多于琴，故其字從八，以言絲之分也；其音不若琴聲之爲大，故其字從戈，以言音之細也。」（《詳解》卷二一頁 9）

按：合於「分析小篆例」，說从八、从弋之意，與《字說》獨特用語「八別辨」「取小」相同，《字說》此條當與之相近。文中「字從戈」，據小篆而言當作「字從弋」。

釋義：瑟小篆从玨必聲，作；黃帝使素女鼓五十絃之瑟；悲其音，乃分之爲二十五絃。琴則相傳爲神農所作，上古五絃，周增爲七絃。瑟之字从八，以言絃之分也；从弋，以言其聲小於琴也，弋者小也。

169. 籥「籥，以爲之，故字從竹。籥三孔，主鐘聲而上下之，律呂于是乎生，故從三口。律，度量衡所出；冊，所書集于此；籥所不能述，冊亦不能記也，故從今、從冊。」（《詳解》卷二一頁 15）

「籥如篴三孔，主中聲而上下，律呂於是乎生。」（《新義》頁 107）

按：說解文例與藉爵燕典則灋等字相同，《詳解》引自《新義》，則《字說》當依經義解籥字也。文中「鐘聲」當作「中聲」，「從今」當爲「從亼」之誤。

釋義：籥字从竹，以竹爲之故也。从三口，其象也，律呂由之而生。从亼，可集眾音，以爲律呂之標準。从冊，演奏之法，見之於此故也。

170. 柷栒虡鐻「柷，木爲之，中空焉。空，聲之所生。虡，器之所出。旬，均也；宜所任均焉。栒上版謂之業，則以象業成於上，而樂作於下。……鐻所任，金爲重；豦屬於任重宜者也。」（《鄭解》頁 15）

「虡植而筍橫其中，其上設〔版〕焉則謂之業，以象業成於上而樂作於下。」（《詳解》卷三八頁 15）

「鐘，樂器之重者，而其聲大；贏物，其聲大而宏，有力而宜任重，故以爲鐘虡。磬，樂器之輕者，而其聲清揚而遠聞，無力而宜任輕，故以爲磬。」（《詳解》卷三八頁 15）

按：合於「重文說又訓例」「字形位置示義例」，出自鄭《解》，而《詳解》又與之相近，可知必爲《字說》文字無疑。鄭《解》所缺處，或爲「磬」字說解？

釋義：《說文》：「柷，樂木椌也，所以止音爲節。」「椌，柷樂。」椌，狀如漆桶，中有椎，連底動之，令左右擊椌，故曰：「空，聲之所出。」栒，懸鐘磬之橫木，栒上加大版爲飾，謂之業。虡則懸鐘磬之直木也，以猛獸爲飾，故又从虍畀作「虞」；或从金豦作「鐻」。《字說》云：「虡，器之所出」，乃虡爲直木故也。「所任均焉」，乃橫木（栒）懸鐘磬，著力平均也。上業下樂云云，則上飾曰業，下懸鐘磬，樂聲由是而出故也。虡之承受頗重，字又作鐻，乃豦能勝重任故也。且豦在右位，右屬尊位，故能勝其重任也。

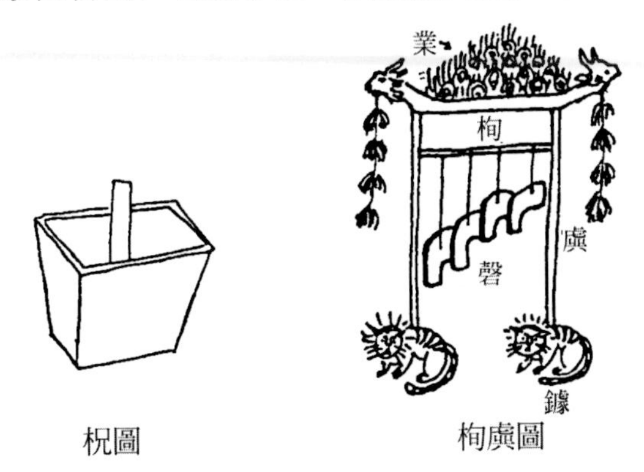

柷圖　　栒虡圖

171. 欒「鍾上羽，其聲從紐，欒是紐貌；如《詩・素冠》『棘人欒欒兮』，彼注云：『欒欒，瘦瘠貌。』蓋鍾兩角處尖細，故曰欒。」（《鄭解》頁 8；《周禮訂義》卷七三頁 10）

按：出自鄭《解》，而《周禮訂義》引文之首句，注以「王氏曰」，可知必爲介甫說經義之文字，其後取以爲《字說》之說解，鄭宗顏復取之釋《考工記》「鳧氏爲鐘，兩欒謂之銑」之欒字。鄭氏引文略有訛舛，悉依《訂義》正之。引文之二「紐」字，皆當作「細」爲是。

釋義：古之應鐘，其�不圜，形狀如鈴，故鐘口有尖細之兩角，其名曰欒。欒者尖細，故以喻人之瘦瘠。人之哀慼者，多形銷骨立，故《檜風・素冠》之詩以欒爲說。

172. 弁 [illegible]「弁之字，從𠬞，𠬞而入焉，下服以事上也。人君服以冕，亦服弁者，以上得兼下也。」（《詳解》卷二七頁 15）

「以收首入焉，則謂之弁，下服以事上也。下服以事上，而人君亦服弁者，上得以兼下故也。」（《詳解》卷十九頁 17）

按：釋弁字而曰「𠬞而入焉」，與天「一而大」、示「二而小」、饁「盍而餉」、懿「壹而恣之」、徽「微而糾之」，文例相同。疑與《字說》相近。文中「從收」，當作「從𠬞」，「𠬞而入焉」，說與尊字、輿字从廾之意相近。卑者𠬞物以事君子之意，士者所服。

173. 冕「冕，後方而前圓，後仰而前俛，玄表而朱裏。後方者，不變之體；前圓者，無方之用；仰而玄者，升而辨於物，俛而朱者，降而與萬物相見。曰冕，則以其與萬物相見之名也。」（《新義》頁 97）

「冕之爲物，後方而前員，後仰而前俛，玄表而朱裏。後方者，不變之體也；前員者，無方之用也。仰而玄者，升而辨於物，玄者北方之色，與物辨之時也。俛而朱者，降與萬物相見，朱，南方之色，與萬物相見之時也。名之曰冕，以與萬物相見之名也。」（《詳解》卷十九頁 16）

「冕之字，從冃從免，以冃而俛焉，上服以臨下也。」（《詳解》卷二七頁 15）

「冕以冃首，俛而與萬物相見，自道出而之事，故其制字如此。」（《詳解》卷二七頁 15）

「玄冕者，升而辨於物也；朱裏者，降而與萬物相見也。」（《詳解》卷二七頁 15）

「从冪首而俛焉則謂之冕，上服以臨下也。」（《詳解》卷十九頁 17）

按：說解文例與《字說》菅茅槐棘等字相似；說朱玄方圓俯仰之義，合「附會五行例」；「升而辨於物」「與萬物相見」，亦《字說》常用；可知《字說》必本經義說「冕」字。

釋義：《詳解》所言五行陰陽配合之義，可參照說解條例之「附會五行例」，其說更明。

174. 車 1 轉 2 軋 3 輟 4 輸 5 載 6 輈 7 輹 8 轐 9 軨 10 軫 11 軾 12 軓 13 輴 14 轟 15 軌 16 輿 17 轛 18 輪 19 輻 20 軸 21 轊 22 轂 23 軏 24 輗 25 桼 26 輢 27 軹 28 輮 29 較 30

「車 1 从三，象三材；从口，利轉；从丨，通上下。乘之莫聲之而專，則轉 2；或乙之，則軋 3；或叕之，則輟 4；於所俞，則輸 5。其載 6，臣道也；輈 7，往而復周者也；輹 8，復也；轐 9，僕也；軨 10，令也，亼以爲卩者；軫 11，旗旒之所㐱也。夫軫之方也，以象地；方，地事也，方而不運，故物㐱焉；與車相收也，故軫訓收；琴所謂軫，與琴相收，故曰軫。軾 12，所憑撫以爲禮式之者也；有式則有凡，軓 13 於用式，則爲之先。輴 14，載欲準，行欲利，以需爲病，以覆爲戒；又作轟 15，兩車也，兩戈也，兵車於是爲連也。軌 16，行無窮也，而車之數窮於此。輿 17，有臼之乎上，有廾之乎下，君子所乘，烝徒從焉，故又訓眾；作車者，自輿始，故輿又訓始。轛 18，對乘；乘者，君子也，宜能立式者對焉。輪 19，一畐一虛，一有一無，運而無窮，無作則止，所謂輪者，如斯而已。輻 20，畐者也，實輪而輳轂，致福之道也。軸 21，作止由之者也。轊 22，當轂之先而致用焉，彗也；轂以虛受福，彗以實受福。轂 23 者穀，善心也；軏 24 者軏，善首也。載者輿，運者輪，服者輈，軏無任焉，而持其先，出其上。輗 25 則有大焉；所謂『能兒子』者也，元不足以名之。輈也，車所以冒難而桀 26 也，爲之纏固，豥此木也。輻者，軹不出於轂，若賢而非賢也；輢 27 者，軹不入於軾，若轛而非轛也；轂有口，所以爲利轉，至軹 28 而窮焉，是皆宜只者也。輮 29，柔木以爲固抱也。輢，兵所倚也，眾亦倚焉。車有六等之數，兼三才而兩之，較 30，效此者也，故君子倚焉。」（《鄭解》頁 3～4）

「車象三才而利轉，通上下。乘之，其載有輿，其行有牙，其服有輈，其指有軹；以憑爲禮則有軾；以道軾而爲之先，則有軓；虛而善心，則有轂；運而無窮，則有輪；實輪而湊轂，則有福；作止而由之，則有軸；以至爲較，爲輜，爲軝，爲轐。蓋之圓，以象乎天；軫之方，以象乎地；其事詳，其物重，其義廣，其制煩，則工之所聚，可謂多矣。」（《詳解》卷三五頁 10）

「輪，侖也，一實一虛，一有一無，運而無窮，無作而止，所謂侖者，如斯而已。輻，畐也，畐言其實也，實輪而湊轂，致福之道也。轂，穀也，言其善也。輪爲善者首，則轂爲善心，此所以爲穀也。」（《詳解》卷三五頁 14）

「軫，輿後橫木，旗旒之所㐱也。夫軫之方，以象地；方，地事也，方而不運，故物㐱焉。」（《詳解》卷三六頁 11）

「輈，車轅也；以人在左右，狹之能出圍而有所之，則謂之轅；以其載欲準，行欲利，以需爲病，以覆爲戒，則謂之輈。」（《詳解》卷三六頁 6）

「（輈）以其行則利，載則準故也。利準則無傾覆之敗。」（《詳解》卷三六頁 9）

「蓋車之爲物，備六等之數，通三才之義，其載足以有行，其圓足以利轉、通上下而乘之者也。」（《詳解》卷二四頁 10）

「王氏曰：『謂之軹者，蓋轂以利轉，至軹而窮焉，有宜只之義。』」（《周禮訂義》卷七一頁 7）

「謂之軹者，蓋轂有圍，以利轉，至軹而窮焉，有宜只之意。」（《詳解》卷三五頁 17）

「處車中以畀人者，輿也；挾車旁以踐地者，輪也。」（《詳解》卷三六頁 4）

「方而不運，物得㐱焉者，軫也。輢有軹，不入于軾而宜只者，軹也。」（《詳解》卷三六頁 4）

「載物者莫先於車，運車者莫先於輪，……輪之行，以完久爲固，以戚速爲利，故不橫屬，則無以爲完久。……轂以爲利轉，輻以爲直指，牙以爲固抱。」（《詳解》卷三五頁 12）

「有之以爲利，無之以爲用；轂中虛而有容，是無有也，而車賴之以爲用，故有取于利轉。輻實輪而湊轂，非無有有，而車賴之以爲利，故有取于直指。

若夫牙，則周圓轂輻以運行，其利用，故有取于固抱。」(《詳解》卷三五頁13)

按：鄭氏析言車體之名，以釋《考工記》「一器工聚者車爲多」，說解體例可與「荷」「蒹」「鴐」「騆」等條參照，必屬《字說》無疑。細玩文意，可分爲十三段。

釋義：

（一）「車从三……俞則輸」，釋「車轉軋輟輸」五字。車爲總名，餘者皆言車之用。乘車時，車轄不相擊，則行進快，故曰轉；若難行進則曰軋；若前後車相連，則不行而輟；於所美之物，則委輸載運之。

（二）「其載……以爲卪者」，釋「載輖輹轐軨」五字。《說文》曰：「輖，車重也」「輹，車軸縛也」「轐，車伏兔也」「軨，車轎閒橫木」。《字說》則以會意說其用。

（三）「軫旗旂……故曰軫」，釋「軫」字。軫爲車後橫木，其形方，旗旂插於此。

（四）「軾所憑撫……爲之先」，釋「軾軓」二字，皆車上爲禮之處也。《說文》：「軾，車前」「軓，車軾前」，故軓爲軾之先。

（五）「輈載欲準……於是爲連也」，釋「輈𨎥輈」二字，皆爲轅屬。《說文》：「輈，轅也」，籀文作𨎥。字从舟，故以覆爲戒。

（六）「軌行無窮……窮於此」，釋軌字。《說文》：「軌，車徹也。」

（七）「輿有臼之……輿又訓始」，釋「輿」字。《說文》：「輿，車輿也，从車舁聲。」《字說》則以爲从車从臼从廾，君子乘於上而烝徒從於下故也。

（八）「轛對乘……對焉」，釋「轛」字。《說文》：「轛，車橫軨也。」《字說》則釋以二人對乘。

（九）「輪一畐一虛……彗以實受福」，釋「輪輻軸轊轂」五字，皆爲輪屬。《說文》：「輪，有輻曰輪，無輻曰輇」「輻，輪轑」「軸，所以持輪者」「軎，車軸耑也」，或从彗作轊，「轂，輻所湊也」。《字說》則以會意說之：輻从福省，致福之道也；軸从由，前行或停止，皆由之作主故也；轊从彗，聰彗勝於轂故也；轂从穀省，穀善也，轂亦善也。

（十）「轂者穀……此木也」，釋「軏輗桼」三字。《說文》：「軏，車轅耑持衡者」「輗，大車轅耑持衡者也」「桼，車歷錄，束文也」。三者皆轅屬，與第五段「輈」字同。

（十一）「輻者軹不出……宜只者也」，釋「輢軹」二字。《說文》：「輢，車旁」「軹，車輪小穿也」。輢爲式之後，較之下，戈矛戟皆插於此。車軸端曰軹，入於轂者。

（十二）「輮柔木以爲固抱也」，釋「輮」字。《說文》：「輮，車网也」，亦即車輪之外匡。

（十三）「輢兵所倚……君子倚焉」，釋「較」字。《說文》：「較，車輢上曲鉤也」，人可倚之。

（另附殷周車輿圖於本章之末）

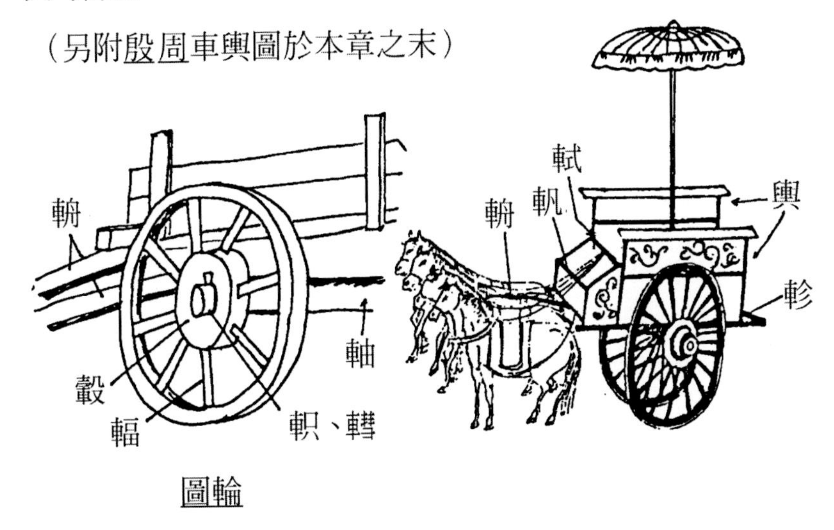

圖輪

〔拾・其他：依各條首字之部首筆畫為序〕

壹 畫

175. 中 中「中。通上下，得中則制命焉。」（〈字說辨〉頁 3）

「中之爲義，王安石釋其字云：『上以交乎下，下以交乎上；左以交乎右，右以交乎左。』」（《博古》卷十四頁 31）

「上下如一謂之中。」（《詳解》卷四〇頁 7）

按：《字說辨》引《字說》有不全者，如「公」「松柏」等，此條亦如是，《博古圖》引文恰可爲之補闕，原文大要或爲：「中。上以交乎下，下以交乎上；左以交乎右，右以交乎左；通上下，得中則制命焉。」

釋義：中字之形，上下左右皆對稱，其居中之「丨」則可貫通上下，故曰：「得中則制命焉」。

176. 之 㞢「之。有所之者，皆出乎一；或反隱以之顯，或戾靜以之動；中而卜者，所以之正也。」（〈字說辨〉頁 7）

按：「中而卜者」當作「中而丨者」。

釋義：㞢字上所从之「丨丿乚」三形，皆由其下之「一」所出。「反隱以之顯」，則上引之「丿」也，「戾靜以之動」，則下引之「乚」也，「中而丨者」，乃中通直進之「丨」也。

貳　畫

177. 卜占「卜之字，從丨從一，卜之所通，非特數也，致一所以卜也。夫木之有火，明矣，不致一以鑽之則不出，龜亦何以異此？物生而後有象，象而後有滋，滋而後有數；蓍者，陽中之陰也，故植而後知數；龜者，陰中之陽也，故動而知象。先王成天下之亹亹，定天下之吉凶，莫大乎蓍龜。」（《詳解》卷二二頁 2）

「占之字從口者，占必有言；占人，占龜以八簭，占八頌以八卦，占簭之八故，豈徒然哉？必析之以言也。《書》言：『三人占則從二人之言』者，謂是也。然言之無當，必如所占而已，故從口不從言。占非特卜也，而尚卜焉；八簭知數而已，卜之所通，非特數也，故从卜。」（《詳解》卷二二頁 9）

「卜可恃以知吉凶。夫木之有火，明矣，不致一以鑽之則不出，龜亦何異於此？」（《新義》頁 81）

「火之性，無乎不在，鑽則得之木，擊則得之石。」（《詳解》卷二六頁 7）

按：解占卜字形，合「分析小篆例」；謂木之有火，與蓍龜陰陽動靜之說，合「附會五行例」；出自《詳解》而說意深刻若此，又得介甫《新義》爲證，可信二則引文實取介甫之意，《字說》當亦本此意說解占卜二字。

釋義：卜，致一誠意然後可卜，故从一；通神則上進，故从丨。無極生太極，太極生一，一生二，二生三，至於萬物，故曰：物生而後有象、有滋、有數，其數無窮。占之字從卜，以通於神而求其旨故也。卜畢則以言說解其象，而字从口不從言者，人之所見各異，所言亦紛紜不一，故取其多數以爲定，《書》言：「三人占則從二人之言」，此之謂也。

178. 仔「王荊公《字說》……解仔字，云：『《爾雅》曰：「仔，肩也。」』」（《學林》卷七頁 27）

179. 令 令「令之字，從亼從卪，卪守以爲節，參合乎上之意。」（《新義》頁 27）

「軨，令也，亼以爲卪者。」（《鄭解》頁 3）

按：合於「分析小篆例」，「卪守以爲節」，與軨字「亼以爲卪」相似，《字說》伶、蜻蛉、螟蛉等，亦有「參合乎上」之意；可知《字說》釋令，必本之經義。

釋義：令字从亼，集合之意；从卪，節度之意；合於長上之意且有節度者是也。

180 仞「度土高深用仞。人以度之，刃以志之。《考工記》曰：『人長八尺，登下以爲節。』」（《鄭解》頁 4）

按：鄭氏引《考工記》經文以釋同節經文，經文又本無仞字，可知必爲取自《字說》者。說解文例亦與佮、戍役相同。

釋義：測量高度曰仞。从人，以人度之也；从刃，以刀刻土而誌之也。

181. 佐佑「以左助之爲佐，以右助之爲佑。地道尊右，而左手足不如右彊，則佐之爲助，不如佑之力也。」（《新義》頁 1）

「地道尊右而卑左，則左之爲助，不如右之爲力也，故以左助之則爲佐，以右助之則爲佑。」（《詳解》卷一頁 4）

「右，陰也，而地道尊右；社稷，地類也，故右社稷。左，陽也，人道所向；君子於其親，事死如生，故左宗廟。」（《詳解》卷十八頁 1）

「右，陰也，地道之所尊，故右社稷。左，陽也，人道之所嚮，故左宗廟。」（《新義》頁 89）

「夫地道尊右，而人之左手足不如右強，故車置有力之士謂之右。」（《詳解》卷二七頁 6）

按：文例與上兩條相同，亦合《字說》「附會五行例」，《字說》當本此意作說解。

182. 位「近世王文公，其說經亦多解字，如曰……『位者，人之所立。』」（《考古質疑》卷三頁 16）

「位者，人之所立也。」（《詳解》卷三頁 3）

「人所立而下覆上承者，位也。」（《詳解》卷一頁 2）

按：文例與上條相同，《字說》或本此解「位」字。

183. 任「任者，如人壬子然，因其力之所能勝也。」（《詳解》卷一頁 19）

「因其力之所勝，謂之任。」（《詳解》卷一頁 8）

「因其材之所勝而用之，謂之任。」（《詳解》卷三六頁 7）

按：文例與上條相同，《字說》當本此意說「任」字。

184. 佃「田則一夫之所佃。」（《詳解》卷三九頁 10）

按：文例如上條，《字說》疑與此相類。

185. 倥侗「倥侗。眞空者，離人焉，倥異於是，特中無所有耳；大同者，離人焉，侗異於是，特不能爲異耳。」（〈字說辨〉頁 1）

「《字說》所謂：『大同於物者離人焉』……又所謂：『性覺眞空者離人焉』。」

（《龜山語錄》卷四頁 22）

按：右引二文，參照補證後，原文當爲：「倥侗。性覺眞空者離人焉，倥異於是，特中無所有耳。大同於物者離人焉，侗異於是，特不能爲異耳。」

釋義：空者，絕眾相而一切超脫之意；倥則無知貌，是以必有人而後能言倥。同則萬物畢同道無不在之意；侗則無識貌，故亦必有人始能言侗。

186. 傀「傀之字，從人在左，從鬼在右，鬼勝人也。鬼勝人，則鬼有靈，饗而傀異所以出也。」（《詳解》卷二〇頁 17）

按：「鬼在右」能勝人，合「字形位置示義例」；「鬼勝人」爲傀，與「人操戈」爲戍、「人執殳」爲役、「木之貴」爲櫃、「木既聖」爲檉，文例皆相同；「勝」字亦見「桌」「梓」等條，故《字說》傀字當與此文相近。

釋義：傀，怪異也，《周禮・春官・大司樂》：「大傀異烖，去樂。」鬼能勝人，以其靈也。字从鬼在右，右，尊位也；人在左，左，卑位也。人饗鬼，則鬼現怪異以示人。

187. 僞「近世王文公，其說經亦多解字，如曰：『人爲謂之僞』……之類。」（《考古質疑》卷三頁 16）

188. 典則灋

「典之字，從冊從丌。從冊，則載大事故也；從丌，則尊而丌之也。則之字，從貝從刀。從貝者，利也；從刀者，制也。灋之字，從水從廌從去。從水，則水之爲物，因地而爲曲直，因器而爲方圓，其變無常，而常可以爲平；從廌，則廌之爲物，去不直者；從去，則灋將以有所取也。然則典則灋，詳略可知已。」（《新義》頁 7）

「《詩》曰：『天生蒸民，有物有則』，是非人爲也，若貝之爲利也。《書》曰：『知人則哲，明哲實作』，是則人爲也，若刀之爲制也。以有則也者，則有則之也者，故又爲『不重則不威』之則。七月之律謂之『夷則』，陰夷物，以及未申爲則，至酉告酷焉。又作劃，鼎者，器也，有制焉；刀者，制也，作則焉。又作鼎者，天也，人也，皆有則也。」（《鄭解》頁 10）

「典，言其有常道之存也；尊而重之，故稱典焉。」（《詳解》卷七頁 22）

按：鄭《解》引文，合於「一字多義說又訓例」「重文說又訓例」「附會五行例」「合二文說會意例」；解則字與《新義》所言略同；言从刀之義，與刀刃字相同；可信爲《字說》。《新義》以「典則灋」三字釋《周禮・六典》之典字，其後或申言其說而成鄭《解》所引之《字說》。

釋義：典載大事，故其書冊置於丌上，以示尊貴之義。「則」字含義甚多，一爲「法」，天理不差忒也，故曰「非人爲也」。二猶「知」也，「則哲之明」猶「知人之明」，人之事也，故曰「是則人爲」。三爲「乃」也，轉辭之緩者，「不重則不威」是也。四爲十二律中之「夷則」，位於申，在七月。夷言傷，則言法，謂七月之時，萬物始傷、被刑法也。「陰夷物」云云者，春分爲純陽，至午（夏）爲南方火，陽雜陰；至七月小暑（未），八月立秋（申）時，陰夷陽，而九月白露（酉）則純陰矣，故曰：「告酷焉」。則之籀文作，鼎爲食器，有制者；刀爲制物者，故可作則焉。古文作，法也，上貝喻天，下貝喻人，人天皆自有法則故也。灋，从水，水無入不自得，其性最平，匠人多以之爲水平，灋能如之則佳。从廌，有德之獸，去不直者。从去，有取有舍者。

189. 冶「金以陰凝，冶以陽釋之，使唯我所爲，能冶物者也。所謂『冶容』，悅而散，若金之冶。」（《鄭解》頁 8）

「蓋金以陰凝，冶以陽釋之，使惟我所爲，以成物者也。」（《詳解》卷三六頁 14）

按：合於「附會五行例」「一字多義說又訓例」，又出自鄭《解》，可信爲《字說》。

釋義：金屬西方，爲秋，爲純陰，其性愁歛，唯火能克之，鍛而使融釋，故曰「以陽釋之」。

190. 冬「冬。春徂夏，爲天出而之人；秋徂冬，爲人反而之天。」（〈字說辨〉頁 4）

釋義：春則萬物驚蟄而出，秋則尋穴而冬眠，故曰之人、之天。《字說》「燕」字謂：玄燕「春則戾陰而出，秋則戾陽而蟄」，與此義相似。故春徂夏，乃「反隱以之顯，戾靜以之動」，秋徂冬則反之。

191. 凋彫「凋草木，生事周矣，重陰彫焉。彫以飾之，然亦周其質矣。彫羽物，生事周矣，彫於是時，亦搏而彫之。玉謂之彫者，玉，陽物也；彫，陰物也；彫刻制焉，陰物之事也。」（《鄭解》頁 16）

按：合「附會五行例」「形聲字說爲會意例」「字義相近彙解例」；鄭氏以此釋《考工記》「梓人爲筍虡」之「小蟲之屬，以爲雕琢」，凋與經義無涉，當爲取自《字說》者。

釋義：凋，从仌（冰），重陰也；从周，生事周吉矣，寒氣凋零之。彫，周其質而以彡飾之。傷物者，皆屬陰事也，故彫玉者，以陰傷陽而刻制焉。

192. 凝凌「重陰則凝，凝者疑。《易》曰：『履霜堅冰』，陰始凝也。」（《鄭解》頁 2）

「夫水得重陰而爲冰，凌人伐之則爲凌。水凝爲冰者，天也；伐冰以爲凌者，人也。先王通寒暑之序，以應陰陽之會，則斬冰而藏之者。」（《詳解》卷六頁

10）

「淩，即冰也，斬之而後爲淩。」（《新義》頁41）

按：「重陰則凝」與「水得重陰而爲冰」，二文之「冰」「凝」，一字也，可知二段引文之義，亦相同。臬字解云「從仌，陰疑陽也」，與此凝字說解相似，且鄭氏以之釋「凝土以爲器」，實與經義無涉，可信爲《字說》也。《字說》或彙凝淩二字爲一條？

釋義：凝，凍也，天寒則水堅而結冰，謂之凝。凝从冫，重陰也；从疑，夷也，傷也。淩，積冰也，冰之成於水，其文稜稜然。水結冰者，天也，伐之爲淩者，人也，故又有欺淩侵犯之意。

193. 刑「刑者，侀也，侀，成也；則刑典之爲書，刑官之爲職，亦不能有加損也。」（《新義》頁8）

「刑者，形也；形成矣，故刑典之爲書，刑官之爲職，亦不能有加損焉。」（《詳解》卷三頁9）

「刑者，侀也，侀者，成也；宜無所加損焉。」（《詳解》卷三○頁5）

「刑者，侀也，一成而不可變。」《詳解》卷三○頁6）

按：《字說》刑字或本新經義而作說解。

194. 勢「《易》曰：『地勢坤』，太下則爲勢衰，太高則爲勢危。坴，陸也，高而平，得埶者也；坴，睦也，彼己睦矣，合而成埶，得埶而弗失者，善其丮故也。或又从力，以力爲勢，斯下矣。」（《鄭解》頁1）

按：合「一字多義又訓例」「字形位置示義例」「分析小篆例」；鄭氏以之釋《考工記》「審曲面勢」，而引文以勢爲又訓，可知必爲《字說》。

釋義：勢，形勢也，太低則衰，太高則危，高平最宜，故从坴，坴，陸也。坴又睦也，和睦相處，故能成其勢力，得勢則宜善守之，故从坴，坴，執持也。以力爲勢，不如以德服人，故从力在下，亦爲事之下也。

195. 劶「王荊公作《字說》，至詳悉矣，敕字仍作劶字解。」（《甕牖閒評》卷四頁3）

釋義：敕，帝王之令也，又有謹慎之意。俗作勅、劶。

196. 匪頒「散其所藏曰匪，以等級之曰頒。故匪之字，從匚從非，言其分而非藏也；頒之字，從分從貝，言其自上而頒之下也。」（《詳解》卷二頁2）

「（《詳解》）解『匪頒之式』云：『……（與上文同，從略）……』……皆遵王氏《字說》。」（《四庫提要》卷十九《周禮詳解》）

「頒則分之而已。」（《詳解》卷十八頁7）

按：《字說》之意，或與此相近。

197. 廛里「賈所居，在市之屋謂之廛；民所居，在里之屋謂之里。」（《詳解》卷十三頁 1）
「里之字，從田從土，以民出耕則同田，入居則同廛故也。」（《詳解》卷十一頁 7）
「賈所居之屋謂之廛。」（《詳解》卷十四頁 10）
「民所居曰里。」（《詳解》卷十一頁 11）
按：《字說》或與經義文相近。

參　畫

198. 同「同。彼亦一是非，此亦一是非也，物之所以不同；冂一口，則是非同矣。」（〈字說辨〉頁 2）
釋義：《莊子．齊物論》：有人、有知，則有是非，物因之而有不同。《字說》以爲：齊一其口（言），則無是非之異矣。
199. 吅咠「王文公曰：『口一則眾聽而靜，口不一則爲吅矣。若咠又不一。』」（《爾雅新義》卷八頁 10）
「ㄐ其口而出聲者，咠也。」（《詳解》卷三二頁 17）
「咢戒喧，故二吅作喧。」（《博古》卷十四頁 4）
按：《爾雅新義》多引《字說》而不言，此處作『王文公曰』，當在介甫卒後，取其言爲說者，介甫之言，或即《字說》文字也？文中「咠」當从ㄐ作「咠」。
釋義：令出於一口，則眾靜而聽之；出數人之口，則囂然不一矣，若咠者，其喧更甚。
200. 喪「哭亡謂之喪；死亡，斯哭之矣。」（《新義》頁 85）
「哭亡謂之喪；亡，斯哭之矣。死以氣言也，亡以形言也，或發於聲音。」（《詳解》卷十七頁 6）
「哭亡之謂喪。」（《詳解》卷四頁 10；卷二頁 4）
按：合於「分析小篆例」「合二文說會意例」，《字說》「哭」字或亦不出此意。
201. 倉廩「廩所以藏，倉所以散。故倉之，從亼從□從ヨ從丿。蓋倉雖亼之，圍之，掌之，然卒乎散者，必始乎歛。故倉人掌粟入之藏，則始乎歛之意也。」（《詳解》頁 16 頁 19）
「天道之運，散於春，藏於冬，故春之色蒼而冬之氣則凜。廩與凜同義，所以藏也。倉與蒼同義，所以散也。……掌粟入之藏，則倉雖所以散，然始乎歛，故掌粟入之藏，始乎歛之意也。」（《詳解》卷十六頁 16）

按：合於「分析小篆例」「附會五行例」，「倉所以散」，與創字「倉言發」義同，以「ヨ」爲掌，似農字。《詳解》引文當與《字說》相近。

202. 對「荆公曰：『以對爲對，有對者不獲自盡矣。』」（《楊公筆錄》頁 6）

釋義：對字从寸从丵口，丵，叢生草也。口如丵，則應對無方，須以法度一之，法度者，寸也。漢文帝以爲言多非誠，故去口而改從士，作「對」字。介甫以爲从士而不从口，則有事者無口以言之，乃不能竭盡己意矣。

203. 園圃「其圍也，不高而遠謂之園；以植眾甫謂之圃。」（《詳解》卷十三頁 2）

「圃有樊蔽謂之園；園有眾甫謂之圃。」（《詳解》卷一頁 20）

「（《詳解》）解圃曰：『園有眾圃謂之圃』……遵王氏《字說》。」（《四庫提要》卷十九《周禮詳解》）

按：合於「形聲字說爲會意例」「字義相近彙解例」，《字說》或與此相近。

204. 圜圓「圜則可□以爲圜，所□，則睘無所至。圓，德之圓也，《易》曰：『蓍之德，圓而神』。圜，器之圜也，《易》曰：『〈乾〉爲圜』。」（《鄭解》頁 12）

按：合「字義相近彙解例」「形聲字說爲會意例」，又出自鄭《解》，可確信爲《字說》無疑。然引文之首，或缺「圓」字之字形分析。

釋義：圓，天道也，天道運而不窮，其德如神，故爲德之圓；〈繫辭上〉曰：「圓而神」，言蓍之德也。圜，天體也，體可見者，故爲器之圜；〈說卦〉曰：「〈乾〉爲圜」，可見之體也。

205. 均「均之字，從土從勻，遠近多寡，適於勻之謂也。」（《詳解》卷十三頁 9）

「均之從勻，則遠近多寡而適於勻矣。」（《詳解》卷十四頁 12）

「多寡適於勻之謂均。」（《詳解》卷四〇頁 7）

「均財有道，則遠近適於勻，而無有餘不足之患。」（《詳解》卷二頁 1）

「正則使之止於一，而非特均之，使適於勻而已。」（《詳解》卷三頁 8）

按：《字說》或本「適於勻」之意以說「均」字。

206. 壐璽[illegible][illegible]「壐之字，從爾從土，蓋無以辨物，欺之生也，故爲壐信之。其字從土，於五常爲信；從爾，則爲辨物之我，不能辨物則爲爾。以其不能辨物，而慮其爲欺，故以壐驗而信之。然其字或從玉者，以玉爲之故也。以玉孚尹旁達，瑕瑜並見，亦以信爲驗也；皆有期以反節，則防竊詐故也。」（《詳解》卷十四頁 22）

「貨賄之所在，無以辨物，欺所生也，故爲璽以信之。」（《詳解》卷十四頁 6）

按：合「重文說又訓例」「附會五行例」「形聲字說爲會意例」，「辨物」亦《字說》獨特用詞，可信《字說》必本此義而說壐字。

釋義：壐，王者之印，持以示信者。蓋交際貿易之際，雙方互不相識，無以驗明正身，懼爲對方所欺，故作壐印以爲信物。字从土，土於五常主信；从爾，則以能辨別是非眞假者，我也（己方），不能辨者，爾也（對方）；爾（對方）因不能辨眞假而懼爲我（己方）所欺，故爲壐以驗而信之。壐或從玉，則璽以玉爲之故也。

207. 壇亶「有事於壇者，皆所以致其亶，故壇之字從亶。亶之爲言致實以坦，故亶之字，從㐭從旦。㐭，實也；旦，坦也。所以交神，宜致實以坦故也。」（《詳解》卷三三頁 13）

「命事必爲壇者，所以致其亶。先王所以交神人者，皆質實以坦，壇效此焉。」（《詳解》卷七頁 1）

按：析壇字爲从土从亶，再析亶字爲从㐭从旦，似「勢」字文例。說亶之義，與「膻」字同；說「交神」之義，與「巫覡」字同；《字說》當本此義說壇字。

釋義：壇所用以交，交神須坦然而厚實，其字从亶者，旦，坦也；㐭，實也。

208. 夕「王文公曰：『夕者，物成數定，有見可名之時。』」（《爾雅新義》卷九頁 4）

209. 夢「夢之字，從瞢從夕，向陰而夢，則有夢也。又或從䒦、從爿、從𡨄、從一；穴之下，爿之上，若反一也。然方向陰而夢，有妄見焉。」（《詳解》卷二二頁 3）

按：合於「分析小篆例」「重文說又訓例」，王與之《周禮訂義》卷四二頁 3 亦引此文作王安石曰，可信《字說》必本此而說「夢」字。文中「向陰而夢」，當作「向陰而瞢」；「又或从䒦……爿之上」，當改作「又或從夢、從牀、從宀、從一；宀之下，牀之上」。

釋義：《說文》：「，不明也，从夕瞢省聲。」「，寐覺而有言曰寤。从㝱省吾聲。籒文寤。」「，目不明。」《字說》以爲：夕則目不明而有夢，夕者陰也，不明者瞢也，故曰「向陰而瞢則有夢焉」。字又或从夢从牀从宀从一，作（㝱），在室中之牀上而臥，則夜有夢焉。

210. 妙「荆公《字解》，妙字云：『爲少爲女，爲無妄少女，即不以外傷內者也。』」（《嬾眞子》卷五頁 3）

211. 媒「媒之字，從女從某。某，名實未審也；女之名實未審，須媒以媒之，故曰：『男女非行媒，不相知名。』」（《詳解》卷十三頁 23）

按：與《字說》楳字文意相類，《字說》媒字或亦本此作解。

212. 嬍「可欲之謂善，美者善之至，嬍者美之微。人性善，必自其善之端，擴之使充，充之而使實，然後積嬍而爲美；美成則性之德立乎中，發見其美而爲大。」

（《詳解》卷十三頁 11）

「可欲之謂善，充實之富美。美之至，則爲嘉。」（《詳解》卷十七頁 9）

「其字從𡠦，所謂美之微也。」（《詳解》卷十頁 7）

按：文例頗似「圜圓」，說美字之意，與「美」字意近，《字說》「𡠦」字或本此爲說。

釋義：羊大則成熟而美，故美爲善之至，亦大而可見者。若小而不易見之美，則謂之𡠦，美之微故也。積𡠦則大而可見，亦爲美矣。

213. 官職「有職者當聽上，所聽乎上者言，所以爲言者音，音之所不能該，則聽無與焉，奚所受職？有通乎此，乃或失職，則傷之重矣。」（《鄭解》頁 1）

「爲治之所覆，有主治者，若阜焉，則謂之官；所守在下，以聽乎上而無或傷焉，則謂之職。官言其所司之人，職言其所掌之事。」《詳解》卷一頁 2）

「職言其有任，法之所寓也；聽而治之，故稱職焉。」（《詳解》卷一頁 2）

「有所受而聽之者，謂之職。」（《詳解》卷三五頁 2）

按：以宀有覆義，與宰字同；以小篆釋官字，析職字爲三形，各說以會意，皆合《字說》文例。

釋義：《說文》:「官，吏事君也，从宀𠂤。」「𠂤，小𠂤也。」《字說》以爲：官，治人者，在宀下，其位高若阜焉，故从宀从阜。職，以耳聽命而所執者爲事，故从耳。執其事須有所識，否則難勝其任，故从識省。

214. 富貧富「近世王文公，其說經亦多解字，如曰……『同田爲富，分貝爲貧』。」（《考古質疑》卷三頁 16）

「金陵人喜解字，習以爲俗，曰：『同田爲富，分貝爲貧』。」（《後山談叢》卷二頁 2）

按：合於「分析小篆例」「合二文說會意例」，《字說》或亦如此作解。

215. 寺「度數所自出而求度數者之處，謂之寺。」（《詳解》卷八頁 13）

「王舒王解字云：『……寺者，法度之所在也。』」（《姑溪居士後集》卷十五頁 6）

「以度數接之之謂待。」（《詳解》卷二頁 14）

按：說解與「詩」字从寺之意相同，《字說》寺字必有此意。

216. 居倨踞「居其所安者，居也；若倨，則以其遇人而居，不爲變動也；若踞，則以其居佩之，無所移易也。」（《詳解》卷三六頁 5）

按：合於「字義相近彙例」「右文主義例」「合二文說會意例」；說居字與《字說》椐字意同；王昭禹引此以釋《周禮・輿人》之「居材」，與經義無涉，當取自介甫之言，《字說》或與此相近。《字說》此類，如「農濃醲襛」「辜潷醇譚」「緣變戀」，皆與此條文例相同。

217. 崇高「崇高。高言事，崇指物陰陽。」（〈字說辨〉頁 8）

218. 巧述「創物，工則欲巧。巧者善僞，在所丂焉。作者交錯而難知，述者分辨而宜審；辨矣，然後從以述之。知察本末，述則述其末而已。凡作無常，一有一亡，是唯人爲，道實無作。」（《鄭解》頁 2）

「蓋發而制之謂之創，非智足以窮性命之理，則不能及此，故曰『智者創物』。分辨而宜審其才謂之述，非巧足以循度數之迹，則亦不能及此，故曰『巧者述之』。」（《詳解》卷三五頁 5）

按：「在所丂焉」，與駮字「在所交也」相同；「從以述之」與追字「從而從之」相同；「分辨」爲《字說》常用語，鄭《解》引《字說》而成書，此條當屬是。

釋義：孟子曰：「爲機變之巧者，無所用恥焉」，以其善僞，故丂焉，丂，阻而使不得上也。巧工之作，繁雜難解，故述其事者，宜明辨其理而後言之，如孔子所言：「多聞闕疑，愼言其餘」是也。巧者之智，可以明察事理之本末；述之者則有不如，僅述其事即可。

219. 功「功之字從工，工，興事造業而不能上達。功正施於國，則以興事造業爲主。」（《詳解》卷二六頁 1）

220. 巳「舒王《字說》云：『巳，正陽也，无陰焉。』」（《緗素》卷五頁 1）

釋義：四月爲建巳之月，亦謂之正陽之月，陽德用事，和氣皆屬純陽，故曰「无陰焉」。

221. 巾「用以幂物，通上下而有之者，巾也；故巾之字，從冂从丨。然巾之爲物，非止於覆幂而已。蓋以事言之，則主於覆物；由禮言之，則主於設飾。覆以昭其用也，設飾以昭其文也。」（《詳解》卷六頁 9）

「用以幂物、通上下而有之者，巾也。以事言之，則主於覆冒；以禮言之，則主於設飾。」（《新義》頁 43）

「巾則設飾之物也。」（《詳解》卷三七頁 16；卷二四頁 4）

「鬯人設巾以爲飾，可知矣。」（《詳解》卷十八頁 15）

按：合於「分析小篆例」，通上下之說，與中才車簋等字同，《字說》當取此義而解巾字。

222. 布敷施「施者，張而行之，非特布之而已。故制字，于布則從父，以布有父之體也。於敷則從甫，甫從父從用，則敷有父之用也。施則從㫃，若旃之旒；有施而後有張，則施者，張之也。布而後敷，敷而後施，事辭之序也。」

（《詳解》卷二頁 12）

按：合於「字義相近彙解例」「分析小篆例」；說從父之意，與黼釜簠等字相似；體用之異，亦《字說》所常言；《字說》當本此而作說解。

釋義：《說文》：「[小篆]，枲織也，从巾父聲。」「[小篆]，㪘也，从攴尃聲。」「[小篆]，旗旖施也，从㫃也聲。」《字說》則以爲：布敷施三者，乃行事程度深淺之辭也。其說淺易，亦自成理。

223. 帟「帟所以芘下而承塵者也。帟之至於再、至於三，則塵之不及，而所芘者厚矣。」（《詳解》卷七頁 7）

「幕也，帟也，蓋也，皆庇下之物，爲上近利，則無以庇下矣。」（《新義》頁71；《詳解》卷十四頁 8）

「帟則在上以承塵也。」（《詳解》卷七頁 3）

按：合於「形聲字說爲會意例」，《詳解》引文又與新經義相同，《字說》或即本此說帟字。

釋義：帟，張在人上，防阻塵坌降落之小巾。从亦，則重疊再三之意，重疊如許，故「所庇者厚矣」。

224. 幌「治絲帛而熟之，謂之幌。絲帛熟，然後可設飾爲用，故其字从巾从荒；荒言治之使熟也，猶荒土以爲田；巾則設飾之物也。」（《詳解》卷三七頁 16；《訂義》卷七五頁 14）

按：《字說》應本此條文意以說「幌」字。

釋義：幌，設色之工，治絲染練者。从巾，絲帛所織，用以設飾也。从荒，則染練使可用也。

225. 平 [小篆]「平之從八從弋從丂；丂而別之，使一也。」（《詳解》卷十四頁 12）

按：合於「小篆分析例」；以八爲別，合《字說》特殊用字例；《字說》解義當與此相近。文中「從弋」當爲「從一」之訛。

釋義：[小篆]字从丂，阻礙之；从八，分別之；从一，阻而別之，則能驅使一同也，平等之義如此。

226. 年 [小篆]「介甫《字說》，……年字，『禾一成爲年』。」（《猗覺寮雜記》卷一頁 44）

「禾一熟爲年。……年之字，從禾從人從一，則年以禾爲節，人事也。凡禾，年一稔焉。禾稔不齊，不可以期數也。」（《詳解》卷十一頁 16）

釋義：《說文》：「[小篆]，穀熟也，从禾千聲。」「[小篆]，穀熟也，从禾念聲。」《字說》意與之略同，謂年字从禾从人从一，从一者，一年一熟也；从人者，種禾穀者，人事也。

227. 幾「幾者，動之微，吉（凶）之先見者也。方動之微而知之，已入於神矣，故《易》曰：『知幾其神乎！』造形而察之，則特無祇於悔而已，是不可以不致察也；故幾有微察之意。」（《詳解》卷十四頁 17）
「幾，微察之也。」（《新義》頁 51）
「幾酒，微察者不節也。」（《新義》頁 165）
「微而察之謂之幾。」（《詳解》卷三二頁 7）
「幾者，動之微，吉凶之先見者也。」（《詳解》卷四頁 2）
按：第一則引文，王昭禹以之釋《周禮·司門》：「以啓閉國門，幾出入不物者，正其貨賄」，說解與經義無涉，或與《字說》幾字相近？

228. 庖「包魚肉而共焉，謂之庖。」（《詳解》卷四頁 6）
按：與「鮑」「鱐」說解相類，《字說》此字或亦如是作解？

229. 府「府之字，從广從付；广則其藏也，付則以物付之。」（《新義》頁 2）
按：出自介甫之言，《字說》當亦取此義解「府」字。

230. 廣「廣之字，從黃，地道光也；從广，東西而已，此廣所以為橫也。」（《詳解》卷九頁 6）
按：釋「從黃」之意與「黃」字相同，亦合「附會五行例」；東西之長曰廣，以說从广之意；疑《字說》此字與之相近。

231. 廞「廞裘與廞樂同意。蓋陳儀物於庭序，以興觀者之欽，故謂之廞。」（《詳解》卷八頁 4）
「廞衣服，則陳於庭序，以興觀者之欽也。」（《詳解》卷十九頁 2）。
「廞，興使欽焉。」（《爾雅新義》卷二頁 11）
按：合於「形聲字說為會意例」，又得《爾雅新義》為證，《字說》當與此相近。
釋義：陳輿服於庭序曰廞，字从广，庭也；从欽，欲使觀者欽佩也。

232. 廟「廟之字，從广從朝，到广以為朝，故謂之廟。」（《詳解》卷十九頁 21）
按：文例與「為人所令」為伶，「為少為女」為妙，「以竹鞭馬」為篤，「亼以為卩」為令，皆相似，《字說》或本此為解。

233. 廬「水始一勺，總合而為川；土始一塊，總合而為田；盧，總合眾實而授之者也；皿，總合眾有而盛之者也。若盧之無窮，若皿之有量，若川之逝，若田之止，其為總合，一也。廬者，總合之言，故广從之為廬。」（《鄭解》頁 17；《訂義》卷七八頁 1）
「廬者，總合之辭也。水始一勺，總合而為川；土始一塊，總合而為田；盧，總合眾實而受之也；皿，總合眾有而盛之者也。若盧之無窮，若皿之有量，若

田之止，若川之逝，其爲總合，一也。故從盧、從川、從皿、從土。」（《詳解》卷三九頁 1）

按：合於「分析小篆例」「合數形見義例」；「其爲總合一也」，與「蓧莖藉」「之」「蓮」等字說意略近；出自鄭《解》，而《詳解》引文又與之相同，可信必爲《字說》無疑。

釋義：《說文》：「廬，寄也，秋冬去，春夏居。从广盧聲。」《字說》則以爲其字：从广从川从虛从田从皿，作[illegible]（[illegible]）。字从虛，以受水土等實物；水多則爲河川，故从川；土多則爲田地，故从田；虛爲無窮，皿則有量，盛可見之物者；總合四字而爲盧，故盧有「總合」之意。屋舍之廬亦總合而成，故从盧从广。

234. 式「式之字，從弋從工；工者，所以具人器也；弋者，所以取小物也。工爲取之小，則用式。」（《詳解》卷二頁 1）

按：「工者所以具人器也」，與「工」字相同；「弋者所以取小物也」，與「戈」字同；又以會意說形聲字，可信《字說》「式」字與此條相近。

釋義：式，法則、規格之意。字从工，乃法規之式，由人所制定，其興事造業，故謂之工；从弋，式用於小處故也；弋有取小之意。

肆　畫

235. 心[illegible]「介甫以心從倒勹，言：『無不勹，而實所勹；所勹以匕，其匕無常。』」（《硯北雜志》卷下頁 9）

釋義：小篆心作[illegible]，勹作[illegible]，倒勹之中置一「匕」，則爲「[illegible]」形，與心相似，故《字說》有是言，以爲：心之神思，大而無外，小而無內，包含一心，化爲萬物，其化無常。

236. 思「思。出思不思，則思出於不思。若是者，其心未嘗動出也，故心在內。」（〈字說辨〉頁 6）

釋義：心若動出，則意浮而不可思矣。心靜如止水，則往往能思，故心在內，不可妄出。

237. 忠恕「忠。有中心，有外心；所謂忠者，中心也。」（〈字說辨〉頁 3）

「近世王文公，其說經亦多解字，……如『中心爲忠，如心爲恕』，朱晦菴亦或取之。」（《考古質疑》頁 3 頁 16）

按：朱熹《論語集注‧里仁篇》「夫子之道一以貫之」章，朱《注》：「故曰：『中心爲忠，如心爲恕』，於義亦通。」《考古質疑》或謂此也。今以《字說辨》觀之，恕亦當與忠字合爲一條。

238. 懿徽「懿徽。壹而恣之者，懿也，俊德之美也。微而糾之者，徽也，元德之美也。」（〈字説辨〉頁 7）
「懿，一則以壹，一則以恣，美也。」（《爾雅新義》卷二頁 1）
按：「元德」當作「玄德」。《字說》玄字云：「入幺而為玄」，玄則微矣，若謂「元德」，則德之大者。

239. 成 「終始無虧之謂成，言成，則事之始終，皆一定而不可虧矣。」（《詳解》卷一頁 9）
「戊出、丁藏，於物為成。」（《詳解》卷二八頁 7）
「終始無虧之謂成。」（《詳解》卷三〇頁 16）
「成者，終始無虧之辭。」（《詳解》卷三頁 12）
按：《字說》或本此作解，原文大要或為：「成。戊出、丁藏，於物為成；成者，終始無虧之辭。言成，則事之終始，皆一定而不可虧矣。」

240. 歲「王介甫《字說》，（歲）言『彊圉』，自餘亦無說。」（《容齋四筆》卷十五頁 13）
按：《爾雅・釋天・災》：「太歲……在丁曰強圉」，或《字說》取其文而無說解，故《容齋》有是言。

241. 戲「戲。自人道言之，交則用豆，辨則用戈，慮而後動，不可戲也；戲實生患。自道言之，無人焉用豆？無我焉用戈？無我無人，何慮之有？用戈用豆，以一致為百慮，特戲事耳。戲非正事，故又為於戲、傾戲之字。」（〈字說辨〉頁 5）
「王荆公論戲字云：『自人道言之，交則用豆，辨則用戈，慮而後動。』」（《太平清話》卷下頁 14）
「戲必用豆，以交際之不可忘也。」（《博古》卷十八頁 5）
釋義：人際交往，意相合則用禮器豆登，意相憎則用兵器干戈；以禮以兵，差異至鉅，必三思而後行，故曰「慮而後動」。戲字从豆从戈从慮省，亦此故也。若以道言之，道者，自然也，無人我之分，亦無交際之患，故無須慎慮其動干戈抑持豆矣。然百慮之下，或用戈，或用豆，亦皆戲事耳，非事之正，故又為於戲、傾戲之字。

242. 掌「尚其手以保焉，謂之掌。」（《詳解》卷三頁 22）
「掌則尚其手以掌之而已。」（《詳解》卷八頁 4）
按：「尚其手」為掌，文例與「手能蚤」為搔，「工能穴土」為空，「於食能力」為飭，「木之貴」為櫝，「人所立」為位等字相似，疑為《字說》之所本者。

243. 擘「量所槩，水所溉，盡而有繼，手所擘，亦盡而有繼。」（《鄭解》頁 10）

「手既爲摡，摡終於拭也。」(《詳解》卷八頁 16)

按：「盡而有繼」，似祖字「方來有繼」；鄭氏以之釋《考工記》「槩而不稅」，與經義無涉，當爲摘自《字說》者。

釋義：溉，灌注也，清滌也。槩，平斗斛之器，亦有量意。摡，滌濯、擦拭也，又與槩溉二字相通。水所溉、手所摡之「盡而有繼」云云，似與《莊子・養生主》：「指窮於爲薪，火傳也，不知其盡也。」義相近。

244. 搔「荊公《字說》……『搔，手能蚤所搔。』」(《捫蝨新話》卷一頁 2)

245. 舉「王安石《字說》：『舉字从手从與，以手致而與人之意。』」(《博古》卷七頁 4)

「舉之爲字，从手从與，以手致而與人之意。」(《博古》卷八頁 8)

246. 撢「撢之字，從手從覃。撢之爲言取也；所覃及，乃能撢之。取主之志意與國之政事，巡天下之邦國而語之故也。」(《詳解》卷二九頁 15)

按：以「手所覃及」爲撢字，文例與搔掌空樍戍役等字皆相似，《字說》或本此釋撢字。

釋義：撢，探索也，手所延及之處，乃能撢取之，故从手从覃，覃，延及也。

247. 无无「《字說》曰：『王育曰：「天屈西北爲无」，蓋制字或以上下言之，或以東西南北言之，或以左右言之，或以先後言之；王育之言無是也。蓋乾位西北，萬物於是乎資始。方其有始也，則無而已；引而申之，然後爲有。』」(《道德眞經集義》卷一頁 18)

「《周易》無皆作无。王述曰：『天屈西北爲无』，蓋東南爲春夏，陽之伸也，故萬物敷榮，西北爲秋冬，陽之屈也，故萬物老死，老死則無矣。此《字說》之有意味者也。(《鶴林玉露》卷三)」(《經埤》卷一頁 27)

「天道申於東南而屈於西北，其出有方，以仁而致其柔，所以生萬物也。其入無方，以義而致其剛，所以成萬物也。」(《詳解》卷六頁 20)

釋義：五行方位之正西，爲秋，爲純陰所居，踰此而北則陽氣漸生，西北，陽陰相雜，萬物於是乎資始；方其未有始之時，則无是也。故曰：「天屈西北爲无」。

248. 時 時 旹「時以日爲節，度數所自出。當時爲是，是在此也，故時又訓此。又作旹，有爲之焉，人以爲時，以有之也，故曰：『時無止』。」（《鄭解》頁 3）
按：說从寺之意，與寺字詩字同；以古文旹說又訓，合「重文說又訓例」；以「時又訓此」，合「一字多義又訓例」；又出自鄭《解》，可確信爲《字說》佚文。
釋義：欲知時刻，當由日晷上見之，故曰：爲「度數所自出」，字从日从寺，以此故也。字又作旹（旹），以「時」須爲人理解後始能得之，故無終止之日。

249. 星「介甫《字說》……如星字：『物生乎下，精成於列。』晉《天文志》張衡論也。」（《猗覺寮雜記》卷上頁 20）
按：施人豪先生於其著作《鄭樵文字說之商榷》第三章第三節《王安石字說考述》中，錄《字說》「星」字佚文一則九十字，謂出於《猗覺察雜記》（察當爲寮之誤）；然徧檢該雜記，僅得右引之八字。施君之文，殆取義自張衡《靈憲圖》，以文字稍異，章節錯雜，未敢斷言，姑錄施君引文於后，以備參考：「星，五行之精也。眾星列布，體生於地，精成於列，列居錯峙，各有攸屬，在野象物，在朝象官，在人象神，其以神差，有五列焉，是爲三十五名，一居中央，謂之北斗，四布於方各七，爲二十八舍，日月運行，歷示吉凶，五緯躔次，用告福禍。」

250. 旱暵「陽干時爲旱，旱甚爲暵。旱暵以陰中之陽不上達，陽中之陰不下垂而固陰，故不雨而旱暵。」（《詳解》卷二三頁 5）
「旱，陽干時也；暵則旱甚而乾焉。蓋陰中之陽上達，陽中之陰下同而固之。」（《詳解》卷十六頁 5）
「旱者，陽之干時也；旱至而至於暵，則難甚矣。」（《詳解》卷十二頁 18）
「雩，旱祭也，陽亢在上，阻陰而旱，帥巫而舞雩，所以動達陰中之陽也。」（《詳解》卷二三頁 4）
按：文意合於「附會五行例」；釋旱暵之義，合「形聲字說爲會意例」；「上達」亦爲《字說》慣用語；《字說》當本此意爲說。
釋義：不雨爲旱，日之陽氣上干天時，故从日从干。旱甚則陰陽之氣難通，故从日从難省。

251. 染「水始事，木生色，每入必變，變至於九，九已無變。於文從木，而九在上。」（《鄭解》頁 12）
「染之字，左從水，水始事，『水無當於五色，而五色弗得弗章』是也。下從木，木，東方，其于藏也主色，染成而見色故也。從九在木上，每入必變，變

至于九，九已無變故也。」（《詳解》卷八頁 25）

按：以五行說字，出自鄭《解》，又得《詳解》爲證，可信爲《字說》佚文。

釋義：染必有水，水居五行之首，故曰「水始事」而从水；染久事，必九入而後色定，故从九；染成則色見矣，五行之木主色，故从木。

252. 案「案謂玉飾案，人所按而安者也。以玉飾案，則取其以德而安之義。」（《詳解》卷三八頁 9）

按：以「人所按而安」，爲案字，與「手能蚤所搔」、「在隱可使十目視」之文例相類。

釋義：《考工記・玉人之事》：「案十有二寸」，注：玉飾案也，無足曰槃，有足曰案，食器也。人憑之則安矣，故曰案。

253. 桎梏拲「梏在脰，桎在足，拲在手。《左氏傳》：『子蕩以弓梏華弱於朝』，則梏在脰明矣。」（《新義》頁 162；《訂義》卷六四頁 2）

「梏在頸，梏之則以告也；桎在足，制之使用其至也；拲在手共焉，制之使致恭也。」（《詳解》卷三一頁 16）

按：《字說》或本經義文以解此三字。

釋義：桎，腳鐐；梏，手銬；拲，兩手共同械；介甫則以爲梏在頸而非手。

254. 梁「《字說》曰：『屋梁兩端乘實如之。物之強者莫如梁，所謂強梁者，如梁之強；人之強者死之徒也，子路好勇，不得其死；羿善射，奡盪舟，俱不得其死然。是皆失柔弱之義也。』（《道德眞經取善集》卷七頁 14）

255. 梐枑「梐枑，行馬也，以木爲之，若比土然，則謂之梐；交木爲之，則謂之枑。」（《詳解》卷七頁 2）

按：析解梐枑爲二物，文例與軒渠、牂柯、倥侗、崇高等條相似，或與《字說》說解相近。

釋義：梐枑，俗稱拒馬，以木交叉作爲遮闌者。《字說》以爲形若比土者曰梐，交木而成者曰枑。

256. 極「極之字，從木從亟。木之亟，屋極是也。」（《新義》頁 1）

「屋之棟，謂之極；道之中，謂之極。」（《詳解》卷一頁 3）

按：《字說》或本經義釋極字。

257. 椽桷榱橑「椽，緣也；相抵如角，故又謂之桷；自極衰之，故又謂之榱；聯屬上比，爲上庇下，下有僚之義，故又謂之橑。」（《鄭解》頁 7）

按：鄭氏以此釋《考工記》之「蓋弓」，而與經義無涉，文例又合於「形聲字說爲會意例」「形勢變遷生異名例」，可知必爲《字說》。

釋義：架屋承瓦之木，總名之曰榱，析而言之，方曰桷；圓曰椽，相傳次而布列之意；又曰橑，乃簷前木，複屋之椽也。《字說》則以爲：椽，屋瓦自此緣而上下，故从緣省；其相抵如角，故从角；自屋極而下，由盛而衰矣，故从衰；聯上庇下，有護其僚屬之義，故从僚省。

258. 槀「木高則氣澤不至而槀。弓矢之材，以木之槀者爲之。」（《新義》頁 126；《詳解》卷二八頁 6；《訂義》卷五三頁 13 鄭鍔引）

「木高而水氣不足以滋之則槀。」（《詳解》卷十六頁 21）

釋義：介甫以爲木之高者，根部之水氣養分，不易輸至樹梢，是以常因此枯槀。製弓矢之材，多以槀木爲之，以其乾枯不致變形故也。

259. 樞莖「樞，爲之區受戶壯焉；天自爲區，又有受也，闔闢因之矣。莖謂之樞，有俞有制，知闔闢也。」（《蔡解》卷五頁 6）

「有刺有俞，知闔闢者也，是之謂至。《詩》：『樞在榆上』，如此。」（《爾雅新義》卷十四頁 3）

按：釋「莖」義，與「榆」相似；以「莖」爲「樞」之又訓，似「貀貉」；蔡《解》與《爾雅新義》多引《字說》而不注明，此處二條說解又全然相同，可知必爲《字說》文字。文中「戶壯」當爲「戶牡」之誤，蓋啓閉門戶之具曰管鍵，管又曰籥，鍵又曰牡。

釋義：戶樞，轉動開閉門戶之樞機也。若作木名之樞，別名曰莖，莖之美滑如白榆，有針刺如柘，則亦如樞之知闔闢也。

260. 欲「《字說》：『谷，能受也；欠者，不足也。能受而能當，患不足者，欲也。』」（《道德眞經集義》卷七頁 16）

釋義：欲望如無底之壑，壑，谷也，故从谷；永無滿足之時而有所欠缺，故从欠。

261. 气氣 [illegible] 「有陰气焉，有陽气焉，有沖气焉，故从乙；起於西北，則無動而生之也，卬左低右，屈而不直，則气以陽爲主，有變動故也。又爲气與之气者，气以物與所賤也。天地陰陽沖氣，與萬物有气之道。又爲气索之气者，萬物資焉，猶气也，其得之有量。又从米，米，食氣也，孔子曰：『肉雖多，不使勝食氣』；夫米殘生傷性，不善自養，而又養人爲事，氣若此，斯爲下。」（《鄭解》頁 3）

按：合於「重文說又訓例」「附會五行例」；以「萬物資焉」說西北生气之義，與《字說》「无」字相同；以「乞與」「乞索」說又訓，合「一字多義說又訓例」；說米之性，與米字同；說氣字米在气之下，合「字形位置示義例」；引文出自鄭《解》，必爲《字說》無疑。

釋義：天干之甲乙於五行爲東方屬春，陰陽之气中和於此，气有陰有陽，故从乙以示中和之義。西北爲萬物資始之地，气亦起於西北，王育曰：「天屈西北爲无」，屈而不直，故昂左低右作「气」形。气又爲「乞與」「乞索」之字，或从米作「氣」，餼也，以養人爲事。

262. 沖「《字說》:『沖氣以天一爲主，故從水；天地之中也，故從中。又水平而中，不盈而平者，沖也。』」(《道德眞經集義》卷九頁9)

釋義：五行：天一生水，地二生火，沖氣从水，以此故也。氣在天地之中，故从中。

263. 波「荊公曰：『波乃水之皮。』」(《調謔篇》頁7)

「世傳東坡問荊公:『何以謂之波？』曰:『水之皮』。」(《鶴林玉露》卷三頁6；《續通考》卷一八四頁31)

「荊公《字說》。王荊公好解字，說而不本《說文》，……自言『波者水之皮』。」(《升庵外集》卷九十頁5)

264. 洪「洪。洪則水共而大。〈洪範〉所謂洪者，五行也，亦共而大。」(〈字說辨〉頁3)

265. 渙「《字說》曰:『奐而散爲渙。夫水本無冰，遇寒則凝，性本無礙，有物則結。有道之士，豁然大悟，萬事銷亡，如春冰頓釋。』」(《道德眞經取善集》卷三頁6)

266. 滌濯「滌濯謂溉器所以致潔也。滌則以水蕩垢污，與《老子》所謂『滌除玄覽』之滌同；濯則加功以治之，使至於鮮明焉，與〈葛覃〉所謂『服澣濯』之濯同。」(《詳解》卷二頁15)

「水翟爲濯，濯進於滌也。」(《詳解》卷八頁16)

按：「濯進於滌」與「濯則加功以治之」同義。彙解「滌濯」二字，與戍役、懿徽、虧壞等條相似。疑《字說》與此意相近。

267. 無𣠮「《字說》:『無，從大䒥、從亡；蓋大䒥者，有之極也；有極則復此於無者矣。老子曰：『有無之相生』。』(《道德眞經集義》卷五頁17)

按：「大䒥者有之極也」，說解不可通，查《說文》卷六林部下：「𣠮，豐也。從林奭，奭……從大卌，卌，數之積也。」可知「大䒥」乃「𣞤」之誤。

釋義：物豐盛曰𣞤，然而物極必反，盛極則反於亡，故𣞤（豐）亡矣則謂之𣠮（無）。

268. 牂柯「《字說》曰:『犅以乘而不逆爲剛，牂以承而不隨爲臧。所謂牂牂，言小

狠也。牂牁者，以能入爲柯，所入爲牂，欲小狠焉。』」（《爾雅》卷二三頁 4）

「荊公《字說》多用佛經語，……『牂柯，以能入爲柯，所入爲牂』之類。」（《捫蝨新話》卷一頁 2）

釋義：牡羊曰羒，牝羊曰牂，《字說》乃以不逆，不隨爲釋。又，繫船之木樁曰牂柯。《字說》或以牂柯有鑿枘之意，故有「能入」「所入」之言。

269. 牟「王荊公《字說》，……牟字解云：『牟者，《爾雅》曰：「牟，進也。」』」（《學林》卷七頁 27）

270. 犧牷「色之純謂之牷，牲之完謂之犧。周景王時，賓起見雄鷄自斷其尾，曰：『鷄憚其爲犧。』爲體之完可知矣。犧，羲之而後制，故其字從羲。蓋完而牲之，羲所以始物；殘而殺之，和所以制物也。」（《詳解》卷十二頁 20；《訂義》卷二十頁 13）

「犧牲。殘而殺之，和所以制物；完而生之，羲所以物始。」（〈字說辨〉頁 5）

「牲之純者謂之牷，牲之完者謂之犧。《春秋》所謂：『魯郊牛口傷』，周景王時雄鷄自斷其尾，則不可謂之犧矣。」（《詳解》卷十八頁 9）

「《微子》：『純而不雜故謂之犧』，『犧』當作『牷』；『完而無傷故謂之牷』，『牷』當作『犧』。」（《臨川先生文集》卷四三頁 3）

「王荊公《字說》，牷字解云：『《國語》曰：毛以告全。』」（《學林》卷七頁 27）

「供祭祀之牲牷者，牷，色之純也，《國語》曰：『毛以告全。』蓋純則全故也。」（《詳解》卷十二頁 19）

「色之純謂之牷，故毛以告牷，所以貴純也。」（《詳解》卷三一頁 15）

按：《學林》所引《字說》，與《詳解》卷十二頁 19 相同；〈字說辨〉所引，與《詳解》卷十二頁 20 相同；今綜合《詳解》是二則引文，說解亦頗完備，或與《字說》原文相近。

釋義：子曰：「犁牛之子騂且角，雖欲勿用，山川其捨諸？」則毛色純如者，可爲牷矣。魯郊牛口傷，周鷄斷其尾，則不可以爲犧，是體之完好者，始可以爲犧矣。

伍　畫

271. 玄「《字說》曰：『幺而覆入者，玄也，故幺從入。』」（《道德眞經集義》卷一頁 20）

「天位乎上，其分於人也遠，其色可見者爲最微，故入玄而爲玄。」（《詳解》卷三七頁 12）

按：「幺從入」當作「從幺從入」；「入玄而爲玄」當作「入幺而爲玄」。

釋義：天之離人遠，其色微而不易分辨，乍視之若玄者，故微而覆入爲玄。

272. 璧1琮2圭3璋4琥5璜6「萬物親地，而天爲之辟，故禮天之器，其名曰璧1；以天有辟之道，而萬物所由以制者也。其形圜，則取其爲圜之〈乾〉；其色蒼，則象其始事之時。萬物祖天，而地爲之宗，故禮地之器，其名曰琮2；以地有宗之道，而萬物所由以收者也。其形方，則取其直方之〈坤〉；其色黃，則象其終功之時。有體斯有用，青圭3象陽之生物，其用也。有用斯有事，赤，陽之盛色；章，陰之成事，赤璋4以陽之盛色物之，以陰之成事名之，是象其事也。有事斯有形，白琥5象陰之成事，其形也。有形斯有色，玄璜6者，以陽之正色物之，以陰之盛色名之，是象其色也。陽生於子而終於巳，陰生於午而終於亥，則南北爲陰陽之雜，故赤璋、玄璜皆雜陰陽焉。陽中於卯，陰中於酉，則東西爲陰陽之純，故青圭則成象焉，白琥則效法焉。」(《詳解》卷十七頁16)

「天之色蒼，則其始事之時；地之色黃，則其終功之時。璧，辟也，萬物親地，而天爲之辟；琮，宗也，萬物祖天，而地爲之宗。以蒼璧禮天，則天以始事爲功；以黃琮禮地，則地以終功爲事。赤，陽之盛色；章，陰之成事；赤璋者，以陽之盛色物之，以陰之成事名之；玄，陽之正色；黃，陰之盛色；玄璜者，以陽之正色物之，以陰之盛色名之；南北者，陰陽之雜故也。青圭則象陽之生而已；白琥則象陰之殺而已；東西，陰陽之純故也。以其陽之純，故成象焉；以其陰之純，故效灋焉。南，陽也，陰居其半，故半圭而已；北，陰也，陽居其半，故半璧而已。皆有牲幣，各放其器之色，則亦各從其類也。」(《新義》頁87)

「圭所象，則陽之生物；璋所象，則陰之成事。」(《新義》頁95)

「圭以象陽之生物，……璋，章也，文明之方所用；……琥象陰之效灋，……璜，北方之所用也。」(《新義》頁171)

「璋以象陰之成事而終天之功者也。」(《詳解》卷三九頁6)

「萬物祖天而地爲之宗，萬物親地而天爲之辟，故〈乾〉之爲元則大，而〈坤〉之爲元則至。〈乾〉之資始以氣而〈坤〉則資生以形；〈乾〉于物則成象，而〈坤〉則效法而已。」(《詳解》卷三八頁8)

按：說解璧琮之文例，與冕藉槐棘等字相似，合「字義訓詁例」；說物色體用之義，合「附會五行例」；「萬物祖天」「萬物所由以制」，亦《字說》常用詞語；出自《周官新義》，而《詳解》又與之相同，《字說》必本此意而作說解。

釋義：祭天地四方之玉器有六：蒼璧禮天，黃琮禮地，東以青圭，南以赤璋，西以白琥，北以玄璜。璧，肉倍好而內外皆圓，圓以象天也。琮，瑞玉，大八寸，外形八角而內圓，以祀地也。圭，上圓下方，法天地之象，其形剡上，象春物初生，故祀東方。璋，半圭也，章爲南方夏日文明之象，故以祀南方。琥，以玉爲虎形，虎猛，象秋日肅殺之氣，故祀西方。璜，半璧曰璜，象冬閉藏，地上無物，惟天半見之狀，故祀北方。

273. 旊「旊人爲瓦，瓦成有方也。」（《鄭解》頁 15）
「旊人爲瓦，瓦成而有方者也，故其字從瓦。」（《詳解》卷三八頁 13）
「旊人爲瓦器之有方，陶人則以火而熟之。」（《訂義》卷七七頁 7）
按：鄭《解》輯《字說》而成，《詳解》又與之相同，可見此條必爲《字說》無疑。
釋義：旊人，摶埴之工也，主造簋豆等祭器，其爲瓦當亦有其方法也。

274. 甸 ㉑「四丘爲甸，田包於洫，名之曰甸。」（《新義》頁 63）
「四丘爲甸，甸方百里，田包於洫。」（《詳解》卷一頁 33）
「四丘爲甸，則甸周方八里；田包於洫，名之曰甸，爲是故也。」（《詳解》卷十一頁 7）
「郊外曰甸，田庖於洫，甸法正在是也。」（《詳解》卷五頁 1）
按：以「包田」爲甸，合「分析小篆例」，亦與忠洪美征僞同等字文例相同，《字說》或本此作解。

275. 痎瘧「《素問》曰：『夏傷於暑，秋必痎瘧。』痎瘧則所謂瘧寒之疾；瘧言如虎之虐；痎言該時而發。」（《詳解》卷五頁 13）
按：合「字義相近彙解例」「形聲字說爲會意例」，《字說》疑本此爲說。文中「瘧寒之瘧」當作「瘧寒之疾，瘧」，文意始全。

276. 痟痛「痟，痛也。」（《新義》頁 36）
「痟，痛也。痛言通之而愈，痟言消之而愈。」（《詳解》卷五頁 12）
按：考如上條，疑《字說》本此而作說解。

277. 瘍疕「疾在陽而爲熱於外者，瘍也；瘍在首而有害於己者，疕也。」（《詳解》卷五頁 8）
按：如上條所考，疑此條亦爲《字說》所本者。

278. 療「治以止其病，謂之療。必明見其源如燎，然後可以止病，故其字從療。」（《詳解》卷六頁 1）
按：《字說》本此說「療」字。文中「從療」，或爲「從燎（省）」之誤。

279. 皋「人各致功，不可齊也，故以鼛鼓之音。皋則用眾，故皋字从夲从白。夲，

進趨也；大者得眾、進趨，陰雖乘焉，不能止也，能皋之而已。所謂隰皋，山阪駿疾，皋則皋緩。」（《鄭解》頁 11）

「皐亦皐緩。」（《訂義》卷二十頁 6 鄭鍔曰）

按：合於「附會五行例」「一字多義說又訓例」「字形位置示義例」；鄭氏以鼛、皋古今字釋《考工記》之「皋鼓」，所言又與經義無涉，可信爲《字說》之文。

釋義：鼛，大鼓也，長六尺六寸，擊之以行事；字或作皋。皋，進之稱也；字从夲，夲，進趨也；从白，陰也；陰在夲上，亦不能止其進趨之速，唯能緩之而已，故皋又訓緩。水澤邊地亦曰皋，所謂隰皋，指此。

280. 直「《字說》直字云：『在隱可使十目視。』」（《老學庵筆記》卷二頁 12）

釋義：隱，謂小篆所从之「乚」也。《中庸》：「莫見乎隱，莫顯乎微，故君子慎其獨也。」君子居暗室而所行之事，坦然無所欺，可使眾人見之，是可謂「直」矣。

281. 眼「目者，眼之用；眼者，目之體。故眼之字，左從目，言其用之作也；右從艮，言其體之止也。」（《詳解》卷三五頁 14）

按：合於「字形位置示義例」，又言體用之別，當與《字說》相似。

282. 知「知如矢直，可用勝物，然必欲使之，非不疾而速，不行而至，是智之事而已。所謂良知，以直養之，可以命物矣。知，智之事，故其字通於智。禮从豆，用於交物故也；則知从矢，亦用於辨物。智者，北方之性也。」（《鄭解》頁 2）

按：「不疾而速，不行而至」，與雍字說解同；「交物」「辨物」，與戲璽字說解同；「勝物」與我字說解同；文例合於「一字多義說又訓例」「附會五行例」，又出自鄭《解》，可信爲《字說》無疑。

釋義：知从矢，以其能勝物且迅速也；亦矢爲兵器，用之則能別是非故也。

283. 礦「荆公《字說》收『礦』字而不收『卝』字，恐卝字未可遽爾削去也。」（《學林》卷十頁 19）

按：卝音慣，孩童束髮成兩角，曰「卝角」，俗寫作丱，《學林》載：介甫引《詩》「總角丱兮」以釋丱人之義，言曰：「丱人，與《詩》所謂總角丱兮之丱同矣。蓋丱雖總髮，然別而爲二，不知冠者之一。」（《詳解》卷十六頁 12）然《字說》收「礦」字而不收「卝」字。《鄭注・周禮・卝人》曰：「卝之音礦也，金玉未成器曰卝。」

284. 祖「《字說》：『祖，從示從且。後所神事，方來有繼。行神之謂祖者，祭於行始，方來有繼之意。』」（《緗素》卷四頁 3）

釋義：黃帝之子纍祖，好遠遊，死於道路，後人乃以祖爲行路之神，出行時必祭之以保平安。

285. 祝 祝「人尚其口以事神謂之祝。」(《詳解》卷八頁 17)

「人尚其口以接鬼神，謂之祝。」(《詳解》卷二二頁 14)

「祝則以詞而通神也。」(《詳解》卷二三頁 5)

按：以小篆釋字形，與「尚其手」爲掌，「手與人」爲舉，「火上炎」爲黑，「鬼勝人」爲傀，皆相似；《字說》或以此意釋祝字。

286. 神示天「凡在天者，皆神也，故昊天爲大神。凡在地者，皆示也，故大地爲大示。神之字，從示從申，則以有所示，無所屈故也。示之字，從二從小，則以有所示故也。效瀍之謂〈坤〉，言有所示也；有所示，則二而小矣。故天從一從大，示從二從小。從二從小爲示，而從一從大不爲神者，神無體也，則不可以言大；神無數也，則不可以言一。有所示，則二而小，而神亦從示者，蓋神妙萬物而爲言，固爲其能大能小，不能有所示，非所以爲神；惟其無所屈，是以異於示也。」(《新義》頁 17)

「介甫《字說》，往往出於小說、佛書，且如『天一而大』，蓋出《春秋說題辭》；『天之爲言塡也，居高理下，含爲太一，分爲殊形，故立字一而大』，見《法苑珠林》。」(《猗覺寮雜記》卷一頁 44)

「天示。一而大者，天也；二而小者，地也。又曰：天得一而大，地得二而小。」(〈字說辨〉頁 5)

「《字說》之字義，固有可得而解者，如『一而大謂之天』，是誠妙矣。」(《鶴林玉露》卷十三頁 6)

「何燕泉引宋人《易》義：一而大謂之天；二而小謂之地。一大、二小，天字、示字也。天曰神，地曰示。此《易》義乃姚孝寧所作，朱子亦嘗稱之。」(《丹鉛續錄》卷四頁 5)

「天，一而大，故舉大以見五帝。地，二而小，故舉小以見大示。」(《詳解》卷十七頁 4)

「聖人之死曰神，言其有所示，無所屈故也。」(《詳解》卷三頁 8)

「天大而無上，故一在大上。」(《新義》頁 2)

釋義：天曰神，地曰示，人曰鬼。神至高無上，垂象見吉凶，一無所屈，故从伸省也。垂象以示人，爲人所見，則爲小矣，然其無所屈，是以異於示。天可見，故曰一而大；神不可見，故不可曰大；神無不在，其數無窮，故不可言一。

287. 祠禴嘗烝「春，物生，未有以享也，其享也，以詞爲主，故春曰祠。夏則陽盛矣，其享也，以樂爲主，故夏曰禴。秋，物成可嘗矣，其享也，嘗而已，故秋

曰嘗。冬則物眾，其享也，烝眾物焉，故冬曰烝。」(《新義》頁 85)

「春，物生，未有以享也，其享也，以詞爲主，故曰祠。夏則陽盛矣，其享也，以樂爲主，故夏曰禴。秋，物成可嘗矣，其享也，薦新嘗而已，故曰嘗。冬則物眾，其享也，烝眾物矣，故冬曰烝。」(《詳解》卷十七頁 5)

「夏享先王也，以飲食爲主，則謂之礿；以樂爲主，則謂之禴。夏，陽盛之時，故或曰礿，或曰禴；以礿以禴，皆陽盛故也。」(《詳解》卷二五頁 11)

按：此爲釋經義之文，或如上條，《字說》本之以爲說解。

288. 禁「禁之字，從林從示，示使知阻，以仁芘焉之意。」(《新義》頁 27)

按：木屬仁，芘字亦見「帟」字說解中，《字說》或本經義說禁字。

釋義：五行之木，於德屬仁，禁者阻止之詞，从示，使知不可而止也；从木，則以仁心庇焉，使勿受困也。

289. 祼「掌祼器者，以和鬱鬯，因使之掌彝舟與瓚以祼焉。祼之字，從示從果者，味也，能下入地而復生出以致養焉。祼者以味灌地，求神而出之，以致養焉。故其字所從如此。凡自下以交乎上者，以陰中之陽；蕭，陰也，臭則爲陽。自上交乎下者，以陽中之陰；鬯，陽也，味則爲陰。司尊彝於四時之常祭。」(《詳解》卷十八頁 14)

「蕭以求諸陽，有體魄以降於地，故祼鬯以求諸陰。祼，以味灌也，求神出之致養焉。凡下交乎上以陰中之陽，上交乎下以陽中之陰。蕭，陰也，而臭爲陽。鬯，陽也，而味爲陰。」(《詳解》卷三頁 17)

「祼者，用鬱鬯灌地求神出而致養也。」(《詳解》卷八頁 6)

按：三則引文，義皆相似，以陰陽說字義，合「附會五行例」；以果訓味，合「形聲字說爲會意例」；《字說》祼字疑與此意相近。

釋義：祼，灌祭也，以味灌地而求神之祭。字从果，果有味也，其種子能入地土而復萌芽、成長、結果，以祭神養人。

290. 福禍「福之所以爲福者，於文从畐，畐則衍之謂也。禍所以爲禍者，於文从咼，咼則忒之謂也。蓋忒也，當也，言乎其位；衍也，言乎其數。」(《王安石文集》卷四〇頁 114)

按：此文出自介甫《洪範傳》中，作於四十歲前後（詳見上章《埤雅》目），其後作《字說》時，當亦取之爲說？

釋義：福禍皆神之事，故从示；畐爲衍，衍，吉也；咼爲忒，忒，凶也；故視其偏旁，可知吉凶。

291. 禬禳「禬以禬福，禳以禳禍。禬以禬福，而以神祀者，致天神、人鬼、地示、

物魅，以禬國之凶荒、民之札喪，則弭凶荒、札喪，所以會福也。」（《新義》頁 52）

「禬，禬國之凶荒，民之札喪之屬。」（《新義》頁 111）

「禬，所以會國之凶荒、民之札喪，則欲在天者無凶荒，在人者無札喪故也。」（《詳解》卷二四頁 13）

「禬以會福，禳以攘禍。禳，于其既散而會之；禳，於其方至而攘之。」（《詳解》卷八頁 17）

按：出自《新義》，又合於「字義相近彙解例」「形聲字說為會意例」，《字說》或本此而說解。

292. 禮「仁藏於不可知而顯於可知者，禮也。禮者，文而已矣，其文可知者，華蟲也。」（《新義》頁 97）

「禮者，體也，體定矣，則禮典之為書與禮官之為職，不能有加損也。」（《新義》頁 8）

「禮者，體也，體定而無所加損故也。」（《博古》卷十八頁 5）

「禮必從豆，以禮之不可廢也。」（《博古》卷十八頁 5）

「禮从豆，用於交物故也。」（《鄭解》頁 2）

按：上引諸文，頗為參差，《新義》與《詳解》為解經之文，《字說》或採其意而解「禮」字；鄭《解》引文摘自「知」字中，《字說》禮字當亦有此意；《博古圖》說義與鄭《解》相似，且《字說》戲字亦有此義，可知《字說》釋禮字，必有「交際」「用豆」「禮文可知」諸義。

釋義：仁德不可見，然施之於事則可見，其事合於文，則謂之禮，若花蟲之文可見。

293. 私「《字說》曰：『韓非曰：「自營為私，背公為私。」夫自營者，未有能成其私者也，故其字為自營不周之形。故老子曰：「非以無私也，故能成其私。」私字從禾從厶，厶，自營也。厶，不能不自營也；然自營而不害於利物，則無怨於私矣。』」（《道德眞經集義》卷十二頁 7）

294. 秉[篆形]「王安石《字說》，秉作『[篆形]』，从又、从禾。」（《博古》卷一頁 30）

295. 空「無土以為穴，則空無相；無工以空之，則空無作。無相無作，則空名不立。」（〈字說辨〉頁 1）

「荆公《字說》多用佛經語。初作『空』字云：『工能穴土，則實者空矣。故空從穴從工。』後用佛語改云：『無土以為穴，則空無相；無工以穴之，則空無作。無相無作，則空名不立。』」（《捫蝨新話》卷三頁 6）

「蔡元度曰：『無相無作，雖出佛書，然荆公《字說》嘗引之。』」（《老學庵筆記》卷一頁9）

按：〈字說辨〉引文「無工以空之」，依《捫蝨》引文，「空」當作「穴」。

釋義：應劭曰：「空，穴也。司空主土，古者穴居，主穿土爲穴以居之。」《字說》或有此意，以爲空無實象，而土有實象，若工人掏土爲穴，其土穴中空，則可見空之實象矣。故工人穴土則爲空。若有工而無土，或有土而無工，皆不能見空之實象。

296. 穹「穴有穹者，陶穴是也；弓有穹者，若蓋弓是也。」（《鄭解》頁7）

按：鄭氏以此文釋《考工記》「蓋弓二十有八」，與經義無涉，當爲引自《字說》「穹」字者。

297. 立「立乎上者，能大而覆下；立乎下者，能一而承上；則立者能得位而已。」（《詳解》卷一頁4）

「欲其以大覆下，以一承上，故言立。」（《詳解》卷二頁13）

按：文例與「人所立」爲位，「工能穴土」爲空，皆相似，《字說》當本此意解「立」字。

釋義：《說文》：「，佇也，从在一之上。」《字說》以爲：大喻在上位之人，以覆下爲德；「一」者，喻在下位之人，以承上爲事。

陸　畫

298. 篤籠「籠。籠從竹從龍。內虛而有節，所以籠物；雖若龍者，亦可籠焉。」（〈字說辨〉頁4）

「篤之字，从竹从馬。馬行地無疆，以竹策之，則力行而有所至。篤之爲言力行而有所至也。」（《臨川集》卷四三頁6）

「東坡聞荆公《字說》新成，戲曰：『以竹鞭馬爲篤，以竹鞭犬，有何可笑？』」（《高齋漫錄》頁2，《調謔編》頁5）

「今文以竹策龍爲籠，以竹策馬爲篤。蓋良馬見鞭影而行，則鞭策之。於龍是以籠之，非篤之也。列子曰：『聖人以知籠羣愚。』蓋籠之道如此。」（《埤雅》卷十二頁294）

299. 築「工丮木，築有節。又作篁，以畐土焉。」（《鄭解》頁8）

「築之字，從竹、從巩，從木。丮木，竹有節也。削以裁書而治之，方如工丮木而竹且有節也。」（《詳解》卷三六頁13）

「以竹爲之，竹有自然之節也。」（《詳解》卷三三頁10）

按：鄭《解》引文必出自《字說》，「築有節」，當作「竹有節」。「以畐土」，當作「竹畐土」。

釋義：築字从工从丮（執）从木从竹，工人執木竹所製之工具，以建造屋舍，竹有節，以示建築之有法度也。字又作篁，从竹从畐从土，畐，逼滿也；以竹逼實版築之中泥土，使牆宇堅實也。

300. 紅紫「紅，以白入赤也，火革金以工，器成焉。凡色以系染也，紫以赤入黑也。赤與萬物相見，黑復而辨於物，爲此而已。夫有彼也，乃有此也，道所貴，故在系上。王者，事也；此者，德也。」（〈字說辨〉頁 8）

按：「系」當爲「糸」之誤。

釋義：紅，以金入火也，工人以火鍛金而成器，故从工；紅爲色，色見於絲，故从糸。紫，赤黑色，赤屬南方夏，萬物興隆，黑屬北方，爲冬日，此時萬物別陽而蟄；故有彼（赤黑），則有此（紫）；紫爲本色，道所貴者，故在糸上；紅以工染成，不如紫也。

301. 糾「糾之字，從糸從丩，若糾絲然，糾其緩散之意。」（《新義》頁 27）

「德行有衰正，故糾之。糾者，約其緩散也。」（《詳解》卷四頁 2）

「具有糾焉，所以約其緩散也。」（《詳解》卷二七頁 12）

「約其緩散謂之糾。」（《詳解》卷一頁 7）

「有守不可以緩散，故內宰糾焉。」（《詳解》卷八頁 10）

按：《字說》多取經義之說解爲之，此條《詳解》之四則引文，皆與《新義》同意，《字說》當亦與之相近。

302. 素𦃃「素，糸其本也，故糸在下；𠂹爲衣，裳其末也，故𠂹在上；凡器亦如之。《周官》『春獻素，秋獻成』。素未受采，故以爲裳素之素。素而已，故又爲素隱之素。」（《鄭解》頁 12）

按：合「分析小篆例」「一字多義說又訓例」「字形位置示義例」，又出自鄭《解》，必爲《字說》佚文。

釋義：《說文》：「𦃃，白致繒也，从糸𠂹，取其澤也。」《字說》以爲：𦃃以糸織成，故糸在下（說如米字）；𠂹爲衣，而裳爲末，故𠂹在上。素，質而未文者也，故又爲白色之素。絲可以爲索，故又訓索求之意，所謂「素（索）隱行怪」是也。

303. 終「終。無時也，無物也，則無終始。終則有始，天行也，時物由是有焉。」（〈字說辨〉頁 6；《永樂大典》卷四八九頁 7）

按：「終則有始……有焉」十二字，〈字說辨〉刊本誤抄入辨論之文中，改正如上。

釋義：終始有無皆相對待之詞；天既行矣，萬物生焉，時光逝焉，則其運行，必有起始之時，故曰：若有時物之生，必有其終止死亡之日；若無時無物，天亦不行，則無終始可言矣。

304. 絜「絜矢象焉，則其用不可以不約。絜之字，從契，則言約而不渝；從糸，則言約而不紆也。」（《詳解》卷二八頁 21）

按：說解體例似「典、則、灋、胥、商、燕」等字，《字說》或與此意相近。

釋義：絜矢，古八矢之一，可結火以射敵，故曰「其用不可以不約」。絜，結也，約束也，从契，則契約不可變更也；从糸，言約束不可屈曲推委也。

305. 絲麻 麻「𣎵，上土屮，極矣，則別而落，無以下冂焉。麻，木穀也；『治絲爲帛，治朮爲布』，其屮不一，卒於披而別之。男服尙之，於廟、於庭、於序、於府，皆广也。王后之六服，或素或紗，皆絲也；絲，陽物也，故陰尙之。六冕皆麻，麻，陰物也，故陽尙之。糸，幺可飾物，合糸爲絲，無所不飾焉；凡从糸，不必絲也。」（《鄭解》頁 2）

「麻，陰也，陽尙之，故六冕之飾皆用麻；絲，陽也，陰尙之，故后六服之裏皆用紗。」（《詳解》卷八頁 22）

「王氏曰：『治絲爲帛，治麻爲布』。」（《訂義》卷七〇頁 4）

按：合於「分析小篆例」「物性相近彙解例」「附會五行例」；「合糸爲絲」，與盧字文例相同；說 𣎵 之从八（別），與《字說》特殊用語之「別」相合；引文出自鄭《解》，又得《詳解》爲旁證，可信摘自《字說》無疑。《訂義》所補入鄭《解》引文之『治絲……』八字，當置於句首或刪除。

釋義：麻字从广从 𣏟，𣎵 从屮从八，屮者草之初生，生之極矣，則八（別）而落矣。且麻之爲物，披其莖而析之則可織布；麻屬陰物，故男服用之，男子出入庭序府廟之間，故麻字从广从 𣏟。絲爲陽物，故女子用之，絲爲物也微，故糸从幺，幺惟以飾物而已，合幺則大而爲絲，絲大於糸，則無不飾矣。

306. 緅纁經緇 緅纁經緇

「火災之，木，赤黃色也，其熏而黑，則猶纁可上達而爲玄。纁，事也；玄，道也。緅，舍纁取玄，可謂知取矣；水色玄，玄又赤黑焉，〈坎〉爲赤流故也。經，从巠，則以陽流而經。緇，从甾，則以陰雝而緇，緇則水之所以爲赤者隱，田之所以爲黃者廢。」（《鄭解》頁 12）

「《爾雅》：一染謂之縓，再染謂之䞓，三染謂之纁。纁者，黃而兼赤色；其字從熏從炎，火之未赤黃色者也，其熏而黑，則猶纁可上達而爲玄也。先儒謂染纁者，三入而成，又再染以黑則爲緅，又復再染以黑則爲緇矣。五入爲緅，七入爲緇，則玄六入矣。玄有黑有赤，出而大則赤，入而幺則玄。纁，事也；玄，道也。緅，舍纁而取玄，可謂知取矣。以其自事而入於道故也。緇又黑於玄矣，故其字從甾，蓋陰雍而緇，水所以爲赤者隱，田之所以爲黃者廢矣。《易》于〈坎〉言爲赤，于〈乾〉言爲大赤；以〈坎〉爲赤，則陽在中故也，則知〈離〉爲黑矣。以〈乾〉爲大赤，則六爻皆陽故也。」（《詳解》卷三七頁 15）

「玄者，北方之正色也，無爲而與萬物辨德之象也。纁者，黃赤之間，西南方之色，有爲而與物接事之象也。德成而上，故衣以玄；事成而下，故裳以纁。」（《詳解》卷十九頁 16）

「勳之字從熏，夫熏者，火也，火本在上，其末在下，卒歸乎上，其功正施於國而上達以及王，故王功曰勳。」（《詳解》卷二六頁 1）

「黑，至陰之正色，而纁有上達之意。」（《新義》頁 54）

按：合於「字義相近彙解例」「附會五行例」；「上達」「知取」「隱」，亦爲《字說》特殊用詞；釋「經」與釋「赬」（䞓字）相似，而《考工記》經文本未言「經」字，《詳解》取自《新義》之說解，亦未說及「經」字，此處言之，必爲《字說》彙解之故，可信必爲《字說》佚文。第一則「火災之，木，赤黃色」、第二則「火之末赤黃色」，當作「火之本，赤黃色」。

釋義：《考工記》：染帛，一染爲縓，再染爲經，三入爲纁，五入爲緅，七入爲緇。《字說》以爲：纁，淺絳也，本色赤黃，火之則黑，淺絳（纁）亦可七染而爲黑色，故曰：「上達而爲玄」。緅，帛雀頭色，雀頭色赤而微黑，故曰「舍纁取玄」，「玄又赤黑焉。」經，赤色也，亦作赬、䞓、緽。从巠，水脈也；赤爲南方火，屬陽，故曰「以陽流而經」。緇，帛黑色，黑爲北方水，屬陰，故曰：「陰雝而緇」，从甾，上作巛，水受阻塞也；下爲田，土色黃，故曰「爲黃者廢」。

307. 縣「四百里之地謂之小都。小都者，下之所首而上之所係，故謂之縣。縣之字，從倒首，以言所首在下；從係，以言所係在上故也。」（《詳解》卷一頁 24）

「邦縣，小都之地，取首在下，所首在上，所系在下故也。」（《新義》頁 13）

按：合於「分析小篆例」，出自《新義》與《詳解》，《字說》或本此義爲說。「所係」當作「所系」。

釋義：縣之字从倒首，則所治皆下民黎庶故也；从係，則係於州郡之下，受其命故也。

308. 置罷「上取數，備有以用，下則直者可置，使無貳適，惟我所措而已；能

者可罷，使無妄作，惟我所爲而已。」（〈字說辨〉頁 5）

釋義：居上位者，取用人才能兼而無遺，則性剛直者，可网而置之，使心無二意；才能高者，亦可网而罷之，使勿滋事作惡。

309. 羲和「散義氣以爲羲，斂仁氣以爲和。日出之氣爲羲，羲者陽也；利物之謂和，和者陰也。」（《尚書全解》卷一頁 10）

「羲和。斂仁氣以爲義，散義氣以爲和。」（〈字說辨〉頁 5）

按：《字說辨》引文訛舛不少，當以《尚書全解》所引之《書經新義》佚文爲是。

釋義：日出之氣爲羲，羲者陽也，陽發散也，故曰「散義氣以爲羲」。和者陰也，陰則收斂，以利物斂仁氣爲善。

310. 𦎫𦎫醇諄「𦎫，孰也，羊孰乃可亯。淳，洎厚也；亯物以水爲節，則洎厚，所謂『其民淳』，淳者，如物孰洎厚；所謂『以欄爲灰，渥淳其帛』者，灰渥而孰之也。醇，酒厚也。酒生則清，孰則醇，《周禮》有『清酒、昔酒』，昔酒，則孰之者也。諄，孰言之。」（《鄭解》頁 13）

「昔酒，酒熟而久者也。酒生則清，熟則醇；清酒，酒之生者也。」（《詳解》卷六頁 5）

按：既以「羊孰可亯」爲「𦎫」，則引文中「淳醇諄」所從之偏旁，皆當从𦎫作「醇、淳、諄」。鄭氏引之以釋《考工記・㡅氏》「以欄爲灰，渥淳其帛」，所言與經文無涉，又合《字說》「右文主義例」，可信爲摘自《字說》者。

釋義：𦎫，物熟也，讀若純。亯，享之本字，羊之可亯以祭祀者，乃以其成熟而美之故，故羊可亯曰𦎫，一如羊大爲美之義。𦎫又有厚義，肉汁濃厚曰淳，人心厚實朴質亦曰淳；酒味濃厚曰醇；言之反復叮嚀曰諄。

311. 耒「草無實用，於土猶耒，耒而除之，乃達嘉穀。揉木爲耒，用此故也。」（《鄭解》卷十九）

「車人爲車而亦爲耒者，《易》曰：『揉木爲耒』，蓋耒之爲物，其體曲，其用利，而車之爲物，或揉曲木以爲體，或資利轉以爲用，器殊而事類。」（《詳解》卷三九頁 10）

按：鄭氏以此釋《考工記》「車人爲耒」，文意與經文無涉，依鄭《解》其他各條引文觀之，可信此亦爲《字說》佚文。

釋義：耒，木製用以起土之農具，柄曰耒，臿曰耜；或曰：木製者爲耒，鐵製者爲耜。雜草叢生，雖豐茂而無實用，以耒除之，嘉穀乃能全生。故《易・繫辭》下曰：「揉木爲耒，耒耨之利，以教天下。」

312. 耜「耜，耕器也，其首有金，其甬有耒，以木㠯金而耒爲用，故其字從耒從

㠯。」(《詳解》卷三九頁 10)

「陳用之曰：『……古文耜從木、㠯；從木言以木爲之，從㠯言以金焉。㠯之爲言用也。』」(《訂義》卷七九頁 10)

釋義：耒下端刺土臿，以金爲之者曰耜，上以木爲柄，下以（ ）金爲臿，故从耒从㠯。

313. 聊「聊，語助也，王氏《字說》以爲薄略之辭，似鑿。」(《詩傳》卷十二頁 305)

「(王氏曰：聊，) 薄略之辭。」(《毛詩李黃解》卷十三頁 2)

314. 聰「聰。於則聽思聰，於道則聽忽矣。」(〈字說辨〉頁 6)

釋義：〈洪範〉五行五事庶徵配合，五行之水，於事曰聽，「聽曰聰，聰作謀」，故《字說》有是言。視聽以耳目，於可見可聞之事，皆無所遁隱，是則聰矣；若道者，實無形象音聲，不可聽聞，故聰無以得之矣。

315. 胥「胥之字，從疋從肉。疋，則以其爲物下體；肉，則以其亦能養人。其養人也，相之而已，故胥又訓相也。」(《新義》頁 2)

「在下而亦能助上以養人者，胥也。」(《詳解》卷十四頁 11)

「於職爲下而能助上以養人，故謂之胥。」(《詳解》卷十二頁 10)

「謂之胥，則以其賤而在下，亦能養人也，故掌官中事，治先後之敘也。」(《詳解》卷一頁 5)

「其體在下，作而行之，以有相乎上者，胥也。」(《詳解》卷二一頁 1)

「胥雖賤而在下，足以統徒而養之。」(《詳解》卷三頁 23)

按：合於「字形位置示義例」「一字異形說又訓例」；「養人」亦《字說》所常用；《字說》當本經義文而說「胥」字。

釋義：胥，民給徭役者。職位低下，如人之足在軀體之下，故从疋（ ）；然其職位雖曰低下，亦以養民事上爲任，故从肉，喻其如肉之可養人也。

316. 舂「舂之字，從廾從三從臼，杵臼上舂穀以爲米也。穀之所以毀，米之所以成。」(《詳解》卷十六頁 20)

按：依小篆觀之，「從廾從三」當作「從廾從午」，廾者 也，午者杵（ ）也。

釋義：以雙手持杵而舂穀於臼中，則穀毀而米成。

317. 舞「舞之字，上從無，下從舛。舞之爲言豐也，以物至於生材眾、積數多，非舞之，其列眾、其變繁，不足以象之也，故上從無。蹈厲有節，而舛斯爲下矣，故下從舛。」(《詳解》卷十二頁 18)

按：「舞之爲言」及二處「上從無」之舞、無字，皆當作 ，說見「無」字按語。

釋義：《說文》：「𣞤，豐也。」物之豐也，必陳列之、舞蹈之，人始見而知之，其方舞有節，若舛悖失節，則爲下矣；舞多舛悖失節，故从舛在下。

318. 荒 𦽔「人亡而草生謂之荒。凶札，斯荒矣；《禮記》曰：『反而亡焉』，失之矣，於是爲甚。」（《新義》頁 85）

「川亡而草生謂之荒，凶札，斯荒矣。」（《詳解》卷十七頁 6）

「川亡而草生之謂荒。」（《詳解》卷二頁 2）

按：合於「小篆分析例」，又以會意說字，《字說》或本此爲說。「人亡」或當作「川亡」。

319. 藉籍 𦼮𥲉「舒王《字說》：『藉，從艸從來從借。從草，若「藉用白茅」是也，凡藉物如之；從來、從借，若「藉而不稅」是也，凡藉人如之；藉物者尙之，藉人者下焉。籍，從昔從耒從竹，籍記昔事，有實可利，後除其繁蕪，有節焉。』」（《緗素》卷二頁 2）

按：文中數引「從來」，皆爲「從耒」之誤，蓋耒與來之簡體耒相近而訛。

釋義：坐臥其上曰藉，《易・大過》曰：「藉用白茅」，以白茅草爲藉，故从艸。《禮記・王制》：「古者公田，藉而不稅。」天子借民力，使之持耒耜耘公田，故从借从耒。从竹之籍，書籍也，所載多昔日之事，故从昔；除繁得利，故从耒；記載有節，故从竹。

320. 虧壞「王文公曰：『懷乃所以壞，聲虧、氣于，皆虧之道。危，毀也，壞亦毀焉；圮，毀也，虧示毀焉。』」（《爾雅新義》卷一頁 8）

「《詩》曰：『譬彼壞木』，壞人之不懷，懷乃所以壞。」（《爾雅新義》卷十四頁 12）

按：《爾雅新義》多引《字說》而不言，右引二則恰可參照，文例亦與「亼以爲卩」爲令、「以竹鞭馬」爲篤、「鼎之有才」爲鼒等字相同，或爲《字說》文字。

釋義：《詩・小雅・小弁》曰：「譬彼壞木，疾用無枝」，木之壞者，不可用，用之亦難致其效；人之壞者亦不可懷，懷之則壞矣。虧則有所不足，聲氣之難出，則有所不足而虧矣。

321. 血「血近生而遠於人情，故祭大示以血爲主。血之爲物，有象而非虛，有形而非實，物之幽也，故《記》曰：『毛血，告幽全之物也。』」（《詳解》卷十七頁 4）

「血者，物之幽也，無事於形矣。」（《新義》頁 84）

「血則告幽之物，示信之由中也。」（《新義》頁 47）

按：《字說》說解血字，或亦不離經義之意。

322. 襲「襲，于文從龖，龖，二龍也，蓋衮衣之象；亦或從龍，龍亦衮衣之象。」（《陶山集》卷五頁 15）

「至謂裼襲之襲，從龍，龍衣為襲，則又附和《字說》而為之。」（《四庫提要》卷一五四《陶山集》）

按：陸佃所言，引自元祐元年所作之「元祐大裘議」中，介甫亦卒於是年。佃文乃為駁時人不信「于文龍衣為襲」之言而作者，則龍衣為襲或即《字說》說解矣。

柒　畫

323. 規榘「規成圜。圜，天道也，夫道也；規，形而下者，於天道為不；性之圜為覺，在形而下者，於天道為不足；性之圜為覺，在形而下，則為見；規所正，在器而已。榘从木者，一曲一直而成，方生於木之曲直；从矢者，方生直也；从巨者，五寸盡天下方器之巨者。巨从工，則榘工所用；巨从𠀁口，則榘與規異。」（《鄭解》頁 6）

「木曰曲直，而民之形反方者，蓋一曲一直相雜而成勢，所以方也。」（《詳解》卷九頁 7）

按：解榘字之文例，與藉則瀶商廬等字相同；「一直一曲」說木，與軒渠相同；說規圓，意與圓字相同；詳言榘字从巨之文例，與勢壇等字相同；鄭氏以之釋《考工記》國工可規之規字，而榘與經文無涉，可信必摘自《字說》。文中「圜，天道也」，當改作「圓，天道也」。

釋義：圓為德，天道也，夫道也，屬形而上；圜為器，天體也，屬形而下而可見者。規所畫成之圜，其形可見，乃形而下者，故於天道之圓為不足，雖一而大，僅能為夫道也，故从夫。性之圜屬形而下而可見，故从見。規能正器之圜者以此。榘，正物之曲直，曲直者，木也，故从木。榘能生直，直者，矢之性也，故从矢。榘，五寸，能盡天下之方器，鉅細靡遺，故从巨。巨从工从𠀁口，工，則喻持榘之人；𠀁口，則不若規之圜也。

324. 訟「近世王文公，其說經亦多解字，如曰……『訟者，言之於公也。』」（《考古質疑》卷三頁 16）

「訟者，言於公也。」（《詳解》卷三〇頁 4）

「方言於公者，訟也。」（《詳解》卷三〇頁 4）

「訟者，以辭而訟於公也。」（《詳解》卷十一頁 6）

按：以「言於公」爲訟字，與「木之貴」爲櫝，「一而大」爲天，「人操戈」爲戍，皆相似。

325. 誅殺「誅者，責而教之。從言者，有告教焉，然後可以爲誅也；從朱者，朱含陽，爲德，聖人敷陽德而爲赦，則含陽德所以爲誅。誅之意爲責，而其事爲殺。」（《詳解》卷一頁 16）

「誅言其意，殺言其事。……誅又訓責。」（《新義》頁 11）

按：釋「誅」字與「蜘蛛」條文義相類；「朱含陽」，與「朱」字說解相似，《字說》之說解當亦不離此義。

釋義：誅者，以言責之，从朱，朱爲陽德，雖責人而不失於德故也。

326. 詩「王舒王解字云：『詩字，從言從寺。寺者，法度之所在也。』」（《姑溪居士後集》卷十五頁 6）

「《字說》曰：『詩字，從言從寺。詩者，法度之言也。』」（《呂氏童蒙訓》卷下頁 17）

「王臨川謂：『詩製字從寺，九寺，九卿所居，國以致理，乃理法所也。』」（《識遺》卷九頁 5）

「王荊公因之作《字說》，云：『詩者，寺言也。寺爲九卿所居，非禮法之言不入，故曰「《詩》無邪」。』」（《隨園詩話》卷二頁 4）

327. 謠「王文公曰：『物俞乃可搖，俞甚可也。』」（《爾雅新義》卷八頁 12）

「物乃可搖，即搖無以揮之。」（《爾雅新義》卷十七頁 13）

「謠或搖之。」（《爾雅新義》卷八頁 11）

按：《爾雅新義》多引《字說》而不言，如葵藯莖鷲蝦蟆蜘蛛，此處或亦如之；且以「俞」有美善之意，爲《字說》常言；「俞甚可也」文例似鶩字「若鳴鶩者可也」。

釋義：俞，美善之意，珠寶無脛而自至者，以其善而人貪之；謠之生起散播者，亦其悅耳而人好之故也。

328. 謝「王文公曰：『謝事而去，如射之行矣。』」（《爾雅新義》卷四頁 14；卷十六頁 7）

按：考如上條，或亦《字說》之言。

釋義：行有愧於人則致歉焉；赧然至極，故謝之而去，如矢射之速。亦有勿棧戀而速去之意。

329. 警戒「戒之字，從戈從廾；兩手捧戈，有所戒之意。」（《新義》頁 27）

「儆之以言謂之警，束之以事謂之戒。」（《詳解》卷三頁 28）

按：《字說》或本《新義》而說此二字。

330. 䜌變戀「或䜌於言，凡有名者，皆言類；或䜌於絲，凡有數者，皆絲類。變，支此；支此者，藏於密，故支在內。戀，心戀焉。」（《鄭解》頁 12）

按：合於「一字多義說又訓例」「右文主義例」「字形位置示義例」「字義相近彙解例」；與「𩫖㶚醇諄」「居倨琚」文例相似。鄭氏以之釋《考工記》《畫繢之事》：「天時變」之變字，所言皆與經義無涉，可信為鄭氏取自《字說》者。「心戀焉」當作「心䜌焉」。

釋義：䜌，亂也，治絲易棼（亂），故从絲；䜌又有言不絕之意，故从言，謂言如絲之不絕也。从支者為變，變化也，變化莫測，若「藏於密」者，故支在內。从心者為戀，心亂矣，故留戀難離捨。

331. 豐「豐。豐者，用豆之時。」（〈字說辨〉頁 8）

「豐必用豆，以時之不可緩也。」（《博古》卷十八頁 5）

釋義：豆則祭祀燕享交際所用之食器，豐年，則用豆之時多矣。

332. 賦 1 貢 2 征 3 稅 4 財 5 賄 6 貨 7「上以政取則曰賦 1，下以職供則曰貢 2。以正行之則曰征 3，以悅取之則曰稅 4。其名雖異，其實則在於歛財賄也。若貝之材謂之財 5，有之以為利謂之賄。謂之財賄 6，則與貨賄異矣。貨 7 言化之以為利，商賈之事也。」（《詳解》卷一頁 22）

「王安石《字說》曰：『征，正行也。』」（《博古》卷八頁 18）

「征者，以正行也。」（《詳解》卷十五頁 7）

「稅有程也。悅然後取，則民得悅焉，故又通於駕說。」（《鄭解》頁 10）

「以悅取之謂之稅。」（《詳解》卷七頁 21）

「下以職共謂之貢，上以政取謂之賦。以九賦歛財賄者，才之以為利，謂之財；有之以為利，謂之賄。謂之財賄，則與言貨賄異矣。貨言化之以為利，則商賈之事也。」（《新義》頁 13）

「化之之謂貨，有之之謂賄。」（《新義》頁 45；《詳解》卷七頁 8）

「上以政取謂之賦，下以職供謂之貢。」（《詳解》卷二五頁 8；卷三一頁 14）

「化之以為利曰貨，有之以為利曰賄。」（《詳解》卷一頁 21）

「貨則化之而已，非若財之為利也。賄則有之而已，非若用之為義也。」（《詳解》卷七頁 8）

「貨則化之以為利，賄則有之以為利。」（《詳解》卷十四頁 18）

「化之則為貨，有之則為賄。」（《詳解》卷十四頁 19）

「賄者，有之以為利也；財者，才之以為利也。」（《詳解》卷十四頁 17）

「才之也，故有之謂之賄。」(《爾雅新義》卷四頁 7)

按：介甫以「貢賦財賄貨」五字，彙解《周禮》「以九賦斂財賄」之經文，貢貨二字爲經文所無；王昭禹引其義以釋同節經文，多「征稅」二字；「征」字說解由《博古圖》證明爲《字說》無疑；「稅」字參照鄭《解》，亦可信與《字說》說解相近；「財賄」二字與《爾雅新義》說解相同，《爾雅新義》多引《字說》而不言者，前文已屢及之，此亦當如是。綜上所論，《字說》此七字必本經義之說解而來，而鄭《解》所引，當爲《字說》「稅」字之說解。第一則「貝之材」疑作「貝之，之以爲利」。

333. 辠「秦以辠似皇字，改爲罪。荊公云：以辠者不獲自辛矣。」(《楊公筆錄》頁 6)

按：辠从自辛，自，古鼻字。古者庶民坐法，則梏其足、辛其鼻以爲懲。秦始皇以其似皇字，乃改作網非之「罪」。然則辠罪古今字也。介甫以爲犯法曰辠者，欲使其自新爲善也。與介甫同時之學者陳師道亦曰：「余謂使民自辛，欲其不犯。」(《後山談叢》卷三頁 1)《後山談叢》數引《字說》之言，此又與介甫說同義，則介甫《字說》當亦以自辛爲辠，而有「使人自新」之意矣。

334. 軒渠「《字說》:『軒上下渠，一直一曲受眾小水，將達而不購也。』」(《緗素》卷三頁 3)

「蓋渠一曲一直，受眾小水。」(《詳解》卷三九頁 15)

「榘以木者，一曲一直而成。」(《鄭解》頁 6)

釋義：車之總稱曰軒，簷宇之末亦曰軒者，取其有車象也。軒在屋上，渠在地下，軒直渠曲，一上一下，「受眾小水」者，以此故也。

335. 農濃醲襛「農，致其爪掌，養所受乎天者，故从臼从囟；欲無失時，故从辰，辰，地道也。農者，本也，故又訓厚；濃，水厚；醲，酒厚；襛，衣厚。」(《鄭解》頁 2)

按：合於「分析小篆例」「右文相同彙解例」「一字多義說又訓例」，又出自鄭《解》，可信爲《字說》文字。

釋義：《字說》以爲：，从囟，腦也，喻人「受乎天者」；从臼，雙手也，以雙手致力而養其身，其耕作必依時節，从辰，欲無失時也。从農之字皆有「厚」意。

336. 逆迎「逆之字從屰，爲之主者自外至，非其主者內出而逆之也；故臣爲主逆女，謂之逆；《春秋》:『公自逆女』亦謂之逆，凡言逆，皆尊之也。迎之字從卬，卬者，我也；我者，主也；以我爲主，自內出而遘之，其勢順也；故迎客謂之迎，迎婦謂之迎，凡言迎，皆卑之也。」(《詳解》卷二一頁 16)

按：合「字義相近彙解例」，與「圓圜」「凋彫」「楏桓」之說異義文例相同，《字說》當本經義而作說解。

釋義：逆、迎、迓，皆人物未來而往迓之謂。析言之，則逆其主曰逆，尊之也；迎其客曰迎，卑之也。

337. 追 [illegible]「《詩》曰『追琢其章』，追者，治玉之名也，其字與追琢之義同，故同字。蓋所追者止，能追者止而從之故也。」（《詳解》卷八頁26）

「荊公《字說》……云：『追，所追者止，能追者從而從之。』」（《捫蝨新話》卷一頁2）

按：《字說》追字說解當爲取自經義者，《詳解》「止而從之」當作「辵而從之」。

338. 遂 1 溝 2 洫 3 減 4 澮 5 涂 6 漱 7「豕八而從，則遂 1。五溝所謂遂者，水自是而之他；射韝使弦得遂焉，故亦曰遂；所謂鄉遂者，鄉，內嚮，遂，外遂；夫遂者，大求而應，而非生也；遂，直達也。至溝 2，十百相冓；洫 3 中五溝，如血脈焉。洫又作減 4，成有一甸，減，□一之；域，土也；減，水也。澮 5，溝遂洫水會焉，《春秋傳》曰：『自參以上稱澮。』澮又作巜，巜會以爲巛，水有屈，屈其流也，集眾流爲巛。涂 6 依溝，故从水；有舍有辨者依此，故从余；經略道路，以此爲中，謂之五涂，故制字如此。水束之而漱焉，漱 7 則上欠而爲坎，凡漱如之。」（《鄭解》頁18）

「涂所以防水，則因地勢而防之也，故自遂上之徑，達於川上之路爲五涂。五溝始於遂，以水自是而之他，所以遂於外也。」（《詳解》卷十五頁5）

「溝、渠、澮、川，十百相通。」（王安石〈上杜學士言開河書〉，《王安石文集》卷三一）

「水十里（百）相冓則謂之溝，水之大竇則謂之瀆，水之所會謂之澮。」（《詳解》卷三二頁6）

「若溝之有澮而眾水會焉。」（《詳解》卷三頁18）

「遂言水自是而之他也。廣深倍遂曰溝，言十百相交而水相往來也。深廣倍溝曰洫，言水相流通，如人血脈也。……澮，言眾水皆會乎此也。至於川，則集眾流而無所不通，宜至於海矣。」（《訂義》頁25頁9）

「溝之爲言，十百相交也。惟其眾遂之所通，則有十百相交之形矣。……洫之爲言，謂水之血脉，至是通利而無壅也。……澮之爲言水、會也，……水所趨焉，因以會名之。」（《訂義》卷七九頁2）

「陳用之曰：『溝也、洫也、澮也、川也，皆匠人所爲者也。總而言之謂之五溝，以其什佰相冓故也。』」（《訂義》卷七九頁1）

按：合於「分析小篆例」「重文說又訓例」「一字多義說又訓例」「附會五行例」；又得《詳解》爲證，可信爲《字說》無疑。「水東之而漱」當作「水東之而涑」。

釋義：遂 1 之義多矣，一曰亡也，豕別而走則亡矣。二曰小溝，「水自是而之他」。三曰射韝，以朱韋爲之，著左臂所以遂弦也，故曰「使弦得遂焉」。四曰地籍之鄉遂，周制，去王城五十至百里之間曰鄉，鄉外曰遂，故曰：內嚮、外遂。五曰達成，達成其志者謂之遂志。六曰抵達，故曰「直達也」。溝 2，水瀆十百相構；洫 3，繁多如人之血脈。淢 4，以洫域其甸也。澮 5，會溝遂洫諸水而成。澮又作巜，會巜則爲巛（川），水有屈也，故屈其流。溝旁之道曰涂 6，从余，則我也，當明辨是非，取舍合宜。盪口、洗滌曰漱 7，漱必以水，而〈坎〉爲水，故从坎省；水東之始可漱，故从東。

339. 邈「王文公曰：『邈，有從之貌而無其事，雖近，邈也。』」（《爾雅新義》卷五頁 9）

按：如謝、謠等字所考，此亦當爲《字說》佚文。

釋義：邈，遠也。坐言而不起行，雖近若可及，亦如咫尺山河也。又：貌合神離者亦如是。

340. 邑郊「邦中，王之所邑，其外百里謂之四郊，與邑交故也。」（《新義》頁 13）

「邑之字從卪從□，量地以制之。」（《詳解》卷十一頁 7）

「邑，口而卩之；郊，交邑焉。」（《爾雅新義》卷十頁 2）

「郊之字，以交從邑，與邑交故也。」（《詳解》卷一頁 23）

「近世王文公，其說經亦多解字，如曰……『與邑交則曰郊。』」（《考古質疑》卷三頁 16）

按：《爾雅新義》與經義說解相同，《字說》此二字必不出是意。

341. 邦國「邦亦謂之國，國亦謂之邦。凡言邦國者，諸侯之國也；凡言邦、言國者，王國也，亦諸侯之國也。國，於文從或從□，爲其或之也，故□之；故凡言國，則以別郊野。邦於文從邑從丰，是邑之丰者；故凡言邦，則以別於邑都，或包邑都而言。」（《新義》頁 2）

「邦國，諸侯之國也。」（《新義》頁 140）

「域字從土、或，爲其或之也。」（《詳解》卷十五頁 2）

「或而圍之謂之國。」（《詳解》卷一頁 1）

「（《詳解》）解『惟王建國』，云：『……或而圍之謂之國。』……遵王氏《字說》。」（《四庫提要》卷十九《周禮詳解》）

按：《新義》釋國字：「爲其或之也」，似「蜮」字說解；釋邦字合於「分析小篆例」；《字說》當本經義說此二字。

釋義：國字从或从囗，勢力所轄之域，故圍之以爲分野。邦从邑从丰，邑之豐裕者稱之。

342. 都「五百里之地謂之大都者，以眾邑爲體，又物所會之地也；故都之字從者從邑，以眾邑爲體故也。」（《詳解》卷一頁 24）

「以其有邑都焉，故謂之都。……都鄙，王子弟、公卿大夫所食之采地也。」（《新義》頁 9）

「諸侯之卿與其子弟所食采，亦謂之都。」（《新義》頁 88）

「四縣爲都者，未成爲國，故取名於公卿王子弟所治都也。」（《新義》頁 63）

343. 醫「醫之字從酉，酉，陰中也，動與疾遇，所以醫能已。從矢匸者，疾也如矢，爲之醫，使傷人者不能作。從殳者，疾作矣，攻而勝之。從酉者，酉時也，且然無止，有疾而恃治，如此而已。」（《詳解》卷五頁 7）

按：合於「分析小篆例」「附會小篆例」，說解文例亦與藉盧瀴爵等字相類，當與《字說》相近。

釋：酉於五行屬西方金，陰盛也，故「動與疾遇」。醫之字从匸矢者，疾之傷人如矢，以匸圉矢，使無妄作，醫之事也。从殳，則以殳攻病而勝之。從酉，酉時也，日落久矣，醫者尚不能止息，其治疾之勤如此。

344. 量「量之字从日，日可量也；从土，土可量也；从凵，凵而出，乃可量；从冂，冂而隱，亦可量也；从口从十，可口而量，以有數也；十上出口，則雖在數，有不可口而量者。」（《鄭解》頁 10）

按：以小篆說字形而詳析如此，似燕爵盧夢等字，引文出自鄭《解》，必爲《字說》無疑。

釋義：稱輕重、計多少、度長短，皆曰量。《字說》以爲量字作形，與《說文》異。說曰：字从日，計日多寡也；从土，度土地之廣袤也；从凵，向上爲出，出則可見而可量；从冂，向下爲隱，物莫見乎隱，莫顯乎微，故亦可量也。字形中段則析之爲从口从十，物可圍而測量之，十乃表其可數之數也。

捌　畫

345. 金銅「金銅。金，正西也，土終於此，水始於此。銅，赤金也，爲火所勝，而不自守，反同乎土。」（〈字說辨〉頁 2）

「正金也，爲止其所。土於此終，水於此始，故謂之垠。」（《爾雅新義》卷八

頁 1）

釋義：金於五行屬西方秋，土生金，金生水，故曰「土終於此，水始於此」。銅亦金屬，然爲火所克而反同乎土，故从同。

346. 鑠㵶「金性悲，悲故慘聚；得火而樂，樂故融釋。凡物凝止慘聚，火爍之則爲樂，㵶之而爲欣。」（《鄭解》頁 2）

「鑠，一則以凝，一則以釋，美也。」（《爾雅新義》卷二頁 1）

按：以五行說字，又合「字義相近彙解例」，鄭以此說《考工記》「鑠金爲刃」，經文並無㵶字，可見此文必引自《字說》無疑。「鑠」字，依文義以作「爍」字爲宜。

釋義：金屬西方秋，其志爲憂，憂故愁歛，惟火能克之，故「得火而樂」。

347. 門「近世王文公，其說經亦多解字，如曰……『二戶相合而爲門。』」（《考古質疑》卷三頁 16）

348. 閑「王文公曰：『惟閑暇，故得閑習；亦閑暇，則宜閑習。』」（《爾雅新義》卷二頁 10）

釋義：子曰：「飽食終日，無所用心，難矣哉！不有博奕者乎？爲之猶賢乎已。」（〈陽貨〉）故閑暇時，可博學庶事，使得嫻熟，亦惟閑暇之時，始可雜學小道庶事。

349. 闈「闈者，旁出之小門，韋乎門之正。」（《詳解》卷十三頁 17）

「王氏曰：『（闈）旁出之小門。』」（《周禮訂義》卷二二頁 11；《新義》頁 69）

「陳用之曰：『闈則旁出之小門。』」（《周禮訂義》卷七八頁 17）

350. 除「除。有陰有陽，新故相除者，天也；有處有辨，新故相除者，人也。」（〈字說辨〉頁 7）

「除舊以致新謂之除。」（《詳解》卷二三頁 5）

釋義：相更易曰除。陰陽互相滋長，四季輪迴相易者，天所爲也。至若人之在官去位，職務變遷，皆人之事也。

351. 陶𨺅「依阜爲之，勹缶屬焉。陶，勹陰陽之氣，憂樂無所泄如之，故皆謂之陶。」（《鄭解》頁 3）

「陶人甄土以爲器，依阜爲之包缶焉，故其字從阜從包從缶。」（《詳解》卷三八頁 13）

按：文例與「冂一口」爲同，「工丮木竹」爲築，「在隱可使十目視」爲直，皆相同，又出自鄭《解》而得《詳解》爲證，必屬《字說》無疑。

釋義：冶土製瓦器曰陶，土出自土阜，故从阜；包缶而爲器，故从包从缶。陶器能包陰陽之氣，使無外泄，則陰陽和德而樂，故曰陶陶然也。

352. 霄「《字說》霄字云：『凡氣升此而消焉。』」（《老學庵筆記》卷二頁 12）

釋義：高空曰霄，雲氣升至此處則消然無存，故字从雲省消省。

353. 霍「王文公曰：『雨，零也；隹，集也；霍，如也。』」（《爾雅新義》卷十頁 14）

354. 青 1 白 2 赤 3 黑 4 黃 5 青白赤黑黃

「青 1，東方也，物生而可見焉，故言生、言色。白 2，西方也，物成而可數焉，故言入、言數。青生丹，爲出；白受青，爲入；出者，順也；入者，逆也。夫丹所受一，乃木所含而爲朱者也。夫一染而縓，再染而赬，乃白所謂入二者也。〈坎〉爲赤，內陽也；〈乾〉爲大赤，內外皆陽也；字從大火爲赤 3，外陽也。於赤，質其物，故又作烾，炎也，土也，要其末也。色本欲幽，其末在明，故探其本於黑，要其末於烾。至陰之色，乃出於至陽，故火上炎爲黑 4。」（《鄭解》頁 12）

「地道得中而炗，則其美之見於色如此。又作炗也，盛矣，而不可有以行也。黑探其本，烾要其末，青推其色，白取其數，赤質其物，黃正其所，灮期其極。」（《鄭解》頁 12）

「東以始事生物，而色始生焉，故生丹爲青。西以物成得己，而數始成焉，故入二爲白。南，明之盛，而赤以宣布爲義，故大火爲赤。北，物之辨，而黑以至陰爲色，故火炎爲黑。天位乎上，其分于人也遠，其色可見者爲最微，故入玄而爲玄。地位乎下，則近人而親，其美之可見者爲至盛，故得中而光爲黃。」（《詳解》卷三七頁 12）

「黑，至陰之正色。」（《新義》頁 54）

「黃，陰之盛也。」（《新義》頁 87）

「黃，地道光也。」（《詳解》卷九頁 6）

按：合「分析小篆例」「附會五行例」「重文說又訓例」；出自鄭《解》，又得《詳解》爲證，可信爲《字說》佚文。惟「黃」字說解當補入「青白赤黑」條「火上炎爲黑」之後，文意始完。文中「白受青爲入」，青當改作數。第三條「入玄」當作「入幺」。

釋義：《說文》：「青，東方色也。木生火，从生丹。」「白，西方色也，侌用事，物色白，从入合二，二，侌數。」「赤，南方色也，从大火。……烾，古文从炎土。」「黑，北方色也，火所熏之色也。从炎上出囪。」「黃，地之色也，从田炗聲，炗，古文光。……灮古文黃。」《字說》之說解，略異於是，解曰：青，東方色，於時屬春，物生而可見其色，故从生从丹，丹以言其色也。白 2，西方色，於時屬秋，物成可收矣，收成之多寡以數數之，故从入从二，二，數也。赤[3]，南方色，《易》於〈坎〉言爲赤，於〈乾〉言大赤，〈坎卦〉☵之內爻爲陽，外爻爲陰，〈乾卦〉☰則內外皆陽也。赤又作烾，火其土則色黑[4]矣；故至陰之黑，出於至陽之赤，因謂「火上炎爲黑。」黃，地之色，从田（土也），从芡（光也），故曰「地道則中而光」。字又作𡕛，从夂从芡，光盛矣，故夂以止之。

玖　畫

355. 革革𠦶「三十年爲一世，則其所因必有事。革之，要不失中而已。治獸皮，去其毛，謂之革者，以能革其形。革，有革其心，有革其形；若獸，則不可革其心者。不从世而从廿从十者，世必有革，革不必世也。又作䩻，䩻，有爲也，故爪掌焉。」（《鄭解》頁 10）

按：以小篆說字形，以重文說又訓，又合「一字多義說又訓例」，引文出自鄭《解》，當屬《字說》無疑。

釋義：《說文》：革 象古文革之形，古文从卋作𠦶。《字說》以爲：革字从廿（三十，世也），三十年爲一世，世必有所變革；从中，使變革循中庸之道，不失之偏極也。治獸皮亦謂之革者，乃變易其形之故。

356. 鞭「所以革人而使便其事者，鞭也。」（《詳解》卷三一頁 6）

按：文例與「豕八而辵」爲逐，「川亡而草生」爲荒，「在隱可使十目視」爲直，「手能蚤」爲搔，皆相似，《字說》或亦如此說鞭字。

357. 飭「於食能力者，飭也。」（《鄭解》頁 1）

按：文例同上條，又出自鄭《解》，當爲《字說》文字。

358. 饁「饁者，盍而餉也。」（《詳解》卷二五頁 16）

「盍而餉焉謂之饁。」（《詳解》卷十八頁 7）

按：文例同前條，《字說》或亦本之爲說。

釋義：餉田曰饁，闔覆其食而饋之，故从闔省。

359. 饎饎「饎之字，從食從熙，或又從喜，則陰以陽熙而爲喜也。」（《詳解》卷十六頁 21）

按：以五行說字，以重文說又訓，皆合《字說》文例，《字說》或與此相近。

釋義：饎，炊黍稷以熟食也，或作餢饎饎糦諸形。以熙者，熙，和也，陰陰和則爲喜。

拾壹畫

360. 鹽「鹽，可以柔物，而從革之所生，潤下之所作。」（《新義》頁 43）

按：以五行說字，亦與介甫《洪範傳》說五行之義相合，《字說》鹽字當本此爲說。

釋義：鹽可輭物，於五行屬於北方水，水爲金所生者；金以從革作辛，水以潤下作鹹，故曰：鹽爲金所生，水所作。

拾貳畫

361. 黼黻「天謂之玄，白與黑謂之黼，剛柔襍，故从父。始乎出而顯，卒乎入而隱。入在下，則文在地事也。陰變至十則章成矣。剛柔襍於東南，至西南而章成，故畫繢之事，以青赤爲文，赤白爲章，所謂『煥乎其有文章』，猶繪畫也。凡斫木者，先斧而斤繼事，故斧在上，斧於斤有父道焉；其西北爲黼，黼在乾位，則斧有父體矣。黹不一，而止終於甫，黼黻皆黹也。斧有父體焉；黼有用而已；黻，兩己相弗而以丿爲守。黑與青謂之黻，五采備謂之繡。」（《鄭解》頁 12）

「黼爲斧形，有父之用，取其斷也；斷主于義而必有智以濟之，則不失于黯闇而不通。白爲義，而水爲智，故白與黑謂之黼也。黻，兩己相背，有相弗之義，取其辨也；辨主于智而必有仁以濟之，則不失于苛察而寡愛。黑爲智而青爲仁，故黑與青謂之黻。」（《詳解》卷三七頁 13）

「《考工記》曰：『白與黑謂之黼』，則黼爲斧形，以白黑爲之，西北方之色。天道致剛於西北，而其事武。」（《詳解》卷六頁 20）

「黼則所以爲斷也，用斷不可以無辨；黻則所以爲辨也。」（《新義》頁 98）

「以戾右爲守曰黻。」（《詳解》卷三二頁 15）

按：合於「字義相近彙解例」「分析小篆例」「一字多義又訓例」「附會五行例」；「以丿（戾右）爲守」，合《字說》特殊用字例；出自鄭《解》，又得《詳解》爲證，可信爲《字說》無疑。

釋義：白黑爲黼，青黑爲黻，青赤爲文，赤白爲章，四者於五行之關係，由右表可見其詳，無庸贅言。黼文畫爲斧形，取其制斷爲義，故有父道焉。黻文則畫爲兩己相背，作「亞」；偏旁从，犬也，而丿以守之。

附「車輿圖」（第 174 條）

圖一：安陽孝民屯南地發掘出之殷代單轅馬車圖。

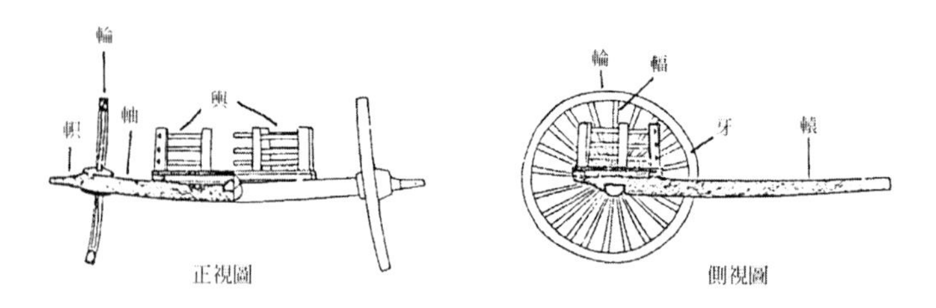

圖二：（1）虢國墓發掘出之春秋車輿圖；（2）戴震《考工記圖》之理想車輿圖

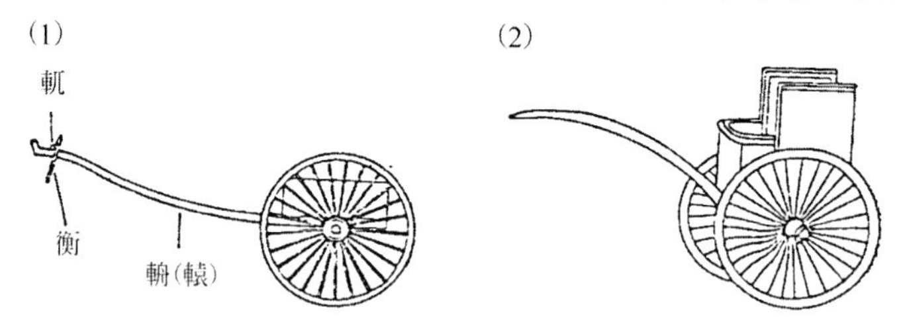

第五章　《字說》之評議

《字說》之得失，前人言之已眾，本書於前述各章中，亦屢引學者評論之言，以說其事；爲免冗覆，本章於言詞上之褒貶從略，改以《字說》說解之實例爲證。

《字說》之失，失之於附會臆解之處太過，今即就此事，取甲骨文、金文與《說文》等，追溯初民製字本義，及後世衍變過程，以一一批駁《字說》鑿附之實例。惟本書於第四章《字說輯佚之探討》中，已多引《說文》以相比對，其中亦隱約可見《字說》之誤；本節於是類評議，亦儘予省略，以免重複。

至若《字說》之優點，當由分析探討其說解文意中，以見其訂正前人誤說之處，並條理出介甫爲人處事之態度，及其治學創說之收穫。此類評議，實係研討《字說》之眞正重心所在，本書於第三章「說解條例」之結語處，亦已略致其意。惟筆者才淺識寡，於介甫之了解，實屬浮泛，是以未能深入探索，僅祇擿取《字說》之說解有根據者，尋究其源，以證其說解文字之有所依據。

故本章分爲二節，第一節考列其說解之臆誕處，略分四目：首論臆解字義處，再論臆說會意處，三論臆改字形例，四論臆解字形例。第二節則引述其說解文字之依據，以證其說解並非全屬自爲臆說者。

第一節　《字說》臆解論

介甫於字學深信「河圖洛書」之說，以爲「圖以示天道，書以示人道」，而「鳳鳥有文，河圖有畫，非人爲也」，人雖效此法以制字，然「制字或以上下言之，或以東西南北言之，或以左右言之，或以先後言之」，而「其聲之抑揚開塞、合散出入，其形之衡從曲直、邪正上下、內外左右，皆有義，皆本於自然」，點畫繁簡，皆有深

意，「惟天下之至神，爲能究此」，「非人私智所能爲也」。〔註 1〕

尋繹初民造字之誼，或象其形，或指其事，或會其意，或仿其聲；後世衍變，點畫有差，或改字形，或更字義，已失初文之形義。故說文字者，不可依己意而據後世字形，以強說古人造字之意，其理甚明。介甫則此病爲多。

介甫早年嘗究心於《說文》古字，於古今篆籀，知之甚詳，其《字說》亦多用《說文》之重文以訓解字義。是以學者李燾等人即謂：「安石初是《說文》，覃思頗有所悟，合處亦不爲少」，然而「往往以形聲諸體，皆入會意」，「雖於正字或多得之，其說叚字，則幾于扣槃捫燭之可笑。蓋正坐其不知形聲之聲，亦有正有叚故也」。〔註 2〕《字說》以會意解字者，如：「三牛爲犇（奔），三鹿爲麤（粗）」，前人已嘲其非是，而「水皮爲波」之說，更致「水骨爲滑」之譏。《字說》所以不能傳者，此當爲主因也。

宋初字書多依《說文》而爲說，介甫於〈熙寧字說序〉中，亦謂《字說》嘗參考許慎說解，且多爲許書訂正譌舛之處。今稽考其說解實例，先列《字說》佚文，然後考諸《說文》及金文、甲骨文等，以探究字形本原，以明《字說》鑿附之處。若其論及字義者，則考諸訓詁類書，爲之求正。

本節於段注《說文》、《說文詁林》、《金文詁林》及《甲骨文字集釋》等書，最常徵引，爲便於檢索，四書凡有引用者，皆於引文下標明頁碼，如「段 4 上 25」表示此文引自「段注《說文》四篇上頁二十五」，「說 2230」表示此文引自「《說文詁林》第 2230 頁」，「金$^{8}_{199}$」表示此文引自「《金文詁林》卷八頁 199」，「甲 2251」表示此文引自「《甲骨文字集釋》第 2251 頁」。四書之外，若有徵引，皆附註於該頁之下。宋人楊時之說，見於《龜山先生文集》卷七〈字說辨〉中，不再註明。

壹、臆解字義例

1. 崇高　《字說》：「崇高。高言事，崇指物陰陽。」
   《說文》：「崇，山大而高也。」（段$^{9下}_{6}$）；「高，崇也，象臺觀高之形。」（段$^{5上}_{25}$）
   按：查《說文詁林》、《經籍纂詁》、《中文大辭典》……等書，皆未見未古籍中「崇」有「陰陽」之義。楊時〈字說辨〉亦謂：「崇高無陰陽之義。」《字說》此解殆屬自爲杜撰者。
2. 思　《字說》：「出思不思，則思出於不思。若是者，其心未嘗動出也，故心在

〔註 1〕《王安石文集》卷三八頁 96〈河圖洛書義〉。《臨川先生文集》卷五六頁 7〈進字說表〉，卷八四頁 3〈熙寧字說〉。劉惟永〈道德眞經集義〉卷一頁 18《字說》「无」字引文。

〔註 2〕魏了翁《鶴山渠陽經外雜鈔》卷一頁 15。劉盼遂〈由埤雅右文證叚借古義〉。

內。」

按：介甫以爲心在內爲思，心若動出，則意浮而不可思矣。此說未見所本。楊時〈字說辨〉引《中庸》「誠者天之道，誠之者人之道」爲說，以爲天道寂然不動而思無思相，人則須思之不懈，始可得之。故思則得之，不思則不得。其說足可糾《字說》之謬。

3. 羲和　《字說》:「散義氣以爲羲，歛仁氣以爲和。完而生之，羲所以始物；殘而殺之，和所以制物。」

按：羲和二字，分而言之，「羲，气也」，「和，相應也」；合而言之，「羲和即人之名，安有陰陽仁義之說哉？」〔註3〕。且既以「歛仁氣」爲和，又曰「殘而殺之，和所以制物」，既以「散義氣」爲羲，又曰「完而生之，羲所以始物」，殊無理也。

4. 聰　《字說》:「於事則聽思聰，於道則聰忽矣。」

按:《字說》以耳敏於事爲聰，聞道以心，則聰有所不及矣。然「事」「道」初無二也，故孔子之相師，亦道也。聖人憲天之聰，天非有事也，何多事而聰之有邪？且聰字本意爲「察」,《莊子》以「耳徹爲聰」,《韓非子》以「獨聽者爲聰」（說5353），皆是意，並無「於道則聰忽」之分別。

5. 終　《字說》:「無時也，無物也，則無終始。終則有始，天行也，時物由是有焉。」

按：介甫以爲終始乃因「有」而生。天道運行，萬物滋始，故有物也；日月運行，故有時也。有時有物，終始生焉。然《中庸》曰:「誠者天之道」，又曰:「誠者物之終始」，夫誠者無息，故曰乾健。天行乾健，萬物孳焉，蓋惟無息故爾，又奚時物之有？〔註4〕

6. 除　《字說》:「有陰有陽，新故相除者，天也；有處有辨，新故相除者，人也。」

按:《字說》此義，似取自《詩・小明》「日月方除」之《毛傳》:「除，除陳生新也」，乃時間、事物新舊相易之謂。然《字說》以此附會天道陰陽之新故相除，則有鑿枘之差。楊時〈字說辨〉駁之曰:「一日之頃，一身之中，而有陰中之陽，陽中之陰，新新不窮，未嘗相除也。有處有辨，與陰陽異矣。」蘇軾亦曰:「逝者如斯，而未嘗往也；盈虛者如彼，而卒莫消長也。」(〈赤壁賦〉)天行健，陰陽合德而生生不窮，當無所謂「新故相除」之辨也。

7. 冬　《字說》:「春徂夏爲天出而之人，秋徂冬爲人反而之天。」

〔註3〕《説文詁林》頁2053、586。林之奇《尚書全解》卷一頁10。
〔註4〕《龜山先生文集》卷七頁6，林義勝《楊龜山學術思想研究》頁132。

按：冬字，金文作諸形，「當是《爾雅・釋木》：『終，牛棘』之終之本字，……蓋象二榛相聯而下垂之形。故之用爲始終及冬夏字者，均假借也。」（金$_{145}^{11}$）可知「冬」字本爲象形，後世乃借爲四季之冬。楊時謂：「四時之運，終則有始，天行也」，本無「之天」「之人」之異，介甫附會五行而生臆解，實非。

貳、臆說會意例

8. 璽　《字說》：「（璽）字從土，於五常爲信；從爾，則爲辨物之我，不能辨物則爲爾。」

按：古璽字從金從𠬪，作諸形，或從金省，作（說 6128）；「𠬪」「爾」古通用，故衍爲璽字。經書多有璽字，如「季武子璽書追而與公冶」（《左襄》二十九年《傳》）、「貨賄用璽節」（《周禮・掌節》），用爲印信之稱也。《字說》乃以晚起之五行說，附會從土之意，又以明辨眞僞之人爲我（己方），不能辨物之人爲爾（對方），以說從爾之意。實爲牽強不經也。

9. 戲　《字說》：「自人道言之，交則用豆，辨則用戈，慮而後動，不可戲也，戲實生患。自道言之，無人焉用豆？無我焉用戈？無我無人，何慮之有？用戈、用豆，以一致爲百慮。」

《說文》：「戲，三軍之偏也，一日兵也。从戈䖒聲。」段《注》：「師古曰：『戲，大將之麾也，讀與麾同。』……一說謂兵械之名也，引申爲戲豫、爲戲謔，以兵杖可玩弄也，可相鬪也，故相狎亦日戲謔。」（《段》$_{38}^{12下}$）

按：戲字，金文作諸形，高鴻縉曰：「此字本意當爲戈綏，倚戈畫其內垂綏形，由物形生意，故爲戈綏，象形，名詞；同時變爲戲，形聲；……又以同音通叚代嬉，故有戲弄、游戲等義，動詞，甲文亦通用爲動詞戲弄意，……又假借爲三軍之編。……《說文》誤以借意爲本意，而又不自信，乃以戲字从戈，故亦錄『或說兵也』以明之也。又按先期銅器之銘，亦有單文字或字，……阮元曰：『戈之內末每作三垂，疑古制必有下垂以爲飾。』是即戈綏矣。」（金$_{491}^{12}$）由此可知，「戲」字實爲形聲，並非「从戈、从豆、从慮省」之會意字。且介甫之意，亦非天人行止之正，故楊時辨之曰：「自人言之，君臣之義、夫婦有別，皆辨也，何用戈之有？禮之用豆，無非道也；以用豆、用戈爲虛事，則先王所以交神人、討有罪，皆戲耳。此何理也？」又：戈字本誼之探究，可參看本節（32）戈字之按語所引。

10. 懿　《字說》：「壹而恣之者懿也，俊德之美也。」

《說文》:「懿，嫥久而美也，从壹从恣省聲。」(段$^{10\text{下}}_{12}$)

按：金文懿字從壺從欠，作形，「象人張口就飲於壺側，而歎美之義自見」，稍晚則增心旁作。小篆譌壺爲壹，許愼遂誤以其字「从壹从恣省聲」(金$^{10}_{227}$)。《字說》襲之而益烈，乃合「恣、壹」爲會意，以爲「恣意而嫥一」者爲懿德，大失本義。

11. 桃杏李　《字說》:「木兆於西方，故桃從兆；至東方生子，故李從子；至南方子成，適口，故杏從口。東南木盛，故李杏木在上；西，木配也，故桃木在左。」

按：桃李杏三字，皆見於先秦經籍中，並爲形聲字，而無深意。《字說》乃附會後起之五行說，又強解字形位置，上下左右所從之意，並皆迂曲穿鑿也。且李字以「東方木盛，故木在上」，則重文作杍，豈又爲木配，故在右乎？

12. 椽桷榱橑　《字說》:「椽，緣也。相抵如角，故又謂之桷。自極而衰之，故又謂之榱。聯屬上比，爲上庇下，下有僚之義，故又謂之橑。」

《說文》:「桷，榱也，椽方曰桷。」「榱，椽也。秦名屋椽也，周謂之椽，齊魯謂之桷。」「椽，榱也。」「橑，椽也。」(竝見段$^{6\text{上}}_{34}$)

按：椽桷榱橑皆形聲字，乃一物四名也。總名之曰榱，析言之：方者爲桷，圓者爲椽。椽乃架屋與承瓦之木，相傳次而布列，故又訓傳。橑則簷前之木，即複屋之椽。是四名所言實爲一物之用。《字說》乃以右文之意訓之，以爲椽有「緣」意，桷乃二木相抵如角之故，榱則自屋脊而下簷，由極而衰故也，橑以承瓦，可庇下土，有「下有僚」之意。是皆望文生訓，不足深詰。

13. 沖　《字說》:「沖氣以天一爲主，故從水。天地之中也，故從中。」

按：《字說》以陰陽沖氣說沖字，謂沖氣在天地之中，故從中；又以五行「天一生水」，說從水之故。然金文沖字多叚爲童，《書・盤庚》「肆予沖人」，《傳》云:「沖子，童子也」(金$^{11}_{35}$)。《說文》則以「涌繇」「垂飾貌」爲說，皆與《字說》相異。《字說》此解當爲附會之論。

14. 熊羆　《字說》:「熊強毅有所堪能，而可以其物火之。羆亦熊類而又強焉，然可网也。」

《說文》:「能，熊屬，足佀鹿，从肉㠯聲。」「熊，熊獸佀豕山尻，冬蟄，从能炎省聲。」「羆，如熊，黃白文，从熊罷省聲。」(竝見段$^{10\text{上}}_{39}$)

按：介甫取《周禮・穴氏・攻蟄獸》「以其物火之」爲說熊字從火之意。又以捕獸時，「在上放火，於下張羅承之」〔註 5〕，說羆字從网之意。然能字金文作

〔註 5〕羅願《爾雅翼》卷十九頁 9。

[illegible]諸形，本為象形字，「以其足掌特異，故其字先繪其足掌」。「至於熊，乃火光耀盛之形容詞」，「後世借獸名之能，以為賢能、能傑等義，乃通叚火盛之熊以為山居冬蟄之獸名」。（金$_{87}^{10}$）可知「堪能」「火之」之說非是。且羆字古文從皮聲作[illegible]，並不從网，皮、羆古同聲（說 4447），則介甫「可网」之說，亦附會曲解也。

15. 空　《字說》:「無土以為穴，則空無相；無工以穴之，則空無作。無相無作，則空名不立。」

按:《字說》以為人加工於土，能掘土成穴，此穴乃空之實相。若有工而無土，或有土而無工，皆不得穴空之相。然經傳以「孔」為「空」，「字亦作窾，款、空一聲之轉，《廣雅・釋詁》三：窾，空也」。（金$_{651}^{7}$）則空從穴工聲明矣。介甫強自為說，又附會於晚出之佛理，穿鑿甚矣。

16. 皋　《字說》:「夲，進趨也，大者得眾，所以進趨矣。皋，大者得眾進趨，陰雖乘焉，不能止也，能皋之而已。……皋則皋緩。」

《說文》:「夲，進趣也，从大十。」「皋，气皋白之進也，从白夲。」（竝見段$_{10}^{10\text{下}}$）

按：白色於五行屬西方，西，純陰也。《字說》以夲為進趨之意，皋則進趨不已，雖以純陰（白）乘於其上，亦不能止，惟使之稍緩而已。然「皋字當訓澤邊地也。从白，白者日未出時初生白光也。壙野得日光最早，故从白，从夲聲，俗字作皐」。（說 4608）段玉裁亦謂：「澤與皋，析言之則二，統言之則一。……皋又引申為凡進之偁。」（段$_{16}^{10\text{下}}$）由此可知，介甫以五行說「皋」字，實屬附會，且於古籍無據。

17. 鴝鵒　《字說》:「鴝从句，鵒从欲，多欲，尾而足句焉。」

按:《說文》:「鴝，从鳥句聲」「鵒，从鳥谷聲」（詁 1641），皆為形聲字。《左傳》作「鸜鵒」（昭廿五年），李時珍以為：此鳥「好浴，其睛瞿瞿然，故名。」俗名「寒皐」，「天寒欲雪，則羣飛如告，故曰寒皐，皐者，告也。」（《本草綱目》頁 1472）介甫則取段成式《酉陽雜俎》之說，以為是鳥於行欲時，以足相句纏，故从句从欲省。二人之言，皆望文生義者也。

18. 置罷　《字說》:「上取數，備有以用，下則直者可置，使無貳適，惟我所措而已；能者可罷，使無妄作，惟我所為而已。」

按:《說文》以「网直」為置，「网能」為罷，謂賢能者犯法，則赦其罪而遣之（段$_{43}^{7\text{下}}$）。《字說》則以為：在上者多取人才以備緩急，則直者、能者皆待其用，而不生二心，不輕妄作，故可网得人才也。然孔子曰：「舉直錯諸枉，能使枉者直。」孟子曰：「尊賢使能，俊傑在位，則天下之士願立於朝矣。」今网羅人才而「備以有用」，得用則已，若不得用，豈非网才之本意？故二字當以《說文》之義爲善。

19. 蜘蛛　《字說》：「設一面之網，物觸之而後誅之，知誅義者也。」

按：蛛字甲文作諸形，一象蛛蟲鈎爪大腹之形，一象蛛在網上之形（甲3961）。金文加「朱」聲作（金$^{13}_{148}$），小篆衍爲，乃成鼄字。《說文》：「鼅鼄，鼄蝥也」（段$^{13下}_{12}$），又云：「䵹蝥，作网鼄蝥也」（段$^{13下}_{2}$）。段玉裁以爲鼅鼄、鼄蝥、䵹蝥乃一物三名，䵹、鼅同爲精紐，古韻分屬十五、十六部，故旁轉通假。可知蜘蛛非以「知誅義」而得名也。

20. 蟋蟀　《字說》：「陰陽率萬物以出入，至於悉率。共率之爲悉，蟋蟀，能率陰陽之悉者也。」

按：蟋蟀似蝗而小，善跳，初秋生，得寒則鳴噪，聲如急織，故濟南謂之促織。俗語曰：「促織鳴，嬾婦驚。」故又名嬾婦。楚謂之蟋蟀，或謂之蛬，而《集韻》作蟋蠪。桂馥謂其作聲切切，音與傒聲、蟋聲同，故有是名。爲形聲字無疑。而《字說》以爲此蟲「能率陰陽之悉」，故名「蟋蟀」，實望文生訓。

21. 軨　《字說》：「軨，令也，亼以爲卩者。」

按：《說文》：「軨，車轖閒橫木。从車令聲。」或作靁作「轜」（段$^{14上}_{43}$）。鄭注《書傳》「軨」字曰：「如今窗車也。」窗閒方格子曰「櫺」，車轜似之，故名（說6422）。本爲形聲字，而《字說》以「亼以爲卩」之「令」，爲車軨之用，其說未聞，殆介甫之臆解耳。

22. 輖　《字說》：「輖，往而可復周者也。」

按：《說文》以「車重」爲輖，段玉裁引《詩》、《禮》之《傳注》曰：「輖，蟄也」，「輊，摯也」，「摯，輖也」，故「摯、蟄、輊同字，輖雙聲」（段$^{14上}_{52}$）。可知輖字本爲形聲，《字說》以「往而可復周」爲說，實屬妄說。

參、臆改字形例

23. 倉　《字說》：「倉之字，從亼、從□、從彐、從丿。蓋倉雖亼之，匰之，掌之，然卒乎散者，必始乎歛。」

按：倉字甲文作形，「即合字，爿其聲也」，「金文作，所从之『』當亦由形所譌變。許書倉下出古文奇字，其下所从，猶仿佛可見之形」（甲1792），小篆衍金文之形爲「倉」，因有「从省，□象倉形」之新意。《字說》更改小篆，妄生「亼之、匰之、掌之、散之」之鑿說，違戾甚矣。

24. 心　《字說》:「心從倒勹，無不勹而實無所勹，所勹以匕，其匕無常。」

按：心字小篆作，金文作諸形，而不見於甲文。聞一多以爲：「爲心臟字，爲心思字。象心房之形，爲聲符兼意符，者，鐵之初文。」（金$^{10}_{338}$）王筠亦曰：心字「本作，中象心形，猶恐不足顯著之也，故外兼象心包絡。今篆曳長一筆，趁姿媚耳。」（說 4648）可知心字本爲象形，《字說》乃以「倒勹」臆改其形，又以談辯之言釋其義，實無足論也。

25. 㮚　《字說》:「从木者，陰所能栗以陽而已。从□、从亽，陰疑陽也。从一、从丨，陽戰而丨也，丨則勝陰，故一上右。」

按：㮚文甲文從鹵從木，作諸形，象木實有芒之形（甲 2313），石鼓文衍爲（金$^{7}_{234}$），小篆遂從鹵木作，因有「鹵實下垂」之說。古文增「西」作，今楷作「栗」乃媘二鹵而成者（說 3039）。《字說》又析鹵爲四文：「从□、从亽、从丨、从一」，以五行異說附會其意。所言盡屬穿鑿牽合，實不足信。

26. 燕　《字說》:「燕嗛土，避戊己，戊己二土也，故廿在口上。謂之玄鳥，鳥莫知焉；知，北方性也；玄，北方色，故從北。襲諸人間，故從人。春則戾陰而出，秋則戾陽而蟄，故八，八，陰陽所以分也。」

按：《說文》曰：「，燕燕玄鳥也。籋口、布翄、枝尾，象形。」（段$^{11}_{30}$下）甲文作，「象平面前飛形，與象側面飛形同意」。（說 5259）字於卜辭有二義，一爲方國名，即周之南燕；一借爲燕享之燕（甲 3474）。《字說》以爲燕於天干屬戊己，戊己於五行爲中央土。燕銜土爲巢，而於其所屬之戊己二日，避土不銜，因解小篆籋口燕身之「」爲「二土在口上」。又解布翄之「」爲北方色、北方性之「北」。更析枝尾之「」爲「從八、從人」，以爲：燕「襲諸人間」，又能分別陰陽故也。說極曲附，其改字形而爲臆解者，莫此爲甚。

27. 爵　《字說》:「，從尸，賓祭用焉。從㽞，以養陽氣也。從凵，所以盛也。從又，所以持也。從尒，資于尊，所入小也。」

按：爵爲酒器，甲文作，金文作諸形，「腹小而口侈，一端有流，另端有尾，兩旁有二柱，腹旁有鋬，其下三足」。（金$^{5}_{624}$）然其「兩柱側視之，但見一柱，故字祗象一柱。」（甲 1758）形所加之「」，即示其有「足」之意。小篆作，乃衍形爲，又增㽞以會其意。《字說》以小篆腹空有流之「」，爲賓祭所用之「」，與所以盛物之「凵」；象一柱有鋬之「」（），爲合二文會意之「入小」，以酒由罍中傾入酒尊，「所入小」故也。其說迂曲，無庸詳辯。

28. 量　《字說》:「量之字從日，日可量也。從土，土可量也。從凵，凵而出，乃可量。從冂，冂而隱，亦可量也。從□、從十，可□而量，以有數也。」

《說文》:「量，稱輕重也。从重省，曏省聲。量，古文。」（段$^{8上}_{47}$）

按：馬薇廎曰：「契文量字或作量量量量等，就字形言，从早象正視之斗形，十爲其柄」，「回田乃斗中實米之意。从東或東象囊形，可想像其中所貯爲米或穀類也。量从早从東，即量米之量器之意，故此字當爲重。」（金$^{8}_{227}$）徐灝亦謂：「據古文作量，則非曏省明矣。⊖△蓋象量器之形。」（說 3669）許慎說解已誤，《字說》則更析小篆爲「從日、從凵、從冂、從土、從□、從十」六文以說之，幾乎若扣槃捫燭也。

29. 革　《字說》:「三十年爲一世，則其所因必有革。革之，要不失中而已。……（革）不從世而从廿、从十者，世必有革，革不必世也。又作䩻，䩻，有爲也，故爪掌焉。」

《說文》:「革，獸皮治去其毛曰革。革，更也，象古文革之形。革，古文革從𠦃，𠦃年爲一世而道更也，臼聲。」（段$^{3下}_{1}$）

按：革字說解，眾議紛紜，高鴻縉以爲其字「倚𦥑（兩手所以治去其毛也）畫獸（𠦝象獸頭及身）皮形。革由物形𠦝生意，故爲去毛之皮，名詞；後世亦借用爲改革、革除等，動詞。」（金$^{3}_{338}$）殆爲可信。《字說》據小篆而分爲「从中、从廿、从十」，殊爲無理。

肆、臆解字形例

30. 之　《字說》:「㞢，有所之者，皆出乎一。或反隱以之顯，或戾靜以之動，中而丨者，所以之正也。」

《說文》:「㞢，出也，象艸過屮，枝莖漸益大，有所之也。一者地也。」（段$^{6下}_{1}$）

按：之字，甲文從足從一作㞢㞢㞢㞢諸形，象人足在地，欲往他處之形，本義爲「往」，（甲 2061，金$^{6}_{251}$）。金文衍爲㞢㞢㞢㞢㞢諸形，小篆又譌爲㞢（金$^{6}_{249}$，甲 2064），與本形相去益遠。《字說》析小篆爲「從一、從乚、從丿、從丨」四文，實爲臆說，未足深論。

31. 刃　《字說》:「刀，刀以用刃爲不得已，欲戾右也。於用刀刃，乃爲戾左。刃，刀之用，刃又戾左焉，刃矣。」

《說文》:「刀，兵也，象形。」（段$^{4下}_{41}$）「刃，刀鋻也，象刀有刃之形。」（段$^{4下}_{51}$）

按：刀字本象刀形，「左象刀口，右象刀背，下象刀尖」（說 1822），小篆虛其刀尖處而衍爲刀形。刃字則「刀堅在口，其鋒芒與別處不同，故以『、』指其所在而云刀有刃之形」（說 1863）。介甫師心自用，以字形戾右爲吉，戾左爲凶，因謂用刀刃爲凶，故戾左也。不知刃乃指事字，非以意會之也。

32. 戈　《字說》：「弓，象弛弓之形，欲有武而不用；从一，不得已而用，欲一而止。……戈，兵至於用戈，爲取小矣；从一與弓同意。」（《字說》「式」：「弋者，所以取小物也。」）

《說文》：「戈，平頭戟也。从弋，一衡之，象形。」（段$^{12下}_{34}$）

按：戈字甲骨文作　諸形，「爲全體象形，中豎象柲，中長橫畫，一端象刃，他端象內；直畫下端或作　，象其鐏；横畫一端或从　，象垂纓；金文多如此。」（甲 3755）金文之戈字，則較爲繁縟，作　（金$^{12}_{444\sim445}$）諸形，其「戈柄下垂，所吕植也；戈內下垂，飾也。」詳言之，「戈字純然象形。……其下作　，又作　，即鐏象形。……一略作　，再變作　，　實　　之省。」（金$^{12}_{448、453}$）以此可知，戈字爲全體象形，小篆訛鐏形　爲　，故《字說》以爲其形「从一，不得已而用，欲一而止」，顯爲臆解無疑。

33. 巨　《字說》：「巨从工，則榘工所用。巨從半口，則榘與規異。」（232 榘）

按：《說文》以「手持工」爲　，或從木矢作　，古文作　（段$^{5上}_{25}$）。實則工、巨、榘一字也。工爲畫方之器，「自借爲職工、百工之工，乃加畫人形以持之，作　。後所加之人形變爲矢，流而爲矩，省而爲巨」，遂成小篆之形（金$^{5}_{162}$）。許愼說解頗得其實，而《字說》以爲「從半口」，殆亦介甫自創。

34. 士工才　《字說》：「士之字，與工與才，皆從二、從丨。才無所不達，故達其上下。工興事造業，不能上達，具人器而已，故上下皆弗達。士非成才，則官亦皆弗達，然志於道者，故達其上也。」

按：才字甲文作　　　等形，金文作　　　　等形，小篆作才，皆象艸在地下初出地上之形（甲 2049，金$^{221}_{228}$，段$^{6上}_{68}$），後世引申爲「才能」字，實非貫通上下、無所不達之會意字也。士字於甲文與王土同係牡器之象形，其字作「丄」，至小篆增一横畫作「士」（甲 160），因有漢儒「推十合一」之誤解（段$^{1上}_{39}$）；若《字說》以爲：士者未成才而志於道，故雖不能下貫，然可上達也，亦爲曲解。工字甲文作　　工，象矩形（甲 1593。金$^{5}_{154}$，段$^{5上}_{25}$同義），《字說》則謂：工者具人器，爲人所用而已，故上下皆弗達。乃介甫望文生訓之論也。

35. 卜　《字說》：「卜之字，從丨從一，卜之所通，非特數也，致一所以卜也。夫木之有火，明矣，不致一以鑽之則不出，龜亦何以異？」

按：卜字甲文作卜，金文同，「象占卜時，卜兆縱橫之形」（金$^{3}_{833}$。甲 1094），《說文》以爲「象龜兆之縱橫」是也。《字說》乃析之爲「從丨、從一」，且謂「不致一以鑽之則不出」，鑿附之甚矣。

36. 卿　《字說》：「卿之字，從卯，卯，奏也；從卩，卩，止也；左從卯，右從卩，知進止之意。從皀，黍稷之氣也。」

按：卿字甲文作，金文作諸形，皆從二人夾食相對之狀（金$^{9}_{158}$）。李孝定先生以爲：「字之作者，衹爲饗食本字，从皀从卯，卯亦聲。嚮背字亦作者，則之借字也。鄉黨字亦作者，亦以同音相假。……至公卿字作，竊疑亦當於古音中求之。」（甲 2889）《說文》誤以「从卯皀聲」釋，《字說》又解二人相向之爲「知進止」之卯卩，皆失其誼也。

37. 平　《字說》：「平之字，從八、從一、從丂，丂而別之，使一也。」

《說文》：「平，語平舒也，从亏八，八，分也。，古文平如此。」（段 5 上 33）

按：平字金文作諸形，高鴻縉謂其字從一采聲，一者平之意也，作者，從一采省聲（金$^{5}_{305}$），楊樹達則以爲字當「从兮，上一平畫，象氣之平舒」，《說文》誤矣（金$^{5}_{306}$）。介甫又自爲創說，臆解小篆曰：「丂而別之，使一也」，殊爲無理。

38. 弓　《字說》：「弓象弛弓之形，欲有武而不用。從一，不得已而用，欲一而止。」

按：《說文》曰：「弓，窮也，㠯近窮遠者。象形。」（段$^{12下}_{56}$）甲文作，金文作諸形，象弓弦之弛，象弓弦之張，其上一橫爲弓柄弭，即〈曲禮〉：「右執簫」之「簫」（甲 3843，金$^{12}_{680\sim682}$）。《字說》解弓字之義無誤，說「從一」之義則非也。

39. 后　《字說》：「后，從口，則所以出命；從一，則所以一眾；從厂，則承上世之庇覆以君天下也。」

《說文》：「后，繼體君也，象人之形。从口，《易》曰：『后㠯施令告四方。』」段《注》：「厂蓋人字橫寫，不曰从人，而曰象人形者，非以立人也。……此條各本作：『象人之形，施令以告四方，故厂之；从一口，發號者，君后也。』淺人所竄，不成文理。」（段$^{9上}_{29}$）

按：后字甲骨文作諸形，葉玉森謂：「后乃司之反書，即司字，卜辭以假作祠。」李孝定先生亦云：「許君說此，殊支離，字亦不象人形，厂之亦與告四方無涉。契文从厂，既非人，亦非厂也。……似后與司爲一字。」（甲 2860）金師祥恆說之最爲詳確，曰：「疑后爲石之異文；《說文》磬之古文作，从后巠聲。……故厈爲后之異文，而后石爲一字。《尚書・堯典》：擊石拊石，《釋文》：石，古文作后，磬；謂古文作后，下有磬字，蓋后爲石之證也。……或曰：(《堯典》:「汝司稷」)古文作后，則后乃后字，非司字。《說文》：司，臣司事於外者，从反后。其實爲一字。……因甲骨文求左右對稱，常常正反書之，其實爲一字，……許氏不見眞古文，不知爲一字，強分爲二，而易其解說。」（金$^{9}_{92\sim94}$）依師之言可知：后與司於栔文中無別，皆後世之司字也。大徐本从厂、从一口之后，乃古文石字；若从𠂆从口之后，始爲司后之后字。《字說》更曲解从厂之意爲「承上世之庇覆，以君天下」，顯然鑿空無據也。

40. 朩　《字說》：「朩，上土屮，極矣則別而落，無以下朩焉。」（305 𣏟）
《說文》：「朩，分枲莖皮也。从屮，八象枲皮。」（段 7 下 1）
按：朩爲艸皮，象其分皮之在屮以明之，後遂名取皮之艸亦曰朩。後世文尙繁緟，以朩重之爲𣏟，又以𣏟加广爲麻，實皆爲艸皮之朩也（說 3186）。《字說》以屮爲艸類，與《說文》同，而解「八」爲「別」，謂：「上土屮，極矣則別而落」，則臆解也。

41. 柲　《字說》：「戈、矛、戟之柄，謂之柲者，蓋操執之以爲用，則謂之柄；左右戾而爲取小，則謂之柲。」
《說文》：「柲，欑也，從木必聲。」（段$^{6上}_{52}$）「必，分極也，从八弋，八亦聲。」（段$^{2上}_{3}$）
按：必即柲之本字，其義爲柄，甲文作必必必諸形，「假器物之柄，著一斜畫於柄上爲指事字以明之。所假器物則爲升，造字者恐與升字相混，特於柄之下端曲折斜出，更於其曲折處著一斜畫以示必之爲心，以別升斗本字也。」（甲 275）金文省作必・必必，乃生《說文》：「从八弋」分極之義，從木作之柲，則後起字也（金$^{2}_{72}$）。《字說》以用戈有取小之意，因釋必字「從八從弋」爲「左右戾而爲取小」會意，實爲望文生訓。

42. 殳　《字說》：「殳，又擊人，求己勝也，然人亦丿焉。」
按：殳字甲文作殳殳諸形，似爲有刃刺兵，其義不明（甲 999），金文象手持𠘧作殳，「𠘧蓋杸之象形；殳之爲器，其柄曲，其頭尖」（金$^{3}_{681}$），小篆乃譌爲「从又几聲」之「殳」（段$^{3下}_{24}$），《字說》又據小篆說其會意之義，去本誼益遠。

43. 气　《字說》：「有陰气焉，有陽气焉，有沖气焉，故從乙。起於西北則無動而生之也。印左低右，屈而不直，則气以陽爲主，有變動故也。」
按：《說文》曰：「气，雲气也，象形。」（段$^{1上}_{39}$）甲文作「三」，象雲气層疊形，其用法有三：一爲气求之气，一爲迄至之迄，一讀爲終止之訖。降及周代，以其與下上合文及紀數之三易混，乃彎曲上下畫作氣，以資識別（甲 155～158）。《字說》以小篆之形印左，乃附會五行曰：陽气「起於西北」；又以气之三畫，分別代表陽气、沖气、陰气。此說純爲臆解無疑。

44. 矢　《字說》：「矢從八，從睽而通也。從入，欲覆入之。從一，與弓同意。」

按：《說文》曰：「矢，弓弩矢也，从入，象鏑、栝、羽之形。」（段$^{5下}_{22}$）甲文爲象矢形作，金文衍鏑形爲「𠆢」，作形，因有許愼「从入」之誤解。《字說》乃析小篆爲「從八、從入、從一」三文以說會意，實爲迂曲穿鑿。

45. 矛　《字說》：「矛，句而ㄱ焉。必或尸之，右持而句，左亦戾焉。」

按：《說文》云：「矛，酋矛也，建於兵車，長二丈，象形。」字象矛之首、柄、枝、旄之形（說 6393），而《字說》以會意釋之，析小篆爲「從ㄗ、從丨、從乀、從ㄏ」四文，顯爲臆解。

46. 農　《字說》：「農，致其爪掌，養其所受乎天者，故從臼、從囟。欲無失時，故從辰。」

按：《說文》曰：「農，耕人也，从晨囟聲。」古文作𦦵，與甲文作者同；籀文作𨋍，與金文作者相似。甲文從林，指農人所處之地；從辰者，蜃也，《淮南書》「摩蜃而耨」之「蜃」也。金文從田，象執事於田中，小篆譌田爲囟，因爲「囟聲」之說。（段$^{3上}_{40}$，甲$^{839}_{840}$，金$^{3}_{330}$）《字說》仍小篆之誤而生新解，以爲人乃受天地之精而生，囟又爲人體之精，故雙手致力於事以養腦囟，因不失其時，則爲農矣。其說望文生訓，不足深詰。

47. 𨏥　《字說》：「𨏥，兩車也，兩戈也，兵車於是爲連也。」

按：𨏥乃籀文輈字，《說文》：「輈，轅也，从車舟聲。」何休注《公羊傳》以輈爲小車，朱駿聲謂：「小車居中，一木曲而上者，謂之輈。」（說 6435）經籍傳注不見輈字有從戈之意，則《字說》以兵車相連爲訓，亦附會字形而爲臆說也。

48. 鳧　《字說》：「鳧有不可畜者，能反人也，爲得己焉；有可畜者，不能乙也，爲戾右焉。」

按：《說文》曰：「鳧，舒鳧，鶩也。从几鳥，几亦聲。」（段$^{3下}_{29}$）金文從人作，蓋「人所畜也，取其近人」（金$^{3}_{692\sim693}$），小篆乃衍人爲几。是鳥也，在家曰鶩，在野曰鳧，合言之皆曰鳧；《字說》以「有可畜者」、「有不可畜者」釋之，亦得其實，然釋「几」曰：「不能乙也，爲戾右焉」，則乖戾不經。

49. 黻　《字說》：「黻，兩己相弗而以丿爲守。」

按：黻字本爲圖案「」形，與古弗字「弫」相似，故讀爲「弗」音，後又以同音字「紱」代之，又以「黹」易「糸」而成《說文》「黑與青相次文」之黻。後人釋黻文之爲「兩己相背」，《字說》取其義而又強釋聲符之「犮」爲「以丿爲守」，實與黻字無涉。（段$^{7\text{下}}_{59}$，說$^{3459}_{3460}$）

50. 我　《字說》：「戈所以敵物而勝之，故我之字从戈者，敵物之我也。非有勝物之智，則不能敵物，非有立我之智，則至於失我。」

《說文》：「，施身自謂也。或說：我，頃頓也。从戈手，手，古文垂也。一曰古文殺字。……古文我。」段《注》：「合二成字，不能定其會意、形聲者，以手字不定爲何字也。」（段$^{12\text{下}}_{42}$）

按：我字甲骨文作諸形，李孝定以爲：「象兵器之形，以其柲似戈，故與戈同，非从戈也。器身作，左象其內，右象三銛鋒形。……卜辭均假爲施身自謂之詞，許君或說，乃引申誼，植兵於地，有傾頓之象也。」（甲 3799）金文作諸形，朱芳圃曰：「我象長柄有三齒之器，即錡之初文，原爲兵器，〈破斧〉（豳風）三章以錡銶並言，是其證。……再從聲類求之，凡从我从奇得聲之字，例皆相通，……是我之爲錡，形義既符，音亦切合。自假爲施身自謂以後，別造錡字代之，初形本義，因之晦矣。」（金$^{12}_{543\sim551}$）由此可證，我之初文，象兵器之全形，殷絜中已借爲第一人稱代名詞矣。又以其形象立戈，故引申有「停頓」之意。《字說》以「敵物而勝之」，說「从戈」之意，謂以武力可使他物屈服，且有武力則可以恃武自立，皆爲望文生訓之說也。

第二節　《字說》引書考

譏貶《字說》者，多謂此書附會穿鑿，不本《說文》而盡以會意解字，此論於今日言之，容或可商。蓋《字說》縱有與《說文》相異之處，亦屬介甫思索之深，而自有所得之見，且介甫本欲以此是正《說文》之訛者。其於制字本義上，雖云失之太過，實亦李唐、五代以來，字學久廢不講，因之穿鑿滋甚，流弊不還所致，宋人泰半如此，非惟介甫獨然也。

《字說》藉政治勢力而擅行於天下，達三十六載，束縛舉子仕進，而影響學風、政治甚鉅，是乃其書備受訾議之故也；否則，穿鑿無根之書，何代無之？亦多如草木榮華之飄風，誰復論議？

若捨介甫析解字形之說，而觀其鳥獸名物、人生道德之論，亦頗富觀察仔細，了悟深刻之處者。

若云：鶡鳴於兩至之間，鳲鴿行欲而句足，虎豹貍皆勺物而取，羆雖力大而能以網獲之，蜻蜓者動止常廷，……是皆於物性深有察驗者。

若云：商屬下道，以遷有貿無為利，「干上則為辛焉」；而輕遨之態，則「有從之貌而無其事，雖近，遨也」。皆說人之常情，亦經驗之談也。

又謂：「以俞為合，乃卒乎分；夫很如羒，俞如枌，皆分之道。」（枌）此言則有《莊子》：「為善無近名，為惡無近刑」〔註6〕之意。

至若分「士工才」為三類人等，而謂：才者無所不達，士則雖志於道而僅達一端者，工則不學不達之人，祇能為人作工而已。其意殆謂：人性本善，惟後天失學，是乃致異耳。〔註7〕

以此類說義曉喻初學者，勿使拘泥一篇，則亦簡明有功矣。是以由《字說》中，見介甫之政治理想，治學體認與夫人生哲理，並驗證其答曾鞏書中所云：「某自百家、諸子之書，至於《難經》、《素問》、《本草》、諸小說，無所不讀，農夫、女工，無所不問」，洵為不虛矣！何乃必以其短伐之哉？

今據《說文》字形，以說《字說》之失，當亦如據金文、契文以論《說文》之訛，實不須太拘執一隅也。故宋人尹焞（和靖）即引鄭西溪之言曰：「半山《字說》不足為穿鑿，許慎識文識字，而求義太過，是可謂穿鑿。半山能別文字也。某有三語曰：無義之義，理之眞；有義之理，理之失；失義之理，理之妄。」〔註8〕

且介甫早年亦嘗覃思究釋《說文》古字，時有所悟；晚年更與門生、友人，諮諏討論，博盡所疑，始成《字說》。故《字說》亦有頗取《說文》說解之處。其壻蔡卞即謂：「介甫晚年居金陵，以天地萬物之理，著於此書，與《易》相表裏。」稍後之黃庭堅亦云：「荆公晚年刪定《字說》，出入百家，語簡而意深。」皆言《字說》說解之有據。〔註9〕

徽宗朝，《字說》學鼎盛，科舉以此書程試諸生，一時解義者甚眾，邛州知府唐耜，且為之作《字說集解》百二十卷，頗注《字說》用事所據之書，如「鳲鴿」條，引《考工記》：「鸜鴿不喻濟」為解；書出而一時稱便。南宋理宗時，《字說》已行世百有五十年矣，尚有雷抗為《新刊字說》作注。凡此，皆可證《字說》之說解，頗

〔註6〕《莊子集釋》卷二上，〈養生主第三〉。

〔註7〕所引九字，各見《字說》輯佚該條：（14）鶡，（8）鳲鴿，（32）豹，（49）羆，（53）蜻蜓，（129）商，（339）遨，（105）枌，（123）士工才。

〔註8〕《宋元學案補遺》卷九八頁49。

〔註9〕《郡齋讀書志》卷四頁15《字說》條。《山谷題跋》卷三頁37〈書荆公騎驢圖〉，《捫蝨新話》卷一頁2。

有依據，並非盡爲鑿附之作也。〔註 10〕

今依《字說》佚文，略加稽考，條列其引書之例於後，以證其說解之有據。引用書目，十三經及《段注說文》概用藝文本，餘則各目下注明；每則引文下，皆標明該書之卷數、頁碼。

壹、引《詩經》考

1. 引經文考

杜　《字說》:「《詩》言『蔽芾甘棠』。」《召南・甘棠》:「蔽芾甘棠，勿翦勿伐。」（卷一之四頁 8）

鴞　《字說》:「『墓門有棘』,『有鴞萃止』是已。《泮水》曰:『翩彼飛鴞，集于泮林』。」《陳風・墓門》:「墓門有棘，斧以斯之」「墓門有梅，有鴞萃止」（卷七之一頁 1）;《魯頌・泮水》:「翩彼飛鴞，集于泮林」（卷二十之一頁 20）

螟　《字說》:「《詩》曰:『螟蛉有子，果蠃負之』。」《小雅・節南山之什・小宛》:「螟蛉有子，果蠃負之」（卷十二之三頁 2）

黽　《字說》:「《詩》曰:『黽勉同心』。」《邶風・谷風》:「何有何亡，黽勉求之」（卷二之二頁 13）

追　《字說》:「《詩》曰:『追琢其章』。」《大雅・文王之什・棫樸》:「追琢其章，金玉其相」（卷十六之三頁 8）

莪　《字說》:「《詩》曰:『匪莪伊蒿，匪莪伊蔚』。」《小雅・谷風之什・蓼莪》:「蓼蓼者莪，匪莪伊蒿」「蓼蓼者莪，匪莪伊蔚」（卷十三之一頁 3）

萎餘　《字說》:「《詩》雖以（萎餘）比淑女。」《周南・關雎》:「參差荇菜，左右流之；窕窈淑女，寤寐求之。」（卷一之一頁 21）

菼　《字說》:「言『葭菼揭揭』,『庶妾上僭』，以其自下而亂始也。」《衛風・碩人》:「鱣鮪發發，葭菼揭揭，庶姜孽孽，庶士有朅。」（卷三之三頁 18）《衛風・綠衣・序》:「〈綠衣〉，衛莊姜傷己也。妾上僭，夫人失位而作是詩也。」（卷二之一頁 8）

2. 引《詩序》考

兔　《字說》:「《詩》以〈兔爰〉刺桓王之失信。」《王風・兔爰・序》:「《兔爰》，閔周也；桓王失信，諸侯背叛，構怨連禍，王師傷敗，君子不樂其生焉。」（卷四之一頁 12）

薇　《字說》:「《詩》以〈采薇〉言戍役之苦。」《小雅・鹿鳴之什・采薇・序》:「〈采

〔註 10〕《郡齋讀書志》卷四頁 11,《老學庵筆記》卷二頁 13,《玉海》卷四三頁 22,《宋會要輯稿・崇儒》五之二八。《緗素雜記》卷八二〈�鴿〉條。《密齋隨筆》卷一頁 16。

薇〉，遣戍役也。」（卷九之三頁 10）

鴇　《字說》：「《詩》以〈鴇羽〉刺君子下從征役，不得養其父母。」《唐風．鴇羽．序》：「〈鴇羽〉，刺時也。昭公之後，大亂五世，君子下從征役，不得養其父母，而作是詩也。」（卷六之二頁 6）

蒹　《字說》：「言『蒹葭』，刺無以保國。」《秦風．蒹葭．序》：「〈蒹葭〉，刺襄公也；未能用周禮，將無以固其國焉。」（卷六之四頁 1）

3. 引《毛傳》考

仔　《字說》：「仔，肩也。」《周頌．閔予小子．敬之》「佛時仔肩」，《傳》：「仔、肩，克也。」（卷十九之二頁 22）

椐　《字說》：「椐又樻也。」《大雅．文王之什．皇矣》「其檉其椐」，《傳》：「椐，樻也。」（卷十六之四頁 4）

欒　《字說》：「《詩．素冠》：『棘人欒欒兮』，彼注云：『欒欒，瘦瘠貌。』」《檜風．素冠》：「棘人欒欒兮」，《傳》：「欒欒，瘠貌。」（卷七之二頁 6）

檜　《字說》：「檜，柏葉松身。」《衛風．竹竿》「檜楫松舟」，《傳》：「檜，柏葉松身。」（卷三之三頁 8）

鴻鴈　《字說》：「大曰鴻，小曰鴈。」《小雅．鴻鴈之什．鴻鴈》「鴻鴈于飛」，《傳》：「大曰鴻，小曰鴈。」（卷十一之一頁 1）

葵　《字說》：「（葵）又訓揆。」《小雅．魚藻之什．采菽》「天之葵之」，《傳》：「葵，揆也。」（卷十五之一頁 9）

芼　《字說》：「芼，擇也。」《召南．騶虞》：「彼茁者葭」，《傳》：「葭，蘆也。」（卷一之五頁 14）

軫　《字說》：「與車相收也，故軫訓收。」《秦風．小戎》「小戎俴收」，《傳》：「收，軫也。」（卷六之三頁 9）

除　《字說》：「新故相除。」《小雅．谷風之什．小明》：「日月方除」，《傳》：「除，除陳生新也。」（卷十三之一頁 24）

4. 引《鄭箋》考

忠　《字說》：「中心爲忠。」《周南．關雎．序》之《鄭箋》：「衷謂中心恕之。」（卷一之一頁 18）

隼　《字說》：「《詩》以（隼）喻不制之諸侯。」《小雅．鴻鴈之什．沔水》：「鴥彼飛隼，載飛載止。」《箋》：「喻諸侯之自驕恣，欲朝不朝，自由無所在心也。」（卷十一之一頁 6）

欒　《字說》：「彼注云：『欒欒，瘦瘠貌』。」《檜風．素冠》：「棘人欒欒兮」《箋》：

「形貌柔柔然，瘦瘠也。」（卷七之二頁 6）

貳、引《書經》孔安國傳考

農　《字說》:「農者本也，故又訓厚。」〈洪範〉:「次三曰『農用八政』。」《傳》:「農，厚也。」（卷十二頁 4）

參、引《周禮》考

1. 引經文考

伍　《字說》:「五人爲伍。」《地官・族師》:「五人爲伍」（卷十二頁 13）；〈司馬〉:「五人爲伍」（卷二八頁 2）

仞　《字說》:「《考工記》曰:『人長八尺，登下以爲節。』」《考工記・察車之道》:「人長八尺，登下以爲節。」（卷三九頁 11）

熊　《字說》:「可以其物火之。」《秋官・穴氏》:「各以其物火之。」（卷三七頁 3）

茅　《字說》:「茅，自然之潔白，故以共祭祀。」《天官・甸師》:「祭祀共蕭茅。」（卷四頁 6）

醇　《字說》:「《周禮》有『清酒、昔酒』。」《天官・酒正》:「辨三酒之物，一曰事酒，二曰昔酒，三曰清酒。」（卷五頁 11）

軫　《字說》:「軫之方也，以象地。」《冬官・考工記》:「軫之方，以象地。」（卷四十頁 7）

轂　《字說》:「轂有口，所以利轉也。」《冬官・考工記》:「轂也者，以爲利轉也。」（卷三九頁 12）

韇　《字說》:「赤與白爲章。」《考工記・畫繢之事》:「赤與白謂之章。」（卷四十頁 25）

2. 引鄭《註》考

糧　《字說》:「行食爲糧。」《地官・廩人》:「治其糧與食。」鄭《註》:「行道曰糧。」（卷十六頁 19）

輿　《字說》:「輿又訓眾。」《司馬・政官之屬》:「輿司馬，上士八人。」《註》:「輿，眾也。」（卷二八頁 1）

鵠　《字說》:「鵠，遠舉而難中。」《天官・司裘》:「設其鵠。」《註》:「鳱鵠，小鳥而難中。」（卷七頁 7）

肆、引《禮記》考

1. 引經文考

牷　《字說》:「《國語》曰:『毛以告全』。」按:《國語》無此語,蓋取義自《禮記・郊特牲》:「毛、血,告幽全之物也。」(卷二六頁 22)

藉　《字說》:「若『藉而不稅』是也。」〈王制〉:「古者公田藉而不稅。」(卷十二頁 23)

豺　《字說》:「豺……知時祭。」〈王制〉:「豺,祭獸,然後田獵。」(卷十二頁 5)

鴈　《字說》:「大夫贄此(鴈)者,以知去就爲義。」〈曲禮〉下:「凡贄,……大夫鴈。」(卷一頁 29)

伍、引《易經》考

鴻　《字說》:「《易》曰:『隨時之義大矣哉!』」〈隨卦〉之彖:「隨時之義大矣哉!」(卷三頁 1)

寉　《字說》:「不疾而速,不行而至。」〈繫辭〉上:「唯神也,故不疾而速,不行而至。」(頁 7 頁 25)

象　《字說》:「象,像之也。」〈繫辭〉下:「象也者,像也。」(卷八頁 8);又:「象也者,像此者也。」(卷八頁 3)

茹　《字說》:「《易》所謂『拔茹』。」〈泰卦・初九〉:「拔茅茹。」(卷二頁 19);〈否卦・初六〉:「拔茅茹。」(卷二頁 24)

茝　《字說》:「頤者,養也。」〈序卦傳〉:「頤者,養也。」

勢　《字說》:「《易》曰:『地勢〈坤〉』。」〈坤卦〉之象:「地勢〈坤〉。」(卷一頁 23)

圓圜　《字說》:「《易》曰:『蓍之德,圓而神。』……《易》曰:『〈乾〉爲圜』。」〈繫辭〉上:「蓍之德,圓而神。」(卷七頁 26);〈說卦〉:「〈乾〉爲天,爲圜。」(卷九頁 7)

戲　《字說》:「用戈用豆,以一致爲百慮。」〈繫辭〉下:「子曰:『天下何思何慮?天下同歸而殊途,一致而百慮,天下何思何慮?』」(卷八頁 9)

童　《字說》:「始生而蒙,……方起而穉。」〈說卦〉:「物生必蒙,……蒙也,物之穉也。」(卷九頁 11)

陸、引《春秋左傳》考

1. 引經文考

椐　《字說》:「《春秋傳》曰:『弱足者居。』」《左》昭七年《傳》:「孔成子……曰:『弱足者居。』」(卷四四頁 19)

武　《字說》:「止戈爲武。」《左》宣十二年《傳》:「楚子曰:『夫文,止戈爲武。』」(卷二三頁20)

象　《字說》:「象齒感雷,莫之爲而文生。」《左》襄二十四《傳》:「子產曰:『象有齒以焚其身。』」(卷三五頁25)

隼　《字說》:「司寇之官則以鶻鳩名之。」《左》昭十七年《傳》:「爽鳩氏,司寇也。」(卷四八頁7)

桑扈　《字說》:「少昊氏以『九扈爲九農正』,亦曰:『扈民無淫者』。」《左》昭十七年《傳》:「九扈爲九農正。扈民無淫者也。」(卷四八頁8)

2. 引孔穎達《正義》考

忠恕　《字說》:「中心爲忠,如心爲恕。」《左》桓六年《傳》:「所謂道,忠於民而信於神也。」《正義》:「於文,中心爲忠,言中心愛物也。」(卷六頁17);《左》昭六年《傳》:「懼其末也,故誨之以恕。」《正義》:「於文,中心爲忠,如心爲恕,謂如其己心也。」(卷四三頁17)

柒、引《爾雅》考

1. 引經文考

冢　《字說》:「《爾雅》曰:『山頂曰冢。』」〈釋山〉:「山頂,冢。」(卷七頁15)

仔　《字說》:「《爾雅》曰:『仔,肩也。』」按:《爾雅》無「仔」字,引文當取自《詩・毛傳》。

牟　《字說》:「《爾雅》曰:『牟,進也。』」按:《爾雅》無「牟、進」二字,引文當取自《玉篇》。

艾　《字說》:「《爾雅》曰:『艾,歷也;艾,長也。』」〈釋詁〉下:「艾,歷也。」(卷二頁15);「育、孟、耆、艾、正、伯,長也。」

芼　《字說》:「《爾雅》曰:『芼,擇也。』」按:〈釋言〉曰:「芼,搴也。」與此不同,引文當取自《詩・毛傳》。

歲　《字說》:「彊圉。」〈釋天〉:「太歲……在丁曰強圉。」(卷六頁6)

樲　《字說》:「棗甘而樲酸。」〈釋木〉:「樲,酸棗。」(卷九頁5)

荷　《字說》:「故曰:『荷,芙蕖也。』」〈釋草〉:「荷,芙蕖。」(卷八頁10)

葵　《字說》:「(葵)又訓揆。」〈釋言〉:「葵,揆也。」(卷三頁10)

輿　《字說》:「輿又訓始。」〈釋言〉上:「輿,始也。」(卷一頁1)

駮　《字說》:「駮類馬,食虎。」〈釋畜〉:「駮,如馬,倨牙,食虎豹。」(卷十頁19)

桑扈　《字說》:「桑扈，竊脂。」〈釋鳥〉:「桑鳸，竊脂。」(卷十頁 5)

檜樅　《字說》:「檜，柏葉松身，……樅，松葉柏身。」〈釋木〉:「樅，松葉柏身。檜，柏葉松身。」(卷九頁 8)

捌、引《釋名》考(廣文本)

扈　《字說》:「戶所以閉。」《釋宮室》:「戶，護也，所以謹護閉塞也。」(卷五頁 44)

軾　《字說》:「軾，所憑撫以爲禮式之者也。」《釋車》:「軾，式也，所伏以式敬者也。」(卷七頁 58)

玖、引《論語》考

1. 引經文考

貉　《字說》:「故孔子:『狐貉之厚以居。』」〈鄉黨〉第十:「狐貉之厚以居。」(卷十頁 5)

氣　《字說》:「孔子曰:『肉雖多，不使勝食氣。』」〈鄉黨〉第十:「肉雖多，不使勝食氣。」

鴻　《字說》:「鴻從水，言智。」〈雍也〉第六:「子曰:『知者樂水，仁者樂山。』」(卷六頁 8)

攻　《字說》:「若所謂『鳴鼓而攻之』是也。」〈先進〉第十一:「小子鳴鼓而攻之可也。」

則　《字說》:「故又爲『不重則不威』之則。」〈學而〉第一:「子曰:『君子不重則不威。』」

黼　《字說》:「所謂『煥乎其有文章』。」〈泰伯〉第八:「巍巍乎其有成功也，煥乎其有文章。」

2. 引孔穎達《正義》考

革　《字說》:「三十年爲一世。」〈子路〉第十三:「必世而後仁。」《正義》:「三十年曰世。」(卷十三頁 5)

拾、引《孟子》考

佮　《字說》:「非能與眾樂樂。」〈梁惠王〉下:「與少樂樂，與眾樂樂，孰樂?」(卷二上頁 1)

拾壹、引《說文》考

中　《字說》:「中，通上下。」《說文》:「中，……从口丨，下上通也。」（卷一上頁 40）

征　《字說》:「征，正行也」《說文》:「延，正行也。……征，延或从彳。」（卷二下頁 3）

徒　《字說》:「無車而行，謂之徒行也。」《說文》:「徒，步行也。」（卷二下頁 3）

椐　《字說》:「椐又樻也。」《說文》:「椐，樻也。」「樻，椐也。」（卷六下頁 10）

玄　《字說》:「幺而覆入者，玄也。」《說文》:「玄……象幽而亼（入）覆之也。」（卷四下頁 4）

白　《字說》:「白所謂入二也。」《說文》:「白，从入合二。」（卷七下頁 52）

皋　《字說》:「夲，進趣也。」《說文》:「夲，進趣也。」（卷十下頁 15）

濃　《字說》:「濃，水厚。」《說文》:「濃，露多也。」（卷十一上二頁 27）

襛　《字說》:「襛，衣厚。」《說文》:「襛，衣厚貌。」（卷十四下頁 35）

赤　《字說》:「定從大火爲赤。」《說文》:「赤，……从大火。」（卷十下頁 3）

醲　《字說》:「醲，酒厚。」《說文》:「醲，厚酒也。」（卷十四下頁 35）

銅　《字說》:「銅，赤金也。」《說文》:「銅，赤金也。」（卷十四上頁 1）

革　《字說》:「三十年爲一世。」《說文》:「三十年爲一世。」（卷三上頁 7）

鷮　《字說》:「尾長而走且鳴。」《說文》:「鷮，長尾雉，走且鳴。」（卷四上頁 54）

鼓　《字說》:「支，擊也。」《說文》:「支，小擊也。」（卷三下頁 32）

雀　《字說》:「雀，小隹，……春夏集於人上。」《說文》:「雀，依人小鳥也。」（卷四上頁 25）

國　《字說》:「國，於文從或從口；爲其或之也，故口之。」《說文》:「國……从口从或。」（卷六下頁 11）

川　《字說》:「巜會以爲川。」《說文》:「川，言深く巜之水，會爲川也。」（卷十一下頁 3）

公　《字說》:「韓非曰:『自營爲厶，背厶爲公。』」按:此文引自《說文》:「韓非曰:『背厶爲公。』」（卷二上頁 3）；蓋《韓非・五蠹篇》原文作:「倉頡之初作書也，自環者爲私，背私謂之公。」《字說》雖引「韓非曰」，而引文卻同於《說文》而異於《韓非子》，可知實乃出自《說文》。

巳　《字說》:「正陽也，無陰焉。」《說文》:「巳，巳也；四月昜气巳出，陰气巳藏。」（卷十四下頁 30）

撢　《字說》:「撢之爲言取也，所覃及，乃能撢之。」《說文》:「撢，探也。」「探，遠取之也。」（卷十二上頁 44）

无　《字說》:「王育曰:『天屈西北爲无。』」《說文》:「无，奇字無，……王育說:『天屈西北爲无』。」(卷十上頁 46)

美　《字說》:「羊大則充實而美成。」《說文》:「美，甘也，从羊大。」段《注》:「羊大則肥美。」(卷四上頁 32)

菼　《字說》:「其始生曰菼，又謂之薍。」《說文》:「𦵹，萑之初生，一曰薍。……菼，𦵹或从炎。」「薍，𦵹也。」(卷一下頁 25)

青　《字說》:「青，東方也，……青生丹。」《說文》:「青，東方色也，木生火，从生丹。」(卷五下頁 1)

矦　《字說》:「矦，內受矢，外厂人。」《說文》:「矦，……从人，从厂象張布，矢在其下。」(卷五下頁 23)

拾貳、引《玉篇》考(新興本)

牟　《字說》:「《爾雅》曰:『牟，進也。』」按:《爾雅》無「牟、進」二字，而《玉篇》有此義。〈尤韻〉「牟」字下:「牟，進也。」(卷三五頁 331)

拾參、引《國語》考(廣文本)

牷　《字說》:「《國語》曰:『毛以告全。』」按:《國語》但言:「毛以示物，血以告殺。」(卷十八頁 57 上)《禮記・郊特牲》孔穎達《正義》謂:「血是告幽之物，毛是告全之物。」(卷二十六頁 26)與《字說》文句相似。

鍾　《字說》:「《國語》曰:『鍾尚羽。』」《周語》下:「琴瑟尚宮，鍾尚羽。」(卷三頁 13 上)

拾肆、引《老子》考(廣文本)

私　《字說》:「老子曰:『夫非以無私也，故能成其私。』」〈天長地久章〉第七:「非以其無私耶?惟其無私，故能成其私。」(頁 7)

無　《字說》:「老子曰:『有無之相生。』」〈天下皆知章〉第二:「有無相生，難易相成。」(頁 2)

美　《字說》:「老子曰:『天下皆知美之爲美，斯惡矣。』」〈天下皆知章〉:「天下皆知美之爲美，斯惡矣。」(頁 2)

拾伍、引《莊子》考(河洛本)

輗　《字說》:「輗則有大焉，所謂『能兒子』者也。」〈庚桑楚〉第二三:「能兒子

乎？兒子終日嘷而嗌不嗄，和之至也。」（卷八上頁 790）

顰　《字說》:「莊子曰:『卑而不可不因者，民也。』」〈在宥〉第十一:「卑而不可不因者，民也。」（卷四下頁 397）

妙　《字說》:「爲少爲女，爲無妄少女，即不以外傷內者也。」〈逍遙遊〉第一:「綽約若處子。」郭象《注》:「處子者，不以外傷內。」（卷一上頁 28）

拾陸、引《荀子》楊倞注考（世界本）

僞　《字說》:「人爲謂之僞。」〈性惡篇〉:「人之性惡，其善者僞也。」楊《注》:「凡非天性而人作爲之者，皆謂之僞。故爲字人傍爲，亦會意字也。」（卷十七頁 289）

拾柒、引《春秋說題辭》考（《黃氏逸書考》）

天　《字說》:「一而大者，天也。」《春秋說題辭》:「立字一大爲天。」（頁 5）

拾捌、引《禽經》張華注考（夷門廣牘本）

鶡　《字說》:「鶡善鬥，以放於死。」《禽經》:「鶡，毅鳥也，毅不知死。」張華《注》:「狀類鶏，首有冠，性敢於鬥，死猶不置，是不知死也。」（卷三一頁 21）

拾玖、引《西京雜記》考（新興本）

巳　《字說》:「巳，正陽也，无陰焉。」《西京雜記・元光元年》條:「建巳之月是也，故謂之正陽之月。……此月純陽，疑於無陰。」（卷三頁 5）

貳拾、引《酉陽雜俎》考（商務本）

鴝鵒　《字說》:「鴝鵒多欲，尾而足句焉。」《酉陽雜俎續集》:「勾足鸜鵒，交時以足相勾，促鳴鼓翼如鬪狀，往往墮地。」（卷八頁 242）

貳壹、引佛書考

介甫晚年歸隱鍾山，無復他學，作《字說》外，輒閱佛書爲樂。故暮年詩文亦恬靜幽澹，深具哲理，大異於早年之意氣激昂。其用力於《字說》者亦如之。與介甫同時之學者蘇轍，即謂:「介甫解佛經三昧之語用《字說》，示關西僧法秀。」介甫更自道:「《字說》深處，亦多出於佛書。」民國六十七年，李燕新撰《王荊公詩探究》，討論介甫晚年之「佛理詩」殊爲詳審，可由其文推知《字說》以佛理解字之迹。介甫以佛理解字之優劣如何，宋人說者甚多，此不具論，僅引宋人筆記三則，

以爲例證。〔註 11〕

天　《字說》:「天之爲言塡也，居高理下，含爲太一，分爲殊形，故立字一而大。」見《法苑珠林》。〔註 12〕

空　《字說》:「無土以爲穴，則空無相；無工以穴之，則空無作。無相無作，則空名不立。」

《維摩詰經》:「空即無相，無相即無作，即心意識。」《法華經》:「但念空無作。」〔註 13〕

刀搔追牂柯　《字說》:「能制者刀也，所制者非刀也。」「搔，手能蚤所搔。」「追，所追者止，能追者從而從之。」「牂柯，以能入爲柯，所入爲牂。」所引四文之「能……，所……」二語用法，殆取義自《圓覺經》:「其所證者，無得無失，無取無捨；其能證者，無作無止，無生無滅。於此證中，無能無所。」〔註 14〕

貳貳、引通人說考

《字說》之說解，亦有與宋及宋以前之學者解字之義相近者，以此類說解皆存於後人之書中，未能查其本原，始名之曰「通人說」。

1. 引張衡說考

星　《字說》:「物生乎下，精成於列。」此文之義，出於張衡《靈憲圖》:「星者，體生於地，精成於天，列居錯峙，各有逌屬。」(《後漢書・天文志》上)

2. 引鄧展說考

訟　《字說》:「訟者，言之於公。」《漢書・高后紀》第三:「未敢誦言誅之。」鄧展《注》:「誦言，公言也。」(卷三頁 103)

3. 引裴光遠說考

染　《字說》:「木生色，每入必變，變至於九，九已無變。於文从木，而九在木上。」徐鍇曰:「《說文》無杂字。裴光遠云:「从木，木者所以染，梔茜之屬也。从九，九者染之數也。」(《說文詁林》卷十一上頁 5097)

4. 引徐鉉說考

痽　《字說》:「痽之應物，人或使能疾而已。」徐鉉曰:「鷹隨人所指蹤，故从人。」(《說文詁林》卷四頁 1530)

〔註 11〕參見李燕新《王荊公詩探究》第二章第六節。又：引言見:《欒城遺言》頁 9,《巖下放言》卷上頁 13。

〔註 12〕《猗覺寮雜記》卷一頁 44。

〔註 13〕《捫蝨新話》卷一頁 2,《老學庵筆記》卷一頁 9。

〔註 14〕《捫蝨新話》卷一頁 2。

結　語

趙宋承五代積弊，文風衰頹，字學不講。太祖有意振興文風，太宗亦嘗詔令刊正歷代字書，以正書體字形，神宗好學，且或解說字義，又憂字學之淹滅，乃詔儒臣探討。宋代字學，由是漸受重視，研討文字，著爲專書者，亦日趨眾多；介甫所撰之《字說》，即其中之一也。

《字說》專事於文字形義之探討，其說解多穿鑿附會，且又違戾先儒之詁訓，故一時之風評，亦毀多而譽少。惟科場、學校盡本此書以程試諸生，遂使專行於一時，影響深遠，貽害亦鉅，實乃宋代舉制及字學上之一厄也。

介甫早年嘗熟讀許愼《說文》，於古文字之體認頗深；中年修撰《周官新義》，亦將字學理論，融入經義說解中；晚年更耗費六載光陰，躬履察驗物性之眞實，搜求前賢及時人之說解，並附以「與門人所推經義」，始完成二十四卷之《字說》；且助修《字說》而可稽考生平者，亦得蔡肇、譚掞二人。可知《字說》實非介甫一人一時之獨斷創作。

細究《字說》之說解文意，可歸納爲四類：

一爲早期修撰《周官新義》時之解經文字，多屬分析字形，附會政治理想者，如：卿、士、胥、徒、吏、史、財、賄、匪、頒、逆、迎……之類，雖有以會意解說聲符之實例，而取用《說文》及古籍之說解者尙多。

二爲說解《詩》義者，多引《詩》句以證物性，再以物性，牽合比興，如：鳺、鵙、隼、貉、蜩蟬、蜉蝣、菅茅、杜棠……皆是；或即介甫「與門人所推經義」之類。

三爲附會五行、雜引釋道之說解，或即介甫晚年退隱金陵，「用力忘疾，博盡所疑」，始得完成之部分。此類說解，雖無深義，而文字賅簡，用詞精切，非經多方思索，則猝難通曉，而《字說》穿鑿悠謬之說，亦以此類爲最，如：除、冬、空、无、之、我、聰、終……皆是。

四爲「思索鳥獸草木之名，頗爲解釋」者。此類多闡釋《毛詩》或《爾雅》所載之物名，每將右文之聲符視作義符，以附會事物得名之由，如：蟋蟀、蜘蛛、葵、蔗、艾、莪、豹、貂……等字。此類說解，淺易新奇，望文生訓處，最受宋人詬病。實則神宗已用此法說解文字，介甫「親承訓敕」之餘，偶取其意，以牽合聖旨，或竟取其訓言，編入《字說》中，亦未可知。

深究介甫所以編撰《字說》之故，實與統一經義，培育人才有關，蓋介甫心志切於爲國儲材，欲使士子明經義，識時務，以備國有大用時，能斷之以經術，詳明乎政體，以裨益乎治道。其所以先修撰《三經新義》，亦爲完成「一道德、成習俗」之首事，使學子所學一律，能致力於經世治國之識略，而不鑽情於詩賦詞章之美文。然而明經義、識時務，當由識文字爲起始；欲識文字，則字學不可以不講。

惟宋代字學廢缺，論之者寡，二三字學大家又墨守成規，拘於《說文》、注疏等傳統詁訓，甚難啓迪學子應變之方。故介甫乃創新奇淺易，又能自圓其說之解字方式，欲使學子因悟其法，勿師成心，於學問之道，能無入而不自得。蓋介甫於《字說》之說解，亦無執著而常事刪改，或取莊周「得魚忘筌」之意也。

是以《字說》成爲舉子應試之定本，而已入仕途臣僚、學者，雖譏毀排擊《字說》，介甫亦未加以辨駁，豈非介甫用《字說》爲取士之標準，乃欲學子識見通明而已，並未強使學者從之。或以新法黨人推行之際，求好之心太過，始令《字說》專擅天下，長達三十六載。此類施政弊端，於古今中外、歷朝諸國間，屢見不鮮，非此時獨有也。

有司既阿媚主上，而使《字說》獨擅於科場，學子因之專誦說解，不論義理之當否，亦與記誦經文注疏，不求甚解之事相類矣。如此實非介甫之本義也。介甫晚年即嘗自悔曰：「本欲變學究爲秀才，不謂變秀才爲學究。」蓋舉子專誦王氏新義而不能解其經義，遂致此弊也。

持平論之，《字說》之解字方式，固無可取，惟自統一經義，適用科舉方面觀之，則頗見其功也。

本篇論文，於蒐輯佚文、考述源流上，費力爲多；其未及研討者，如《字說》盛行學校三十六年中，主官之經義策問及舉子之應試答卷，其篇章當可由宋人文集史冊中一一輯出，取之與《字說》說解參較，以觀當時舉制之出題、作答概況，並略考舉第諸生日後仕途之波折及問學之趨向，於研究北宋新法舉制時，當有更實在之例證也。

此外，尚可由《字說》說解中，條理出介甫尊君盡職之爲政觀念，及應時處順之人生態度；由其中以觀介甫中年爲相至老年歸隱，所顯示出不同之心境與學養，於研究介甫之行誼、思想時，當能作更深入之探討也。

學海無涯，惟勤是岸，今以才識所限，未能一一涉及，其當俟諸異日，略予補闕。

引用書目舉要

一、經　部

1. 《十三經注疏》，藝文印書館景清嘉慶刊本。
2. 《毛詩名物解》，宋蔡卞，通志堂經解本。
3. 《毛詩李黃解》，宋李樗·黃櫄，通志堂經解本。
4. 《呂氏家塾讀詩記》，宋呂祖謙，商務印書館景四部叢刊續編本。
5. 《六家詩名物疏》，明馮應京，商務印書館景四庫全書珍本三集本。
6. 《禮記集說》，宋衛湜，通志堂經解本。
7. 《詩經世本古義》，明何楷，商務印書館景四庫全書珍本四集本。
8. 《詩傳名物集覽》，清陳大章，商務印書館叢書集成初編鉛排本。
9. 《詩識名解》，清姚炳，商務印書館景四庫全書珍本五集本。
10. 《毛詩類釋》，清顧棟高，商務印書館景四庫全書珍本初集本。
11. 《詩經新義輯考彙評》，民國程元敏。

〈詩大序〉及〈周南〉、〈召南〉各篇，《中華文化復興月刊》第十二卷第四期，民國六十八年四月出版

〈小雅·鹿鳴〉至〈巷伯〉各篇，《國立編譯館館刊》第八卷第一期，民國六十八年六月出版。

三衛（邶鄘衛）詩各篇，《中華文化復興月刊》第十二卷第八期，民國六十八年八月出版。

〈大雅〉、〈周頌〉各篇，《國立編譯館館刊》第八卷第二期，民國六十八年十二月出版。

〈王風〉至〈曹風〉各篇，《幼獅學誌》第十五卷第四期，民國六十八年十二月出版。

〈國風·豳風〉七篇，《東方雜誌復刊》第十三卷第七期，民國六十九年一月出版。

〈小雅・谷風之什〉、〈甫田之什〉各篇，《孔孟學報》第三十九期，民國 69 年 4 月出版。

12. 《尚書全解》，宋林之奇，通志堂經解本。
13. 《尚書新義輯考彙評》，民國程元敏。

〈虞書・堯典〉等五篇，《國立編譯館館刊》第六卷第二期，民國六十六年十二月出版。

〈夏書・禹貢〉篇，《孔孟學報》第三十五期，民國六十七年四月出版。

〈商書・湯誓〉等十七篇，《國立編譯館館刊》第七卷第一期，民國六十七年六月出版。

〈周書・大誥〉等七篇，《幼獅學誌》第十五卷第一期，民國六十七年六月出版。

〈周書・泰誓〉等六篇，《孔孟學報》第三十六期，民國六十七年九月出版。

〈周書・多士〉至〈君陳〉篇，《書目季刊》第十二卷第一、二期合刊，民國六十七年九月出版。

14. 《周官新義附考工記解》，宋王安石，大通書局景印經苑本。
15. 《周官新義附考工記解》，宋王安石，粵雅堂叢書本。
16. 《周官新義附考工記解》，宋王安石，商務印書館國學基本叢書本。
17. 《周官新義附考工記解》，宋王安石，河洛圖書出版社鉛排本（附於《王安石全集》下冊）。
18. 《周禮詳解》，宋王昭禹，商務印書館景四庫全書珍本初集本。
19. 《周禮訂義》，宋王與之，通志堂經解本。
20. 《四書集註》，宋朱熹，世界書局景刻本。
21. 《埤雅》，宋陸佃，商務印書館叢書集成初編景五雅本。
22. 《爾雅新義》，宋陸佃，商務印書館委宛別藏本。
23. 《爾雅翼》，宋羅願，學津討原本。
24. 《說文繫傳》，宋徐鍇，中華書局四部備要本。
25. 《重修宋大廣韻》，宋陳彭年等，藝文印書重刊本。
26. 《大廣益會玉篇》，梁顧野王撰、宋陳彭年重修，新興書局景鈔本。
27. 《宣和博古圖》，宋王楚，新興書局景明刻本。
28. 《復古編》，宋張有，商務印書館景四庫善本叢書續編本。
29. 《通志六書略》，宋鄭樵，商務印書館國學基本叢書景刻本。
30. 《字通》，宋李從周，知不足齋叢書本。
31. 《通雅》，明方以智，商務印書館景四庫全書珍本三集本。
32. 《小學考》，清謝啓昆，廣文書局景清光緒刊本。
33. 《經籍纂詁》，清臧鏞堂等，宏業書局景刻本。

34. 《説文解字注》，清段玉裁，藝文印書館景經韻樓藏版本。
35. 《説文解字詁林》，民國丁福保，商務印書館景印本。
36. 《小學蒐佚》，民國龍璋，覺勤齋遺書本。
37. 《甲骨文字集釋》，民國李孝定，中研院史語所景印手稿本。
38. 《金文詁林》，民國周法高，香港中文大學景鈔本。
39. 《中國文字學》，民國龍宇純，手稿影印本。
40. 《形聲多兼會意考》，民國黃永武，師大國研所五十四年碩士論文。
41. 《鄭樵文字説之商榷》，民國施人豪，政大中研所六十三年碩士論文。
42. 《宋代金石學》，民國陳俊成，政大中研所六十五年碩士論文。
43. 《中國文字學叢談》，民國蘇尚耀，文史哲出版社鉛排本。

二、史　部

1. 《漢書》，漢班固，鼎文書局鉛排本。
2. 《國語注》，吳韋昭，廣文書局景鈔本。
3. 《後漢書》，劉宋范曄，鼎文書局鉛排本。
4. 《崇文總目》，宋王堯臣，商務印書館國學基本叢書本。
5. 《宋大事紀講義》，宋呂中，商務印書館景四庫全書珍本二集本。
6. 《京口耆舊傳》，不著撰人名，商務印書館景四庫全書珍本初集本。
7. 《郡齋讀書志》，宋晁公武，中文出版社景王先謙校刊本。
8. 《中興館閣書目輯考》，宋陳騤等編、民國趙士煒輯考，國立北平圖書館鉛排本。
9. 《續資治通鑑長編》，宋李燾，世界書局景刻本。
10. 《遂初堂書目》，宋尤袤，商務印書館叢書集成初編本。
11. 《直齋書錄解題》，宋陳振孫，中文出版社景武英殿聚珍版本。
12. 《通鑑長編紀事本末》，宋楊仲良，文海出版社景印本。
13. 《宋會要輯稿》，世界書局景鈔本。
14. 《靖康要錄》，商務印書館叢書集成初編本。
15. 《玉海》，宋王應麟，華文書局景元鈔本。
16. 《文獻通考》，元馬端臨，新興書局景印本。
17. 《宋史》，元脱脱等，鼎文書局鉛排本。
18. 《文淵閣書目》，明楊士奇等，商務印書館國學基本叢書本。
19. 《菉竹堂書目》，明葉盛，商務印書館叢書集成初編本。
20. 《國史經籍志敘錄》，明焦竑，成文出版社書目類編本。
21. 《內閣藏書目錄》，明張萱，廣文書局書目續編本。
22. 《季滄葦藏書目》，清季振宜，成文出版社書目類編本。

23. 《明史藝文志補編》，成文出版社書目類編本。
24. 《世善堂書目》，明陳第，成文出版社書目類編本。
25. 《述古堂書目》，明錢曾，成文出版社書目類編本。
26. 《絳雲樓書目》，清錢謙益，廣文書局書目三編本。
27. 《經義考》，清朱彝尊，中文出版社景刻本。
28. 《明史》，清張廷玉等，鼎文書局鉛排本。
29. 《御批歷代通鑑輯覽》，清水城等，民國龔德柏自印景鈔本。
30. 《四庫全書總目》，清紀昀等，漢京文化事業有限公司景鉛排本。
31. 《四庫全書簡明目錄》，清永瑢等，河洛圖書出版社景鉛排本。
32. 《續資治通鑑》，清畢沅，世界書局中國學術名著鉛排本。
33. 《王安石年譜》，清顧棟高，河洛圖書出版社（附於「《王安石文集》」中）。
34. 《王荊公年譜考略》，清蔡上翔，洪氏出版社鉛排本。
35. 《郘亭知見傳本書目》，清莫友芝，廣文書局書目五編本。
36. 《四川遂寧縣志》，學生書局新修方志叢刊本。
37. 《寧波府志》，成文出版社方志叢刊本。
38. 《中國文字學史》，民國胡樸安，商務印書館中國文化史叢書本。
39. 《中國目錄學史》，民國姚名達，商務印書館鉛排本。
40. 《宋人軼事彙編》，民國丁傳靖，商務印書館鉛排本。
41. 《王安石の信仰、思想等年譜》，日本東一夫，日本風間書房（附於《王安石新法の研究》中）。
42. 《歷代人物年里碑傳綜表》，民國姜亮夫，華世出版社鉛排本。
43. 《宋人傳記資料索引》，民國昌彼得等，鼎文書局鉛排本。
44. 《明哲の經略－王荊公》，日本麓保孝，東京書籍文物流通會鉛排本（附於「北宋に於ける儒學の展開」中）
45. 《梅堯臣詩之研究及其年譜》，民國劉守宜，文史哲出版社鉛排本。

三、子　部

1. 《莊子集釋》，周莊周、清郭慶藩，河洛圖書出版社鉛印本。
2. 《荀子集解》，周荀況、清楊倞，世界書局中國學術名著鉛印本。
3. 《韓非子集解》，周韓非、清王先謙，世界書局中國學術名著鉛印本。
4. 《春秋元命苞》，黃氏逸書考本。
5. 《春秋說題辭》，黃氏逸書考本。
6. 《西京雜記》，晉葛洪，新興書局筆記小說大觀續編本。
7. 《禽經注》，晉張華，夷門廣牘本。

8. 《酉陽雜俎》，唐段成式，商務印書館叢書集成初編本。
9. 《宋景文公筆記》，宋宋祁，商務印書館叢書集成初編本。
10. 《劉貢父詩話》，宋劉攽，新興書局筆記小說大觀十三編本。
11. 《侯鯖錄》，宋趙令畤，新興書局筆記小說大觀正編本。
12. 《晁皀客語》，宋晁說之，新興書局筆記小說大觀六編本。
13. 《涑水紀聞》，宋司馬光，新興書局筆記小說大觀六編本。
14. 《孫公談圃》，宋劉延世，藝文印書館百部集成景百川學海本。
15. 《楊公筆錄》，宋楊彥齡，新興書局筆記小說大觀六編本。
16. 《談苑》，宋孔平仲，新興書局筆記小說大觀四編本。
17. 《東坡志林》，宋蘇軾，新興書局筆記小說大觀正編本。
18. 《調謔編》，宋蘇軾，說郛正編弓第三十四景鈔本。
19. 《墨客揮犀》，宋彭乘，新興書局筆記小說大觀正編本。
20. 《冷齋夜話》，宋釋惠洪，新興書局筆記小說大觀正編本。
21. 《夢溪筆談》，宋沈括，中國文學名著集成編印基金會景明覆宋刊本。
22. 《書史》，宋米芾，商務印書館叢書集成簡編本。
23. 《東軒筆錄》，宋魏泰，新興書局筆記小說大觀二十八編本。
24. 《澠水燕談錄》，宋王闢之，新興書局筆記小說大觀二十八編本。
25. 《欒城先生遺言》，宋蘇籀，新興書局筆記小說大觀九編本。
26. 《海岳名言》，宋米芾，新興書局筆記小說大觀八編本。
27. 《石林燕語》，宋葉夢得，新興書局筆記小說大觀二十八編本。
28. 《石林詩話》，宋葉夢得，廣文書局景刻本。
29. 《巖下放言》，宋葉夢得，商務印書館景四庫全書珍本十一集本。
30. 《蒙齋筆談》，宋鄭景望，新興書局筆記小說大觀正編本。
31. 《避暑錄話》，宋葉夢得，新興書局筆記小說大觀正編本。
32. 《龜山先生語錄》，宋楊時，續古逸叢書景刻本。
33. 《甕牖閒評》，宋袁文，武英殿聚珍版本。
34. 《後山談叢》，宋陳師道，新興書局筆記小說大觀四編本。
35. 《嬾眞子》，宋馬永卿，新興書局筆記小說大觀二十九編本。
36. 《靖康緗素雜記》，宋黃朝英，新興書局筆記小說大觀四編本。
37. 《山谷題跋》，宋黃庭堅，津逮秘書本。
38. 《猗覺寮雜記》，宋朱翌，新興書局筆記小說大觀正編本。
39. 《道山清話》，宋孫暐，新興書局筆記小說大觀八編本。
40. 《宣和書譜》，不著撰人，世界書局中國學術名著景刻本。

41. 《獸經》，宋黃省曾，夷門廣牘刻印本。
42. 《邵氏聞見錄》，宋邵伯溫，新興書局筆記小說大觀十五編本。
43. 《唐語林》，宋王讜，新興書局筆記小說大觀十三編本。
44. 《識遺》，宋羅壁，商務印書館景四庫全書珍本十一集本。
45. 《南窗紀談》，宋佚名，新興書局筆記小說大觀六編本。
46. 《卻掃編》，宋徐度，新興書局筆記小說大觀九編本。
47. 《漫笑錄》，宋徐慥，說郛正編第三十四弓鈔本。
48. 《高齋漫錄》，宋曾慥，商務印書館景四庫全書珍本別集本。
49. 《呂氏雜記》，宋呂希哲，商務印書館景四庫全書珍本別集本。
50. 《桐陰舊話》，宋韓元吉，古今說海景鈔本。
51. 《潁川語小》，宋陳昉，商務印書館景四庫全書珍本別集本。
52. 《皇朝類苑》，宋江少虞，新興書局筆記小說大觀三十編本。
53. 《學林》，宋王觀國，武英殿聚珍版景刻本。
54. 《獨醒雜志》，宋曾敏行，新興書局筆記小說大觀正編本。
55. 《鐵圍山叢談》，宋蔡絛，學海類編本。
56. 《青瑣高議後集》，宋劉斧，新興書局筆記小說大觀九編本。
57. 《呂氏童蒙訓》，宋呂本中，昌平叢書本。
58. 《春渚紀聞》，宋何薳，新興書局筆記小說大觀四編本。
59. 《朱子語類》，宋黎靖德編，漢京文化事業有限公司景刻本。
60. 《河南邵氏聞見後錄》，宋邵博，新興書局筆記小說大觀十五編本。
61. 《鶴林玉露》，宋羅大經，新興書局筆記小說大觀二十九編本。
62. 《道德眞經取善集》，宋李霖，正統道藏洞神部玉訣類悲字號景鈔本。
63. 《捫蝨新話》，宋陳善，新興書局筆記小說大觀四編本。
64. 《寓簡》，宋沈作喆，新興書局筆記小說大觀六編本。
65. 《項氏家說》，宋項世安，商務印書館景四庫全書珍本別集本。
66. 《桯史》，宋岳珂，新興書局筆記小說大觀二十八編本。
67. 《嶺外代答》，宋周去非，新興書局筆記小說大觀二十九編本。
68. 《容齋隨筆》，宋洪邁，新興書局筆記小說大觀二十九編本。
69. 《清波雜志》，宋周煇，新興書局筆記小說大觀正編本。
70. 《野客叢書》，宋王楙，新興書局筆記小說大觀二十八編本。
71. 《揮麈後錄》，宋王明清，新興書局筆記小說大觀六編本。
72. 《能改齋漫錄》，宋吳曾，新興書局筆記小說大觀二十九編本。
73. 《老學庵筆記》，宋陸游，新興書局筆記小說大觀三編本。

74. 《履齋示兒編》，宋孫奕，世界書局鉛排本。
75. 《蘆蒲筆記》，宋劉昌詩，新興書局筆記小說大觀正編本。
76. 《箋注王荆文公詩》，宋李壁注、劉辰翁評點，廣文書局景元大德刊本。
77. 《考古質疑》，宋葉大慶，廣文書局景刻本。
78. 《游宦紀聞》，宋張世南，新興書局筆記小說大觀二十八編本。
79. 《荆溪林下偶談》，宋吳氏，新興書局筆記小說大觀四編本。
80. 《密齋筆記》，宋謝采伯，商務印書館景四庫全書珍本別集本。
81. 《鶴山渠陽經外雜抄》，宋魏了翁，商務印書館叢書集成初編本。
82. 《學齋佔畢》，宋史繩祖，新興書局筆記小說大觀九編本。
83. 《萍州可談》，宋朱彧，商務印書館景四庫全書珍本別集本。
84. 《雲麓漫抄》，宋趙彥衛，商務印書館景四庫全書珍本十集本。
85. 《困學記聞集證》，宋王應麟撰、清萬蔚亭集證，中華叢書編審委員會出版。
86. 《黃氏日抄》，宋黃震，商務印書館四部叢刊初編本。
87. 《齊東野語》，宋周密，新興書局筆記小說大觀十三編本。
88. 《敬齋古今黈》，元李治，商務印書館景四庫全書珍本別集本。
89. 《道德眞經集義》，元劉惟永，正統道藏洞神部玉訣類染字號景鈔本。
90. 《硯北雜志》，元陸友仁，新興書局筆記小說正編本。
91. 《書史會要》，明陶宗儀，商務印書館景四庫全書珍本十集本。
92. 《永樂大典》，明姚廣孝，世界書局景鈔本。
93. 《山堂肆考》，明彭大翼，藝文印書館景鈔本。
94. 《丹鉛續錄》，明楊愼，商務印書館景四庫全書珍本四集本。
95. 《六研齋筆記》，明李月華，商務印書館景四庫全書珍本七集本。
96. 《本草綱目》，明李時珍，鼎文書局國學名著珍本彙刊本。
97. 《太平清話》，明陳繼儒，昌平叢書景刻本。
98. 《書畫彙考》，清卞永譽，商務印書館景四庫全書珍本六集本。
99. 《經埤》，清鄭方坤，商務印書館景四庫全書珍本二集本。
100. 《六藝之一錄》，清倪濤，商務印書館景四庫全書珍本初集本。
101. 《隨園詩話》，清袁枚，長安出版社鉛排本。
102. 《王荆公詩文沈氏注》，清沈欽韓，古亭書屋鉛排本。
103. 《宋元學案》，清黃宗義，世界書局排印本。
104. 《宋元學案補遺》，清王梓材等，世界書局景刻本。
105. 《評點老子道德經》，清嚴復，廣文書局景排本。
106. 《王安石》，民國柯敦伯，商務印書館萬有文庫薈要本。

107. 《王安石評傳》，民國柯昌頤，商務印書館鉛排本。
108. 《王安石老子注》，民國嚴靈峯，藝文印書館無求備齋老子集成初編本。
109. 《宋代人物與風氣》，民國祿夢庵，商務印書館人人文庫鉛排本。
110. 《王荊公詩探究》，民國李燕新，高師國研所六十七年碩士論文。
111. 《老子崇寧五注》，民國嚴靈峯輯，成文出版社鉛排本。
112. 《楊龜山學術思想研究》，民國林義勝，師大國研所六十七年碩士論文。
113. 《王安石研究》，民國林敬文，師大國研所六十八年碩士論文。
114. 《王安石的經世思想》，民國夏長樸，臺大中研所六十九年碩士論文。

四、集　部

1. 《歐陽修全集》，宋歐陽修，河洛圖書出版社鉛排本。
2. 《古靈集》，宋陳襄，商務印書館景四庫全書珍本三集本。
3. 《臨川先生文集》，宋王安石，商務印書館四部叢刊景明刊本。
4. 《王安石全集》，宋王安石，河洛圖書出版社鉛排本。
5. 《蘇東坡全集》，宋蘇軾，河洛圖書出版社景鈔本。
6. 《蘇轍集》，宋蘇轍，河洛圖書出版社景鈔本。
7. 《西塘集》，宋鄭俠，商務印書館景四庫全書珍本四集本。
8. 《陶山集》，宋陸佃，商務印書館景四庫全書珍本別集本。
9. 《西臺集》，宋畢仲游，商務印書館景四庫全書珍本三集本。
10. 《横塘集》，宋許景衡，商務印書館景四庫全書珍本別集本。
11. 《姑溪居士集》，宋李之儀，商務印書館景四庫全書珍本十集本。
12. 《畫墁集》，宋張舜民，新興書局筆記小說大觀二十八編本。
13. 《文定集》，宋汪鹿辰，商務印書館景四庫全書珍本十集本。
14. 《斐然集》，宋胡寅，商務印書館景四庫全書珍本初集本。
15. 《默堂集》，宋陳淵，商務印書館景四部叢刊三編本。
16. 《楊龜山先生全集》，宋楊時，學生書局景清張國正刊本。
17. 《山谷全集》，宋黃庭堅，中華書局本部備要本。
18. 《東萊集》，宋呂祖謙，續金華叢書本。
19. 《忠惠集》，宋翟汝文，商務印書館景四庫全書珍本初集本。
20. 《攻媿集》，宋樓鑰，商務印書館景四部叢刊初編本。
21. 《渭南文集》，宋陸游，河洛圖書出版社景排本。
22. 《梅屋集》，宋許棐，商務印書館景四庫全書珍本十一集本。
23. 《雪坡文集》，宋姚勉，商務印書館景四庫全書珍本十一集本。
24. 《升庵外集》，明楊慎，學生書局景明刊本。

25. 《結埼亭集》，清全祖望，華世出版社鉛排本。
26. 《戴震文集》，清戴震，華正書局鉛排本。

五、單篇論文

1. 〈王安石の字説に就いて〉，日本池田四郎次郎，《東洋文化》第八、九期，大正十三年九月出版。
2. 〈由埤雅右文證叚借古義〉，民國劉盼遂，《學文》第一卷第二期，民國二十年一月出版。
3. 〈王安石字說源流考〉，民國劉銘恕，《國立北平師範大學月刊》民國二十二年元月鉛排本。
4. 〈宋史王安石傳註〉，民國林瑞翰，《大陸雜誌》卷二十七第一－五期；民國五十二年七－九月出版。
5. 〈永樂大典年表初稿〉，民國蘇振申，《東西文化》第五期，民國五十六年二月出版。
6. 〈王安石著述考〉，民國于大成，《國立中央圖書館館刊》新一卷三期，民國六一年九月出版。
7. 〈王安石三經新義〉，民國于大成，《孔孟月刊》第十一卷第二期，民國六十一年九月出版。
8. 〈王荊公的青年時代〉，民國吳甡，《人生》第三二九期，民國六十四年七月出版。
9. 〈王安石雱父子享祀廟庭考〉，民國程元敏，《臺大文史哲學報》第二十七期，民國六十七年出版。
10. 〈尚書輯考彙評序〉，民國程元敏，《中央日報文史週刊》第四十三期，民國 68 年二月二十七日。
11. 〈三經新義修撰通考〉，民國程元敏，《孔孟學報》第三十七期，民國 68 年四月出版。
12. 〈三經新義與字說科場顯微錄〉，民國程元敏，《屈萬里先生七秩榮慶論文集》，民國六十九年。
13. 〈三經新義評論輯類〉，民國程元敏，《國立編譯館館刊》第九卷第二期，民國六十九年十二月出版。
14. 〈三經新義修撰人考〉，民國程元敏，《臺靜農先生八十壽慶論文集》，民國七十年十一月出版。
15. 〈三經新義板本與流傳〉，民國程元敏，《台大文史哲學報》第三十期，民國七十年十二月出版。

附錄一：《字說》輯佚之白文

《字說》輯佚之三六一條佚文，當爲本篇論文之直接成果，其可信與否，已於第三、四兩章詳爲探討，今乃附錄其白文於后，或可由之略窺《字說》原書之風貌。

每條引文之下，皆注明原書頁碼；引據最繁之九書，所用之簡稱如下：

《新義》：王安石《周官新義》　《詳解》：王昭禹《周禮詳解》　《鄭解》：鄭宗顏《考工記解》　《蔡解》：蔡卞《毛詩名物解》　《博古》：王楚《宣和博古圖》　《緗素》：黃朝英《靖康緗素雜記》　《本草》：李時珍《本草綱目》　《詩傳》：陳大章《詩傳名物集覽》　〈字說辨〉：《楊龜山先生集》卷七〈王氏字說辨〉

※《字說》佚文細目

〔鳥屬〕

1 凫／2 鳳／3 鴉／4 鵶／5 鴟梟／6 鴟鴞／7 鴞／8 鳴鴿／9 鳶鴟隼鷙鴿鵲鷳／10 鴻鴈／11 鴳燕／12 鵞／13 鵠／14 鵙／15 鶌鴿／16 鷄鷗／17 鷸／18 鸚鵡／19 隼／20 雁鷹／21 鵫／22 桑扈／23 禽獸／24 飛／25 膏脂羸羽鱗／

〔獸屬〕

26 彪／27 狼貛／28 猱／29 豝／30 豣／31 豵／32 豹／33 豺獺／34 貂／35 貃貉／36 貉／37 美／38 羔／39 羒羖羘羭／40 羹／41 鹿麢／42 麂／43 麞麋／44 犇麤／45 駮／46 駰驪騵駓驔驒騏驄騢馰騮驕駱雒彝／47 象／48 兔／49 熊羆／

〔蟲屬〕

50 蛇蝮／51 蜉蝣／52 蜮／53 蜻蜓蛉／54 蜘蛛／55 蜩蟬／56 易／57 蝦蟆／58 蟦賊蟊螟／59 螟蛉／60 蟋蟀／61 蠹／62 黽蟾蜢／

〔魚屬〕

63 鮑／64 鱐腒／65 鼉／

〔草屬〕

66 艾／67 芼／68 苴／69 苓／70 茈葴紫綟／71 茹蘆／72 菌萈蓫／73 莪／74 荷蕅茄蓮菡萏蕸蔤／75 蓮／76 菅茅／77 苙／78 蒔莖藸／79 蔞餘／80 葵／81 葱薇薑芥／82 葑菲／83 蔗／84 蒹葭荻葦萑蘆菼薍／85 蘩／86 禾粟／87 黍／88 稻稌／89 稗稙穉稑穜秬秠穈芑／90 穜／91 麥／92 米／93 粱／94 糧／95 瓠／

〔木屬〕

96 木／97 朱非／98 杜棠／99 松柏檜樅／100 柳／101 柞／102 梓李楸／103 椐樻／104 椅檥／105 榆荎枌／106 梟桃李杏／107 楳／108 棘槐／109 樫／110 櫻栲／

〔人屬稱謂〕

111 我／112 公／113 卿／114 王／115 矦／116 冢宰／117 史／118 吏／119 司后／120 嬪婦／121 賓客／122 師儒／123 士工才／124 巫覡／125 夫／126 童／127 豎／128 匠／129 商／130 奚／131 伶／

〔軍屬〕

132 兵／133 刀刃／134 劍／135 箙／136 創愴／137 弓矢矛殳戈戟／138 弧／139 弩／140 柄柲／141 旐旟旗旂／142 旜物／143 旌旞／144 鐘鼓／145 錞鐸鐃鐲／146 攻／147 戔／148 鼙／149 鼛／150 旅／151 戍役／152 武／153 徒／154 什伍／155 韗鞾／156 盟／

〔器用〕

157 罤／158 尊／159 爵雀／160 觚觶／161 觳／162 盉盅盈盥盒／163 簠簋／164 釜鬴／165 鼎鬲／166 甗／167 鼐／168 瑟／169 籥／170 柷柎虡鐻／171 欒／172 弁／173 冕／174 車轉軋輟輸載輖輹轐軨軫軾軓轈輈軌輿轛輪輻軸轄轂軏輗棨輢軹輮較／

〔部首筆畫〕

〔01〕175 中／176 之／

〔02〕177 占卜／178 仔／179 令／180 仞／181 佐佑／182 位／183 任／184 佃／185 倥侗／186 傀／187 僞／188 典則瀃／189 冶／190 冬／191 凋彫／192 凝淩／193 刑／194 勢／195 勑／196 匪頒／197 壓里／

〔03〕198 同／199 吅咒／200 喪／201 倉廩／202 對／203 園圃／204 圜圓／205 均／206 璽璽／207 壇亶／208 夕／209 夢／210 妙／211 媒／212 孅／213 官職／214 富貧／215 寺／216 居倨琚／217 崇高／218 巧述／219 功／

220 巳／221 巾／222 布敷施／223 帟／224 幯／225 平／226 年／227 幾／228 庖／229 府／230 廣／231 廞／232 廟／233 廬／234 式／

〔04〕235 心／236 思／237 忠恕／238 懿徽／239 成／240 歲／241 戲／242 掌／243 擊／244 搔／245 舉／246 撣／247 无／248 時旹／249 星／250 早暵／251 染／252 案／253 桎梏桊／254 梁／255 梐枑／256 極／257 橡桷榱橑／258 槀／259 樞莖／260 欲／261 气氣／262 沖／263 波／264 洪／265 渙／266 滌濯／267 無／268 牂牱／269 牟／270 犧牷／

〔05〕271 玄／272 璧琮圭璋琥璜／273 旄／274 甸／275 痎瘧／276 痟痛／277 瘍疕／278 療／279 皋／280 直／281 眼／282 知／283 礦／284 祖／285 祝／286 神示天／287 祠禴嘗烝／288 禁／289 祼／290 福禍／291 禬禳／292 禮／293 私／294 秉／295 空／296 穹／297 立／

〔06〕298 篤籠／299 築／300 紅紫／301 糾／302 素／303 終／304 絜／305 絲麻／306 緬纁經緇／307 縣／308 置罷／309 羲和／310 辜瀀醇譚／311 耒／312 耜／313 聊／314 聰／315 胥／316 舂／317 舞／318 荒／319 藉籍／320 虧壞／321 血／322 襲／

〔07〕323 規榘／324 訟／325 誅殺／326 詩／327 謠／328 謝／329 警戒／330 緣變戀／331 豐／332 貢賦征稅財賄貨／333 臯／334 軒渠／335 農濃醲禯／336 逆迎／337 追／338 遂溝洫減澮涂漱／339 邈／340 邑郊／341 邦國／342 都／343 醫／344 量／

〔08〕345 金銅／346 鑠爍／347 門／348 閑／349 闈／350 除／351 陶／352 霄／353 霍／354 青白赤黑黃／

〔09〕355 革／356 鞭／357 飭／358 飵／359 饎饎／

〔11〕360 鹽／

〔12〕361 黼黻／

部首筆畫總檢（每字上之數字爲該條佚文號次。若一條之中，諸字部首相同，不另立號次。）

〔01〕175 中／176 之／

〔02〕207 亶／154 什伍／178 仔／179 令／180 仞／131 伶／181 佐佑／182 位／183 任／184 佃／185 倥侗／216 倨／186 傀／187 僞／48 兔／112 公／132 兵／122 儒／188 典／116 冢／173 冕／133 刀刄／134 劒／136 創／193 刑／190 冬／191 凋／192 凝凌／194 勢／195 勑／196 匪／128 匠／

173 占卜／113 卿／26 厖／197 壓／

〔03〕198 同／199 吅䮤／119 司后／129 商／117 史／118 吏／200 喪／201 倉／202 對／203 園圃／204 圜圓／341 國／272 圭／205 均／206 壐／207 壇／320 壞／123 士／208 夕／209 夢／125 夫／286 天／130 奚／210 妙／211 媒／212 孅／120 嬪婦／213 官／116 宰／214 富／121 賓客 215 寺／158 尊／216 居／217 崇／123 工／218 巧／124 巫／219 功／220 巳／221 巾／222 布／122 師／223 帟／224 幠／225 平／226 年／227 幾／228 庖／201 廩／229 府／230 廣／231 廞／232 廟／233 廬／172 弁／234 式／191 彫／137 弓／138 弧／139 弩／151 役／332 征／153 徒／238 徽／

〔04〕235 心／236 思／238 懿／20 癄／270 忠恕／330 戀／137 戈戟／239 成／151 戍／111 我／152 武／240 歲／241 戲／22 扈／123 才／253 拲／329 戒／242 掌／243 擊／244 搔／245 舉／246 撢／146 攻／330 變／222 敷／157 罥／141 旐旟旗旂／142 旜／143 旌旞／150 旅／222 施／247 无／248 時旹／249 星／250 旱暵／56 易／287 嘗／96 木／97 朱／98 杜／106 李杏／102 杍／99 松／105 枌／140 柄柲／170 柷栒／99 柏／252 案／100 柳／101 柞／106 桃／268 柯／102 梓／253 桎梏拲／98 棠／103 椐／255 椎栢／104 椅樲／105 楡／108 棘槐／106 槀／254 梁／256 極／102 楸／107 楳／174 棨／323 椝／99 樅／103 槓／109 樫／22 桑／99 檜／257 椽桷榱橑／258 槀／259 楅／110 櫻栲／171 欒／334 渠／260 欲／137 殳／325 殺／261 气／262 沖／263 波／264 洪／265 渙／266 滌濯／338 溝洫減澮涂漱／310 潒／335 濃／188 瀴／287 烝／346 烑／11 燕／267 無／49 熊／159 爵／39268 牂／269 牟／142 物／44 犇／270 犧牷／27 狼／28 猱／23 獸／33 獺／136 愴／

〔05〕271 玄／114 王／168 瑟／216 琚／206 璽／272 璧琮圭璋琥璜／95 瓠／273 旒／274 甸／275 痎瘧／276 痟痛／277 瘍疕／278 療／20 癄／279 皋／162 盉盅盈盥盒／280 直／281 眼／137 矢／115 矦／282 知／283 礦／284 祖／285 祝／286 神示／287 祠禴／288 禁／289 祼／290 福禍／291 禬禳／292 禮／23 禽／137 矛／354 白／86 禾／309 和／293 私／89 秠秬／332 稅／294 秉／88 稌／89 稙稗稑穉穈／88 稻／8990 穜／166 甗／295 空／296 穹／297 立／126 童／127 豎／

〔06〕298 篤籠／299 築／135 箙／163 簠簋／169 籥／319 籍／92 米／86 粟／93 粱／94 糧／261 氣／300 紅／301 糾／70,300 紫／70 緅／302 素／303

終／304 絜／305 絲／307 縣／306 緶纕經緇／308 罝罷／49 羆／37 美／38 羔／39 羒羖羭／40 羹／309 羲／310 辜／25 羽／311 耒／312 耜／313 聊／314 聰／213 職／64 腒／315 胥／25 膏脂羸／316 春／317 舞／66 艾／89 芭／67 毛／81 芥／68 苴／69 苓／74 茄／76 茅／70 茈／71 茹／78,105,259 莖／70 萸／72 菌莧蓫／73 莪／74 荷／76 菅／77 莨／78 莍／79 萎／82 菲／84 茨萑荻／80 葵／81 葱／82 葑／84 葦葭／74 菡萏／84 蒹／83 蔗／74,75 蓮／74 蕅蘧／81 薑薇／71 蘆／74 蕳／78 藷／84 蘆／319 藉／85 蘩／84 蘞／318 荒／170 虡／320 虧／321 血／156 盟／335 襛／322 襲／50 蛇／53,59 蛉／54 蛛／53 蜓／51 蜉／53 蜻／52 蜮／54 蜘／55 蜩／62 蜢／50 蝮／51 蝣／58,59 螟／57 蝦／62 蟀／57 螟／58 蟘蟊／60 蟋蟀／55 蟬／61 蠹／

〔07〕323 規／124 覡／160 觚觶／161 觳／324 訟／325 誅／326 詩／327 謠／328 謝／329 警／330 讎／310 譚／331 豐／47 象／29 豝／30 豜／31 豵／32 豹／33 豺／34 貂／35 貀／27 貛／3536 貉／214 貧／129 賈／58 賊／332 貢賦財賄貨／354 赤／306 經／333 皋／335 農／218 述／336 逆迎／337 追／338 遂／339 邈／340 邑郊／341 邦／342 都／310 醰／335 醲／343 醫／197 里／344 量／174 車轉軋輟輸載輖輹輳軨軫軾軓轛輈軏輿轛輪輻軸轄轂軌輗軹輮較輢／334 軒／

〔08〕345 金銅／144 鐘／164 釜／145 錞鐸鐃鐲／170 鐻／346 鑠／347 門／348 閑／349 闡／350 除／351 陶／919 隼／21 雗／46 雒／159 雀／352 霄／353 霍／354 青／

〔09〕155 鞸鞸／196 頒／24 飛／355 革／356 鞭／357 飭／358 饁／359 饎饎／79 餘／

〔10〕46 駒馵駓駰駱／45 駮／46 騆騏驄騢騮驒驕驔驪／165 鬲／164 鬴／217 高／

〔11〕63 鮑／64 鱐／25 鱗／43 麈麋／42 麃／41 鹿麤／44 麤／1 梟／5 梟／2 鳳／3 鴉／4 鴇／10 鴈／18 鴞／15 鴿／569 鵐／67 鴞／8 鳩／9 鳶／10 鴻／9 鴿／11 鴳／12 鶩／13 鵠／8 鵒／9 鵲／15 鵰／16 鶡／14 鶂／16 鶏／17 鷂／9 鷳鷽／18 鸜／360 鹽／91 麥／305 麻／

〔12〕354 黃黑／87 黍／361 黼黻／

〔13〕65 黿／62 黽／165 鼎／167 鼐／144 鼓／147 鼗／148 鼙／149 鼛／

字說輯佚白文

1. 鳧「鳧有不可畜者，能反人也，爲得己焉；有可畜者，不能乙也，爲戾右焉。」（《鄭解》頁 8）
2. 鳳「《字說》:『鳳鳥有文，河圖有畫，非人爲也。』」（《詩傳》卷二頁 49；《臨川先生文集》卷五六頁 7）
3. 鴉「《字說》:『能效鷹顫之聲而性惡，其類相値則博者，皆指此也。』」（《本草》卷四九頁 8）
4. 鴇「《字說》云：……『舌所以通語言，無舌則無所告訴矣。故《詩》以《鴇羽》刺君子下從征役，不得養其父母。』」（《緗素》卷六頁 1）
5. 鴟梟「鴟，暴而不剛，勇而無才，塞而不通，故謂之強茅。從大而不能有爲，故謂之鴟。哲婦之子乎內也，其爲物若梟，其陰伏若鴟，故曰：『懿哲厥婦，爲鴟爲梟。』」（《蔡解》卷六頁 5）

 「梟，類鴟而尤好陵物者也。有陵物之意，故當求之，端待發氣。果敢而發，必中聲當曉者。以其如此，非若強茅之陰伏也。」（《蔡解》卷六頁 5）
6. 鴟鴞「鴟鴞，性陰伏而好凌物者也。陰伏以時發者，必有以定之內；畜志以凌物者，必有以決乎外；故謂之鴟鴞。然其害物也，能竊伏而不著鷹隼之勢，故《鴟鴞》以喻管蔡之暴亂。」（《蔡解》卷六頁 4）
7. 鴞「鴞無爪牙羽翼之才，而以口向物，食所惡而已；亦以物惡，故常集於幽荒蒙蔽之土也，『墓門有棘，有鴞萃止』是也。《泮水》曰：『翩彼飛鴞，集于泮林』，鴞，可惡之鳥；泮水可欲之地；且鴞之惡，非翩然而集于木者，惟僖公有仁厚之德，故雖所惡之鳥，能集可欲之地；不庭之虜，猶之鴞去幽荒而集于泮林也。其來雖不足以爲善，惟其不害於物，故能翩然集之而不爲物逐也。」（《蔡解》卷六頁 3）
8. 鴝鵒「《字說》:『鴝从勾，鵒从欲』，解云：『鴝鵒多欲，尾而足勾焉。』」（《緗素》卷八頁 2）
9. 鳶鴟隼鸒鴿鵲鷳

 「《字說》云：『鳶，逆上；鴟，氐取；隼，致一；鸒，與也；鴿，合也；鵲，黑白錯；鷳，黑白間。』」（《埤雅》卷八頁 205）
10. 鴻鴈「大曰鴻，小曰鴈。所居未嘗有正，可謂反矣；然而大夫贄此者，以知法就爲義，小者隨時，如此而已。乃若大者隨時，則能以其知興事造業矣。鴻從水，言智；工，言業；故又訓大，《易》曰：『隨時之義大矣哉！』若大夫者，不能充也。」（〈字說辨〉頁 3）

11. 鳦燕𤈦𤈦「鳦不木處安矣，又不如燕之燕也。燕嗛土，避戊己；戊己，二土也，故廿在口上。謂之玄鳥，鳥莫知焉；知，北方性也；玄，北方色；故從北。襲諸人間，故從人。春則戾陰而出，秋則戾陽而蟄，故八；八，陰陽之所分也。故少昊氏紀司分用此。知辟、知襲、知出、知蟄，若是者可謂燕矣。」（《鄭解》頁 16）
12. 鶩「《字說》曰：『鶩，飛能俄而已，是以不免其身；若鳴鶩者，可也。鳴鶩者，鶩也，而非鶩。』」（《埤雅》卷六頁 140）
13. 鵠「《字說》云：『鵠，遠舉難中，中之則以告，故射侯棲鵠，中則告勝焉。』」（《埤雅》卷九頁 226）
14. 鶪「鵙（當爲鶪之譌）見於萬物開閤之時，夏至而鳴，冬至而止，天地不勞，萬物以生，萬物以死。夏至則生者勞物，冬至則死者定物，鵙鳴同萬物而勞者也，故謂之百勞。鳴於二至之間，故伯趙爲司至。〈七月〉以鶪爲將續之候，觀天時而終人事，所以順萬物而作者也。」（《蔡解》卷六頁 5）
15. 鵸鴒「鶺鴒者，有所就，有所招者也。彼可即而即之，則無不親；彼可令而令之，則無不從，如鶺鴒之尾應首也。親則有雝雝之能和，從則有渠渠之能容，故謂之雝渠。作詩者以喻兄弟之無不親，無不和也。兄弟之道，天性也，動其鶺脊而首尾應者，雖有強誠亦自然而已，故字或以爲鶺鴒。」（《蔡解》卷六頁 4）
16. 鷄鶡「《字說》曰：『奚也，曷也，皆無知也。鷄可畜焉，以放於死，奚物而無知者也；鶡善鬬焉，以放於死，曷物而無知者也。』」（《埤雅》卷七頁 184）
17. 鷮「《字說》曰：『从喬，尾長而走且鳴，則其首尾喬如也。』」（《埤雅》卷八頁 192）
18. 鸚䳇「《字說》曰：『嬰兒生，不能言，母教之，已而能言。』」（《埤雅》翼卷十四頁 11）
19. 隼「隼之擊物而必中者也，必至謂之隼，物而逆謂之鷹。必至者或有所過取，故作《詩》者以隼喻不制之諸侯，而司寇之官則以鷞鳩名之。」（《蔡解》卷六頁 4）
20. 雁應「《字說》曰：『應，从心从雁，心之應物，不疾而速，不行而至。雁之應物，人或使能疾而已，不行不至。』」（《埤雅》卷六頁 157）
21. 翰「《字說》曰：『善鬬謂之翰，非不健也，然尾長，故飛不能遠，譬諸強學，務本勝末，則其出入亦不能遠。』」（《爾雅翼》卷十五頁 7）
22. 桑扈「桑扈，竊脂也，性好集桑，故因以桑（名），（扈）則九扈之名也。戶所以閉，邑所以守，故謂之扈。羽領之間皆有文而又善自閉守，故名扈，而作詩者所以喻君公之禮文，少昊氏以九扈爲九農正，亦曰『扈民無淫者』。」（《蔡解》卷六頁 3）

23. 禽獸「六獸，可狩而獲者也；六禽，可擒而制者也。」（《新義》頁 31；《詳解》卷四頁 12）

24. 飛「王荊公作《字說》，一日躊躇徘徊，若有所思而不得，子婦適侍見，因請其故，公曰：『解飛字未得。』婦曰：『鳥反爪而升也。』公以爲然。」（《獨省雜志》卷四頁 4）

25. 膏脂贏羽鱗

「膏在肉上，故膏；脂肉雜生，故脂；羽左右翼乃得已焉，左右自飾也，亦以飾物。果贏，於實成矣，無所蔽；乚，不足於亡者，於果爲贏矣。裸者如之，故又訓裸。五蟲皆陽物也。羽，炎亢乎上，故飛而不能潛；鱗，炎舛乎下，故潛而不能飛。龍亦鱗物，然能飛能潛，則唯鱗屬爲炎舛乎下。舛乎下，鱗故也。」（《鄭解》頁 15）

26. 虎「虎，金獸也。秋則得氣之正，故天子於秋食之。金爲剛，故字從厂，故畜之而能擾。成豪則剛果而善相慝，未能豪則能吠而已。能吠而大，故謂之虎。犬以牙爲威者，長喙則所制者眾，故謂之獫；雖喙短，亦足以揚而肆其力。故謂之猲驕爾。亦犬短喙，曷以爲驕也。」（《蔡解》卷九頁 6）

27. 狼「狼，犬類而長者也。剛則強而樂取，故牝謂之貛。柔則剛而自守，故牡謂之狼。知進而不知退者也，貛。知剛知柔者，今狼也。《詩》曰：『狼跋其胡，載疐其尾』，言乎不逆而動也。夫胡跋則可上而不可退，退則觸尾；尾疐則可就而不可進，進則踢胡。能委順以解之，身逸而體全矣。故疐跋之難，而不能害之之謂狼；讒巧之敗而不能失之之謂聖。」（《蔡解》卷九頁 6）

「陸農師又謂『狼從良』，此《字說》妄語。」（《詩識名解》卷六頁 4）

28. 猱「猱，體柔而善猜者也。猜者，犬之性，而猱善猜，故從犬。又猜以入人者，讒佞也，其狗、猱焉。〈角弓〉論幽王之好讒佞，則曰：『無教猱升木，如塗塗附。』」（《蔡解》卷九頁 6）

29. 豝「《字說》：『豝所謂婁豬，巴猶婁也。』」（《爾雅翼》卷二三頁 8）

30. 豜「豜，牡白麋，絕有力。豜者力足以發物而構獻之故也。字從开。〈七月〉詩云：『言私其豵，獻豜於公。』絕有力，猶能獲之以獻，況力弱者乎。豵小而豜大，大者公之，小者私之，豳民豈貪取而無厭哉！」（《蔡解》卷十頁 7）

31. 豵「豕俯而聽，有聽者如是。生一曰『特』，猶之正也；生二曰『師』，猶之師

也；生三曰『貗』，猶之師帥而從之者也。」（《蔡解》卷九頁 7）

32. 豹「《字說》曰：『虎豹狸，皆能勺物而取焉。大者猶勺物而取，不足爲大也；小者雖勺而取，所取小矣，不足言也；故於豹言勺。』」（《埤雅》卷三頁 71）

33. 豺獺「《字說》曰：『豺亦獸也，乃能獲獸，能勝其類，又以知時祭，可謂才矣。獺非能勝其類也，然亦知報本反始，非無賴者。』」（《埤雅》卷三頁 66）

34. 貂「《字說》曰：『貂或凋之，毛自召也。』」（《埤雅》卷四頁 103）

35. 貈貉「《字說》曰：『貈善睡，則於宜作而無作，於宜覺而無覺，不可以涉難矣。舟以涉難，利則涉，否則止；貈，舟在右，能生者也。又作貉，貉之爲道，宜辨而各，故孔子：「狐貉之厚以居」。貉辨而各，故少乎什一，謂之大貉、小貉，無諸侯、幣帛、饔食、百官、有司，以爲貉道也。』」（《埤雅》卷四頁 83）

36. 貉「貉之性不與物□，不爲物宗，爲居服，爲賤者之裘。《詩》曰：『一之日于貉，取彼狐狸，爲公子裘。』言『于』，則有見於逞，非必得之辭，言『取』，則得之矣。其時則可以爲貉，其志則在于取狐狸而已，緩於賤而要於貴。」（《蔡解》卷十頁 7）

37. 美「《字說》曰：『羊大則充實而美成；美成矣，則羊有死之道焉。老子曰：「天下皆知美之爲美，斯惡矣。」』」（《埤雅》卷三頁 75）

38. 羔美「《字說》曰：『羔从羊、从火。羊，火畜也；羔，火在下，若火始然，可以進而大也。』」（《埤雅》卷五頁 22）

39. 羒羖羘羭「《字說》曰：『夷羊謂之羒而夏羊謂之羖，則中國之道無分也，處之有宜而已。夷羊謂之羘而夏羊謂之羭，則中國之道非特承上以爲道，有可否之義焉。』」（《爾雅翼》卷二三頁 5）

40. 羹「《字說》……又曰：『羹，从美从羔，羊大而美成，羔未成也。美成爲下，和羹是也；未成爲上，大羹是也。禮，豆先大羹。』」（《埤雅》卷五頁 112）

41. 鹿靈「《字說》云：『鹿比其類，環其角外嚮以自防。靈獨棲其角木上，是所謂霝夫？其如此，亦以遠害其霝也，亦所以爲靈也。』」（《埤雅》卷五頁 112）

42. 麂「《字說》曰：『麂，虎所在，必鳴以告，鹿屬馮而安者；亦其聲几几然。』」（《爾雅翼》卷三頁 63）

43. 麞麋「《字說》：『赤與白爲章，麞見章而惑者也。樂以道和，麋可以樂道而獲焉。麋不可畜，又不健走，可縛者也，故又訓縛。』」（《埤雅》卷三頁 62）

44. 犇麤「貢父曰：『《字書》有：三牛爲犇字，三鹿爲麤字。』」（《澠水燕談錄》卷十頁三）

45. 駮「《字說》曰：『駮，類馬，食虎，而虎食馬；凡類己也，而能除害己者，在

所交也。』」（《埤雅》卷十二頁 301）

46. 駰驪駽駓驔驒騏驄騢馰騮驈駱雒馵

「駰，陰白也；馬，火畜也，陰白蒙之，有因之義，因猶姻也。驪，黑也；馬，火畜也，麗乎黑也。駽，青驪也；馬，火畜也，以青為所生，以黑為所麗；既得所生，又得所麗，有旨之意。駓，黃白雜色也；靜而中者，黃之道；動而變者，王久事；雜故變，變故大；王者大也，皇所出也；不一而大為丕，駓有雜意。驔，豪骭也，豪覃乎骭。驒，青驪驎也；驒文若鼉，騏若綦，驄若蔥，騢若霞，馰若的。騮，赤馬黑鬣也；赤黑，偶也，以赤麗黑，為得其匹，留而不行。驈，黑馬白胯也；白黑，母也，以白下黑，為從其子，述而不作；胯，志在隨者。駱，白馬黑鬣也，為子勝母；雒，黑馬白鬣也，為母勝子；乖異之道，故皆從各；母，從子者也，勝為上逆，故又從隹。馵，後足白也；右，震也，震為作足，又為馵足；其為作足，陽也；其為馵足，陰也；陰不動，故為後左。白者，陰也；二者，陽也；當震之時，陰不違陽也，故二焉，與白同意。」（《蔡解》卷十四頁 1）

47. 象「《字說》曰：『象齒感雷，莫之為而文生；天象亦感氣，莫之為而文生。人於象齒，服而象焉；於天象也，服而象焉。像，象之也。』」（《埤雅》卷四頁 80）

48. 兔「《字說》云……『脾屬土，土主信，故《詩》以〈兔爰〉刺桓王之失信。』」（《緗素》卷六頁 1）

49. 熊羆[illegible]「《字說》云：『熊，強毅有所堪能，而可以其物火之。羆亦熊類而又強焉，然可网也。』」（《埤雅》卷三頁 69）

50. 蛇蝮「《字說》曰：『蛇螫人也，而亦逃人也，是為有它。蝮，觸之而復，其害人也，人亦復焉。』」（《埤雅》卷十頁 250）

51. 蜉蝣「蜉蝣輕也，朝生而暮死，故謂之渠略。生於夏月，陰陽氣之卑濕而浮游者，故其為物，不實而小。曹君無篤實之德，而從其小體，若此刺其甚矣。」（《蔡解》卷十二頁 5）

52. 蜮「《字說》曰：『蜮不可得也，故或之。今蛷螋溺人之影，亦是類爾。』」（《埤雅》卷十一頁 277）

53. 蜻蜓蛉「《字說》：『蛉，蜻蜓也，動止常廷故；又謂之蛉，令出於廷者也。』」（《埤雅》卷十一頁 282）

54. 蜘蛛「《字說》曰：『設一面之網，物觸而後誅之，知誅義者也。』」（《埤雅》卷十一頁 266）

55. 蜩蟬「蜩，蟬五月鳴蜺也，譁以無理，則用口而已，然其聲，調而如緝，故謂之蜩。五月鳴謂之蜩，以其聲也；七月鳴謂之蟬，以其生之寡特、形之單微也。蟪蛄所化謂之蜩螗，蜩有文，故或謂之蜻螗；無文或謂之夷。《詩》曰：『如蜩如螗』，蜩大而螗小，蜩言其譁而無理，螗言其夷而無文。」（《蔡解》卷十二頁 4）
56. 易「王文公曰：『易不可勝巴，尙不爲知雄者。』」（《爾雅新義》卷一頁 6）
57. 蝦蟆「《字說》云：『雖或遐之，常慕而反。』」（《埤雅》卷二頁 34）
58. 螟賊蟊螟「《字說》云：『螟食苗葉，無傷於實，若螟，可貸也；賊食苗節，賊苗；蟊食根，如句所植；螟食心，不可見。』」（《埤雅》卷十一頁 272）
59. 螟蛉「螟蛉者，蟲之感氣而化者也，然所化必以類，故惟桑螋爲能取之以爲己子。君子之於民亦類也，苟有道以得之，孰不爲化哉？《詩》曰：『螟蛉有子，果蠃負之』，則能以氣化其類者也，故譬則君。冥者無知，令者有以從；無知則有從，所以能化於物也，故譬則民。桑螋之爲物，其氣膙白，螟蛉有以氣化，故其氣清。」（《蔡解》卷十二頁 4）
60. 蟋蟀「陰陽帥萬物以出入，至於蟋蟀。共蟀之爲悉；蟋蟀，能率陰陽之悉者也，故《詩》每況焉。」（〈字說辨〉頁 8）
61. 蠹「蠹物，蟲之穿食器物者。蠹之入物，雖盛以橐，猶不免焉；且橐而弗用，是以蠹，故其字從橐、從蟲。」（《詳解》卷三二頁 15）
62. 黽蟾蜢「《字說》……又云：『黽善怒，故音猛，而謂怒力爲黽，《詩》曰：「黽勉同心」。亦蛙善蛹，故謂之猛。今蚱蜢一名蟾蜢；蚱蜢長瘦善跳，言窄而猛也。』」（《埤雅》卷二頁 35）
63. 鮑「鮑則魚之鮮者，包以致之也。」（《詳解》卷六頁 13）
64. 鱐腒「腒，鳥之乾者，其肉可久而居也。鱐，魚之乾者，其體肅而可藏也。」（《詳解》卷四頁 15）
65. 鼉「鼉從黽腹大之形。鼓腹大而鳴之而遠聞，故謂之鼉鼓。鼉，善鳴者也。」（《蔡解》卷十三頁 2）
66. 艾「《字說》曰：『艾可以乂疾，久而彌善，故《爾雅》曰：「艾，長也」；「艾，歷也」。寀以乂災爲名，艾以乂疾爲義，皆以所歷長、所閱眾故也。醫用艾灸，一灼謂之一壯者，以壯人爲法，其言若干壯，謂壯人當依此數，老幼羸弱，量力減之。』」（《埤雅》卷十七頁 450）
67. 芼「王荆公《字說》……芼字解云：『《爾雅》曰：「芼，擇也。」』」（《學林》卷七頁 27）

68. 苴「苴，所謂『婦雀』。以苴之者，已則棄焉，所謂『苴履』者。安可長也，所謂『棲苴』者。道者而已，非所以爲字，所謂『土苴』者，此也。所謂『菽苴』者，其爲穀苴而已，故六穀弗數焉。」（《蔡解》卷三頁4）
69. 苓「苓，大苦也，所以和百藥之性，使之相爲用者也，故苓從令。〈簡兮〉曰：『山有榛，隰有苓』，榛非宜山而不宜隰，苓非宜隰而不宜山，故榛有植於樊棘之內，苓或采於首陽之巔。椿也，苓也，其生不擇地而美者也，猶之賢者無所進而不自得焉。」（《蔡解》卷四頁3）
70. 茈藐紫綟「《字說》曰：『綟，紫也。綟以莀染，故系在左；紫或染或不，故系在下。綟，人染也，其爲此也，有戾焉；或不，則無戾也，此而已。莀可染紫；謂之茈莀，則茈言本紫，莀言所染。所染，戾彼而此者也。』」（《爾雅翼》卷四頁4）
71. 茹藘「茹草者，若亨若菹，若生食之，尤甚變焉，皆度所宜以之而已，故又訓度。《易》所謂『拔茅茹』，茹者，茆始生可茹者也。茹藘赤草，所染亦赤，如此之謂。若茈莀者能已之，己其能此乎？藘生於心，色赤，南方也，萬物相見之染如此，安能無慮？若茈莀者，何慮之有？」（《蔡解》卷四頁5）
72. 茵莧蓫「《字說》曰：『茵除眩；莧除翳；蓫逐水，亦逐蠱。』」（《埤雅》卷十七頁442）
73. 莪「《字說》曰：『莪以科生而俄。《詩》曰：「匪莪伊蒿」，「匪莪伊蔚」；莪俄而蒿直，蔚粗而莪細，育材之詩，正言莪者，以此。』」（《埤雅》卷十七頁436）
74. 荷1 蕅2 茄3 蓮4 菡萏5 蕸6 蔤7
「《字說》曰：『蕅2藏於水，其處自卑，無所加焉；其所與汙，潔白自若；中有空焉，不偶不生，若此可以偶物矣。茄3無枝附，泥不能汙，水不能沒，挺出而立，若此可以加物矣。蓮4既有以自白，又會而屬焉，若此可以連物矣。菡萏5實若臽，隨昏昕闔闢焉。蕸6，假根以立，而不如蕅之有所偶；假莖以出，而不如茄之有所加；假華以生，而不如蓮之有所連，菡萏之有菡也；若此，可謂遐矣。夫函物者，終於土；連物者，終於散；偶物者，或析之；加物亦不可爲常；故遐在此，不在彼。蔤7，退藏於無用，而可用、可見者本焉，若此，可謂蔤矣。合此眾美，則可以何物，可以爲夫，可以爲渠，故曰：「荷1，芙蕖也。」荷以何物爲義，故通於負荷之字。』」（《埤雅》卷十七頁426）
75. 蓮「王文公曰：『蓮華有色有香，得日光乃開。敷生卑濕淤泥，不生高原陸地。雖生於水，水不能沒；雖在淤泥，泥不能汙；即華時有實，然華事始則實隱，華事已則實現；實始於黃，終於玄，而莖葉綠；葉始生，乃有微赤；實既能生根，根又能生實，實一而已，根則無量；一與無量，互相生起。其根曰藕，常偶而生；其中爲本，華實所出；藕白有空，食之心歡；本實有黑，然其生起爲綠、爲黃、爲玄、爲白、爲青、爲赤，而無有黑，無見無用而有見有用，皆因以出，其名曰蔤，退藏於密故也。』」（《埤雅》卷十七頁428）

76. 菅茅「菅，物之柔忍者也，其理白，其形柔，故謂之茅；制而用之，故謂之菅。茅，自然之潔白，故以共祭祀；菅，漚蓄而柔忍，故以之爲索綯。祭祀，明德之事，大德足以事鬼神者，妻道也；索綯，賤用之物，小惠足以尸鄙事者，妾道也。幽王黜申后而立褒姒，下國化之，以妾爲妻，以孽代宗，而〈白華〉之詩，作而刺之曰：『白華菅兮，白茅束兮』。白華漚而爲菅，則菅者□使然之致用，而爲綯，則卑且勞矣，故以譬孽妾。茅，自然之正體，藉地以祭，則靜且安矣，故以譬宗嫡。不以賤妨貴，不以貴廢賤者，人道也；不以茅棄菅，不以菅害茅者，天道也。《詩》曰：『英英白雲，露彼菅茅』，露者，天之所以成物，菅之賤，茅之貴，二者皆有以成，況易其位哉！」（《蔡解》卷四頁1）

77. 茝「《字說》曰：『茝可以養鼻，又可以養體。茝者，養也。』」（《埤雅》卷十六頁413）

78. 蒢荎藸「蒢，一草而五味具焉。即一即五，非一非五，故謂之荎。眾出乎一，亦反乎一，故謂之藸。」（〈字說辨〉頁7）

79. 萎蕤「王文公曰：『萎蕤，《詩》雖以比淑女，然后妃所求，皆同德者；則萎蕤，惟后妃可比焉，其大德如此，可以萎蕤艸矣。』」（《埤雅》卷十五頁379）

80. 葵「《字說》曰：『草也，能揆日嚮焉，故又訓揆。』」（《埤雅》卷十七頁432）

81. 葱薇薑芥「《字說》曰：『葱，疏關節，達氣液，怱也；所謂葱珩，其色如此，繱亦如此。薇，禮豕用焉，然微者所食，故《詩》以〈采薇〉言戍役之苦，而〈草蟲〉序於蕨後，喻求取之薄。薑，彊也，彊我者也，於毒邪、臭腥、寒熱皆足以禦之。芥，介也，界我者也，汗能發之，氣能散之。』」（《埤雅》卷十八頁454）

82. 葑菲「葑，蘆服也。苗及下體皆可食而無棄。葑者，封也。封之於土而後盛者也。菲，芴也。菽必食苗，而葑也、菲也，以下體爲美，故以『采葑采菲，無以下體』。菲，薄也，物之體薄而可食者也。」（《蔡解》卷四頁3）

83. 蔗「荊公解蔗字，不得其義，一日行圃，見畦丁蒔蔗種瘞之，曰：他時節節背生。公悟曰：『蔗，切之夜庶生是也。』」（《鶴林玉露》卷十三頁6）

84. 蒹葭荻葦萑蘆菼薍「蘆謂之葭，其小曰萑；荻謂之蒹，其小曰藡，其始生曰菼，又謂之薍。蒹，能兼地，於葭所生，能侵有之，然不如葭所生之遐，不宜下故也；萑則宜下矣。葭能遐，假水焉。蒹又謂之兼，雖兼地，然惡下。菼強而葭弱，菼高而葭下，故謂之菼；菼猶遜也。蘆秀而蘆，華可織，以爲薄席；莞可織，雖完而用，不如蘆而或析也，故音完。菼中赤，始生未黑也而赤，故謂之菼。其根旁行，強揉槃互，其行無辨矣，而又強焉，故又謂之亂；亂之始生，常以無辨，惟其強也，乃能爲亂。《詩》言：『毳衣如菼』，以其赤黑，毳玄如之。言『八月萑葦』，以其可辭以其蠶士。言『蒹葭』，刺無以保國，以其兼地而遐。言『葭菼揭揭』，『庶妾上僭』，以其自下而亂始也。〈騶虞〉以所生乎下言葭，〈行葦〉以所生在行言葦，且葦，小物也。」（《蔡解》卷四頁 5）

85. 蘩「高青均葉，蘩，日而繇（白而繁？），又潔可以生蠶，毋糸而草之者也。又蘩之醒爲蒿，皆高故也。」（《蔡解》卷四頁 6）

86. 禾粟「禾，粟之苗幹；粟，禾之穟實。春秋者，陰陽之中；粟，春生而秋熟。方其以養生言之，則謂之禾，『禾麻菽麥』，『禾役穟穟』是也；方其以所用言之，則謂之粟，『率場啄粟』，『握粟出卜』是也。」（《蔡解》卷三頁 2）

87. 黍「黍，丹穀也。仲夏乃登，故謂之黍，而聲與暑同。氣浮而味甘，馨香而滑齊，故宜釀。神，陽物也，非有馨香上達之氣，不足以降之。黍，陽物也，故用爲酒醴。凡言黍稷者，皆有冀祖考、懷祭祀、念父母之意。」（《蔡解》卷三頁 1）

88. 稻稌「稻，稌也。〈豐年〉曰：『豐年多黍多稌』，蓋黍所以交神，稌所以養人；先王之盛，時和而歲豐，交鬼神、養人之物備矣。」（《蔡解》卷三頁 1）

89. 稗 1 稙 2 穉 3 稑 4 穜 5 秬 6 秠 7 穈 8 芑 9

「稗 1 可以食，而非凶荒則不食，宜小人而使之困也。先種謂之稙，後種謂之穉；先熟謂之之稑，後熟謂之穜；黑黍謂之秬，二米謂之秠，赤粱謂之穈，白粱謂之芑。稙 2，直達也，故爲先種；穉 3，有待也，故爲後種。稑 4，以言其和於土而苗遂之於蚤也，故爲先熟；穜 5，以言其晚成而多實也，故爲後熟。秬 6，齊正而有才者也，故麻之實，八角而純黑者謂之秬，度量衡以秬準之者，以其方正滑齊而可用也；秠 7，不一也，故爲一稃而二米；穈 8 者，良之又良者也，受成於火，故其色赤；芑 9 者，穀之至善者也，受成於金，故其色白。萬物豐於火，成於金，穈有豐實之性也，芑有成實之性。蓋稙穉以言其穀之備；穜稑以言其穀之美；秬秠穈芑以言其穀之嘉也。〈七月〉陳先公風化之所由，得土之盛，故曰穜稑。稙穉之種，因天時也，穜稑之實，得地氣也。〈閟宮〉備言后稷稼穡之道，故校四時者而言之，爲稼穡而因天時、得地氣，此所以降之百福也。美穀可以養人，嘉穀不可以爲食之常也，先王用之於祭祀而已，故

〈生民〉言后稷之肇祀而曰：『誕降嘉穀，秬秠穈芑』。」（《蔡解》卷三頁 3）

90. 穜「《字說》於『種』字韻中，入『穜』字，云：『物生必蒙，故從童。草木亦或種，然必穜而生之者，禾也，故從禾字。』王介甫亦以穜爲種字焉。」（《甕牖閒評》卷四頁 6）

91. 麥「麥之同乎陽者也，至子而苗，至午而成。陽多則浮，陰多則沈；陰陽不相勝，然後能善養人者也。故麥可以爲美，而不可爲加膳也。」（《蔡解》卷三頁 2）

92. 米「米，養人也，粉之然後爲利散而均焉。養人而已，而無斷以制之，非所謂知柔剛。」（《新義》頁 97）

93. 粱「天以始至甘香者也。粱從米，所以濟人者也；從刅，所以利人者也。〈豐年〉言養人之物，而不言粱者，蓋稌加膳，於粱則爲嘗膳。」（《蔡解》卷三頁 2）

94. 糧「王安石以謂『行食爲糧』。」（《博古》卷三頁 10）

95. 瓠「瓠，甘而可食，附物而生者也。以其可食而非養人之大者，況在下之賢人，無所附，則實不成。《詩》曰：『南有樛木，甘瓠纍之』，樛木之所以接下者，非始然也，故以況至誠之君子；甘瓠之所以纍上者，亦自然也，故以況在下之賢人。君子之接下，賢人之附上，豈有意於彼我之分，所能爲之哉？」（《蔡解》卷四頁 2）

96. 木「王安石以爲木爲仁類，則木者仁也。」（《博古》卷十五頁 29）

97. 朱非 朱非「朱丞相名字，蓋用荊公《字說》。于文合一爲朱，析而二則爲非，故名勝非，而字藏一，皆說朱字也。」（《項氏家說》卷八頁 11）

98. 杜棠「《字說》云：『《詩》言「蔽芾甘棠」，以杜之美；言「有杕之杜」，以棠之惡。說《詩》者以意逆志，乃能得之。』」（《埤雅》卷十三頁 320）

99. 松柏檜樅「王文公曰：『槐，黃中其華，又黃懷其美，以時發者，故公位焉。松華猶槐也，而實亦玄，然華以春，非公所以事上之道。柏視松也，猶伯視公。伯用詘，所執躬圭者以此；公用直，所執桓圭者以此。檜，柏葉松身，則葉與身皆曲；樅，松葉柏身，則葉與身皆直；樅以直而從之，檜以曲而會之。世云：柏之指西，猶磁之指南也。』」（《埤雅》卷十四頁 353）

100. 柳「柳，柔木也，蕃所以禦寇，柔不足以濟難，故曰：『折柳樊圃，狂夫瞿瞿。』以柳爲樊而生之，不足以爲固，故折柳者，柔之至，猶之兔爲饔飧，體微不足以爲厚，而斯首則微之至也。〈小弁〉之詩曰：『菀彼柳斯，鳴蜩嘒嘒』，夫蜩鳴於菀然之柳，至眾之民而不能使其有所附焉，此〈小弁〉之所以由怨也。」

（《蔡解》卷五頁 3）

101. 柞「柞氏，攻木者也。虞衡作之而有，柞氏攻之而亡。柞木有實而無華，有華而無實。柞又栩也；實染乃見，亦一有一亡也。所謂鐘侈則柞，乍作而止，聲一而已，柞也。《春秋外傳》曰：『革木一聲』。」（《鄭解》頁 9）

102. 梓李楸「梓榮於丙，至辛而落，正辛之所勝也。又謂之杍，金，木子也，正子之所勝也；梓音子，亦爲是故也。又謂之楸，其榮獨夏，正秋之所勝也。」（《鄭解》頁 16）

103. 椐樻「《字說》：『《春秋傳》曰：「弱足者居」，椐適可杖，居者之所材也。椐又樻也，材適可杖，木之貴也。』」（《詩傳》卷十二頁 324）

104. 椅樲「椅，梓實桐皮，非梓之正，非正而外若同焉，有椅之意。樲，若棗而小，非棗之正，棗甘而樲酸，棗屬而貳者也。羊棗謂之遵，則不貳者也。」（《蔡解》卷五頁 6）

105. 楰茎枌「《字說》曰：『楰，瀋滑，故謂之俞；茎，俞而有刺，所以爲至；枌，俞而已，安可長也？以俞爲合，乃卒乎分。夫很如羒，俞如枌，皆分之道。』」（《埤雅》卷十四頁 367）

106. 㮚桃李杏𣒼「从木者，陰所能㮚，以陽而已。从□从重人，陰疑陽也；从一、从丨，陽戰而丨也，丨則勝陰，故一上右。㮚，北方果，縮而果者也。木兆於西方，故桃从兆；至東方生子，故李从子；至南方子成，適口，故杏从口。北方本實，故㮚木在下；東南木盛，故李杏木在上；西，木配也，故桃木在左。」（《鄭解》頁 9）

107. 楳「《字說》云：『楳用作羹，和異味而合之，如媒也。』」（《甕牖閒評》卷四頁 3）

108. 棘槐「棘之爲木也，其華白，義行之發也；其實赤，事功之就也；朿在外，所以待事也。槐之爲木也，其華黃，中德之暢也；其實玄，至道之復也；文在中，含章之義也。」（《新義》頁 157）

109. 檉「《字說》曰：『知雨而應，與於天道。木性雖仁聖矣，猶未離夫木也。小木既聖矣，仁不足以名之。音赬，則赤之貞也，神降而爲赤云。』」（《爾雅翼》卷九頁 5）

110. 櫻栲「《字說》云：『櫻主實，么稺柔澤如嬰者；栲主材，成就堅久如考者。』」（《埤雅》卷十四頁 352）

111. 我「王安石《字說》謂：『戈戟者，刺之兵。至於用戈，爲取小矣。其取爲小，故當節飲食；其用在刺，故必戒有害。雖然，戈所以敵物而勝之，故我之字从

戈者，敵物之我也。非有勝物之智，則不能敵物；非有立我之智，則至於失我。古人託意，茲亦深矣。』」（《博古》卷九頁 21）

112. 公「韓非曰：『自營爲厶，背厶爲公。』王公之公，人臣尊位，故以自營爲戒。公又訓事，公雖尊人，亦事人，亦事事。」（《鄭解》頁 1）

113. 卿「卿之字從卯，卯，奏也；從卩，卩，止也；左從卯，右從卩，知進止之意。從皀，黍稷之氣也；黍稷地產，有養人之道，其皀能上達。卿雖有養人之道而上達，然地類也，故其字如此。」（《新義》頁 2）

114. 王「舒王曰：『背私則爲公，盡制則爲王。公者，德也；王者，業也。以德，則隱而內；以業，則顯而外。』」（《道德眞經取善集》卷三頁 12）

115. 矦「矦，內受矢，外厂人；或作医，亦是意。諸矦厂人，爲王受難如此。矦，矦也，所謂『矦禳』是也。矦，射者所指，故矦爲指詞。」（《鄭解》頁 16）

116. 冢宰「發露人罪而治之者，刑官之治也；宀覆人罪而治之者，治官之治也。治官尚未及教而況於刑乎？宰，治官之上也，故宰之字從宀、從辠省，宀覆人罪之意。宰以治割、調和爲事，故供刀必者謂之宰；宰於地特高，故宰謂之冢也。山頂曰冢，冢，大之上也。列職於王，則冢宰與六卿同謂之大；百官總焉，則大宰於六卿獨謂之冢。」（《新義》頁 1）

117. 史「史之字從中從又，設官分職，以爲民中，叓則所執在下，助之而已。」（《新義》頁 2）

118. 吏「治以致其事，吏也。」（《新義》頁 9）

119. 司后「於文反后爲司。蓋后從一從口，則所以出命；司反之，則守令而已。從一，則所以一眾；司反之，則分眾以治之而已。從厂，則承上世之庇覆，以君天下也；司反之，則以君之爵爲執事之臣而已。」（《詳解》卷九頁 1）

120. 嬪婦「女之順化於人者，謂之嬪；嬪，有夫者也。女之執箕箒以事人，謂之婦；婦，有姑者也。《書》曰：『嬪於虞』，虞舜夫也，故稱嬪。《春秋書》：『伯姬來逆婦』，伯姬姑也，故稱婦。有夫有姑，則任之以職，然則嬪非婦，則無職矣。」（《詳解》卷一頁 21）

121. 賓客「賓之字從宀從與從貝。賓者，主所宀也；正趣隱以適己，則利上；趣明以與物，則害也。客之字從宀從各，客雖主所宀也，然不與之共休戚利害也。〈司儀〉曰：『凡諸公相爲賓，則諸侯之君，皆謂之賓也。』又曰：『諸公之臣，相爲國客，則諸侯之客，皆謂之客。』賓尊，嫌于王，欲其趣隱以事己，則不疑於亢。客勢卑，則屈而不與共休戚利害，故爲客。」（《詳解》卷三三頁 1）

122. 師儒「有德行以教人者也；儒，以道藝教人者也。」（《新義》頁 15）

123. 士工才「士之字與才，皆從二從丨。才無所不達，故達其上下。工，具人器而已，故上下皆弗達。士，非成才，則官亦皆弗達，然志於道者，故達其上也，故士又訓事；事人則未能以智帥人，非人之所事也，故未娶謂之士。」（《新義》頁 2）

124. 巫覡「巫之字從工從二人。從工者，通上下也；從二人者，人爲人交神也。覡之字從巫從見。女爲人交神，蓋以弗覿，其見也，巫而已。蓋神降之在男曰巫，在女曰覡；通而言之，皆巫矣。」（《詳解》卷二三頁 4）

125. 夫「夫之字與天，皆從一、從大。夫者，妻之天故也。天大而無上，故一在大之上；夫雖一而大，然不如天之無上，故一不得在大上。夫，以智帥人者也；大夫，以智帥人之大者也。」（《新義》頁 2）

126. 童「童。始生而蒙，信本立矣；方起而穉，仁端見矣。」（〈字說辨〉頁 2）

127. 豎「童而有立，謂之豎。」（《詳解》卷八頁 14）

128. 匠「必斤爲匠，以工欲善其事，必先利其器也。」（《詳解》卷三九頁 3）

129. 商「从辛者，商以遷有資無爲利，下道也，干上則爲辛焉；从內者，以入爲利；从口者，商其事。故爲商賈、商度、宮商之字。商爲臣，如斯而已。」（《鄭解》頁 1）

130. 奚「奚之字從糸從大，蓋給使之賤，係於大者故也。」（《新義》頁 4）

131. 伶「王介甫解伶字，乃云：『伶，非能自樂也，非能與眾樂樂也，爲人所令而已。』」（《甕牖閒評》卷一頁 3）

132. 兵「兵之字從斤、從，斤勝木而器之義也。兵以左右比而已。」（《詳解》卷二七頁 17）

133. 刀刃「刀者，制也。能制者，刀也；所制者，非刀也。刀以用刃爲不得已，欲戾右也；於用刃也，乃爲戾左。刃，刀之用刃，又戾左焉，刃矣。」（《鄭解》頁 2）

134. 劒「劒之字從刃、從僉。鍛者歛其刃焉，服者又從歛而不用，與武欲止戈，弓象弛弓之形同意。惟先王之爲劒，欲其歛而不用。」（《詳解》卷三六頁 16）

135. 箙「箙雖一器之微，皆具陰陽之體；一物之成，皆有遲速之齊；仰必有以得天之時，俯必有以順物之理。失其時，則雖有美材巧工而不足以爲良；逆其理，則雖有規矩法度而不足以明義。聖作巧創，豈能違之乎？」（《詳解》卷二八頁 6）

136. 創愴「刀用於當歛之時，雖殺不過也；用於方發之時，則爲創焉。創則懲矣，

故又爲『予創若時』之字。倉言發，刀言制，故又爲『創業垂統』之字。愴，心若創焉；愴，重陰。」（《鄭解》頁 2）

137. 弓 1 矢 2 矛 3 殳 4 戈 5 戟 6

「凡伍用兵，遠則弓矢者射之，近則矛者句之；句之矣，然後殳者擊之，戈戟者刺之。弓 1 象弛弓之形，欲有武而不用。从一，不得已而用，欲一而止。矢 2 从八、从丨，從睽而通也；从入，欲覆入之；从一，與弓同意。覆入之爲上；睽而通，其次也；一而止，又其次也；睽而不能通，斯爲下。誓謂之矢，激而後發，一往不反如此。矢又陳也，用矢則陳焉。矛 3，句而冂焉，必或𠃌之；右持而句，左亦戾矣。殳 4，右擊人，求己勝也，然人亦丿焉。戈 5，兵至於用戈，爲取小矣；從一與弓同意。戟 6，戈類兵之健者。」（《鄭解》頁 7）

138. 弧「睽而孤也，乃用弧焉。音胡，疑辭也。弧，弓也，然《周官》六弓有弧弓焉，『以授射甲革椹質者』，睽孤所利，勝堅而已。與王弓同，則王以威天下爲義，至盡善也。」（《鄭解》頁 21）

139. 弩「弓弩皆所以射，然用弓以手，用弩以足，則弓爲貴而弩爲賤。惟弓爲貴，故凡爲弓者，必因其君之躬志慮血氣。古之制弓字者，亦象弛弓之形，欲有武而不用也。惟弩爲賤，故張弩必以足，而弩之字則以奴，以奴爲可使而賤也。故凡言弓，必先弩。」（《詳解》卷二八頁 5）

140. 柄柲 「戈矛戟之柄，謂之柲者，蓋操執之以爲用，則謂之柄；左右戾而爲最小，則謂之柲。柲言其事，而且有愼意，故音毖。」（《詳解》卷三九頁 1；訂義卷七八頁 1）

141. 旐旟旗旂「旐，卑者所建，兵事兆於此；龜蛇，北方物所兆也。旟，所帥眾有與也；鳥隼，南方爲有與焉。旗，軍將所建，眾期焉；其得天數，乃可期物；熊虎，西方止而左右物所期也。旂，人君所建以帥眾，則宜有義辨焉。夫旗，熊虎也，故宜以知變爲義；夫旂，龍也，故宜以義辨爲言。」（《鄭解》頁 7）

142. 旜物「通帛爲旜，純赤而已，赤之爲色，宣布著見于文，從亶，義可知也。『孤卿建旜』，以其近王，宜亶以事上也。雜帛爲物，則兼赤白焉，陰陽之義也。大夫以智而帥人，士尙志以事上也，然皆物其所屬，則一陰一陽曷可少哉。物物者，上之道也；物于物者，下之道也。王所事者道，士所事者事。士之賤也，嫌于不能物物，故取名于物；蓋其所建，亦使人無爲而已，此物之字所以從物者，乃其義歟？然物莫不貴陽賤陰，則帛之雜，不如通之貴矣。」（《詳解》卷二四頁 12）

143. 旌旞「全羽爲旞，以全而遂之爲義；析羽爲旌，以析而生之爲義。蓋道以全之

爲遂，析之爲生故也。」（《詳解》卷二四頁 12）

144. 鐘鼓（鍾鼓鼙）「鐘，金爲之；鼓，壴則用焉。鼓從支，鐘從穜者，穜以秋成，支以春始。支作而散，無本不立；穜止而聚，乃終於播而後生焉。鼓又從攴，攴，擊也；鐘又或從重，《國語》曰：『鍾尚羽』，樂器重者從細。鍾鼓皆壴而攴焉。於鼓，從壴、從攴，則鼓以作爲事；於鍾，從金、從重，則皆其體也。止爲體，作爲用；鼓以作，故凡作樂皆曰鼓；鍾訓聚，止而聚故也。鼓又作鼙，鼙者，作也；作已而鼓，有承之者。」（《鄭解》頁 9）

145. 錞鐸鐃鐲「陰與陽和而熟，故錞以和鼓，而其字從享。陰與陽通而明，故鐸以通鼓，而其字從睪。陽而陰下，陰不堯則無以勝陽而止之，故鐃以止鼓，而從堯。陽清而陰濁，陰不澤則無以承陽而節之，故鐲以節鼓，而從蜀。」（《詳解》卷十二頁 16）

146. 攻「攻从工者，若所謂『攻金之工』、『攻木之工』是也；从支者，若所謂『鳴鼓而攻之』是也。」（《鄭解》頁 3）

147. 鼗「近世王文公，其說經亦多解字，如曰……『以兆鼓則曰鼗』。」（《考古質疑》卷三頁 16）

148. 鼛「中軍以鼛令鼓者，旅帥執鼛，則鼛卑而有眾執者也。莊子曰：『卑而不可不因者，民也。』中軍所以將眾，以鼛令鼓，則明眾卑而不可不因也。」（《詳解》卷二五頁 4）

149. 鼜「鼜之字從蚤，而音從戚，有憂患，所以爲戒也。蚤有早之義，所以儆旦也。以其爲夜戒，故軍旅夜鼓鼜。」（《詳解》卷十二頁 17）

150. 旅「旅之字，從㫃、從从，眾矣，則從旌旗指揮故也。從旌旗指揮則從人而不自用。下士爲旅，亦從人而不自用者也。」（《新義》頁 2）

151. 戍役「《字說》云：『戍則操戈，役則執殳。』」（《甕牖閒評》卷四頁 8）

152. 武「崇寧以後，王氏《字說》盛行，……『止戈爲武……』……雖用《字說》而有理。」（《高齋漫錄》頁 13）

153. 徒「徒之字，從辵、從土，無車從也，其從而走，則親土而已。故無車而行，謂之徒行。」（《新義》頁 2）

154. 什伍「近世王文公，其說經亦多解字，如曰……『五人爲伍，十人爲什』……之類。」（《考古質疑》卷三頁 16）

155. 韗鞾「韗人所治，以軍爲末；謂之韗人，舉末以該之。或作鞾，亦是意。」（《鄭解》頁 11）

156. 盟「近世王文公，其說經亦多解字，如曰……『歃血自明而爲盟』。」（《考

古質疑》卷三頁 16）

157. 斝「王安石釋之以謂：『斝，非禮之正，則所以飲之，無所不至。』」（《博古》卷十五頁 19）

158. 尊「尊，酌以獻，居其所而爵者從之，故謂之尊。」（《新義》頁 89）

159. 爵雀「爵，从尸，賓祭用焉；从鬯，以養陽氣也；从凵，所以盛也；从又，所以持也；从尒，資于尊，所入小也。又通於雀，雀，小隹；爲人所爵，小者之道。又：雀，春夏集於人上，人承焉，則以其類去，仁且有禮；則集手義，則與人辨，下順上逆，難進者也。爲所爵者宜如此。」（《鄭解》頁 16）

160. 觚觶「觚，言交物無卩，其窮爲孤；觶，言用禮無度，其窮爲單。尊者舉觶，故於用禮戒焉。觚又爲操觚之字。觚，奇則觚，偶則角，所謂『譎觚』如此。觶又作觗，於作也窮，於止也時，《詩》曰：『既醉而出，並受其福。』」（《鄭解》頁 16）

161. 觳「觳，窮也，殼窮而通，角窮而已，斯爲下。」（《鄭解》頁 15）

162. 盉盅盈盥盒「王安石以謂：『和如禾』，則從禾者，蓋取和之意耳。……中而不盈則爲盅；夃而多得則爲盈；亼口而歛則爲盒；臼水以澡則爲盥。凡制字寓意如此，則盉之從禾，豈無意哉？」（《博古》卷十九頁 28）

163. 簠簋匭「《周官・掌客諸侯之禮》，用簠有差，唯簋皆十有二。又《公食大夫之禮》：稻粱用簠，則簋以食，日已焉。常以食，則有通上下。用簠則簋從之，用簋則簠不從也。簠又內圜，有父之用。簠、簋象龜，示食有節，故皆从竹。簠又作医，簋從焉，夫道也。夫外方，所以正也；內圜，所以應也；父道也，夫道也。內方，所以守也；外圜，所以從也；子道也，妻道也。簋又作匭，日已焉，主飢飽而已。医匭皆以虛受物。」（《鄭解》頁 15）

164. 釜鬴「釜有承之者，無事於是，父道也；尚其道，故金在下。鬲有足，鬴有足，以鬲視鬴，爲有父用焉。」（《鄭解》頁 10）

165. 鼎鬲「鼎以木巽火，臼二氣而飪之；所謂鼎盛者，以取新爲義。所謂鼎鼎者，其重如此。鬲空三足，氣自是通上下。故鼎取其鼎盛，而鬲取其常飪。」（《鄭解》頁 7 等）

166. 甗「王安石則曰：『從鬳從瓦。鬲獻其氣，甗能受焉。』」（《博古》卷十八頁 32）

167. 鼐「王安石《字說》謂：『鼐，鼎之有才者。』」（《博古》卷五頁 47）

168. 瑟「（瑟）雖琴之類，而絃多于琴，故其字從八，以言絲之分也；其音不若琴聲之爲大，故其字從弋，以言音之細也。」（《詳解》卷二一頁 9）

169. 籥「籥，以爲之，故字從竹。籥三孔，主中聲而上下之，律呂于是乎生，故

從三口。律，度量衡所出；冊，所書集于此；籥所不能述，冊亦不能記也，故從亼、從冊。」(《詳解》卷二一頁 15)

170. 柷柎虡鐻「柷，木爲之，中空焉。空，聲之所生。虡，器之所出。旬，均也；宜所任均焉。栒上版謂之業，則以象業成於上，而樂作於下。……鐻所任，金爲重；豦屬於任重宜者也。」(《鄭解》頁 15)

171. 欒「鍾上羽，其聲從紐(細)，欒是紐(細)貌；如《詩・素冠》『棘人欒欒兮』，彼注云：『欒欒，瘦瘠貌。』蓋鍾兩角處尖細，故曰欒。」(《鄭解》頁 8；《周禮訂義》卷七三頁 10)

172. 弁 「弁之字，從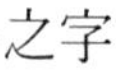，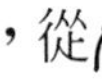而入焉，下服以事上也。人君服以冕，亦服弁者，以上得兼下也。」(《詳解》卷二七頁 15)

173. 冕「冕之爲物，後方而前員，後仰而前俛，玄表而朱裏。後方者，不變之體也；前員者，無方之用也。仰而玄者，升而辨於物，玄者北方之色，與物辨之時也。俛而朱者，降與萬物相見，朱，南方之色，與萬物相見之時也。名之曰冕，以與萬物相見之名也。」(《詳解》卷十九頁 16)

174. 車 1 轉 2 軋 3 輟 4 輸 5 載 6 輖 7 輹 8 轐 9 軨 10 軫 11 軾 12 軓 13 輈 14 𨏥 15 軌 16 輿 17 轛 18 輪 19 輻 20 軸 21 轊 22 轂 23 軏 24 輗 25 桀 26 輢 27 軹 28 輮 29 較 30

「車 1 从三，象三材；从□，利轉；从丨，通上下。乘之莫瞽之而專，則轉 2；或乙之，則軋 3；或叕之，則輟 4；於所俞，則輸 5。其載 6，臣道也；輖 7，往而復周者也；輹 8，復也；轐 9，僕也；軨 10，令也，亼以爲卩者；軫 11，旗旂之所㐱也。夫軫之方也，以象地；方，地事也，方而不運，故物㐱焉；與車相收也，故軫訓收；琴所謂軫，與琴相收，故曰軫。軾 12，所憑撫以爲禮式之者也；有式則有凡，軓 13 於用式，則爲之先。輈 14，載欲準，行欲利，以需爲病，以覆爲戒；又作𨏥 15，兩車也，兩戈也，兵車於是爲連也。軌 16，行無窮也，而車之數窮於此。輿 17，有臼之乎上，有廾之乎下，君子所乘，尛徒從焉，故又訓眾；作車者，自輿始，故輿又訓始。轛 18，對乘；乘者，君子也，宜能立式者對焉。輪 19，一畐一虛，一有一無，運而無窮，無作則止，所謂輪者，如斯而已。輻 20，畐者也，實輪而輳轂，致福之道也。軸 21，作止由之者也。轊 22，當轂之先而致用焉，彗也；轂以虛受福，彗以實受福。轂 23 者穀，善心也；軏 24 者斬，善首也。載者輿，運者輪，服者輈，軏無任焉，而持其先，出其上。輗 25 則有大焉；所謂『能兒子』者也，元不足以名之。輈也，車所以冒難而桀 26 也，爲之纏固，孜此木也。輻者，軹不出於轂，若賢而非賢也；輢

[27]者，軹不入於軾，若轛而非轛也；轂有□，所以為利轉，至軹[28]而窮焉，是皆宜只者也。輮[29]，柔木以為固抱也。輢，兵所倚也，眾亦倚焉。車有六等之數，兼三才而兩之，較[30]，效此者也，故君子倚焉。」（《鄭解》頁 3～4）

175. 中「中。通上下，得中則制命焉。」（〈字說辨〉頁 3）

176. 之「之。有所之者，皆出乎一；或反隱以之顯，或戾靜以之動；中而卜者，所以之正也。」（〈字說辨〉頁 7）

177. 卜占「卜之字，從丨從一，卜之所通，非特數也，致一所以卜也。夫木之有火，明矣，不致一以鑽之則不出，龜亦何以異此？物生而後有象，象而後有滋，滋而後有數；蓍者，陽中之陰也，故植而後知數；龜者，陰中之陽也，故動而知象。先王成天下之亹亹，定天下之吉凶，莫大乎蓍龜。」（《詳解》卷二二頁 2）

178. 仔「王荊公《字說》……解仔字，云：『《爾雅》曰：「仔，肩也。」』」（《學林》卷七頁 27）

179. 令「令之字，從亼從卩，卩守以為節，參合乎上之意。」（《新義》頁 27）「軨，令也，亼以為卩者。」（《鄭解》頁 3）

180. 仞「度土高深用仞。人以度之，刃以志之。《考工記》曰：『人長八尺，登下以為節。』」（《鄭解》頁 4）

181. 佐佑「以左助之為佐，以右助之為佑。地道尊右，而左手足不如右彊，則佐之為助，不如佑之力也。」（《新義》頁 1）

182. 位「近世王文公，其說經亦多解字，如曰……『位者，人之所立。』」（《考古質疑》卷三頁 16）

183. 任「任者，如人壬子然，因其力之所能勝也。」（《詳解》卷一頁 19）

184. 佃「田則一夫之所佃。」（《詳解》卷三九頁 10）

185. 倥侗「倥侗。眞空者，離人焉，倥異於是，特中無所有耳；大同者，離人焉，侗異於是，特不能為異耳。」（〈字說辨〉頁 1）

186. 傀「傀之字，從人在左，從鬼在右，鬼勝人也。鬼勝人，則鬼有靈，饗而傀異所以出也。」（《詳解》卷二〇頁 17）

187. 僞「近世王文公，其說經亦多解字，如曰：『人為謂之僞』……之類。」（《考古質疑》卷三頁 16）

188. 典則灋

「典之字，從冊從丌。從冊，則載大事故也；從丌，則尊而丌之也。則之字，從貝從刀。從貝者，利也；從刀者，制也。灋之字，從水從廌從去。從水，則水之為物，因地而為曲直，因器而為方圓，其變無常，而常可以為平；從廌，

則鷹之爲物，去不直者；從去，則灋將以有所取也。然則典則灋，詳略可知已。」（《新義》頁 7）

189. 冶「金以陰凝，冶以陽釋之，使唯我所爲，能冶物者也。所謂『冶容』，悅而散，若金之冶。」（《鄭解》頁 8）

190. 冬「冬。春徂夏，爲天出而之人；秋徂冬，爲人反而之天。」（〈字說辨〉頁 4）

191. 凋彫「凋草木，生事周矣，重陰彫焉。彫以飾之，然亦周其質矣。彫羽物，生事周矣，彫於是時，亦搏而彫之。玉謂之彫者，玉，陽物也；彫，陰物也；彫刻制焉，陰物之事也。」（《鄭解》頁 16）

192. 凝凌「重陰則凝，凝者疑。《易》曰：『履霜堅冰』，陰始凝也。」（《鄭解》頁 2）

「夫水得重陰而爲冰，凌人伐之則爲凌。水凝爲冰者，天也；伐冰以爲凌者，人也。先王通寒暑之序，以應陰陽之會，則斬冰而藏之者。」（《詳解》卷六頁 10）

193. 刑「刑者，侀也，侀，成也；則刑典之爲書，刑官之爲職，亦不能有加損也。」（《新義》頁 8）

194. 勢「《易》曰：『地勢坤』，太下則爲勢衰，太高則爲勢危。坴，陸也，高而平，得埶者也；坴，睦也，彼己睦矣，合而成埶，得埶而弗失者，善其丮故也。或又从力，以力爲勢，斯下矣。」（《鄭解》頁 1）

195. 勑「王荆公作《字說》，至詳悉矣，敕字仍作勑字解。」（《甕牖閒評》卷四頁 3）

196. 匪頒「散其所藏曰匪，以等級之曰頒。故匪之字，從匚從非，言其分而非藏也；頒之字，從分從貝，言其自上而頒之下也。」（《詳解》卷二頁 3）

197. 廛里「賈所居，在市之屋謂之廛；民所居，在里之屋謂之里。」（《詳解》卷十三頁 1）

198. 同「同。彼亦一是非，此亦一是非也，物之所以不同；冂一口，則是非同矣。」（〈字說辨〉頁 2）

199. 吅嚚「王文公曰：『口一則眾聽而靜，口不一則爲吅矣。若嚚又不一。』」（《爾雅新義》卷八頁 10）

「丩其口而出聲者，嚚也。」（《詳解》卷三二頁 17）

200. 喪「哭亡謂之喪；亡，斯哭之矣。死以氣言也，亡以形言也，或發於聲音。」（《詳解》卷十七頁 6）

201. 倉廩「廩所以藏，倉所以散。故倉之，從亼從□從彐從丿。蓋倉雖亼之，圍之，掌之，然卒乎散者，必始乎歛。故倉人掌粟入之藏，則始乎歛之意也。」（《詳解》頁 16 頁 19）

202. 對「荊公曰：『以對爲對，有對者不獲自盡矣。』」(《楊公筆錄》頁 6)
203. 園圃「其圍也，不高而遠謂之園；以植眾甫謂之圃。」(《詳解》卷十三頁 2)
204. 圜圓「圜則可□以爲圜，所□，則睘無所至。圓，德之圓也，《易》曰：『蓍之德，圓而神』。圜，器之圜也，《易》曰：『〈乾〉爲圜』。」(《鄭解》頁 12)
205. 均「均之字，從土從勻，遠近多寡，適於勻之謂也。」(《詳解》卷十三頁 9)
206. 壐璽「壐之字，從爾從土，蓋無以辨物，欺之生也，故爲壐信之。其字從土，於五常爲信；從爾，則爲辨物之我，不能辨物則爲爾。以其不能辨物，而慮其爲欺，故以壐驗而信之。然其字或從玉者，以玉爲之故也。以玉孚尹旁達，瑕瑜並見，亦以信爲驗也；皆有期以反節，則防竊詐故也。」(《詳解》卷十四頁 22)
207. 壇亶「有事於壇者，皆所以致其亶，故壇之字從亶。亶之爲言致實以坦，故亶之字，從亩從旦。亩，實也；旦，坦也。所以交神，宜致實以坦故也。」(《詳解》卷三三頁 13)
208. 夕「王文公曰：『夕者，物成數定，有見可名之時。』」(《爾雅新義》卷九頁 4)
209. 夢「夢之字，從瞢從夕，向陰而夢，則有夢也。又或從夢、從牀、從宀、從一；宀之下，牀之上，若反一也。然方向陰而夢，有妄見焉。」(《詳解》卷二二頁 3)
210. 妙「荊公《字解》，妙字云：『爲少爲女，爲無妄少女，即不以外傷內者也。』」(《嬾眞子》卷五頁 3)
211. 媒「媒之字，從女從某。某，名實未審也；女之名實未審，須媒以媒之，故曰：『男女非行媒，不相知名。』」(《詳解》卷十三頁 23)
212. 媺「可欲之謂善，美者善之至，媺者美之微。人性善，必自其善之端，擴之使充，充之而使實，然後積媺而爲美；美成則性之德立乎中，發見其美而爲大。」(《詳解》卷十三頁 11)
213. 官職「有職者當聽上，所聽乎上者言，所以爲言者音，音之所不能該，則聽無與焉，奚所受職？有通乎此，乃或失職，則傷之重矣。」(《鄭解》頁 1)
214. 富貧「近世王文公，其說經亦多解字，如曰……『同田爲富，分貝爲貧』。」(《考古質疑》卷三頁 16)
215. 寺「度數所自出而求度數者之處，謂之寺。」(《詳解》卷八頁 13)
216. 居倨琚「居其所安者，居也；若倨，則以其遇人而居，不爲變動也；若琚，則以其居佩之，無所移易也。」(《詳解》卷三六頁 5)
217. 崇高「崇高。高言事，崇指物陰陽。」(〈字說辨〉頁 8)

218. 巧述「創物，工則欲巧。巧者善僞，在所丂焉。作者交錯而難知，述者分辨而宜審；辨矣，然後從以述之。知察本末，述則述其末而已。凡作無常，一有一亡，是唯人爲，道實無作。」（《鄭解》頁 2）
219. 功「功之字從工，工，興事造業而不能上達。功正施於國，則以興事造業爲主。」（《詳解》卷二六頁 1）
220. 巳「舒王《字說》云：『巳，正陽也，无陰焉。』」（《緗素》卷五頁 1）
221. 巾「用以冪物，通上下而有之者，巾也；故巾之字，從冂从丨。然巾之爲物，非止於覆冪而已。蓋以事言之，則主於覆物；由禮言之，則主於設飾。覆以昭其用也，設飾以昭其文也。」（《詳解》卷六頁 9）
222. 布敷施「施者，張而行之，非特布之而已。故制字，于布則從父，以布有父之體也。於敷則從甫，甫從父從用，則敷有父之用也。施則從於，若旂之旒；有施而後有張，則施者，張之也。布而後敷，敷而後施，事辭之序也。」（《詳解》卷二頁 12）
223. 帟「帟所以芘下而承塵者也。帟之至於再、至於三，則塵之不及，而所芘者厚矣。」（《詳解》卷七頁 7）
224. 㡃「治絲帛而熟之，謂之㡃。絲帛熟，然後可設飾爲用，故其字从巾从荒；荒言治之使熟也，猶荒土以爲田；巾則設飾之物也。」（《詳解》卷三七頁 16；訂義卷七五頁 14）
225. 平「平之從八從一從丂；丂而別之，使一也。」（《詳解》卷十四頁 12）
226. 年「介甫《字說》，……年字，『禾一成爲年』。」（《猗覺寮雜記》卷一頁 44）「禾一熟爲年。……年之字，從禾從人從一，則年以禾爲節，人事也。凡禾，年一稔焉。禾稔不齊，不可以期數也。」（《詳解》卷十一頁 16）
227. 幾「幾者，動之微，吉（凶）之先見者也。方動之微而知之，已入於神矣，故《易》曰：『知幾其神乎！』造形而察之，則特無祇於悔而已，是不可以不致察也；故幾有微察之意。」（《詳解》卷十四頁 17）
228. 庖「包魚肉而共焉，謂之庖。」（《詳解》卷四頁 6）
229. 府「府之字，從广從付；广則其藏也，付則以物付之。」（《新義》頁 2）
230. 廣「廣之字，從黃，地道光也；從广，東西而已，此廣所以爲橫也。」（《詳解》卷九頁 6）
231. 廞「廞裘與廞樂同意。蓋陳儀物於庭序，以興觀者之歆，故謂之廞。」（《詳解》卷八頁 4）
232. 廟「廟之字，從广從朝，到广以爲朝，故謂之廟。」（《詳解》卷十九頁 21）

233. 盧「水始一勺，總合而為川；土始一塊，總合而為田；虛，總合眾實而授之者也；皿，總合眾有而盛之者也。若虛之無窮，若皿之有量，若川之逝，若田之止，其為總合，一也。盧者，總合之言，故广從之為廬。」（《鄭解》頁 17；《訂義》卷七八頁 1）

234. 式「式之字，從弋從工；工者，所以具人器也；弋者，所以取小物也。工為取之小，則用式。」（《詳解》卷二頁 1）

235. 心「介甫以心從倒勹，言：『無不勹，而實所勹；所勹以匕，其匕無常。』」（《硯北雜志》卷下頁 9）

236. 思「思。出思不思，則思出於不思。若是者，其心未嘗動出也，故心在內。」（〈字說辨〉頁 6）

237. 忠恕「忠。有中心，有外心；所謂忠者，中心也。」（〈字說辨〉頁 3）
「近世王文公，其說經亦多解字，……如『中心為忠，如心為恕』，朱晦菴亦或取之。」（《考古質疑》頁 3 頁 16）

238. 懿徽「懿徽。壹而恣之者，懿也，俊德之美也。微而糾之者，徽也，元德之美也。」（〈字說辨〉頁 7）

239. 成「戊出、丁藏，於物為成；成者，終始無虧之辭。言成，則事之終始皆一定而不可虧矣。」（《詳解》卷二八頁 7；《詳解》卷一頁 9）

240. 歲「王介甫《字說》，（歲）言『彊圉』，自餘亦無說。」（《容齋四筆》卷十五頁 13）

241. 戲「戲。自人道言之，交則用豆，辨則用戈，慮而後動，不可戲也；戲實生患。自道言之，無人焉用豆？無我焉用戈？無我無人，何慮之有？用戈用豆，以一致為百慮，特戲事耳。戲非正事，故又為於戲、傾戲之字。」（〈字說辨〉頁 5）

242. 掌「尙其手以保焉，謂之掌。」（《詳解》卷三頁 22）

243. 擘「量所檗，水所溉，盡而有繼，手所擘，亦盡而有繼。」（《鄭解》頁 10）

244. 搔「荊公《字說》……『搔，手能蚤所搔。』」（《捫蝨新話》卷一頁 2）

245. 舉「王安石《字說》：『舉字从手从與，以手致而與人之意。』」（《博古》卷七頁 4）

246. 撢「撢之字，從手從覃。撢之為言取也；所覃及，乃能撢之。取主之志意與國之政事，巡天下之邦國而語之故也。」（《詳解》卷二九頁 15）

247. 无无「《字說》曰：『王育曰：「天屈西北為无」，蓋制字或以上下言之，或以東西南北言之，或以左右言之，或以先後言之；王育之言無是也。蓋乾位西北，萬物於是乎資始。方其有始也，則無而已；引而申之，然後為有。』」（《道德

眞經集義》卷一頁 18）

248. 時「時以日爲節，度數所自出。當時爲是，是在此也，故時又訓此。又作旹，有爲之焉，人以爲時，以有之也，故曰：『時無止』。」（《鄭解》頁 3）

249. 星「介甫《字說》……如星字：『物生乎下，精成於列。』晉《天文志》張衡論也。」（《猗覺寮雜記》卷上頁 20）

250. 旱暵「陽干時爲旱，旱甚爲暵。旱暵以陰中之陽不上達，陽中之陰不下垂而固陰，故不雨而旱暵。」（《詳解》卷二三頁 5）

251. 染「水始事，木生色，每入必變，變至於九，九已無變。於文從木，而九在上。」（《鄭解》頁 12）

252. 案「案謂玉飾案，人所按而安者也。以玉飾案，則取其以德而安之義。」（《詳解》卷三八頁 9）

253. 桎梏拲「梏在脰，桎在足，拲在手。《左氏傳》：『子蕩以弓梏華弱於朝』，則梏在脰明矣。」（《新義》頁 162）

「梏在頸，梏之則以告也；桎在足，制之使用其至也；拲在手共焉，制之使致恭也。」（《詳解》卷三一頁 16）

254. 梁「《字說》曰：『屋梁兩端乘實如之。物之強者莫如梁，所謂強梁者，如梁之強；人之強者死之徒也，子路好勇，不得其死；羿善射，奡盪舟，俱不得其死然。是皆失柔弱之義也。』（《道德眞經取善集》卷七頁 14）

255. 梐枑「梐枑，行馬也，以木爲之，若比土然，則謂之梐；交木爲之，則謂之枑。」（《詳解》卷七頁 2）

256. 極「極之字，從木從亟。木之亟，屋極是也。」（《新義》頁 1）

257. 椽桷榱橑「椽，緣也；相抵如角，故又謂之桷；自極衰之，故又謂之榱；聯屬上比，爲上庇下，下有僚之義，故又謂之橑。」（《鄭解》頁 7）

258. 槀「木高則氣澤不至而槀。弓矢之材，以木之槀者爲之。」（《新義》頁 126；《詳解》卷二八頁 6）

259. 樞莖「樞，爲之區受戶牡焉；天自爲區，又有受也，闔闢因之矣。莖謂之樞，有俞有制，知闔闢也。」（《蔡解》卷五頁 6）

260. 欲「《字說》：『谷，能受也；欠者，不足也。能受而能當，患不足者，欲也。』」（《道德眞經集義》卷七頁 16）

261. 气氣「有陰气焉，有陽气焉，有沖气焉，故从乙；起於西北，則無動而生之也，卬左低右，屈而不直，則气以陽爲主，有變動故也。又爲气與之气者，气以物與所賤也。天地陰陽沖氣，與萬物有气之道。又爲气索之气者，萬物資焉，猶气也，其得之有量。又从米，米，食氣也，孔子曰：『肉雖多，不使勝食氣』；夫米殘生傷性，不善自養，而又養人爲事，氣若此，斯爲下。」（《鄭解》頁 3）

262. 沖「《字說》：『沖氣以天一爲主，故從水；天地之中也，故從中。又水平而中，不盈而平者，沖也。』」（《道德眞經集義》卷九頁 9）

263. 波「荆公曰：『波乃水之皮。』」（《調謔篇》頁 7）

264. 洪「洪。洪則水共而大。〈洪範〉所謂洪者，五行也，亦共而大。」（〈字說辨〉頁 3）

265. 渙「《字說》曰：『奐而散爲渙。夫水本無冰，遇寒則凝，性本無礙，有物則結。有道之士，豁然大悟，萬事銷亡，如春冰頓釋。』」（《道德眞經取善集》卷三頁 6）

266. 滌濯「滌濯謂溉器所以致潔也。滌則以水蕩垢污，與《老子》所謂『滌除玄覽』之滌同；濯則加功以治之，使至於鮮明焉，與〈葛覃〉所謂『服澣濯』之濯同。」（《詳解》卷二頁 15）

267. 無𣞤「《字說》：『無，從𣞤、從亡；蓋𣞤者，有之極也；有極則復此於無者矣。《老子》曰：『有無之相生』。』（《道德眞經集義》卷五頁 17）

268. 牂柯「荆公《字說》多用佛經語，……『牂柯，以能入爲柯，所入爲牂』之類。」（《捫蝨新話》卷一頁 2）

269. 犎「王荆公《字說》，……犎字解云：『犎者，《爾雅》曰：「犎，進也。」』」（《學林》卷七頁 27）

270. 犧牷「色之純謂之牷，牲之完謂之犧。周景王時，賓起見雄鷄自斷其尾，曰：『鷄憚其爲犧。』爲體之完可知矣。犧，羲之而後制，故其字從羲。蓋完而牲之，羲所以始物；殘而殺之，和所以制物也。」（《詳解》卷十二頁 20）

「牷，色之純也，《國語》曰：『毛以告全。』蓋純則全故也。」（《詳解》卷十二頁 19）

271. 玄𤣥「《字說》曰：『幺而覆入者，玄也，故幺從入。』」（《道德眞經集義》卷一頁 20）

272. 璧 1 琮 2 圭 3 璋 4 琥 5 璜 6「萬物親地，而天爲之辟，故禮天之器，其名曰璧 1；以天有辟之道，而萬物所由以制者也。其形圜，則取其爲圜之〈乾〉；其色蒼，則象其始事之時。萬物祖天，而地爲之宗，故禮地之器，其名曰琮 2；以地有宗之道，而萬物所由以收者也。其形方，則取其直方之〈坤〉；其色黃，則象其終功之時。有體斯有用，青圭 3 象陽之生物，其用也。有用斯有事，赤，陽之盛色；章，陰之成事，赤璋 4 以陽之盛色物之，以陰之成事名之，是象其事也。有事斯有形，白琥 5 象陰之成事，其形也。有形斯有色，玄璜 6 者，以陽之正色物之，以陰之盛色名之，是象其色也。陽生於子而終於巳，陰生於午而終於亥，則南北爲陰陽之雜，故赤璋、玄璜皆雜陰陽焉。陽中於卯，陰中於酉，則東西爲陰陽之純，故青圭則成象焉，白琥則效法焉。」（《詳解》卷十七頁 16）

273. 旊「旊人爲瓦，瓦成有方也。」（《鄭解》頁 15）

274. 甸「四丘爲甸，田包於洫，名之曰甸。」（《新義》頁 63）

275. 痎瘧「《素問》曰：『夏傷於暑，秋必痎瘧。』痎瘧則所謂瘧寒之疾；瘧言如虎之虐；痎言該時而發。」（《詳解》卷五頁 13）

276. 痟痛「痟，痛也。痛言通之而愈，痟言消之而愈。」（《詳解》卷五頁 12）

277. 瘍疕「疾在陽而爲熱於外者，瘍也；瘍在首而有害於己者，疕也。」（《詳解》卷五頁 8）

278. 療「治以止其病，謂之療。必明見其源如燎，然後可以止病，故其字從燎。」（《詳解》卷六頁 1）

279. 皋「人各致功，不可齊也，故以鼛鼓之音。皋則用眾，故皋字从夲从白。夲，進趨也；大者得眾、進趨，陰雖乘焉，不能止也，能皋之而已。所謂隰皋，山阪駿疾，皋則皋緩。」（《鄭解》頁 11）

280. 直「《字說》直字云：『在隱可使十目視。』」（《老學庵筆記》卷二頁 12）

281. 眼「目者，眼之用；眼者，目之體。故眼之字，左從目，言其用之作也；右從艮，言其體之止也。」（《詳解》卷三五頁 14）

282. 知「知如矢直，可用勝物，然必欲使之，非不疾而速，不行而至，是智之事而已。所謂良知，以直養之，可以命物矣。知，智之事，故其字通於智。禮从豆，用於交物故也；則知从矢，亦用於辨物。智者，北方之性也。」（《鄭解》頁 2）

283. 礦「荆公《字說》收『礦』字而不收『卝』字，恐卝字未可遽爾削去也。」（《學林》卷十頁 19）

284. 祖「《字說》：『祖，從示從且。後所神事，方來有繼。行神之謂祖者，祭於行始，方來有繼之意。』」（《緗素》卷四頁 3）

285. 祝「人尙其口以事神謂之祝。」（《詳解》卷八頁 17）

286. 神示天「凡在天者，皆神也，故昊天爲大神。凡在地者，皆示也，故大地爲大示。神之字，從示從申，則以有所示，無所屈故也。示之字，從二從小，則以有所示故也。效灋之謂〈坤〉，言有所示也；有所示，則二而小矣。故天從一從大，示從二從小。從二從小爲示，而從一從大不爲神者，神無體也，則不可以言大；神無數也，則不可以言一。有所示，則二而小，而神亦從示者，蓋神妙萬物而爲言，固爲其能大能小，不能有所示，非所以爲神；惟其無所屆，是以異於示也。」（《新義》頁 17）

「介甫《字說》，往往出於小說、佛書，且如『天一而大』，蓋出《春秋說題辭》；『天之爲言塡也，居高理下，含爲太一，分爲殊形，故立字一而大』，見《法苑珠林》。」（《猗覺寮雜記》卷一頁 44）

287. 祠禴嘗烝「春，物生，未有以享也，其享也，以詞爲主，故春曰祠。夏則陽盛矣，其享也，以樂爲主，故夏曰禴。秋，物成可嘗矣，其享也，嘗而已，故秋曰嘗。冬則物眾，其享也，烝眾物焉，故冬曰烝。」（《新義》頁 85）

288. 禁「禁之字，從林從示，示使知阻，以仁芘焉之意。」（《新義》頁 27）

289. 祼「掌祼器者，以和鬱鬯，因使之掌彝舟與瓚以祼焉。祼之字，從示從果者，味也，能下入地而復生出以致養焉。祼者以味灌地，求神而出之，以致養焉。故其字所從如此。凡自下以交乎上者，以陰中之陽；蕭，陰也，臭則爲陽。自上交乎下者，以陽中之陰；鬯，陽也，味則爲陰。司尊彝於四時之常祭。」（《詳解》卷十八頁 14）

290. 福禍「福之所以爲福者，於文从畐，畐則衍之謂也。禍所以爲禍者，於文从咼，咼則忒之謂也。」（《王安石文集》卷四〇頁 114）

291. 禬禳「禬以禬福，禳以禳禍。禬以禬福，而以神祀者，致天神、人鬼、地示、物魅，以禬國之凶荒、民之札喪，則弭凶荒、札喪，所以會福也。」（《新義》頁 52）

292. 禮「仁藏於不可知而顯於可知者，禮也。禮者，文而已矣，其文可知者，華蟲也。」（《新義》頁 97）

「禮者，體也，體定矣，則禮典之爲書與禮官之爲職，不能有加損也。」（《新義》頁 8）

293. 私「《字說》曰：『韓非曰：「自營爲私，背公爲私。」夫自營者，未有能成其私者也，故其字爲自營不周之形。故老子曰：「非以無私也，故能成其私。」私字從禾從厶，厶，自營也。厶，不能不自營也；然自營而不害於利物，則無怨於私矣。』」（《道德眞經集義》卷十二頁 7）

294. 秉「王安石《字說》，秉作『』，从又、从禾。」（《博古》卷一頁 30）

295. 空「無土以爲穴，則空無相；無工以穴之，則空無作。無相無作，則空名不立。」（〈字說辨〉頁 1）

296. 穹「穴有穹者，陶穴是也；弓有穹者，若蓋弓是也。」（《鄭解》頁 7）

297. 立「立乎上者，能大而覆下；立乎下者，能一而承上；則立者能得位而已。」（《詳解》卷一頁 4）

298. 篤籠「籠。籠從竹從龍。內虛而有節，所以籠物；雖若龍者，亦可籠焉。」（〈字說辨〉頁 4）

「篤之字，从竹从馬。馬行地無疆，以竹策之，則力行而有所至。篤之爲言力行而有所至也。」（《臨川集》卷四三頁 6）

299. 築「工丮木，築有節。又作篁，竹以畐土焉。」（《鄭解》頁 8）

300. 紅紫「紅，以白入赤也，火革金以工，器成焉。凡色以糸染也，紫以赤入黑也。赤與萬物相見，黑復而辨於物，爲此而已。夫有彼也，乃有此也，道所貴，故在系上。王者，事也；此者，德也。」（〈字說辨〉頁 8）

301. 糾「糾之字，從糸從丩，若糾絲然，糾其緩散之意。」（《新義》頁 27）

302. 素「素，糸其本也，故糸在下；𠂹爲衣，裳其末也，故𠂹在上；凡器亦如之。《周官》『春獻素，秋獻成』。素未受采，故以爲裳素之素。素而已，故又爲素隱之素。」（《鄭解》頁 12）

303. 終「終。無時也，無物也，則無終始。終則有始，天行也，時物由是有焉。」（〈字說辨〉頁 6；《永樂大典》卷四八九頁 7）

304. 絜「絜矢象焉，則其用不可以不約。絜之字，從契，則言約而不渝；從糸，則言約而不紆也。」（《詳解》卷二八頁 21）

305. 絲𣏟「朩，上土屮，極矣，則別而落，無以下冂焉。𣏟，木穀也；『治絲爲帛，治朮爲布』，其屮不一，卒於披而別之。男服尚之，於廟、於庭、於序、於府，皆广也。王后之六服，或素或紗，皆絲也；絲，陽物也，故陰尚之。六冕皆𣏟，𣏟，陰物也，故陽尚之。糸，幺可飾物，合糸爲絲，無所不飾焉；凡从糸，不必絲也。」（《鄭解》頁 2）

306. 緅纁經緇

「火之本，赤黃色也，其熏而黑，則猶纁可上達而爲玄。纁，事也；玄，道也。緅，舍纁取玄，可謂知取矣；水色玄，玄又赤黑焉，〈坎〉爲赤流故也。經，从巠，則以陽流而經。緇，从甾，則以陰雝而緇，緇則水之所以爲赤者隱，田之所以爲黃者廢。」（《鄭解》頁 12）

307. 縣「四百里之地謂之小都。小都者，下之所首而上之所系，故謂之縣。縣之字，從倒首，以言所首在下；從系，以言所系在上故也。」（《詳解》卷一頁 24）

308. 置罷「上取數，備有以用，下則直者可置，使無貳適，惟我所措而已；能

者可罷，使無妄作，惟我所爲而已。」（〈字說辨〉頁 5）

309. 羲和「散義氣以爲羲，斂仁氣以爲和。日出之氣爲羲，羲者陽也；利物之謂和，和者陰也。」（《尚書全解》卷一頁 10）

310. 𦎧滈醇諄「𦎧，孰也，羊孰乃可亯。滈，洎厚也；亯物以水爲節，則洎厚，所謂『其民滈』，滈者，如物孰洎厚；所謂『以欄爲灰，渥滈其帛』者，灰渥而孰之也。醇，酒厚也。酒生則清，孰則醇，《周禮》有『清酒、昔酒』，昔酒，則孰之者也。諄，孰言之。」（《鄭解》頁 13）

311. 耒 「草無實用，於土猶耒，耒而除之，乃達嘉穀。揉木爲耒，用此故也。」（《鄭解》卷十九）

312. 耜 「耜，耕器也，其首有金，其甬有耒，以木㠯金而耒爲用，故其字從耒從㠯。」（《詳解》卷三九頁 10）

313. 聊「聊，語助也，王氏《字說》以爲薄略之辭，似鑿。」（《詩傳》卷十二頁 305）

314. 聰「聰。於則聽思聰，於道則聰忽矣。」（〈字說辨〉頁 6）

315. 胥 「胥之字，從疋從肉。疋，則以其爲物下體；肉，則以其亦能養人。其養人也，相之而已，故胥又訓相也。」（《新義》頁 2）

316. 舂 「舂之字，從廾從午從臼，杵臼上舂穀以爲米也。穀之所以毀，米之所以成。」（《詳解》卷十六頁 20）

317. 舞 「舞之字，上從無，下從舛。舞之爲言豐也，以物至於生材眾、積數多，非舞之，其列眾、其變繁，不足以象之也，故上從無。蹈厲有節，而舛斯爲下矣，故下從舛。」（《詳解》卷十二頁 18）

318. 荒 「川亡而草生謂之荒。凶札，斯荒矣；《禮記》曰：『反而亡焉』，失之矣，於是爲甚。」（《新義》頁 85）

319. 藉籍 「舒王《字說》：『藉，從艸從耒從借。從草，若「藉用白茅」是也，凡藉物如之；從耒、從借，若「藉而不稅」是也，凡藉人如之；藉物者尙之，藉人者下焉。籍，從昔從耒從竹，籍記昔事，有實可利，後除其繁蕪，有節焉。』」（《緗素》卷二頁 2）

320. 虧壞「王文公曰：『懷乃所以壞，聲虘、氣于，皆虧之道。危，毀也，壞亦毀焉；圮，毀也，虧示毀焉。』」（《爾雅新義》卷一頁 8）

321. 血「血近生而遠於人情，故祭大示以血爲主。血之爲物，有象而非虛，有形而非實，物之幽也，故《記》曰：『毛血，告幽全之物也。』」（《詳解》卷十七頁 4）

322. 襲「襲，于文從龖，龖，二龍也，蓋袞衣之象；亦或從龍，龍亦袞衣之象。」

（《陶山集》卷五頁15）

323. 規榘「規成圜。圜，天道也，夫道也；規，形而下者，於天道爲不；性之圜爲覺，在形而下者，於天道爲不足；性之圜爲覺，在形而下，則爲見；規所正，在器而已。榘从木者，一曲一直而成，方生於木之曲直；从矢者，方生直也；从巨者，五寸盡天下方器之巨者。巨从工，則榘工所用；巨从半口，則榘與規異。」（《鄭解》頁6）

324. 訟「近世王文公，其說經亦多解字，如曰……『訟者，言之於公也。』」（《考古質疑》卷三頁16）

325. 誅殺「誅者，責而教之。從言者，有告教焉，然後可以爲誅也；從朱者，朱含陽，爲德，聖人敷陽德而爲赦，則含陽德所以爲誅。誅之意爲責，而其事爲殺。」（《詳解》卷一頁16）

326. 詩「王舒王解字云：『詩字，從言從寺。寺者，法度之所在也。』」（《姑溪居士後集》卷十五頁6）

327. 謠「王文公曰：『物俞乃可搖，俞甚可也。』」（《爾雅新義》卷八頁12）

328. 謝「王文公曰：『謝事而去，如射之行矣。』」（《爾雅新義》卷四頁14；卷十六頁7）

329. 警戒「戒之字，從戈從廾；兩手捧戈，有所戒之意。」（《新義》頁27）

「懲之以言謂之警，束之以事謂之戒。」（《詳解》卷三頁28）

330. 䜌變戀「或䜌於言，凡有名者，皆言類；或䜌於絲，凡有數者，皆絲類。變，攴此；攴此者，藏於密，故攴在內。戀，心戀焉。」（《鄭解》頁12）

331. 豐「豐。豐者，用豆之時。」（〈字說辨〉頁8）

332. 賦貢征稅財賄貨「上以政取則曰賦，下以職供則曰貢。以正行之則曰征，以悅取之則曰稅。其名雖異，其實則在於歛財賄也。若貝之以爲利謂之財，有之以爲利謂之賄。謂之財賄，則與貨賄異矣。貨言化之以爲利，商賈之事也。」（《詳解》卷一頁22）

「稅有程也。悅然後取，則民得悅焉，故又通於駕說。」（《鄭解》頁10）

333. 辠「秦以辠似皇字，改爲罪。荊公云：以辠者不獲自辛矣。」（《楊公筆錄》頁6）

334. 軒渠「《字說》：『軒上下渠，一直一曲受眾小水，將達而不購也。』」（《緗素》卷三頁3）

335. 農濃醲襛「農，致其爪掌，養所受乎天者，故从臼从囟；欲無失時，故从辰，辰，地道也。農者，本也，故又訓厚；濃，水厚；醲，酒厚；襛，衣厚。」（《鄭

解》頁 2）

336. 逆迎「逆之字從屰，爲之主者自外至，非其主者內出而逆之也；故臣爲主逆女，謂之逆；《春秋》:『公自逆女』亦謂之逆，凡言逆，皆尊之也。迎之字從卬，卬者，我也；我者，主也；以我爲主，自內出而遘之，其勢順也；故迎客謂之迎，迎婦謂之迎，凡言迎，皆卑之也。」（《詳解》卷二一頁 16）

337. 追「《詩》曰『追琢其章』，追者，治玉之名也，其字與追琢之義同，故同字。蓋所追者止，能追者辵而從之故也。」（《詳解》卷八頁 26）

338. 遂 1 溝 2 洫 3 淢 4 澮 5 涂 6 漱 7「豕八而從，則遂 1。五溝所謂遂者，水自是而之他；射韝使弦得遂焉，故亦曰遂；所謂鄉遂者，鄉，內嚮，遂，外遂；夫遂者，大求而應，而非生也；遂，直達也。至溝 2，十百相冓；洫 3 中五溝，如血脈焉。洫又作淢 4，成有一甸，淢，□一之；域，土也；淢，水也。澮 5，溝遂洫水會焉，《春秋傳》曰:『自參以上稱澮。』澮又作巜，巜會以爲巛，水有屈，屈其流也，集眾流爲巛。涂 6 依溝，故从水；有舍有辨者依此，故从余；經略道路，以此爲中，謂之五涂，故制字如此。水束之而漱焉，漱 7 則上欠而爲坎，凡漱如之。」（《鄭解》頁 18）

339. 邈「王文公曰:『邈，有從之貌而無其事，雖近，邈也。』」（《爾雅新義》卷五頁 9）

340. 邑郊「邦中，王之所邑，其外百里謂之四郊，與邑交故也。」（《新義》頁 13）

341. 邦國「邦亦謂之國，國亦謂之邦。凡言邦國者，諸侯之國也；凡言邦、言國者，王國也，亦諸侯之國也。國，於文從或從□，爲其或之也，故□之；故凡言國，則以別郊野。邦於文從邑從丰，是邑之丰者；故凡言邦，則以別於邑都，或包邑都而言。」（《新義》頁 2）

342. 都「五百里之地謂之大都者，以眾邑爲體，又物所會之地也；故都之字從者從邑，以眾邑爲體故也。」（《詳解》卷一頁 24）

343. 醫「醫之字從酉，酉，陰中也，動與疾遇，所以醫能已。從矢匚者，疾也如矢，爲之醫，使傷人者不能作。從殳者，疾作矣，攻而勝之。從酉者，酉時也，且然無止，有疾而恃治，如此而已。」（《詳解》卷五頁 7）

344. 量「量之字从日，日可量也；从土，土可量也；从凵，凵而出，乃可量；从冂，冂而隱，亦可量也；从□从十，可□而量，以有數也；十上出□，則雖在數，有不可□而量者。」（《鄭解》頁 10）

345. 金銅「金銅。金，正西也，土終於此，水始於此。銅，赤金也，爲火所勝，而

不自守，反同乎土。」（〈字說辨〉頁 2）

346. 鑠爍「金性悲，悲故慘聚；得火而樂，樂故融釋。凡物凝止慘聚，火爍之則為樂，爍之而為欣。」（《鄭解》頁 2）

347. 門「近世王文公，其說經亦多解字，如曰……『二戶相合而為門。』」（《考古質疑》卷三頁 16）

348. 閑「王文公曰：『惟閑暇，故得閑習；亦閑暇，則宜閑習。』」（《爾雅新義》卷二頁 10）

349. 闈「闈者，旁出之小門，韋乎門之正。」（《詳解》卷十三頁 17）

350. 除「除。有陰有陽，新故相除者，天也；有處有辨，新故相除者，人也。」（〈字說辨〉頁 7）

351. 陶 「依阜為之，勹缶屬焉。陶，勹陰陽之氣，憂樂無所泄如之，故皆謂之陶。」（《鄭解》頁 3）

352. 霄「《字說》霄字云：『凡氣升此而消焉。』」（《老學庵筆記》卷二頁 12）

353. 霍「王文公曰：『雨，零也；隹，集也；霍，如也。』」（《爾雅新義》卷十頁 14）

354. 青 1 白 2 赤 3 黑 4 黃 5

「青 1，東方也，物生而可見焉，故言生、言色。白 2，西方也，物成而可數焉，故言入、言數。青生丹，為出；白受青，為入；出者，順也；入者，逆也。夫丹所受一，乃木所含而為朱者也。夫一染而縓，再染而　，乃白所謂入二者也。坎為赤，內陽也；乾為大赤，內外皆陽也；字從大火為赤 3，外陽也。於赤，質其物，故又作烾，炎也，土也，要其末也。色本欲幽，其末在明，故探其本於黑，要其末於烾。至陰之色，乃出於至陽，故火上炎為黑 4。」（《鄭解》頁 12）

「地道得中而炗，則其美之見於色如此。又作 也，盛矣，而不可有以行也。黑探其本，烾要其末，青推其色，白取其數，赤質其物，黃正其所， 期其極。」（《鄭解》頁 12）

355. 革 「三十年為一世，則其所因必有事。革之，要不失中而已。治獸皮，去其毛，謂之革者，以能革其形。革，有革其心，有革其形；若獸，則不可革其心者。不从世而从廿从十者，世必有革，革不必世也。又作䩯，䩯，有為也，故爪掌焉。」（《鄭解》頁 10）

356. 鞭「所以革人而使便其事者，鞭也。」（《詳解》卷三一頁 6）

357. 飭「於食能力者，飭也。」（《鄭解》頁 1）

358. 饁「饁者，盍而餉也。」（《詳解》卷二五頁 16）

359. 饎饎「饎之字，從食從熙，或又從喜，則陰以陽熙而爲喜也。」（《詳解》卷十六頁 21）

360. 鹽「鹽，可以柔物，而從革之所生，潤下之所作。」（《新義》頁 43）

361. 黼黻 黼 黻「天謂之玄，白與黑謂之黼，剛柔襍，故从父。始乎出而顯，卒乎入而隱。入在下，則文在地事也。陰變至十則章成矣。剛柔襍於東南，至西南而章成，故畫繢之事，以青赤爲文，赤白爲章，所謂『煥乎其有文章』，猶繪畫也。凡斫木者，先斧而斤繼事，故斧在上，斧於斤有父道焉；其西北爲黼，黼在乾位，則斧有父體矣。黹不一，而止終於甫，黼黻皆黹也。斧有父體焉；黼有用而已；黻，兩己相弗而以丿爲守。黑與青謂之黻，五采備謂之繡。」（《鄭解》頁 12）

附錄二：王安石手跡

1. 手抄《楞嚴經》文（元豐八年，六十五歲）

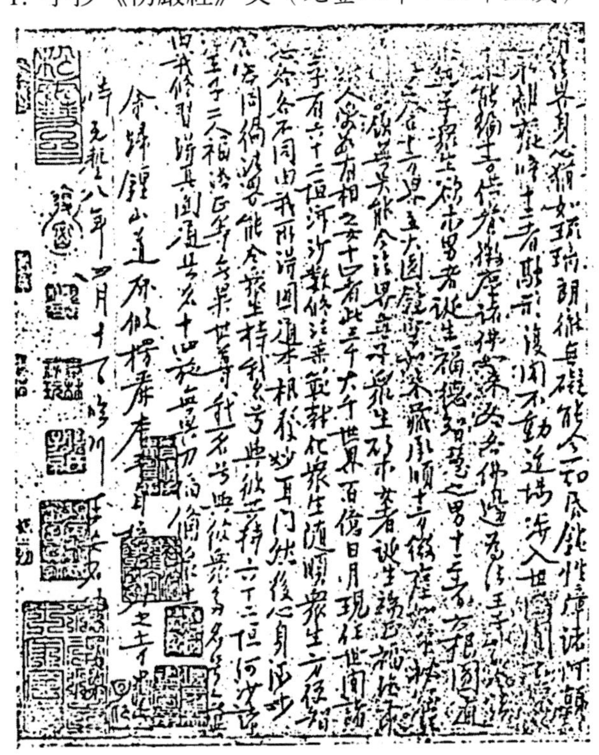

引自「中國歷史圖說」第八冊頁五

2. 與通判比部書

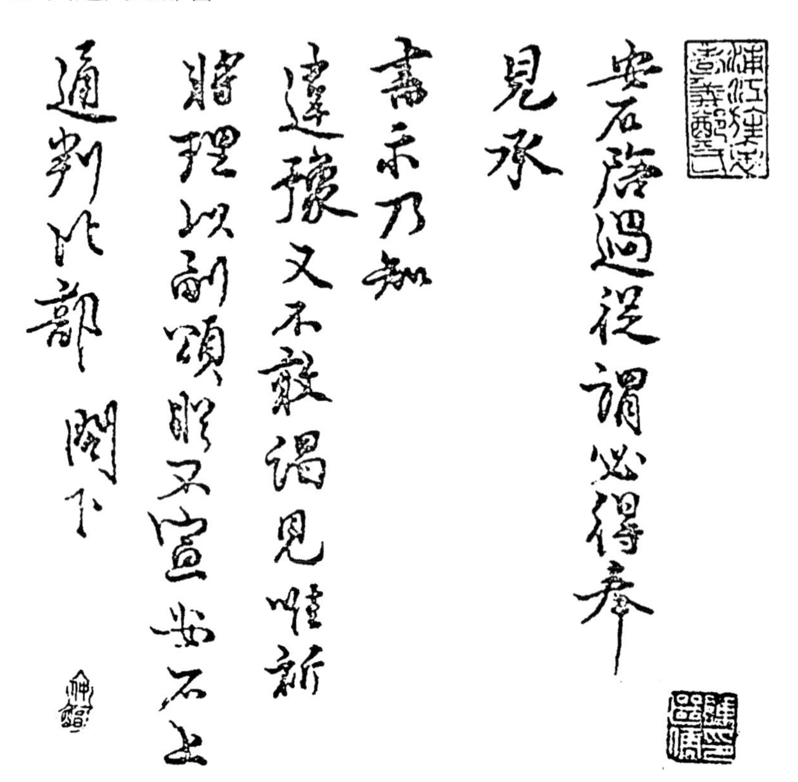

安石啓過從謂必得奉見承書示乃知違豫又不敢謁見惟祈將理以副[illegible][illegible]不宣安石上
通判比部閣下

引自「支那墨蹟大成」第七卷頁三